FTE DES 18. JAHRHUNDERTS

Rainer M. Schröder

Das geheime Wissen des Alchimisten

Foto von Juliana Romnes, Florida

Rainer M. Schröder,
Jahrgang 1951, lebt nach vielseitigen Studien und Tätigkeiten in mehreren Berufen seit 1977 als freischaffender Schriftsteller in Deutschland und Amerika. Seine großen Reisen haben ihn in viele Teile der Welt geführt. Dank seiner mitreißenden Abenteuerromane ist er einer der erfolgreichsten deutschsprachigen Jugendbuchautoren.

Weitere Bücher von Rainer M. Schröder im Arena Verlag:
»*Mein Feuer brennt im Land der Fallenden Wasser*«
»*Die wundersame Weltreise des Jonathan Blum*«
»*Das Geheimnis der weißen Mönche*«
»*Die wahrhaftigen Abenteuer des Felix Faber*«
»*Felix Faber – Übers Meer und durch die Wildnis*«
»*Unter Schatzsuchern, Goldgräbern und Alligatoren*«
»*Das Vermächtnis des alten Pilgers*«
»*Der Schatz der Santa Maravilla*«

Rainer M. Schröder

Das geheime Wissen des Alchimisten

Roman

Arena

*Dedicated to
Jeanne and Charles Rinek.
Thank you for the true
gold of your friendship!*

In neuer Rechtschreibung

3. Auflage 2000
© 2000 by Arena Verlag GmbH, Würzburg
Alle Rechte vorbehalten
Lektorat: Frank Griesheimer
Einbandgestaltung: Karl Müller-Bussdorf
unter Verwendung einer Illustration von Klaus Steffens
Historischer Stadtplan: © Kölnisches Stadtmuseum
Bildquelle: Rheinisches Bildarchiv, Köln
Gesamtherstellung: Westermann Druck Zwickau GmbH
ISBN 3-401-05114-8

> Die Wahrheit wird wie das Gold
> nicht durch Vermehrung,
> sondern durch Auswaschung
> dessen gewonnen, was nicht Gold ist.
>
> Leo Tolstoi

Erster Teil

Der Narrenturm

Erstes Kapitel

Seit die räudige schwarze Katze mit der toten Krähe in den Fängen ihren Weg gekreuzt hatte, ließ das beklemmende Gefühl heraufziehenden Unheils Johanna nicht mehr los.

Es war am berüchtigten »schwarzen Wasser« des Schaafentors geschehen, wo sich aus dem offenen ausgemauerten Kanal das stinkende Abwasser eines ganzen Viertels in den Festungsgraben ergoss. Sogar Hannibal, dem alten störrischen Gaul, den sonst nichts aus der Ruhe bringen konnte, war der Schreck gehörig in die Glieder gefahren. Die ausgemergelte Katze war im Zwielicht der abendlichen Dämmerung plötzlich wie aus dem Nichts vor ihnen aufgetaucht. Und als sie da mit ihrer gefiederten Beute mitten auf dem Weg stand und sie beide fast herausfordernd, ja geradezu drohend anfunkelte, bevor sie hinter dem stinkenden Misthaufen eines Kappesbauern* verschwand, da hatte Hannibal doch tatsächlich gescheut, den Kopf unter nervösem Schnauben zurückgeworfen und dabei sein lückenhaftes, braunfleckiges Gebiss gebleckt.

»Nun geh schon, Hannibal! Schlaf nicht wieder ein!«, rief Johanna dem müden alten Schecken verdrossen zu, als dieser wieder einmal stehen bleiben wollte. Sie trieb ihn mit einem Schlag der Zügel an und das Fuhrwerk, das über die Seitenborde hinweg mit Säcken voll Stroh und Sägemehl beladen war, rollte weiter durch die verwinkelten Straßen und Gassen der Reichsstadt Köln. Die hohen Giebelhäuser mit ihren

---

* Mit einem Stern gekennzeichnete Wörter sind am Ende des Buches kurz erklärt.

schmalen Fenstern und dem ausgemauerten Fachwerk drängten sich so dicht aneinander wie die Nester der Mauerschwalben in den Lücken und Spalten der bröckelnden Stadtmauer. An vielen Stellen standen die Häuser, deren Obergeschosse zumeist noch ein gutes Stück vorkragten, beidseitig der Straße einander so nahe, dass sich die Nachbarn oben über die Straße hinweg die Hände reichen konnten. Schon bei Tag fiel wenig Licht in diese engen Gassen und bei Sonnenuntergang kehrte hier die Nacht noch um einiges rascher ein als anderswo in der Stadt.

Johanna war froh, dass sie die verruchte Wolfsgasse und den nicht weniger übel beleumundeten Berlich, wo sich viel lichtscheues Gesindel herumtrieb, schon hinter sich gelassen hatte. Denn die Dunkelheit würde an diesem nasskalten Oktobertag nicht mehr lange auf sich warten und Köln in einem Meer von Finsternis versinken lassen. Das schnell schwindende Tageslicht machte es ihr schon schwer genug, das klobige Fuhrwerk durch die düsteren, schmalen Straßen zu lenken, und jetzt wurde auch noch der Nebel mit jedem Moment dichter!

Der Nebel drang vom Fluss und von den Senken her in die Stadt ein und vermischte sich mit den Rauchschwaden, die aus tausenden von Rauchluken und Kaminen quollen. Und je dichter dieser milchig rauchige Schleier wurde, der durch das Labyrinth der Straßen trieb, desto stärker wurde in ihr die Ahnung, dass ihr noch irgendetwas Übles widerfahren würde. Sie spürte den Nebel auf ihrem Gesicht und ihr war, als träfe sie der feuchte Atem eines unsichtbaren Geistes, der sie umlauerte und auf den rechten Augenblick zum Zuschlagen wartete.

Obwohl sie alles andere als von ängstlicher Natur war, erschauerte Johanna doch unwillkürlich und schlug hastig das

Kreuz, als sie an einem Klostereingang vorbeirumpelte, wo in einer Nische eine kleine Öllampe vor der Statue der Muttergottes brannte und mit flackernder Flamme tapfer gegen die hereinbrechende Dunkelheit ankämpfte.

Dass sie zu dieser späten Stunde noch unterwegs war, daran war nur dieser elende Geizhals Heinrich Hackenbroich schuld, den das ungnädige Schicksal – der Allmächtige möge ihr diese bittere Klage verzeihen! – zu ihrem Stiefvater gemacht hatte! Hannibal hatte längst das Gnadenbrot* verdient und das Fuhrwerk stand dem müden Schecken in nichts nach, was Altersschwäche und mangelhafte Pflege betraf. Bei jedem schweren Stoß, der auf den schlechten Straßen und Gassen den Wagen erschütterte, musste man fürchten, dass irgendwo etwas splitterte und in Stücke barst. Und die Straßen waren voller Schlaglöcher, ausgewaschener Abflussrinnen und anderer Gefahren – von den Unmengen Straßenkot, Gossenschlamm und den sich überall auftürmenden Abfallhaufen ganz zu schweigen. Aber sogar dort, wo es ein Steinpflaster gab, hatte man die Steine meist so nachlässig und unregelmäßig verlegt, dass die reichen Kaufleute es vorzogen, sich von Sänftenträgern durch die Stadt befördern zu lassen, statt mit der Kutsche zu fahren. Nicht von ungefähr spottete der Volksmund: »Auf Trümmern und Steinen von anderthalb Jahrtausenden wohnt der Kölner.«

All das war dem Pfennigfuchser und Kümmelspalter Hackenbroich nur zu bekannt. Aber solange das Fuhrwerk nicht mit Rad- oder Achsenbruch liegen blieb, dachte ihr Stiefvater nicht daran, auch nur einen Silbergroschen für die kleinste Ausbesserung zu erübrigen, geschweige denn eine Hand voll Taler für ein kräftiges neues Pferd auszugeben. Aber wenn sie es recht bedachte, war das für Hannibal noch das kleinere Übel. Denn ihr geiziger Stiefvater würde dem alten Pferd kaum das verdiente Gnadenbrot gewähren. Nein, diese Ausgaben würde er sich sparen und Hannibal ohne Dankbarkeit für die vielen Jahre treuer Dienste und ohne jedes Mitleid zum Abdecker schicken. Sie wollte also Geduld mit ihm haben, auch wenn ihr das in Momenten wie diesem ausgesprochen schwer fiel.

Johanna versank in trüben Grübeleien, während sie die Gasse kreuzten, wo der Gasthof *Zum roten Kardinal* lag und wo jetzt schon der Lärm der Zecher hinaus auf die Straße drang. Es hieß, dass viele der Bettlerkönige dort ihren Versammlungsort hatten und manchmal bis in die Nacht um die besten Plätze würfelten. Manche der Bettlerpfründe, die der Bettelvogt vergab, und andere Plätze, die erblich vom Vater auf den Sohn übergingen, brachten nämlich bedeutend mehr als nur bescheidene Almosen ein. Die milden Gaben, die diese Burschen vor Kirchtüren, Klostermauern und öffentlichen Gebäuden tagtäglich erbettelten, hatten nicht wenige von ihnen sogar in den Stand versetzt, eigene Häuser zu erwerben.

Wenig später kam Johanna an mehreren verfallenen Gebäuden und einstigen Brandstätten vorbei, die noch mit Bauschutt aller Art bedeckt waren und mancherlei Gesindel häufig als Unterschlupf dienten. Auch Fledermäuse und Eulen nisteten mit Vorliebe in diesen Ruinen, von denen es nicht wenige in der Stadt gab. Wenn ein Haus abbrannte und seinem Eigentümer die nötigen Mittel fehlten, das Haus wieder aufbauen zu lassen, blieb die ausgebrannte Ruine einfach stehen und wurde irgendwann zum herrenlosen Gut.

Hannibal trottete dahin und Johanna rätselte einmal mehr, warum ihre Mutter nach dem Tod ihres Vaters und ihrer Geschwister ausgerechnet den Hospitalmeister Heinrich Hackenbroich geheiratet hatte. Wobei der Titel Hospitalmeister, wie er sich selbst gern bezeichnete, lächerlich hochgegriffen war. In Wirklichkeit war Hackenbroich als Besitzer eines schäbigen Tollhauses doch nichts anderes als ein schlecht bezahlter Verwahrer geistig umnachteter Seelen. Was hatte ihre Mutter bloß in diesem absonderlichen und groben Mann gesehen, dass sie seine Frau geworden und mit ihr, ihrem einzigen überlebenden Kind, in dieses schreckliche, düstere Hofhaus in der Stolkgasse nahe der Kirche zu den vielen Heiligen gezogen war? Wie hatte sie das bloß sich und ihr, Johanna, antun können?

Aber vielleicht hatte sie damals nach dem schrecklichen Geschehen auf dem Fluss, das so vielen Menschen das Leben gekostet und ihre Familie innerhalb weniger Minuten unwiderruflich zerstört hatte, selbst nicht richtig gewusst, was sie da tat. Ja, vielleicht war ihre Mutter in den schlimmen Wochen und Monaten nach dem Unheil, das über sie hereingebrochen war, wirklich nicht klar bei Sinnen gewesen. Das würde es erklären und verzeihlich machen, was ihre Mutter ihnen beiden mit Heinrich Hackenbroich angetan hatte.

Ach, wenn sie doch wenigstens mit ihr darüber reden würde! Aber ihre Mutter erlaubte ihr ja noch nicht einmal in ihrer Gegenwart auch nur die Namen ihres Vaters oder ihrer verstorbenen Geschwister auszusprechen. Sie hatte die Katastrophe wie auch alles andere, was davor ihr Familienleben ausgemacht hatte, unter verbittertem Schweigen begraben. Niemand durfte daran rühren. Es war, als wollte sie bei sich selbst und bei ihr, Johanna, die Erinnerung daran auslöschen, dass es dieses andere Leben je gegeben hatte.

Johanna seufzte und wünschte, sie könnte sich besser an jene Zeit vor sieben Jahren erinnern. Aber sie war damals erst acht gewesen und selbst so verstört vom jähen Tod ihres Vaters und ihrer Geschwister, dass ihr Gedächtnis sie heute im Stich ließ, wenn sie sich an jenes halbe Jahr nach dem Unglück zu erinnern versuchte. Das Einzige, was sie gelegentlich heraufzubeschwören vermochte, waren zusammenhanglose Bilder der Erinnerung, die aber trotz aller Anstrengung genauso vage und undeutlich blieben wie die dunklen Gassen, die vor ihr im Nebel verschwammen. Da war jedoch dieses eine Bild ...

Johanna kam nicht mehr dazu, über dieses Bruchstück ihrer Erinnerung nachzusinnen. Denn in diesem Moment traf ein schwerer Stoß wie ein gemeiner Hieb aus dem Hinterhalt das Fuhrwerk. Ein heftiger Ruck, der Johanna auf dem Kutschbock durchschüttelte, ging durch den Wagen, augenblicklich gefolgt von einem noch viel hässlicheren Geräusch – nämlich dem von berstendem Holz.

Erschrocken zog Johanna die Zügel an, fuhr herum und sah zu ihrer Bestürzung, dass sie auf der linken Seite, wohl wegen der Nebelschwaden, ein Stück Mauerwerk mit einem herausragenden Kragstein übersehen und dieses Hindernis auf der Höhe der linken Seitenbretter gestreift hatte. Einige der Bretter waren bei dem Zusammenstoß geborsten wie dünne Zunderspäne, obwohl Hannibal doch nur im Schritt dahingetrottet war!

»Jetzt ist es passiert! Hölle und Pest, ich wusste doch, dass noch irgendetwas geschehen würde!«, fluchte Johanna, was sie jedoch sofort mit einem Anruf der heiligen und allergnädigsten Gottesmutter wieder gutmachte. Sie ließ die Zügel fallen und sprang vom Kutschbock, um sich den Schaden zu besehen. Dabei löste sich das Zugband ihrer kleinen runden Haube aus billigem Kattun und das »Treckmützchen« rutschte ihr vom Kopf.

Der Schaden war beträchtlich, wie sie sofort voller Ingrimm feststellte. Denn die gesplitterten Seitenbretter waren von dem vorspringenden Mauerstück nach innen gedrückt worden und hatten dabei mehrere der ohnehin schon von jahrelangem Gebrauch zerschlissenen, fadenscheinigen Säcke aufgerissen, die auf der Ladefläche die drei unteren Schichten bildeten. Und diese Säcke waren mit Sägemehl aus Otto Hellriegers Mühle gefüllt, während obenauf in mehreren Lagen die leichteren Säcke mit Stroh lagen. Ein breiter Strom aus Sägemehl ergoss sich aus den aufgeschlitzten Säcken auf die Pflastersteine zu ihren Füßen.

»Jesus, Maria und Josef, wie konnte mir das nur passieren?«, stieß Johanna hervor und trat zornig gegen das hintere eisenbeschlagene Rad.

Sie war wütend über ihre eigene Unachtsamkeit, aber noch wütender war sie auf ihren Stiefvater Hackenbroich, weil dieser Geizhals die morschen Seitenbretter nicht schon längst durch solides Material hatte ersetzen lassen. Denn dann hätte das Mauerstück im Vorbeischrammen kaum mehr als ein paar Kratzer auf der Seitenwand hinterlassen.

Was würde sie nicht gleich von Hackenbroich zu hören bekommen! Bestimmt würde er ihr mit Schaum vor dem Mund eine seiner bekannten Standpauken halten und ihr natürlich sofort schändliche Undankbarkeit vorwerfen, wenn sie Widerworte gab und ihn daran zu erinnern wagte, wie sehr er die gebotene Instandhaltung seines Fuhrwerks all die Jahre vernachlässigt hatte. Das galt auch für den geschlossenen Kastenwagen mit den vergitterten Luken zu beiden Seiten, der in der Remise* stand und nur für besondere Zwecke Verwendung fand. Hackenbroich nannte den Wagen zynisch »Die Idiotengondel«.

Und er würde versucht sein sie zu schlagen, so wie er es früher oft genug getan hatte. Oh ja, es würde ihm in den Fingern jucken, wieder einmal zum geflochtenen Ledergurt zu greifen und sie nach Herzenslust zu züchtigen, bis ihr Rücken,

Gesäß und Beine so schmerzhaft brannten, als hätte er kochendes Öl über sie geschüttet.

Aber das traute er sich jetzt nicht mehr, wie er es auch nicht mehr wagte, seine Hand gegen ihre Mutter zu erheben. Das Messer, das sie ihm an jenem Morgen vor einem guten halben Jahr an die Kehle gesetzt hatte, nachdem er ihre Mutter im Branntweinsuff wieder einmal grün und blau geprügelt hatte, und ihre Drohung, nicht zu zögern, ihn beim nächsten Mal sein eigenes Blut schmecken zu lassen, hatten die gewünschte Wirkung gehabt. Er war im Grunde seines Herzens eben ein Feigling. Auf jeden Fall wusste er, dass sie es ernst meinte. Und er tat auch gut daran, sie ernst zu nehmen!

Johanna bückte sich nach ihrer Haube, wischte den Dreck von dem verblichenen hellen Stoff und hielt kurz inne, als sie einen gedämpften Knall hörte, der wie ein entfernter Peitschenschlag klang. Augenblicke später folgte ihm ein zweiter.

Aber klang es nicht eher nach Pistolenschüssen?

Johanna verfolgte den Gedanken nicht länger und schenkte auch den erregten Stimmen und wütenden Rufen keine Beachtung, die jetzt zu hören waren, sich aber schnell wieder entfernten. Die Nacht brach bald herein und sie hatte Wichtigeres zu tun, als sich über den Lärm von betrunkenen Zechern den Kopf zu zerbrechen, die sich gegenseitig wegen eines verlorenen Würfelspiels oder einer Dirne in die Haare geraten waren.

Schnell strich sie sich einige lose Strähnen ihres tintenschwarzen Haars, das sie mit Spangen festgesteckt hatte, aus dem Gesicht und bedeckte ihren Kopf wieder mit der Haube, so wie es die Schicklichkeit verlangte. Dann hob sie die zersplitterten Seitenbretter auf.

Zum Glück war keine der Halterungen geborsten, in denen

die Seitenverkleidung ruhte. Mit den Stricken, die im Kasten unter dem Kutschbock lagen, konnte sie die Borde notdürftig zusammenbinden, damit die Ladung nicht weiter verrutschte und der Schaden nicht noch größer wurde. Lange musste das Flickwerk ja gottlob nicht halten. Hauptsache, sie verlor nicht noch mehr Sägemehl.

Gerade hatte Johanna die Stricke aus der groben Holzkiste geholt und das Durcheinander entwirrt, als sie plötzlich hinter sich ein kurzatmiges Keuchen hörte und mitten in der Bewegung erstarrte.

Jemand stand hinter ihr!

Zweites Kapitel

Zu Tode erschrocken, riss Johanna den Kopf herum und blitzschnell wich sie einen Schritt zurück, als sie sich einem fremden Mann von mittelgroßer Gestalt gegenübersah. Gleichzeitig fuhr ihre Hand unter die zerschlissene Schürze und in die Tasche ihres groben Wollkleides, in der sie ihr Messer aufbewahrte. Sie riss die Waffe hervor und richtete sie auf den Fremden. Sollte er nur versuchen sich an ihr oder dem Fuhrwerk zu vergreifen! Er würde eine böse Überraschung erleben. Denn in Hackenbroichs Tollhaus hatte sie gelernt sich ihrer Haut zu wehren.

»Um Gottes willen, ich will dir nichts tun!«, stieß der Mann mit keuchendem Atem hervor. Dabei ließ er die bauchige Reisetasche aus Gobelinstoff, die er mit dem linken Arm an seinen Körper gepresst hielt, zu Boden rutschen und lehnte sich gegen das Fuhrwerk, als bedurfte er einer Stütze. Der dicke Stoff der Tasche, die durch zwei breite Ledergurte am Aufspringen gehindert wurde, spannte sich über kantigen Ausbeulungen, als wäre die Tasche bis oben hin voll gestopft.

»Wer seid Ihr? Und warum habt Ihr Euch angeschlichen wie ein Dieb?«, fragte Johanna argwöhnisch und wünschte plötzlich ihren Weg durch weniger stille Gassen genommen zu haben.

»Ich bin in Gefahr . . . in großer Gefahr!«, keuchte der Fremde und verzog dabei das wachsbleiche, schweißglänzende Gesicht, als bereitete ihm das Sprechen starke Schmerzen. »Hilf mir, Mädchen! Ich werde dich auch gut dafür entlohnen.«

»Helfen? Wobei sollte ich Euch schon helfen können? Und wieso befindet Ihr Euch in Gefahr?«, fragte Johanna, die auf keinen Fall irgendeiner herzerweichenden Lügengeschichte auf den Leim gehen wollte. So leicht ließ sie sich nicht täuschen. Sie kannte die hinterhältigen Tricks des Gesindels, das die Straßen nachts unsicher machte, nur zu gut. Mitleid war fehl am Platze. Jeder musste selbst sehen, wie er zurechtkam. Auf andere war kein Verlass, nicht einmal auf das eigene Blut, das hatte sie das Leben gelehrt. Und der beste Selbstschutz war immer noch, von jedem erst einmal das Schlechteste zu erwarten, das bewahrte einen vor bösen Überraschungen.

»Für Erklärungen . . . ist jetzt keine Zeit . . . Benedikt und seine Handlanger können jeden Moment hier auftauchen und dann bin ich verloren! Hilf mir, bitte!«, flehte der Mann sie an. »Sag, wie heißt du?«

Sie zögerte kurz und zuckte dann die Achseln. Was konnte es ihr schaden, wenn sie ihm ihren Namen nannte. »Johanna«, antwortete sie knapp und nicht eben freundlich.

»Mein Name ist Quint . . . Kopernikus Quint und ich bin fremd hier in der Stadt. Darum brauche ich deine Hilfe, Johanna!«, stieß er gehetzt hervor.

»Ich habe mit mir selbst mehr als genug zu tun, mein Herr!«, erwiderte sie barsch.

»Aber ich weiß nicht, wohin ich mich wenden soll. Und wenn ich meinen Verfolgern in die Hände falle, ist mein Schicksal besiegelt!«

Johanna musterte ihn, wachsam und weiterhin darauf vorbereitet, sich diesen Mann jeden Moment mit dem Messer vom Leib zu halten.

Der Fremde, der Kopernikus Quint hieß, sofern er ihr seinen richtigen Namen genannt hatte, war in ein schwarzes Mantelcape gehüllt, das an den Säumen mit weinrotem Lederbesatz versehen war. Dort, wo der weite Umhang aufklaffte, kamen helle, dreckbeschmutzte Kniehosen und ein Oberrock aus glänzendem grauem Stoff zum Vorschein. Der dreikrempige Hut saß auf einer gepuderten Perücke, deren Locken dem Mann bis auf die Schultern reichten. Sein Gesicht, das wie ein altes und oft gefaltetes Pergament von zahllosen tiefen Linien zerfurcht war, wurde von buschigen grauen Augenbrauen, einem breiten, kantigen Kinn und einer recht kräftigen Nase beherrscht.

Nein, wie ein ruchloser Strauchdieb sah der Fremde, dessen Alter Johanna auf weit in den Fünfzigern schätzte, eigentlich nicht aus. Seiner Kleidung nach machte er vielmehr den Eindruck eines wohlhabenden Bürgers, dem man Vertrauen schenken durfte.

Aber der Schein konnte täuschen. Deshalb hieß es, auch weiterhin auf der Hut zu sein und das Schicksal nicht herauszufordern. Sie hielt sich besser aus den Scherereien anderer Leute heraus. Der Ärger, der sie zu Hause erwartete, wenn Hackenbroich den Schaden am Fuhrwerk sah, reichte ihr vollkommen.

»Ich wüsste nicht, wie ich Euch helfen könnte«, sagte Johanna abweisend. »Außerdem habe ich auch so schon Schwierigkeiten genug.« Sie wies auf die geborstenen Seitenbretter und das ausgelaufene Sägemehl.

»Du kannst mich zwischen den Säcken auf deinem Fuhrwerk doch gut verstecken!«, stieß Kopernikus Quint eindringlich hervor und klammerte sich mit der Rechten Halt suchend an eine Speiche des hohen Hinterrades, während er mit der Linken den Umhang zurückschlug und in eine schmale Seitentasche seines taubengrauen Oberrockes griff. »Benedikt und seine Schergen werden dich bestimmt nicht verdächtigen ... Ich flehe dich bei der barmherzigen Gottesmutter an, nimm mich nur ein paar Minuten mit, bis sie verschwunden sind! Dann . . . dann setzt du mich irgendwo ab, wo es dir passt.«

»Ich lasse mich nicht in etwas ein, von dem ich nicht weiß . . .«, begann Johanna.

»Es wird dein Schaden gewiss nicht sein, glaube mir! Hier, nimm das!«, fiel ihr der Fremde ins Wort und streckte ihr die linke, zitternde Hand hin. »Das ist für dich, wenn du mich vor meinen Verfolgern versteckst!«

Der Unterkiefer fiel Johanna herunter. Ungläubig sah sie auf die beiden Silbermünzen, die er ihr hinhielt. Waren es wirklich zwei Taler, die der Fremde ihr für ihre Hilfe bot, oder täuschte sie sich? Unwillkürlich beugte sie sich vor, um sich zu vergewissern. Nein, sie täuschte sich nicht! Es waren tatsächlich zwei Taler, auch wenn sie es kaum glauben konnte. Sie hatte noch nie auch nur einen Silbergroschen ihr eigen genannt – und nun wollte dieser fremde Mann sie für ihren Beistand mit *zwei Talern* belohnen?

»Heilige Dreifaltigkeit!«, entfuhr es ihr unwillkürlich. »Ihr wollt wirklich . . .?«

»Nimm das Geld, aber hilf mir schnell, um Gottes willen!«, fiel ihr Kopernikus Quint beschwörend ins Wort. »Es bleibt nicht mehr viel Zeit!«

Johanna vermochte der Versuchung nicht länger zu widerstehen. Zwei Taler waren es einfach wert, etwas zu riskieren. »Also gut, ich werde Euch verstecken!«, sagte sie, machte mit klopfendem Herzen einen Schritt auf ihn zu und nahm die beiden Silbertaler an sich. Augenblicklich ließ sie die Münzen in der Tasche ihres Kleides verschwinden, als hätte sie Angst, er könnte sich eines anderen besinnen und sein Angebot zurückziehen.

»Dem Allmächtigen und dir sei Dank!«, seufzte er, riss sich

nun Hut und Perücke vom Kopf und hielt ihr beides hin. »Da, nimm!«

»Was soll ich damit?«, fragte Johanna verständnislos.

»Wirf sie drüben an die Hausmauer, so als hätte ich sie dort bei meiner Flucht verloren!«, trug er ihr auf und wies auf die schmale Gasse, die schräg gegenüber abzweigte. Sein Gesicht verzerrte sich plötzlich und er taumelte vom Fuhrwerk weg, sank auf die Knie in das ausgeflossene Sägemehl und krümmte sich stöhnend wie unter einem heftigen Schmerzanfall, während er eine Hand auf die rechte Seite unter den Rippenbögen presste.

»Mein Gott, was habt Ihr?«, fragte Johanna erschrocken und hatte auf einmal die Gewissheit, vorhin nicht den scharfen Knall einer Peitsche, sondern zwei Pistolenschüsse gehört zu haben. Schüsse, die diesem Mann gegolten und ihn womöglich getroffen hatten! »Seid Ihr verletzt?«

»Kümmere dich . . . nicht darum . . .! Schmeiß die Sachen drüben . . . an die Mauer! . . . Ich komme schon wieder . . . auf die Beine! So schnell stirbt . . . es sich nicht«, stammelte er mühsam, während er sich mit der linken Hand am Fuhrwerk hochzog.

Johanna lief rasch zur Seitengasse hinüber und warf Dreispitz und Perücke neben einen breit getretenen Haufen Kot nahe der Hauswand in den Dreck, so wie er es ihr aufgetragen hatte. Dann rannte sie zu ihrem Fuhrwerk zurück.

Kopernikus Quint hatte indessen noch mehr Sägemehl aus den aufgeschlitzten Säcken geschaufelt und schob sich nun stöhnend in den dort klaffenden Hohlraum hinein.

»Vorsicht!«, rief Johanna gedämpft, als die Säcke mit dem Stroh über ihm gefährlich zu wanken begannen. »Bleibt still liegen! Ich sorge schon dafür, dass Euch niemand sehen kann.« Hastig zerrte sie zwei der nun leeren Säcke über ihn und bedeckte ihn zusätzlich noch mit einem strohgefüllten Sack, den sie von ganz oben nahm und gegen ihn presste. Dann begann sie das sich auf dem Boden auftürmende Sägemehl mit den Händen wieder auf das Fuhrwerk zu schaufeln.

»Meine Reisetasche! Vergiss bloß meine Reisetasche nicht, hörst du?«, drang die Stimme des Mannes auf einmal beschwörend unter all dem Stroh und Sägemehl hervor. »Sie ist so wichtig wie mein Leben!«

»Oh mein Gott, ja!« Johanna bückte sich rasch nach der Reisetasche, die zu ihrer großen Überraschung unglaublich schwer war, sodass sie beide Hände zu Hilfe nehmen musste, um sie über den Kopf zu heben und auf das Fuhrwerk oben zwischen die Strohsäcke zu wuchten. Was er in dieser bauchigen Tasche bloß haben mochte? Vom Gewicht her konnten es gut und gerne Ziegelsteine sein!

Nachdem sie die Tasche gut unter den Strohsäcken verborgen und noch mehrere Hand voll Sägespäne auf den Wagen vor das Versteck von Kopernikus Quint geschaufelt hatte, hob sie die geborstenen Bretter und die Stricke auf.

Im selben Moment hörte sie mehrere erregte Männerstimmen und dann vernahm sie auch schon eilige Schritte, die in der Gasse hinter ihr rasch näher kamen. Augenblicke später konnte Johanna sogar deutlich verstehen, was sich die Männer im Laufen zuriefen.

»Verdammt noch mal, habe ich Ihm und Seinem dickfelligen Bruder nicht gleich gesagt, dass Quint an der Kreuzung in die andere Richtung geflohen ist?«, rief eine kräftige Stimme mit dem schneidenden Tonfall eines Mannes, der das Erteilen von Befehlen gewohnt war.

»Wer konnte das denn mit Sicherheit wissen, Herr? Die Gestalt, die da so eilig um die Ecke bog, sah doch wirklich so aus wie dieser elende . . .«, antwortete eine gedehnte, nasale Stimme.

»Er soll den Mund halten und laufen, Florentin! Er hat mit seinem Bruder heute schon genug Schaden angerichtet. Auf die Beine schießen, hatte ich gesagt! Auf die Beine, Mann! Denn ich brauche ihn lebend!«, rief die herrische Stimme unwirsch. »Valentin! . . . Valentin? Zum Teufel noch mal, wo bleibt Er denn?«

»Gleich hinter Euch!«, versicherte eine dritte Stimme, die der zweiten sehr ähnlich klang.

»Vor mir hat Er zu laufen! Dafür wird Er bezahlt!«

»Wir kriegen ihn schon noch. Meine Kugeln haben ihn erwischt, Herr, da bin ich mir ganz sicher, und mit einer Verletzung kommt er nicht weit – nicht in einer fremden Stadt!«

Johanna wandte sich um und sah, wie die Dunkelheit in der engen Schlucht der Giebelhäuser drei Männer freigab, die sie und ihr beladenes Fuhrwerk sofort erblickten und nun mit wehenden Umhängen auf sie zukamen.

Dies waren also die Männer, vor denen Kopernikus Quint auf der Flucht war und die auf ihn geschossen hatten! Und bei einem sah sie sogar die Pistole mit dem langen abgerundeten Griffstück, die hinter seinem breiten Leibgurt steckte, als der Umhang des Mannes für einen kurzen Moment weit aufflog.

Auf einmal schlug ihr das Herz im Hals und voller Bangen fragte sie sich, ob sie klug gehandelt hatte, als sie sich von zwei Silbertalern in diese Situation locken ließ – ohne jede Ahnung, auf was sie sich damit eingelassen hatte.

Johanna brauchte nicht erst zu raten, wer von den drei Männern jener Benedikt war, den Kopernikus Quint erwähnt hatte. Die vornehme Kleidung des hoch gewachsenen Mannes mit dem federgeschmückten Dreispitz und der gepuderten Perücke verriet ihr das sofort. Sein Umhang war aus königsblauem Samt gearbeitet, dem man sogar noch im Zwielicht die edle Qualität und den raffinierten Schnitt eines teuren Schneiders ansah. Und unter der protzigen Silberschließe, die den Mantel vor der Brust zusammenhielt, quoll ein weißes Spitzenhalstuch hervor. Zudem schwang der Mann ein elegantes spanisches Rohr mit einem kugelrunden Silberknauf.

Die beiden Gestalten an seiner Seite waren genauso unschwer als Dienstmannen zu erkennen. Ihre einfachen rostbraunen Wollumhänge, die ballonhaften Stoffkappen, die derben Kniebundhosen und das klobige Schuhwerk gaben unmissverständlich Auskunft darüber, dass sie von niederem Stand waren.

Die drei Männer kamen um das Fuhrwerk herum und Johanna sah nun, dass es sich bei den beiden Dienstmannen Florentin und Valentin um Zwillinge handelte. Verblüfft blickte sie vom einen zum andern. Wer immer von ihnen Florentin war, Valentin glich ihm aufs Haar. Der eine schien das vollkommene Spiegelbild des anderen zu sein!

Aber einnehmend sahen sie nicht aus, ganz im Gegenteil! Ihre hageren, hohlwangigen Gesichter mit den hohen, scharf hervorstechenden Wangenknochen, den tiefen Augenhöhlen unter buschig schwarzen Brauen und den scharf gekrümmten Nasen ließen Johanna unwillkürlich an hungrige Krähen denken, die sich rücksichtslos nahmen, was sie an sich reißen konnten. Das Einzige, was sie äußerlich voneinander unterschied, war das nervöse Zucken des rechten Mundwinkels, unter dem der eine der Zwillingsbrüder litt.

»Florentin! Frage Er sie, ob sie Quint gesehen hat!«, befahl der Mann namens Benedikt. Seine für Johannas Ohren etwas befremdlich klingende Aussprache verriet, dass er nicht aus dem Rheinland stammte – und dasselbe galt zweifellos auch für seine Handlanger. Er richtete seinen Gehstock nun herrisch auf sie, als wollte er damit wie mit einer Klinge nach ihr stechen.

Wie sich nun herausstellte, war Florentin der Mann mit dem zuckenden Wangenmuskel. Er machte eine ruckartige Kopfbewegung zu Johanna hin. »Sag, ist hier gerade jemand vorbeigekommen?«, fragte er barsch und seine Stimme klang, als litte er an Nasenverstopfung.

»Wer soll denn vorbeigekommen sein?«, fragte Johanna mit gespielter Ahnungslosigkeit zurück, während ihr Herz wie wild jagte und sich ihr Mund wie ausgetrocknet anfühlte. Sie durfte sich nichts anmerken lassen!

»Sie soll mir nicht die Zeit mit Gegenfragen stehlen, sondern sagen, was sie gesehen hat! Mache Er ihr das deutlich, Florentin!«, herrschte Benedikt sie beide an, stach wieder ungeduldig mit seinem Gehstock nach ihr und rieb sich dann mit dem dicken Silberknauf über die linke Wange.

Dabei hob er den Kopf und Johanna konnte nun sein Gesicht sehen, das bis dahin im Schlagschatten der breiten Hutkrempe gelegen hatte. Der Anblick traf sie ganz unvorbereitet und löste einige Verwirrung in ihr aus. Denn sein Gesicht trug makellose Züge von erhabener männlicher Schönheit, mit denen nur ganz wenige Menschen gesegnet waren. Sie zweifelte, dass ein Meister der Bildhauerkunst, und sei er auch noch so begnadet, in der Lage wäre, ein edleres Antlitz als dieses zu Stande zu bringen.

»Hast du gehört, Mädchen? Du solltest tun, wozu unser Herr, der gnädige Freiherr Benedikt von Rickenbach, dich aufgefordert hat!«, bekräftigte Florentin mit einem drohenden Unterton.

Johanna machte hastig einen Knicks und erwiderte eilfertig: »Ich helfe dem gnädigen Herrn gern, nur weiß ich nicht, womit ein einfaches Fuhrmädchen wie ich einem so hohen Herrn hier auf der Gasse dienen kann.«

»Wir suchen einen Mann, der sich einiger schändlicher Handlungen wider unseren Herrn schuldig gemacht hat und jetzt auf der Flucht ist, um sich seiner gerechten Strafe zu entziehen«, erklärte Florentin und gab ihr eine knappe Beschreibung von Kopernikus Quint und seiner schweren Last. »Hast du so einen Mann gesehen? Ist er hier vorbeigekommen? Sprich!«

Johanna furchte die Stirn und kratzte sich durch die Haube hindurch am Kopf, als überlegte sie angestrengt. »Ja, ich habe in der Tat jemanden gesehen, der sich mit etwas abgeschleppt hat«, sagte sie dann und zwang ein Lächeln auf ihr Gesicht, als freute sie sich den vornehmen Herrn nicht enttäuschen zu müssen. »Aber ich habe ihn für einen Betrunkenen gehalten, weil er so gewankt und dann auch noch gestürzt ist. An mir vorbeigekommen ist er jedoch nicht, sondern er ist dort hinuntergelaufen, in Richtung des Nonnenklosters Mariengarten!« Sie deutete auf die gegenüberliegende Gasse. »Ich glaube, er hat dort auch was verloren, aber ich bin noch nicht dazu gekommen, selbst nachzuschauen, weil mir doch dieses schreckliche Missgeschick passiert ist.« Sie verzog das Gesicht zu einer Grimasse. »Wenn mein Stiefvater sieht, was ich durch meine Achtlosigkeit angerichtet habe, wird er zum Riemen greifen und . . .«

Benedikt von Rickenbach wartete nicht, bis sie ausgeredet hatte. Er wandte sich an Florentins Zwillingsbruder. »Sehe Er drüben nach, Valentin!«, bellte er.

»Ja, Herr!« Valentin hastete davon. Augenblicke später rief er aufgeregt zu ihnen herüber. »Es stimmt. Hier liegen sein Hut und seine Perücke. Er hat sie wohl beim Sturz verloren, so wie sie gesagt hat!«

»Er muss viel Blut verloren haben und schon sehr geschwächt sein!«, raunte Florentin seinem Herrn zu. »Jetzt haben wir ihn bald. In seinem Zustand wird ihm hier keiner Unterschlupf gewähren! Zudem kennt er hier niemanden, den er aufsuchen und um Hilfe bitten könnte, wenn es stimmt, was Ihr gesagt habt.«

»Will Er mein Wort in Zweifel ziehen?«, blaffte ihn der Freiherr an.

»Gott bewahre, nein, Herr!«

»Dann halte Er sich nicht länger mit unnützen Reden auf, sondern sorge Er mit seinem Bruder gefälligst dafür, dass endlich geschieht, was längst hätte erledigt sein sollen!«, wies Benedikt von Rickenbach ihn grob zurecht und versetzte ihm mit dem Gehstock einen Stoß in die Rippen. »Ich kehre in mein Logis* zurück und erwarte, dass Er mir dort baldigst Vollzug meldet! Und denke Er und sein Bruder daran, dass ich ihn lebend haben will, weil er mir tot nicht viel nützt! Vergesse Er mir das bloß nicht!«

»Ihr könnt Euch auf uns verlassen. Früher oder später geht er uns ins Netz, Herr!«, versicherte Florentin unterwürfig, dienerte und eilte zu seinem Bruder hinüber. Gemeinsam hasteten sie die Gasse hinunter.

Johanna fuhr ein eisiger Schreck in die Glieder, als Benedikt von Rickenbach sich ihr wieder zuwandte. Denn erst jetzt, da er mit dem dicken Silberknauf seines spanischen Rohrs nicht länger den oberen Teil seiner linken Gesichtshälfte bedeckte, bemerkte sie das schreckliche Narbengeflecht. Madenweiß und wie wollfädendicke Spinnweben umgab es sein linkes, erblindetes Auge, das mit seiner trübmilchigen Pupille unter einem wimpernlosen Lid wie das Auge eines Dämonen auf sie gerichtet war.

Ihr war, als blickte sie in ein Janusgesicht, dessen eine Hälfte Vollkommenheit verkörperte, während die andere mit ihrer abstoßenden Hässlichkeit alles Unvollkommene und Böse widerspiegelte.

Was für eine fürchterliche Entstellung eines sonst so makellosen Gesichtes!

Johanna erschauerte und fragte sich unwillkürlich, wobei er sich diese entsetzliche Verletzung, die ihn mehr als nur die Sehkraft seines linken Auges gekostet hatte, wohl zugezogen haben mochte. Hatte dieser fremde Mann Kopernikus Quint vielleicht damit zu tun?

Der entstellte Freiherr hob stumm seinen Gehstock und setzte ihr die eisenbeschlagene Spitze wie eine Degenklinge unter das Kinn. Johanna erstarrte und wagte nicht einmal zu atmen. Die Angst, durchschaut worden zu sein, überkam sie. Ihr brach der Schweiß aus, als hätte sie unvermittelt der Glutwind aus der Feuerluke einer glühenden Esse getroffen.

Obwohl nur ein flüchtiger Augenblick verstrich, erschien er Johanna wie eine entsetzlich lange Zeitspanne, in der ihr Herz wie wild raste und sie damit rechnete, im nächsten Moment für ihre Lügen unbarmherzig zur Rechenschaft gezogen zu werden – und natürlich auch die beiden Silbertaler zu verlieren.

Doch dann sagte er, während er das Ende seines eleganten Gehstockes spielerisch gegen ihr Kinn wippen ließ: »Sie hat ein gutes Auge und einen wachen Geist bewiesen. Jetzt spute Sie sich aber und sehe Sie zu, dass Sie mit Ihrem Gespann von der Gasse und nach Hause kommt! Ein Mädchen, das auch nur etwas auf seinen guten Ruf gibt, hält sich zu dieser Stunde nicht mehr allein auf der Straße auf!«

Johanna hatte Mühe, sich ihre unendliche Erleichterung nicht anmerken zu lassen. »Ja, Herr«, antwortete sie nur mit belegter Stimme.

Er nickte ihr knapp zu, zog sich den Dreispitz wieder tiefer in die Stirn und drehte sich auf dem Absatz um. Eiligen Schrittes entfernte er sich.

Johanna zitterten die Knie. Es überlief sie noch einmal ein kalter Schauer, als sie ihm nachblickte und sah, wie die Dunkelheit der Gasse ihn so plötzlich wieder verschluckte, wie sie ihn erst vor wenigen Augenblicken mit seinen beiden krähengesichtigen Handlangern ausgespuckt hatte.

Sie wusste nicht, wer dieser Freiherr Benedikt von Rickenbach war und was er und dieser Kopernikus Quint miteinander zu schaffen hatten. Eines wusste sie jedoch ganz genau: Sie hoffte aus tiefster Seele diesem Mann nie wieder zu begegnen!

Drittes Kapitel

Johanna klopfte zweimal hart auf die Ladefläche und rief leise: »Eure Verfolger sind auf die Täuschung hereingefallen, Herr. Sie sind weg. Die Luft ist rein. Ihr könnt herauskommen!«

»Nein . . . noch zu früh . . . nicht hier!«, kam die Antwort erstickt und kaum verständlich unter dem aufgetürmten Stroh und Sägemehl hervor. »Bring mich . . . Straßen weiter . . . will sichergehen . . . nicht in die Hände falle!«

Johanna wollte darauf bestehen, dass er jetzt gefälligst aus seinem Versteck herauskam, die schwere Tasche an sich nahm und seiner eigenen Wege ging, bevor er sie noch in größere Schwierigkeiten bringen konnte. Sogar zwei Taler verloren schnell ihren Zauber, wenn Männer wie dieser Benedikt und die Zwillinge im Spiel waren!

Aber dann kamen ihr doch Bedenken. Vielleicht war es auch zu ihrem Besten, wenn er erst einmal unter den Säcken liegen blieb und sie ihn an einer anderen Stelle herauskriechen ließ, wo sie wirklich sicher sein konnte nicht plötzlich eine unliebsame Überraschung zu erleben. Wer sagte denn, dass die beiden Krähengesichter oder dieser Freiherr Benedikt von Rickenbach nicht unverhofft wieder auftauchten?

»Also gut, ich nehme Euch noch ein Stück mit!«

Sie wusste auch schon, wo sie ihn sich am besten vom Hals schaffen konnte, ohne sich selbst noch weiter in Gefahr zu begeben – nämlich in der Stolkgasse hinter der Hofmauer des Tollhauses. Dort würde sie ihn durch die schmale Tür neben der eingestürzten Kapelle hinaus auf die Seitengasse lassen.

Notdürftig band Johanna nun die geborstenen Seitenbretter zusammen, schob sie in die Halterungen und verkeilte sie so gut es eben ging. Das musste für den Rest des Weges halten!

Nach kurzem Zögern lief sie in die Gasse hinüber, wo noch immer Hut und Perücke des Fremden im Dreck lagen. Hastig nahm sie beides an sich und lief zum Fuhrwerk zurück. Sie schwang sich auf den Kutschbock, nahm die Zügel auf und stieß einen Stoßseufzer der Erleichterung aus, als Hannibal sich nach der längeren Rast willig ins Geschirr legte und sie den Ort der unheimlichen Begegnung rasch hinter sich ließen.

Die starke innere Anspannung wich jedoch erst von ihr, als sie endlich in die Stolkgasse gelangten, an der Predigerabtei vorbeirumpelten und sie das Fuhrwerk unter dem vertrauten steinernen Torbogen zum Stehen brachte, der in die vermooste Umfassungsmauer aus Ziegelsteinen eingelassen war.

Hoch über dem doppelflügeligen Tor, das aus dunklen, jahrhundertealten Eichenbohlen bestand und schwere Eisenbeschläge trug, ragte eine fratzenhafte steinerne Maske aus dem Mauerwerk hervor. »Grienkopf« nannten die Kölner diese grotesken Steinfratzen, die aus ältester Zeit stammten und über den Eingängen und Toren vieler alter Häuser eingelassen waren.

»Ja, grinse du nur, alter Grienkopf! Ich habe mir die beiden Silbertaler redlich verdient«, murmelte Johanna und sprang fast beschwingt vom Kutschbock. Sie hatte es geschafft. Und niemand außer dem Grienkopf wusste von den beiden Silbermünzen!

Sie zog den schweren Torschlüssel hervor, den sie unter ihrem Kleid an einer ledernen Schnur um ihren Hals trug, schob

ihn in den mit dreiköpfigen Nägeln beschlagenen Kumpen*
und schloss das Tor auf. Sie musste sich mit aller Kraft gegen
die eichenen Torflügel stemmen, um sie so weit nach innen
aufzuschieben, dass sie mit dem Fuhrwerk in den dahinter
liegenden Hof fahren konnte.

Sonst rief Johanna immer nach Dominik, dem bulligen Faktotum* oder nach Frieder, dem Neffen ihres Stiefvaters, damit einer von beiden ihr wenigstens das Schließen der schweren Torflügel abnahm. An diesem Abend unterließ sie das jedoch wohlweislich und sie war froh, dass sich keiner von ihnen auf dem Hof aufhielt.

Sie schloss das Tor wieder und lief dann schnell zum Fuhrwerk zurück, das sie in den nachtschwarzen Schlagschatten der alten Eiche gelenkt hatte, die nur wenige Schritte von der eingestürzten Kapelle entfernt aufragte. Das Gotteshaus hatte zu einem kleinen Nonnenkonvent* gehört, der vor langer Zeit in diesen Gebäuden untergebracht gewesen war, bevor er im 16. Jahrhundert in ein anderes Kloster der Stadt umgezogen war.

Auf der anderen Seite des Hofes erhob sich das zweistöckige Wohnhaus, ein abstoßend düsterer Tuffsteinbau, der ein L bildete. Fünf Stufen mit mehreren ausgebrochenen Steinen führten zum Portal mit dem vorgebauten Windfang hinauf. Gnädigerweise überwucherten Efeu und andere Rankengewächse das alte rissige Gemäuer den größten Teil des Jahres mit einem dichten Blätterteppich, der sich im Herbst bunt verfärbte. Doch inzwischen stand der November vor der Tür und Wind und Wetter hatten schon große Lücken gerissen. Nur noch ein paar Tage und auch das letzte Laub würde fallen.

Ein turmähnlicher Aufsatz mit zwei Geschossen erhob sich wie ein grober Klotz genau in dem Winkel, wo der kurze und der lange Gebäudetrakt zusammentrafen. Auf dem schiefen, baufälligen Giebel saß wie auf fast allen Kölner Giebelschlüssen die alte, rostige Wetterfahne, die sich knarrend im Wind drehte.

Der gedrungene Turm hatte der Anstalt ihres Stiefvaters jenen Namen gegeben, der sich seit Jahren bei den Einheimischen eingebürgert hatte, nämlich *Hackenbroichs Narrenturm*. Dabei war der Name völlig unzutreffend. Denn im verwitterten Turm, wo sie, Johanna, ihre schäbige und elend zugige Kammer hatte, war noch nie einer der Irren untergebracht gewesen. Und genau deshalb hatte sie auch darum gekämpft, dort ihre Kammer haben zu dürfen. Denn dort oben war sie am weitesten entfernt von dem beständigen Lallen und Stöhnen, dem irrsinnigen Lachen und Kichern, dem Weinen und Wimmern und dem Rufen und Schreien der Geisteskranken. Ein unberechenbarer Chor von Stimmen und Geräuschen, der nur nachts in sich zusammenfiel, jedoch nie ganz verstummte – und an den sich Johanna auch nach sieben Jahren noch nicht gewöhnt hatte und sich wohl auch nie gewöhnen würde.

Die Quartiere der Schwachsinnigen befanden sich vorwiegend im Obergeschoss des längeren Gebäudeteils, wie die mit Eisenkörben verwahrten Fenster, die sich am Turm nicht fanden, einem aufmerksamen Beobachter unschwer verrieten. Und einige der Unglücklichen dämmerten auch unten in den düsteren Kellergewölben dahin ...

Ein Schauer durchlief Johanna und schnell verdrängte sie den Gedanken an das Elend der drei Schwachsinnigen im Keller, denen niemand mehr helfen konnte. Sie hatte sich um anderes zu kümmern, musste sie doch zusehen, dass sie diesen Kopernikus Quint so schnell wie möglich loswurde, bevor jemand aus dem Haus kam und lästige Fragen stellen konnte.

In höchster Eile zog Johanna die gesplitterten Bretter aus

ihren Halterungen und zerrte den Strohsack aus dem lose aufgehäuften Sägemehl.

»Ihr seid in Sicherheit, Herr!«, raunte sie Kopernikus Quint zu. »Wir sind hier in einem ganz anderen Viertel. Aber nun müsst Ihr wirklich gehen, bevor ich Ärger mit meinem Vormund bekomme.«

Stöhnend kroch er unter den Strohsäcken hervor. »Ich weiß nicht . . . ob ich es schaffe«, keuchte er. Seine Beine baumelten schlaff über die Kante der Ladefläche. »Die Schmerzen . . . sind kaum noch auszuhalten . . . Ich bin . . .«

Von Schmerzen wollte Johanna nichts wissen. Das hatte er gefälligst mit sich selbst auszumachen. Deshalb fiel sie ihm hastig ins Wort: »Ihr werdet es schon schaffen. Nur Mut! Wartet, ich helfe Euch!« Beherzt packte sie zu. Doch als sie ihren Arm um seine Taille legte, um ihm auf die Beine zu helfen, glitt ihre Hand über eine klebrig feuchte, aufgerissene Stelle seines Umhangs – und sie erschrak.

Er zuckte bei der Berührung zusammen und zog die Luft wie unter starken Schmerzen scharf ein. »Ich fürchte . . . es wird nicht gehen. Mir wird so . . . schwindelig«, antwortete er mit schwächer werdender Stimme. »Es tut mir Leid, aber ich muss dich bitten . . .« Er brach mitten im Satz ab und im selben Augenblick erschlaffte sein Körper. Der Kopf fiel ihm auf die Brust und er sackte nach hinten gegen die Säcke.

»Das könnt Ihr nicht machen, Herr!«, rief Johanna verstört, rüttelte ihn an der Schulter und redete wider besseres Wissen auf ihn ein. »Kommt zu Euch! Nur ein paar Straßen weiter, habt ihr gesagt. Das habe ich gemacht. Aber jetzt müsst Ihr selbst für Euch sorgen! Ich beschwöre Euch, Ihr habt es mir versprochen! Ihr müsst zu Eurem Wort stehen!«

Kopernikus Quint jedoch blieb stumm und rührte sich auch nicht. Er hatte das Bewusstsein verloren.

Ein eisiger Schreck fuhr Johanna in die Glieder, als sie auf ihre Hände blickte und das viele Blut sah. Was sie all die Zeit längst geahnt, aber nicht wirklich hatte wissen wollen, wurde zur unausweichlichen Gewissheit: Die Schüsse seiner Verfolger hatten ihn getroffen, oder zumindest doch einer der Schüsse. Er war auf jeden Fall so schwer verletzt und hatte mittlerweile dermaßen viel Blut verloren, dass ihm die Sinne geschwunden waren. Das hatte sie nun von ihrer Gutherzigkeit!

Was sollte sie jetzt bloß mit ihm machen?

Sie wehrte sich gegen die Panik, die in ihr aufstieg. Nur die Ruhe bewahren!, ermahnte sie sich selbst, während sie auf einen Ausweg aus dieser verfahrenen Lage sann. Es gab keinen Grund, die Nerven zu verlieren. Ihr würde schon etwas einfallen. Ihr war doch in Bedrängnis bisher noch immer etwas eingefallen! Diesmal musste es jedoch besonders schnell gehen.

Nervös biss sie sich auf die Unterlippe und plötzlich kam ihr der rettende Gedanke. Sie brauchte ihn doch bloß hinaus auf die Straße zu schleppen und ihn dort gegen die Mauer zu lehnen! Er war zwar ein recht kräftiger Mann, aber sie litt ja nicht gerade unter Schwächlichkeit. Dafür hatte Hackenbroich mit der vielen, auch körperlich schweren Arbeit, die er ihr von Anbeginn auferlegt hatte, schon gesorgt. Sie würde es bestimmt schaffen, diesen Kopernikus Quint trotz seines Gewichtes über den Hof, durch das Tor und sicherheitshalber noch einige Schritte die Gasse hinunterzuschleifen. Nicht, dass sie ihn da seinem Schicksal überlassen wollte! Sie konnte ja zum Predigerkloster an der nächsten Ecke laufen und den Mönch an der Pforte alarmieren, damit sich die frommen Brüder seiner annähmen. Immerhin gehörte die uneigennützige Nächstenliebe doch zu deren Gelübde. Sie selbst hatte nun wirklich schon genug für Quint getan. Die zwei Silberlinge hatte er ihr ja gegeben, damit sie ihn kurz auf ihrem Wagen versteckte. Das hatte sie getan. Und alles andere ging sie nun nichts an!

Johanna wollte den Bewusstlosen schon von der Ladefläche zerren, als drüben am Haus eine Tür schlug und sie erschrocken zusammenfuhr. Schwere Schritte kamen über den Hof.

»Du bist heute aber spät dran, Hanna«, sagte eine träge, leicht lispelnde Stimme.

Johanna atmete auf. Es war nicht Hackenbroich oder sein Neffe Frieder, wie sie im ersten Moment befürchtet hatte, sondern zum Glück nur Dominik Thölden.

Bei ihrem Stiefvater und vielen anderen im Viertel hieß der grobschlächtige und kraftstrotzende Mann nur »Dominik der Dussel«. Dabei war der arme Dominik nicht nur eine Seele von einem Menschen, sondern auch gar nicht so dumm und schwachsinnig, wie man es ihm gemeinhin nachsagte. Er war nur überaus langsam und brauchte immer recht lange, um etwas schwierigere Sachverhalte zu begreifen. Sie hatte ihm mal einen Witz erzählt und er hatte geschlagene zwei Tage darüber gegrübelt, bis er den Witz verstanden hatte und urplötzlich in schallendes Gelächter ausgebrochen war. Ja, zwei Tage hatte es gedauert, aber er hatte doch nicht aufgegeben, bis er dahinter gekommen war!

Sie mochte ihn jedenfalls, auch wenn Dominik ihr manchmal mit seiner Schwerfälligkeit gehörig den Nerv raubte. Außer ihr hatte niemand ein gutes Wort für ihn übrig und sie würde ihm nie vergessen, dass er sich früher oft schützend vor sie gestellt hatte, wenn Hackenbroich seine Wut an ihr ausgelassen und dabei völlig die Beherrschung verloren hatte.

Dominik, der wegen seines rechten Klumpfußes einen ganz eigenen, ruckartig schiebenden Gang besaß, kam um das

Fuhrwerk herum. Sein Kreuz war so breit wie eine schwere Seekiste und seine Hände ähnelten Schaufelblättern. Dichtes, bürstenkurzes Haar von rotbrauner Farbe bedeckte seinen massigen Schädel. Doch der Bart, der sein grobflächiges, einfältiges Gesicht umgab, hatte bei weitem nicht die Dichte, die sein Haupthaar besaß, und machte daher einen sehr zotteligen Eindruck. Das war umso bedauerlicher, als der spärliche Bartwuchs nicht die grässliche Hasenscharte gnädig überdecken konnte, die schräg rechts unter seiner Nase die Oberlippe spaltete.

»Ist irgendetwas mit Hannibal oder dem Fuhrwerk, dass du hier mitten im Hof stehen geblieben bist, Hanna?«, fragte er besorgt.

Dominik war der Einzige, dem Johanna erlaubte, sie mit ihrem alten Kosenamen anzusprechen, mit dem ihr Vater und ihre Geschwister sie gerufen hatten. »Nein«, sagte sie, »aber es gibt etwas anderes, wobei du mir helfen kannst.«

»Klar doch, Hanna.«

»Sag mir erst mal, wo Hackenbroich steckt!«

»Meister Hackenbroich ist gerade mit dem jungen Meister Frieder runter in den Keller. Der wilde Anton hat mal wieder einen seiner Ausbrüche.«

»Gut, das dauert seine Zeit, bis sie ihn wieder zur Ruhe gebracht haben«, sagte Johanna erleichtert.

»Oh, du hast jemanden mitgebracht!«, rief Dominik überrascht, als sein Blick auf die dahingestreckte Gestalt von Kopernikus Quint fiel. »Wer ist das?«

»Das ist eine lange Geschichte. Dafür haben wir jetzt keine Zeit.«

Dominik trat näher und legte den Kopf schief. »Er scheint sehr müde zu sein, dass er so verdreht schlafen kann.«

»Er schläft nicht, er ist bewusstlos.«

Dominik runzelte die Stirn. »Ist ihm die Fahrt auf dem Fuhrwerk nicht bekommen?«

Johanna verdrehte die Augen. »Ihm ist was ganz anderes nicht bekommen, Dominik. Und zwar hat ihm jemand eine oder vielleicht auch zwei Pistolenkugeln zwischen die Rippen gejagt, weshalb er wohl so viel Blut verloren hat wie ein angestochenes Schwein. Und deshalb ist er ohnmächtig geworden!«, erklärte sie ungeduldig und hätte am liebsten noch hinzugesetzt: »Du Dussel!«

»Allmächtiger!« Dominik bekreuzigte sich schnell. »Dann müssen wir ihn aber schnell in eine Kammer bringen und den Medikus holen, damit er nach ihm sieht! Vielleicht auch Ehrwürden Steinbach, damit er ihm die Beichte abnimmt und die letzte Ölung spendet.«

Johanna brannte auf einmal das Feuer der Scham im Gesicht. Während es Dominiks erster Gedanken war, dem Verletzten ohne Verzug zu helfen, hatte sie sich den Kopf zerbrochen, wie sie sich der Verantwortung für Kopernikus Quint bloß auf die schnellste und einfachste Weise entledigen konnte! Und das nur deshalb, weil sie fürchtete, sich einen Heidenärger mit Hackenbroich einzuhandeln.

Sie wehrte sich gegen das Gefühl der Scham. Zugegeben, sie hatte nur daran gedacht, wie sie am besten aus dieser brenzligen Lage herauskam. Aber war es denn ein Wunder bei dem bedrückenden Leben in diesem düsteren, freudlosen Tollhaus, dass sie von Jahr zu Jahr eigensüchtiger wurde und mehr und mehr in ihrem Herzen verhärtete? Es gab doch niemanden, der etwas darum gab, wie es in ihr aussah und was aus ihr wurde. Sie fand ja nicht einmal bei ihrer eigenen Mutter Beistand in ihren Nöten.

Und doch, das Gefühl der Scham blieb.

»Zum Teufel mit ihm!«

Bestürzt sah Dominik sie an. »Was? Du meinst, er ist schon hinüber und beim Teufel, weil er sein Seelenheil verspielt hat? Kennst du ihn denn so gut?«

»Nein, ich kenne ihn überhaupt nicht. Ich habe Hackenbroich damit gemeint. Er wird bestimmt Gott weiß was für ein Geschrei machen, wenn er hört, dass wir einen verletzten fremden Mann einfach so ins Haus gebracht haben. Aber sei's drum. Du hast Recht, wir müssen ihn sofort in eine Kammer bringen und jemanden nach dem Arzt schicken! Aber das mit dem Priester sollten wir nicht überstürzen.«

»Dann trage ich ihn schon mal ins Haus«, sagte Dominik, beugte sich über den Bewusstlosen und hob ihn sich so vorsichtig wie möglich und dabei so mühelos, als wäre Quint nicht viel schwerer als ein gut gefüllter Strohsack, über seine linke Schulter. »Am besten bringe ich ihn in die Küche und lege ihn da auf den großen Tisch. In der Küche hat der Wundarzt gleich Wasser und Feuer zur Hand, wenn er schneiden muss, und das Blut lässt sich gut von der Steinplatte wischen.«

»Nein, nicht in die Küche!«, widersprach Johanna. Sie wollte nicht, dass Hackenbroich auf die Idee kam, den Fremden unten zu behalten und bei den Irren in eine Zelle zu sperren. »Bring ihn zu mir nach oben in den Turm, und zwar in das einstige Herrengemach gleich neben meiner Unterkunft. Da ist er besser aufgehoben. Da stehen auch noch einige alte Bettstellen. Und schneiden kann der Wundarzt dort auch, wenn es denn sein muss.«

»Wie du sagst, Hanna.«

»Geh schon vor, ich komme sofort nach!«

Dominik nickte gehorsam und zog mit seiner menschlichen Last los. Wie leblos baumelten die Arme des bewusstlosen Mannes auf seinem Rücken hin und her.

Johanna stieg in die Speichen des Hinterrads, kletterte auf die Ladefläche, zerrte die schwere Gobelintasche unter den Strohsäcken hervor, sprang mit einem Satz vom Fuhrwerk und zögerte einen Augenblick, ob sie es wirklich wagen sollte. Dann gab sie sich einen Ruck, ignorierte das flaue Gefühl in ihrem Magen und verschwand mit der Tasche in der Ruine zu ihrer Linken.

Vor einigen Jahrhunderten war dies einmal eine ansehnliche Kapelle gewesen. Später hatte sie einigen Generationen von protestantischen Kaufleuten und dann Hackenbroich als Lagerschuppen gedient, bis das schon seit langem baufällige Gebäude im letzten Winter in einer stürmischen Februarnacht unter einer schweren Schnee- und Eislast in sich zusammengefallen war. Von der einstigen Kapelle stand jetzt nur noch eine der beiden Längswände. Und zwar diejenige Wand, die sich neben dem Tor von der Außenmauer in den Hof hinein erstreckte. Daran schloss sich in einem rechten Winkel noch ein Rest jener Mauer an, die einst zur Vorderfront des Gotteshauses gehört hatte. Aber auch dieser Torso würde dem Einsturz nicht mehr lange widerstehen, wiesen die Wände doch schon eine gefährliche Neigung nach innen auf.

Das restliche Mauerwerk hatte sich in unterschiedlich hohe Trümmerhaufen verwandelt. Einige Balken des eingestürzten Daches ragten als Stümpfe, andere sogar noch mit Resten des Lattenwerks und einigen Dutzend Holzschindeln bedeckt aus dem noch aufrecht stehenden Teil der Längswand. Alle anderen Teile des uralten Dachstuhls lagen mehr oder weniger unter Trümmern begraben.

An der hinteren Wand, die gleichzeitig auch die Mauer zur Gasse bildete, fand Johanna einen mannshohen Schutthaufen mit einer von Brettern und Balkenresten geschaffenen Aushöhlung. Die Öffnung war groß genug, um die bauchige Tasche von Kopernikus Quint aufzunehmen. Schnell schob Johanna sie durch den Spalt und stieß sie so tief als möglich hinein. Danach bedeckte sie die Tasche mit einigen Dachschindeln und schob vorsichtshalber noch anderen Bauschutt vor die Öffnung.

Eigentlich hätte sie sich diesen Aufwand sparen können. Wer konnte schon ahnen, dass sie hier etwas versteckt hatte? Zumal sie selbst noch nicht einmal wusste, was diese Tasche überhaupt enthielt. Und wegen der Einsturzgefahr wagte sich keiner ohne guten Grund hier hinein.

Johanna beeilte sich, dass sie aus der Ruine kam. Sie holte die beschmutzte Perücke und den Dreispitz des Fremden, rannte über den Hof und die Stufen zum Portal hoch und riss die Tür auf. In der Halle des steinernen Treppenhauses hätte sie beinahe die stumme Berendike über den Haufen gerannt, die mit einem Korb Wäsche um die Ecke kam. Sie wollte der ausgemergelten Magd, die Hackenbroich zusammen mit ihrer älteren Schwester Ida Hollmann in Brot und Arbeit hielt, schon zurufen, alles liegen und stehen zu lassen und zum Medikus zu laufen. Aber das hätte nicht viel gebracht, wie ihr gerade noch rechtzeitig einfiel. Denn die stumme Berendike war ohne die Fähigkeit, zu sprechen, zur Welt gekommen und vermochte bestenfalls ein paar unverständliche Laute von sich zu geben.

»Wo ist deine Schwester?«

Die stumme Magd, deren Gesicht fast immer einen ängstlichen Ausdruck trug, als fürchtete sie, etwas falsch gemacht zu haben und ihre Stellung zu verlieren, wies hinter sich den Gang hinunter.

»Sie ist in der Küche?«

Berendike nickte, während aus dem Kellergewölbe ein beinahe tierisches Toben und Schreien drang.

Na, für diesen üblen Krawall würde der wilde Anton bestimmt schmerzhaft bezahlen, fuhr es Johanna unwillkürlich durch den Kopf, als sie den muffig riechenden Gang zur Küche hinunterrannte.

Sie riss die Tür auf. Ida, die in etwa so alt wie ihre Mutter sein mochte, hängte gerade einen rußschwarzen Kessel an den schweren Eisenhaken, der an einer Kette aus dem Kamin der mächtigen Feuerstelle herabhing. Unter dem Abzug hätten gut und gerne vier ausgewachsene Männer nebeneinander Platz gefunden.

»Ida, lauf so schnell du kannst zum Wundarzt Bodestedt in die Handsrückengasse hinüber und sag ihm, er soll so rasch wie möglich zu uns kommen!«, rief sie der korpulenten, rotwangigen Frau zu.

»Um Gottes willen, was ist passiert?«, stieß Ida erschrocken hervor und ihre großen Augen weiteten sich noch mehr. »Hat sich einer der Irren was angetan? Oder ist es der wilde Anton? Sie werden ihm doch wohl nicht wieder die Knochen gebrochen haben!«

»Nein, nichts von alledem, aber es geht dennoch um Leben und Tod! Nur ist jetzt keine Zeit, dir das zu erklären!«, sagte Johanna. »Und er braucht auch nicht auf seine Bezahlung zu warten, hörst du? Sag ihm das und nun lauf schon!«

Ida ließ alles stehen und liegen. Sie warf sich ihren schäbigen Umhang über die gebeugten Schultern und stürzte hinaus in die Dunkelheit, um den Arzt zu holen.

Indessen trat Johanna an das Wandbord neben der Tür und nahm eine Öllampe mit einem verkratzten blechernen Spiegel herunter. Sie hielt einen Kienspan ins Feuer, hob den Glaszylinder an und hielt den brennenden Span an den ölgetränkten Docht. Sofort stieg eine helle Flamme auf.

Mit der Lampe in der einen und der Perücke und dem Dreispitz in der anderen Hand lief sie so schnell sie konnte die Treppe in den Turm hoch. Die lallenden oder wimmernden Stimmen, die aus dem ersten Obergeschoss kamen, wo die zwölf harmlosen Schwachsinnigen untergebracht waren, nahm sie in ihrer Aufregung nur unbewusst wahr. Sie flog förmlich die steinernen Stufen empor, die im Laufe der Jahrhunderte vom Schuhwerk der Hausbewohner blank gewetzt waren und in der Mitte schon regelrechte Mulden aufwiesen. Der Lichtschein der wild flackernden Flamme, der vom polierten Spiegel verstärkt wurde, tanzte über das nackte Gestein der mächtigen Steinquader, aus denen die Mauern des breiten Turmaufsatzes errichtet worden waren.

Atemlos gelangte sie in das Eckzimmer, in das Dominik den verwundeten Mann auf ihr Geheiß hin gebracht hatte und das fünf Schritte über den Gang von ihrer eigenen Kammer entfernt lag. Es war sehr geräumig, besaß zwei Fenster und musste früher zweifellos ein herrschaftliches Gemach gewesen sein, verfügte es doch über einen gemauerten Wandkamin, der auf der Nordseite in die Wand eingelassen war. Da sich jedoch auf dieser Seite des Turms das Dachgebälk wie auch die Schindeln schon seit langer Zeit in einem äußerst trostlosen Zustand befanden und die Fenster nicht weniger schadhaft waren, wurde dieses Zimmer nur noch als Abstellraum für Bettstellen, strohgefüllte Auflagen und andere sperrige Teile verwendet. Das meiste davon bedurfte ebenso einer gründlichen Ausbesserung, wie sie für Fenster, Dachgebälk und Schindeln schon seit Jahren überfällig war. Aber Hackenbroich kümmerte sich nicht darum, sondern ließ alles verkommen.

Die steile Stiege, die von hier aus auf den zusammengefallenen Speicher führte, war früher hinter einer Trennwand verborgen gewesen. Doch die Bretter hatte man irgendwann von den Stützbalken gelöst und anderweitig verwendet, sodass die Stiege nun ein sichtbarer Teil des großen Eckzimmers geworden war.

»Er lebt noch, Hanna. Ich habe genau gehört, dass er gestöhnt und etwas gesagt hat! Und er hat sich auch bewegt! Mehrmals sogar!«, beteuerte Dominik, als wollte er einem Vorwurf zuvorkommen. Dabei knetete er aufgeregt seine Hände, sodass die Knöchel laut knackten.

»Natürlich lebt er noch!«, erwiderte Johanna forsch, schon zu ihrer eigenen Beruhigung. Sie legte Hut und Perücke aus der Hand, und während sie die Lampe an den Wandhaken neben der Tür hängte, wiederholte sie, was Kopernikus Quint an der Brandstätte zu ihr gesagt hatte: »So schnell stirbt es sich nicht.«

Dominik atmete sichtlich auf. »Dem Himmel sei Dank! Ich hatte schon Angst, vielleicht etwas falsch gemacht zu haben. Es ist doch richtig, dass ich ihn auf den Rücken gelegt habe, nicht wahr?«

»Ja, aber du hättest ihn vorher von seinem schweren Mantel befreien und eine Strohunterlage auf die Bretter der Pritsche legen können.«

»Oh ja, daran habe ich gar nicht gedacht«, gestand er, legte in einer Geste der Betroffenheit eine Hand an den Mund und schaute Johanna ratlos an.

»Na, komm schon!«, forderte sie ihn auf und trat an die harte Pritsche, auf der Kopernikus Quint lag. »Du hebst ihn vorsichtig an und ich zieh den Mantel unter ihm weg.«

Als das geschehen war, trug Johanna ihm auf noch zwei weitere Öllampen zu bringen. »Am besten die beiden großen Sturmlaternen, die geben das hellste Licht ab. Der Wundarzt muss genug sehen können. Und sag Berendike, sie soll saubere Tücher und mindestens zwei Kannen mit kochend heißem Wasser bereithalten! Kannst du dir das merken?«

»Zwei Sturmlaternen, saubere Tücher und mindestens zwei Kannen kochend heißes Wasser!«, wiederholte Dominik.

»Und ein paar Körbe Feuerholz könnten wir hier oben auch ganz gut gebrauchen!«, rief Johanna ihm noch zu. Hackenbroich würde zwar erst fluchen und ihr Verschwendung vorwerfen. Aber sein Ärger würde sich bestimmt schnell legen, wenn er erfuhr, dass Quint ihm nicht einen Kienspan schuldig bleiben, sondern ihm wohl alles doppelt und dreifach vergelten würde.

»Und ein paar Körbe Feuerholz!« Dominik nickte eifrig und eilte davon.

Johanna wandte sich nun wieder Kopernikus Quint zu und kniete sich neben der hölzernen Bettstelle auf den kalten Boden. Jetzt, da der schwere, faltenreiche Mantel seinen Körper nicht mehr umhüllte, war seine Verletzung offensichtlich. Eine Handbreit über seiner rechten Hüfte war der seidige Stoff seines grauen Oberrocks aufgerissen und über eine große Fläche, die sich bis zum Bauch und hinunter zum Bein zog, von Blut getränkt.

Schnell wandte sie den Blick ab und beugte sich über ihn. »Könnt Ihr mich hören?«

Kopernikus Quint antwortete mit einem lang gezogenen Stöhnen, warf den Kopf zur Seite und bäumte sich auf der Pritsche auf, als wollte er eine Last abwerfen.

»Seid ganz ruhig!«, redete Johanna beruhigend auf ihn ein. »Ihr befindet Euch in Sicherheit und gleich wird der Wundarzt kommen und sich Eurer annehmen. Bei Ottmar Bodestedt seid Ihr in den allerbesten Händen. Der versteht sich auf das Schneiden wie kein anderer.«

Kopernikus Quint krümmte sich und schlug plötzlich die Augen auf. Sein benommener Blick irrte kurz in der Kammer umher, fiel dann auf Johanna und blieb an ihr haften.

Johanna erschrak, als seine Hand unverhofft vorschnellte und sich wie eine Zange um ihr Handgelenk schloss.

»Mantel ... Mein Mantel ... und die Tasche!«, stieß er mühsam hervor.

»Was ist damit?«

»Hüte ... sie mir! ... Umhang ... und Tasche! ... Versprichst ... du mir ... das?« Die Worte kamen ihm nur abgehackt und stoßweise über die Lippen. »Werde dich ... reich ... dafür ... belohnen! ... Versprochen?«

»Ja, ich werde beides wie meinen Augapfel hüten. Ihr habt mein Wort drauf!«, versprach sie. »Eure Perücke und Euren Hut habe ich übrigens auch gerettet.«

Er gab ihr Handgelenk frei und sie sah, wie seine linke Hand nun mit fahrig zitternden Bewegungen unter seinen Oberrock glitt, darunter in eine Tasche fuhr und Augenblicke später mit einem dicken, safranfarbenen Lederbeutel wieder hervorkam.

»Hier! ... Nimm dir ... was immer ... du brauchst! ... und ich habe mehr ... später ...« Er hob den Kopf und wollte ihr den faustdicken Lederbeutel reichen, aber er hatte nicht mehr die Kraft dazu, denn ihm schwanden wieder die Sinne. Er verdrehte die Augen und sein Kopf sank auf die harte Bettstelle zurück. Gleichzeitig fiel seine Hand herab und öffnete sich. Der Lederbeutel rollte über seine Brust und fiel Johanna vor die Füße.

Sie hob den Beutel auf, dessen Leder sich wunderbar weich und glatt anfühlte – und der prall mit Münzen gefüllt war, wie sie sogleich durch das feine Leder hindurchspürte. Schwer lag der Geldbeutel in ihrer Hand. Ihr Herzschlag beschleunigte sich, als sie die schwarze Samtkordel aufzog, mit der die Börse verschlossen war, und deren Inhalt in ihren Schoß leerte.

Johanna riss die Augen auf. »Heiliges Himmelreich!«, entfuhr es ihr vor ungläubigem Staunen, als sich eine Flut von silbernen und goldenen Münzen mit hellem Klang in die Mulde ihrer vielfach geflickten Schürze ergoss.

Mit offenem Mund starrte sie auf die schweren Golddukaten und blanken Silberlinge in ihrem Schoß. In ihrer Welt wurden die Ausgaben für persönliche und dringend notwendige Dinge, wie etwa für ein neues Haubenband oder einige Ellen billigen Stoffs, ausschließlich in Pfennigen oder Groschen bemessen. Ein einziger Silbertaler bedeutete für sie daher schon sehr viel Geld. Aber was mochte man sich erst für einen solchen Golddukaten kaufen können?

Sie begann die Münzen zu zählen und kam auf dreiundzwanzig Goldstücke, neun Silbertaler, vier Groschen und ein halbes Dutzend Pfennige.

Johanna wog eine Goldmünze in ihrer Hand. »Er hat gesagt, ich kann mir nehmen, was ich brauche. Wenn ich wollte, könnte ich mir also auch solch einen Golddukaten nehmen«, murmelte sie und versuchte sich vorzustellen, was sie sich alles dafür kaufen würde, wenn ihr das Geldstück wirklich gehörte. Aber es wollte ihr nicht so recht gelingen. Verstört und fasziniert zugleich, wurde ihr plötzlich bewusst, dass sie den Wert der Geldstücke in ihrem Schoß überhaupt nicht ermessen konnte.

Sie rang kurz mit sich selbst, ob sie wirklich ein Goldstück an sich nehmen sollte. War das zu vermessen? Eigentlich doch nicht. Denn immerhin hatte sie ihm ja das Leben gerettet – vorausgesetzt Ottmar Bodestedt kam nicht zu spät und machte seine Sache gut.

Aber was war, wenn Quint seinen Verletzungen erlag? Wer belohnte sie dann dafür, dass sie alles in ihrer Macht Stehende für ihn getan und sich um seine Tasche und seinen Umhang gekümmert hatte, der ihm seltsamerweise so wichtig war? Und was geschah dann mit seiner Hinterlassenschaft? Gewiss würde Hackenbroich sich das Gold und Silber unter den Nagel reißen und dann konnte sie ihre Belohnung vergessen. Von ihm würde sie nicht einen lausigen Pfennig zu sehen bekommen. Er würde ihr sogar noch die beiden Taler abnehmen, die Quint ihr auf der Gasse gegeben hatte, wenn er davon erfuhr!

Aber nein, ein Goldstück durfte sie auf keinen Fall nehmen, sosehr sie es auch verdient haben mochte. Einen Golddukaten würde sie niemals in weniger verdächtiges Münzgeld einwechseln können. Niemand würde ihr abnehmen, dass sie rechtmäßig in den Besitz eines Goldstücks gekommen war. Man würde sie des Raubes bezichtigen und sie zu Kerkerhaft oder gar zu Schlimmeren verurteilen.

Schweren Herzens begnügte sie sich mit einem Silbertaler und der Hoffnung, dass Quint seine Verletzungen überleben und sie vielleicht mit einem weiteren Geldgeschenk gebührend für alles entlohnen würde. Vorsichtshalber wickelte sie die drei Silbermünzen in ihr Schnupftuch, damit die Geldstücke in ihrer Tasche unter der Schürze nicht aneinander stießen und sie mit ihrem Geklimper verrieten.

Johanna ließ die restlichen Münzen wieder in den Lederbeutel fallen und wollte gerade die Kordel zuziehen, als heftige Stiefelschritte die Treppe hochpolterten und eine wutentbrannte Männerstimme brüllte: »Stimmt es wirklich, dass du die Frechheit besessen hast, einen Wildfremden aus der Gosse aufzulesen und in mein Haus zu schleppen?«

Johanna sprang erschrocken auf und schon im nächsten Augenblick fiel ein langer Schatten über sie.

Ihr Stiefvater stand in der Tür. »Der Teufel soll mich holen, dieses undankbare Balg hat es tatsächlich gewagt!«

Viertes Kapitel

Heinrich Hackenbroich sah zum Fürchten aus, wie er da mit verschwitztem offenem Wams*, zerzausten Haaren und einem Knüppel in der Hand vor ihr stand und sie anfunkelte, als wollte er sich gleich auf sie stürzen, so wie er vermutlich vorhin zusammen mit Frieder knüppelschwingend auf den wilden Anton losgegangen war. Ihr Stiefvater war ein stiernackiger Mann von gedrungener Statur und mit einem fleischigen Gesicht, das von vielen kleinen roten Adern durchzogen war. Ein Gesicht wie ein roher Schinken!

»Ich habe ihn nicht aus der Gosse aufgelesen!«, sagte Johanna zu ihrer Verteidigung. »Er hat mich um Hilfe gebeten und ich konnte sie ihm nicht abschlagen, wo er doch schwer verwundet ist. Außerdem hat er Geld und er hat versprochen für alles zu bezahlen!«

»Du sagst, er hat Geld?«, fragte Hackenbroich sofort und sein Ton veränderte sich augenblicklich. Ein gieriger Ausdruck vertrieb die blinde Wut in seinen Augen.

»Ja, hier!« Sie hielt ihm die safranfarbene Lederbörse hin, denn verstecken konnte sie das Geld ja nicht vor ihm, schon weil der Wundarzt bezahlt werden musste. Aber er sollte wissen, dass sie genau wusste, wie viel Geld Quint bei sich getragen hatte. »In seinem Geldbeutel sind dreiundzwanzig Goldstücke, acht Silbertaler, vier Groschen und ein halbes Dutzend Pfennige. Er hat mir das Geld zur Verwahrung anvertraut.«

»Dreiundzwanzig Goldstücke? Lüg mich doch nicht an! Wer würde denn auf den einfältigen Gedanken kommen, dir auch nur einen lausigen Groschen zur Verwahrung anzuvertrauen, geschweige denn solch einen Haufen Goldstücke?« Hackenbroich war mit zwei schnellen Schritten bei ihr, riss ihr den Geldbeutel aus der Hand, zerrte ihn auf und kippte sich die Münzen in seine schwielige Hand.

Als er sah, dass sie die Wahrheit gesagt hatte, was den Inhalt der Geldbörse betraf, verschlug es auch ihm im ersten Moment die Sprache. Dann ließ er die Münzen schnell wieder im Beutel verschwinden. »So viel ist es nicht, wie du gesagt hast. Das sind noch nicht einmal zehn Goldstücke. Du hast dich verzählt!«, behauptete er.

»Nein, habe ich nicht«, widersprach Johanna, die sofort begriff, was ihr Stiefvater beabsichtigte. »Ich habe genau nachgezählt. Es sind . . .«

»Halt gefälligst den Mund, du vorlautes Balg!«, herrschte er sie an und hob drohend die Hand. »Sag mir lieber, was zum Teufel mit dem Mann los ist, den du mir da ins Haus geschleppt hast! Hat er dir seinen Namen genannt?«

»Ja, Kopernikus Quint.«

»So. Und was ist mit ihm? Dominik der Dussel hat was von Schüssen gefaselt.«

Johanna beschloss ihm nicht die ganze Wahrheit zu erzählen. Die Begegnung mit dem Freiherrn Benedikt von Rickenbach und den beiden Zwillingsbrüdern behielt sie besser für sich. »Ich glaube, man hat versucht ihn auszurauben. Ich muss die Räuber wohl vertrieben haben, als ich mit dem Fuhrwerk um die Ecke kam«, antwortete sie und fand es plötzlich zu verlockend, diese Geschichte noch etwas weiterzuspinnen, um sich eine Entschuldigung für die Beschädigung am Fuhrwerk zu verschaffen. »Er wollte, dass wir schnell von dem Ort verschwanden, weil er fürchtete, sie könnten zurückkommen. Dabei habe ich im Nebel ein Stück Mauerwerk gestreift und es sind einige der morschen Seitenbretter geborsten. Wir haben auch ein, zwei Säcke Sägemehl verloren.« Sie sah, wie er zu einem Zornausbruch ansetzte, und suchte hastig Zuflucht in einer weiteren Lüge: »Er hat versprochen für alle Schäden aufzukommen!«

»Na, das wird ihn aber einiges kosten! So eine Reparatur geht ordentlich ins Geld!«.

Johanna wusste, dass ihr Stiefvater dem Fremden ein Vielfaches der tatsächlichen Reparaturkosten in Rechnung stellen würde; und sie schämte sich ein wenig dafür, dass sie ihre alleinige Schuld an dem Schaden einfach unterschlagen und Quint die Verantwortung dafür in die Schuhe geschoben hatte. Sie schwor im Stillen ihm das irgendwie zu vergelten.

»Das mit den Schussverletzungen stimmt. Es hat ihn wohl böse erwischt«, fuhr Johanna fort. »Ich habe Ida schon zum Wundarzt Bodestedt geschickt. Ich glaube, da kommt sie schon mit ihm zurück!«

Wütend funkelte Hackenbroich sie an. »Wer hat dir das erlaubt? Ich allein habe zu entscheiden, wer in solch einem Fall zu holen ist! Ottmar Bodestedt, dieser aufgeblasene Wichtigtuer, ist nicht einmal halb so gut wie sein Ruf und dazu ist er auch noch unverschämt teuer!«, schimpfte er. »Der Bader* Voss hätte es auch getan!«

Johanna brauchte keine Hellseherin zu sein, um zu wissen, was ihrem Stiefvater durch den Kopf ging. Wenn Quint hier oben in der Turmkammer starb, weil er der Pfuscherei dieses Scharlatans Voss preisgegeben war, statt von dem erfahrenen Wundarzt Bodestedt behandelt zu werden, konnte Hackenbroich einen Großteil des Geldes aus dem Lederbeutel, wenn nicht sogar alles in der eigenen Tasche verschwinden lassen. Wer sollte ihn auch zur Rechenschaft ziehen?

Doch dabei würde sie nicht tatenlos zusehen, sondern dem

Raffzahn Hackenbroich einen fetten Strich durch die Rechnung machen!

»Er wollte aber nun mal den Wundarzt, das hat er mir ausdrücklich gesagt«, log Johanna, ohne mit der Wimper zu zucken, während mehrere Stimmen im Treppenaufgang laut wurden. »Und er kann ihn ja auch gut bezahlen.«

»Du verdammter Einfaltspinsel!«, zischte Hackenbroich. »Für diese unverschämte Eigenmächtigkeit sollte ich dich grün und blau prügeln!«

Stumm hielt sie seinem wütenden Blick stand. Doch ihr verkniffener Mund und der kalte Ausdruck ihrer Augen waren eine einzige wortlose Drohung. Versuch es nur!, schien ihr Blick zu sagen. Schlage mich noch einmal und ich schwöre dir bei allem, was mir heilig ist, dass du dafür mit deinem Leben bezahlen wirst!

Bevor einer von ihnen das angespannte und von gegenseitigem Abscheu erfüllte Schweigen brechen konnte, trat Ottmar Bodestedt mit seiner Instrumententasche in das Turmzimmer. Berendike und Ida Hollmann sowie Dominik folgten ihm respektvoll. Sie brachten Leinentücher, zwei Kannen mit heißem Wasser, eine angestoßene Porzellanschüssel und zwei Sturmlaternen, deren heller Lichtschein nun den schäbigen Raum erfüllte, der seit Jahren als Abstellkammer diente. Und Dominik trug auf dem Rücken eine große, mit Holzscheiten gefüllte Kiepe.

Der Wundarzt war ein kleinwüchsiger, schwer gewichtiger und bebrillter Mann, dem es an Selbstbewusstsein wahrlich nicht mangelte. Er wusste nur zu gut, dass ihm als Wundarzt kein anderer Medikus in Köln das Wasser reichen konnte, und aus diesem Wissen machte er auch keinen Hehl.

Doktor Ottmar Bodestedt nickte Hackenbroich höflich, aber knapp und ohne Vortäuschung falscher Sympathien zu.

»Ich bin überrascht, dass Ihr mich gerufen habt«, sagte er und seine Augenbrauen hoben sich über den Rand seiner runden, dicken Brillengläser. Denn in all den Jahren, die Hackenbroich schon dieses Tollhaus betrieb, war er noch nicht einmal um eine Konsultation gebeten worden, wenn einer der Insassen ärztlicher Betreuung bedurfte. Das Privileg genoss der Bader Voss, mit dem er, Ottmar Bodestedt, wie auch viele anderer seiner Zunft, auf keinem guten Fuße stand.

»Nicht ich habe Euch kommen lassen. Diese Dummheit ist meiner unbedarften Stieftochter unterlaufen, die noch vieles zu lernen hat«, antwortete Hackenbroich grob und unverhohlen abfällig.

Der Wundarzt sah ihn ob dieser plumpen Beleidigung entrüstet an.

»Der Herr hat ausdrücklich nach Euch verlangt, bevor er das Bewusstsein verloren hat! Er wollte Euch und keinen anderen!«, sagte Johanna schnell, bevor Ottmar Bodestedt, in seiner Ehre gekränkt, genau das tun konnte, was ihr Stiefvater mit seinen beleidigenden Worten beabsichtigte, nämlich dass er unverrichteter Dinge wieder abzog und den Weg damit für den Bader freimachte. Aber das durfte nicht geschehen. »Und er hat mehr als ausreichend Geld in seiner Börse, um Euch gut für Eure Dienste zu bezahlen! Ich habe mich dessen selbst versichert, bevor ich den Geldbeutel meinem Stiefvater gegeben habe. Er wird sich bestimmt nicht lumpen lassen, wenn . . .«

»Was versteht ein dummer Weiberrock wie du schon davon!«, fuhr Hackenbroich ihr wütend über den Mund. »Und du kannst doch einen Groschen nicht von einem Taler unterscheiden! Also halt den Mund und rede gefälligst nur, wenn du gefragt wirst!«

Der Wundarzt bedachte Hackenbroich mit einem geringschätzigen Lächeln und ließ es sich nun nicht nehmen, sich direkt an Johanna zu wenden und sie zu fragen, was es mit dem Mann dort auf der Pritsche und seiner Verwundung auf sich hatte. Dabei öffnete er die Schließe seines Umhangs und reichte ihn der stummen Berendike, womit er Hackenbroich wortlos, aber unmissverständlich zu verstehen gab, dass er zu bleiben und sich des Verletzten anzunehmen gedachte, auch wenn ihm, Hackenbroich, das gar nicht passte.

Und während Doktor Bodestedt einen ersten Blick auf die Wunde warf, wiederholte Johanna in der gebotenen Kürze die Geschichte, die sie auch schon Hackenbroich erzählt hatte und die bei aller Flunkerei in einigen Details doch im Großen und Ganzen der Wahrheit entsprach.

»So, er ist also das Opfer eines schändlichen Raubüberfalls geworden und dabei angeschossen worden. Na, bei dem vielen Gesindel, das sich in unserer Stadt herumtreibt, wundert mich das gar nicht. Unsere Miliz, die Roten Funken, sollten endlich einmal härter durchgreifen. Aber nicht mal dazu taugen unsere Stadtsoldaten. Dieser Oberst von Ufflinger, ihr neuer Kommandant, taugt eben nicht mehr als sein unfähiger Vorgänger«, sagte der Wundarzt voller Groll und zog den wackeligen Holztisch, der an der schimmelbefleckten Wand stand, näher an die Bettstelle heran. »Also, dann will ich mal an die Arbeit gehen!«

»Wo wollt Ihr das Wasser und die Tücher haben, Herr?«, meldete sich Ida schüchtern zu Wort.

Ottmar Bodestedt erteilte nun wie ein Feldherr kurz vor Beginn der entscheidenden Schlacht in rascher Folge knappe Kommandos. »Wasserkannen, Tücher und Schüssel hier auf den Tisch. Die eine Lampe dort drüben an den Haken, Dominik! Die andere stell mir auf die alte Kiste da! Zieh sie ans Bett heran! Ja, so ist es gut. Und jetzt mach uns ein ordentliches

Feuer, damit mir die Finger nicht steif werden. Ida, du bleibst und gehst mir zur Hand! Alle anderen machen, dass sie aus der Kammer kommen. Ich kann nicht arbeiten, wenn ich von Gaffern umstanden werde!«

Hackenbroich schnaubte geringschätzig und machte seiner ohnmächtigen Wut Luft, indem er Johanna mit der flachen Hand einen Schlag an den Hinterkopf versetzte und sie gallig anfuhr: »Was stehst du hier überhaupt noch herum, du faules Luder? Das Gespann steht immer noch im Hof! Los, beweg dich und sieh zu, dass Hannibal in den Stall kommt! Und vergiss bloß nicht, das Fuhrwerk abzuladen und die Ladefläche abzufegen!«

Johanna bückte sich nach Quints schwerem Umhang und raffte ihn schnell zusammen.

»Was willst du damit?«, fragte Hackenbroich sofort.

»Der Umhang ist doch voller Blut und eingerissen. Ich werde ihn säubern und flicken.«

»Aber erst wenn du alle anderen Arbeiten erledigt hast, verstanden?«

»Ja«, sagte Johanna und beeilte sich ihm so schnell wie möglich aus den Augen zu kommen. Sie hatte ihn an diesem Abend schon mehr als genug gereizt und wollte es nicht auf die Spitze treiben. Sie lief schnell in ihre Kammer hinüber, die auf der anderen Seite der Treppe lag, rollte den Mantel zusammen und verstaute ihn in einer der Holztruhen, die sich eigentlich schon längst mit ihrer Aussteuer hätten füllen müssen. Aber dafür hatte Hackenbroich kein Geld übrig.

»Elender Geizhals!«, murmelte Johanna, lachte dann aber verstohlen auf, als sie an die drei Silbertaler dachte. Und dabei würde es bestimmt nicht bleiben, wenn es Ottmar Bodestedt gelänge, Quint wieder zusammenzuflicken.

Sie ging hinunter in den Hof, um zu tun, was Hackenbroich

ihr aufgetragen hatte. Vorsichtig lenkte sie das Fuhrwerk um den Brunnen herum und dann rückwärts in die Remise neben den schmutzigen Kastenwagen, die »Idiotengondel«. Sie spannte Hannibal aus, führte ihn in seinen Stall und versorgte ihn. Anschließend machte sie sich ans Abladen. Dabei betete sie in Gedanken unablässig für Kopernikus Quint, der zur selben Zeit unter dem Messer des Wundarztes lag. Bodestedt mochte sich ja auf sein Handwerk verstehen, aber göttlichen Beistand zu erbitten konnte bestimmt nicht falsch sein.

Als Johanna die Ladefläche blitzsauber gefegt hatte, tauchte Frieder im Stall auf. Der Neffe ihres Stiefvaters war von kräftiger mittelgroßer Statur und zwei Jahre älter als sie. Er sah gar nicht mal schlecht aus, wenn man von seinen schiefen Zähnen und der Warze links am Hals absah. Was ihn Johanna so unsympathisch machte, war seine schleimige Art, Hackenbroich nach dem Mund zu reden und sich bei ihm nach allen Regeln der Kunst einzuschmeicheln. Und was sie besonders verabscheute, war die Lust, mit der er genau wie Hackenbroich zum Knüppel griff, wenn einer der Insassen des Narrenhauses Ärger bereitete und nicht sofort gehorchte. Und noch etwas mochte sie nicht: dass er ihr in letzter Zeit nachstellte und sie bei jeder Gelegenheit zu betatschen versuchte.

»Na, brauchst du Hilfe?«, fragte Frieder.

»Dafür kommst du zu spät – und bestimmt nicht zufällig«, antwortete sie bissig. Sie wäre jede Wette eingegangen, dass er ihr schon eine ganze Weile im Schutz der Dunkelheit zugeschaut hatte, wie sie sich abschleppte – vor allem mit den schweren Säcken Sägemehl. Mit dem Sägemehl wurden die Zellenböden einmal in der Woche fingerdick bestreut, denn es band am besten den Urin und Kot und die Auswürfe. Die Zellen unten im Gewölbekeller erhielten eine besonders dicke Schicht Sägemehl, weil die dort Eingeschlossenen ihre Ausscheidungen noch weniger unter Kontrolle hatten als die Geisteskranken im Obergeschoss.

Frieder lachte unbekümmert und trat zu ihr ans Fuhrwerk. »Komm, gib mir deine Hand! Ich helfe dir vom Wagen.«

Johanna bedachte ihn mit einem mitleidigen Blick. »Sag mal, hast du sie nicht mehr alle? Du glaubst doch wohl nicht im Ernst, dass ich dein Patschhändchen brauche, um vom Wagen zu klettern, oder?«

Er grinste zu ihr hoch. »Manches kann man beim besten Willen nicht allein machen, wenn man es richtig machen will«, sagte er zweideutig, schob blitzschnell seine Hand unter ihr Kleid und glitt an ihrem Schenkel hoch.

Sie wehrte sich mit einem gezielten Fußtritt, der ihn sofort zurückspringen ließ. »Nimm deine dreckigen Finger weg!«, zischte sie: »Und mach das ja nicht noch einmal oder du wirst dein blaues Wunder erleben!«

Aber Frieder lachte bloß. »He, Hanna, stell dich doch nicht zickiger an, als du bist!«

Sie funkelte ihn an. »Such dir jemand am Berlich, wenn du ein Flittchen brauchst, mit dem du deine Spielchen treiben kannst. Mich fasst du jedenfalls nicht noch einmal an. Und ich heiße auch nicht Hanna!«

»So? Dann musst du aber mächtig was an den Ohren haben, wenn der blöde Dominik mit dir redet.«

»Dominik darf das! Er ist ja auch mein Freund – im Gegensatz zu dir!«, beschied sie ihn barsch.

Frieder wechselte nun die Tonart. »Ich habe gehört, du hast dir bei Hackenbroich mal wieder schweren Ärger eingehandelt. Wundern tut mich das gar nicht. Du denkst einfach nicht weit genug und wählst dir vor allem die falschen Freunde aus, Johanna«, sagte er mit einer eigenartigen Mischung aus Häme und dem Versuch, sie zu umgarnen und für sich einzunehmen. »Ich könnte eine Menge für dich tun, weißt du das?«

Sie sprang vom Fuhrwerk. »Ja? Das ist ja gut zu wissen. Dann blas doch bitte die Stalllampe aus und stell den Besen für mich zurück!«, sagte sie trocken, stieß ihm den Reisigbesen vor die Brust und ließ einfach stehen.

»Spiel dich bloß nicht so auf! Du wirst schon noch angekrochen kommen!«, rief er ihr nach.

Sie beachtete ihn nicht weiter, sondern verließ den Stall und ging zum Haus hinüber. Zuerst warf sie einen Blick in die Küche. Dass die stumme Berendike und nicht Ida an der Feuerstelle stand und den klumpigen Hirsebrei für die Insassen umrührte, sagte ihr schon, was sie wissen wollte. Doch um sich zu vergewissern, fragte sie: »Sind der Wundarzt und deine Schwester noch immer oben bei dem Verwundeten?«

Die stumme Berendike nickte nachdrücklich.

Johanna zog die Tür wieder hinter sich zu und beschloss nach ihrer Mutter zu sehen. Um diese Zeit hielt sie sich meist in ihrer Nähstube auf – obwohl sie den Großteil ihrer Zeit dort nicht mit Handarbeiten, sondern mit Kartenlegen und anderen Ablenkungen verbrachte.

Johanna traf ihre Mutter auch wie erwartet in der kleinen Stube an. Sie saß zwischen dem Kamin, in dem ein Feuer munter prasselte, und dem schmalen Fenster in ihrem bequemen Polstersessel, den sie so sehr liebte, auch wenn der smaragdgrüne Samtbezug stellenweise schon bis auf den Unterstoff durchgescheuert war. Vor sich hatte sie einen kleinen Kartentisch, der auch schon mal bessere Zeiten gesehen hatte wie eigentlich fast alles in diesem Haus. Zu ihrer Rechten hatte sie den hohen, auf Rollen laufenden Nähkasten gerückt. Der Deckel war jedoch geschlossen und auf ihm standen in bequemer Reichweite ein Zinnbecher und ein Steinkrug, der ihr übliches Gemisch aus Kräutertee und Branntwein enthielt – wobei sie schon längst keinen mehr im Haus mit dem bisschen Kräutertee hinters Licht führen konnte, mit dem sie den Branntwein nur unwesentlich verwässerte, den Johanna ihr regelmäßig aus dem Gasthaus *Zur schwarzen Rose* holen musste.

Ihre Mutter ließ die Karten sinken, recht widerwillig, wie es Johanna erschien. Doch zumindest war ihr Blick noch nicht allzu glasig und sie hatte auch noch keine Schwierigkeiten mit dem Sprechen, als sie vorwurfsvoll sagte: »Wie schön, dass du dich auch mal bei mir blicken lässt! Ich habe schon gehört, wen du da ins Haus gebracht hast. Du hast dich wieder mal unmöglich benommen!«

Johanna fühlte sich einmal mehr zu Unrecht gemaßregelt und insgeheim fragte sie sich ernüchtert, wieso sie überhaupt gehofft hatte diesmal ein gutes und friedliches Gespräch mit ihrer Mutter führen zu können. »So, du hast schon davon gehört?«

»Ja, der gute Frieder hat es mir erzählt.«

»So, der *gute Frieder!*« Johanna verdrehte die Augen. »Na, das kam dann ja aus berufenem Mund!«, sagte sie sarkastisch. Dass ihre Mutter ausgerechnet von Hackenbroichs Neffen eine so hohe Meinung hatte und sich von ihm um den Finger wickeln ließ, das hatte sie noch nie verstanden und auch jetzt weckte es sofort den Widerspruchsgeist in ihr. »Der gute Frieder ist in seiner Wahrheitsliebe genauso zuverlässig wie Hackenbroich in seiner Sanftmut und Selbstlosigkeit!«

Ungehalten wies ihre Mutter sie zurecht. »Ich will solche ungehörigen Worte nicht hören, Johanna. Nicht gegen Frieder, wo er doch so ein feiner junger Mann ist, und schon gar nicht gegen deinen Vater!«

»Frieder ist kein feiner junger Mann, sondern ein Ekel und

Einschmeichler der übelsten Sorte, der überdies seine schmierigen Hände nicht bei sich halten kann. Und mein Vater ist seit sieben Jahren tot, Mutter, falls du das vergessen haben solltest. Hackenbroich ist mein *Stief*vater!«, erwiderte Johanna hitzig. »Mein Name ist immer noch Johanna Weyden und nicht Johanna Hackenbroich, dem Himmel sei Dank!«

Ihre Mutter wich ihrem Blick aus. Sie griff zum Zinnbecher, leerte ihn mit zwei schnellen gierigen Schlucken und wischte sich mit dem Handrücken fahrig über die Lippen. »Er ist jedenfalls dein Vormund, und einmal ganz davon abgesehen, dass du ihm Respekt und Gehorsam schuldest, hast du ihm auch dankbar zu sein. Ja, du genauso wie ich. Wir sind ihm beide ewig Dankbarkeit schuldig!«

»Dankbarkeit?« Johanna machte eine abfällige Miene.

»Ja, und schau mich nicht so aufsässig an!«

»Wofür soll ich ihm denn dankbar sein? Dafür, dass er nie ein gutes Haar an mir lässt, mich wie eine Leibeigene hin und her kommandiert und mir jede Dreckarbeit aufhalst, für die sich der gute Frieder zu schade ist?«, hielt sie ihr vor und dachte voller Bitterkeit daran, dass sie in all den Jahren nicht mit einem Mädchen aus der Nachbarschaft hatte Freundschaft schließen können. Hackenbroich erlaubte ihr nicht die geringsten Freiheiten und ließ sie nur aus dem Haus und vom Hof, wenn sie mit dem Fuhrwerk Stroh und Sägemehl holen musste oder auf Botengänge geschickt wurde, die sie jedoch rasch zu erledigen hatte. Wenn sie dabei zu sehr trödelte, setzte es Hiebe. Gelegentlich mit einem der Mädchen aus dem Viertel auf dem Markt oder nach der Kirche ein paar freundliche Worte zu wechseln reichte einfach nicht aus, um eine Freundschaft aufzubauen. Die Kinder in der Nachbarschaft hatten es daher schon längst aufgegeben, sie näher kennen lernen zu wollen, weil sie einfach nie Zeit für Spiele,

Schwätzchen und anderen gemeinsamen Zeitvertreib hatte. Ida und Benedikt hatten da mehr Freiheiten als sie.

»Redliche Arbeit hat noch keinem geschadet!«, beschied ihre Mutter sie ärgerlich.

Johanna dachte jedoch nicht daran, diesem wieder klein beizugeben, und fuhr deshalb ergrimmt fort: »Oder soll ich ihm vielleicht auf Knien dafür danken, dass er deinen Schmuck versetzt und das Geld verjubelt hat, dich jahrelang bei jeder Gelegenheit grün und blau geprügelt hat, jeden Groschen ins Wirtshaus und an den Würfeltisch und in sonst welche Häuser trägt – und dass er auch mich oft genug . . .«

»Schweig! Untersteh dich noch so eine Lüge von dir zu geben!«, schnitt ihre Mutter ihr mit schriller Stimme das Wort ab. »Hast du vergessen, dass wir damals wohl im Armenhaus gelandet wären, wenn Hackenbroich sich nicht unser erbarmt hätte? Ich hätte es mit meiner angegriffenen Gesundheit nicht lange im Armenhaus gemacht und dann wärst du ins Waisenhaus in der Maximinenstraße gekommen! Und weißt du überhaupt, wie es dort in diesem dumpfen, feuchten Gebäude zugeht? Ich hätte dich auch in eines der Wirkhäuser geben können. Da hättest du gelernt, wie bitter das Leben sein kann!«

Von diesen Wirkhäusern, in denen hunderte von armen Mädchen im Spitzenklöppeln unterrichtet und wie weiße Sklaven bis aufs Blut ausgebeutet wurden, gab es in Köln mehrere Dutzend an der Zahl. So manche Eltern, die nicht wussten, wie sie ihre Kinderschar ernähren sollten, oder die mehr Gewinnsucht als Elternliebe besaßen, verkauften ihre Töchter für viele Jahre an die Vorsteherinnen dieser Wirkschulen. Wurden sie dann eines Tages endlich aus dieser Fron entlassen, war ihre Gesundheit, insbesondere ihr Augenlicht, meist ruiniert.

Johanna hatte eine scharfe Erwiderung auf der Zunge, schluckte sie jedoch wie einen bitteren Kloß hinunter und schwieg. Wie sie auch nichts auf die anderen Vorwürfe und Ermahnungen erwiderte, die ihre Mutter nun in einem erregten Wortschall auf sie niederregnen ließ. Was hätte es auch genutzt? Nichts, absolut gar nichts. Sie hätte ebenso gut gegen eine Mauer reden können. Ihre Mutter wollte von all den hässlichen Seiten ihres Leben hier unter Hackenbroichs Dach nichts wissen. Sie weigerte sich einfach die Wirklichkeit so zu sehen, wie sie sich tagtäglich ereignete, und redete sich ihr Elend schön. Ein trauriger Selbstbetrug, bei dem ihr billiger Branntwein als bester und treuster Begleiter zur Seite stand.

Es versetzte Johanna einen schmerzhaften Stich in der Brust, als ihr wieder einmal bewusst wurde, wie sehr sich ihre Mutter doch in den letzten Jahren verändert hatte. Es war nicht allein, dass sie ihre schlanke Figur verloren hatte, wie eine Matrone in die Breite gegangen war und dass sich ihre einst hübschen Züge unter dem teigig aufgedunsenen, rotfleckigen Gesicht kaum noch erahnen ließen. Diese erschreckende äußerliche Veränderung stimmte Johanna schon traurig genug. Was sie jedoch noch unvergleichlich tiefer schmerzte, war, dass ihre Mutter keine wirkliche Anteilnahme mehr an ihr zeigte, ihrem einzigen überlebenden Kind. Jede Teilnahme war in den vergangenen sieben Jahren langsam, aber unwiderruflich erloschen. Ihre Mutter wollte auch nicht über die Vergangenheit reden. Schon seit Jahren verlor sie kein Wort mehr darüber und sie duldete es auch nicht, dass Johanna davon zu sprechen anfing. Ihrer Mutter ging es jetzt nur noch darum, dass sie keinen Ärger machte und Hackenbroichs Tyrannei mit derselben Unterwürfigkeit hinnahm, mit der sie selbst sich in ihr Schicksal ergeben hatte.

Wann hatte ihre Mutter sie zum letzten Mal an sich gedrückt, ihr über das Haar gestrichen oder ihr auf sonst irgendeine Art ihre Zuneigung gezeigt?

Johanna konnte sich nicht erinnern, wann das gewesen war. Ihr stiegen plötzlich die Tränen in die Augen und die Enge der Stube schien sie erdrücken zu wollen.

». . . jeder muss seinen Platz kennen, den ihm das Schicksal zugewiesen hat«, sagte ihre Mutter gerade. »Und er muss dankbar sein für das, was er hat, statt sich trotzig gegen alles und jedes aufzulehnen und sich törichten Träumen hinzugeben! Uns Frauen ist es nun mal nicht gegeben, den Lauf unseres Leben eigenmächtig zu bestimmen. Das liegt allein in den Händen unserer Väter und Ehemänner. Wir haben uns zu fügen, denn wir wissen oft nicht, was wirklich gut für uns ist. Und je eher du das einsiehst und dich danach verhältst, desto besser wirst du im Leben zurechtkommen!«

»Tut mir Leid, aber ich muss dringend nach draußen auf den Abtritt!«, unterbrach Johanna den Redestrom ihrer Mutter, biss sich auf die Lippen, um die Tränen zurückzuhalten, und wandte sich hastig zur Tür.

»Ja, geh nur!«, rief ihre Mutter ihr nach. »Aber nimm dir zu Herzen, was ich dir gesagt habe, hörst du? Und lerne endlich deine Zunge im Zaum zu halten! Wenn du dich bescheidest und gehorsam bist . . .«

Den Rest des Satzes bekam Johanna nicht mehr mit, denn da zog sie schon die Tür hinter sich zu und stürzte den Gang hinunter. Fast blind vor Tränen lief sie die Treppe in den Turm hoch. Auf halbem Weg sank sie auf eine der kalten Stufen, schlug die Hände vors Gesicht und ließ in der Dunkelheit ihren Tränen freien Lauf.

Fünftes Kapitel

Die Tür zur Kammer, in der Kopernikus Quint lag, ging auf und helles Licht flutete in den Treppenaufgang. Johanna sprang auf und wischte sich mit dem Zipfel der Schürze noch einmal schnell über die Augen.

Mit laut klappernden Holzpantinen kam Ida die Treppe heruntergeeilt. In ihrer linken Hand baumelte eine der Sturmlampen, während sie mit dem rechten Arm die Porzellanschüssel an ihren Leib presste. Darin türmte sich ein Berg blutgetränkter Tücher auf.

»Wie geht es ihm?«, stieß Johanna voller Bangen hervor und wandte den Blick schnell von der Schüssel ab. »Lebt er noch? Und kommt er durch?«

»Oh ja, er lebt, aber ob er durchkommt, weiß nur Gott allein. Er hat geblutet wie ein Schwein«, antwortete Ida, blass bis an die Nasenspitze. »Ein Schlachttag ist gar nichts dagegen! Aber jetzt halt mich nicht weiter auf! Der Kranke braucht warme Decken und ich muss den Herrn Hospitalmeister holen.«

Johanna nickte und begab sich nach oben zu Quint in die Kammer. Dominik hatte im Kamin ein großzügiges Feuer entfacht, vermutlich auf Anweisung des Wundarztes. Die Flammen umloderten nämlich ein gutes halbes Dutzend Scheite, was Hackenbroich niemals erlaubt hätte, und verströmten in der Nähe der Feuerstelle einen herrlichen Schwall Wärme.

Der Fremde lag wie tot auf der Pritsche. Ida und der Wundarzt hatten ihn bis auf seine Hose entkleidet und ihn nach dem Eingriff auf eine der alten Strohmatratzen gelegt, von denen noch drei weitere in der Ecke lagen. Der Verband zog sich wie eine breite Bauchbinde um seinen Leib.

»Wie geht es ihm?«, fragte sie beklommen.

Der Wundarzt, der sich gerade die Brille putzte, warf ihr einen flüchtigen Blick zu und gab nur ein unwilliges Grunzen von sich.

Augenblicke später kehrte Ida mit Hackenbroich, Frieder und ihrer Schwester zurück. Die stumme Berendike legte die beiden Decken, die sie mitgebracht hatte, auf den Schemel, bückte sich nach den auf dem Boden liegenden Kleidungsstücken und hastete mit gesenktem Kopf wieder hinaus.

Johanna drückte sich in die dunkle Ecke neben dem Kamin, um nicht von Hackenbroich hinausgeschickt zu werden.

»Nun, was habt Ihr mit Eurer hohen Kunst ausrichten können?«, platzte dieser bissig heraus, kaum dass er durch die Tür getreten war.

Ottmar Bodestedt klemmte sich die Bügel der Brille wieder hinter die Ohren und antwortete kühl: »Meine Kunst wird ihm das Leben retten, zumindest was die beiden Schusswunden betrifft. Ich habe die Kugel entfernt, die unter den Rippen steckte und den rechten Lungenflügel wundersamerweise nur um eine Fingerbreite verfehlt hat. Etwas höher und die Totengräber hätten Arbeit bekommen. Die andere Kugel hat ihn nur gestreift und eine klaffende Fleischwunde gerissen.«

»Was soll das heißen, ›zumindest was die Schusswunden betrifft‹? Hat dieser Kerl denn noch andere Verletzungen?«, fragte Hackenbroich irritiert.

»Verletzungen nicht, aber er ist zweifellos schon krank gewesen, als dieses gottlose Gesindel ihn überfallen und angeschossen hat«, antwortete Ottmar Bodestedt, während er die Decken nahm, die Berendike gebracht hatte, und den Kranken damit bedeckte.

»Was für eine Krankheit hat er denn?«, fragte Frieder argwöhnisch.

Der Wundarzt kratzte sich nachdenklich am Kinn, während er auf Kopernikus Quint hinunterschaute. »Dieser Mann hat ein recht hohes Fieber, das ganz sicher nicht von den Schusswunden herrührt. So schnell reagiert der menschliche Körper nicht auf Verletzungen. Das dauert seine Zeit. Tja, und wenn ich seine gelblich getrübten Pupillen und seine ungesunde Gesichtsfarbe in Betracht ziehe, dann bleibt nur eine Diagnose: Der Mann hat das Sumpffieber!«

Hackenbroich, Frieder und Ida wichen bei dem Wort Sumpffieber erschrocken vom Krankenbett zurück. Angst zeigte sich auf ihren Gesichtern.

»Der Allmächtige stehe uns bei!«, entfuhr es Hackenbroich und er wurde auf einmal kreidebleich. »Ist dieses Sumpffieber ansteckend?«

Es lag erst knappe vierzig Jahre zurück, dass die gefürchtetste aller Ansteckungskrankheiten, die Pest, in den Mauern von Köln gewütet und einen erschreckenden Blutzoll gefordert hatte. Damals, im Jahre 1666, erlagen in der Stadt fast sechstausend Bürger der fürchterlichen Seuche. Die Erinnerung an das Grauen war bei den Älteren noch sehr lebendig; und auch diejenigen, die damals noch zu jung oder noch gar nicht geboren gewesen waren, hatten durch die Erzählungen der Älteren ein gutes Bild von den Schrecken einer Pestepidemie.

»Nein, davon ist nichts bekannt«, antwortete der Wundarzt sogleich und mit Nachdruck. »Es besteht keine Gefahr, dass . . .«

»Ist nur *Euch* nichts davon bekannt oder sprecht Ihr für die Wissenschaft der Medizin?«, unterbrach Hackenbroich ihn rüde.

Ottmar Bodestedt funkelte ihn durch seine kleinen Brillengläser hindurch an. »Es ist in Euer Belieben gestellt, andere Konsultationen einzuholen, wenn Ihr meinem Wort keinen Glauben schenkt. Nur werdet Ihr nichts anderes als das zu hören bekommen, was ich Euch sage!«, antwortete er beherrscht, aber mit Nachdruck. »Das Sumpffieber ist eine ernste Krankheit, die den daran Erkrankten oftmals viele Jahre lang immer wieder mit Fieberanfällen heimsucht und die oft genug auch zum Tode führt, aber ansteckend ist sie nicht. Es besteht also kein Grund, diesem Mann hier die weitere Pflege zu verweigern.«

Einen Augenblick lang herrschte beklommenes Schweigen in der Kammer. Und es war nur der Wind zu hören, der durch die undichten Fenster pfiff.

Es war Frieder, der diese unangenehme Stille mit einem Räuspern brach und sich in Richtung Tür bewegte. »Also, das ist Frauensache. Ida oder die stumme Berendike können sich um ihn kümmern. Sollen die das unter sich ausmachen. Ich geh schon mal unten im Keller die Lichter löschen«, sagte er und hatte es eilig, aus dem Krankenzimmer zu kommen.

»Das könnt Ihr mir nicht zumuten, Herr!«, stieß Ida entsetzt hervor. »Für derlei Dienste werde ich nicht bezahlt und ich verstehe auch nichts davon. Außerdem haben Berendike und ich auch so schon alle Hände voll zu tun.«

»Die Verbände müssen nur alle acht Stunden gewechselt und mit frischer Wundsalbe bestrichen werden«, bemerkte der Wundarzt. »Und natürlich regelmäßig kalte Umschläge gegen das Fieber, das ist alles. Aber wenn sich in Eurem Haus keiner findet, der das übernehmen will, solltet Ihr jemanden zu den Alexianerbrüdern schicken, damit einer von ihnen die Pflege übernimmt. Zumal es Eurem fremden Hausgast ja nicht an den Geldmitteln mangelt, um die Fürsorge zu vergelten, wie Ihr mir versichert habt.«

»Natürlich, die Lungenbrüder von der Begardengemeinschaft!«, rief Ida und das Erschrecken auf ihrem Gesicht verwandelte sich in einen hellen Ausdruck der Erlösung. »Die werden das ganz sicher übernehmen!«

Schon seit dem 14. Jahrhundert widmeten sich die Lungenbrüder, die nach ihrem Patron St. Alexius auch als Alexianerbrüder bekannt waren, in Köln der Krankenpflege und der Totenbestattung. Sie fürchteten sich vor keiner noch so schrecklichen Krankheit. Sogar in den Zeiten der Pest waren sie tapfer und unbeirrt von den vielen eigenen Toten, die ihr Konvent zu beklagen hatte, ihrem selbst gewählten Dienst nachgegangen. Sie waren es auch, die seit der Reformation die Leichen von Protestanten zur Beisetzung vor die Stadttore trugen. Denn Protestanten, denen das Leben in Köln durch immer mehr Schikanen von Jahr zu Jahr schwerer gemacht wurde, blieben auch im Tod nur Beisassen, also Bürger minderen Rechts, und durften nicht auf den Friedhöfen in der Stadt begraben werden.

»Ja, natürlich werden sie ihn nehmen!«, rief auch Frieder sichtlich erleichtert. »Johanna hätte ihn gleich zu den Lungenbrüdern bringen sollen!«

Merkwürdigerweise war Hackenbroich von dem Vorschlag des Wundarztes jedoch nicht annähernd so begeistert wie Ida und sein Neffe, sondern er machte eine verkniffene Miene. »Mhm, ja, schon möglich«, sagte er zögerlich. »Aber ich weiß nicht, ob das wirklich das Richtige ist ... und ja, das Angemessene. Ich meine ...« Er ließ den Satz offen und machte eine vage, ärgerliche Handbewegung.

Johanna ahnte, was ihm durch den Kopf ging. Wenn die Lungenbrüder Quint in die Pflege nahmen, musste er ihnen wohl oder übel auch Quints Geldbörse überlassen und würde daraus keine Münze mehr zu sehen bekommen. Starb Quint jedoch hier unter seinem eigenen Dach, konnte er sich das viele Gold und Silber wohl ungestraft unter den Nagel reißen. Und sogar wenn Quint sich wieder erholen sollte, würde ihr Stiefvater bestimmt einen hübschen Batzen Geld beanspruchen, weil er ihm angeblich das Leben gerettet hatte.

»Die Lungenbrüder brauchen nicht zu kommen«, mischte sich Johanna nun ein. »Ich werde mich um ihn kümmern.« Nicht weil sie Hackenbroich einen Gefallen tun wollte, sondern weil sie Quint noch etwas schuldig war – aber auch weil sie um ihre verdiente Belohnung fürchtete, wenn Quint zu den Lungenbrüdern kam. Doch das behielt sie besser für sich.

Die Männer und Ida blickten überrascht zu ihr herüber.

»So, traust du dir das denn zu?«, fragte der Wundarzt.

»Natürlich kann sie Verbände wechseln und Salbe draufschmieren!«, rief Hackenbroich sofort, denn etwas Besseres als ihre Bereitschaft, die Pflege zu übernehmen, konnte ihm gar nicht passieren. »Habt Ihr denn nicht selbst gesagt, dass nichts dabei ist? Außerdem ist es ja auch nur rechtens, dass sie das übernimmt, wo sie ihn uns doch ins Haus gebracht hast! Gut, damit ist das Problem also gelöst.« Er klatschte in die Hände, blickte zufrieden in die Runde und sagte ungewohnt verbindlich zu Ottmar Bodestedt: »Wenn Ihr mich nun nach unten begleiten würdet, damit ich Euch für Eure Dienste entlohnen kann.«

Der Wundarzt nickte gnädig. »Gebt mir noch einen Augenblick, Eure Tochter kurz zu unterweisen, was sie zu tun hat und worauf sie ein scharfes Auge halten muss.«

»Gut, ich erwarte Euch dann unten in meinem Zimmer«, sagte Hackenbroich und ging hinaus. Ida und Frieder folgten ihm auf dem Fuß.

»Johanna, die barmherzige Schwester«, raunte Frieder ihr spöttisch zu, als er an ihr vorbeikam.

»Affe!«, zischte Johanna.

Ottmar Bodestedt erklärte ihr in kurzen und knappen Worten, wie sie den Verband anzulegen hatte und wie viel Salbe sie jeweils auftragen musste. Er erinnerte sie auch noch einmal an die kalten Umschläge, die regelmäßig zu erneuern waren, und legte ihr ans Herz dem Kranken möglichst viel Flüssigkeit zuzuführen, weil ihn das Fieber sonst trockenbrannte und gänzlich verzehrte, wie er sich ausdrückte.

»Abwechselnd kräftige Brühe und dann wieder klares, kühles Wasser, damit habe ich die besten Erfahrungen gemacht. Du kannst ihm die Flüssigkeiten auf die Lippen träufeln, wenn du ihn noch nicht dazu bringen kannst, Wasser und Brühe zu schlürfen. Es bedarf anfangs nur einer gewissen Geduld.« Fragend sah er sie an.

Johanna war nicht ganz wohl bei dem Gedanken, dass die Pflege dieses schwer kranken Mannes nun ausschließlich in ihren Händen lag, sie nickte jedoch und zwang sich zu einem zuversichtlichen Lächeln. »Ich werde alles so machen, wie Ihr mir aufgetragen habt, Doktor Bodestedt.«

»Gut, ich werde morgen in der Früh nach ihm sehen«, sagte der Arzt, klopfte ihr Mut machend auf den Rücken und ließ sie mit dem Kranken allein.

Johanna blieb eine Weile auf dem Schemel neben dem Bett sitzen und blickte mit gemischten Gefühlen auf Quint hinunter, der mit fieberheißem Gesicht unter den kratzigen Decken lag. In der Stille konnte sie gut seinen schnellen und flachen Atem hören, der von einem leisen Rasseln in der Kehle begleitet wurde.

Auf was hatte sie sich da bloß eingelassen!

Sechstes Kapitel

Als Johanna eine gute halbe Stunde später die Treppe hinunterkam, um aus dem Holzbottich in der Küche eine Kanne frisches Wasser zu schöpfen, hörte sie Stimmen unten in der Halle und blieb auf dem letzten Absatz stehen.

Es waren Hackenbroich und sein Neffe, die vor dem Portal standen. Ihr Stiefvater sagte etwas und Frieder lachte meckernd wie ein Schaf. »Ja, da habt Ihr Recht, das ist er wirklich, ein Wicht von einem Furz, der . . .«

Den Rest bekam Johanna nicht mehr mit, denn die Worte gingen im Quietschen der schweren Tür unter. Im nächsten Moment fiel sie krachend ins Schloss, als einer der Männer sie mit einem kräftigen Ruck, den der verzogene Türstock nötig machte, hinter sich zuzog.

Johanna ließ noch einen Moment verstreichen. Dann lief sie die restlichen Stufen hinunter, eilte zur Tür und schob die kleine Sichtluke auf. Sie sah, wie Hackenbroich mit seinem Neffen auf die kleine Seitentür neben der Ruine der Kapelle zusteuerte, und hörte sie lachen.

Jetzt gehen sie wohl zum fröhlichen Zechen entweder *Zur schwarzen Rose* in der Reimersgasse, ins *Haus zur Blume* auf der Bach oder *Zum Fuchs* vor St. Peter!, fuhr es Johanna durch den Kopf. Dies waren die Schenken, in denen sie regelmäßig verkehrten. Und Hackenbroich würde die Zeche, das Würfelspiel und vielleicht auch noch andere Freuden mit Quints Geld bezahlen. Vor Mitternacht würden sie kaum zurück sein, so wie sie Hackenbroich kannte. Aber das sollte ihr nur recht sein, blieb ihr so doch mehr als genug Zeit, ein besseres

Versteck für Quints Tasche zu finden – ja, und natürlich um ihre brennende Neugierde zu befriedigen, was die schwere Tasche denn bloß enthalten mochte.

In der Küche traf sie weder Ida noch Berendike an, was sie nicht verwunderte. Um diese Zeit gehörte es zu den Aufgaben der beiden Frauen, den Insassen das Essen in die Zellen zu bringen. Dabei wurden sie zu ihrem Schutz von Dominik begleitet, auch wenn es oben im ersten Stock kaum je zu einem Zwischenfall kam, mit dem die beiden Frauen nicht allein zurechtkamen.

Die zwölf geistig Verwirrten, die bislang keinen Hang zu gewalttätigen Ausbrüchen gezeigt hatten und daher im Obergeschoss untergebracht waren, wurden bei Einbruch der Dunkelheit aus dem vergitterten Aufenthalts- und Werkraum geführt und einzeln in den einstigen Zellen der Klosterschwestern eingeschlossen. Diesen Insassen brachten Dominik, Ida und Berendike das Essen in ihre Zellen: den üblichen Kanten Brot und einen Holzteller, gefüllt mit Hirsebrei, Graupen, bitterer Biersuppe oder einer Pampe aus Rüben, Kohl und Kartoffeln. Den drei anderen, dem wilden Anton, der nackten Ursel und der alten Schreivettel Rutlinde, die unten im feuchten Kellergewölbe untergebracht und für jede böse Überraschung gut waren, wurde das Essen dagegen nur unter dem Gitter hindurch in ihr finsteres, stinkendes Verlies geschoben.

Johanna, die wirklich nur dann in dieses stinkende Kellergewölbe hinunterstieg, wenn es sich absolut nicht abwenden ließ, wollte nicht an diese Irren und ihr entsetzliches Schicksal denken. Wenn sie zufällig einmal an der schweren, offen stehenden Bohlentür vorbeikam, die hinunter in die Gewölbe führte, und nur schon das Rasseln der Ketten hörte, bekam sie eine Gänsehaut. In welch entsetzliches Elend der Mensch doch hinabsinken konnte, wenn sich der Geist verwirrte – und wenn man dann auch noch in die Hände eines Mannes wie Heinrich Hackenbroich gelangte!

Sie verdrängte die schauerlichen Gedanken an die Unglücklichen und tauchte die Kanne in den Wasserbottich. Was nutzte es auch? Den Irren im Keller war nicht mehr zu helfen, ganz im Gegensatz zu Kopernikus Quint.

Mit der Kanne frischen Wassers und sauberen Tüchern kehrte sie wieder zu dem Kranken ins Turmzimmer zurück, um sich seiner so anzunehmen, wie sie es versprochen hatte. Sie wischte Quint den Schweiß vom Gesicht, legte kalte Umschläge an und tröpfelte ihm zwischendurch immer wieder Wasser auf die Lippen.

Ohne Gewissensbisse legte sie im Kamin großzügig Holz nach, damit das Feuer weiterhin kräftig brannte und ordentlich Wärme abgab. Der feuchtkalte Nachtwind, der schon vom nahenden Winter kündete, gewann nämlich immer mehr an Kraft. Er tanzte heulend um den Turm herum und pfiff immer ärger durch die schadhaften Fenster mit ihren fingerbreiten Ritzen. Die Windstöße fuhren gelegentlich auch in den Kamin, ließen die Flammen auflodern und wirbelten Asche aus der Feuerstelle.

Johanna zerrte eine der alten Strohauflagen hoch und stellte sie vor das Fenster, durch das der Wind besonders heftig wehte. Die fingerbreiten Ritzen des anderen Fensters stopfte sie notdürftig mit dem alten, verklebten Stroh zu, das sie aus dem langen Riss einer anderen Bettauflage zog. Viel war es nicht, was sie tun konnte, um die Nachtkälte fern zu halten, aber was in ihrer Macht stand, wollte sie doch auch tun.

Ihre Gedanken gingen dabei ständig zu Quints Mantel und vor allem zu seiner bauchigen, schweren Tasche, die in der Ruine der Kapelle doch nur darauf wartete, dass sie deren Inhalt genau in Augenschein nahm. Er hatte sich mit dieser Last sogar noch abgeschleppt, als er um sein Leben fürchtete und sich kaum noch auf den Beinen halten konnte. Die Tasche musste daher etwas von großem Wert enthalten und Johanna konnte es nicht erwarten, zu sehen, was sie da vor Benedikts Zugriff gerettet hatte.

Nachdem sie Quint so gut versorgt hatte, wie sie es vermochte, glaubte sie sich guten Gewissens ihrer brennenden Neugier hingeben zu können.

Zuerst holte sie den Mantel aus ihrer Kammer und unterzog ihn einer gründlichen Untersuchung. Sie forschte vor allem nach einer verborgenen Tasche und hoffte, vielleicht noch weitere Golddukaten zu finden. Golddukaten, von denen dann außer ihr niemand wusste, falls Quint dem Sensenmann nicht entringen würde.

Nicht, dass sie ihm den Tod wünschte. Gott bewahre! Aber was sie noch weniger wünschte, war, dass Hackenbroich sich dann alles unter den Nagel riss.

Sorgfältig tastete sie auch die breiten Ledersäume ab und bog sie zwischen ihren Fingern hin und her, immer in der Hoffnung, im nächsten Moment Münzen oder etwas anderes Kostbares zu erfühlen, das darin eingenäht war. Aber ihre Hoffnung erfüllte sich nicht. Der Mantel, zwar aus gutem Material gefertigt, aber nicht annähernd so kostbar wie der prächtige Umhang, den dieser Angst einflößende Freiherr Benedikt von Rickenbach getragen hatte, barg kein Geheimnis. Zumindest keine Münzen. Das Einzige, was sie fand, war der Hinweis, dass Kopernikus Quint womöglich aus dem fernen Leipzig kam. Denn auf dem Futter unterhalb des Kragens war ein kleines Schild aufgenäht, das den eingestickten Schriftzug *Zacharias Morgenroth & Söhne, Leipzig* trug.

Aber es blieb ihr ja noch die Tasche!

Johanna legte noch einen dicken Holzscheit ins Feuer, bevor sie daranging, die Tasche aus dem Versteck in der Ruine zu holen.

Sie bekämpfte ihre Aufregung, indem sie sich in Gedanken immer wieder sagte, dass sie mit unangenehmen Überraschungen wirklich nicht zu rechnen brauchte. Hackenbroich und Frieder waren aus dem Haus. Dominik, der nie eine eigene Kammer besessen hatte und im Stall nächtigte, schnarchte bestimmt schon selig im Stroh. Ihre Mutter hatte sich längst den üblichen Rausch angetrunken und ließ sich nun von ihren Karten eine rosige Zukunft vorgaukeln. Und was die Mägde Ida und Berendike betraf, so hatten die ungleichen Schwestern sich inzwischen in ihr Quartier über der Waschküche zurückgezogen und waren wahrscheinlich trotz aller Müdigkeit noch ein, zwei Stunden damit beschäftigt, Taschentücher aus Batist mit kunstvollen Stickereien zu versehen. Auftragsarbeiten für einen örtlichen Tuch- und Posamentenhändler*, die ihnen ein bescheidenes Zubrot einbrachten.

Nein, sie hatte wirklich nichts zu fürchten. Dennoch schlich sie so leise wie möglich die Treppe hinunter und verließ das Gebäude auch nicht durch die laut quietschende Haupttür. Sie nahm vielmehr den Umweg durch die Küche, um dort durch die Hintertür hinaus auf den Hof zu schlüpfen. Zuerst aber stocherte sie in der Glut der Feuerstelle, bis Flammen hochzüngelten, und zündete einen Kerzenstummel an, den sie in das Gehäuse einer kleinen Sturmlaterne stellte. Dann nahm sie ein dunkles Wolltuch vom Wandhaken und legte es über die Laterne, sodass das schwache Kerzenlicht kaum noch zu sehen war.

Der böige Wind sprang wie ein unsichtbarer Kobold über die Mauer, fasste nach ihrer Schürze und schlug sie ihr ins Gesicht, als sie mit wehendem Kleid über den dunklen Hof auf die Ruine zulief. Laub wirbelte durch die Luft und die raschelnden Blätter der weit ausladenden Eiche klangen wie ein unheimlicher Chor flüsternder Stimmen.

Waren dies warnende Zeichen, dass sie von ihrem Vorhaben besser absehen sollte?

Johanna bekam es plötzlich mit der Angst zu tun, sie zögerte und blieb im Eingang der eingestürzten Kapelle stehen. Mit einer Gänsehaut auf den Armen starrte sie in die pechschwarze Dunkelheit, die ihr wie der Schlund der Unterwelt vorkam. Warum hatte sie bloß keine Öllampe mitgebracht, bei der sie den Docht hätte höher stellen und sich so mehr Licht machen können?

Aber sie wollte auch nicht unverrichteter Dinge ins Haus zurückkehren. Das wäre ein Eingeständnis von Feigheit gewesen, und hatte sie sich nicht vor einem halben Jahr hoch und heilig geschworen nicht mehr feige zu sein?

Mit der schweren Tasche musste es eine besondere Bewandtnis haben, wenn Kopernikus Quint sie sogar auf seiner Flucht nicht zurückgelassen und lieber riskiert hatte seinen Verfolgern nicht schnell genug zu entkommen. Johanna wollte unbedingt wissen, was die Tasche enthielt. Sie brauchte sich deshalb auch keinen Vorwurf zu machen. Hatte sie nicht ein Recht, zu erfahren, mit wem sie sich da eingelassen hatte? Der Inhalt der Tasche würde vermutlich Aufschluss darüber geben, wer dieser Mann war, der dort oben bei ihr im Turm lag und um sein Leben kämpfte.

»Zum Teufel, das hier ist nicht der Schlund der Unterwelt, sondern die gewöhnliche nächtliche Finsternis in einer Ruine!«, stieß Johanna mit leiser Stimme beschwörend hervor, um sich selbst Mut zu machen. »Und ich glaube auch nicht daran, dass dieser elende Schutthaufen ausgerechnet in den nächsten Minuten vollends einstürzen wird!«

Sie atmete tief durch, gab sich einen Ruck, zog das flatternde Wolltuch von ihrer Laterne und wagte sich mit einem »Maria, hilf!« auf den Lippen in die Schwärze der Ruine.

Sie hatte sich die Stelle des Verstecks und den Weg dorthin genau gemerkt. Aber auch als sich ihre Augen an die Dunkelheit gewöhnt hatten, konnte sie es doch nicht vermeiden, mehrmals über Bauschutt zu stolpern und einmal sogar über einen Balken zu stürzen. Zum Glück verlor sie dabei nicht die Laterne, die sonst mit Sicherheit an den Trümmern zerschellt wäre und sie in völliger Finsternis zurückgelassen hätte. Aber eine große Hilfe war die Laterne auch nicht, schluckte die Schwärze der Nacht den schwachen Schein der Kerze doch allzu schnell.

Es war zum Haareausraufen und sie musste sich mehrmals selbst zur Ruhe mahnen, um nicht an ihrem Ortssinn zu zweifeln und in eine kopflose Suche auszubrechen. Sie rief sich ins Gedächtnis zurück, wie der Trümmerhaufen ausgesehen hatte, in dessen Spalt sie die Tasche geschoben hatte.

Johanna blieb sogar einen Moment stehen, schloss kurz die Augen, konzentrierte sich auf das Bild in ihrer Erinnerung und vertraute dann ihrer inneren Stimme, die sie auch tatsächlich in die richtige Richtung führte. Sie stieß auf das Versteck, legte die Öffnung frei und holte die Tasche aus der Trümmerhöhle.

Ihr entfuhr ein Stoßseufzer der Erleichterung. »Dem Himmel sei Dank! Nun nichts wie raus hier!«

Der Weg zurück in den Hof fiel ihr um einiges leichter, da sich der gezackte Ausgang der Ruine als Silhouette vor der nicht ganz so tiefen Schwärze der Nacht draußen abzeichnete. Dafür hatte sie an der Tasche recht ordentlich zu tragen.

Eine Woge von Stolz, weil sie nicht ihrer eigenen Angst kapituliert hatte, durchströmte sie, als sie dem letzten herabhängenden Mauerstück der Ruine entkam und ins Freie trat. Der Wind griff wieder nach ihr. Wie ein abgewiesener, wütend gewordener Freier belästigte er sie und stellte sich ihr in den Weg. Doch jetzt machte es ihr nicht viel aus. Sollte der nur toben!

Mit lachendem Gesicht und ohne auf das Kerzenlicht zu achten, das sich unter den Windstößen bis zur Selbstaufgabe duckte, stemmte sich Johanna gegen den Wind. Jetzt galt es, mit der Tasche schnell nach oben in das Turmzimmer zu kommen, um endlich das Geheimnis ihres Inhaltes zu lüften!

Siebtes Kapitel

So heimlich und unbemerkt, wie Johanna aus dem Haus und in die eingestürzte Kapelle geschlichen war, kehrte sie auch wieder zu Kopernikus Quint zurück.

Um sich vor Überraschungen zu schützen, ließ sie die Tür offen stehen. Zudem zündete sie die Lampe an der Wand neben ihrer Kammer an. Wer immer die Treppe hochkam, und mochte er sich auch noch so leise bewegen, würde sich durch seinen eigenen Schatten verraten, den er in die Tür des Krankenzimmers warf, sowie er die flackernde Wandleuchte passierte!

Um ihr Gewissen zu beruhigen, sah sie zuerst einmal nach Quint. Unruhig warf er den Kopf hin und her, als setze ihm ein böser Traum zu. Sie kühlte ihm die fieberheiße Stirn, ließ aus einem Zinnbecher vorsichtig Wasser über seine Lippen laufen und erneuerte die kalten Umschläge.

Schnell warf sie noch zwei Scheite auf das heruntergebrannte Feuer im Kamin, dass die Funken stoben. Dann jedoch vermochte sie ihre Ungeduld nicht länger zu bezähmen und sie setzte sich mit der Tasche in den hellen Feuerschein.

Mit klopfendem Herzen öffnete Johanna die Schnallen der beiden Ledergurte und fand darunter noch zwei weitere Verschlüsse in Form von abgewetzten Messingkappen, die mit ihren hufeisenähnlichen Metallklauen die beiden holzverstärkten Seitenkanten der Tasche zusammenhielten. Sie ließ die Kappen hochschnappen, wobei sie sich den rechten Daumennagel einriss. Die Tasche sprang auf – und entblößte ihren Inhalt.

Die erhoffte Überraschung blieb jedoch aus, denn ihr Blick fiel auf einen Stoß von Büchern.

Bücher!?

Johanna wusste nicht zu sagen, womit sie insgeheim gerechnet hatte. Aber an ein gutes halbes Dutzend Bücher von unterschiedlichem Format und Umfang hatte sie bestimmt nicht gedacht. Gewiss, diese in kostbares Leder gebundenen Werke waren zweifellos von nicht geringem Wert und würden bei einem der Buchhändler am Alten Markt wohl auch einen anständigen Erlös bringen. Aber enttäuscht war sie dennoch, hatte sie doch etwas ganz anderes erwartet. Etwas, das ihr... nun ja, das ihr den Atem nahm so wie die vielen Golddukaten, die ihr mit verlockendem Klang und sattem Glanz aus Quints Geldbeutel in die Hand gerollt waren.

Johanna nahm die Bücher nacheinander heraus und sah sie sich näher an. Das Erste war eine Bibel, deren Ledereinband und Seiten man den häufigen Gebrauch schon auf den ersten Blick ansah. Sie blätterte die Heilige Schrift flüchtig durch, bemerkte hier und dort am Seitenrand handschriftliche Anmerkungen und legte sie schnell beiseite.

Der nächste Foliant, den sie aus dem geräumigen Bauch der Tasche nahm, weckte schon größeres Interesse in ihr. Es war in tiefrotes Kalbsleder gebunden und an den Kanten mit merkwürdigen, geheimnisvollen Zeichen in goldener Farbe verziert. Sie schlug das Buch auf und las auf dem Vorblatt in einer der ersten Zeilen den lateinischen Titel: *Tabula Smaragdina Hermetis*. Und sie vermutete, dass es sich bei dem Namen *Hermes Trismegistos*, der einige Zeilen tiefer durch Fettdruck deutlich vom Rest des Textes abgesetzt war, um den Namen des Verfassers dieses umfangreichen Werkes handelte. Das Buch enthielt zahlreiche Abbildungen, die trotz aller Fremdheit auf den ersten Blick wie die Sternbilder eines Astronomen aussahen. Denn Himmelskörper wie Sonne und Mond sowie andere Gestirne sprangen ihr sofort ins Auge. Aber was hatte dieser Drache dort zu suchen, der in seinem fürchterlichen Rachen eine fette Kröte hielt, die ihrerseits irgendeine Flüssigkeit im hohen Bogen aus ihrem Maul spritzte? Und dieser Vogel mit den gewaltigen Schwingen, der halb Tier und halb Mensch war, denn auf seinem gefiederten Leib saß ein bärtiger Menschenkopf mit einer prächtigen Krone, passte auch nicht zu einem Sternbild. Und warum hatte dieser Menschenvogel seine Klauen in eine Kugel geschlagen, in der rechts und links jeweils drei große Federn steckten?

Sie stieß in dem Buch noch auf viele derartig rätselhafte Bilder, wie auch in den fünf anderen, die sie aus der Tasche nahm und durchblätterte. Eines davon, das im Titel das Wort Kabbala* enthielt, überraschte sie durch eine Vielzahl von Zahlen und sonderbaren Zahlenquadraten.

Ein anderes Buch, das vergoldet, sehr alt und von großem Format war, besaß einen Einband aus gehämmertem Kupfer, graviert mit fremdartigen Buchstaben und Figuren. Johanna nahm an, dass es sich um die Buchstaben einer alten Sprache wie Griechisch oder Hebräisch handelte. Die insgesamt nur einundzwanzig Blätter, die wie der Einband kunstvolle, farbig bemalte Gravuren aufwiesen, bestanden weder aus Papier noch aus Pergament, sondern aus einem anderen dünnen, holzigen Material. Jedes Blatt trug eine Abbildung.

Das Gefühl der Beklemmung wuchs in ihr, als Johanna sich einige der Abbildungen näher ansah. Sie waren so verstörend fremd, ja grotesk und unheimlich, als hätte jemand die Welt seiner Alpträume in diesen Bilder wiedergegeben. Und jede neue Zeichnung war absonderlicher und verstörender als das vorhergehende Bild. Auf dem ersten Blatt war ein Stab gemalt, um den sich zwei züngelnde Schlangen wanden und dem oben aus dem Knauf zwei kleine Flügel wuchsen. Auf einem anderen war eine Wüste dargestellt, in deren Mitte mehrere Brunnen flossen, aus denen Schlangen krochen. Als sie zurückblätterte, stieß sie auf das Bild eines Kreuzes, an das eine Schlange genagelt war.

Diese erschreckende und abstoßende Abbildung der gekreuzigten Schlange, die sie für Gotteslästerung hielt, jagte ihr einen eisigen Schauer durch den Körper. Schnell schlug sie das Buch zu und legte es zu den anderen.

Das letzte ledergebundene Buch, dick und schon arg abgegriffen, entpuppte sich als ein Journal, dessen Seiten Kopernikus Quint mit nicht weniger rätselhaften Texten, Notizen, Symbolen und Zeichnungen dicht gedrängt voll gekritzelt hatte. Sie versuchte an verschiedenen Stellen einige Zeilen zu entziffern, was ihr auch gelang. Aber das, was sie da las, ergab für sie nicht den geringsten Sinn.

So stand da etwa geschrieben: ». . . *wenn du die Weiße erlangt hast, so hast du die rasenden Stiere niedergeworfen, die aus ihren Nüstern Feuer und Flammen hervorstießen. Herkules hat nun den Augiasstall von seiner Fäulnis und seinem Gestank gereinigt. Jason gab den Saft der Medea dem Drachen zu Colchos und du hast das Füllhorn der Ziege Amalthea in deiner Gewalt . . .*« Dahinter stand in Klammern gesetzt der Name *Nikolaus Flamel*, gefolgt von mehreren Zeilen rätselhafter Zeichen, die wohl zu einer Geheimsprache gehörten.

Johanna schüttelte verständnislos den Kopf. Von welch rasenden, Feuer speienden Stieren mochte hier bloß die Rede sein, die man mit »der Weiße« niederzwingen konnte? Und was mochte es wohl mit dem Füllhorn auf sich haben, das einer Ziege gehören sollte, die einen so seltsamen Namen wie Amalthea trug?

Sie blätterte einige Seiten weiter und las dann an anderer

Stelle, die ihr wegen der besonderen Markierungen sofort ins Auge fiel: »... *nimm die zwei Schlangen, die überall auf dem Erdboden zu finden sind, ein lebend Männlein und Weiblein. Verbinde sie mit einem Band der Liebe und verschließe sie in der arabischen Caraha. Sodann musst du mit dem Feuer der Natur wider sie streiten und zusehen, dass du deine Linie rund um sie herziehst. Umringe sie und verwahre alle Zugänge wohl, dass sie keine Hilfe kriege. Halte mit der Belagerung geduldig an, so werden sie sich in eine scheußliche, kotige, giftige schwarze Kröte verwandeln, die sich in einen schrecklich fressenden Drachen verkehren wird, der auf dem Boden seiner Höhle kriechen und sich wälzen wird, doch ohne Flügel. Berühre es nicht, denn kein Gift ist so stark! Fahre fort, wie du angefangen hast, so wird der Drache zu einem Schwan, weißer als Schnee. Sodann will ich dir vergönnen dein Feuer zu mehren, bis der Phönix erscheint. Dieser ist ein dunkelroter Vogel mit glänzend feuriger Farbe. Speise diesen mit dem Feuer seines Vaters und dem Äther seiner Mutter und er wird sich in seinem Nest bewegen und wie ein Stern aufgehen. Also bringe die Natur in den Horizont der Ewigkeit...«*

Verwirrt brach Johanna die Lektüre ab und schüttelte erneut den Kopf. Zwei Schlangen, die sich erst in eine hässliche Kröte verwandelten, dann zu einem Drachen wurden, der wiederum die Gestalt eines schneeweißen Schwans annahm, um schließlich zu einem wundersamen Vogel, einem Phönix von glänzend feuriger Farbe zu werden? Was sollte das bloß für einen Sinn ergeben? Das war doch völliger Unsinn!

Johanna stutzte, kam ihr doch ein Gedanke, der nicht gerade dazu angetan war, ihr das Gefühl der Beklemmung zu nehmen, ganz im Gegenteil.

Was aber war, fragte sie sich beunruhigt, wenn sie sich irrte und sich doch viel mehr hinter den Beschreibungen verbarg, als sie ahnte, weil sie in einer ihr unbekannten Sprache verfasst waren? Einer geheimen Sprache, wie Magier, Geisterseher, Kartenschläger und andere Schwarzkünstler sie verwandten, um ihre Geheimnisse und ihr dunkles Wissen von magischen Dingen zu schützen?

Schwarzkünstler!

Johanna blickte zu Kopernikus Quint hinüber. War dieser fremde Mann vielleicht ein solcher Schwarzkünstler, der mit dunklen und gefährlichen Mächten im Bund stand? Und woher hatte er das viele Geld? Die Münzen im Lederbeutel waren vielleicht noch längst nicht alles. Denn hatte er ihr, bevor er auf der Pritsche das Bewusstsein verloren hatte, nicht noch zu verstehen gegeben, dass er über viel mehr Geld verfügte, als sich in seiner Börse befand? Ja, so hatte es geklungen.

Und warum war dieser Angst einflößende Benedikt von Rickenbach mit seinen Schergen hinter ihm her? Sie glaubte nicht, dass dieser vornehme Herr es auf das Geld abgesehen hatte, sondern dass er sich wohl vielmehr in den Besitz dieser Bücher hatte bringen wollen und was die Tasche sonst noch enthielt. Aber auch nicht um den Preis, dass Kopernikus Quint dabei ums Leben kam. Denn sonst hätte er seine Schergen kaum so eindringlich ermahnt, seiner unbedingt lebendig habhaftig zu werden. Fragen über Fragen und nicht eine Antwort!

»Wer seid Ihr, Kopernikus Quint?«, flüsterte Johanna und blickte forschend in sein schweißglänzendes Gesicht. »Wovor seid Ihr auf der Flucht? Was ist Euer Geheimnis? Seid Ihr ein durchtriebener Schurke, vor dem man auf der Hut sein muss, oder ein Ehrenmann, der Beistand verdient?«

Die einzige Antwort, die sie erhielt, war ein schmerzerfülltes Seufzen.

Johanna versuchte das Unbehagen, das sie ergriffen hatte, mit einem Schulterzucken abzuschütteln. Wer immer er auch sein mochte, sie hatte von ihm nichts zu befürchten, dessen war sie ganz sicher, verdankte er ihr doch, dass er seinen Verfolgern entkommen und nicht irgendwo verblutet war. Wenn er sich wieder erholte, würde er bestimmt nicht vergessen, dass sie es gewesen war, die ihm das Leben gerettet hatte. Das war ein beruhigender Gedanke. Also was kümmerte es sie, wer er war und was diese Bücher zu bedeuten hatten.

Ihr Schaden würde es jedenfalls nicht sein, wenn sie ihn nach besten Kräften pflegte, ganz gleich zu welcher Seite sich die Waage seines Lebens letztlich neigte. Denn ein, zwei Silberlinge, womöglich sogar einen Golddukaten würde Hackenbroich schon herausrücken müssen, wenn er Quints Geldbörse einstecken und sich ihr Schweigen erkaufen wollte. Und wer weiß, was sie noch für die Bücher und die Tasche erzielte, von denen ja niemand wusste. Bestimmt würde ihr Frederikus dabei helfen, den richtigen Buchhändler zu finden und sich nicht von ihm übertölpeln zu lassen. Frederikus Flake, der schlacksige Sohn des Schankwirts August Flake, der in der Reimersgasse die Wirtschaft *Zur schwarzen Rose* führte, war ein pfiffiger Bursche, der überall seine Ohren und seine Freunde hatte. Und das Gerücht, dass Frederikus mit den Flussschmugglern von Deutz einträgliche Geschäfte machte, hatte sie nicht überrascht. Ihm traute sie das und auch noch einiges andere zu!

Sie wollte schon die sieben Bücher wieder in die Tasche zurücklegen, als sie plötzlich stutzte und bemerkte, dass der Boden viel zu hoch lag.

Die Tasche besitzt einen doppelten Boden! Darunter muss sich ein Hohlraum befinden!, schoss es ihr durch den Kopf. Aufgeregt und mit neu erwachter Hoffnung auf einen spektakulären Fund tastete sie die Ränder ab – und stieß auf eine

Schlaufe, mit der sich der stoffbezogene falsche Boden hochklappen ließ.

Darunter kamen drei unterschiedlich große, in Wachstücher geschlagene Gegenstände zum Vorschein. Das Erste, was sie auswickelte, war ein längliches Kästchen aus dunklem Holz, dessen Deckel sich aufschieben ließ. Es enthielt mehrere zusammengerollte Briefbögen, ein Tintenfass mit Silberverschluss, drei metallene Schreibfedern, eine halbe Stange Siegelwachs und einen kleinen Glasbehälter mit Streusand.

»Auch nichts Besonderes«, murmelte Johanna. Aber ihr blieben ja noch die beiden anderen Päckchen, die Quint im doppelten Boden seiner Reisetasche versteckt hatte.

Der zweite, fest mit Wachstuch und schwarzer Samtkordel umwickelte Gegenstand war nicht viel dicker als ein Gehstock, jedoch sehr schwer . Dabei war er nicht einmal so lang wie ihr Unterarm. Und als sie Kordel und Wachstuch entfernt hatte, hielt sie einen schwarzen Eisenstab mit einem einfachen geriffelten Holzgriff in der Hand.

Warum, um alles in der Welt, wickelt er solch eine gewöhnliche Eisenstange in Wachstuch und versteckt sie im doppelten Boden seiner Reisetasche?, fragte sich Johanna verdutzt. Ja, und weshalb schleppte er sie überhaupt mit sich herum? So ein billiges Stück Eisen konnte er von jedem Schmied bekommen und an Geld mangelte es ihm doch wahrlich nicht.

Kopfschüttelnd rollte Johanna den Eisenstab in das Wachstuch und verschnürte es wieder so mit der Kordel, wie sie es vorgefunden hatte, bevor sie die kurze Eisenstange zu dem Kästchen mit den Schreibutensilien zurücklegte.

Blieb noch der dritte und größte Gegenstand, der um einiges breiter und höher war als das Schreibkästchen. Er lag auch recht gewichtig in der Hand. Aufgeregt und voller Neugier befreite sie den Gegenstand von seiner schützenden Umhüllung.

Zum Vorschein kam eine kostbare und überraschend schwere Schatulle aus zweifellos edlem Holz, das in einem rotbraunen Ton schimmerte. Der meisterliche Handwerker hatte den Deckel mit kunstvollen Intarsien versehen. Die Einlegearbeiten stellten Symbole dar, auf die sie in ähnlicher Form schon in den Büchern und in Quints Journal gestoßen war. Und in der Mitte des Deckels, umgeben von all diesen sonderbaren Symbolen, prangte eine Schlange, die sich zu einem perfekten Kreis gekrümmt hatte und sich in den eigenen Schwanz biss.

Mehr als wundersam, wie Johanna fand.

In angespannter Erwartung schob sie die beiden kleinen Riegel aus blank poliertem Messing zurück, mit denen der gerundete Deckel der Schatulle gesichert war, und klappte den Holzkasten auf.

Die mit feuerrotem Samt ausgekleidete Schatulle enthielt sieben verschieden große Glasbehälter – und das machte sie sofort stutzig. Denn die Schatulle war dafür eigentlich viel zu schwer. Und sie fragte sich, ob dieser Kasten wohl, ähnlich wie die Reisetasche, einen doppelten Boden besaß, indem sich noch etwas anderes verbarg. Hatte Quint dort vielleicht noch mehr Golddukaten verborgen? Oder besaß vielleicht das Holz ein solch ungewöhnliches Gewicht?

Sie rüttelte die Schatulle vorsichtig hin und her und horchte angestrengt nach einem metallischen Geräusch von aneinander stoßenden Münzen. Aber sie vermochte nichts dergleichen zu hören und wusste nicht, wie sie weiterforschen konnte, ohne Spuren zu hinterlassen. Deshalb wandte sie ihre Aufmerksamkeit nun den Glasbehältern zu.

Sie ruhten in rotsamtenen Aussparungen, die den unterschiedlichen Formen der Flaschen und Phiolen* genau angepasst waren. Der erste Glasbehälter enthielt ein grauschwarzes Pulver, der zweite eine gelbliche Essenz. Das Fläschchen im Fach daneben war mit weißlichen Kristallen gefüllt. In einem anderen Glasbehälter befanden sich Eisenspäne. Es gab eine Flasche, deren Inhalt so klar wie Wasser war, während in einem anderen Behälter eine silbrige Flüssigkeit mit einer merkwürdig ruhelosen Fließbewegung zwischen dem Flaschenboden und dem mit Wachs abgedichteten Pfropfen hin und her wogte.

Quecksilber!, schoss es Johanna durch den Kopf und sie versuchte zu erraten, was es wohl mit dem kirschkerngroßen Klumpen auf sich haben mochte, der im letzten der sieben Fächer in einer kleinen Phiole steckte. Er sah wie ein Zuckerkristall aus, war jedoch nicht weiß, sondern von einer fast kirschroten Farbe.

Nur zu gern hätte Johanna gewusst, was genau sich in den fünf anderen Glasbehältern verbarg, deren Inhalt sie nicht erraten konnte, und welche besonderen Eigenschaften diese Substanzen besaßen. Eines jedoch glaubte sie nun mit Sicherheit zu wissen – nämlich dass Kopernikus Quint kein Astronom, sondern ein Schwarzkünstler war.

Doch welche magische Kunst mochte er wohl betreiben, dass ein vornehmer Mann wie Benedikt von Rickenbach ihn jagte und sich nicht scheute auf ihn schießen zu lassen? Verstand er sich womöglich auf die Beschwörung dunkler Mächte aus der Geisterwelt, sodass man Gefahr lief, sein Seelenheil zu verwirken, wenn man sich mit ihm einließ? Konnte es sein, dass er sich dem Teufel verschrieben hatte?

Johanna fröstelte bei dem Gedanken und wünschte plötzlich, sie hätte ihre Neugier bezähmt und die Tasche nie geöffnet. Schnell schloss sie die Schatulle, wickelte sie in das Wachstuch und verstaute sie wieder in dem mit Tüchern ausgepolsterten Hohlraum der Reisetasche. Dann legte sie auch die geheimnisvollen Schriften zurück und achtete darauf, dass sie in genau derselben Reihenfolge aufeinander zu liegen kamen, wie sie die Bücher vorgefunden hatte.

Sie überlegte kurz, wo sie die Reisetasche am besten verstecken konnte. Die Ruine kam für sie nicht mehr in Frage. In solche Gefahr wollte sie sich nicht noch einmal begeben, zumindest nicht bei Nacht. Es gab auch hier im Haus genügend Orte, die sich als Versteck eigneten.

Johanna verwarf ein gutes halbes Dutzend Möglichkeiten, bis ihr plötzlich einfiel, dass sich das beste Versteck doch gleich über ihnen befand – nämlich oben auf dem halb eingefallenen Speicher, wo sich früher einmal ein Taubenschlag befunden hatte.

Sie musste erst einiges Gerümpel zur Seite räumen, das den Aufgang zum Speicher versperrte, bevor sie die steile Stiege hochklettern konnte. Die Bretter ächzten bedrohlich. Vorsichtshalber kroch sie auf Händen und Knien über den staubigen Boden, schob die Reisetasche hinter die Reste des alten Taubenschlags und beeilte sich wieder nach unten zu kommen.

Die Neugierde und ihre geheime Hoffnung, im Mantel oder in der Tasche auf irgendwelche Kostbarkeiten zu stoßen, hatten sie ihre Erschöpfung nach diesem langen und anstrengenden Tag einige Stunden vergessen lassen. Nun fiel die Müdigkeit mit aller Macht über sie her.

Sie flößte Kopernikus Quint noch etwas Wasser ein, wischte ihm noch einmal den Schweiß von der Stirn und zwang sich sogar die kalten Wickel zu erneuern. Ein frischer Verband mit Wundsalbe war zum Glück erst im Morgengrauen fällig und da würde das Glockengeläut der vielen Kölner Kirchtürme sie schon frühzeitig genug wecken.

Johanna löschte das Licht auf dem Gang, legte sich jedoch nicht in ihrer kalten Kammer zum Schlafen nieder, sondern holte ihre strohgefüllte Bettauflage sowie ihre Decken und bereitete sich ihr Nachtlager vor dem Kamin. So konnte sie nicht nur das herrlich warme Feuer genießen, was Hackenbroich ihr in ihrer Kammer nicht einmal in den kältesten Winternächten erlaubte, sondern sie war notfalls auch sofort zur Stelle, falls in der Nacht irgendetwas mit Kopernikus Quint sein sollte. Und kaum hatte sie sich mit einem wohligen Seufzer ausgestreckt, als der Schlaf sie auch schon davontrug.

Achtes Kapitel

Als Johanna erwachte, war das Feuer in sich zusammengefallen. Nicht einmal ein schwaches Glühen hellte die Dunkelheit des Zimmers auf. Die Steine des Kamins gaben jedoch noch immer spürbar Wärme ab. Sie konnte also nicht sehr lange geschlafen haben.

Irgendetwas hatte sie geweckt, doch sie wusste nicht, was genau sie aus ihren wirren Träumen geholt hatte. Sie wusste nur, dass es ein vertrautes Geräusch gewesen war – oder hatte sie auch das nur geträumt?

Nein, das Geräusch gehörte nicht zu den wilden Träumen, die sie im Schlaf verfolgt hatten. Denn da war es wieder! Und es kam von unten.

Johanna richtete sich ein wenig auf, lauschte in die Dunkelheit und vernahm nun deutlich Lachen, das gedämpft durch das Treppenhaus des Turms zu ihr nach oben drang. Das konnte nur von Hackenbroich und Frieder kommen. Ja, das war die Stimme ihres Stiefvaters!

Die beiden waren also endlich nach Hause gekommen. Wie spät mochte es wohl sein? Ein Uhr? Mitternacht war jedenfalls längst vorbei.

Sie hörte, wie eine Tür über den Steinboden schrammte. Ein lautes Rülpsen. Jemand zog den Schleim in Nase und Rachen geräuschvoll hoch und spuckte aus. Dazu Schritte, die leiser wurden, ein Knarren, ein dumpfer Laut – und dann herrschte wieder Stille.

Johanna horchte zu Kopernikus Quint hinüber, vernahm jedoch nichts, was zu besonderer Besorgnis Anlass gegeben hätte. Sein keuchender, stoßhafter Atem hatte sich weder zum Besseren noch zum Schlechteren verändert.

Sie überlegte, ob sie die Glut schüren und noch einige Holzscheite auflegen sollte, beschloss jedoch es bleiben zu lassen. Ihre Nasenspitze fühlte sich kühl an, aber unter den Decken herrschte eine so wohlige Wärme, dass sie nicht daraus hervorkriechen wollte. Und bis zum Wechseln des Verbandes hatte sie noch ein paar Stunden Zeit.

Und so drehte sie sich auf die Seite, zog die Decken fester um sich und versuchte wieder einzuschlafen. Doch der Schlaf wollte sich nicht wieder einstellen. Zudem gingen ihr auf einmal viele Gedanken durch den Kopf.

Eine halbe Stunde oder auch länger lag sie so im Dunkel der Nacht und dachte an die verwirrenden Ereignisse des vergangenen Tages zurück, die sie in den Besitz von drei Silbertalern gebracht hatten. Und mit ein wenig Glück konnte sie ihren Reichtum noch um einiges vermehren. Ja, vielleicht gelang es ihr sogar ...

Ein kratzendes Geräusch unterbrach sie in ihrem Gedankengang und ließ sie aufhorchen. Es wiederholte sich in einem gleich bleibenden Rhythmus. Zwischendurch hörte es einige Atemzüge lang auf, um dann aber wieder einzusetzen.

Vielleicht Ratten, die sich im Schutz der Dunkelheit aus ihren Verstecken wagten und auf Raubzug gingen? Das war gut möglich. Dominik hatte erst tags zuvor eine dicke, fette Ratte im Stall erschlagen und eine zweite war ihm am Morgen an der Küchentür entkommen.

Doch nein, von Ratten konnte das Geräusch nicht stammen, dafür war es viel zu gleichförmig. Aber was war es dann? Und klang es nicht so, als ob es näher kam?

Angestrengt und nun hellwach lauschte Johanna auf das rätselhafte Geräusch. Plötzlich zuckte sie zusammen und wurde starr wie ein Brett, als es ihr wie Schuppen von den Augen fiel und sie wusste, was sie da hörte: Schritte!

Jemand kam die Treppe hoch. Nein, er *schlich* die Turmtreppe hoch! Dieser Jemand gab sich allergrößte Mühe, dass man seine Schritte auf den Steinstufen nicht hörte, während er sich an der Wand entlangtastete. Und auf jedem Absatz blieb er einen Augenblick stehen. Bestimmt nicht weil er eine Atempause nötig hatte, sondern wohl vielmehr, um zu lauschen und sich zu vergewissern, dass sie, Johanna, sein Kommen nicht bemerkt hatte.

Es konnte nur Frieder sein! Wahrscheinlich hatte der viele Alkohol, den Hackenbroich ihm spendiert hatte, sein Blut in Wallung versetzt und ihn auf die gemeine Idee gebracht, sich zu dieser Nachtstunde in ihre Kammer zu schleichen, sie im Schlaf zu überraschen und sich mit Gewalt zu holen, was sie ihm freiwillig nicht geben wollte. Und wenn es dann geschehen war, würde er schlichtweg behaupten, dass sie ihn dazu ermuntert und es so gewollt hätte. Hackenbroich würde ihm wahrscheinlich jedes Wort glauben. Frieder hatte ohnehin nichts von ihm zu befürchten. Die beiden waren sich einfach zu gleich in ihrem miesen Charakter!

Ganz vorsichtig, um ja kein verräterisches Geräusch zu verursachen, schlug Johanna ihre Decken zurück und richtete sich auf. Sie holte ihr plumpes, aber scharfes Messer hervor und zog es aus der hölzernen Scheide. Dann huschte sie auf Zehenspitzen um den Kamin herum, schmiegte sich an die Wand neben der offen stehenden Tür, schob den Kopf ganz langsam vor und spähte mit einem Auge um die Ecke in den dunklen Turmgang. Der Dreck auf den Steinstufen knirschte unter Stiefelsohlen.

Ja, komm nur, Frieder! Schleich dich in meine Kammer, du

Miststück!, dachte sie grimmig, als sie einen schattenhaften Umriss die letzten Stufen hochkommen sah. Ich werde schon dafür sorgen, dass du diese Nacht nicht vergisst!

Der Schatten befand sich nun auf der Höhe ihrer Kammer, deren Tür nur angelehnt war. Die Gestalt blieb auch wie erwartet kurz vor ihrer Tür stehen, doch anstatt in ihre Unterkunft einzudringen, ging sie weiter!

Der Schatten kam auf sie zu!

Und dieser Schatten hatte nicht die Umrisse von Frieder, sondern die kantigen Konturen ihres Stiefvaters. Es war Hackenbroich und er wollte zu Kopernikus Quint!

Johanna fuhr ein eisiger Schreck durch die Glieder. Sie zog den Kopf zurück, glitt von der Tür weg, presste sich in die Ecke und hielt den Atem an. Ihr war, als hätte man sie in einen Bottich Eiswasser getaucht, denn sie wusste im selben Moment, dass Hackenbroich sich nicht etwa so leise und ohne jedes Licht ins Zimmer des kranken Fremden begab, weil ihn die Sorge um dessen Gesundung nicht schlafen ließ.

Augenblicke später trat Hackenbroich durch die Tür. Stumm und ohne den Kopf zu wenden ging er zielstrebig auf das Krankenbett zu. Er hatte sie also nicht bemerkt. Doch was war dieser sperrige große Gegenstand, den er in den Händen hielt?

Als sie sah, wie er am Kopfende der Bettstelle stehen blieb und sich mit dem sperrigen Objekt zu Kopernikus Quint hinunterbeugte, wusste sie, was Hackenbroich in der Hand hielt: ein Kopfkissen, mit dem er ihn ersticken wollte.

»Das tut Ihr besser nicht, wenn Ihr nicht am Galgen enden wollt!«, sagte Johanna leise, doch in der Stille kam ihr ihre eigene Stimme sogar im Flüsterton noch viel zu laut vor.

Mit einem scharfen, jäh abbrechenden Laut des Erschreckens fuhr Hackenbroich herum.

Johanna trat aus der Ecke, bückte sich nach einem Holzscheit und warf ihn in die Glut.

»Verschwinde!«, zischte er und machte eine herrische Handbewegung, als er sich wieder gefasst hatte.

»Ich denke nicht daran, Euch mit Kopernikus Quint auch nur eine Minute allein zu lassen. Ich fürchte nämlich, er könnte ersticken. Ist das nicht eigenartig, dass ich das Gefühl habe, ihm könnte etwas zustoßen?«, fragte sie sarkastisch.

Kleine Flammen stiegen aus der Glut auf und umzüngelten den trockenen Holzscheit. Der schwache Feuerschein vermochte nicht viel gegen die Dunkelheit auszurichten, jedoch konnte Johanna nun Hackenbroichs verkniffenes Gesicht und sein vom Wind zerzaustes Haar ausmachen. Sie sah, wie es in ihm arbeitete, und es hätte sie nicht gewundert, wenn er sich auf sie gestürzt hätte. Aber er sah wohl das Messer, das sie noch immer in der Hand hielt.

»Er ist fremd hier in der Stadt, nicht wahr?«

Sie nickte.

»Und du bist dir dessen ganz sicher?«

Johanna nickte erneut. Dass Kopernikus Quint fremd in Köln war und niemanden in der Stadt kannte, wusste sie nicht nur von Benedikt von Rickenbach, sondern das hatte sie auch aus seinem eigenen Mund gehört.

»Dann wird ihn auch niemand vermissen. Kein Mensch wird nach ihm fragen und lästige Fragen stellen«, fuhr Hackenbroich mit einschmeichelnder Stimme fort, während er langsam auf sie zukam. »Wen kümmert der Tod eines fremden Durchreisenden, der in irgendwelche dunklen Machenschaften verwickelt war und seinen schweren Verletzungen erlegen ist? Nicht einmal Bodestedt wird Verdacht schöpfen, hat er doch selbst gesagt, dass dieser Quint viel Blut verloren hat und zudem noch an schwerem Sumpffieber leidet. Er wird seinen Tod feststellen und die Totengräber werden ihn irgendwo vor der Stadt unter die Erde bringen. Kein Hahn wird nach ihm krähen.«

»Ja, da mögt Ihr Recht haben«, pflichtete Johanna ihm bei. »Aber das ändert nichts daran, dass Ihr einen Mord vorhabt!«

Ihr Stiefvater schüttelte ungehalten den Kopf. »Dummes Zeug! Von Mord kann gar keine Rede sein. Wir machen ihm das Sterben nur etwas leichter, das ist alles. Fast könnte man es einen Akt der Barmherzigkeit nennen. Siehst du denn nicht, wie sehr er sich quält? Vermutlich macht er es ohnehin nicht mehr lange.«

»Wenn das stimmt, brauchen wir ja wohl kaum nachzuhelfen!«, hielt sie ihm bissig vor.

»Was soll das, Johanna? Warum legst du dich für diesen Fremden so mächtig ins Zeug?«, fragte er unwirsch. »Du bist diesem Kerl doch nichts schuldig. Und wer weiß, warum die Männer wirklich auf ihn geschossen haben. Vielleicht war es ein Händel unter Schurken, der zu den Schüssen geführt hat? Es ist doch gut möglich, dass er selbst zu dem Gesindel von raffinierten Betrügern und Dieben gehört, die maskiert als ehrbare Bürger von Stadt zu Stadt ziehen und ihr schändliches Unwesen treiben. Wäre er nämlich ein Kaufmann oder aus sonst einem legitimen Anlass in Köln, würde er hier auch jemand kennen!« Er bedachte sie mit einem triumphierenden Blick. Offenbar hielt er seine Schlussfolgerungen für bestechend scharfsinnig – und für mehr als ausreichend, um jegliche Gewissensbisse zum Schweigen zu bringen.

Johanna musste unwillkürlich an die Bücher mit den absonderlichen Symbolen und Abbildungen sowie an die Schatulle mit den geheimnisvollen Glasbehältern denken, die sie in der Reisetasche gefunden hatte. Kopernikus Quint gehörte ganz sicher nicht zur Zunft der Kaufleute, da hatte ihr Stiefvater gewiss Recht. Aber die Schlussfolgerung, die er daraus zog, war grotesk und abstoßend.

Hackenbroich deutete ihr Schweigen als Zeichen, dass er sie mit seinen arglistigen Argumenten umgestimmt oder zumindest doch wankelmütig gemacht hatte. Er lächelte ihr verschwörerisch zu. »Überlass die Sache mir! Ich weiß schon, wie ich es machen muss, Johanna. Du gehst jetzt in deine Kammer und morgen meldest du, dass du ihn tot vorgefunden hast. Du brauchst noch nicht einmal zu lügen«, sagte er mit einschmeichelnder Stimme. »Und damit verdienst du dir dann . . . nun, sagen wir mal sechs Silbertaler. Na, ist das nicht ein Wort?«

Johanna schüttelte kurz und heftig den Kopf. »Ich weiß nicht, wer Kopernikus Quint ist und was ihn nach Köln geführt hat, aber das ist auch nicht nötig, denn es geht mich nichts an. Ich habe versprochen mich um ihn zu kümmern, und das werde ich auch tun.«

Seine Miene verdüsterte sich schlagartig. »Spiel nicht die Heilige! Ich durchschaue dich doch. Du willst ja bloß den Preis hochtreiben, gib es doch zu!«, stieß er wütend hervor. »Aber gut, ich will mich nicht lumpen lassen und biete dir ein Goldstück!«

»Ich heiße Johanna und nicht Judas!«

Seine Miene wurde noch grimmiger und verkniffener. »Zum Teufel, es ist für uns beide genug da! Teilen wir uns seine Geldbörse!«, schlug er widerwillig vor. »Wir machen halbehalbe. Denn das ist es doch, was du willst, nicht wahr?«

Johanna schluckte nervös und auf einmal fiel ihr das Atmen schwer. Gleichzeitig breitete sich ein flaues, an Schwindel grenzendes Gefühl in ihr aus. Die Vorstellung, ihr könnten zwölfeinhalb Golddukaten und ein halbes Dutzend Silbertaler gehören, erschreckte sie, übte aber zugleich auch eine verlockend magische Kraft auf sie aus. Sie brauchte bloß aus dem Zimmer zu gehen und Hackenbroich mit Kopernikus Quint allein zu lassen, der ja vielleicht wirklich auch so nicht mehr lange zu leben hatte, und für diesen kurzen Moment des Weggehens und Wegschauens würde sie die sagenhafte Summe von . . .

»Nein! Schluss! Ich will kein Wort mehr davon hören!«, rief sie erschrocken und dieses entsetzte Nein galt sowohl ihm als auch ihren eigenen beschämenden Gedanken. Ihr Körper straffte sich, als wollte sie sich auch physisch gegen diese Versuchung zur Wehr setzen.

»Nun hör mir mal gut zu, du Miststück!«, begann Hackenbroich, warf das Kopfkissen wütend hinter sich und machte einen drohenden Schritt auf sie zu. »Entweder du nimmst jetzt Vernunft an oder du wirst . . .«

Johanna wich zur Seite aus, hob die Hand mit dem Messer und fiel ihm ins Wort: »Oder was? Wollt Ihr vielleicht auch mich umbringen? Das müsst Ihr nämlich, bevor Ihr Euch an dem wehrlosen Kranken dort vergreifen könnt. Aber so leicht werde ich es Euch nicht machen, das schwöre ich Euch! Ihr habt es wohl noch immer nicht begriffen. Ich lasse mir mein Gewissen und mein Seelenheil nicht von Euch abkaufen!«, erklärte sie kühl und entschlossen. »Und deshalb geht Ihr jetzt besser!«

Mit geballten Fäusten und wutverzerrtem Gesicht stand er vor ihr und starrte sie an. Der Wind hatte in den letzten Minuten nicht nur an Kraft gewonnen, sondern auch Regen gebracht und warf diesen nun unter lautem Prasseln gegen die Fenster.

Sie erwiderte seinen stechenden Blick. Das Blut rauschte ihr in den Ohren wie ein Wildbach und jeder Muskel in ihrem Körper schien zum Zerreißen angespannt zu sein. Würde er es wagen und sich auf sie stürzen oder fehlte ihm der Mut, aufs Ganze zu gehen?

»Idiot!«, stieß er plötzlich wutbebend hervor. »Du gehörst unten zu den anderen Irren eingesperrt!«

Johanna wurde fast schlecht vor Erleichterung. Hackenbroich gab nach! Ihm war das Risiko offensichtlich zu groß. Sie hatte ihn richtig eingeschätzt. Der Feigling, der er war, gab klein bei! Dem Himmel sei Dank, dass sie nicht hatte herausfinden müssen, zu was sie wirklich fähig war!

»Vergesst Euer Kissen nicht«, sagte sie und hatte Mühe, sich ihr inneres Zittern nicht anmerken zu lassen und ihrer Stimme einen festen Klang zu geben. Sie ließ ihn nicht eine Sekunde aus den Augen.

Hackenbroich presste die Lippen zusammen, bückte sich nach seinem Kissen und ging zur Tür. Dort blieb er kurz stehen, drehte sich noch einmal zu ihr um und richtete seinen ausgestreckten Zeigefinger auf sie. »Verflucht sollst du sein!«, zischte er in ohnmächtiger Wut. »Dafür wirst du bezahlen. Irgendwann! Und wenn du dich auch noch so sehr in Acht nimmst!«

Johanna stürzte zur Tür, sowie sie seine Stiefelschritte auf der Treppe hörte, warf sie zu und schob von innen den schweren Riegel vor. Dann sank sie zitternd zu Boden. All ihre gerade zur Schau gestellte Entschlossenheit und Selbstsicherheit verließen sie wie Wasser, das aus einem löchrigen Eimer strömte, und zurück blieb, wie ein dreckiger Bodensatz, die nackte Angst.

Neuntes Kapitel

Geschlagene vier Tage hielt das ungewöhnlich stürmische Wetter an. Schneidender Wind und heftige Regenschauer fielen wie eine Horde gewissenloser Landsknechte, die in blinder Zerstörungswut durch das Land ziehen, über Köln her. Sie zerrten den kraftlosen Bäumen und Sträuchern das letzte bunte Laub vom Leib, rissen mit höhnischem Heulen lockere Schindeln von den Dächern, rüttelten wie Trunkenbolde ungebärdig an Türen, Toren und Fenstern und peitschten den Menschen auf Straßen und Plätzen den Dreck der Stadt ins Gesicht.

In der zweiten Nacht sanken die Temperaturen sogar so dramatisch, dass sich der Regen im Morgengrauen in Eis verwandelte. Dieser Kälteeinbruch mit seiner glitzernden Pracht kam um einige Wochen zu früh und schürte unter den Bürgern der Stadt die Angst vor einem besonders harten Winter. Beklemmende Erinnerungen an den letzten großen Eisgang wurden wach, als sich der Rhein von Ufer zu Ufer in ein gigantisches Eisfeld verwandelt hatte und die gewaltige Kraft der sich auftürmenden, vorwärts drängenden Eisschollen verheerenden Schaden angerichtet und so manches Menschenleben gekostet hatte. Zur Erleichterung aller stiegen die Temperaturen am dritten Tag wieder deutlich über den Gefrierpunkt und die eisige Kälte wich dem vertrauten windig nasskalten Regenwetter.

Zur selben Zeit kämpfte Kopernikus Quint mit den zerstörerischen Kräften, die ihn befallen hatten und seine Lebenskraft aufzuzehren suchten.

Johanna pflegte ihn nicht nur nach besten Kräften, sondern sie bewachte ihn auch. Dazu gehörte, dass sie die Tür zum Krankenzimmer zu allen Tages- und Nachtzeiten verriegelt hielt. Zwar ließ Hackenbroich sich nicht mehr bei ihr im Turm blicken, aber das hatte nichts zu bedeuten. Vielleicht wollte er sie in Sicherheit wiegen und wartete nur darauf, dass sie den Kranken eine Weile allein ließ, um seinen verbrecherischen Plan doch noch auszuführen. Und wenn ihm das gelang, was sollte . . . nein, was *konnte* sie dann noch tun? An den Galgen liefern konnte sie ihn nicht, einmal ganz davon abgesehen, ob man ihrer Geschichte überhaupt Glauben schenken würde. Sie mochte Hackenbroich noch so sehr verabscheuen, aber er war und blieb doch der Mann ihrer Mutter, die ohne ihn bald mittellos auf der Straße stehen würde und den bitteren Gang ins Armenhaus antreten müsste. Deshalb wäre sie um ihrer Mutter willen dazu verdammt, zum schweigenden Mitwisser zu werden. Aber dann würde Hackenbroich für die Mordtat ungestraft davonkommen – und dieser Gedanke war ihr unerträglich.

Damit sie nicht in dieses schreckliche Dilemma geriet, das sie jetzt schon beschäftigte und ihr nachts den Schlaf raubte, durfte sie in ihrer Wachsamkeit nicht erlahmen, bis Kopernikus Quint wirklich über den Berg war. Dominik war der Einzige, dem sie vertraute und von dem sie sich in diesen Tagen gelegentlich für eine kurze Zeitspanne ablösen ließ. Denn um die Zubereitung der Markbrühe für den Kranken und das frische Wasser kümmerte sie sich persönlich. Sie hielt Hackenbroich nämlich für fähig etwas in das Essen oder das Wasser zu mischen, das den zerstörerischen Kräften der Krankheit Vorschub leistete, ohne dass es auffällig wurde und man ihm etwas nachweisen konnte. Sie wusste ja, dass er sich auf diese Kunst verstand und des öfteren stark betäubende Kräutersäfte für einige der besonders lärmenden Insassen anrührte.

Beruhigend war, dass der Wundarzt regelmäßig nach dem Kranken sah. So auch am Vormittag des vierten Tages. Und er zeigte sich nach der Untersuchung sehr zuversichtlich. »Das Fieber ist deutlich gefallen und die Wunden sehen auch schon viel besser aus. Ich denke, er hat die Krise überstanden und wird es wohl schaffen, sofern er nicht noch einen Rückfall erleidet.«

»Das wird er bestimmt nicht!« Johanna wollte die Möglichkeit, dass alles vergebens gewesen sein könnte, nicht einmal in Betracht ziehen. Kopernikus Quint musste einfach wieder auf die Beine kommen! Schon damit Hackenbroich nicht Recht behielt mit seiner zynischen Prophezeiung, Quint werde so oder so an seinem Fieber und den Schussverletzungen sterben.

»Ja, das wäre auch wirklich zu traurig nach all dem, was du für den Mann getan hast«, sagte der Wundarzt mitfühlend. »Du siehst überhaupt sehr mitgenommen und übermüdet aus.«

Johanna zuckte nur mit den Achseln. Sie konnte ihm ja schlecht erzählen, was sie unablässig ängstigte und nachts um den Schlaf brachte.

»Vergiss nicht, dass du beim Apotheker Dittlach einen neuen Tiegel Wundsalbe holen musst! Er mischt sie dir nach meiner Rezeptur. Du brauchst ihm nur das hier zu geben«, sagte Ottmar Bodestedt und reichte ihr das Rezept.

Johanna nickte und bat ihn Dominik zu ihr zu schicken, damit er ihre Stelle einnahm, während sie schnell zur Apotheke lief.

»Gibt es einen besonderen Grund, warum du nicht eine Minute von seinem Bett weichst und dich nur von Dominik vertreten lässt, obwohl der Kranke dieser unablässigen Aufmerksamkeit doch gar nicht bedarf? Und warum hältst du die Tür immer verschlossen?«, fragte der Wundarzt mit hochgezogenen Augenbrauen und einem merkwürdigen Unterton, der von einer Ahnung sprach. »Ist da etwas, was ich wissen sollte, Johanna?«

Sie wich seinem forschenden Blick aus. »Ja, ich habe meine Gründe«, gestand sie widerstrebend. »Aber ich denke, sie sind bei mir am besten aufgehoben.«

Er nickte und schenkte ihr ein anerkennendes Lächeln. »Ich verstehe. Nun, dann halte weiterhin so tapfer deine schützende Hand über diesen Fremden, damit ihm kein Leid geschieht«, sagte er und versprach Dominik zu rufen und zu ihr ins Turmzimmer zu schicken.

Wenig später klopfte Dominik an die Tür. Johanna ließ ihn herein und ermahnte ihn, so wie sie es jedes Mal tat, hinter ihr den Riegel vorzuschieben und niemanden ins Zimmer zu lassen.

»Und zwar ohne jede Ausnahme, hörst du? Du machst auch dann nicht auf, wenn Ida oder meine Mutter vor der Tür stehen und dich herausrufen! Es kann nämlich gut sein, dass es nur ein Trick ist und . . .«

». . . Hackenbroich hinter ihr steht! Ja, ich weiß«, fiel er ihr ein wenig gekränkt ins Wort. »Das hast du mir schon ein Dutzend Mal erzählt. Ich mag ja einiges an Stroh im Kopf haben, aber so viel ist davon nun auch wieder nicht hier drin«, er klopfte sich mit der Faust an den Kopf, »dass ich vergesse, was du mir schon so oft gesagt hast, Hanna!«

Sie legte ihre Hand auf seinen Arm und lächelte ihn entschuldigend an. »Ich sage es ja nur, weil ich mir Sorgen mache, dass Hackenbroich uns hereinlegen könnte. Ich weiß, dass ich mich auf dich verlassen kann.«

»Natürlich, Hanna«, sagte er und erwiderte ihr Lächeln. Doch plötzlich trat ein angestrengtes Stirnrunzeln auf sein Gesicht. »Aber warum sollte er das denn tun? Ich meine, warum darf Hackenbroich nicht zu dem Kranken, wo er hier doch der Herr ist?« Er kratzte sich nachdenklich am Kinn. »Du hast es mir bestimmt schon mal erklärt und ich Dummkopf habe es mal wieder vergessen.«

»Nein, du hast es nicht vergessen, weil ich es dir erst gar nicht erklärt habe. Ich kann darüber einfach nicht reden. Du weißt, manches muss man einfach für sich behalten.«

Seine Augen leuchteten auf. »Du meinst, so wie ein Priester das für sich behalten muss, was er in der Ohrenbeichte erfährt, nicht wahr?«

»Ja, so ähnlich, Dominik«, sagte sie mit einem Schmunzeln, warf sich ihren Umhang um die Schultern und nahm den leeren Tiegel an sich.

Draußen auf dem Gang wartete sie, bis sie hörte, dass Dominik den Riegel wieder vorgeschoben hatte. Dann eilte sie die Treppe hinunter und hinaus in den Regen.

Eine dreiviertel Stunde später kehrte sie mit regennassem Haar, klammen Kleidern und einem frisch gefüllten Tiegel zurück. Im Flur vom Obergeschoss lief sie Hackenbroich über den Weg, der gerade die Gittertür zum Trakt der Anstaltsinsassen hinter sich abschloss und ihr einen finsteren Blick zuwarf, als er sie die Treppe hochkommen sah.

»Dafür, dass du dich den ganzen Tag da oben bei dem Fremden einschließt und hier keinen Handschlag mehr tust, werde ich ihn zur Kasse bitten!«, sagte er drohend.

»Ich bin sicher, dass er Euch alles auf Heller und Pfennig bezahlen wird, was Ihr ihm rechtmäßig in Rechnung stellen werdet!«, erwiderte sie spöttisch, ließ ihn stehen und rannte die Turmtreppe hinauf.

»Es ist alles ganz ruhig gewesen, Hanna. Keiner hat geklopft und wollte herein«, sagte Dominik mit stolzgeschwellter Brust, als hätte er eine hart umkämpfte Stellung gegen eine erdrückende Übermacht gehalten.

Johanna sparte nicht mit Lob und Dank, worauf sich sein struppig bärtiges Gesicht mit der hässlichen Hasenscharte in ein einziges freudiges Strahlen verwandelte. Augenblicke später ließ sie ihn hinaus und schob sofort wieder den Riegel vor.

Sie ging zum Kamin hinüber, um einige Holzscheite nachzulegen. Denn ohne ein flackerndes Feuer war es äußerst ungemütlich in diesem großen Eckzimmer. Dem stürmischen Wind boten sich einfach zu viele Ritzen, durch die er ungehindert eindringen konnte. Und auch der Regen sickerte beständig durch das baufällige Dach, tropfte an mehreren Stellen von der Decke und bildete darunter große Pfützen, die Johanna jede Stunde mit dem Lappen aufwischen musste. Kein Wunder, dass auf dieser Seite des Turmes nicht nur Dachrüstung und Balkenlage, sondern mittlerweile auch die mehr als ein Zoll dicken Tannenbretter der Fußböden morsch und von Fäulnis befallen waren.

Als sie sich vor dem Kamin wieder aufrichtete und sich umdrehte, um ihren Rücken zu wärmen, sah sie, dass Kopernikus Quint die Augen aufgeschlagen und den Kopf in ihre Richtung gedreht hatte. Sein Blick war so wach und klar, dass sie unwillkürlich erschrocken zusammenfuhr. Zum ersten Mal nach vier Tagen nahm er sie bewusst wahr!

»Wer . . . wer . . . ist dieser Hackenbroich?«, fragte er mit schwacher Stimme, noch bevor sie sich von ihrem freudigen Schock erholt hatte und etwas sagen konnte.

Johanna eilte zu ihm ans Bett. »Heinrich Hackenbroich ist mein Stiefvater. Meine Mutter hat ihn vor sieben Jahren Hals über Kopf geheiratet, als wir nach dem schrecklichen Unglück auf dem Fluss ...« Überrascht ertappte sie sich dabei, dass sie doch wahrhaftig im Begriff stand, ihm etwas zu erzählen, worüber sie bisher noch mit keinem gesprochen hatte – Dominik mal ausgenommen. Aber mit dem konnte sie ja reden wie mit einem geduldigen und unschuldigen Kind und vor allem ohne fürchten zu müssen, dass er davon etwas weitererzählte oder in irgendeiner Weise gegen sie verwandte.

Johanna führte den Satz nicht zu Ende, sondern sagte schnell: »Jedenfalls gehört ihm hier das Narrenhaus.«

»Narrenhaus?«, wiederholte Kopernikus Quint verständnislos und leckte sich über die trockenen Lippen.

Johanna verzog das Gesicht. »Ja, Hackenbroich verwahrt gegen ein kleines Entgelt Schwachsinnige, mit denen sich die Angehörigen, die sich das leisten können, nicht länger abmühen wollen. Hospitalmeister nennt er sich großspurig, dabei ist er doch nichts weiter als ein Wärter von fünfzehn armen Seelen, die er hier in seinem schäbigen Lunaticum* weggeschlossen hat. Früher hat das Hofhaus mal zu einem kleinen Kloster gehört. Übrigens sagt keiner Lunaticum dazu, wie Hackenbroich es gern möchte, weil es respektabler und mehr nach einem wirklichen Hospital klingt, sondern alle nennen die Anstalt nur ›Hackenbroichs Narrenturm‹, obwohl das völlig falsch ist. Denn hier im Turm sind gar keine Idioten eingesperrt.«

»Nur du und ich, ja?«, flüsterte er.

Johanna nickte mit einem scheuen Lächeln und fragte sich, wie viel er in den vergangenen Tagen trotz allem noch mitbekommen hatte. Bevor sie jedoch noch etwas sagen oder fragen konnte, fielen ihm schon wieder die Lider unter den buschigen Augenbrauen zu und er sank in den Schlaf.

Gegen Mittag wachte er wieder auf. Hunger hatte er keinen, aber großen Durst. Johanna gab ihm zu trinken und berichtete ihm auf sein Fragen hin, wo genau er sich befand und dass der Wundarzt Ottmar Bodestedt ihm eine Kugel unter den Rippen herausoperiert und seine Wunden versorgt hatte.

»Was ist mit meiner Tasche und meinem Mantel?«, fragte Quint dann mit großer Besorgnis. »Hast du dich um meine Sachen gekümmert?«

»Ja, ich habe beides gut verwahrt. Ich habe Euren Mantel gesäubert und die Löcher geflickt. Hut und Perücke sind auch wieder tadellos.« Sie zögerte kurz und setzte dann hinzu: »Was Eure Tasche betrifft, so weiß außer mir niemand davon. Ich habe sie gut versteckt.«

Ein Ausdruck großer Erleichterung trat auf sein blasses, eingefallenes Gesicht. »Dem Himmel sei Dank. Das war klug von dir. Ich werde dich dafür auch gut belohnen«, versprach er.

»Dafür müsst Ihr Euch aber erst einmal Eure Geldbörse von Hackenbroich wiedergeben lassen. Er hat Euren Geldbeutel nämlich gleich an sich genommen, als Ihr bewusstlos wurdet.«

Kopernikus Quint sah sie mit gerunzelter Stirn an. »Ich verstehe. Vor deinem Stiefvater heißt es wohl auf der Hut zu sein, nicht wahr?«

Johanna nickte. »Er hätte Euch lieber tot gesehen. Deshalb wird es ihn auch wenig freuen, wenn er hört, dass Ihr ihm nicht den Gefallen getan habt, zu sterben.«

Kopernikus Quint lächelte spöttisch. »Ich nehme an, das hat wohl etwas mit meinem Geldbeutel zu tun, den er dir abgenommen hat, richtig?«

»Richtig.«

»Und deshalb hältst du auch die Tür ständig verschlossen

und hast diesem Muskelprotz mit der Hasenscharte eingeschärft, niemanden ins Zimmer zu lassen, nicht wahr?«

Verlegenheit überkam sie und sie antwortete ausweichend: »Ihr scheint ja schon länger wach gelegen zu haben, wenn Ihr wisst, was ich zu Dominik gesagt habe.«

»In der Tat«, bestätigte Kopernikus Quint, griff nach ihrer Hand und sah sie eindringlich an. »Ich kann mich auch an merkwürdige beängstigende Träume erinnern, die vielleicht gar keine Träume gewesen sind, und an einige Gesprächsfetzen aus einem heftigen Streit zwischen dir und einem Mann. Und ich habe das Gefühl, auch diesen Streit, bei dem es um mich gegangen ist, nicht geträumt zu haben.« Er machte eine gewichtige Pause, ohne seinen Blick von ihr zu nehmen. »Ich glaube, ich verdanke dir mein Leben – und zwar nicht nur das eine Mal, als du mich vor meinen Verfolgern gerettet hast und dafür sorgtest, dass ich in die Hände eines kundigen Arztes gekommen bin. Sondern du hast mir wohl noch ein zweitens Mal das Leben gerettet, indem du die Tür zu dieser Kammer immer verriegelt gehalten und außer dem Arzt und diesem . . .«

»Dominik.«

». . . diesem Dominik niemanden hereingelassen hast, ganz besonders nicht deinen Stiefvater.«

Sie konnte nicht verhindern, dass sie errötete, denn ihre Motive waren ja alles andere als uneigennützig gewesen. »Ich habe nur getan, was ich für richtig hielt«, wehrte sie ab.

Er ließ ihre Hand los, als hätte er keine Kraft mehr, sie zu halten. Ein unterdrücktes Stöhnen kam über seine Lippen, als er sich in eine andere Lage zu drehen versuchte und offensichtlich sofort von scharfen Schmerzen heimgesucht wurde. »Wir werden später noch Zeit genug haben, um darüber zu reden«, sagte er mit von Müdigkeit schwerer Stimme. »Es wird wohl noch etwas dauern, bis ich mich . . . von all dem . . . erholt habe.«

»Werdet Ihr mir dann auch erzählen, warum diese Männer Euch verfolgt und auf Euch geschossen haben und wer dieser geheimnisvolle Benedikt von Rickenbach ist?«, fragte Johanna.

»Gut möglich, alles zu seiner Zeit«, antwortete Kopernikus Quint schläfrig und schon mit geschlossenen Augen. »Aber Benedikt ist kein . . . geheimnisvoller Mann, sondern ein verarmter Edelmann, ein ehrloser Lakai und Speichellecker habgieriger Fürsten. Ein skrupelloser Schurke . . . der nicht einmal davor zurückschrecken würde, seine Seele zu verkaufen, wenn es seinen dunklen Geschäften dienen würde . . Er ist ein elender Nigromanta, der auch nicht eine . . . Messerspitze Schwefelpulver wert ist!«

»Und was ist ein Nigromanta?«, fragte Johanna sofort und beugte sich vor, weil sie seine Stimme kaum noch verstehen konnte.

Kopernikus Quint machte eine schwache Handbewegung. »Ein Gefährte der Höllenhunde, Anrufer und Beschwörer böser und verdammter Geister!«, murmelte er. »Ein verfluchter Schwarzkünstler!«

Zehntes Kapitel

Am späten Nachmittag desselben Tages, nachdem Kopernikus Quint einige Stunden geruht hatte, schickte er Johanna nach unten. Er trug ihr auf, Hackenbroich auszurichten, dass er um ein Gespräch mit ihm bat. Dieser ließ ihn bis in den Abend hinein warten. Dann endlich bequemte er sich und stiefelte die Turmtreppe hoch.

Kopernikus Quint wusste, dass er diesem Mann, der ihm den Tod und nicht die Gesundung gewünscht hatte, nicht ein Wort des Dankes schuldete. Aber es erschien ihm in seiner Lage äußerst unklug, dieses Wissen zu erkennen zu geben, wie er Johanna erklärte. Er würde noch Tage brauchen, bis er wieder so weit bei Kräften war, dass er das Bett verlassen und seiner eigenen Wege gehen konnte.

»Ich wahre besser den Anschein der Ahnungslosigkeit und verhalte mich so, als glaubte ich in seiner Schuld zu stehen. Damit ist mir und wohl auch dir im Augenblick am besten gedient«, sagte er und seufzte.

Hackenbroich gab ihm dann erst gar keine Gelegenheit, sich großartig bei ihm zu bedanken. Denn kaum hatte Kopernikus Quint dazu angesetzt, als Hackenbroich ihn auch schon ungeduldig unterbrach und sofort auf das Thema zu sprechen kam, das ihn einzig und allein interessierte – nämlich wie viel Geld er aus ihm herausschlagen konnte!

»Mit Dank allein ist es nicht getan, mein Herr! Von wohlfeilen Worten bringt man kein Brot auf den Tisch und kein Hemd auf den Leib! Meine Auslagen für Euch sind beträchtlich gewesen, von den Umständen Eurer Unterbringung und

Versorgung ganz zu schweigen!«, lamentierte Hackenbroich mit finsterer Miene, als hätte er sich für ihn in Ausgaben gestürzt, die seine eigene Existenz gefährdeten. »Allein schon das viele Holz, das Johanna verfeuert hat, damit Ihr es hier einigermaßen warm habt, ist mächtig ins Geld gegangen.«

»Und Ihr habt in diesen Tagen auf die Arbeitskraft Eurer tüchtigen Stieftochter verzichten müssen, da sie ja nicht von meiner Seite gewichen ist, wie ich erfahren habe«, sagte Kopernikus Quint scheinbar mitfühlend, während sich in Wirklichkeit milder Spott hinter seinen Worten verbarg. Er saß halb aufgerichtet im Bett. Ein mit Stroh gefüllter Sack, den Johanna ihm in den Rücken geschoben hatte, stützte ihn.

»In der Tat!«, bestätigte Hackenbroich und warf Johanna, die sich mit ihrem dreibeinigen Schemel an den Kamin zurückgezogen hatte, einen wütenden Blick zu. Er würde es ihr nicht verzeihen, dass sie ihn daran gehindert hatte, den Fremden aus dem Weg zu schaffen und sich in den Besitz der prall gefüllten Geldbörse zu bringen. Nun versuchte er zu retten, was zu retten war, und betonte noch einmal ausgesprochen plump: »Ihr habt wahrhaftig eine Menge Kosten verursacht, das steht fest. Außerdem ist es ja wohl kaum mit Geld aufzuwiegen, dass wir uns Eurer angenommen und Euch das Leben gerettet haben!«

»Ja, das Leben ist ein gar kostbares und unbezahlbares Gut«, pflichtete Kopernikus Quint ihm bei und fragte mit einem feinen, hintersinnigen Lächeln: »Würde ich Euch zu nahe treten, wenn ich Euch als Zeichen meiner Dankbarkeit einen Goldukaten anböte?«

»Eurer Großzügigkeit sind natürlich keine Grenzen gesetzt!«, beeilte sich Hackenbroich zu versichern, während ein gieriger Ausdruck in seine Augen trat. »Ihr werdet Euch schon nicht lumpen lassen und wissen, was für die Rettung Eures Lebens eine angemessene Belohnung ist!«

»Nun, dann bitte ich Euch mir meine Geldbörse wieder auszuhändigen, die Ihr so treu für mich verwahrt habt.« Kopernikus Quint streckte lächelnd die Hand aus. »Dreiundzwanzig Golddukaten und neun Silbermünzen sind auch zu viel Geld, um nicht in sicherem Gewahrsam aufbewahrt zu werden.«

»Dreiundzwanzig Goldmünzen, *acht* Silbertaler, vier Groschen und sechs Pfennige!«, korrigierte ihn Johanna schnell vom Kamin her und das Blut schoss ihr augenblicklich ins Gesicht. »Ich habe genau gezählt, so wie Ihr es mir aufgetragen habt, bevor Euch das Bewusstsein verließ!«

Kopernikus Quint stutzte und blickte zu ihr hinüber. Dann verstand er. Ein Lächeln flog über sein zerfurchtes Gesicht und er nickte. »Ja, du hast Recht, es waren nur acht Silbertaler. Ich vergaß, dass ich ja einen Taler gleich nach meiner Ankunft in der Posthalterei ausgegeben habe.«

Widerwillig händigte Hackenbroich ihm die schwere Geldbörse aus feinstem safranfarbenem Leder aus, nahm ohne große Freude das Goldstück entgegen und feilschte anschließend verbissen mit Quint um die Erstattung seiner angeblich so hohen Auslagen. Er zog dabei einen schmutzigen Zettel zu Rate, auf dem er seine Forderungen aufgelistet hatte.

Sie waren schlichtweg unverschämt und Johanna fühlte sich versucht, entrüstet Einspruch zu erheben oder in höhnisches Gelächter auszubrechen, als sie hörte, was Hackenbroich ihm für die Unterbringung, das bisschen Brühe und Suppe sowie für ihre Arbeitskraft in Rechnung gestellt hatte. Sie beherrschte sich jedoch.

Und das war gut so, denn Kopernikus Quint bedurfte ihres Einspruchs nicht. Er reagierte gelassen auf die maßlos überzogenen Forderungen und gab Hackenbroich schnell zu verstehen, dass er mit Zahlen und Rechenkünsten sehr gut vertraut war.

»Ich glaube, da sind Euch in der Eile ein paar Fehler beim Multiplizieren unterlaufen«, sagte er nachsichtig und baute ihm damit geschickt eine goldene Brücke, auf dass Hackenbroich die Beträge korrigieren könnte, ohne dabei sein Gesicht zu verlieren.

Johanna sah, wie ihrem Stiefvater vor mühsam beherrschtem Ingrimm die Adern auf der breiten Stirn anschwollen. Ihm blieb jedoch nichts anderes übrig, als wesentlich geringere Beträge anzusetzen, als er auf seinem Zettel notiert hatte. Dabei machte er noch immer ein blendendes Geschäft. Insbesondere weil er es sich von Kopernikus Quint teuer bezahlen ließ, dass Johanna auch weiterhin zu seiner Verfügung stand.

»Das ist aber ein hübscher Batzen Geld! Ich wusste gar nicht, dass meine Arbeit so viel wert ist«, sagte Johanna sarkastisch und mit gespielter Verwunderung. »Das ist wirklich gut, zu wissen.«

Hackenbroich warf ihr einen flammenden Blick zu. »Halte deinen vorlauten Mund!«, zischte er drohend. »Sonst schicke ich ihm Berendike und dann kannst du ihre Arbeit übernehmen!«

»Verzeiht meinen Einspruch, aber ich will Eure Stieftochter und keinen anderen«, sagte Kopernikus Quint und nahm damit Hackenbroichs Drohung augenblicklich ihre Kraft.

»Ihr könnt sie haben! Und wenn Ihr geht, was hoffentlich bald der Fall ist, nehmt Ihr sie am besten gleich mit!«, sagte Hackenbroich schroff und polterte grußlos aus dem Turmzimmer.

Kopernikus Quint schob den Strohsack von der Bettstelle und sank erschöpft von dem vielen Reden und Feilschen zurück. »Gut, dass du mich gewarnt hast. Dein Stiefvater ist wahrlich kein angenehmer Zeitgenosse! Und ich will auch besser nicht darüber nachdenken, was er mir wohl zugedacht hätte, wenn du nicht gewesen wärst!«

Johanna nahm ihren Schemel und setzte sich wieder an seine Seite. »Ja, und Ihr tut gut daran!«, sagte sie.

»Du hast dir also einen Silbertaler aus meinem Geldbeutel genommen«, stellte Quint unvermittelt fest und sah sie fragend an.

Sie errötete. »Ihr habt gesagt, dass ich mir nehmen soll, was ich brauche«, verteidigte sie sich verlegen. »Und da dachte ich, dass mir ein Silbertaler wohl zustände, egal, was mit Euch geschehen sollte.«

»Sicher, aber warum hast du nur *einen* Silbertaler genommen, statt gleich ein halbes Dutzend Taler oder gar einige der Goldmünzen einzustecken, wo du doch die Gelegenheit dazu hattest?«, wollte er wissen. »Ich meine, so schlecht, wie es um mich bestellt war, hättest du dir doch auch viel mehr nehmen können und keiner hätte davon erfahren. Also warum hast du dich nur mit einem Silbertaler begnügt, Johanna?«

Sie hätte sich bescheiden geben und antworten können, dass sie einen Silbertaler für mehr als ausreichend gehalten hatte. Aber dann sagte sie, was sie wirklich bewogen hatte nur einen Taler zu nehmen. »Was hätte ich, die mittellose Stieftochter des Narrenverwahrers Heinrich Hackenbroich, schon mit einem Golddukaten anfangen können? Wem immer ich das Goldstück gezeigt hätte, um es in kleinere Münzen zu wechseln, er hätte mich in der Hand gehabt. Ich habe lieber darauf vertraut, dass Ihr überlebt und . . . na ja, und Euch dann ein wenig erkenntlich zeigt.«

Er lachte. »Gut kalkuliert! Du hast wirklich einen aufgeweckten Geist und dazu auch noch das Herz auf dem rechten Fleck. Zu schade, dass du ein Mädchen bist. Als Junge läge bestimmt eine viel versprechende Zukunft vor dir.«

»Noch ist nicht aller Tage Abend«, erwiderte Johanna, hin- und hergerissen zwischen Freude über das Lob und Bedrückung, was ihre Zukunft betraf. Diese würde wohl so grau und trostlos sein wie das Leben von Berendike und Ida und unzähligen anderen Frauen, die sich ihren ärmlichen Unterhalt als Dienstmädchen verdienten. Denn nur allzu wenige hatten das Glück, eine gute Partie zu machen und einen Mann von Format zu heiraten, so wie ihr seliger Vater einer gewesen war.

»Na, du wirst schon deinen gerechten Lohn erhalten«, versprach Kopernikus Quint und lächelte sie aufmunternd an. »Dein Stiefvater soll nicht derjenige sein, der den größten Vorteil aus meiner Rettung zieht, was ich allein dir zu verdanken habe.«

Das hörte Johanna gern. Ihr Gesicht hellte sich auf. Und sie hielt die Gelegenheit für günstig, um endlich die Fragen zu stellen, die sie beschäftigten, seit sie Quint auf dem Fuhrwerk versteckt hatte.

»Ich habe Euch gern geholfen und will es auch weiterhin tun, aber ich möchte nun auch gerne wissen, wer Ihr seid und was es mit Eurer Flucht auf sich hat«, sagte sie offen heraus. »Nehmt es mir nicht übel, aber bisher weiß ich nicht mehr von Euch als Euren Namen – und dass Ihr Euren Umhang wohl in Leipzig gekauft habt, wie das eingenähte Etikett vermuten lässt.«

»Gut beobachtet!«

»Und wenn man jemanden versteckt, auf den die Dienstmannen eines Freiherrn geschossen haben«, fuhr Johanna unbeirrt fort, »fragt man sich schon, auf was man sich da eingelassen hat.«

Er schmunzelte. »Du meinst, du möchtest endlich wissen, ob du einem Schurken oder einem ehrbaren Mann so tapfer beigestanden hast, nicht wahr?«

Sie nickte. »So ist es.«

Er schwieg einen Moment, dann antwortete er: »Ich kann dich beruhigen, ich habe nichts getan, was mich mit dem Gesetz in Konflikt gebracht hätte. Dass Benedikt von Rickenbach hinter mir her ist, hat mit einem recht delikaten Geschäft zu tun, das wir einst abgeschlossen haben. Ich habe die Verpflichtungen, die ich damals eingegangen bin, zur Genüge erfüllt, aber damit will er sich nicht zufrieden geben. Und nun versucht er mit Gewalt zu erzwingen, was ich ihm freiwillig nicht geben will.«

Johanna sah ihn mit gerunzelter Stirn an. »Ihr habt gesagt, Benedikt von Rickenbach sei ein Schwarzkünstler. Aber wer und was *Ihr* seid, weiß ich jetzt immer noch nicht. Zweifellos seid Ihr ein *Wort*künstler, denn Ihr habt mir eben auf eine einfache Frage eine trefflich ausweichende Antwort gegeben«, hielt sie ihm bissig vor.

»Du bist zäh und lässt dir nichts vormachen, das muss ich dir lassen«, seufzte Kopernikus Quint. »Du willst es also genau wissen, ja?«

»Jedenfalls möchte ich eine Antwort, die klar und verständlich ist.«

»Manchmal ist es von Vorteil, wenn man von gewissen Dingen keine Kenntnis hat«, gab er zu bedenken.

»Sprach der Fuchs, der Kreide gefressen hatte, zur Gans, als diese wissen wollte, wer da Einlass in ihr Gehege verlangte«, sagte Johanna trocken.

Kopernikus Quint lachte laut auf und verzog im nächsten Moment das Gesicht vor Schmerzen. »Dein bissiger Humor setzt mir ganz schön zu«, sagte er gepresst. Dabei legte er eine Hand auf den Verband, als wollte er die Wunde besänftigen. »Ich glaube, ich erzähle dir besser, was du wissen möchtest, denn sonst lässt du mir ja keine Ruhe. Mein Gefühl, das mich selten täuscht, sagt mir, dass ich dir vertrauen kann und dass du Stillschweigen über das bewahrst, was ich dir erzählen werde.«

»Ihr habt mein Wort drauf!«, versicherte ihm Johanna ernst und voller Erwartung.

»Nun gut, dann will ich dich nicht länger auf die Folter spannen.« Kopernikus Quint veränderte seine Stellung, um sich in eine bequemere Lage zu bringen, in der ihm der Wundschmerz nicht gar so arg zusetzte. Dann rieb er sich mit der Hand mehrmals über das Gesicht, das mit seinen zahllosen Linien und Furchen gebleichter rissiger Borke glich, als suchte er nach dem richtigen Anfang.

Johanna saß still und wartete.

Bis auf den schwachen Lichtschein, der vom zusammengesunkenen Kaminfeuer und von der Öllampe mit dem langen Schnabel ausging, die Kopernikus Quint auf der Kiste neben seiner Bettstelle stehen hatte, lag das Turmzimmer in klamme Dunkelheit getaucht. Und in der Stille war das gleichförmige Tropfen des Regenwassers zu hören, das durch die Risse in der Decke sickerte und in die Lachen auf dem Fußboden platschte.

»Wie du ganz richtig vermutet hast«, begann Kopernikus Quint unvermittelt, »habe ich mich einst in Leipzig aufgehalten. Aber dort bin ich schon einige Jahre nicht mehr gewesen. Mich treibt auch wahrlich nichts dorthin zurück, doch das ist eine andere, unerfreuliche und zudem recht verwickelte Geschichte.«

»Kommt auch Benedikt von Rickenbach aus Leipzig?«

»Nicht direkt«, antwortete er ausweichend. »Aber er unterhält seit vielen Jahren zum dortigen kurfürstlichen Hof einige geschäftliche Beziehungen, sagen wir es mal so.«

»Ist nicht August der Starke[*] der Kurfürst von Sachsen und König von Polen?«, fragte Johanna.

»In der Tat, so lässt er sich gerne nennen, August der Starke, insbesondere von seinen zahlreichen Mätressen*«, sagte Kopernikus Quint mit einem sarkastischen Unterton. »Aber lassen wir das besser. Du wolltest doch wissen, woher ich komme. Nun, meine letzte feste Bleibe hatte ich im preußischen Berlin. Dorthin hat es mich zuletzt verschlagen«, begann er. »Ich habe in dieser Stadt einige Zeit verbracht und dort meine wissenschaftlichen Studien fortgeführt. Studien, die mich schon seit mehr als drei Jahrzehnten in Bann schlagen und mich in dieser Zeit recht ruhelos von einer Stadt in die andere getrieben haben. Und zwar nicht nur durch die deutschen Lande, sondern durch ganz Europa, ja sogar bis in die Länder des östlichen Mittelmeers!«

»Und was sind das für Studien?«, fragte Johanna gespannt.

»Es ist die gottgefällige Kunst der Alchimie, der ich mein Leben verschrieben habe«, antwortete er feierlich und mit einem verklärten Gesichtsausdruck.

»Dann seid auch Ihr ein Schwarzkünstler, ein Magier und Goldmacher?«, entfuhr es Johanna unwillkürlich und dabei dachte sie an die abenteuerlichen Geschichten, die ihr hier und da über diese Leute zu Ohren gekommen waren. Erst im Sommer hatte sie auf dem Alten Markt einem schon grauhaarigen Balladensänger gelauscht, der die ebenso tragische wie wahre Geschichte eines Goldmachers vorgetragen hatte. Dieser Mann hatte einem Fürsten hoch und heilig versprochen ihm in wenigen Jahren das Geheimnis des Goldkochens zu entschleiern und seine Schatzkisten von dem Tag an von Gold nur so überquellen zu lassen. Einige Jahre hatte er verschwenderisch auf Kosten des Fürsten gelebt und seine Experimente betrieben. An nichts hatte es ihm in seiner Alchimistenküche und in seinen Privatquartieren gefehlt, der Erfolg war jedoch ausgeblieben. Und da er sein Versprechen nicht hatte erfüllen können, hatte er für sein Versagen mit seinem Leben bezahlen müssen, ließ ihn der Fürst doch an einem mit Flittergold geschmückten Galgen aufhängen.

»Nein, mit diesen habe ich nichts gemein, zumindest nicht mit den beiden Erstgenannten!«

»Entschuldigt, wenn ich etwas Falsches gesagt habe, aber ich dachte, Alchimist wäre nur ein anderes Wort für Schwarzkünstler und Goldmacher.«

»Zwischen einem wahren Adepten* der Alchimie und einem Schwarzkünstler liegen Welten, genauer gesagt: Es trennt sie die Welt des Göttlichen!«

Johanna runzelte die Stirn. »Und was ist ein Adept?«

»Ein wahrer Adept ist ein Alchimist, der nicht nur in die *arcana maiora*, die größeren Geheimnisse der Alchimie, eingeweiht ist, sondern der die erhabene Berufung zum Großen Werk auch spirituell angenommen und sich ganz der göttlichen Fertigkeit verschrieben hat, alle menschliche Unzulänglichkeit wegzubrennen und nach der Auferstehung des geläuterten Geistes zu streben!«, erklärte Kopernikus Quint fast schwärmerisch und mit glänzenden Augen.

Johanna vermochte mit dieser Antwort jedoch nicht viel anzufangen. »Aber geht es einem Adepten wie Euch denn nicht genauso wie einem Schwarzkünstler darum, aus unedlen Metallen und gewöhnlichen Substanzen Gold herzustellen?«

Er verzog abfällig das Gesicht. »Gold ist das Einzige, woran ein habgieriger und gottloser Schwarzkünstler wie Benedikt von Rickenbach und seine Hintermänner interessiert sind . . .«

»Wer sind denn seine Hintermänner?«

Er ignorierte ihre Frage einfach. »Sie haben einfach nicht begriffen, dass die Kunst der Künste eine erhabene Berufung ist und in ihrem Wesen ein langes, geduldiges Streben nach

Weisheit und spiritueller Vollkommenheit ist«, fuhr er unbeirrt fort. »Diese elenden Schwarzkünstler wollen nichts davon wissen, dass auf dem Weg der Suche nach dem Stein der Weisen* die Verwandlung einer bleiernen und unreinen Seele denselben Vorrang hat wie der stoffliche Prozess der Transmutation*, der Umwandlung von unedlen Metallen in Gold!«, ereiferte er sich. »Sie zahlen jeden Preis und schrecken nicht einmal vor einem Pakt mit dem Teufel zurück, um in den Besitz der geheimen Rezeptur zu gelangen, mit dem das Arkanum*, das Große Werk*, gelingt. Und genau diese Schwarzkünstler und Scharlatane finden natürlich die Unterstützung gewisser Kreise . . .!«

»Unterstützung? Wie meint Ihr das?«

»Es gibt einfach zu viele korrupte und genusssüchtige Fürsten und Könige, die sich ihren so genannten ›Goldmacher‹ für viel Geld halten. Diese gekrönten Häupter hoffen auf schnellen Reichtum, um ihre Kriegszüge und ihre Verschwendungssucht am Hofe mit dem Gold ihrer Schwarzkünstler finanzieren zu können. Und für diese habgierigen und gottlosen Laboranten und Blasebalgjünger, deren Sinnen und Trachten einzig und allein auf den Tiegel voll Gold gerichtet ist, hat der wahre Adept nur Verachtung übrig! Denn für ihn, der seinen Beruf als gottgefällige Kunst betrachtet, stellt das Universum eine Einheit dar und er glaubt daran, Gottes Schöpfung mit seinem Geist durchdringen und den Sinn des Ganzen erkennen zu können.«

»Mhm«, machte Johanna, nagte an der Unterlippe und fragte dann vorsichtig nach: »Aber diesen Stein der Weisen, diese geheime Goldrezeptur sucht auch Ihr, nur aus anderen Beweggründen als ein Schwarzkünstler, nicht wahr?«

»Gewiss, auch Alchimisten wie ich, die wir uns in edler Besessenheit der Erforschung höchster kosmischer Zusammenhänge und der Transmutation der Elemente verschrieben haben, suchen den *lapis mineralibus*, diesen Stein der Weisen«, räumte er ein. »Obwohl es sich dabei nicht wirklich um einen magischen Stein handelt, wie der Name suggeriert, sondern vielmehr um eine rote Substanz, die der Alchimist auch ›sympathetisches Pulver‹ oder ›das Pulver der Projektion‹ nennt. Ach, in dieser Wissenschaft, in der seit Jahrhunderten das Prinzip der Geheimhaltung und des verschlüsselten Wissens praktiziert wird, haben die Dinge verwirrend viele Namen.«

Was Kopernikus Quint ihr da erzählte, war in der Tat verwirrend. Vor allem aber beschäftigte sie der krasse Widerspruch zwischen seinen Ausführungen und seinem Verhalten, der ihr sofort in den Sinn kam. »Wenn Ihr Euch als einen wahren . . . äh, Adepten der Alchimie versteht und für Schwarzkünstler nur Verachtung übrig habt, wie kommt es dann, dass Ihr Euch mit einem Mann wie Benedikt von Rickenbach eingelassen habt, den Ihr doch einen elenden Schwarzkünstler, ja sogar einen Gefährten der Höllenhunde, Anrufer und Beschwörer böser und verdammter Geister genannt habt? Wie passt das zusammen?«, wollte Johanna wissen und hätte am liebsten auch noch nach der Art des Geschäftes gefragt, das er mit dem entstellten Freiherrn abgeschlossen hatte. Aber das erschien ihr doch allzu dreist.

Es hätte sie nicht verwundert, wenn er gereizt und unleidlich auf ihre heikle Frage reagiert hätte, doch das war nicht der Fall. Sie hatte ihn mit ihrer Frage vielmehr in Verlegenheit gebracht, wie sein leicht gequälter Gesichtsausdruck und seine Stimme verrieten.

»Eine berechtigte, wenn auch nicht ganz einfach zu beantwortende Frage. Das eine passt nicht recht zum anderen, das hast du schon richtig erkannt«, gab er widerstrebend zu. »Aber das Leben geht gelegentlich sonderbare Wege, so auch was meinen Lebensweg und den von Benedikt angeht. Wir waren nämlich in unserer Jugend sehr eng befreundet.«

Johanna sah ihn verblüfft an. »Benedikt von Rickenbach und Ihr wart einmal Freunde?«

Kopernikus Quint lachte kurz und freudlos auf. »Ja, so unglaublich es auch klingen mag, aber wir waren fast wie unzertrennliche Brüder, so nahe standen wir uns damals in Wittenberg, wo wir gemeinsam studiert haben. Dort bin ich auch aufgewachsen, denn mein Vater besaß in Wittenberg eine recht gut gehende Apotheke. Doch sein Herz hing nicht an diesem Geschäft, das er mehr notgedrungen als aus freien Stücken von seinem Schwiegervater übernommen hatte. Seine wahre Leidenschaft galt der Astronomie und dank eines tüchtigen Mitarbeiters widmete er ihr auch die meiste Zeit. Er war fasziniert vom Lauf der Gestirne und studierte alles, was es an Büchern über die Planetenkunde zu lesen gab. Er hätte es gerne gesehen, wenn ich mich dieser Wissenschaft verschrieben hätte.«

»Deshalb seid Ihr wohl auch auf den Namen Kopernikus getauft worden«, folgerte Johanna.

Er nickte. »Ja, mein Vater war ein großer Bewunderer von Nikolaus Kopernikus, dem berühmten Astronom und Begründer des heliozentrischen Weltbildes. Der studierte Medikus und Doktor des Kirchenrechts beschrieb nämlich schon in seinem 1514 verfassten Bericht *Commentariolus* und später in seinem Hauptwerk *De revolutionibus orbium coelestium libri VI – Sechs Bücher über die Bewegungen der Himmelskörper,* dass nicht die Erde, sondern die Sonne den Mittelpunkt der kreisförmigen Planetenbahnen bildet und dass auch die Erde ihre Bahn um die Sonne zieht, während sie ihrerseits vom Mond umkreist wird. Er bewies auch, dass die Erde sich dabei täglich um ihre eigene Achse dreht. Das war eine enorm wichtige Erkenntnis und machte die Kalenderreform, deren Notwendigkeit man zu Beginn des 16. Jahrhunderts erkannt hatte, erst möglich.«

»Ich glaube Euch gern, dass dieser Astronom Nikolaus Kopernikus ein bedeutender Mann war, aber wolltet Ihr mir nicht erzählen, was Euch mit Benedikt von Rickenbach verbunden hat – und wieso Ihr auf einmal Todfeinde geworden seid?«, erinnerte ihn Johanna.

Quint kratzte sich verlegen an seinem stoppelbärtigen Kinn. »Nun ja . . .«, sagte er zaudernd. »Manchmal scheitern hehre Ziele an ganz profanen Dingen, und wenn man dann trotzdem nicht aufgeben will, ist man leider gezwungen, sich auf . . . nun ja, gewisse Arrangements einzulassen, die man gewöhnlich nicht in Betracht ziehen würde.«

»Aha!«, sagte Johanna spöttisch. »Das war eine wirklich aufschlussreiche Antwort!«

»Sie wird dir erst einmal genügen müssen, auch wenn dein Wissensdurst – oder sollte ich besser Neugierde sagen? – wohl noch längst nicht befriedigt ist. Aber alles hat seine Zeit, Johanna«, beschied er sie. »Ich denke mir, dass ich dir für heute genug über mich erzählt habe. Und jetzt lass uns schlafen! Es ist schon spät genug. Jedenfalls verlangt es mich nach Ruhe.« Sprach's, beugte sich vor und blies die Flamme der Öllampe neben seinem Bett aus.

Johanna spürte, dass es zwecklos war, jetzt noch weiter in ihn dringen zu wollen. Ein Gedanke ging ihr jedoch nicht aus dem Kopf. Er beschäftigte sie, als sie einen Arm voll Holzscheite auf die Glut schichtete, damit die Wärme möglichst lange in die Nacht reichte, und er ließ sie erst recht nicht los, als auch sie sich in ihre Decken gewickelt hatte. Eine Weile rang sie mit sich selbst, ob sie es wagen sollte, Kopernikus Quint danach zu fragen.

Schließlich konnte sie nicht länger an sich halten. »Darf ich Euch noch eine Frage stellen? Es hat auch nichts mit Benedikt von Rickenbach zu tun!«

»So?«, kam seine brummige Stimme aus dem Dunkel. »Was willst du denn jetzt noch wissen?«

»Ihr habt gesagt, dass auch Ihr nach dem magischen Elixier sucht, mit dem man unedle Metalle in Gold verwandeln kann . . .«

»Ja, und?«

»Ist . . . ist Euch solch eine Umwandlung . . . denn schon einmal gelungen? Habt Ihr erlebt, wie aus einfachem Metall . . . reines Gold geworden ist?«, fragte sie stockend und mit klopfendem Herzen. Ihr war, als müsste sie nun, wo die ungeheure Frage heraus war, den Atem anhalten.

Es folgte ein langes Schweigen, das Johanna mit jeder Sekunde, die verstrich, tiefer und abgründiger erschien. Sie hörte die Tropfen von der Decke fallen und zählte sie. Als sie bei siebzehn angelangt war und schon glaubte keine Antwort auf ihre Frage zu erhalten, sagte Quint einsilbig, aber mit merkwürdig milder Stimme: »Ja.« Und nach einer kurzen Pause fügte er noch hinzu: »Und jetzt schlaf, Johanna. Gute Nacht.«

»Gute Nacht«, flüsterte sie. An Schlaf war jedoch nicht zu denken. Seine knappe, aber doch so inhaltsschwere Antwort hallte noch lange in ihr nach und ließ sie wach in der Dunkelheit liegen.

Kopernikus Quint war ein Alchimist, der den sagenhaften Stein der Weisen gefunden hatte, das magische Elixier, und der damit das Geheimnis des Goldkochens kannte!

Zweiter Teil

Das Feuer der Läuterung

Elftes Kapitel

Im Licht des neuen Tages, der mit tristem Grau und beständigem Nieselregen heraufzog, regte sich Skepsis in Johanna, ob sie der Behauptung des Alchimisten Glauben schenken sollte. Bei nüchterner Betrachtung kam ihr die Vorstellung doch reichlich phantastisch vor, Kopernikus Quint könnte unedle Metalle in kostbares Gold verwandeln, so wie Berendike in der Küche am Butterfass Milch in Butter verwandelte. Wenn das wirklich wahr wäre, würde er dann nicht so unermesslich reich wie ein König sein und keinen fürchten müssen, auch nicht einen solch gefährlichen Mann wie Benedikt von Rickenbach?

Johanna ermahnte sich, bloß auf der Hut zu sein. Wirklich vertrauen konnte sie ohnehin nur sich selbst. Allen anderen gegenüber war Misstrauen dringend angeraten, das hatte sie das Leben gelehrt. Und deshalb nähte sie sich auch aus Leinenresten eine Art Tasche mit kleinen Fächern, in der sie ihren kostbaren Schatz von drei Talern aufbewahrte. Diesen kleinen Beutel, in dem sie vorsorglich noch Platz für weitere Geldgeschenke des Alchimisten ließ, brachte sie innen an ihrem Kleid an, sodass sie ihr Geld immer bei sich tragen konnte. Es war gut, für alles gerüstet zu sein.

Die starken Zweifel, die Johanna hegte, standen ihrer brennenden Neugierde, mehr über die geheime Kunst des Goldkochens zu erfahren, jedoch nicht im Wege. Und sie unternahm in den folgenden Tagen, während Quints Genesung große Fortschritte machte, immer wieder den Versuch, das Gespräch darauf zu bringen.

Ihre Hoffnung, ihm mehr über das Arkanum, das Große Werk der Alchimisten, zu entlocken, erfüllte sich jedoch nicht. Kopernikus Quint war schon am Morgen nach seiner spektakulären Behauptung wie verwandelt. Er zeigte sich ausgesprochen verschlossen und geistesabwesend. Tagelang hüllte er sich in brütendes Schweigen und ignorierte jeden ihrer Versuche, ihn in ein Gespräch über seine alchimistischen Fähigkeiten zu verwickeln. Er dachte offensichtlich nicht daran, noch mehr preiszugeben. Ja, vielleicht bereute er seine Leichtfertigkeit, ihr gegenüber mit seinen Kenntnissen vom Großen Werk geprahlt zu haben.

Als Johanna schließlich gar zu ungeduldig und zudringlich wurde, wies er sie überaus schroff in ihre Schranken: »Herrgott noch mal, genug der Fragen, Johanna! Gib endlich Ruhe! Ich habe im Augenblick Wichtigeres zu tun, als deine Neugierde zu befriedigen!«

Diese scharfe Zurechtweisung kam so unerwartet, dass Johanna sich wie unter einem Schlag duckte und vor ihm zurückwich. Hastig und mit hochrotem Gesicht murmelte sie eine Entschuldigung.

»Schon gut, schon gut«, fiel Kopernikus Quint ihr sofort ins Wort, als bereute er sie so grob angefahren zu haben.

Für einen langen, bedrückenden Augenblick herrschte Schweigen in der Dachkammer. Nur das Knarren und Ächzen der Wetterfahne war zu hören.

Dann atmete er tief durch, als müsste er sich innerlich fassen und zur Ruhe zwingen. »Du sollst schon Antworten auf deine Fragen bekommen«, sagte er sanft und wie um Entschuldigung bittend. »Nur ist das jetzt nicht der rechte Zeitpunkt dafür. Zuerst einmal muss ich meine Lage überdenken und meine nächsten Schritte planen. Mit einem Mann wie Benedikt ist leider nicht zu spaßen. Also hab Geduld! Alles zu seiner Zeit, Johanna! Alles zu seiner Zeit!« Er unterstrich den begütigenden Charakter seiner Worte durch ein Lächeln, mit dem er sie um Nachsicht bat.

Johanna nickte erleichtert, denn im ersten Schreck hatte sie gefürchtet sich sein Wohlwollen verscherzt zu haben. Und ihre Belohnung stand doch noch aus! »Lasst Euch nur Zeit. Ich verspreche, Euch nicht weiter mit meinen Fragen zu löchern. Und jetzt hole ich Euer Essen!«

Er seufzte und verzog die Mundwinkel. »Bei den fragwürdigen Künsten eurer Küche eilt es damit nicht so sehr.«

Sie lachte, denn was Ida und Berendike zusammenkochten, ließ einem wahrlich nicht den Mund wässrig werden. Und damit war der Missklang zwischen ihnen aus der Welt geräumt.

Es vergingen drei weitere Tage, in denen Johanna sich jeglicher neugieriger Fragen enthielt, so wie sie es versprochen hatte. Sie versorgte Quint wie bisher, half ihm bei seinen ersten Schritten aus dem Bett und erledigte mehrere kleine Botengänge für ihn. Einmal schickte er sie in die Stadt, damit sie ihm einen einfachen Gehstock kaufte, auf den er sich bei seinen Gehversuchen stützen konnte. Ein andermal bat er sie ihm eine Tonpfeife und einen Beutel holländischen Tabak zu kaufen.

»Ja, es ist ein schreckliches Laster«, räumte er ein, als er das Zimmer genüsslich paffend einräucherte und Johanna sich die Rauchwolken aus dem Gesicht wedelte. »Kein Wunder, dass viele Kurfürsten noch bis vor gut fünfzig Jahren versucht haben das Tabaksaugen, wie es damals noch hieß, und das Tabakschnupfen in ihrem Land unter Strafe zu stellen. Aber das ist ihnen nicht gelungen, so wie es ihnen auch nicht gelingen wird, den Kaffeegenuss zu verbieten.«

Von diesem fremdländischen Getränk, das sich Kaffee nannte und ein pechschwarzes Gebräu sein sollte, hatte Johanna schon mal gehört, konnte sich aber keine Vorstellung von seinem Geschmack machen. Es interessierte sie auch nicht sonderlich. Viel wichtiger war, dass Kopernikus Quint sich plötzlich wieder aufgeschlossen und redefreudig zeigte – und dass damit zwischen ihnen alles wieder zum Besten stand.

Er schwärmte geradezu von diesem bitterschwarzen Getränk, das aus gemahlenen Bohnen gewonnen wurde, und erzählte, dass es in einigen großen Städten Europas sogar schon regelrechte Kaffeestuben gab, in denen man sich diesem exotischen und nicht ganz billigen Genuss hingeben konnte. Der Kaffee wurde dort in Tassen ausgeschenkt, obwohl manche auch darauf bestanden, ihn wie eine köstliche Suppe aus einer Schale zu löffeln.

»Ihr scheint wirklich schon eine Menge gesehen und erlebt zu haben«, sagte Johanna.

»Ja, wer hätte gedacht, dass es einen Alchimisten wie mich einmal nach Köln verschlagen würden, wo es doch hier nichts gibt, was einen Adepten zum Bleiben verlocken könnte«, sagte er spöttisch, zog zweimal an der langen Tonpfeife und fügte dann plötzlich ernst und mit leicht gefurchter Stirn hinzu: »Aber manchmal liegen die größten Chancen dort, wo man sie selbst nie vermutet hätte.«

Johanna fragte sich, was seine rätselhaften Worte wohl bedeuten mochten. War er nach so vielen Tagen des Grübelns endlich zu einem Entschluss gekommen? Und wenn ja, was mochte er wohl beschlossen haben?

Quint forderte sie nun auf, seine Tasche aus dem Versteck zu holen.

»Ich nehme an, du weißt mittlerweile, was sich darin befindet«, sagte er, als sie wenig später mit der Gobelintasche vom Speicher kletterte und sie ihm brachte.

Sie errötete. »Ja, ich habe nachgeschaut. Ich wusste ja nichts über Euch, und da dachte ich . . .«

»Ich mache dir ja keinen Vorwurf! Gewiss hätte ich an deiner Stelle nicht anders gehandelt«, beruhigte er sie, öffnete die Schnallen und nahm die Folianten heraus.

»Das sind alles alchimistische Bücher, nicht wahr?«, fragte Johanna. »Natürlich bis auf die Bibel.«

»Nein«, sagte er zu ihrer Verwunderung. »Auch die Bibel gilt als alchimistische Schrift.«

»Aber doch wohl nur deshalb, weil . . .« Sie versuchte sich an seine Worte so genau wie möglich zu erinnern. ». . . weil ein wahrer Adept der Alchimie auch nach der Auferstehung des geläuterten Geistes strebt und deshalb alles menschlich Unzulängliche wegzubrennen versucht.«

Er lächelte. »Das hast du ausgezeichnet behalten! Ja, der spirituelle Weg zur Vereinigung mit Gott ist von den Experimenten nicht zu trennen. Die wahre Offenbarung, auch beim Großen Werk, kann immer nur von Gott kommen. Aber nicht allein deshalb ist die Heilige Schrift so bedeutsam für jeden wahren Adepten. Es gibt nämlich viele Alchimisten, die überzeugt davon sind, dass die Bibel geradezu ein verschlüsseltes Handbuch der Alchimie ist.«

»Ein verschlüsseltes Handbuch der Alchimie?«, echote Johanna verblüfft. »Ihr meint, in der Heiligen Schrift ist noch eine andere Botschaft als die . . . nun ja, als die offensichtliche verborgen?«

Kopernikus Quint nickte. »Seit Jahrhunderten hält sich in der Zunft der Alchimisten die Überzeugung, dass die Menschen vor der Sintflut schon alle großen Geheimnisse der Alchimie kannten. Sie sind den Menschen damals, so heißt es, von den gefallenen Engeln, den abtrünnigen Gefährten Gottes, verraten worden.«

Johanna runzelte die Stirn. »Mein Vater hat mir anhand der Heiligen Schrift das Lesen und Schreiben beigebracht. Und an die Stelle in der Bibel, wo vom Sturz der Engel die Rede ist, kann ich mich gut erinnern. Nicht aber daran, dass die Engel den Menschen irgendwelche alchimistischen Geheimnisse verraten hätten.«

»Du hast Recht, in der Bibel selbst ist der Sturz der Engel nur sehr kurz erwähnt. Aber es gibt noch viele andere apokryphe Schriften . . .«

»Und was ist eine apokryphe Schrift?«, fiel sie ihm ins Wort, bevor er weiterreden konnte.

»Eine Bibelschrift, die jedoch nicht in den allgemein gültigen Kanon der Bibel aufgenommen worden ist, sich aber mit denselben Vorgängen beschäftigt wie die allgemein bekannten, die eben unsere Bibel ausmachen«, erklärte er. »Wie gesagt, es gibt da unter diesen vielen apokryphen Schriften das *Buch Henoch*, das aus dem 1. Jahrhundert stammt und über die Apokalypse* berichtet. Darin heißt es, dass die Engel, die Himmelssöhne, nach den Menschen gelüstete und dass sie diese viele geheime Dinge lehrten, um sie für sich zu gewinnen. Wörtlich heißt es da: *Asal lehrte die Menschen Schlachtmesser, Waffen, Schilde und Brustpanzer verfertigen und zeigte ihnen die Metalle samt ihrer Verarbeitung und die Armspangen und Schmucksachen, den Gebrauch der Augenschminke und das Verschönern der Augenlider, die kostbarsten und auserlesenen Steine und allerlei Färbemittel. So herrschte viel Gottlosigkeit . . . Semjasa lehrte die Beschwörungen und das Schneiden der Wurzeln, Kokabeel lehrte die Astrologie, Arakiel die Zeichen der Erde, Samsaveel die Zeichen der Sonne, Seriel die Zeichen des Mondes* . . . Und so weiter. Und einer dieser gefallenen Engel, der in einer anderen Schrift auftaucht, trug den Namen Chymes. Er hat den Menschen die Geheimnisse der

Chemie verraten, so vermuten jedenfalls nicht wenige alchimistische Gelehrte.«

»Und weil die gefallenen Engel diese Geheimnisse verraten und die Menschen sich mit ihnen eingelassen haben, hat Gott die Sintflut geschickt?«

Kopernikus Quint nickte. »Wobei nicht sicher ist, ob es sich auch bei Noah um einen Alchimisten gehandelt hat oder nicht.«

»Was?«, entfuhr es Johanna entgeistert. »Noah soll ein Schwarzkünstler, ein Alchimist gewesen sein?«

»Ja, ein so berühmter Gelehrter wie Vincent de Beauvais behauptete das schon im 13. Jahrhundert. Denn immerhin ist Noah laut Bibel 950 Jahre alt geworden und die Patriarchen nach ihm haben ja ein ähnliches hohes Alter erreicht. Denke doch nur an Methusalem! Das deutet darauf hin, dass sie sich im Besitz des Lebenselixiers befunden haben müssen, und dies ist gleichbedeutend mit dem Stein der Weisen. Denn dieser kann nicht nur zur Goldgewinnung, sondern auch als ewiges Licht gebraucht werden und in Wein aufgelöst soll er die Kräfte einer Universalmedizin besitzen. Ja, Noah könnte in der Tat die geheime Kunst der Alchimie über die Sintflut gerettet haben.«

Johanna machte eine skeptische Miene. »Aber wie geht denn das, wenn Gott doch die Sintflut gerade deshalb geschickt hat? Warum sollte er ausgerechnet Noah, der dann nicht viel besser als die andern gewesen wäre, verschont haben? Das macht doch keinen Sinn.«

Kopernikus Quint kratzte sich am Kinn. »Ein guter Einwand, über den sich schon viele andere den Kopf zerbrochen haben. Es gibt da eine Schrift der Kabbala aus dem Jahre 1602. Demnach hat Noahs dritter Sohn, der den Namen Cham trug und den Wissenschaften zugetan war, noch vor der Sintflut ohne

Wissen seines Vaters die Geheimnisse auf Tafeln aus Metall geschrieben und vergraben oder aber irgendwo an Bord der Arche versteckt.«

»Dann kann das Wort Chemie ja auch von Cham kommen«, folgerte Johanna.

»Möglich ist es. Ach, es gibt darüber viele Spekulationen. Übrigens gilt auch Moses vielen Alchimisten als ein Adept, der in die Geheimnisse des Arkanum, des Großen Werkes eingeweiht war.«

»Ihr werdet ja immer gewagter mit Euren Mutmaßungen! Oder sollte ich besser Unterstellungen sagen?«, rief Johanna provozierend.

»Damit tätest du mir und den Gelehrten meiner Zunft Unrecht. Denk nur an die Stelle in der Bibel, wo Moses mit den Zehn Geboten vom Berg Sinai kommt und sein Volk um das goldene Kalb tanzen sieht. Da steht in der Bibel geschrieben: *... und er nahm das Kalb, das sie gemacht hatten, und zerschmelzte es mit Feuer und zermahlte es zu Pulver und stäubte es auf Wasser und gab es den Kindern Israels zu trinken.* Zudem verwandelte er den Stab in die Schlange und diese dann wieder zurück in den Stab. Das ist in der Symbolsprache der Alchimisten die Aussage für: *Mache das Feste flüchtig und verfestige es wieder.* Außerdem vollbrachte er mit dem Stab, natürlich mit Gottes Hilfe, weitere Wunder, schlug er doch Wasser aus einem Felsen und verwandelte Wasser in Blut.«

Seine Darlegungen hatten einiges für sich, wie Johanna eingestehen musste. Dennoch sträubte sich alles in ihr dagegen, dies zu glauben. Es klang ihr einfach zu abenteuerlich. »Steckt in Eurem eisernen ... Zauberstab auch so viel Wunderkraft?«, fragte sie.

Kopernikus Quint zögerte kurz mit seiner Antwort, dann sagte er: »Nein, aber die eine oder andere Überraschung verdanke ich ihm dennoch.« Bevor Johanna jedoch nachfragen konnte, welcher Art denn diese Überraschungen gewesen seien, fuhr er fort: »Die Bibel ist voller Stellen, die ein Alchimist als Anleitung zu chemischen Prozessen interpretieren kann. Ein exzellentes Beispiel ist dafür das Gleichnis vom verlorenen Sohn.«

»Alles was Recht ist, aber jetzt wollt Ihr mich auf den Arm nehmen!«, protestierte sie und fast hätte sie ihn ausgelacht.

»Ganz und gar nicht! Nach Johann Rudolph Glauber, Chemiker und Apotheker aus Franken und vor gut fünfunddreißig Jahren in Antwerpen gestorben, ist diese Textstelle eine verschlüsselte Anleitung zu einem alchimistischen Schmelz- und Abtreibeverfahren.«

»Wie bitte?« Johanna sah ihn ungläubig an. »Was soll denn dieses Bibelgleichnis auch nur entfernt mit Eurer Alchimie zu tun haben?«

»Es beschreibt verschlüsselt, aber für den Eingeweihten doch ganz klar einen bedeutenden chemischen Prozess. Warte!« Kopernikus Quint blätterte in seinem dicken Journal, das mit handschriftlichen Eintragungen gefüllt war. »Hier ist es! Höre aber genau zu, denn ein wenig kompliziert ist es schon, zumal ich nicht nur erklären muss, welches Wort im Text welche alchimistische Bedeutung hat, sondern auch noch welche Vorgänge damit beschrieben werden.«

»Ich werde mir Mühe geben, Herr Quint!«

»Kopernikus, einfach nur Kopernikus für dich, Johanna. Ich glaube, das hast du dir verdient, nachdem du mir zweimal das Leben gerettet hast, was meinst du?« Er zwinkerte ihr zu.

Sie lächelte und nickte. Er wusste also, wie sehr er in ihrer Schuld stand, und das war sehr beruhigend. Nicht allein wegen der erhofften Belohnung. Vielleicht würde er ihr sogar helfen diesem tristen Leben in Hackenbroichs Tollhaus zu entfliehen ...

Er legte die ausgeschmauchte Pfeife aus der Hand. »Es war ein Mensch, der hatte zwei Söhne – so beginnt das Gleichnis. Der Mensch steht hier für Blei und die beiden Söhne sind Wismut und Zinn. Und der jüngere Sohn Zinn sprach zum Vater Blei: ›Gib mir das Teil der Güter, das mir gehört!‹ Der Vater Blei gibt es ihm und der jüngere Sohn Zinn zieht damit von dannen.«

Johanna hob in einer Geste völliger Verständnislosigkeit die Hände, sodass die Handflächen nach oben wiesen. »Wo in Gottes Namen steckt darin auch nur ein Gran* Alchimistisches?«

Kopernikus schmunzelte. »Nun, wenn Wismut und Zinn mit Blei geschmolzen werden, nimmt das Zinn etwas vom Blei an, das sich als Schlacke obenauf setzt!«

»Oh!«, entfuhr es ihr verblüfft. »Und wie geht es weiter?«

»Der jüngere Sohn Zinn kehrt mit seinem Anteil in einer Herberge ein, die von Mars, der für Eisen steht und Venus, das Sternbild für Kupfer, bewirtschaftet wird. Dort wird er auf das Freundlichste aufgenommen, aber während seines Aufenthaltes, mit dem der Schmelzprozess gemeint ist, seines Erbes, sprich Blei, beraubt. In dem Land bricht nun eine Teuerung aus, und das steht für den Prozess der alchimistischen Trockenheit, die wir auch *siccitas* nennen. Der verlorene Sohn muss nun die Schweine hüten, das heißt mit dem Nitro zusammen sein und Treber essen, was ins Alchimistische übersetzt das Salz *sal tartari* ist. Ja, ich weiß, das klingt für dich fremd und verwirrend, ja vielleicht sogar ohne jeden Sinn. Aber glaube mir, dass es damit schon seine Richtigkeit hat. Auf jeden Fall: Der jüngere Sohn wird gedemütigt, was für den Prozess des *digestio,* des Glühens im offenen Ofen, und der *purificatio* steht, der Läuterung, wobei der gereinigte Extrakt als Rückstand in der Retorte zurückbleibt. Danach macht er sich schließlich auf, um zum Vater zurückzukehren, das heißt *incorporatio*, also mit Blei abtreiben. Der Vater nimmt ihn mit Freuden auf, das entspricht dem *ingressus*, und er gibt ihm ein neues Kleid, das ist Silber, und einen goldenen Ring. Und damit ist der Prozess beendet!«

»Puh!«, machte Johanna, denn sie konnte dieser Kette chemischer Abläufe natürlich nicht im Mindesten folgen. Was verstand sie denn auch schon von solchen Dingen! »Das ist ein bisschen viel auf einmal . . . das heißt, es wäre auch beim zehnten oder zwanzigsten Mal zu viel für mich.«

Kopernikus Quint klappte das Buch mit seinen Aufzeichnungen zu. »Es reicht, wenn du mir glaubst, dass sich das Gleichnis vom verlorenen Sohn lückenlos auf den beschriebenen chemischen Prozess übertragen lässt. Aber damit soll es jetzt auch genug sein. Ich wollte eigentlich nur an meine Schreibsachen.«

Er holte die große Schatulle aus der Tasche, die obenauf lag, wickelte sie aus den Tüchern und stellte sie auf den alten, wackligen Tisch neben den Stoß Bücher.

Nun wagte Johanna die Frage zu stellen, die ihr schon seit Tagen keine Ruhe ließ. »Sagt, habt Ihr in den Glasbehältern und Phiolen wirklich alles, was Ihr zur Umwandlung von unedlem Metall in Gold braucht? Bewahrt Ihr dort den Stein der Weisen auf, dieses magische Elixier, das rote Pulver der Projektion oder wie immer das Wundermittel heißen mag, mit dem man Blei in Gold verwandeln kann?«

Kopernikus Quint sah sie nur schweigend an.

Verlegen verzog Johanna das Gesicht. »Ich verstehe. Ihr wollt nicht darüber reden. Gut, vergesst, was ich Euch gefragt habe! Verratet Ihr mir aber wenigstens, was es mit dieser grässlichen Schlange auf dem Deckel Eurer Schatulle auf sich hat?«

»Das ist Uroboros, die Schlange, die sich in den eigenen Schwanz beißt«, erklärte er sofort bereitwillig, während er den Behälter mit seinen Schreibutensilien hervorholte. »Uroboros versinnbildlicht den Glauben der Alchimisten an den ewigen Kreislauf von Schöpfung und Zerstörung der Materie. Denn in Gottes Universum geht nichts verloren, das ist unsere Überzeugung. So, und jetzt brauche ich eine Weile Ruhe, Johanna.«

Sie sah, wie er das Tintenfass vor sich hinstellte, die Briefbögen ausrollte und glatt strich und schließlich eine Schreibfeder auswählte. »Ist Euch etwas Wichtiges eingefallen, das Ihr schnell niederschreiben wollt, damit es Euch nicht entfällt?«

»Nein«, antwortete Kopernikus Quint und seine Stimme hatte auf einmal einen grimmigen, entschlossenen Klang. »Ich muss zwei Briefe schreiben. Einen an einen verlässlichen Freund, dem ich mein Leben blind anvertrauen würde, und einen anderen an einen elenden Verräter!«

Zwölftes Kapitel

Schon nach wenigen Löffeln schob Kopernikus Quint angewidert den Teller mit der Biersuppe zurück, die Johanna ihm am nächsten Morgen wie gewöhnlich zum Frühstück in sein Turmzimmer gebracht hatte.

»Der Teufel soll mich holen, wenn ich diese abscheuliche Bierpansche auch nur einen Tag länger in mich hineinzwänge! Die ist ja heute wieder so bitter wie Galle!«, schimpfte er und griff nach der Scheibe Schwarzbrot. »Kriegst du das etwa auch jeden Tag vorgesetzt?«

Johanna nickte. »Gut schmeckt es wirklich nicht, aber ich habe mich längst daran gewöhnt. Es füllt zumindest den Magen und wärmt.«

Kopernikus Quint schnaubte und kaute mit grimmiger Miene auf einem Stück des harten, alten Schwarzbrotes, das Ida ihr auf Hackenbroichs ausdrückliche Weisung hin auf den Teller gelegt hatte. Ihr Stiefvater ließ sich Kost und Logis teuer bezahlen, setzte Kopernikus aber nur minderwertiges Essen vor. Sie hatte auch gar nichts anderes von ihm erwartet. So behandelte er alle, die ihm ausgeliefert waren, egal, ob es sich um die schwachsinnigen Insassen, seine Bediensteten oder um ihre Mutter und sie handelte. Und für einen Fremden wie Kopernikus machte er da keine Ausnahme, im Gegenteil. Nicht einmal seine Raffgier vermochte ihn dazu zu bringen, dem Alchimisten den Aufenthalt so angenehm wie möglich zu gestalten und ihn dadurch vielleicht länger im Haus zu behalten.

Johanna trat ans Fenster und blickte hinaus auf das wogende Häusermeer von Köln, aus dem überall die Türme der Kirchen und Befestigungsanlagen aufragten, wohin der Blick auch ging. Mit Kirchen, Klöstern und Turmwarten, welche auf der Landseite die zahlreichen Haupttore in der mächtigen Ringmauer schützten, war die Stadt reich gesegnet.

»Es sieht so aus, als würde es heute mal trocken bleiben«, sagte Johanna mit Blick auf den Himmel, der nach einer Kette von niederdrückenden Regentagen endlich mal wieder viel Blau und wenig Wolken zeigte. Ja, es sah ganz nach einem trockenen, aber kalten Tag aus.

»Das passt ja ausgezeichnet«, sagte Kopernikus Quint. »Denn ich muss dich mal wieder um einen Botengang bitten. Um einen überaus wichtigen sogar.«

Johanna drehte sich zu ihm um. »Gern. Sagt mir, was ich Euch besorgen soll!«

»Du sollst mir nichts holen, sondern etwas zur Posthalterei bringen. Und zwar diese Briefe hier.« Er zog unter dem Deckel der Bibel die beiden Schreiben hervor, die er am gestrigen Abend aufgesetzt hatte.

Johanna nahm die beiden Briefe entgegen. »Ich mache mich sofort auf den Weg.«

»Das ist noch nicht alles. Ich halte es in Hinsicht auf meine Pläne für klüger, wenn diese Briefe nicht von Köln aus weggehen, sondern von einer Poststation außerhalb der Stadt. Und dafür erscheint mir Deutz der richtige Ort zu sein«, teilte er ihr mit.

»Ihr wollt eine falsche Fährte legen?«

Er nickte. »Es soll so aussehen, als hätte ich Köln schon verlassen.«

»Das ist kein Problem. Ich werde mit der Fliegenden Brücke zum Deutzer Ufer übersetzen. Sie pendelt ja den ganzen Tag über zwischen Deutz und Köln«, sagte Johanna und warf einen kurzen Blick auf die Briefe. Der erste war an einen Balthasar Neuwirth in Erfurt adressiert; der andere ging nach Berlin an einen Mann namens Friedrich Klettenberg.

»Nun frag schon!«, forderte er sie mit einem wissenden Lächeln auf den Lippen auf, als sie den Blick hob und ihn gedankenvoll ansah.

Es machte sie verlegen, dass ihre Gedanken so leicht zu durchschauen waren. Aber natürlich stellte sie nun die Frage, die sie schon auf der Zunge gehabt hatte. »Wer von den beiden ist der Verräter?«

»Friedrich Klettenberg. Er war jahrelang meine rechte Hand, mein Assistent in Dresden und in Berlin«, antwortete er und Bitterkeit schlich sich in seine Stimme. »Als ich mich seiner erbarmte und ihn unter meine Fittiche nahm, war er ein schlecht ausgebildeter und von hässlichen Pockennarben entstellter Apothekergehilfe ohne Arbeit. Alles, was er heute kann, und das ist eine Menge, habe ich ihm mühsam beigebracht. Mehr als einmal hat er mir ewige Dankbarkeit und unverbrüchliche Treue geschworen. Und dann, als es um meine Haut ging und ich ihm nicht länger von Nutzen sein konnte, hat er mich für ein paar Goldstücke an Benedikt verraten, dieser Lump!« Verächtlich spuckte er auf den Boden.

»Aber warum schreibt Ihr ihm dann noch?«, fragte Johanna verwundert. »Um ihm bittere Vorwürfe zu machen und ihm zu drohen, dass er eines Tages für seinen Vertrauensbruch Rechenschaft ablegen muss oder so etwas Ähnliches?«

»Nein, um ihn im Glauben zu lassen, ich würde nichts von seinem schändlichen Verrat ahnen und ihm noch immer vertrauen. Das hier ist ein wahrlich bewegender Brief, den ich mir da abgerungen habe, das kannst du mir glauben! Friedrich wird überzeugt sein, dass ich nicht den Schatten eines Verdachtes gegen ihn hege, und so soll es auch sein. Denn diesmal werde ich mich seiner mit hinterlistigem Kalkül bedienen«, erklärte er grimmig.

»Und wie wollt Ihr das anstellen?«

»Ich bin sicher, dass Friedrich Klettenberg weiß, wie er Kontakt mit Benedikt aufnehmen kann«, fuhr Kopernikus fort. »In der Hoffnung, sich noch ein paar weitere Goldstücke verdienen zu können, wird er ihm die Nachrichten aus meinem Brief verkaufen. Deshalb habe ich ihm geschrieben, wie entsetzt ich bin, dass Benedikt mich so schnell aufgespürt hat. Ich spekuliere in meinem Brief, welche gravierenden Fehler ich wohl gemacht habe, und einiges davon entspricht durchaus den Tatsachen. Deshalb wird Benedikt den Wahrheitsgehalt meiner Zeilen nicht anzweifeln, sondern für bare Münze nehmen.«

»Schön und gut, aber was genau bezweckt Ihr mit Eurem Brief an diesen Verräter?«

»Ich hoffe, dass er mir Benedikt und seine Schergen vom Hals schafft und sie in die Irre lockt«, antwortete der Alchimist. »Deshalb habe ich ihm geschrieben, dass ich Benedikt und seinen beiden Handlangern in Köln, wo ich Zwischenstation machen wollte, nur um ein Haar entkommen bin und für die Zeit meiner Genesung Unterschlupf auf einem Bauernhof bei Deutz gefunden habe. Außerdem habe ich Friedrich Klettenberg mitgeteilt, dass ich meine Pläne geändert habe und nun nicht länger nach Wien reisen will, wie ich es zunächst vorgehabt hatte, sondern dass ich mein Glück entweder in Basel oder in Prag versuchen werde. Das wird überzeugend klingen, denn beides sind Orte, wo ein Alchimist gut aufgehoben ist. Das gilt insbesondere für Prag. Es gibt dort ein ganzes Viertel rund um die Goldene Gasse, das von Alchimisten und Schwarzkünstlern, Quacksalbern und Scharlatanen sowie Goldschmieden und Juwelieren bevölkert wird.«

»Und wo wollt Ihr wirklich hin?«

Kopernikus Quint zuckte die Achseln und griff zu Pfeife und Tabaksbeutel. »Ich denke noch darüber nach. Aber je eher Friedrich Klettenberg meinen Brief erhält, desto eher habe ich auch Benedikt und seine Komplizen vom Hals.« Er lachte plötzlich kurz und sarkastisch auf. »Weißt du, was ich in ein paar Wochen tun werde, wenn der Winter das Land so richtig mit Eiseskälte in seinem Griff hat?«

»Nein, was?«

»Ich werde ein Schreiben aufsetzen, das mit Hilfe meines wahren Freundes Balthasar Neuwirth von Prag aus an Friedrich Klettenberg in Berlin gehen wird. Und in diesem Brief werde ich ihn bedrängen unverzüglich zu mir nach Prag zu kommen, weil ich kurz vor dem großen Durchbruch stehe und ihn an meiner Seite haben möchte. Ich werde versprechen für alle Kosten aufzukommen und ihn anweisen, Quartier in einer bestimmten Pension zu beziehen, weil ich es nicht wage, in dem Schreiben, das ja in falsche Hände fallen könne, die Adresse meiner geheimen Laborstätte anzugeben. Ob sich dann Friedrich Klettenberg selbst auf die mühselige Winterreise macht und vergeblich in der Pension darauf wartet, dass ich mich zeige, oder aber der Hundesohn Benedikt, soll mir gleichgültig sein. Einer von ihnen wird jedoch die Strapazen auf sich nehmen, dessen bin ich sicher!«

»Keine schlechte Idee«, sagte Johanna anerkennend und fragte dann vorsichtig: »Aber werdet Ihr mir auch einmal erzählen, um was für einen Verrat es sich überhaupt gehandelt hat und warum Ihr vor Benedikt von Rickenbach auf der Flucht seid, obwohl Ihr doch einst enge Studienfreunde gewesen seid, wie Ihr mir berichtet habt?«

»Vielleicht«, sagte Kopernikus Quint ausweichend. »Alles zu seiner Zeit.«

»Natürlich, alles zu seiner Zeit!«, wiederholte sie spöttisch. »Wie oft habe ich Euch das nun schon sagen gehört! Das scheint Euer Lieblingssatz zu sein.«

»In der Tat«, gab er trocken zurück. »Schon in der Bibel im Buch Kohelet steht geschrieben: *Alles hat seine Stunde. Für jedes Geschehen unter dem Himmel gibt es eine bestimmte Zeit... Eine Zeit der Geburt und eine Zeit zum Sterben. Eine Zeit zur Klage und eine Zeit für den Tanz.* Nicht nur als Alchimist muss man wissen, wann man was zu tun oder zu lassen hat. Diese goldene Regel gilt für jeden. Nur wer für alles den richtigen Zeitpunkt abwartet, wird die Herausforderungen, die das Leben ihm stellt, erfolgreich meistern. Mit Ungeduld und Hast stellt man sich selbst die schlimmsten Fallen.«

Johanna verzog das Gesicht zu einem halb geplagten, halb belustigten Ausdruck. »Ihr seid zweifellos ein großer Meister, im Lehren von Geduld, Kopernikus!«

Er lächelte verhalten und gab ihr dann ausreichend Geld mit, um die Fähre über den Rhein sowie die Postgebühren für die beiden Briefe bezahlen zu können.

Sie holte ihren dicken, wollenen Umhang aus ihrer Kammer, warf ihn sich um die Schultern und lief mit den Briefen in der Hand die Treppe hinunter.

Unten in der Eingangshalle begegnete sie Frieder. Er schleppte gerade einen schweren Korb mit Holzscheiten ins Haus, die Dominik draußen im Hof frisch gespalten hatte. Deutlich war zu hören, wie er die Axt schwang und die dicken Baumscheiben mit wuchtigen Schlägen auseinander riss.

»Wo willst du denn schon wieder hin?«, fragte Frieder und bemerkte im nächsten Moment die Briefe in ihrer Hand. »Ach so, dein feiner Herr Quint hat dich mal wieder auf Botengang geschickt, ja?«

»Mach die Tür frei und kümmere dich gefälligst um deine Angelegenheiten!«, erwiderte sie kühl.

»Gönne mir doch für einen Moment deinen reizenden Anblick. Ich bekomme dich in letzter Zeit viel zu selten zu Gesicht, weil du dich so hingebungsvoll um den alten Sack kümmerst, Hanna«, sagte er mit einem schmierigen Grinsen. »Hoffentlich bezahlt er dich für deine . . . besonderen Dienste auch angemessen.«

Das Blut stieg ihr ins Gesicht. »Behalte deine dreckigen Gedanken für dich, Frieder!«

In diesem Augenblick schallte Hackenbroichs herrische Stimme von oben durch das Treppenhaus: »Frieder? Wo bleibst du mit dem Holz? Ich warte, verdammt noch mal!«

»Bin schon auf dem Weg, Meister!«, schrie Frieder zurück und zu ihr gewandt flüsterte er: »Na, hol dir ruhig ein bisschen Erfahrung bei dem alten Stinker, Hanna! Dann werden wir beide eines Tages umso mehr Spaß zusammen haben.« Er schürzte spöttisch die Lippen zu einem hingehauchten Kuss und hastete dann mit dem Korb nach oben.

Johanna hätte ihm am liebsten eine üble Beschimpfung nachgerufen, aber sie sagte sich, dass er es gar nicht wert war, sich so aufzuregen. Und sie nahm sich vor ihn künftig mit verächtlichem Schweigen und kühler Missachtung zu strafen.

Sie trat in den kalten winterklaren Novembermorgen hinaus, winkte Dominik zu, der vor der Remise kraftvoll die Axt schwang und dessen gerötetes Gesicht von den Dampfwolken seines Atems umweht wurden, und befand sich wenig später jenseits der hohen Umfassungsmauer auf der Stolkgasse.

Plötzlich wurde ihr bewusst, dass sie ganz vergessen hatte, Kopernikus danach zu fragen, was es mit dem zweiten Brief auf sich hatte. Hatte dieser Mann in Erfurt, dessen Name Balthasar Neuwirth war, vielleicht eine besondere Rolle bei seiner Flucht gespielt? Und wenn ja, welche?

Johanna nahm sich vor diese Fragen gleich nach ihrer Rückkehr nachzuholen. Denn wo es um das magische Elixier zum Goldkochen ging und ein so gefährlicher Mann wie Benedikt von Rickenbach mit im Spiel war, konnte sie gar nicht neugierig genug sein!

Dreizehntes Kapitel

Ohne Eile ging Johanna die Gasse hinunter, vorbei an der Kirche der Predigerabtei, die nur einen Steinwurf von Hackenbroichs Narrenturm entfernt lag, und wandte sich an der nächsten Straßenecke nach links. Vor den Predigern hieß der Straßenzug, der von der Predigerkirche auf der einen Seite und der Stiftskirche St. Andreas auf der anderen Seite beherrscht wurde.

Das Leben in den Gassen und Straßen war zu dieser Morgenstunde äußerst bewegt. Ganz Köln und ein gut Teil der umliegenden Landbevölkerung schien unterwegs zu sein. Nach den vielen Regentagen lockte das trockene Wetter die Menschen aus den Häusern. Händler, Fuhrleute, Hausierer, wandernde Kleinhändler, Trödler, Kesselflicker, Karrenschieber und Lastenträger bevölkerten zusammen mit Dienstboten, Bettlern, Studenten, Klerikern, Handwerksgesellen, Kirchgängern, Dirnen, Sänftenträgern, einfachem Bauernvolk, das zu den Märkten strömte, und fein herausgeputzten Bürgersleuten die Straßen und Plätze.

Johanna begegnete auch vielen, meist alten Weibern, die vor den Häusern die Aschenhaufen auseinander wühlten. Sie suchten nach Kohlen, die durch den Rost gefallen und mit der Asche vors Haus gekippt worden waren. Ihre Ausbeute war mager, denn in fast jedem Bürgerhaushalt musste die Asche aus ebendiesem Grund noch ein zweites Mal durch den Ofen. In Hackenbroichs Asche wurden diese armen Frauen jedenfalls nicht fündig.

Mitleid, das aber ständig mit Verachtung im Wettstreit lag,

empfand Johanna auch mit den zerlumpten Jungen und Mädchen aus dem Bettlernachwuchs, die man überall auf Gassen und Straßen antraf und die sich dem ekelhaften »Sodenschrappen« widmeten: Sie durchsuchten die kloakenhaften Abflussrinnen nach altem Eisen, Nadeln, verlorenen Haarspangen und anderen Dingen, die irgendwie von Wert waren.

Was für ein Elend!, dachte Johanna und wandte ihre Aufmerksamkeit rasch anderen Vorgängen auf den Straßen zu.

Ihr fiel auf, dass an diesem Morgen besonders viele schwer beladene Rollwagen unterwegs waren, die den Frachtverkehr zwischen den Handelshäusern und den Schiffen abwickelten. Und die Betriebsamkeit der Schürgen*, die Waren in die Magazine und Gewölbe der Kaufleute schleppten oder vor den Handelshäusern Fuhrwerke mit Kisten, Säcken und Fässern für den Transport zum Hafen beluden, war ein untrügliches Zeichen dafür, dass mehrere neue Handelsschiffe eingetroffen sein mussten.

Die Kleinhändler mit ihren Bauchläden und Handkarren, die Apfelweiber an den Straßenecken sowie die Besitzer der Trinkbuden und Garküchen, die sich überall an den belebten Stellen und in unmittelbarer Nähe der großen Kirchen fanden, würden an diesem Tag gute Geschäfte machen – wie auch die Taschendiebe, Straßenmädchen und Bettler, die sich unter die Menge gemischt hatten.

So lebhaft und bunt gemischt wie das Treiben auf den Straßen und Gassen waren auch das Stimmengewirr und der Lärm, der aus Läden, Werkstätten und Höfen drang. Hier hörte man das Schnurren von Rädern und das Klappern von Webstühlen, dort drang aus einer Schmiede das Dröhnen wuchtiger Schläge auf den Ambuss. An einer anderen Stelle vernahm man das Sirren von sich schnell drehenden Töpferscheiben und nur wenige Schritte weiter übertönte der Lärm aus einer Eisengießerei alle anderen Geräusche. Dazu gesellte sich an diesem kalten Tag vielerorts das schaurige Jammergeschrei und Stöhnen der Schweine, Schafe und Kälber, die auf offener Straße geschlachtet, ausgenommen und zerlegt wurden. Bog man um eine Ecke, bot sich den Augen wieder ein neues Bild und den Ohren ein neuer Klang. Manchmal fand man sich in einer Oase der Stille und Ruhe wieder, so in der Straße der Schneider, Hutmacher und Weißnäherinnen.

Und dann gab es jene Gewerbe, die den Vorbeikommenden nicht mit Lärm zusetzten, sondern mit ihrem Gestank. Die Gerber und Bleicher gehörten dazu, außerdem die Abdecker, Leimsieder und Hornbrenner. Wer konnte, mied nicht nur die Straßen und Plätze, wo diese Leute ihr buchstäblich zum Himmel stinkendes Gewerbe ausübten, sondern auch jeden anderen Verkehr mit ihnen.

Johanna fröstelte und beschleunigte nun ihre Schritte, um möglichst schnell auf die breiten Straßen beim Domhof und damit aus den kalten Schatten der engen Gassen und auf den trockenen Grund basaltgepflasterter Straßen zu kommen. Denn die Erde der meist ungepflasterten Gassen war von den tagelangen Regengüssen aufgeweicht, von den Rädern der Karren und Fuhrwerke durchpflügt und hatte sich über weite Strecken in eine schlammige Bahn verwandelt, in der sie immer wieder bis über die Knöchel einsackte. Und als wäre das nicht schon übel genug, waren an nicht wenigen Stellen die Abflussrinnen, die in der Mitte der Straßen verliefen und in die sich viele Abtritte entleerten, verstopft und zu großen, kloakenhaften Pfützen angeschwollen. Aber das gehörte nun mal mit zum Alltagsleben von Köln und unterschied sich auch in nichts von den Plagen, mit denen die Bewohner anderer Städte zu kämpfen hatten.

Die Domruine, ein riesiges, missgestaltetes Ding ohne jede

Anmut, wie Johanna fand, nahm wenig später ihr Blickfeld ein. Das halb fertige Bauwerk mit seinen tausend spitzen Fialen* machte sogar im Sonnenlicht einen düsteren Eindruck. Bei Regen oder Dunkelheit wirkte diese finstere Masse, die dann wie ein am Flussufer hingekauerter Riese auf der Lauer aussah, sogar ausgesprochen unheimlich und Furcht einflößend.

Wie jeder, der länger in Köln lebte, so kannte auch Johanna die bislang wenig ruhmreiche Geschichte dieses Gotteshauses. Im Jahre 1248 hatte Erzbischof Konrad von Hochstaden den Grundstein zu diesem gewaltigen, ja eigentlich schon wahnwitzig zu nennenden Bauwerk gelegt und über gute drei Jahrhunderte hinweg hatte man die Errichtung der Kathedrale mit mehr oder weniger großen Unterbrechungen vorangetrieben. 1560 dann war der Baubetrieb schließlich eingestellt worden, weil die gigantischen Kosten in keinem vertretbaren Verhältnis mehr zur Finanzkraft der Stadt und ihrer Bürger standen. Und seitdem hatte sich an der Domruine keine Hand mehr gerührt. Der schwere Baukran auf dem unvollendeten Südturm, der dort schon seit dem Jahre 1410 stand, war mittlerweile zu einem Symbol der Stadt geworden, konnte man ihn doch schon aus großer Entfernung ausmachen, wenn vom Rest der Stadt noch kaum etwas zu sehen war.

Johanna war überzeugt davon, dass der Kölner Dom für immer eine hässliche Ruine bleiben würde, und es gab kaum einen Kölner, der anders dachte. Was brauchte Köln, das doch schon über dutzende von Kirchen verfügte, unter denen sich einige ganz prächtige befanden wie etwa die von St. Martin, auch noch einen solch gewaltigen Dom? Und da es an Gotteshäusern zur Anbetung des Allmächtigen und zur Verehrung der Gottesmutter, der Heiligen und Märtyrer in der Reichsstadt wahrlich nicht mangelte, wäre es sinnvoller gewesen, das Geld für eine anständige Bepflasterung der Straßen und eine verbesserte Abwässerentsorgung auszugeben.

Der Alte Markt, der sich vor der alten römischen Rheinmauer von Nord nach Süd erstreckte und auf allen vier Seiten von prächtigen spitzgiebeligen Bürgerhäusern mit bis zu sechs Stockwerken umschlossen wurde, tauchte wenig später vor ihr auf. Es war Markttag und entsprechend betriebsam ging es auf dem Platz zu. Es herrschte ein großes Gedränge und Gelärme zwischen den Verkaufsständen, -buden und -wagen, die sich dort dicht an dicht drängten. Ein babylonisches Sprachgewirr lag über dem Markt.

Johanna blieb stehen und überlegte kurz, welchen Weg sie einschlagen sollte. Die Anlegestelle der Fliegenden Brücke befand sich am Ende der Markmannsgasse, die südlich des Alten Markts verlief und durch das enge Markmannsgassentor mit seiner trutzigen Torfeste zum Fluss führte. Johanna wollte sich jedoch nicht quer über den Markt einen Weg durch die Menge bahnen. Zudem scheute sie die gerade mal zehn Fuß breite und von rußigen Giebeln umdüsterte Markmannsgasse, in der sich viele Gerber niedergelassen hatten. Ihre stinkenden Sohllederhäute hingen dort vor jedem Haus. Der Lohgeruch war schon schlimm genug, aber der Verwesungsduft, der den Werkstätten der Gerber entströmte, erregte Übelkeit. Und begegnete man dort einem Karren, der nur ein wenig über die Achsen hinaus geladen hatte, oder gar einem schweren Fuhrwerk, musste man sich gegen die übel riechenden Hauswände pressen, um nicht von Rädern oder Ladung erfasst zu werden. So mancher Fuhrmann hatte dort schon einen der hölzernen Fensterläden mitgenommen und sich schlimmen Ärger mit den Gerbern eingehandelt, die für ihre raue Art bekannt waren.

Nein, von der Markmannsgasse hielt sie sich besser fern. Und um auch dem quirligen Treiben auf dem Markt auszuweichen, beschloss sie gleich am Nordende des Alten Markts nach links in die Mühlengasse einzubiegen, die hinter dem schweren, keilförmig angelegten Bollwerk bei der alten Eisbreche auf das Rheinufer stieß.

Als Johanna aus dem schmalen, dunklen Tordurchgang vor die Ringmauer trat, lag vor ihr der mächtige Strom, dem Köln einen Großteil seiner Bedeutung und seines einstigen wirtschaftlichen Reichtums verdankte. Die eisigen Fluten glitzerten im Sonnenlicht wie Gletscherwasser und zogen mit rastloser Eile an der breiten Uferstraße vorbei, die sich zwischen der Stadtmauer und dem Rhein vom imposanten Bayenturm im Süden bis zum Türmchen bei St. Kunibert im Norden meilenlang erstreckte. Hier am alten Ufer spielte sich der rege Verkehr zwischen Fluss und Stadt ab, das Be- und Entladen der Schiffe, das Warenstapeln und der Personenumschlag, wie die Bootsleute das Ein- und Ausschiffen ihrer Passagiere zu nennen pflegten.

Johanna wandte sich nach rechts und ging zügigen Schrittes das Rheinufer hoch, denn die Anlegestelle der Fähre lag ein gutes Stück weiter flussaufwärts. Auf dem breiten Uferstreifen vor der hohen Stadtmauer mit seinen zahlreichen Torfesten und Wichhäusern* herrschte ein reges Kommen und Gehen von Schiffspatronen und Ruderknechten, Lastträgern und Kaufleuten, Fischern und Salzherren, Mühlenbesitzern und Holzvermessern, Kaufmannsdienern und Mägden, Seilern und Segelmachern, Kohlenträgern und Schiffsziehern, Zollinspektoren und vielen anderen, die vom Rheinhandel lebten – nicht zu vergessen die Schmuggler, die jedes Alter und jedes Geschlecht haben konnten.

Vier schwere Landkräne ragten zwischen dem Bollwerk und

der Markmannsgasse am Uferstreifen auf. Die mächtigen Gangräder, von Männern getreten, die wegen ihrer stumpfsinnigen Tretmühlenarbeit »Eichhörnchen« genannt wurden, bewegten sich nur langsam und unter lautem Knarren und Ächzen. In diese Geräusche mischten sich die Kommandorufe der Kettenmänner. Zwei weitere Ladekräne ruhten im Wasser auf schwimmenden Plattformen und konnten je nach Bedarf der anlandenden Schiffe verholt werden. So manches der kleineren Flussschiffe war mit Brandgrieß und Kohlen von der Ruhr beladen.

Eine Vielzahl von Nachen, Lastkähnen sowie oberländischen und niederländischen Flussschiffen, die aus bestem Eichenholz gebaut und wohl verteert waren, lag entlang der Kölner Reede. Dabei stachen die holländischen Schiffe mit ihren beiden hohen, schlanken Masten allein schon durch ihre besondere Pracht und Reinlichkeit unter den anderen hervor. Zudem waren sie noch um ein Drittel länger als die heimischen Kauffahrtschiffe und konnten enorm schwere Frachten von bis zu 3600 Zentnern laden. Ihre runden, breiten Vorderschiffe waren gewöhnlich mit zwei Rosetten in den Farben Rot, Weiß und Blau verziert und sie besaßen geräumige, über Deck gebaute Kajüten. Ihre Eigentümer lebten mit ihren Familien auch beständig auf diesen Flussschiffen, die zwar mehr in die Länge als in die Höhe und Breite gebaut, aber doch ganz nach der Art von Hochseeschiffen waren.

Da die Winde selten so günstig standen, dass sie unter Segeln die Strömung bezwingen konnten, wurden diese Schiffe flussaufwärts jeweils von zwanzig bis dreißig Pferden gezogen, die sich am Rheinufer auf dem Leinpfad abquälten. Bei günstigsten Bedingungen, wenn auch der Wind mitspielte, dauerte eine solche Fahrt von Rotterdam nach Köln vierzehn Tage. Doch das waren seltene Ausnahmen. Gewöhnlich veranschlagten Kaufleute und Flussschiffer gute sechs Wochen für diese Strecke.

Der Anblick der prächtigen oberländischen und niederländischen Schiffe versetzte Johanna jedes Mal einen schmerzhaften Stich und weckte eine Flut von Erinnerungen. Erinnerungen, aus denen einige ihrer schlimmsten Alpträume gewirkt waren. Auch an diesem Morgen, obwohl doch schon sieben Jahre seit der nächtlichen Katastrophe vergangen waren, meldete sich in ihr sofort wieder der vertraute scharfe Schmerz, kaum dass sie die ersten Masten erblickt und den ganz eigenen Geruch aus Flusswasser, Teer und Leinwand wahrgenommen hatte, den der sanfte Wind ihr zutrug. Und wie immer, so mischte sich auch heute in diesen nicht heilen wollenden Schmerz eine Sehnsucht, die ihr kaum weniger quälend zusetzte, wusste sie doch, dass diese Sehnsucht unsinnig war und nie in Erfüllung gehen konnte. Dafür hatte der Tod gesorgt.

Ganz in ihre düsteren Gedanken versunken, geriet sie einem Lastenträger in die Quere, der sich einen schweren Sack auf die Schulter gewuchtet hatte und ihren Weg kreuzte. Er erwischte sie mit dem Ende seiner Last und der Stoß hätte sie um ein Haar zu Boden geworfen. Sie konnte sich gerade noch fangen.

»Mach gefälligst die Augen auf!«, ranzte der Mann sie an, ohne in seinen forschen Schritten innezuhalten. »Das ist hier keine Wiese für Träumliesen!«

»Ungehobelter Klotz!«, rief Johanna ihm nach.

Wenig später erreichte sie die Landungsbrücke der Rheinfähre. Ein Stück oberhalb der Landungsbrücke, etwa auf der Höhe des Brigittenklosters, lag das Werthchen, eine kleine Rheininsel. Mit ihren Weiden, Pappeln und Erlen erhob sie sich wie der bemooste Rücken eines im seichten Uferwasser gestrandeten Walfisches aus den Fluten. Nur ein schmaler Flussarm, der im Sommer regelmäßig verschlammte und einen pestilenzialischen Gestank verströmte, trennte Insel und Ufer. Das Werthchen war die Bleichstätte des gesamten südlichen Stadtviertels. Viele der Bleichwärterinnen lebten in alten Deckskajüten, die man von abgewrackten Flussschiffen abgebaut und hier an Land gesetzt hatte. Auch einige kleinere Bootsbauer, deren monotone Hammerschläge über das Wasser zur Landungsbrücke schallten, hatten diese Insel zu ihrer Werft erkoren.

Johanna entrichtete das Fährgeld und begab sich auf die große rechteckige Plattform, auf der schon einige Dutzend Personen und vier mehrspannige Fuhrwerke bequem Platz gefunden hatten. Die beiden Längskanten der Fährplattform ruhten auf langen, schmalen Schiffsrümpfen, die vorn ein gutes Stück über das Plankendeck hinausragten.

Die Gierponte oder Fliegende Brücke, wie die Fähre im Volksmund gemeinhin genannt wurde, war früher in Bonn im Einsatz gewesen. Im Mai 1674 hatte der Markgraf Hermann von Baden sie für 1300 Reichstaler an die Deutzer Fährherren verkauft. Der Handel und Verkehr zwischen den beiden Ufern hatte seitdem einen großen Aufschwung erlebt, da nun auch das Übersetzen von Viehherden, Kutschen und schweren Fuhrwerken wesentlich leichter, schneller und kostengünstiger zu bewerkstelligen war als mit den alten, herkömmlichen Fährbooten. Auch den »Paschern« und »Hexemächern«, den Schmugglern von zollpflichtigen Waren, brachte die neue Fähre, die tagsüber jede Viertelstunde zwischen Köln und Deutz pendelte, einen Aufschwung ihres profitablen Geschäftes.

Viele Kölner Kaufleute waren nicht gewillt die hohen Abgaben auf so kostbare Güter wie Zucker, Salz, Gewürze und viele andere Waren zu bezahlen. Deshalb hatten sie in Deutz,

Mülheim und Hittdorf Lager für diese zollpflichtigen Waren angelegt und ließen diese nun durch Schmuggler nach Köln bringen. Manche arbeiteten mit bestochenen Zollaufsehern zusammen. Andere verließen sich auf ihr Glück und ihr Geschick, um ihre Hexen, wie die Konterbande* genannt wurde, von einem Ufer ans andere zu bringen, und dann konnte es schon mal auf Leben und Tod gehen.

Am Ufer wurde die Glocke angeschlagen, die das bevorstehende Ablegen der Fähre verkündete, und dann wurden auch schon die Leinen losgeworfen. Kommandos schallten über das Deck und die Fährleute an der Winde sowie an den beiden Heckrudern machten sich an die Arbeit. Nur zögerlich löste sich das schwere, scheinbar plumpe Gefährt vom Anlegesteg. Doch sowie die starke Rheinströmung die Fähre erfasste, nahm sie Fahrt auf und glitt rasch auf den Fluss hinaus.

Die Fliegende Brücke war mit einem starken Tau verbunden, das ein gutes Stück flussaufwärts in der Mitte des Flusses verankert war. Dieses Tau stieg schon weit vor der Bugpartie aus den Fluten auf und lief mittschiffs in luftiger Höhe über ein mächtiges, eingefettetes Rundholz, das von zwei mastenähnlichen Stützbalken getragen wurde, die rechts und links am äußeren Rand der Fährplattform auftragten. Sie wurden wie richtige Masten von Spannseilen gehalten. Von diesem Rundholz stieg das Führungsseil, an dem die Fliegende Brücke hing und mithilfe der Strömung und einiger Ruderkorrekturen von einem Ufer zum anderen pendelte, in einem steilen Winkel zum Heck der Fähre hin ab und rollte sich dort um die Trommel der wuchtigen Winde.

Scheinbar mühelos und vom munteren Rauschen und Gurgeln des vorbeiströmenden Wassers begleitet, kreuzte das Fährschiff die flussabwärts eilenden Fluten des Rheins.

Johanna genoss das Übersetzen und bewunderte einmal

mehr den Einfallsreichtum der Menschen, die sich solch hilfreiche Verbesserungen des alltäglichen Lebens ausdachten wie diese Fliegende Brücke. Einfach genial fand sie auch den Einfall, Öl- und Getreidemühlen im Fluss zu verankern. Mehr als zwei Dutzend Wassermühlen, in drei Reihen hintereinander gestaffelt, waren mitten im Fluss verankert. Die Strömung trieb ihre Mühlräder genauso mühelos und unermüdlich an, wie sie die Fliegende Brücke in wenigen Minuten von einem Ufer zum anderen brachte.

In Deutz, einem kleinen, beschaulichen Örtchen im Schatten mächtiger Uferbastionen und der stattlichen Abtei St. Heribert, war wie in Köln Markttag, was den regen Fährbetrieb in beide Richtungen erklärte. Johanna hielt sich dort jedoch nicht lange auf. Sie begab sich geradewegs zur Poststation, die an der Landstraße nach Mühlheim lag, gab die beiden Schreiben auf, kehrte unverzüglich zur Deutzer Freiheit zurück und brauchte dort auf die Fliegende Brücke keine fünf Minuten zu warten.

Zu den vielen Leuten, die auf das Fährboot drängten und nach Köln hinüberwollten, gehörte auch ein Mann in dreckstarrender abgerissener Kleidung, den ein hässlicher Buckel in eine unnatürlich krumme Haltung zwang. Seine Kleidung stank nach Kot und Urin und sein Gesicht war gleichfalls dreckverschmiert. Fettiges, wild zerzaustes Haar quoll unter dem topfähnlichen Hut aus Filzflicken hervor, den er sich übergestülpt hatte. Er stützte sich auf einen knorrigen Stock und hielt unter den linken Arm geklemmt eine äußerst grob geschnitzte Figur der Gottesmutter, zu deren Füßen eine flache Almosenschale gleich mit aus dem Holz geschnitzt worden war. Ein Bettler, der den Markttag in Köln offenbar nutzen wollte, um vor irgendeiner Kirche oder an sonst einer betriebsamen Stelle um milde Gaben zu bitten.

Johanna schenkte dem zerlumpten Krüppel keine weitere Beachtung und hielt sich fern von ihm. Denn auf solche erbärmlichen Gestalten traf man überall in der Stadt und zudem stank er schon auf drei Schritte Entfernung.

Sie begab sich auf die Fähre, stellte sich an die Reling und bewunderte das eindrucksvolle Panorama, das Köln vom Fluss aus bot. In dem Meer der Türme, die sich hinter der wuchtigen Ringmauer aus Basaltsteinen in den blau-kalten Himmel reckten, machte sie ohne Schwierigkeiten ganz links St. Severin und den Bayenturm aus. Auch die Dreiergruppe der Türme von Klein-Sankt-Martin, Groß-Sankt-Martin und dem Rathaus stach sofort ins Auge. Dann rückte natürlich der wuchtige Domchor mit dem Kran auf dem Südturm ins Bild und daneben die Kirche Maria zu den Staffeln.

Gerade schaute sie zu St. Kunibert hinüber, als ihr der üble Geruch des Bettlers in die Nase stach. Sie wandte den Kopf ein wenig zur Seite und bemerkte aus den Augenwinkeln, dass der in Lumpen gekleidete Mann ihr tatsächlich auf diese Seite der Fähre gefolgt war.

Ein dummer Zufall, dachte sie und wollte sich gerade an eine andere Stelle begeben, um seinen entsetzlichen Ausdünstungen zu entkommen, als er sie plötzlich leise ansprach.

»Sag bloß, dieser miese Gierhals Hackenbroich hat dich jetzt sogar schon unter die Pascher geschickt, Johanna! Oder bist du vielleicht auf eigene Faust unterwegs?«

Sie fuhr herum und starrte den verkrüppelten Mann verblüfft an, der schräg von unten zu ihr hochblickte. »Wer . . .?«, wollte sie fragen, brach jedoch unvermittelt ab, als sie das spöttische Funkeln seiner Augen sah und das Gesicht unter der Dreckschicht wieder erkannte.

Es war niemand anders als Frederikus Flake, der zweitälteste Sohn des Schankwirtes August Flake vom Wirtshaus *Zur schwarzen Rose!* Und das bedeutete, dass die grob geschnitzte Madonna, der hässliche Buckel und die stinkenden Lumpen nichts als raffinierte Tarnung waren. Denn der Frederikus, den sie kannte, war ein behänder, gut aussehender Bursche von siebzehn Jahren, der viel auf sein Äußeres gab.

»Allmächtiger!«, stieß sie gedämpft hervor. »Fast hätte ich dich nicht wieder erkannt!«

Er grinste verstohlen. »Gut, dann werden mir die Zollaufseher ja wohl auch auf den Leim gehen.«

»Ist das dein neuer Trick?«, fragte sie und deutete mit dem Kopf kaum merklich auf seinen Buckel. Denn dass er sich so verkleidet hatte, um Schmuggelgut von Deutz nach Köln zu bringen, bedurfte jetzt keiner Frage mehr.

Er nickte. »Ganz schön lebensecht, nicht wahr? Besteht aus dünnen Weiden, die außen mit fingerdicken Speckseiten belegt sind. Wer mir auf den Buckel fasst, wird nichts fühlen, was ihn misstrauisch machen könnte.«

»Und?«, flüsterte sie.

»Safran, Zucker, Pfeffer und ein Dutzend Ellen Lütticher Spitze. Das gibt einen satten Gewinn«, antwortete er so leise, dass sogar sie ihn nur mit Mühe verstehen konnte. Über ihnen knarrte das fettglänzende Rundholz unter dem dicken, straff gespannten Seil. »Und du? Hast du deine Hexen innen am Kleid hängen?«

Johanna schüttelte den Kopf. »Ich habe keine Hexen versteckt, sondern in Deutz nur eine Nachricht überbracht.«

Die Fähre näherte sich dem Kölner Ufer.

»Hättest du denn mal Lust, dein Glück zu probieren?«, fragte Frederikus. »Ich weiß, du hättest das Zeug dazu. Du bist flink wie eine Forelle und lässt dich nicht so schnell aus der Fassung bringen. Und auf den Kopf gefallen bist du schon gar nicht. Könnte ganz einträglich für dich sein, mit mir und meinen Freunden gemeinsame Sache zu machen. Was meinst du?«

Sein Kompliment ließ sie leicht erröten und sie musste unwillkürlich daran denken, wie er immer mit ihr scherzte und schäkerte, wenn er sie im Wirtshaus sah, was oft genug der Fall war. Denn Hackenbroich schickte sie ja regelmäßig *Zur schwarzen Rose,* damit sie für ihn und Frieder einen Krug Bier holte. Und seit einiger Zeit zeigte auch ihre Mutter keine Hemmungen mehr, sie nach Branntwein zu schicken.

»Du scheinst mir ja eine Menge zuzutrauen«, sagte sie geschmeichelt.

»Das tue ich auch«, bestätigte er und lächelte sie an. »Bei Hackenbroich und seinen Schwachsinnigen bist du so fehl am Platze wie eine Rose unter Unkraut und stinkenden Kräutern.«

Die Röte auf ihren Wangen vertiefte sich. »Ich werde darüber nachdenken«, antwortete sie ausweichend und im selben Moment legte die Fliegende Brücke an.

»Gut, wir sehen uns ja«, raunte er, nickte ihr mit einem verschwörerischen Augenzwinkern zu und entfernte sich von ihr.

Johanna rechnete fest damit, dass die Zollaufseher ihn unbehelligt an ihrem Kontrollposten vorbeiziehen lassen würden, so abgerissen, wie er aussah. Doch einer der Inspektoren, ein bulliger Mann mit einem rotfleckigen Gesicht, hielt ihn an und begann ihn mit barscher Stimme zu befragen.

Johanna ahnte Unheil und handelte ohne großes Zögern. Sie gab einen empörten, gellenden Schrei von sich, mit dem sie augenblicklich alle Aufmerksamkeit auf sich zog, und wirbelte zu dem Mann links hinter ihr herum.

»Was fällt Euch ein?«, schrie sie ihn an. »Behaltet Eure dreckigen Hände gefälligst bei Euch! Für wen haltet Ihr mich? Eine Unverschämtheit ist das, mich so von hinten zu betatschen, als wäre ich ein billiges Straßenmädchen! Ihr solltet Euch schämen!«

Der stämmige Mann, seiner Kleidung nach ein Zimmermannsgeselle von vielleicht fünfundzwanzig Jahren, starrte sie entgeistert an. »Ja, aber . . . Ich . . . weiß gar nicht, was . . . was du willst, Mädchen?«, stammelte er völlig verdattert. »Ich habe doch gar nichts . . .«

»Lügt doch nicht!«, fiel sie ihm entrüstet ins Wort und wandte sich an die Frau neben ihr. »Sagt, Ihr habt doch auch gesehen, wie er mir zwischen . . . die Beine gegrabscht hat, nicht wahr?«

Die ahnungslose Frau schaute unsicher von ihr zu dem beschuldigten Mann, dem nun das Blut ins Gesicht strömte, und sagte zögernd: »Also, ich . . . ich bin mir nicht sicher, dass ich etwas gesehen habe . . .!«

Johanna stemmte die Fäuste in die Hüften. »Aber ich bin mir sicher. Und ich lasse mir solche dreisten Grabschereien nicht gefallen. Entschuldigt Euch gefälligst für Eure Frechheit!«, forderte sie den armen Mann auf, der nicht wusste, wie ihm geschah, und der sichtlich ins Schwitzen kam, als nun in der Menge die entrüsteten Stimmen von anderen Fährgästen laut wurden, die Johannas Anschuldigung für bare Münze nahmen.

»He, was geht da vor sich? Was hat der Krawall zu bedeuten?«, rief da gebieterisch der Zollaufseher, der Frederikus angehalten hatte, nun aber schlagartig das Interesse an ihm verlor. Denn er wandte sich schon ab und bedeutete Frederikus mit einer schroffen Geste sich zu trollen.

Frederikus warf ihr einen schnellen Blick über die Schulter zu. Und nur sie bemerkte die Anerkennung darin und die leicht spöttisch hochgezogenen Mundwinkel, als wollte er sagen: »Ich wusste doch, dass du das Zeug für solche Abenteuer hast!« Dann eilte er davon und tauchte Augenblicke später im dunklen Durchgang des Markmannsgassentors unter.

Nach einigem Hin und Her bekam Johanna schließlich die geforderte Entschuldigung von dem völlig verstörten Zimmermannsgesellen. Im Stillen leistete sie Abbitte, dass sie ihn zu Unrecht beschuldigt hatte. Aber was hätte sie sonst tun können, um die drohende Gefahr von Frederikus abzuwenden? Sie beschloss als Wiedergutmachung eine Kerze für den armen Kerl aufzustellen und eine Woche lang jeden Morgen und jeden Abend für sein Seelenheil zu beten.

Johanna wusste, dass sie mit ihrem geistesgegenwärtigen Ablenkungsmanöver Eindruck auf Frederikus gemacht hatte. Allein das stimmte sie schon fröhlich. Aber er stand jetzt auch in ihrer Schuld – und wer wusste, wozu das einmal gut sein würde? Ein befriedigendes Gefühl war es auf jeden Fall.

Beschwingt machte sich Johanna auf den Weg zurück in die Stolkgasse.

Vierzehntes Kapitel

Hackenbroichs wütende Stimme drang ihr schon aus dem Obergeschoss entgegen, kaum dass sie unten die Haustür hinter sich geschlossen hatte.

»Ich will ihn aus dem Haus haben! Noch diese Woche, hast du mich gehört?«, brüllte er. »Er hat seine Verletzungen auskuriert, das hat sogar dieser aufgeblasene Quacksalber Bodestedt erkannt, und jetzt soll er gefälligst seiner Wege ziehen!«

Johanna schritt zögernd die Treppe hoch, blieb auf halber Höhe stehen und hörte, wie ihre Mutter zaghaft einwandte: »Aber er zahlt doch gutes Geld, Heinrich! Vielleicht ist er ja sogar bereit noch etwas draufzulegen?«

»Nein, zum Teufel mit seinem Geld! Ich bin auf seine Almosen nicht angewiesen! Er verschwindet diese Woche und damit hat es sich! Ich will keine Fremden in meinem Haus haben! Und sag mir nicht noch einmal, was ich zu tun oder zu lassen habe! Das ist mein Haus, verdammt noch mal!«, schrie er, stiefelte den Flur hinunter und warf die Tür zu seinem Zimmer mit einem lauten Knall hinter sich zu.

Johanna fand ihre Mutter vor dem schweren Eisengitter, das den Flur mit den vergitterten Zellen und dem großen Werkraum für die Insassen vom anderen Teil des Obergeschosses trennte. Ihr Gesicht hatte die stumpfe graue Farbe von kalter Asche und ihre Augen mit den schlaff herabhängenden Tränensäcken waren blutunterlaufen.

»Du hast gehört, was dein Stiefvater gesagt hat?«, fragte sie mit müder Stimme.

Johanna roch sogar auf die Entfernung den Alkohol im Atem ihrer Mutter. Sie trank jetzt immer öfter schon am Morgen. Vermutlich hatte sie einen Becher Branntwein hinuntergekippt, um den Kater von letzter Nacht damit zu bekämpfen.

»Ja«, antwortete sie gereizt. Verflogen war ihre fröhlich beschwingte Stimmung. »Er weiß eben nur mit Schwachsinnigen umzugehen!«

»Ach, Kind«, seufzte ihre Mutter und machte eine hilflose Geste. Dabei entglitten ihr die beiden dünnen Büchlein, die sie in der Hand gehalten hatte.

Johanna bückte sich und kam ihrer Mutter zuvor. Sie hob die beiden schon arg abgegriffenen Druckschriften auf, bei denen es sich um religiöse Traktate handelte. Das eine war eine Sammlung von besonders frommen Hausandachten, während das andere Büchlein Heiligenlegenden und recht wundersame Geschichten aus der Kindheit Jesu enthielt. Ihre Mutter hatte es sich seit gut einem Jahr zur Gewohnheit gemacht, den Insassen aus jenen Büchern vorzulesen, während diese im Werkraum einfache Weidenkörbe flochten, Reisigbesen banden oder mit dem Spinnen von Werg* und Hanf beschäftigt waren.

»Warum tust du das, Mutter?«, fragte Johanna in einem jähen Auflodern von Zorn, als sie ihr die Bücher reichte. »Glaubst du wirklich, diese Schwachsinnigen, die den ganzen Tag lallend und seibernd verbringen und sich mit ihrem eigenen Kot beschmieren, kriegen auch nur ein Wort von dem mit, was du ihnen da täglich vorliest?«

In den Augen ihrer Mutter blitzte es für einen kurzen Moment wütend auf und Johanna rechnete schon damit, von ihr wie üblich scharf angefahren zu werden. Doch dieses gereizte Funkeln erlosch sofort wieder und ein überraschend milder Ausdruck trat an seine Stelle. »Hat denn unser Heiland einen Bogen um die Besessenen gemacht?«, fragte sie zurück. »Denke daran: *Was ihr für einen meiner geringsten Brüder getan habt, das habt ihr mir getan!* Außerdem tut es mir gut, ihnen das vorzulesen, und ich weiß, dass es auch ihnen gut tut.«

Johanna senkte den Blick und wünschte, sie hätte sich ihre hässliche und gefühllose Bemerkung verkniffen.

»Du gehst jetzt besser zu ihm in den Turm hoch«, sagte ihre Mutter. »Richte ihm aus, dass er bis Ende der Woche aus dem Haus sein muss. Heinrich will es so und da lohnen auch keine noch so guten Einwände. Du hast ihn ja gehört.«

»Ich werde es ihm ausrichten«, sagte Johanna, ohne sie anzublicken, und stieg bedrückt die Treppe hoch. Warum nur konnte sie mit ihrer Mutter nicht mehr so ruhig und vertrauensvoll reden, wie es früher der Fall gewesen war?

Als ihr Vater und ihre Geschwister noch lebten, war alles anders gewesen, da war ihr Leben wunderbar fröhlich, hell und voller Wunder gewesen. Doch seit sie mit ihrer Mutter allein auf der Welt stand und sie beide sich Hackenbroichs Tyrannei unterwerfen mussten, war das einst so innige und feste Band zwischen ihnen zerrissen. Und das schmerzte mehr als die Willkür ihres Stiefvaters.

Manchmal wünschte sie, auch sie hätte jene schreckliche Nacht nicht überlebt, die ihrem Vater und ihren Geschwistern auf dem Fluss den Tod gebracht hatte. Dann hätte sie nicht erleben müssen, wie ihre Mutter sich an einen Mann wie Hackenbroich verkaufte, zu einer Fremden wurde und immer mehr dem Suff verfiel. Wenn sie doch wenigstens hätte davonlaufen können! Aber welche Chance hatte denn ein Mädchen wie sie, irgendwo auf eigenen Füßen zu stehen und dabei ehrbar zu bleiben? Keine! Dass sie ein paar Taler besaß und vielleicht noch einige mehr von Kopernikus erhielt, fiel nicht weiter ins Gewicht. Das Geld wäre schnell verbraucht und dann blieb ihr nur das Erbarmen irgendeiner Herrschaft, die sie in ihrem Haus als Dienstmädchen aufnahm und sie für einen Hungerlohn von morgens bis abends schuften ließ – oder aber das abscheuliche Geschäft eines käuflichen Straßenmädchens.

Kopernikus war nicht überrascht, als er hörte, dass Hackenbroich ihn bis zum Ende der Woche aus dem Haus haben wollte. »Das habe ich mir schon gedacht«, sagte er.

»Seid Ihr Euch mit meinem Stiefvater, während ich unterwegs war, vielleicht wieder in die Haare geraten?«

»Ja, so könnte man es nennen«, bestätigte der Alchimist und verzog spöttisch das Gesicht. »Es hat ihm wirklich nicht gefallen, was ich ihm vorhin über die abscheuliche Kost gesagt habe, die er mir täglich für mein gutes Geld auftischen lässt. Ich habe ja wirklich nichts gegen saure Innereien, aber sie nicht nur angebrannt, sondern auch noch so sauer wie unverdünnten Essig vorgesetzt zu bekommen, wie es gestern der Fall war, das will und kann ich auf die Dauer nicht ertragen. Und dann heute Morgen diese entsetzliche Biersuppe, die wie Galle schmeckte, also das hat mir den Rest gegeben.«

»Nun denn, damit habt Ihr Euch um Euer Quartier hier geredet!«, sagte Johanna grimmig. Denn obwohl sie kein Recht dazu hatte, war sie ärgerlich auf ihn. Für die Dauer seines Aufenthaltes hatte sie ihrem eintönigen Leben, das bis dahin von stumpfsinnigen Arbeiten und zermürbendem häuslichem Unfrieden bestimmt gewesen war, doch täglich für viele Stunden entfliehen können – und zwar in die aufregende Gesellschaft dieses geheimnisvollen Alchimisten. Und Kopernikus Quint hatte sie nicht nur gut behandelt, sondern ihr auch sein Vertrauen geschenkt und ihr viele faszinierende Dinge erzählt. Doch damit war es nun vorbei. Bestimmt würde er nun seine Sachen packen und machen, dass er aus Köln fortkam. So war es immer: Alles, was in ihrem Leben gut war, hatte keinen Bestand!

»Was aber nicht weiter schlimm ist«, meinte er gelassen und holte sie damit aus ihren trüben Gedanken. »Denn es ist sowieso an der Zeit, dass ich mir hier eine Bleibe suche, wo ich mein eigener Herr bin.«

Augenblicklich verdrängte neue Hoffnung den dumpfen Groll in ihrem Herzen und die verdrossene Miene von ihrem Gesicht. »Ihr wollt in Köln bleiben?«, stieß sie freudig hervor.

Er nickte. »Ja, das scheint mir das Beste zu sein. Und jetzt hoffe ich auch in dieser Angelegenheit auf deine Hilfe, Johanna.«

»Ich helfe Euch gern!«, versicherte sie eifrig. »Sagt nur, was ich für Euch tun soll, und ich tue es!«

»Nun, ich brauche zuerst einmal ein Haus zur Miete, wo ich mir ein Laboratorium einrichten und meine Experimente fortsetzen kann. Es muss nicht groß, aber doch so beschaffen sein, dass ich ausreichend Platz habe und das, was ich dort tue, vor den Nachbarn verbergen kann.«

Johanna versicherte ihm auf der Stelle, dass es bestimmt nicht schwierig sein würde, solch ein geeignetes Anwesen zu finden, da es in Köln viele leer stehende Häuser gebe. Sie konnte sogar allein in ihrem Viertel ein gutes halbes Dutzend Gebäude aufzählen, die zum Teil schon seit Jahren nicht mehr bewohnt waren.

Dass so viele Häuser in Köln leer standen, hing mit der diskriminierenden Behandlung der jüdischen und vor allem der protestantischen Bewohner zusammen. Schon im Jahre 1652 hatte der Rat der Stadt ein Gesetz erlassen, demnach alle Protestanten binnen fünf Jahren Köln zu verlassen hatten. Zwar war diese Verordnung nicht mit aller Strenge durchgesetzt worden, zumal nicht gegenüber wohlhabenden Kaufleuten protestantischen Glaubens, die mit ihren Abgaben sowie Schutz- und Schirmgeldern die ständig leeren Kassen der Stadt mit tausenden von Reichstalern füllten. Aber die Geringschätzung und Schikanen und die Weigerung, protestantischen Mitbürgern dieselben Rechte wie den katholischen Bürgern zuzugestehen, hatte doch dazu geführt, dass immer mehr Kaufleute und Handwerksmeister der Stadt den Rücken gekehrt und sich andernorts niedergelassen hatten.

»Warte! Lass mich das alles aufschreiben!«, rief Kopernikus, setzte sich an den Tisch und machte sich eifrig Notizen.

»Da ist auch noch ganz in der Nähe die alte Töpferei von Jakob Ortlieb, der Herr sei seiner Seele gnädig! Ihr findet sie auf der Marzellenstraße gleich neben dem Jesuitenkloster!«, fiel es Johanna ein, als sie ihm schon ein gutes Dutzend Adressen von leer stehenden Häusern genannt hatte. »Das Anwesen verfügt sogar über einen eigenen kleinen Hof.«

»Das klingt ja sehr viel versprechend.«

»Aber es ist auch reichlich heruntergekommen. Das war es übrigens schon vor der schrecklichen Explosion vor gut fünf Jahren, bei der Jakob Ortlieb zu Tode gekommen ist und sein Sohn Paul das Augenlicht verloren hat. Und seitdem hat dort niemand mehr eine Hand gerührt.«

»Ist einer der Brennöfen explodiert?«, fragte Kopernikus.

Johanna nickte. »Es heißt, Jakob Ortlieb sei mehr als einmal gewarnt worden, dass der Brennofen nicht mehr sicher sei und ersetzt werden müsse. Aber der Töpfer, der ein Zwilling von Hackenbroich hätte sein können, hat alle Warnungen ignoriert, und das hat ihn schließlich das Leben und seinem Sohn das Augenlicht gekostet. Die Witwe Anna Ortlieb ist mit ihrem blinden Sohn zu ihrer Tochter gezogen und seitdem steht das alte Gemäuer leer.«

»Weißt du vielleicht auch, wie ihre Tochter heißt und wo ich sie finden kann?«

»Ja, ihr Name ist Agnes Helmkorf und sie wohnt in der Löwengasse, das ist im Südwesten der Stadt. Ihrem Mann Melchior gehört dort die Wirtschaft *Zum heiligen Geist*.«

Kopernikus Quint machte sich eine entsprechende Notiz. »Ich denke, dass ich mir dieses Anwesen als Erstes ansehen werde.«

Noch am selben Tag suchte er die Witwe Anna Ortlieb auf und nach einer gründlichen Besichtigung der einstigen Töpferei wurde er mit ihr und ihrem Schwiegersohn schnell handelseinig.

Am nächsten Tag nahm er Johanna mit in die Marzellenstraße, denn sie brannte darauf, zu sehen, wie es hinter der rußgeschwärzten Mauer der alten Töpferei aussah, deren Fenster mit Brettern zugenagelt waren.

Der Eingang zur ehemaligen Töpferei und den anderen Räumlichkeiten befand sich im Hof, in den man ausschließlich durch einen steinernen Torbogen gelangte.

»Am liebsten hätten sie den alten Kasten ganz vom Hals gehabt und ihn mir gleich an Ort und Stelle verkauft«, berichtete Kopernikus, als er das schwere Tor aufschloss. »Aber mit der Miete, auf die wir uns geeinigt haben, sind sie natürlich auch sehr zufrieden.«

»Haben sie Fragen gestellt, woher Ihr kommt und welches Gewerbe Ihr betreibt?«

Ein verschmitztes Lächeln erschien auf seinem zerfurchten Gesicht. »Ich habe mich als Kupferstecher vorgestellt, der sich hier eine kleine Gravieranstalt einrichten will, um mehrere Dutzend Platten für ein astronomisches Werk anzufertigen. Aber ich glaube nicht, dass sie viel von dem behalten haben, was ich ihnen erzählte. Ihr Blick klebte förmlich an den Geldstücken, die ich auf den Tisch gelegt hatte.«

Das Tor ließ sich in seinen verrosteten Scharnieren nur schwer bewegen. Es klemmte beharrlich, und als es sich endlich rührte, gab es ein Knarren und Ächzen, als stöhnte es gequält unter der Zumutung, nach Jahren der Starre nun wieder zu Diensten sein zu müssen. Sie mussten sich gemeinsam dagegen stemmen, um es so weit aufzuschieben, dass sie sich zwischen der Bohlentür und dem bröckelnden Mauerwerk hindurchzwängen konnten.

»Das muss als Erstes gerichtet werden«, sagte Kopernikus und ging mit Johanna durch den Torweg in den Hof, der gerade groß genug war, dass ein Fuhrwerk wenden konnte, ohne ausspannen zu müssen. Die hohen Mauern des Jesuitenklosters schlossen den Hof nach Süden und Osten hin ab. Die alte Töpferei bildete den nördlichen Teil des Anwesens und blickte auf mehrere Parzellen unbebauten Geländes sowie Kräutergärten hinaus, während der kurze Trakt mit dem Torweg, der nach vorn zur Straße wies, den westlichen Teil des kleinen Gevierts ausfüllte.

Alles machte einen äußerst heruntergekommenen Eindruck. Der Blick traf überall auf schadhafte Bleifenster, grün bemooste Fensterbänke und Schmarotzerpflanzen, deren wild wucherndem Drang jahrelang niemand Einhalt geboten hatte. Abgeplatzter Mörtel, ausgebrochenes Gestein, verrottetes Holz von einstigen Fensterblenden, Töpferscherben sowie Dreck und Laub von Jahren fanden sich zuhauf in allen Ecken und Winkeln. Die geborstene Abdeckung des Brunnens lag im Dreck des Hofes und ein Stück verrottetes Seil hing wie der gerissene Strick eines Galgens von der Laufrolle. Ein Großteil der bleiernen Regenrinnen hatte sich von den Dachkanten gelöst, und wenn der Wind in den Hof fuhr und sie erfasste, bewegten sie sich geisterhaft, schabten über das verwitterte Mauerwerk und gaben einen klagenden Laut von sich.

Johanna war froh, dass sie diesen trostlosen Ort zum ersten Mal im hellen Licht des Tages zu Gesicht bekam. So konnte sie vertraut mit ihm werden und würde nicht gleich von angstvoller Beklemmung befallen, wenn ihr Weg sie einmal bei weniger gutem Licht hierhin führte.

»Wollt Ihr Euer Laboratorium in der einstigen Töpferwerkstatt einrichten?«, fragte sie.

Kopernikus schüttelte den Kopf. »Die Explosion hat dort zu großen Schaden angerichtet. Allein die Ausbesserung der Fenster brächte schon zu viel Aufwand und Kosten mit sich. Außerdem brauche ich die einstige Töpferwerkstatt auch gar nicht, denn dort oben«, er deutete auf das Geschoss, das sich direkt über dem Tor erstreckte, »gibt es einen großen, langen Raum, der für meine Arbeit geradezu ideal ist. Komm, wir können gleich hier hochgehen!«

Eine steinerne Außentreppe führte zum Obergeschoss hinauf und lief vor einer Tür in einem kleinen Podest aus. Ein hölzerner, schon recht morsch wirkender Windfang mit weit vorgezogenem Dach umschloss den oberen Treppenabsatz.

»Auf das Treppengeländer würde ich mich besser nicht verlassen!«, warnte Kopernikus, als sie die Stufen hochschritten.

Johanna nickte und hielt sich an der Hauswand. Das Treppengeländer bestand nämlich aus rostigen, teilweise verbogenen Stangen, die nur mit einem verrotteten Seil verbunden waren.

Kopernikus schloss oben auf und öffnete die Tür, die sich überraschend leicht und geräuschlos in ihren Aufhängungen drehte. »So, hier ist es! Hier werde ich mich einrichten!«, verkündete er beschwingt und zerriss mit seinem Spazierstock im Voranschreiten links und rechts große Spinnennetze, die wie schmutzig graue Schleier von den Stütz- und Deckenbalken hingen. Er stieß zwei Fenster auf, drückte die Schlagläden nach außen an die Hauswand und helles Tageslicht flutete in den großen, lang gestreckten Raum, der fast einem Speicher ähnelte. Doch in der Mitte, genau dort, wo sich unter den dicken Dielenbohlen der Torweg aus schweren Basaltsteinen wölbte, befand sich ein mächtiger Wandkamin mit einem Rauchfang. Der Kamin war groß genug, um darin ein ordentliches Schmiedefeuer entfachen zu können. Und ein Stück weiter hinter, vor einer steinernen Abtrennung, die etwa vier Schritte in den Raum hineinreichte, entdeckte sie Seite an Seite zwei gemauerte Öfen von verschiedener Größe und Beschaffenheit.

Kopernikus sah ihr verblüfftes Gesicht und lachte. »Habe ich nicht gesagt, dass dieser Raum wie für mich geschaffen ist? Als ich den Kamin und die beiden Öfen sah, hat mich alles andere, was an diesem Haus sehr zu wünschen übrig lässt, nicht mehr gestört. Hast du gewusst, dass hier oben früher einmal ein jüdischer Goldschmied und Emailleur für kurze Zeit seine Werkstatt gehabt hat?«

Johanna schüttelte den Kopf. »Nein, davon weiß ich nichts. Das muss wohl vor meiner Zeit gewesen sein.«

»Melchior Helmkorf hat es mir erzählt. Simon Silberberg hieß dieser jüdische Goldschmied. Er ist aber schon nach knapp anderthalb Jahren wieder weggezogen. Die frommen Brüder nebenan haben wohl etwas daran auszusetzen gehabt, einen Juden zum Nachbarn zu haben.«

»Kann man es ihnen verdenken?«, fragte Johanna gedankenlos, während ihr Blick durch den Raum ging.

»Ja, man sollte es«, antwortete er zu ihrer Verblüffung mit grimmigem Tonfall. »Denn gerade sie müssten es besser wissen, nämlich dass das von so vielen Christen geschmähte Judentum doch die Mutter unserer christlichen Kirche ist. Aber das ist ein trauriges Thema für sich, in das ich mich heute besser nicht vertiefe, weil ich dann so schnell kein Ende finden kann. Aber wenn du mehr darüber wissen willst, können wir das gern zu einem späteren Zeitpunkt nachholen.«

Johanna nickte aus Höflichkeit, denn ihr Bedürfnis nach einem Gespräch über Juden hielt sich doch sehr in Grenzen. Was hatte sie schon mit Juden zu tun? Und dass die merkwürdige jüdische Religion die Mutter der christlichen Kirche sein sollte, erschien ihr ohnehin nicht sehr überzeugend. Aber das wollte sie doch besser für sich behalten.

Johanna vergaß diese verwirrenden Äußerungen, die Kopernikus über die Juden und deren Religion gemacht hatte, dann auch sehr schnell, während sie mit ihm den Rest des Hauses besichtigte.

Die beiden Kammern hinter der steinernen Abtrennung sahen annehmbar aus und auch der Speicher und das Dach gaben in Hinblick auf den bevorstehenden Winter wenig Grund zu Beanstandungen. Doch als sie nach unten gingen und Johanna den Abtritt zu Gesicht bekam, verzog sie das Gesicht. Von den beiden Abtrittsitzen führten gemauerte Röhren zu einer kleinen, kellerartigen und überwölbten Grube. Und obwohl der Abtritt doch schon seit Jahren nicht mehr benutzt worden war, entströmte ihm ein ekelhafter Gestank. Zudem bröckelte der Mörtel in handgroßen Stücken vom Mauerwerk der Gewölbenische.

»Zum Glück gibt es ja die segensreichen Nachttöpfe, die mich davor bewahren werden, länger an diesem wenig einladenden Ort verweilen zu müssen«, sagte Kopernikus humorvoll und schloss die Brettertür zum Abtritt schnell wieder. »Außerdem ist es mir auch viel wichtiger, dass der Speicher trocken und der Keller feucht ist!«

Johanna sah ihn verwundert an. »Ihr haltet einen feuchten Keller für einen Vorteil?«

»Ja, ein feuchter Keller ist für einen Alchimisten in der Tat von großen Vorteil, weil er dort Schalen mit Wasser ziehenden Salzen abstellen kann, die dort der feuchten Luft das Wasser entziehen und sich langsam in eine dickflüssige Lösung verwandeln. Und ein trockener, kalter Speicher eignet sich bestens für den genau entgegengesetzten Vorgang, nämlich das allmähliche Auskristallisieren von Salzen«, erklärte er und wollte dann von ihr wissen, wo er in Köln für nicht allzu viel Geld die notwendigen Möbel für seinen Haushalt erstehen könne. »Viel ist es ja nicht, was ich brauche, aber einiges wird dennoch zusammenkommen.«

»Am besten geht Ihr zur Bess«, schlug Johanna vor.

»Und wer ist diese Bess?«

Sie lachte. »Oh, ich vergaß, dass Ihr mit den kölnischen Eigenheiten ja nicht vertraut seid. Bess heißt eigentlich die beste Mutter, also Großmutter. Aber wenn hier jemand sagt, er bringt dies oder das zur Bess, dann meint er damit eine der Pfandleihen. Denn dieses Gewerbe wird zumeist von alten Frauen betrieben. Und am besten geht Ihr zuerst zu Hubertine drüben bei St. Gereons. Bei ihr werdet Ihr bestimmt eine große Auswahl finden und sie wird Euch auch einen guten Preis machen.«

»Ich verstehe. Nun, ich werde dich ja an meiner Seite haben, sodass ich vor groben Schnitzern bewahrt bleibe und wohl alles schnell zusammenbekomme, was ich für meinen Hausstand benötige«, sagte er.

Sein Vertrauen freute sie, doch sie wusste nicht recht, ob er sie auch richtig verstanden hatte. »Ich werde Euch gern begleiten, aber ich fürchte, dass Ihr weder bei Hubertine noch bei irgendeiner anderen Pfandleihe das finden werdet, was Ihr für ein alchimistisches Laboratorium braucht. Ich verstehe ja nichts von Eurer geheimen Kunst, aber diese Dinge . . .«

»Keine Sorge, Johanna! Um diese Gerätschaften brauche ich mich hier in Köln gottlob nicht zu kümmern! Dafür ist schon gesorgt«, fiel er ihr mit einem verschmitzten Lächeln ins Wort. »Mein Laboratorium wartet, in Kisten gut verpackt, an einem sicheren Ort darauf, den Weg hierher anzutreten. Schon morgen werde ich meinem treuen Freund Balthasar in Erfurt schreiben, dass er die Kisten auf die Reise schicken kann.«

»Ihr habt über diesen Freund bisher so wenig Worte verloren wie über Benedikt von Rickenbach und die Ereignisse, die Euch mit ihm verfeindet haben . . .«, sagte Johanna.

»Worte haben oftmals die verhängnisvolle Angewohnheit, sich zu verbreiten und auch an Ohren zu dringen, für die sie gar nicht bestimmt waren«, antwortete Kupernikus zurückhaltend. »Balthasar Neuwirth ist ein Mann von vielseitigen Interessen, Talenten und Beziehungen. Und dass ich den größten Teil meines Laboratoriums trotz meines überstürzten Aufbruchs aus Berlin retten konnte, verdanke ich seinem Einfallsreichtum und seiner freundschaftlichen Treue, die auch in gefahrvoller Lage nicht um ein Jota gewankt hat. Und damit soll es genug sein. Sag mir lieber, ob du bereit wärst mir zur Hand zu gehen!«

Johanna sah ihn ungläubig an. »Ihr meint, ob ich Euch den Haushalt führen möchte?«, fragte sie vorsichtig, um sich bloß keine falschen Hoffnungen zu machen.

»Ja, das käme wohl noch hinzu. Und unter diesem Vorwand könnte ich deinem Stiefvater wohl auch die Einwilligung abringen, dass du bei mir in Stellung gehst«, antwortete er. »Aber dass du mir den Haushalt führst, hatte ich bei meiner Frage eigentlich nicht im Sinn. Denn da wird es bei mir nicht viel zu führen geben. Mir geht es mehr um die vielfältigen und oft auch langwierigen Arbeiten im Laboratorium, die ohne einen tüchtigen Gehilfen doch recht mühsam zu bewältigen sind.«

»Ihr wollt, dass ich Euch bei Euren geheimen Experimenten zur Hand gehe und alles sehe, was Ihr tut?«, vergewisserte sie sich, denn sie konnte noch immer nicht recht glauben, dass er das wirklich im Sinn hatte.

Er schmunzelte. »Ja, warum nicht? Du bist geschickt und flink, besitzt eine schnelle Auffassungsgabe und ich kann dir vertrauen. Das ist um einiges mehr, als ich von den meisten anderen Gehilfen sagen konnte, als ich sie unter meine Fittiche nahm und sie in der alchimistischen Kunst unterwies. Und wo ich mich nun schon an dich gewöhnt habe und dir auch sehr viel zu verdanken habe, nämlich nicht weniger als mein Leben, macht es doch keinen Sinn, Ausschau nach einer anderen Person zu halten. Ich denke, du kannst die Aufgaben meistern, die dich als meine Gehilfin erwarten werden, und du wirst dich als gelehrige Schülerin erweisen. Nun, was sagst du?«

»Allmächtiger, was soll ich schon sagen?«, stieß sie überwältigt hervor und strahlte ihn an. »Natürlich will ich gern Eure Gehilfin sein. Ich werde arbeiten bis zum Umfallen, das verspreche ich Euch!«

»Gut, dann ist das abgemacht!«

Johanna konnte ihr Glück kaum fassen. Es kam ihr wie ein Traum vor, was ihr da geschah. Nicht nur dass sie dem Narrenturm und Hackenbroich endlich entfliehen konnte, sondern der Alchimist würde sie sogar in sein geheimes Wissen einweihen, in die magische Kunst des Goldkochens!

Fünfzehntes Kapitel

Hackenbroich wollte Johanna zuerst nicht gehen lassen. Er machte keinen Hehl daraus, dass ihm die Vorstellung, dass sie damit seiner strengen Kontrolle entzogen war, ganz und gar nicht passte.

»Nein, das schlagt Euch aus dem Kopf. Ich habe selbst genug Arbeit für sie!«, beschied er Kopernikus barsch.

Der Alchimist ließ sich davon jedoch nicht entmutigen, sondern legte ein Goldstück auf den Tisch. »Ich bin sicher, dass ich leicht ein Dienstmädchen finde, das mich weniger kostet als Johanna. Aber ich habe mich nun mal an Eure Stieftochter gewöhnt und bin daher bereit Euch mehr als den üblichen Lohn zu zahlen. Dies da«, er deutete auf das Goldstück, das den gewöhnlichen Wochenlohn für ein Dienstmädchen um ein Vielfaches übertraf, »zahle ich obendrauf für Euren guten Willen, mit mir zu einer Einigung zu gelangen, die uns beide zufrieden stellt.« Er beugte sich vor und schob ihm den Dukaten zu.

Einen Moment lang starrte Hackenbroich mit verbissener Miene auf das Goldstück, als wollte er das Geld verächtlich von sich weisen. Sein Adamsapfel sprang nervös auf und ab, als würgte er an einem Kloß. »Also gut, verhandeln wir!«, stieß er dann hervor und nahm die Münze mit einem schnellen Griff an sich. »Aber ich brauche sie in den Morgenstunden im Stall und in der Waschküche!«

Kopernikus nickte mit einem verbindlichen Lächeln. »Darüber lässt sich reden, denn ich bin doch alles andere als ein Frühaufsteher. Es reicht mir daher, wenn ich erst am späteren Vormittag über sie verfügen kann.«

Wie ein Hund, der Blut geleckt hat, feilschte Hackenbroich nun um das wöchentliche Entgelt und die Bedingungen, zu denen er Johanna bei Kopernikus Quint in Stellung geben wollte.

Der Alchimist bewahrte Ruhe und Gelassenheit und nach einigem Hin und Her gab Hackenbroich sich schließlich mit einem Lohn zufrieden, der mehr als gut bemessen, nicht aber so überzogen war, dass er bei irgendjemandem Misstrauen erregt hätte.

Johanna ließ sich ihre Freude über ihre Anstellung bei Kopernikus nicht anmerken. In Gegenwart ihres Stiefvaters bewahrte sie nach außen hin einen fast gleichgültigen Ausdruck. Dabei jubilierte sie innerlich und empfand unsägliche Erleichterung, dass sie bald bloß noch einige wenige Stunden pro Tag unter Hackenbroichs Dach verbringen musste. Und dazu kam das erregende Wissen, fortan Gehilfin eines Alchimisten zu sein und bald in die Geheimnisse des Großen Werkes eingeweiht zu werden.

Ihre Mutter nahm die Neuigkeit mit einer Mischung aus Missbilligung und Gleichmut hin. »Du willst diesem Kupferstecher den Haushalt führen?« Sie schüttelte den Kopf. »Wenn du klug wärst, würdest du die Finger davon lassen und lieber dem guten Frieder mehr Aufmerksamkeit zukommen lassen, solange er dir noch Beachtung schenkt. Noch bist du Heinrichs Stieftochter. Wenn du erst als gewöhnliches Dienstmädchen abgestempelt bist, wird eine gute Partie wie Frieder wohl kaum noch Blicke für dich übrig haben.«

»Wieso ist Frieder eine gute Partie? Ist mir da irgendetwas Wichtiges entgangen?«, fragte Johanna bissig. Sie ärgerte sich über die Vorhaltungen ihrer Mutter, die sie mittlerweile nicht mehr hören konnte. Insbesondere war sie jener Reden überdrüssig, die in Lobpreisungen von Hackenbroichs Neffen mündeten.

»Natürlich weil ausgemacht ist, dass er eines Tages all das hier erben wird, du Dummkopf!«, herrschte ihre Mutter sie an und schwenkte den rechten Arm in einer wilden Geste.

Johanna sah sie bestürzt an. »Ich kann nicht glauben, dass du das für mich als so erstrebenswert siehst.«

»Lerne endlich dich zu bescheiden!«, erwiderte ihre Mutter ungehalten. »Was man hat, das hat man! Für Träume kann man sich nichts kaufen, merk dir das! Dagegen hast du mit Frieder und der Anstalt etwas Handfestes.«

»Aber ich kann ihn nicht ausstehen!«

Ihre Mutter tat den Einwand mit einer unwirschen Handbewegung ab. »Und wennschon? Es reicht, dass er dich will! Du wirst versorgt sein und darauf kommt es an. Alles andere sind kindische Luftschlösser und romantische Phantastereien, aus denen es früher oder später doch ein böses Erwachen gibt!«

Johanna schüttelte heftig den Kopf. »Ich werde nie die Frau eines Mannes werden, den ich nicht respektiere . . . und liebe!«

»Liebe! Pah!«, erwiderte ihre Mutter. »Liebe ist kein Segen, sondern ein Fluch, weil er einem den nüchternen Verstand raubt. Und den braucht unsereins im Leben, wenn er nicht im Armenhaus enden will, merk dir das!«

»Das glaube ich nicht!«, begehrte Johanna auf. »Du hast Vater doch auch geliebt und es deshalb in Kauf genommen, dass deine Eltern dich damals verstoßen haben, als du gewagt hast einen Flussschiffer zu heiraten!«

Das Gesicht ihrer Mutter verzerrte sich zu einer Maske des Schmerzes und der Abwehr. »Hör auf! Kein Wort mehr davon!«, schrie sie mit schriller Stimme. »Habe ich dir nicht verboten davon zu reden? Die Vergangenheit ist tot! Lass sie ruhen, Johanna! Lass sie ruhen!«

Johanna sah, wie sie zitterte. »Ich denke jedenfalls nicht daran, in diesen elenden Mauern den Rest meines Leben zu verbringen – als Hüterin von hilflosen, schwachsinnigen Geschöpfen, die Frieder genauso brutal und mitleidlos behandelt, wie Hackenbroich es tut. Das nennst du eine gute Partie? Und ich dachte, du würdest mir etwas Besseres wünschen als solch ein trostloses Leben!«

»Was weißt du schon, was ein trostloses Leben ist«, murmelte ihre Mutter leise, während sich das zornige Funkeln ihrer Augen in einen dunklen, schmerzerfüllten Ausdruck verwandelte.

Johanna hatte das Gefühl, als hätte sich plötzlich in der Mauer, die ihre Mutter um sich errichtet hatte, ein Spalt aufgetan. »Dann sprich mit mir darüber«, bat sie und war versucht die Hand nach ihr auszustrecken.

Doch schon im nächsten Moment ging ein Ruck durch den Körper ihrer Mutter und der Spalt in der Mauer hatte sich wieder geschlossen. »Tu doch, was du willst! Was soll es mich kümmern? Es kommt ja doch, wie es kommen muss«, sagte sie mit einer Mischung aus Gleichgültigkeit und Resignation und ging davon.

Es war die Gleichgültigkeit, die am meisten weh tat. Johanna biss sich auf die Lippen, um die Tränen zurückzuhalten. Augenblicke später traf sie auf Dominik, der sie von ihren eigenen traurigen Gedanken ablenkte. Er war völlig verstört und niedergeschlagen, weil er glaubte, sie würde für immer weggehen. Es kostete sie einige Mühe, ihn zu trösten und ihm begreiflich zu machen, dass Hackenbroich sie längst nicht von allen Pflichten im Narrenhaus entbunden hatte und sie sich deshalb doch noch jeden Morgen für mehrere Stunden sehen würden.

Frieder verhielt sich auf seine ganz eigene, zudringliche Art, als er hörte, dass Johanna bald den überwiegenden Teil des Tages in den Diensten von Kopernikus Quint stehen würde. Er überraschte sie in der Waschküche, als sie mit dem Rücken zur Tür über den Waschzuber gebeugt stand. Sich um die Wäsche zu kümmern würde auch weiterhin zu ihren Pflichten gehören, und das bedeutete harte Arbeit. Die Wäsche wurde zuerst mit der schwarzen, minderwertigen Seife im heißen Wasser vorgereinigt. Anschließend kam sie in eine Lauge mit so genannter spanischer Seife, die von besserer Qualität war, und wurde noch einmal kräftig gerieben und durchgewalkt. Die Wäsche zu klopfen oder ein Waschbrett zu benutzen erlaubte Hackenbroich nicht, weil dann die Stoffe viel schneller verschlissen.

Als Johanna merkte, dass sie sich nicht mehr allein in der dampferfüllten Waschküche aufhielt, war es schon zu spät. Denn da presste er sich auch schon von hinten an sie und blitzschnell schlossen sich seine Arme um ihren Oberkörper, sodass sie sich nicht mehr rühren konnte.

»Ich habe gehört, der alte Furz nimmt dich mit in das Haus, das er gemietet hat. Er soll auch eine hübsche Ablöse für dich gezahlt haben, wie der gute Heinrich mir angedeutet hat. Dann musst du es ihm ja wirklich gut gemacht haben, dass er nicht von dir lassen will«, sagte er mit spöttischer Stimme und presste seinen Unterleib gegen sie.

»Lass mich los!«, zischte Johanna und versuchte sich aus seinem Klammergriff zu befreien.

»Du wirst mir schrecklich fehlen. Aber uns bleiben ja noch die Morgenstunden, wie ich gehört habe«, fuhr er lachend fort.

Johanna gab jeden Widerstand auf und wurde ganz starr. »Höre mir gut zu, Frieder! Wenn du nicht sofort die Hände von mir nimmst, komme ich eines Nachts in deine Kammer geschlichen und schneide dir ab, was du mir da ins Kreuz presst! Und du kannst noch so sehr auf der Hut sein, irgendwann werde ich dich im Schlaf erwischen! Das schwöre ich bei Gott und allem, was mir heilig ist!«

Die kalte Wut und Entschlossenheit, die aus ihren Worten klang, wirkte auf Frieder wie ein eisiger Wasserguss. »Du bist ja verrückt!«, entfuhr es ihm. Er ließ sie jedoch augenblicklich los und sprang von ihr zurück, als hätte sie die Krätze. »Komm mir doch nicht mit solch lächerlichen Drohungen! Du willst dich bloß wichtig machen!«

Sie fuhr zu ihm herum. »Stell mich auf die Probe!«, forderte sie ihn heraus und funkelte ihn an.

Er leckte sich nervös über die Lippen und flüchtete sich dann in ein überhebliches Grinsen. »Du spielst dich besser nicht so auf, Johanna. Was glaubst du denn, wer du bist? Ich werd's dir sagen. Du bist nichts weiter als ein billiges Dienstmädchen, so wie Ida und Berendike. Und du überlegst es dir besser zehnmal, mit wem du dich anlegst, verstanden?« Er spuckte großspurig auf den Boden und verließ dann hastig die Waschküche.

Johanna war froh, als sie ihre morgendlichen Pflichten endlich erledigt hatte und zu Kopernikus in die Marzellenstraße laufen konnte. Dort wartete viel Arbeit auf sie, denn die Räume über dem Torweg mussten erst gründlich vom Schmier vieler Jahre gesäubert werden, bevor sie zum Weißquast greifen konnte. Dasselbe galt für die darunter liegende Küche, den Abtritt und den Hof. Doch diese Arbeiten, so unangenehm einzelne von ihnen auch sein mochten, machten ihr nichts aus. Sie wusste, wofür sie sich plagte.

In den folgenden Tagen suchte sie mit dem Alchimisten mehrere Pfandleihen auf, um das nötige Mobiliar zusammenzukaufen. Dabei bedienten sie sich einer Mietdroschke mit zugezogenen Vorhängen, weil Kopernikus sich so wenig wie möglich auf den Straßen sehen lassen wollte.

»Benedikt und seine Spießgesellen werden zwar längst andernorts nach mir suchen, aber es schadet nichts, noch eine Weile besondere Vorsicht an den Tag zu legen«, sagte er und zog sich den Dreispitz deshalb auch stets tief ins Gesicht, wenn er aus der Kutsche stieg und über die Straße ging.

Er erstand unter anderem zwei Bettstellen aus solidem, mit Ölfarbene überstrichenem Kiefernholz sowie ordentliches Bettwerk aus wollenen Matratzen, Leintüchern und warmen wattierten Kattundecken. Dazu kamen einige Kleiderkisten, drei lederbezogene Armstühle, zwei dreibeinige Schemel und zwei einfache Küchenstühle.

Das meiste Geld bezahlte er jedoch für ein halbes Dutzend Stellagen, wie sie sich auch im Geschäft des Apothekers Dittlach entlang der Wände fanden, und fünf Tische. Der kleinere von ihnen kam in die Küche. Die anderen vier, die aus dem Kontor eines bankrotten Tuchhändlers stammten, waren für das Laboratorium bestimmt. Ihre langen und beinahe zwei Finger dicken Eichenplatten ruhten auf nicht minder schweren Böcken, die man zusammenklappen konnte.

»Um Gottes willen, was wollt Ihr bloß mit vier dermaßen großen Tischen?«, fragte Johanna verwundert.

»Wir werden jeden Fingerbreit Platz brauchen«, gab er zurück und lachte über ihren skeptischen Blick. »Warte nur ab, bis die Kisten mit all meinen Gerätschaften und den Gefäßen mit den vielfältigsten Substanzen eintreffen. Dann wirst du verstehen, warum ich gleich vier solche Tische gekauft habe.«

»Und wann, meint Ihr, wird das sein, dass Eure Sachen aus Erfurt hier eintreffen?« Sie hatte keine genaue Vorstellung davon, wie weit diese Stadt von Köln entfernt lag und wie lange ein Transport von dort brauchte. Sie erinnerte sich nur, einmal gehört zu haben, dass die Postkutsche nach Bonn schon um vier Uhr morgens aufbrach, um am späten Abend dort einzutreffen. Und nach Aachen brauchte man mit dem Postwagen sogar zwei volle Tage, wobei die Passagiere wegen der schlechten Straßenverhältnisse sogar noch einige Teilstrecken zu Fuß zurücklegen mussten. Erfurt, das klang nach einer noch sehr viel längeren Reise.

»Ein paar Wochen wird es sicherlich dauern«, bestätigte er ihre Vermutung. »Aber auf Balthasar ist Verlass und das Frachtgeschäft ist sein Gewerbe. Ich bin sicher, dass er meine Kisten so schnell wie eben möglich nach Köln bringt.«

Johanna übte sich nach außen hin in Geduld, doch in Wirklichkeit machte ihr das Warten sehr zu schaffen. Sie brannte darauf, dass Kopernikus mit seinen alchimistischen Arbeiten begann und ihr diese geheime Welt eröffnete. Insgeheim hoffte sie, er würde sie in dieser Zeit des Wartens wenigstens schon in gewisse Grundlagen seiner Kunst einweisen, doch davon hielt er nichts.

»Am besten lernt man im praktischen Umgang mit den Dingen, egal, ob es sich dabei um die Alchimie, die Fassbinderei oder irgendeine andere Fertigkeit handelt.«

Johanna seufzte.

Einige Tage später, als Johanna eines Nachmittags die restlichen Wände weißelte und Kopernikus die einstigen Öfen des jüdischen Goldschmieds und Emailleurs ausbesserte, kam ihr Gespräch auf die hohen Kosten, die alchimistische Experimente verursachten. Und Kopernikus, der an diesem Tag besonders gut gelaunt war, fragte spöttisch: »Weißt du, wie man als Alchimist zu einem kleinen Vermögen kommt? Ich werd's dir sagen: Indem man mit einem möglichst großen anfängt!«

Johanna hielt das für einen gelungenen Scherz und lachte.

»Ja, es verhält sich wirklich so«, sagte er mit großem Ernst. »Die Alchimie, mit bedingungsloser Hingabe betrieben, ist eine überaus kostspielige Wissenschaft. Nicht von ungefähr endet für viele Adepten der Weg nach einem Leben voller Enttäuschungen in einem Grab auf dem Armenfriedhof.«

Sie stutzte und ihr vergnügter Ausdruck wurde von einem Stirnrunzeln abgelöst. »Aber auf Euch trifft das ja offenbar nicht zu, wo Ihr doch das magische Elixier gefunden habt, um unedle Stoffe in Gold zu transmutieren, nicht wahr?«

Kopernikus lachte trocken auf. »Ich *wünschte,* ich hätte den Roten Löwen gefunden. Aber dem ist leider nicht so, obwohl ich glaube, dass mir nicht mehr viel fehlt, um das magische Elixier zu finden.«

»Ja, aber . . .«, begann sie verwirrt. »Ihr habt mir doch in jener Nacht gesagt, dass Ihr Euch auf das Goldkochen versteht!«

Er schüttelte den Kopf. »Du magst meine Antwort so verstanden haben, aber gesagt habe ich das so nicht. Erinnere dich, wie deine letzte Frage lautete: ›Habt Ihr erlebt, wie aus einfachem Metall reines Gold geworden ist?‹ Und allein diese Frage habe ich mit Ja beantwortet. Ja, ich habe es einmal erlebt. Ich bin einmal . . . nein , genau genommen bin ich sogar zweimal Zeuge dieses erhabenen Vorgangs gewesen«, sagte er mit glänzenden Augen. »Und dieses Erlebnis hat mein Leben verändert. Seitdem ist in meinem Leben nichts mehr, wie es einmal war. Damals wurde aus einem Skeptiker, der den Stein der Weisen für eine Fiktion und die meisten Alchimisten für Scharlatane hielt, ein glühender Adept dieser Kunst.«

Im ersten Moment war Johanna enttäuscht, weil er das Geheimnis des Goldkochens noch nicht kannte. Und sofort ging ihr die Frage durch den Kopf, woher dann das viele Geld kam, das ein Alchimist wie er brauchte, der sich seit Jahrzehnten ausschließlich der Lösung dieses großen Rätsels widmete und dabei auch noch viele Länder bereist hatte. Und dass er über erhebliche Geldmittel verfügte, wusste sie ja aus erster Hand. Kam das Geld vielleicht aus einem ehedem sehr großen Vermögen? Hatte dieser Scherz gerade beschrieben, was ihm selbst widerfahren war?

Aber ihre Neugier, von seinem zweifachen Erlebnis einer Transmutation zu erfahren, drängte sich schnell in den Vordergrund ihrer Gedanken. Und sie bat ihn, ihr davon zu erzählen.

Kopernikus kam ihrem Wunsch auch bereitwillig nach. »Aber nicht mit dem Weißquast in der Hand. Legen wir eine kleine Pause ein!«, schlug er vor.

Sie rückten zwei der lederbespannten Armstühle vor das Feuer im Kamin und Kopernikus holte seine langstielige Tonpfeife. Als sie brannte und der würzige Tabakrauch den frischen Kalkgeruch überdeckte, begann er zu erzählen.

»Es liegt jetzt schon gute drei Jahrzehnte zurück, als mich mein Freund und Medikus Doktor Daniel Morhoff in Wittenberg eines Tages bat, an einer geheimen Transmutation teilzunehmen. Mein Vater war meiner Mutter im Jahr zuvor ins Grab gefolgt und ich hatte als einziges Kind meiner Eltern die Apotheke übernommen. Im Gegensatz zu meinem seligen Vater machte mir der Beruf jedoch große Freude. Die vielen Geheimnisse und Möglichkeiten der Chemie begeisterten mich, nur für die Jagd nach der Rezeptur des Arkanum hatte ich wenig Verständnis übrig. Mein Freund Daniel Morhoff war ebenfalls ein großer Skeptiker, was die Existenz des Steins der Weisen anging. Aber er hatte nun auf einer Reise nach Rom einen Mann getroffen, der sich Irenäus Laskaris nannte und behauptete sich im Besitz des magischen Elixiers zu befinden. Dieser Fremde hatte meinen Freund nun bei seiner Durchreise in Wittenberg aufgesucht und war willens, in einem kleinen Kreis von verschwiegenen Männern eine Probe seines Könnens zu demonstrieren. Daniel hatte natürlich sofort an mich gedacht, weil er wusste, dass auch ich ein Gegner der Alchimie war. Er baute auf mein scharfes, misstrauisches Auge und mein Wissen als Apotheker. Einen Scharlatan würde ich gewiss schnell entlarven. Derselben Ansicht war auch der dritte Mann in unserem Freundeskreis, der angesehene Professor und Doktor der Rechte Karl Ludwig Diekenheim, ein scharfer Denker und in allem ein kühler Kopf. Das war also die geheime Runde: wir drei, die wir einander Stillschweigen über diese Sache geschworen hatten, ganz gleichgültig, wie die Demonstration ausgehen sollte, und der Alchimist Irenäus Laskaris.«

Kopernikus machte eine kurze Pause und fuhr dann fort: »Als Apotheker verfügte ich über ein kleines Laboratorium, wo ich Salben und Pulver herstellte und meine eigenen kleinen wissenschaftlichen Forschungen betrieb. Was lag da näher als meinen Freunden und dem Alchimisten anzubieten die Metallverwandlung in meinem Labor vorzunehmen? Ein Angebot, das auch von allen sogleich angenommen wurde. Und so kamen wir an einem kalten Januarabend in meinem Haus zusammen.« Kopernikus griff zu einem Kienspan und stieß die Glut in seinem Pfeifenkopf tiefer.

»Was war das für ein Mensch, dieser Irenäus Laskaris?«, fragte Johanna.

»Überraschend unauffällig in seinem Äußeren und in seinem ganzen Auftreten. Weder führte er große Reden, noch hätte man aus seinem Verhalten irgendetwas Besonderes in ihm vermutet. Jedenfalls hatte er nichts an sich, was darauf hätte schließen lassen, dass er Alchimist war. Er hätte auch ebenso gut Schreiber in einem Kaufmannskontor sein können. Allein das Fehlen jeglicher Hast und Unruhe sowie dieses stille, aber dennoch machtvolle Selbstvertrauen gaben uns Eingeweihten den Hinweis, es mit einem ganz besonderen Mann zu tun zu haben«, antwortete Kopernikus und sog kräftig an der Pfeife, um die Glut im Tonkopf zu entfachen. »Wir machten uns ohne viel Worte an die Arbeit und wir drei Wittenberger ließen ihn nicht eine Sekunde aus den Augen. Wir schürten das Feuer, setzten einen Tiegel auf, schmolzen eine halbe Unze Blei und folgten allen anderen Anweisungen, die er uns gab. Schließlich zog er eine kleine Metallbüchse hervor.«

»Und darin befand sich der Stein der Weisen?« Johanna hing gespannt an seinen Lippen.

Er nickte. »Und zwar nicht nur einer, sondern gleich drei. Ein jeder besaß die Größe einer kleinen Nuss. Und dieser Mann gab sie mir unbekümmert in die Hand, damit ich sie mir genau ansehen konnte. Sie fühlten sich für ihre Größe sehr schwer an und waren von einer faszinierend tiefroten und doch irgendwie leuchtenden Farbe. Die Masse erschien mir trotz ihres Gewichtes glasig und porös zu sein. Es war ein eigenartiges Gefühl. Tja, und dann . . .« Er zögerte und verzog ein wenig das Gesicht, als er fortfuhr: ». . . dann tat ich etwas, worauf ich nicht sehr stolz bin.«

»Und das war?«

»Als Irenäus Laskaris sich kurz an meine beiden Freunde wandte, um auf eine Frage zu antworten, kratzte ich heimlich mit dem Fingernagel von einem der roten Steine eine dünne Scheibe ab. Niemand bemerkte es und ich konnte diesen kleinen Splitter hinter einem Mörser verstecken. Der Alchimist warf nun einen der Körper in das geschmolzene Blei und tat die beiden anderen zurück in seine Büchse, ohne dass ihm etwas auffiel. Nachdem die Masse noch etwa eine Viertelstunde gekocht hatte, trug er mir auf, die Masse aus dem abgedeckten Tiegel auszugießen – und als das geschehen war, glaubten wir drei Skeptiker unseren Augen nicht trauen zu dürfen. Denn was wir dort vorfanden, war kein Blei, sondern Gold! Und es wog genau halb so viel wie das Blei, das wir in den Schmelztiegel gegeben hatten. Am nächsten Tag brachten wir das Gold zu einem Goldschmied, der uns bestätigte, dass es sich um eine Probe reinsten Goldes handelte.«

»Und was habt Ihr mit dem Splitter gemacht?«

Kopernikus lachte kurz auf. »Ich habe damit natürlich versucht die Transmutation ganz allein zu wiederholen. Aber es gelang mir nicht. Das Blei verbrannte und überzog den Tiegel mit einer grünlichen, glasähnlichen Masse.«

»Aber Ihr habt doch gesagt, Ihr hättet zweimal gesehen, wie aus unedlem Metall Gold geworden ist. Wann habt Ihr das denn zum zweiten Mal erlebt?«, bohrte Johanna nach, die von diesen Geschichten nicht genug bekommen konnte.

»Schon am folgenden Tag. Denn als ich Irenäus Laskaris wenige Stunden vor seiner Weiterreise zufällig auf der Straße vor meiner Apotheke traf, konnte ich nicht anders, als ihm meinen Raub einzugestehen und ihm zu berichten, wie fruchtlos mein Versuch der Transmutation abgelaufen war«, berichtete Kopernikus. »Und da lachte er mich aus, begab sich mit mir nach hinten in mein Laboratorium und wiederholte das, was ich bis dahin noch immer nicht hatte glauben können, nämlich die Verwandlung von unedlem Metall in kostbares Gold. Damit waren die letzten Zweifel ausgeräumt. Und aus einem erklärten Skeptiker war ein glühender Adept der Alchimie geworden, den das Große Werk seitdem nicht mehr losgelassen hat. Irenäus Laskaris habe ich übrigens nie wieder getroffen. Er reiste zwei Stunden später ab. Wohin die Reise ging, das sagte er nicht. Gott allein weiß, was aus ihm geworden ist. Ob er wohl gewusst hat, welche Folgen seine Demonstration auf mein weiteres Leben haben würde?

Ja, ich glaube, er hat es gewusst, als ich ihm meinen Raub gestand. Dass mich nicht einmal die Scham vor meiner Ehrlosigkeit davon hat zurückhalten können, ihn um eine weitere Probe seiner Kunst zu bitten, machte offenkundig, wie verfallen ich zu diesem Zeitpunkt bereits war. In mir brannte schon das unstillbare Feuer, das nicht aufhört zu brennen, bis das Große Werk erkannt und vollbracht ist.« Sein Blick war auf die Flammen im Kamin gerichtet, ging jedoch in Wirklichkeit an einen anderen Ort der Vergangenheit. »Auf jeden Fall hat diese schicksalhafte Begegnung mein Leben verändert, denn von dem Tag an habe ich mich mit Haut und Haaren der Alchimie verschrieben. Ich bereue es nicht, auch wenn ich dafür einen hohen Preis gezahlt habe.«

»Was ist aus Eurer Apotheke geworden?«, fragte Johanna und sie hatte auch schon eine Vermutung.

Ein schwaches Lächeln erschien auf seinem Gesicht. »Erinnerst du dich, dass ich vorhin gescherzt habe, ein Alchimist, der zu einem kleinen Vermögen kommen will, sollte am besten mit einem möglichst großen anfangen? Nun, ich habe die Apotheke, die mir ein beachtliches Einkommen gesichert hatte, schließlich verkaufen müssen, um genug Geld und Zeit für meine Versuche zu haben. Und über die Alchimie habe ich auch die Frau verloren, mit der ich mich gerade verlobt hatte, als Irenäus Laskaris in mein Leben trat und mich mit seiner alchimistischen Demonstration aus meiner scheinbar vorgezeichneten Bahn als rechtschaffener und angesehener Wittenberger Apotheker und zukünftiger Ehemann und Familienvater warf. Aber genug von diesen alten Geschichten, Johanna. Es gibt eben keine wahre Hingabe ohne Opfer und Schmerz. Egal, ob es dabei um die Liebe zu einem Menschen, zu einer Kunst oder einer Idee geht, von der man nicht lassen kann und will, weil man weiß, dass darin die Erfüllung liegt.«

»Und Ihr habt das Gefühl, dem Ziel zum Greifen nahe gekommen zu sein?«, fragte Johanna, um das Gespräch wieder auf die alchimistische Arbeit zu lenken, die er bald hier in diesem Raum aufnehmen würde.

Kopernikus nickte. »Oh ja, das glaube ich tatsächlich! Hätte ich meine Versuche in Berlin nicht Hals über Kopf abbrechen und mich Benedikts Zugriff fluchtartig entziehen müssen, ich glaube, ich hätte die richtige Zusammensetzung des Roten Löwen jetzt schon gefunden.«

Johanna fühlte, wie seine Zuversicht auf sie übersprang wie ein loderndes Lauffeuer, das nichts in seinem Weg duldete, und sie lächelte. Sie würde bei ihm sein, wenn er die geheime Tinktur fand, mit der man aus Blei und anderen unedlen Metallen Gold kochte!

Eine knappe Woche vor Weihnachten, als der Schnee schon seit einigen Tagen auf Straßen und Dächern liegen blieb, begab sich Johanna nach getaner Arbeit in Hackenbroichs Haus zu Kopernikus Quint in der Marzellenstraße. Sie schob das Tor auf, dessen schwere Eisenscharniere inzwischen repariert und gut geölt waren, und noch bevor sie aus dem gewölbten Torweg in den Hof getreten war, sah sie schon die Kisten, ein gutes Dutzend an der Zahl, die sich vor der steinernen Außentreppe aufstapelten. Fast hätte sich ihrer Kehle ein lauter Jubelschrei entrungen.

Die alchimistischen Gerätschaften waren eingetroffen!

Jetzt endlich konnte ihr aufregendes Leben als rechte Hand des Alchimisten beginnen! Ein Schauer durchlief sie und verursachte ihr eine Gänsehaut, als sie daran dachte, dass der Tag, an dem sie mit ihren eigenen Augen sah, wie sich unedles Metall unter der magischen Tinktur in reinstes Gold verwandelte, nun nicht mehr fern sein konnte.

Sechzehntes Kapitel

Mit schweißüberströmtem Gesicht kniete Johanna vor der Feuerluke des Athanor* und fachte das Feuer mit dem ledernen Blasebalg an, dass die Glut blendend hell aufleuchtete.

»Gut, das reicht!«, rief Kopernikus schließlich. »Jetzt hat das Feuer die richtige Hitze. So, und was kommt als Nächstes?«

»Wir holen den Alambik* und beginnen mit dem Sandofenbad, um Salpeter zu gewinnen«, antwortete Johanna und deutete auf die gläsernen Destillationsgefäße, auch Retorten genannt, die auf dem Tisch neben dem Backsteinofen lagen.

Er nickte. »Ich sehe, du hast auch schon die Vorlage bereitgelegt. Aber hast du auch daran gedacht, sie mit etwas Wasser und Silber zu beschicken, wie ich es dir gezeigt habe?«

»Ja, und ich habe genau mit der Phiole abgemessen!«

Kopernikus lächelte zufrieden. »Ausgezeichnet. Dann wollen wir mal beginnen.« Er nahm den bauchigen Alambik und setzte ihn auf den Ofen, der oben keine ebene Fläche aufwies, sondern eine mit Sand gefüllte Mulde besaß. Diesen speziellen Ofen, der heißen Asche- und Sandbädern diente, hatte Kopernikus eigenhändig gemauert.

Während der Alchimist nun mit dem Alambik hantierte, der aus drei einzelnen Retorten bestand, die ineinander gesetzt werden mussten, konnte sich Johanna eine kleine Atempause gönnen. Sie trat vom heißen Athanor zurück und ihr Blick wanderte unwillkürlich durch den Raum mit den Stellagen und den vier großen Tischen. Noch vor einem Monat hatte sie nicht glauben wollen, dass Kopernikus so viel Platz für seine Gerätschaften und Chemikalien brauchen würde. Wie sehr sie sich doch geirrt hatte!

Auf den Borden der Stellagen reihten sich vom Boden bis über Kopfhöhe hinaus Töpfe und Tiegel sowie Dosen und Behälter der unterschiedlichsten Größe aus Holz, Metall und Steingut dicht an dicht. Die geschlossenen Gefäße trugen Etiketten, die mit lateinischen Namen sowie alchimistischen Symbolen und Zahlen beschriftet waren.

Nicht weniger gedrängt ging es auch auf den vier langen Tischen zu. Hier bestimmten die vielfältigen Destillier- und Sublimationsapparate das scheinbar chaotische Bild, in das sich auch noch Schmelztiegel, Rührstäbe, blecherne Schüsseln, Brennspiegel, schwere Mörser und Stößel sowie Bücher, Kerzenlichter, kleine Schmelzöfen, Apothekerwaagen und viele andere Utensilien mischten. Und was gab es nicht alles für eigenartig geformte Geräte und Glasgefäße, die nicht weniger merkwürdige Namen trugen! Mittlerweile hatte Johanna gelernt den bauchigen Pelikan mit der langen aufstrebenden Röhre von der vielköpfigen Hydra zu unterscheiden und den Strauß von der Wildgans. Des Weiteren gab es noch den Bären, die Schildkröte, den Doppelpelikan, das Menschenpaar und andere Laborgeräte mit Namen, die von Tieren abgeleitet waren – und mit ihnen tatsächlich gewisse Ähnlichkeiten besaßen, wenn man ein wenig Phantasie[**] aufbrachte. Andere Gerätschaften hießen Rosenhut, Aludel, Marienschale, Mohrenkopf. Und was für einen gewöhnlichen Sterblichen einfach nur ein Ofen war, hieß in der Sprache der Alchimisten Athanor.

In diesem wüsten Durcheinander gab es nur einen Platz, der von klarer Ordnung und schlichter Anmut geprägt war,

---

[**] Eine Abbildung verschiedener Laborgeräte sowie alchimistischer Symbole findet sich am Ende des Romans im Anhang ebenso wie eine Übersicht alchimistischer Arbeitsgänge mit ihrer entsprechenden Bezeichnung.

und das war der kleine Hausaltar mit einem Tischkruzifix, einer Muttergottes und der aufgeschlagenen Bibel, über denen sich ein kleiner Baldachin aus einfachem Leinenstoff spannte. Diesen Hausaltar hatte Kopernikus rechts vom Wandkamin neben dem Fenster auf einem kleinen Beistelltisch aufgebaut, sodass das erste Tageslicht auf Kruzifix und Muttergottes fallen konnte. Das war seine erste Handlung gewesen, als die Kisten eingetroffen waren.

»Ohne göttliche Inspiration ist niemand groß und kann dem wahren Adepten auch nichts gelingen. Gott hat durch die Schrift zu uns gesprochen und er spricht durch die Mysterien der Natur noch immer zu uns«, hatte er zu ihr gesagt. »Nicht von ungefähr setzt sich das Wort Laboratorium aus den lateinischen Worten *labor* für Arbeit und *oratorium* für Gebet zusammen. Und wir Alchimisten dürfen niemals vergessen, dass der Mensch nichts machen oder erschaffen kann, was Gott ihm nicht schon durch seine Schöpfung vorgegeben hat.«

»Aber was ist mit dem magischen Elixier? Besteht auch das schon irgendwo in der Natur?«

»Ja und nein. Mit der magischen Tinktur verhält es sich wie mit einem Apfel, Johanna. Die Frucht ist ohne den Baum nicht möglich. Aber der Mensch kann keinen Apfelbaum erschaffen, er kann ihn nur aus einem Samen wachsen lassen. Zuerst muss jedoch dieser Same gefunden und in der richtigen Weise, an einem richtigen Ort und unter Bedingungen gepflanzt werden, die den Anforderungen der Natur entsprechen. Und so ähnlich verhält es sich mit der Suche nach dem Stein der Weisen, dem magischen Elixier. Ohne Gotteserkenntnis ist kein wahres Wissen zu erlangen. Gott kann nur dem etwas schenken, der auch fähig ist es zu empfangen. Der Mensch mit der gierig raffenden Hand oder der trotzig geballten Faust ist dazu nicht fähig.«

Dass ihre gemeinsame alchimistische Arbeit jeden Tag vor dem Hausaltar mit einer Reihe von Gebeten sowie einer Lesung aus der Heiligen Schrift begann, war für Johanna nur eine der vielen Überraschungen, die das Leben als Gehilfin des Alchimisten für sie mit sich brachte. Bislang hatte sie geglaubt, die Herstellung des magischen Elixiers würde aus einer Vielzahl verschiedener Versuche bestehen, wobei jedes Mal und somit täglich die Chance bestand, plötzlich auf die geheime Rezeptur zu stoßen.

Kopernikus belehrte sie eines anderen. »Der gesamte Prozess, der mit der Kalzination beginnt, also dem Austreiben des Wassers aus den Kristallen durch Erhitzen, und schließlich mit der Projektion endet, dem Aufstreuen der gewonnenen Substanz und der Transmutation des unedlen Metalls in Gold, dieser Prozess kann viele Monate, ja manchmal sogar ein ganzes Jahr dauern. Und wenn einem bei irgendeiner Stufe ein Fehler unterläuft wie etwa eine Verunreinigung der Substanz oder eine falsche Temperatur beim Schmelzen, dann können Wochen, ja Monate harter Arbeit dahin sein.«

Johanna machte ein entgeistertes Gesicht. »Es kann also nicht schon morgen oder in ein paar Wochen passieren, dass Ihr auf das Elixier stoßt?«

»Nein, mit Sicherheit nicht.«

»Aber warum denn nicht?«

»Weil ich die Substanzen, die ich dafür benötige, erst in die *materia prima* zurückführen muss und diese ersten Stufen sind überaus langwierig«, erklärte er. »Wir Alchimisten gehen davon aus, dass es nur einen einzigen Urstoff gibt, aus dem durch Veränderung seiner Form und durch Beimischungen eine unendliche Anzahl von Körpern und Substanzen entstehen. Dieser Urstoff wird *materia prima* genannt.«

Johanna runzelte die Stirn. »Ja, aber . . . heißt das denn

nicht, dass es dann eigentlich völlig gleichgültig ist, von welcher Substanz man ausgeht, weil doch alles irgendwie aus diesem Urstoff entstanden ist?«

Kopernikus nickte heftig und mit strahlender Miene. »Das hast du ausgezeichnet erkannt! Ja, im Prinzip ist es gleich, womit man den Prozess beginnt. Nur hat es sich in der Praxis herausgestellt, dass sich manche Stoffe einfach besser eignen als andere – so, wie es ja auch in unserem Klima um einiges leichter ist, Rosen zu veredeln als winterfeste Palmen zu züchten.«

»Aber wie könnt Ihr denn damit leben, Jahr um Jahr zu arbeiten und zu studieren und Eure Versuche anzustellen, nur um einen Misserfolg nach dem andern zu erleben?«, wunderte sie sich. »Wie könnt Ihr weitermachen, ohne schon nach wenigen Jahren den Glauben an Euch zu verlieren? Ihr setzt doch Euer ganzes Leben und jeden Taler Eures Vermögens aufs Spiel in der Hoffnung, dass Euch eines Tages der Zufall auf die richtige Spur des Elixiers führt.«

Kopernikus lachte. »Zuerst einmal: Zufall ist nur ein anderes Wort für ein bislang unentdecktes Gesetz. Zum anderen: Auch wenn das Große Werk das ultimative Ziel ist, das jeder Adept anstrebt, so bringt die alchimistische Arbeit doch noch viele andere Belohnungen mit sich, die es allein schon wert sind, dass man sich dieser Kunst mit Leib und Seele verschreibt. Denn durch diese Experimente erlangt der Gelehrte Wissen über die Natur, die Medizin, die Alchimie und überhaupt alles, was sich im Himmel und auf Erden befindet. Und dieses Wissen ist das eigentliche Gold, das mich interessiert und mir jedes Opfer wert ist.«

Johanna war das alles noch zu fremd, um sich nicht eine gute Portion Skepsis bewahrt zu haben. »Und es kann nicht sein«, fragte sie deshalb, »dass Ihr Euch die Misserfolge einfach nur schönredet?«, fragte sie deshalb.

Er schüttelte den Kopf und verglich den wahren Adepten unter den Goldmachern mit einem Mann, der auf seinen Feldern nach einem Schatz sucht. »Selbst wenn er ihn nicht findet, hat er die Erde im Verlauf seiner Suche doch so gründlich umgegraben, dass sie ihm eine reiche Ernte bescheren wird.«

Johanna hatte weit höhere Erwartungen gehabt, vergaß mit Beginn der Arbeit jedoch schnell ihre Enttäuschung, dass sie nun nicht mehr täglich mit der Entdeckung des Elixiers rechnen konnte. Sie fand auch kaum noch Zeit dazu, sich darüber Gedanken zu machen. Es gab einfach zu viel zu beobachten, zu tun und zu lernen.

In ihrer Alchimistenküche, wie Johanna den großen Raum mit den vier Feuerstellen bald nannte, fanden nämlich fast zu jeder Stunde mehrere alchimistische Prozesse gleichzeitig statt, von denen jeder Vorgang zum Teil recht zeitaufwändige Vorbereitungen und aufmerksame Überwachung verlangte. Hier musste eine Substanz im Mörser zu Pulver zerkleinert, dort im Schmelztiegel gerührt und an einer anderen Stelle die Destillation im Auge behalten werden. Sie hatten beide alle Hände voll zu tun und ständig musste einer von ihnen Holzkohle in einem Athanor nachlegen oder zum Blasebalg greifen.

Ein Athanor war immer in Betrieb, aber oft genug hatte Kopernikus auch zwei von ihnen im Einsatz. Und das Feuer im großen Wandkamin brannte sowieso ununterbrochen, wenn auch manchmal nur mit kleiner Flamme. Rauchschwaden, die trotz Rauchfang in den Raum entwichen und die geweißelten Wände innerhalb weniger Monate stumpf und rußig werden ließen, sowie beißende Dämpfe und faulige Gerüche füllten immer wieder so stark die Alchimistenküche, dass ihnen die Augen tränten und sie sich Tücher vor Mund und Nase binden mussten. Denn nicht immer konnten sie zum Lüften die Fenster aufreißen, weil die eisige Winterluft einen aufwändigen alchimistischen Prozess in einem Figierglas oder Schmelztiegel mit einem Schlag zunichte machen konnte – und damit die Arbeit von Tagen oder Wochen.

So übel die Belästigung für Augen, Nase und Hals gelegentlich auch war, so nahm Johanna diese unangenehmen Seiten der Arbeit mit Kopernikus doch gern in Kauf. Denn er bediente sich ihrer nicht als bequeme Handlangerin, die auf Zuruf zu reagieren und nur primitive Hilfsarbeiten auszuführen hatte, sondern er behandelte sie so, wie nur Meister von wahrer Größe ihre Kunst an andere weitergeben. Geduldig erklärte er ihr, was er tat und warum, und führte sie im Laufe der Monate immer tiefer in die alchimistischen Geheimnisse ein. Ihr großer Wissensdurst, ihre rasche Auffassungsgabe und ihre Ausdauer veranlassten ihn seine Rolle als Lehrmeister um vieles ernster zu nehmen, als er es je zuvor getan hatte, wie er ihr einmal eingestand. Und er beließ es nicht nur bei theoretischen Erklärungen, sondern gab ihr, sooft es ging, Gelegenheit, eigenhändig mit den chemischen Substanzen zu arbeiten, damit sie deren Eigenschaften und Reaktionen mit anderen Stoffen durch eigene Erfahrung kennen lernte. Ja, er ließ sie später sogar mit so gefährlichen Stoffen wie Salpeter, Schwefelsäure, Salzsäure und Schwarzpulver hantieren, wich dabei allerdings nicht einen Moment von ihrer Seite.

»Ein guter Alchimist muss gerade mit explosiven Substanzen bestens vertraut sein«, lautete seine Überzeugung. »Andernfalls kann er sich mit seinem Laboratorium allzu schnell in die Luft sprengen. Und es gibt leider viele Alchimisten, vor allem unter den Schwarzkünstlern, die ihr Glück einzig und allein in einem Tiegel voll Gold zu finden meinen und denen ein trauriges Ende beschieden ist, weil sie nicht achtsam genug gewesen sind und sich und ihr Laboratorium durch eine Explosion in Schutt und Asche verwandelt haben.«

Johanna wurde bald auch mit diesen gefährlichen Substanzen vertraut und sie legte eine derartige Sorgfalt im Umgang mit ihnen an den Tag, dass Kopernikus sich derweil anderen Arbeiten zuwenden konnte.

Ausgehungert nach Wissen und einer sinnvollen Arbeit, stürzte Johanna sich in diese geheimnisvolle Welt und sog alles in sich auf. Sie lernte die Prinzipien der Alchimie[**], auch die sieben Stufen des Großen Werkes genannt, die mit der *calcinatio* beginnen, über die *sublimatio*, *solutio*, *putrefactio* und *distillatio* zur *coagulatio* führen und schließlich in der *tinctur* enden. Und rasch war sie auch mit dem so genannten Pfauenschwanz vertraut, den Farbveränderungen, die während des Großen Werkes stattfanden. Die Abfolge der Farben, die die verschiedenen Substanzen durchlaufen mussten, begann mit Schwarz. Dann gingen die Stoffe ins Blaue und Grüne über, erreichten danach die weiße Stufe, nahmen kurz vor Erreichen des Großen Werkes die gelbe Farbe an und verwandelten sich schließlich in das tiefe Rot, das nur das magische Elixier in dieser Leuchtkraft erreichte. Und jetzt begriff sie, dass die beiden Textstellen, die sie in jener ersten Nacht bei ihrer geheimen Untersuchung der Gobelintasche in den Büchern gelesen und für wirres, sinnloses Zeug gehalten hatte, dass diese beiden Textstellen nur die Abfolge der sieben Stufen zusammen mit den farblichen Veränderungen beschrieben hatten, und zwar in der geheimnisvollen Bildersprache der Alchimisten.

Sie beherrschte auch bald die sternbildliche Zuordnung der einzelnen Substanzen und Arbeitsgänge. Denn jeder Stoff und jeder Vorgang besaß nicht nur ein alchimistisches Sym-

---
[**] Siehe Schautafel mit deutscher Erklärung im Anhang.

bol, sondern auch ein ihm zugeordnetes Sternzeichen. Zu den vielen Dingen, die sie lernte, gehörte auch das Wissen darüber, dass es zur Bereitung des Steins der Weisen zwei Vorgehensweisen gab: einen langen, nassen Weg und einen kurzen, trockenen Weg, und dass der trockene, kurze Weg mit einem Salzfeuer begann und die gefährlichere der beiden Methoden war, weil dabei mit konzentrierter Energie gearbeitet werden musste. Kopernikus zog daher den langen und nassen Weg vor.

Als der Winter wich und der Frühling die verborgene Kraft in der Erde erweckte, hatte Johanna schon unzählige Trennungen, Reinigungen und Reaktionen durchgeführt und immer mehr Geschicklichkeit und Erfahrung in dem erlangt, was sie tat. Mit jedem Monat, der ins Land ging, vermochte sie Kopernikus eine größere Hilfe zu sein.

Hackenbroich ließ sie glücklicherweise in Ruhe und zeigte auch nicht das geringste Interesse an dem, was sie oder Kopernikus dort in der alten Töpferei trieben. Er war offensichtlich zufrieden damit, dass sie weiter ihre morgendlichen Pflichten in seinem Haus erfüllte und ihren Wochenlohn stets pünktlich und bis auf den letzten Pfennig bei ihm ablieferte.

Im Mai begab Johanna sich mit Kopernikus im Morgengrauen hinaus auf die Wiesen, um Morgentau zu sammeln. Denn der Tau enthielt besonders viel *spiritus mundi,* wie es hieß. Und dieser Weltgeist, der zwar auch in der Luft enthalten, aber im Maitau von den Planeteneinflüssen besonders stark gesättigt war, barg eine Reihe von wunderbaren Eigenschaften.

Im Mai durchlebte Johanna aber auch viele bange Tage und Nächte, als das Sumpffieber den Alchimisten urplötzlich wieder überfiel und ihn mit Schüttelfrost und hohem Fieber fast anderthalb Wochen ans Bett fesselte.

Kopernikus hielt sie davon ab, Doktor Bodestedt an sein

Krankenbett zu rufen. »Er kann mir auch nicht helfen!«, stieß er mit klappernden Zähnen und am ganzen Körper zitternd hervor. »Ich habe meine eigene Medizin, das Jesuitenpulver. Das ist ein besonderer Extrakt aus der Chinarinde und das Einzige, was mir hilft.«

Johanna hätte es dennoch lieber gesehen, er hätte ihr erlaubt, Ottmar Bodestedt zu holen. Wie sehr erschreckte sie doch die Vorstellung, Kopernikus könnte dem Fieber erliegen, dann wäre sie nämlich gezwungen wieder zu ihrem alten Leben in der Stolkgasse zurückzukehren. Die wenigen Stunden Arbeit, die sie jeden Morgen bei Hackenbroich im Stall und in der Waschküche hinter sich bringen musste, ließen sich noch ertragen, zumal Frieder vorsichtiger geworden war, was seine lüsternen Zudringlichkeiten anging.

Aber der Alchimist bestand darauf, dass sie niemanden zu Hilfe rief. Es war nicht nur völlig nutzlos, sich von Bodestedts ärztlicher Kunst irgendetwas zu erhoffen, wie er ihr sagte, sondern jeder Besuch eines Uneingeweihten würde zwangsläufig auch zur Entdeckung führen, was sie hier in Wirklichkeit taten.

»Das Fieber wird schon wieder weichen«, beruhigte er sie. »So ist es bisher immer gewesen. Nur Mut, Johanna!«

Johanna dachte daran, was Bodestedt damals im Turmzimmer über das Sumpffieber gesagt hatte, nämlich dass es immer wiederkehrte und für den Kranken irgendwann einmal einen tödlichen Ausgang nahm. Aber da auch er zugegeben hatte dieser Krankheit völlig hilflos gegenüberzustehen, hielt sie sich an Kopernikus' Weisung und beschränkte sich darauf, ihm das Jesuitenpulver regelmäßig zu verabreichen, ihn so gut es ging zu pflegen, einfach nur bei ihm zu sein und für ihn zu beten.

Wie erlöst und dankbar war sie, als das Fieber schließlich

tatsächlich sank und Kopernikus das Bett verlassen konnte! Er war anfangs zwar noch stark geschwächt und musste häufig Ruhepausen einlegen, aber er gewann seine Kraft und seine Begeisterungsfähigkeit für die alchimistische Arbeit während der ersten Sommerwochen wieder zurück.

In dieser Zeit der Genesung machte er sie auch mit Dingen vertraut, die eigentlich in keiner unmittelbaren Beziehung zum Großen Werk eines Goldmachers standen, Johanna aber sehr faszinierten, wie etwa die Herstellung von »sympathetischer Tinte«.

»Das ist Tinte, mit der man geheime Botschaften unsichtbar machen kann«, erklärte er ihr. »Und die Nachricht bleibt so lange unsichtbar, bis man das Papier auf eine ganz besondere Art behandelt. Erst dann wird sie lesbar.«

»Und woraus stellt man solche unsichtbare Tinte her?«

»Zum Beispiel aus Alaun. Das ist eine weit verbreitete Substanz, wie du weißt.«

»Ja, die Leimsieder und Gerber benutzen sie ebenso wie Alchimisten.«

Kopernikus nickte. »Mit Alaun kann man auch Blutungen stillen – oder geheime Botschaften unsichtbar machen. Soll die Nachricht lesbar werden, muss man das Blatt nur kurz in Wasser tauchen. Dann bilden sich Kristalle und die Botschaft tritt deutlich zu Tage«, sagte er und beschrieb ihr noch mehrere andere Methoden, wie man sympathetische Tinte gewinnen konnte.

Unter den Substanzen fanden sich destillierter Insektensaft, Salpetersäure, der Extrakt aus einem verfaulten Weidenbaum, Zwiebeln, Ziegenmilch und Gänseschmalz. Wobei die Geheimtinte aus den beiden letzten Flüssigkeiten nur dann sichtbar wurde, wenn man das Blatt mit Eisenpulver bestreute. Zum Schluss mischte Kopernikus noch eine Tinktur aus

Salmiaksalz und vergorenem Wein, griff zur Feder und schrieb etwas auf ein Blatt, das er ihr dann reichte.

»Und wie mache ich sichtbar, was Ihr geschrieben habt?«, fragte Johanna.

Der Alchimist deutete auf die Kerze, die vor ihnen auf dem Tisch neben seinen Schreibutensilien brannte. »Halte das Blatt über die Flamme und bewege es dabei hin und her«, wies er sie an. »Gib jedoch Acht, dass das Papier nicht Feuer fängt!«

Johanna tat wie geheißen – und Augenblicke später erschien wie von Geisterhand hingezaubert eine bräunliche Schrift auf dem Blatt. Bezeichnenderweise lautete der Text, den Kopernikus mit der unsichtbaren Tinte geschrieben hatte: *Sei dir der Dinge, die du zu glauben weißt, nie zu sicher. Prüfe und bleibe offen für das Überraschende in Gottes Schöpfung! Denn oft genug verbirgt sich hinter dem scheinbar Offensichtlichen eine ganz andere Wirklichkeit!*

Sie lächelte mit einer Spur Verlegenheit. »Ich werde mir Euren Rat zu Herzen nehmen«, versprach sie, faltete das Blatt mehrmals zusammen und steckte es gut weg. Sie wollte es als Andenken bewahren.

Im Hochsommer machten sie an besonders heißen Tagen alchimistische Versuche mit großen Brenngläsern, die sie vor den geöffneten Fenstern aufstellten. Sie lenkten die gebündelten Sonnenstrahlen auf die Destillationsapparaturen. Johanna war von der geballten Kraft der Sonne, die durch die Brenngläser brannte und hinter den Retorten von Rundspiegeln aufgefangen wurde, hellauf begeistert. Doch letztlich fielen die Resultate enttäuschend aus.

»Für diese Art der Experimente, die hohe Sonnenenergie verlangt, muss man wohl nach Ägypten gehen«, seufzte Kopernikus und baute die Apparaturen wieder ab.

Die Tage, Wochen und Monate vergingen schneller als jemals zuvor in ihrem Leben. Sie hatte das wunderbare Gefühl, sich strecken zu können und zu wachsen – innerlich zu wachsen. Zum ersten Mal fühlte sie sich nicht nur herausgefordert, indem er mit ihr wie von Mann zu Mann redete, sie an seinen Gedanken teilhaben ließ, ihre Fortschritte lobte und sie unermüdlich ermutigte sich und ihrem Begriffsvermögen immer noch mehr zuzutrauen. Manchmal wunderte sie sich selbst über diese ganz neue Person Johanna, die sie nach und nach voller Staunen und dann mit wachsendem Stolz in sich entdeckte und von der sie nicht geahnt hatte, dass es sie gab.

Die Morgenstunden unter Hackenbroichs Knute wurden ihr anfangs zu einer unendlichen Qual. Nachdem sie sich jedoch vor Augen geführt hatte, dass dies einfach der Preis war, den sie zu bezahlen hatte, um in der Welt von Kopernikus leben zu können, machten ihr die Schikanen nicht mehr so viel aus. Sie hütete sich jedoch im Haus ihres Stiefvaters ihre Veränderung nach außen hin zu zeigen. Nur nicht hochmütig sein und Argwohn erregen, was zu katastrophalen Verboten führen würde! Hackenbroich sah sie nur als lästiges Stiefkind, das bestenfalls dazu taugte, als Dienstmädchen die groben Drecksarbeiten zu erledigen. Und es war für sie nur von Vorteil, wenn er das auch weiterhin glaubte.

Mit ihrer Mutter lag es anders. Ihr hätte sie gerne mehr von der faszinierenden Welt erzählt, die sich ihr eröffnet hatte. Aber ihre Mutter wollte nicht einmal von dem wenigen etwas hören, was sie zu erzählen wagte, ohne dabei das Geheimnis der alchimistischen Tätigkeit auch nur zu berühren. Ihre Mutter predigte ihr weiterhin bloß nicht aufzufallen, nicht aufzubegehren, keine unnutzen Fragen zu stellen, sich so unauffällig wie möglich zu benehmen und sich folgsam in alles zu schicken.

Der Einzige, der wirklich Interesse daran zeigte, wie es ihr erging, war Frederikus. Es hatte ihn beeindruckt, wie sie an jenem Morgen die Zollwachen geschickt abgelenkt und ihm dadurch aus der Klemme geholfen hatte. Er gab ihr auch zu verstehen, dass er sie ganz gern öfter sehen würde. Aber da Hackenbroich und ihre Mutter jetzt Frieder zur Schenke schickten, wenn sie Bier oder Branntwein brauchten, begegneten sie sich nicht mehr so häufig wie früher. Und obwohl es ihr schmeichelte, dass er Interesse an ihr zeigte, fehlte doch irgendetwas, das sie bewogen hätte ihn zu ermutigen und sich mit ihm einzulassen. Sein zwielichtiger Freundeskreis und die derben Schankmädchen, in deren Gesellschaft sie ihn oft genug gesehen hatte, hatte sicherlich auch mit ihrer Zurückhaltung zu tun.

Aber in dieser Zeit vermisste sie auch nichts, stürzte sie sich doch mit einer Begeisterung, die sie ganz ausfüllte, in das alchimistische Studium und die immer neuen komplizierten Versuchsreihen, die Kopernikus mit unermüdlichem Eifer zusammen mit ihr ausführte.

Der Herbst war kurz und verregnet und der Oktober brachte ihrer Arbeit mehrere herbe Rückschläge, als ein Alambik mit einem Destillat in der fünften Stufe des Großen Werkes eines Abends zu einem Scherbenhaufen zersprang und eine Schale mit einer anderen wichtigen Substanz über Nacht wieder verunreinigt wurde, weil der nächtliche Regen eine undichte Stelle im Dach gefunden und durch die Decke auf den Laboratoriumstisch getropft war. Aber davon ließ Kopernikus sich nicht entmutigen, auch wenn er erst sehr niedergeschlagen war.

Dagegen beschlich Johanna in diesen regengrauen Tagen das unangenehme Gefühl, als wollte die Kette unerfreulicher Zwischenfälle nicht abreißen. Dazu gehörte, dass sie sich die linke Hand ganz ordentlich verbrannte, als sie mit einer Schale voll Glut hantierte, und dass sie sich nach langer Zeit wieder einmal mit Frieder in die Haare geriet. Sie ertappte ihn nämlich dabei, wie er sie durch einen Spalt in der Wand beobachtete, als sie sich, völlig durchnässt von einem schweren Regenschauer, in der Waschküche auszog und abtrocknete. Und nur wenige Tage später, an einem grauen, regenverhangenen Morgen in der ersten Novemberwoche, erlebte sie einen noch viel hässlicheren Zwischenfall in Hackenbroichs Narrenhaus.

Gerade hatte sie Hannibal im Stall versorgt und wollte hinüber zur Waschküche, um dort ihre tägliche, knochenbrechende Pflicht am Waschtrog oder Bügelbrett zu erfüllen, als tumultartiger Lärm aus dem Haupthaus zu ihr drang. Wildes Gekreische, Gejuche und Gelächter vermischten sich mit wütendem Geschrei.

Als Johanna aus der Stalltür trat, sah sie zu ihrer Verblüffung, wie eine Gestalt in der unverwechselbaren Anstaltskleidung aus dreckbraunem, verwaschenem Drillich die fünf Stufen vor dem Portal in komischen Sätzen hinuntersprang und jauchzend über den Hof hüpfte. Im ersten Moment glaubte sie ihren Augen nicht trauen zu dürfen, aber sie täuschte sich nicht. Dieser Mann war Erasmus Siehlmann, der Schwachsinnige mit dem abnormal großen Kopf und dem Gemüt eines kleinen Kindes. Er gehörte zu den harmlosen geistesgestörten Insassen, die oben im Obergeschoss Tag und Nacht hinter Gittern eingeschlossen blieben. Was hatte er hier im Hof zu suchen?

Noch bevor sie sich von ihrer Überraschung erholen konnte, kam Frieder aus dem Haus gestürzt. Er brüllte Erasmus an, sofort ins Haus zurückzukommen. Dabei schwang er einen jener Holzknüppel, die mit Lederriemen umwickelt waren und die Frieder und Hackenbroich stets bei sich trugen, wenn sie zu den drei gefährlichen Geisteskranken in den Keller hinunterstiegen, um dort für Ruhe zu sorgen.

Erasmus gehorchte jedoch nicht, sondern rannte ihm lachend davon. Mit den Armen durch die Luft rudernd und den übergroßen Kopf in den Nacken gelegt, als wollte er jeden Regentropfen mit seinem Gesicht auffangen, tanzte er um den Brunnen herum. Er hielt das Ganze offensichtlich für einen wunderbaren Spaß.

Aber er hatte die Rechnung ohne Frieder und dessen Lust an der Brutalität gemacht. Denn dieser dachte nicht daran, sich von ihm zum Narren halten zu lassen. Er sprang einfach auf den Rand des Brunnens, schnitt Erasmus den Weg ab und schlug erbarmungslos zu. Schon mit dem ersten Hieb streckte er ihn zu Boden.

»Bist du von Sinnen? Hör auf!«, schrie Johanna entsetzt, als sie sah, wie Frieder auf den wehrlosen, sich am Boden krümmenden Mann einprügelte. Sie rannte zu ihm und fiel ihm in den Arm. Aber da hatte Frieder ihm schon die Nase gebrochen und ihn in ein wimmerndes Häufchen Elend und Schmerzen verwandelt.

Frieder stieß sie so heftig von sich, dass sie gegen den Rand des Brunnens taumelte. »Halt du bloß das Maul! Das hat uns doch deine blöde Mutter eingebrockt!«, giftete er sie an. »Bald ist die auch reif für eine der Idiotenzellen!«

Zum Glück erschien nun Dominik im Hof, dicht gefolgt von Hackenbroich, der jedoch auf den Portalstufen stehen blieb. »Hast du ihn, Frieder? Ja, gut gemacht!«, rief er ihm zu, blickte zu Dominik und forderte ihn ungeduldig auf: »Hol ihn hoch und bring ihn gefälligst wieder dahin, wo er hingehört!«

Dominik beugte sich zu Erasmus hinunter, der aus der Nase und einer Platzwunde am Kopf blutete, half ihm auf die Beine und stützte ihn auf dem Weg ins Haus.

»Was hat meine Mutter mit der Sache zu tun?«, fragte Johanna nun beklommen.

»Deine Mutter, diese elende Branntweinvettel, ist im Werkraum beim Vorlesen ihrer frommen Traktate eingeschlafen, wohl weil sie mal wieder betrunken ist! Einer von den Idioten hat ihr den Schlüsselbund abgenommen, die Gittertür zum Gang aufgeschlossen und die ganze Bande herausgelassen«, stieß Hackenbroich aufgebracht hervor und funkelte sie an, als hätte auch sie Mitschuld an diesem Ausbruch, so harmlos er auch war. »Im ganzen Haus sind sie rumgerannt. Aber mit dem Vorlesen ist jetzt Schluss!«

Elende Branntweinvettel!

Johanna schoss das Blut ins Gesicht, sie schlug den Blick nieder und erhob nicht einmal in Gedanken Protest gegen diese hässlichen Worte, so sehr schämte sie sich ihrer Mutter. Von diesem Tag an ging sie ihr noch mehr aus dem Weg, als sie es bisher schon getan hatte.

Während das alte Jahr sich seinem Ende zuneigte und das neue Jahr mit dichtem Schneegestöber anbrach, kreisten ihre Gedanken immer häufiger um die Frage, was wohl aus ihr werden mochte, wenn Kopernikus eines Tages Köln den Rücken kehrte. Denn seinen Erzählungen nach hatte es ihn doch nie allzu lange in einer Stadt gehalten. Und wenn sie sich nicht ganz täuschte, konnte sie gelegentlich schon Anzeichen von Unruhe an ihm feststellen. Manchmal überraschte sie ihn sogar dabei, wie er lange mit sorgenvoller Miene in seinem Sessel saß und ins Feuer blickte, als hätte er alles um sich herum vergessen. Das erinnerte sie an jene grüblerischen Tage im Turmzimmer, als er darüber nachgedacht hatte, was er nun tun sollte.

Damals hatte er gründliche Überlegungen über sein weiteres Vorgehen angestellt und schließlich die beiden Briefe geschrieben. Stand eine ähnliche Entscheidung wie damals bald bevor?

Und was geschah dann? Würde Kopernikus sie mitnehmen, wenn er Köln verließ?

Sie wagte nicht ihn das zu fragen. Das Einzige, was sie tun konnte, war sich noch mehr anzustrengen und ihm noch unentbehrlicher zu werden.

Doch dann setzte im Februar eine Kette von Ereignissen ein, die scheinbar nichts miteinander zu tun hatten, letztlich aber dazu führten, dass ihre Hoffnungen und geheimen Pläne wie Rauch im Wind verwehten und sie plötzlich um ihr nacktes Überleben kämpfen musste. Und bei diesen Ereignissen spielte jemand eine entscheidende Rolle, dessen Namen sie kurz nach Fastnacht zum ersten Mal hörte: Leander van Dyke.

Siebzehntes Kapitel

Sie brachten Leander eines Vormittags, als es wieder heftig zu schneien begonnen hatte und Johanna sich nach getaner Arbeit bei Hackenbroich gerade auf den Weg in die Marzellenstraße machen wollte. Dass die Idiotengondel nicht in der Remise stand, war ihr an diesem Morgen nicht bewusst aufgefallen. Erst als sie den plumpen Kastenwagen durch das Tor in den Hof rumpeln sah, erinnerte sie sich daran, dass sie irgendetwas irritiert hatte, als sie im Morgengrauen ihren Pflichten im Stall nachgegangen war.

Dem vergitterten Wagen, den Hackenbroich persönlich lenkte, folgte eine elegante Kutsche, die auf breiten Federn ruhte und von einem Gespann prächtiger Rotfüchse gezogen wurde. Der in dickes Wollzeug eingepackte Kutscher sprang diensteifrig vom Bock, kaum dass er die Bremse angezogen und die Zügel um die Metallstange gewickelt hatte. Er klappte den Tritt aus, öffnete den Wagenschlag und bot der Frau, die nun ausstieg, seinen Arm als Stütze. Sie war in einen schweren, schwarzen Kapuzenumhang mit reichem Pelzbesatz gehüllt und trug dicke Lederhandschuhe, die sicherlich auch mit Pelz gefüttert waren. Als sie sich vorbeugte und den gestiefelten Fuß auf die eiserne Trittstufe stellte, kam flaschengrüner Stoff, der wie Taft glänzte, im Spalt des aufspringenden schwarzen Umhangs zum Vorschein.

Johanna stand im Windfang des Portals und erhaschte einen kurzen Blick in das Innere der vornehmen Kutsche. Sie sah, dass die gepolsterten Sitzbänke mit königsblauem Samt bezogen waren und die Wandbespannung in einem goldfarbenen seidigen Ton schimmerte. Dann schloss der Kutscher die Tür mit dem verhängten Fenster wieder.

Die fremde Frau blieb mit vor der Brust verschränkten Armen dort stehen, wo sie ausgestiegen war. Ihre angespannte Haltung verriet, dass sie nicht wusste, was sie tun sollte.

Johanna sah in der Öffnung der Kapuze, von dem silbrigen Pelz eingerahmt wie ein ovales Porträtbildnis, ein ausgesprochen reizvolles, wenn auch blasses Gesicht sowie einige Strähnen rotblonden Haares. Und sie fragte sich, welches geistig verwirrte Familienmitglied diese Frau, die mit Sicherheit noch um einige Jahre von der Vollendung ihres dreißigsten Lebensjahres entfernt war, wohl von ihrem Heim hatte abholen lassen, um es hier in Hackenbroichs Narrenhaus wegzuschließen.

Indessen war Hackenbroich vom Kutschbock geklettert und hatte das schwere Vorhängeschloss vor der vergitterten Tür entriegelt.

»Frieder!«, rief er ungeduldig. »Dominik!«

Im selben Augenblick stürzte sein Neffe aus dem Haus und stieß Johanna dabei grob zur Seite. »Hast du nichts Besseres zu tun, als hier herumzustehen?«, fuhr er sie an und lief die Stufen hinunter, während Dominik sich noch mit den Doppelflügeln des Tores abmühte.

»Alter Klugschwätzer!«, zischte Johanna, vergaß jedoch schon im nächsten Moment ihren Ärger auf ihn, als sie sah, wen Hackenbroich da aus dem Kastenwagen zerrte: Es war ein junger Mann, der in Frieders Alter sein musste!

»Verdammt!«, fluchte Hackenbroich und wischte sich die Hand an der Hose ab. »Er hat sich voll gekotzt! Na, komm schon, Frieder, pack mit an, damit wir ihn ins Haus kriegen! Aus eigener Kraft kommt der keine drei Schritte weit.«

Es war offensichtlich, dass der junge Mann, der ein schmales Gesicht und dunkelblondes, kräftig gelocktes Haar besaß, sich nicht aus eigener Kraft auf den Beinen halten konnte. In seinen Augen stand ein glasiger Ausdruck, und als er den Mund öffnete, brachte er nur unverständliche, lallende Laute hervor. Die Kleidung, die er trug, bezeugte den Wohlstand seiner Familie, war jetzt jedoch mit Erbrochenem verschmiert. Und an seiner rechten Hand leuchtete ein goldener Ring, in dessen Einfassung Johanna einen ovalen schwarzen Stein bemerkte.

»Mach es ihnen doch nicht so schwer, Leander!«, rief die fremde Frau, die von ihrem Alter her unmöglich seine Mutter, sondern eher seine ältere Schwester sein konnte.

Johanna hörte damit zum ersten Mal seinen ungewöhnlichen Namen: Leander.

Frieder und Hackenbroich nahmen ihn in ihre Mitte. Jeder packte einen Arm von ihm und legte ihn sich um die Schulter, um ihn so ins Haus zu tragen, als etwas Erschreckendes geschah.

Der bedauernswerte junge Mann gab plötzlich einen erstickten Schrei von sich, schlug um sich und bäumte sich mit einer solchen Kraft auf, dass nicht einmal Hackenbroich und Frieder ihn halten konnten. Zudem wurden sie von seinem Aufbäumen völlig überrascht.

Dass Leander nicht etwa versucht hatte sich aus ihrem Griff zu befreien, sondern dass er schlichtweg keinerlei Kontrolle über seinen Körper besaß, wurde Johanna erst bewusst, als er wie ein Stein zu Boden stürzte und dabei hart mit dem Kopf aufschlug. Seine Augen standen offen und waren zur Seite verdreht und er hielt die Fäuste geschlossen. Einige Sekunden lag er still und wie stocksteif gefroren. Lippen und Gesicht nahmen eine blaue Färbung an, während Schneeflocken auf die erstarrten Pupillen seiner aufgerissenen Augen fielen. Und dann begann er plötzlich an Armen, Beinen und sogar im Gesicht zu zucken. Es fing mit einem leichten Schütteln an und steigerte sich in wenigen Sekunden zu heftigen Erschütterungen. Es waren wilde, aber zugleich doch rhythmische Zuckungen, die seinen ganzen Körper erfassten. Dabei floss ihm der Speichel, der sich schnell in eine Art Schaum verwandelte, in Mengen aus dem Mundwinkel.

Wie ein zuckender Aal an Land!, schoss es Johanna entsetzt durch den Kopf, als sie sah, wie der junge Mann sich vor ihren Augen im dreckigen Schneematsch krümmte und die Glieder verrenkte – und dann ebenso plötzlich erschlaffte, wie er von den Zuckungen überfallen worden war.

»Das ist wieder so ein Anfall. Lasst ihn einfach! In ein paar Minuten kommt er wieder zu sich«, sagte die Frau in einem sachlichen, fast beiläufigen Ton, als würde sie über etwas ganz Alltägliches reden.

Johanna empfand unwillkürlich eine Spur von innerer Abwehr, als sie begriff, dass dieser junge Mann namens Leander unter der Fallsucht litt, die im Volksmund auch »Sankt Valentins Rache« hieß, und schnell schaute sie von ihm weg.

»Was soll's«, sagte Hackenbroich achselzuckend. »Wir können ihn auch so nach unten bringen. Dann haben wir es wenigstens hinter uns.«

»Ganz meine Meinung«, pflichtete Frieder ihm bei und rieb sich über die Arme, als friere ihn.

Sie bringen ihn nach unten ins stinkende Kellergewölbe!, fuhr es Johanna schaudernd durch den Kopf. Möge der Allmächtige seiner armen Seele gnädig sein!

»Oder habt Ihr etwas dagegen einzuwenden?«, fragte Hackenbroich die Frau. »Sollen wir damit noch warten?«

»Was sollte ich dagegen einzuwenden haben?«, fragte sie zurück. »Bezahle ich Euch nicht gut genug dafür, dass Ihr

Euch seiner annehmt und nun die notwendigen Entscheidungen trefft?«

»Gewiss doch, verehrte Frau van Dyke!«, versicherte Hackenbroich hastig und deutete eine dankbare Verbeugung an.

»Dann tut gefälligst Eure Arbeit!«, antwortete sie. »Mit Geistesgestörten umzugehen ist doch Euer Geschäft! Ihr werdet schon wissen, was Ihr zu tun habt! Also bringt ihn endlich weg!«

Johanna hielt ihnen die Tür auf, als Hackenbroich und Frieder den jungen Mann, der sich noch immer im Starrkrampf befand, ins Haus und sogleich hinunter in den Keller trugen. Sie sperrten ihn neben dem wilden Anton in die Zelle, in der die nackte Ursel bis zu ihrem Tod im letzten Winter gehaust hatte.

Einerseits konnte Johanna nicht schnell genug aus diesem grässlichen Haus und zu Kopernikus kommen, andererseits aber hielt sie irgendetwas zurück. Vermutlich die Neugierde, vielleicht noch mehr über die Frau und diesen Leander zu erfahren. Und aus diesem Grund trieb sie sich noch eine Weile auf dem Gang herum. Viel schnappte sie jedoch nicht mehr auf.

Nur als Hackenbroich aus dem Keller kam und Frau van Dyke nach oben in seine privaten Räume führte, fing sie einige Satzfetzen auf.

». . . besser nicht vergessen, dass Euch keine zwei Wochen bleiben . . . Antwerpen . . . zum Aufbruch im Frühling . . .« Das war alles, was sie aus dem heraushören konnte, was die Frau zu ihrem Stiefvater sagte, während sie die Treppe hochstiegen. Der Rest ging in dem lärmenden Durcheinander aus Geräuschen und Stimmen unter, das oben aus dem Idiotentrakt kam.

Und von Hackenbroichs Antwort bekam sie auch nur einen Teil mit. »Wie ich es Euch schon sagte . . . kenne keinen, der sich wieder davon erholt . . . an geistiger Umnachtung keinen Zweifel hegen . . .«

Auf dem Weg in die Marzellenstraße grübelte sie darüber nach, wer diese Frau bloß sein mochte und was Hackenbroich ihr wohl versprochen hatte. Der Name van Dyke klang eindeutig holländisch. Und sie war sicher das Wort »Antwerpen« vorhin herausgehört zu haben. Aber ihr Deutsch war nicht nur fehlerfrei, sondern auch deutlich vom rheinischen Dialekt geprägt. Wie passte das zusammen?

Auch beschäftigte sie der bedrückende Gedanke, dass ein so junger Mann wie dieser Leander vom Schicksal mit der Fallsucht gestraft war und vielleicht den Rest seines Lebens in einer von Hackenbroichs grässlichen Kellerzellen verbringen würde. Auch für einen Schwachsinnigen war das wohl ein grausames Los.

Im Laufe der Jahre hatte sie gelernt sich vom traurigen Schicksal der Insassen nicht zu sehr erschüttern zu lassen und mit ihrem Mitleid zu geizen. Ohne diesen Selbstschutz hätte sie wohl kaum das erste Jahr überstanden. Zudem half ja alles Jammern und Bedauern nichts. Das Leben war nun mal so, wie es war. Heute ging es einem noch gut – und morgen konnte schon das Armenhaus oder Hackenbroichs Tollhaus auf einen warten. Da musste eben jeder selbst sehen, wo er blieb.

Aber bei Leander fiel es ihr seltsamerweise doch schwer, ihn aus ihren Gedanken zu verbannen. Es lag wohl an seinem Alter, denn alle anderen Insassen waren um Jahrzehnte älter als dieser junge Mann. So jung und schon zu solch entsetzlichem Dahinsiechen verdammt!

Während Johanna durch das zunehmende Schneegestöber

lief, ertappte sie sich dabei, dass sie sich fragte, was sie wohl empfinden würde, wenn sie an der Stelle dieses jungen Mannes wäre? Augenblicklich befiel sie ein elend flaues Gefühl, als sie sich das Leben Tag für Tag, Nacht für Nacht in diesem dunklen, feuchten Kellerverlies vorzustellen versuchte. Aber sofort wehrte sie sich gegen diese Regung und schallt sich eine törichte Närrin. Denn was sollte dieser Leander denn schon groß empfinden, wo er doch schwachsinnig war!

Und dennoch verspürte sie den Drang, mit Kopernikus über den jungen Fallsüchtigen zu sprechen, der nun im Kellergewölbe von Hackenbroichs Tollhaus in einer schmutzigen Zelle lag.

Der Alchimist war voller Bedauern für das schreckliche Schicksal des jungen Mannes. »Fallsucht ist eine böse Krankheit, die jedoch in verschiedenen Stärkegraden auftritt, wie schon Paracelsus Mitte des 16. Jahrhunderts ausführlich beschrieben hat.«

»Ist das nicht der Alchimist, der, wie Ihr mir erzählt habt, die Lehre von den vier Elementen Erde, Wasser, Luft und Feuer und den schon gebräuchlichen Prinzipien Quecksilber und Schwefel noch durch das Prinzip des Salzes ergänzt hat?«

»Ja, genau von dem Paracelsus rede ich, denn dieser Mann gelangte besonders als Medikus zu großem Ruhm. Er war mit vielen Größen seiner Zeit befreundet, so auch mit Erasmus von Rotterdam. Und er ist der erste Hochschullehrer gewesen, der Vorlesungen nicht wie bis dahin üblich ausschließlich in lateinischer, sondern in deutscher Sprache gehalten hat«, bestätigte Kopernikus. »Aber zurück zur *Epilepsia*, wie die Krankheit der Fallsucht unter Gelehrten heißt. Im antiken Griechenland nannte man sie auch die ›Heilige Krankheit‹.«

»Was soll daran denn heilig sein?«

»Früher glaubte man, die Krankheit sei ein von Göttern

oder Dämonen auferlegtes Leiden, also von übernatürlichen Kräften verursacht«, erklärte Kopernikus. »Schon das griechische Verb *epilambanein*, das ›packen, jemanden heftig ergreifen‹ bedeutet, weist darauf hin. Aber es gab damals auch schon viele kluge Denker, die die Fallsucht für eine genauso natürliche Krankheit wie alle anderen hielten. Es gibt sogar schon aus dem Jahre 400 vor Christi Geburt eine hippokratische Schrift mit dem Titel *Über die Heilige Krankheit,* in der solches nachzulesen ist. Leider hat man im christlichen Mittelalter diese Erkenntnis ignoriert und die Krankheit wieder dämonisiert, sie sozusagen als göttliche Strafe, Aufforderung zur Umkehr oder gar als dämonische Besessenheit verteufelt.«

»So oder so, schrecklich ist diese Fallsucht in jedem Fall, zumal sie einen doch in den Wahnsinn treibt«, meinte Johanna und ein kalter Schauer durchfuhr sie in Erinnerung an das, was sich vor wenigen Stunden vor ihren Augen abgespielt hatte.

»Das stimmt nicht«, widersprach Kopernikus. »Der Befallene hat je nach der Schwere seiner Krankheit unter allerlei Beeinträchtigungen seines Lebens zu leiden, die bis zu Lähmungen und gar zu frühem Tod führen können. Aber ich habe nur ganz selten von Fallsüchtigen gehört, die zugleich auch geistesgestört gewesen wären. Denn die eine Krankheit geht nicht zwangsläufig mit der anderen Hand in Hand.«

»Bei diesem Leander scheint es jedoch der Fall zu sein«, meinte Johanna. »Ich habe seine Augen gesehen, noch bevor ihn der Anfall überkam. Und das war nicht der Blick eines Menschen, der hier oben alles beisammenhat.« Sie tippte sich an den Kopf.

Der Alchimist seufzte. »Es gibt wirklich erschütternde Schicksale. Umso dankbarer müssen wir sein, wenn wir unsere Gesundheit haben. Man sollte sich eigentlich viel öfter vor Augen halten, was andere zu erdulden haben und wie gut man es im Vergleich zu diesen Unglücklichen selbst doch hat. Das ist recht heilsam. Denn viel zu oft geben wir uns unserer Unzufriedenheit hin, die sich aus unserer allzu menschlichen Sucht nach immer mehr speist. Die Unersättlichkeit unserer Wünsche gehört wohl zu unseren größten Sünden.«

Die Wendung, die ihr Gespräch nun nahm, sagte Johanna nicht sonderlich zu. Deshalb antwortete sie betont forsch und unbekümmert: »Meine Wünsche sind recht bescheiden. Mir reicht es, wenn mich Hackenbroich, Frieder und meine Mutter in Ruhe lassen und ich nicht die stinkenden Zellen im Keller ausmisten muss. So, und jetzt wolltet Ihr mir doch zeigen, wie man sich vor Katzengold schützt und die Probe macht, ob man es mit echtem Gold zu tun hat.«

Wenn man das Gespräch auf die Alchimie brachte, war es ein Leichtes, Kopernikus von einem anderen Thema abzulenken. So verhielt es sich auch diesmal. »Richtig!«, rief er und vergaß sofort alles andere. »Zuerst braucht man einen Probierstein aus Basalt, sodann geeichte Probiernadeln und natürlich das Königswasser.«

Johanna holte den Basaltstein und zwei der Probiernadeln.

»Mit den Probiernadeln zieht man auf dem Probierstein neben der Spur des zu prüfenden Goldes eine Vergleichsspur mit Gold, dessen Gehalt man schon kennt«, fuhr Kopernikus fort. »Durch den Vergleich der Farbe kann man, sofern man sein Geschäft versteht, den Goldgehalt schon recht gut abschätzen. Mit dem Königswasser wird anschließend versucht, die verschiedenen Spuren auf dem Basaltstein aufzulösen. Wird die Spur eines Prüflings und eine vorher gezogene Vergleichsspur von Säure derselben Konzentration gelöst, ist damit der Goldgehalt bestimmt. Es gibt auch noch die Feuerprobe, aber das zeige ich dir ein andermal. Was wir also noch brauchen, ist das Königswasser, und das rührst du am besten selbst an. Ein Teil Salpetersäure gemischt mit drei Teilen Salzsäure.«

Johanna machte sich an die Arbeit – und die Gedanken an den fallsüchtigen jungen Mann verflüchtigten sich wie Gold in der auflösenden Kraft des Königswassers.

Aber in den folgenden Wochen wurde sie immer wieder an sein schreckliches Schicksal erinnert. Denn trotz des durchgehend schlechten Wetters erschien Frau van Dyke innerhalb von vierzehn Tagen zweimal bei Hackenbroich im Tollhaus, wie Johanna von Dominik erfuhr. Aber weder er noch Ida wusste, wer diese Frau war und in welchem Verhältnis sie zu dem fallsüchtigen Leander stand. Die Einzigen, die das wussten, waren Hackenbroich und Frieder und die verloren kein Wort darüber. Das war schon etwas seltsam, wie Johanna fand.

Und dann, am Sonntag zweieinhalb Wochen nach Leanders Einlieferung, erschien Frau van Dyke sogar in Begleitung ihres Ehemannes. Herr van Dyke war gute zwei Jahrzehnte älter als seine Frau und von großer und kräftiger Gestalt. Er trug einen schmalen, aber dichten und schon mit Grau durchsetzten Bart, der Oberlippe und Kinnpartie bedeckte. Und sein Gesicht war ein einziger Ausdruck des Schmerzes und der Trauer. Man sah ihm an, wie sehr er um seine Fassung rang, als er aus dem Zimmer im Obergeschoss kam, in das man Leander Stunden vorher gebracht hatte. Der junge Mann trug an diesem Morgen auch nicht die für alle Insassen übliche erdbraune Drillichkleidung, sondern für die Dauer des Besuches seine eigenen Sachen, die Johanna am Tag nach seiner Einlieferung gewaschen hatte.

Johanna fragte sich, ob dieser vornehm gekleidete Herr

wohl wusste, dass Hackenbroich den jungen Mann unten im Keller hielt und ihn nur am Sonntag nach oben schaffen und dort für den Besuch zurechtmachen ließ. Was er wohl dazu sagen würde? Bestimmt bezahlte er Hackenbroich nicht für ein stinkendes Kellerloch, sondern für die in einem Tollhaus bestmögliche Unterbringung. Ob sie ihm die Augen öffnen sollte?

Nur zu gern hätte sie Hackenbroich bei ihm angeschwärzt, aber sie ließ es wohlweislich bleiben. Was ging es sie an, wenn ihr Stiefvater wieder einmal jemanden übers Ohr haute? Sie würde sich doch nur ins eigene Fleisch schneiden. Der kurze Moment hämischer Genugtuung, den ihr solch eine Einmischung brachte, stand einfach in keinem Verhältnis zu dem Ärger, den sie sich damit einhandeln würde.

Nein, sie würde nicht ein Wort darüber verlieren! Sie hatte geschworen sich aus diesen unerfreulichen Dingen, die im Tollhaus tagtäglich geschahen, herauszuhalten und sich nur um ihre eigenen Belange zu kümmern, so wie es die anderen ja auch taten. Nichts hören, nichts sehen und nichts sagen, was ihr schaden konnte! So einfach war das, und damit war sie bislang gut gefahren. Kein Grund, jetzt davon abzuweichen und den Burgfrieden mit Hackenbroich zu gefährden. Und was hätte sie denn auch ausrichten können? Gar nichts!

Herr van Dyke kam mit seiner Frau auch am nächsten Sonntag und dem darauf folgenden. Bei seinem dritten Besuch übermannte ihn die Erschütterung. Unfähig, seine Gefühle nach außen hin gemäß dem Gebot männlicher Selbstbeherrschung unter Kontrolle zu halten, liefen ihm die Tränen über das Gesicht, als er aus dem Haus kam.

»Ich erkenne ihn nicht wieder, ich erkenne ihn mit jedem Mal weniger wieder. Und er hat nicht einmal gezeigt, dass er weiß, wer ich bin!«, hörte ihn Johanna, die am Brunnen stand und Wasser schöpfte, mit tränenerstickter Stimme sagen. Er sprach im Gegensatz zu seiner Frau mit einem ganz deutlichen holländischen Akzent. »Dieses schreckliche Lallen!«

»Ja, ich weiß, wie Euch zu Mute ist. Es dreht einem das Herz um, so etwas mit ansehen zu müssen. Wir tun wirklich alles, was in unserer Macht steht, dessen könnt Ihr versichert sein!«, sagte Hackenbroich ernst und scheinbar voller Mitgefühl. Er verstand sich darauf, in solchen Situationen das richtige Gesicht zu machen und die richtigen Worte zu finden. »Aber wenn der Geist erst einmal verwirrt ist, geht es auch mit dem körperlichen Verfall meist sehr schnell voran. Die Anfälle verwirren seinen Geist mit jedem Mal mehr. Dennoch will ich eine Besserung nicht ausschließen, auch wenn die Wahrscheinlichkeit äußerst gering ist. Wir geben die Hoffnung jedenfalls nicht auf, mein Herr.«

»Ja, aber er hat mich noch nicht einmal erkannt...«, begann Herr van Dyke wieder verstört.

»Hendrik, wir dürfen die Augen nicht vor der Wahrheit verschließen, so schmerzlich sie auch ist. Wir müssen uns damit abfinden, dass wir nichts für ihn tun können!«, fiel ihm seine Frau ins Wort.

Wenn ihre Stimme auch sanft klang, so hörte Johanna doch einen leicht ungeduldigen Unterton heraus. Oder bildete sie sich das nur ein, weil sie im Gesicht der Frau einen Ausdruck des Widerwillens in den Augen zu bemerken glaubte?

»Bitte fasse dich, Hendrik!«, fuhr Frau van Dyke fort. »Er ist hier bei Herrn Hackenbroich in den besten Händen. Und ich verspreche dir, dass ich Leander regelmäßig besuchen und dich auf dem Laufenden halten werde. Alles andere müssen wir Gottes Willen überlassen. Wir können nur noch für ihn beten.«

»Ja, ich weiß, du hast ja Recht, Charlotte«, murmelte ihr

Mann wie ein geschlagener Krieger und ging mit hängenden Schultern und tränennassem Gesicht an Johanna vorbei zur Kutsche, ohne sie bewusst wahrzunehmen.

Als Johanna später Kopernikus von diesem Gespräch berichtete, sagte sie abfällig über Frau van Dyke: »Diese Person ist meinem Stiefvater ebenbürtig, was das Heucheln angeht. Sie hat bestimmt noch nicht eine Träne über diesen Leander vergossen und wird es auch jetzt nicht tun. Ich bin sicher, dass sie in Wirklichkeit heilfroh ist ihn zu Hackenbroich abgeschoben zu haben. Wie es ihm dort ergeht, kümmert sie nicht so viel –«. Sie schnippte mit den Fingern.

»Unser Leben ergibt nach außen hin mit all seinen Irrungen und Wirrungen wahrlich ein Bild hektischer Bewegung und dramatischer Ereignisse. Aber in Wirklichkeit spielen sich die größten Dramen in den Seelen der Menschen ab«, sagte Kopernikus nachdenklich.

Johanna fand seine Antwort reichlich rätselhaft, jedoch kam sie nicht dazu, ihn um eine Erklärung zu bitten. Denn in diesem Moment fuhr unten der Kohlenhändler vor und hämmerte mit seinem Peitschenstiel gegen das Tor. Sie eilte mit dem Alchimisten hinunter, und nachdem sie geholfen hatte, das Fuhrwerk im Hof zu entladen, kehrten ihre Gedanken nicht mehr zu seiner merkwürdigen Antwort zurück, weil es im Laboratorium so viel anderes zu tun und zu reden gab.

Sie erinnerte sich jedoch drei Wochen später seiner Worte, als ihre Welt, in der sie sich notdürftig eingerichtet hatte, auseinander brach und auf einmal nichts mehr so war, wie es bislang den Anschein gehabt hatte.

Es begann damit, dass ihre Mutter starb.

Achtzehntes Kapitel

Fast anderthalb Jahre lag es nun schon zurück, dass Kopernikus Quint in jener nebeligen Dämmerstunde in ihr Leben gestolpert war und sie nach seiner Genesung zu seiner Vertrauten und Gehilfin gemacht hatte. Zum ersten Mal in ihrem Leben hatte ihr Dasein einen Sinn bekommen. Dass sie den Herausforderungen der geheimen Kunst, in die Kopernikus sie mit großer Geduld und Hingabe einweihte, gewachsen war und dass unglaublich viel mehr in ihr steckte, als sie selbst für möglich gehalten hätte, erfüllte sie einerseits mit Stolz. Andererseits weckte es in ihr aber auch ein wachsendes Verlangen, die Reste der Fesseln, die sie noch immer an Hackenbroich und ihre Mutter banden, möglichst bald abzuwerfen und ihrer bedrückenden Welt ein für alle Mal zu entkommen.

Erst vor kurzem hatte Kopernikus sie wieder einmal gelobt und ihr versichert, sie verfüge schon über weitaus mehr chemische Kenntnisse und Geschicklichkeit als so mancher Apothekergehilfe nach vielen Jahren der Lehre. Und halb scherzhaft und halb im Ernst hatte er hinzugefügt: »Du müsstest dich nur als jungen Mann ausgeben, aber auch das dürfte für dich kein Problem sein. Eine kurze Frisur, Männerkleidung und ein paar Zutaten wie eine Brille machen im Handumdrehen aus einem hübschen Mädchen wie dir einen reizenden jungen Mann von etwas zarter, delikater Natur.«

Das hatte sie auf den Gedanken gebracht, was sie wohl tun konnte, wenn Kopernikus irgendwann einmal ohne sie weiterzog. Sie wusste nun, dass es nicht unbedingt ihr Schicksal sein musste, ihr Leben als gewöhnliches Dienstmädchen zu fristen.

In jener Zeit, in der die alchimistische Arbeit am Großen Werk sie in Atem gehalten hatte, war ihr Umgang mit ihrer Mutter mit jedem Monat seltener geworden. Ihre Mutter machte sich nicht einmal die Mühe, sie in den Morgenstunden, die sie doch noch täglich unter Hackenbroichs Dach verbrachte, in der Waschküche oder im Stall aufzusuchen, um mit ihr zu reden. Ihre Mutter rief sie bald auch nicht einmal mehr zu sich, damit sie ihr Branntwein aus der Schankstube in der Reimersgasse holte. Damit betraute sie Frieder, kaum dass Johanna ihre Stellung bei Kopernikus angetreten hatte. Und da es nun mal offensichtlich war, dass ihrer Mutter an ihr nicht viel lag und es sie auch nicht kümmerte, wie es Johanna bei Kopernikus Quint erging, sah sie keinen Grund, sich ihrerseits um die Aufmerksamkeit ihrer Mutter zu bemühen. Wenn sie es recht betrachtete, hatte sie ihre Mutter schon längst verloren. Jedenfalls die, die sie einst gekannt und geliebt hatte, denn die war in jener Katastrophennacht mit ihrem Vater und ihren Geschwistern gestorben. Und sie sagte sich in manchen schlaflosen Nachtstunden, wenn sie voll Ingrimm und mit einem Knoten im Magen darüber grübelte, dass sie gut beraten war sich endlich damit abzufinden!

So dachte sich Johanna denn auch nicht viel dabei, als Ida eines Morgens zu ihr sagte: »Deiner Mutter geht es nicht gut. Sie liegt im Bett.«

Und statt nachzufragen, erwiderte Johanna nur bissig: »Wundert es dich vielleicht? Je mehr man am Abend in sich hineinkippt, desto länger dauert es nun mal, seinen Kater am nächsten Tag auszukurieren!« Und ohne eine Antwort abzuwarten, wuchtete sie den schweren Wäschekorb auf ihre Schulter und ging den Gang in Richtung Waschküche hinunter.

»Ich glaube aber nicht, dass es nur das ist!«, rief Ida ihr nach. Doch Johanna winkte nur gelangweilt ab.

Am nächsten Tag lag ihre Mutter noch immer im Bett. Ida berichtete von einem schweren Husten, der sich einfach nicht lösen wollte.

»Nichts weiter als eine leichte Verkühlung!«, wiegelte Hackenbroich ab. »Das verfluchte wechselhafte Wetter setzt ihr zu. Es weiß wirklich nicht, was es will. Einen Tag spielt es den wilden Wintermann und bringt neuen Schnee, um einem tags darauf mit warmen Frühlingswinden um die Ohren zu säuseln!«

Am fünften Tag bequemte er sich, zumindest den Bader Voss rufen zu lassen. Aber da war es schon zu spät, um die Krankheit noch in den Griff zu bekommen.

»Eine böse Lungenentzündung. Es sieht nicht gut aus. Sie kriegt sehr schlecht Luft. Dagegen lässt sich nicht viel machen. Ich habe sie zur Ader gelassen, aber das wird auch nicht viel nützen. Ihr solltet besser auf das Schlimmste vorbereitet sein«, sagte der feiste Bader Voss mit ernster Miene, als er aus dem Krankenzimmer kam.

Die Nachricht, dass ihre Mutter mit dem Tod kämpfte, traf Johanna wie ein Blitz aus heiterem Himmel. Sie wollte es erst nicht glauben. Aber als Hackenbroich es nun selbst mit der Angst zu tun bekam, nach Doktor Bodestedt schickte und von ihm dieselbe entmutigende Diagnose erhielt, begriff Johanna, dass ihre Mutter nicht mehr lange zu leben hatte. Und nach dem ersten schockierenden Moment wurde ihr bewusst, dass sie nicht so sehr den Tod ihrer Mutter fürchtete, sondern an ihr Sterbebett gerufen zu werden.

Und dieser Moment kam früher als befürchtet.

»Deine Mutter möchte mit dir reden«, sagte Doktor Bodestedt zu ihr am frühen Abend, nachdem er sie ein zweites Mal aufgesucht und eine bedrohliche Verschlechterung ihres Zustandes festgestellt hatte.

Ein innerer Aufruhr befiel Johanna. Was sollte sie bloß zu ihrer Mutter sagen, jetzt, wo sie im Sterben lag? Sie waren einander doch schon seit vielen Jahren fremd und gleichgültig geworden. Was blieb im Angesicht des Todes noch zu sagen übrig, das Sinn gemacht hätte?

Beklommen begab sie sich in das Zimmer ihrer Mutter, in dem nur eine Öllampe mit kleiner Flamme brannte. Ein hässliches Keuchen und Rasseln begleitete den Atem ihrer Mutter, die halb aufgerichtet im Bett saß. Ihr teigiges, fleischiges Gesicht glühte, gleichzeitig sah es aber auch erschlafft aus. Es hatte in den wenigen Tagen ihrer Krankheit tiefe Kerben erhalten. Am liebsten hätte sich Johanna umgedreht und wäre aus dem Zimmer gestürzt.

Aber da rief ihre Mutter schon mit röchelndem Atem nach ihr. »Komm, Johanna! . . . Setz dich . . . zu mir!« Ihre Hand hob sich in sichtlicher Schwäche und deutete kurz auf die Bettkante, bevor sie wieder zurück auf den verschwitzten Bezug sank.

Johanna schluckte krampfhaft und zwang sich auf der harten Bettkante Platz zu nehmen. Doch ihr ganzer Körper versteifte sich dabei aus Widerwillen. Sie hielt ihren Oberkörper aufrecht, als hätte sie ein Feuereisen verschluckt, und presste ihre ineinander verkrampften Hände in den Schoß.

»Ich muss mit dir sprechen«, sagte ihre Mutter und tastete nach ihrer Hand.

Johanna war, als hätte eine kalte Vogelklaue nach ihr gefasst. Sie zuckte unter der Berührung zusammen und musste an sich halten, um die Hand ihrer Mutter nicht wegzustoßen. »Es . . . es wird dir bestimmt schon bald wieder besser gehen«, sagte sie betreten.

Ihre Mutter schüttelte den Kopf. »Nein, mit mir geht es zu Ende, und das weißt du, Johanna.«

Beklommen wich Johanna ihrem Blick aus. Sie wusste nicht ein Wort des Trostes.

»Aber ich habe dich nicht rufen lassen . . . um zu wehklagen«, fuhr ihre Mutter keuchend fort, »sondern weil . . . weil ich dich um Verzeihung bitten möchte.«

»Mich?«, stieß Johanna verständnislos hervor. »Wofür?«

»Ich . . . ich habe so vieles falsch gemacht, seit . . . seit dein Vater und deine Geschwister den Tod gefunden haben«, kam es stockend über die Lippen ihrer Mutter. »Aber nein, auch das . . . ist wieder eine Lüge . . . Ich habe schon in der Nacht, als das . . . Feuer an Bord . . . ausbrach, versagt und Unglück über dich und mich gebracht . . . ja, über unsere ganze Familie.«

»Ich weiß nicht, wovon du redest«, sagte Johanna verstört. »Es war ein Blitz, der in dem schweren Unwetter die *Magdalena* getroffen und das Schiff in Brand gesetzt hat!« Und augenblicklich stand das Bild des Flussschiffes vor ihrem geistigen Auge, wie es brennend flussabwärts trieb.

»Ja, aber es ist meine Schuld gewesen, dass . . . dass sich das Beiboot so schnell von der *Magdalena* gelöst hat. Ich habe das Tau nicht richtig festgemacht«, beharrte ihre Mutter, während sich ihre Augen mit Tränen füllten. »Ich bin in Panik geraten . . . und habe nicht gewusst, was ich tat . . . und dann später, als Christian mit Thomas in den Armen über Bord gesprungen ist und versucht hat uns zu erreichen . . . auch da habe ich entsetzlich versagt . . .«

»Hör auf damit, bitte!«, flüsterte Johanna.

»Nein, ich muss es endlich einmal aussprechen!. . . denn ich weiß, dass du . . . dass du mir all die Jahre insgeheim vorgeworfen hast, am Tod deines Vaters und deines kleinen Bruders schuld zu sein. Aber ich hatte einfach nicht die Kraft, ihn an Bord zu ziehen, der Allmächtige ist mein Zeuge! . . . Christian musste sich schon. . . . schwere Verbrennungen an Bord zugezogen haben, denn sonst . . . sonst hätte er sich mit Leichtigkeit festhalten und mir Thomas reichen können . . . Aber bevor ich noch etwas tun konnte, hat ihn dieses schwere Stück Treibholz am Kopf getroffen . . . und ich konnte ihn nicht länger halten.«

Johanna biss sich auf die Lippen, um nicht auch in Tränen auszubrechen. In ihrer Erinnerung hörte sie sich schreien, sah, wie ihre Mutter den Arm ihres Vaters losließ und wie er und Thomas von der Strömung fortgerissen wurden. Und plötzlich erkannte sie, dass sie seitdem tief in ihrem Innern tatsächlich ihrer Mutter Versagen vorgeworfen und sie für den Tod ihres Vaters und ihres kleinen Bruders verantwortlich gemacht hatte – und dass sie ihre Mutter das auch hatte spüren lassen, ohne dass es ihr bewusst geworden wäre.

»Ich habe deinen Vater . . . festgehalten, solange ich konnte, glaube mir!«, stieß ihre Mutter beschwörend hervor. »Ich hätte hinterher mit dir . . . darüber reden sollen. Aber ich konnte nicht . . . ich habe mich geschämt und die Schuld an meinem Versagen hat mich gequält . . . und ich war verzweifelt und hatte Angst, ins Armenhaus zu kommen . . . und auch dich noch zu verlieren . . . Das hätte ich nicht ertragen . . . und in meiner Ratlosigkeit und Verzweiflung habe ich mich an den erstbesten Mann geklammert, der mir und dir ein Dach über dem Kopf und ein gesichertes Auskommen geboten hat . . . und das war Heinrich Hackenbroich.«

Johanna wusste nicht, was sie darauf erwidern sollte. Das Geständnis ihrer Mutter bewegte sie, rief jedoch auch schmerzliche und mit Bitterkeit getränkte Erinnerungen in ihr wach. »Du hast getan, was du für richtig hieltst«, sagte sie ausweichend.

»Nein, es war *nicht* richtig. Ich habe auch da versagt und du hast mir das eine wie das andere nicht verziehen. Auch wenn du nie ein Wort darüber hast fallen lassen, so habe ich es doch immer gespürt. Du warst der Spiegel meiner Schuld und Scham«, erwiderte ihre Mutter unerbittlich gegen sich selbst. »Ich wollte das jedoch nicht wahrhaben und deshalb habe ich . . . mit aller Macht versucht die Vergangenheit und die Erinnerungen, die mir unerträglich wurden, auszulöschen . . . nicht nur in mir, sondern auch in dir.«

»Ja, das hast du versucht«, pflichtete Johanna ihr bei, doch ihrer Stimme fehlte jeglicher Ton des Vorwurfs. Das Einzige, was aus ihr klang, war Trauer.

»Ich habe mich selbst belogen«, gestand ihre Mutter mit tränenerstickter Stimme ein. »In Wirklichkeit ist nicht ein einziger Tag vergangen, an dem ich nicht mit quälendem Schmerz an deinen Vater und deine Geschwister gedacht hätte. . . Mein Gott, wie habe ich deinen Vater geliebt! . . . Christian war meine Sonne, mit ihm wäre ich bis ans Ende der Welt gegangen! Alles hätte ich für ihn getan! Alles!«

Johanna würgte es in der Kehle und ihre Augen wurden feucht, als ihr dämmerte, unter welch fürchterlichen Seelenqualen ihre Mutter all die Jahre gelitten hatte – und wie sehr sie ihr in vielem Unrecht getan hatte! Ganz besonders, dass sie ihr das Gefühl gegeben hatte, große Schuld am Tod ihres Vaters und ihrer Geschwister zu haben. Wie falsch doch das Bild war, das sie sich all die Jahre von ihrer Mutter gemacht hatte! Nichts war so, wie sie geglaubt hatte!

»Nun ohne ihn leben zu müssen, konnte ich nicht ertragen . . . so, wie ich die Erinnerungen und die Schuldgefühle nicht ertrug, und deshalb habe ich mich in den verfluchten Branntwein geflüchtet. Ich suchte das Vergessen, Johanna, weil ich den Schmerz einfach nicht länger aushielt«, fuhr ihre

Mutter fort. »Und dich . . . dich habe ich von mir gehalten, weil ich in deinen Augen immer den stummen Vorwurf sah . . . Dabei habe ich doch nicht eine Minute aufgehört dich zu lieben, Johanna. Aber ich wusste nicht mehr, wie ich es dir zeigen sollte . . . Ich habe mich geschämt und gefürchtet, du würdest mich . . .« Ihre Stimme brach und die Tränen rannen ihr über das Gesicht. »Die Scham . . . hat mich damals besiegt, wo mich doch nur . . . nur die Liebe hätte retten können, wie ich jetzt weiß . . . Ich kann nicht in Frieden sterben, ohne dass du mir verzeihst, Johanna! . . . Ich flehe dich an, verzeih mir, was ich dir angetan habe!«

»Oh Mutter!«, flüsterte Johanna, die nun ihre Tränen auch nicht mehr zurückhalten konnte. Ihr war, als bräche in ihr ein Damm, hinter den sie bis jetzt all ihre wahrhaftigen Gefühle für ihre Mutter zurückgedrängt hatte. Diese finstere Mauer aus Bitterkeit, blinder innerer Auflehnung und Schuldzuweisungen zerbarst unter dem Ansturm der Reue und Beschämung. »Ich habe dir nichts zu verzeihen. Im Gegenteil, ich habe nicht weniger Schuld daran, dass wir . . . dass wir uns nicht mehr verstanden und einander gemieden haben.«

»Nein, du musst mir verzeihen!«, beharrte ihre Mutter eindringlich und raffte ihre letzte Kraft zusammen. »Nicht nur wegen meines Versagens auf dem Fluss, sondern auch weil ich dir in meiner Verbitterung so viel Falsches ans Herz gelegt habe. Wenn man sich erst einmal so tief in dem dunklen Wald seiner Schuld verirrt hat, ist es so schwer, umzukehren und den Weg zurück ins Freie zu finden.«

»Um Gottes willen, du strengst dich zu sehr an, Mutter!«

»Mir bleibt nicht mehr viel Zeit und ich muss es loswerden, bevor es dafür zu spät ist!«, stieß ihre Mutter hervor. »Es stimmt nicht, dass die Liebe ein Fluch ist, wie ich dir damals einzureden versucht habe, als du bei Quint in Stellung gegangen bist. Liebe ist das Einzige, was im Leben zählt . . . und Bestand hat, hörst du? Alles andere vergeht. Ich bereue nicht, dass ich auf die Stimme meiner Liebe gehört und mich für deinen Vater entschieden habe. Vergiss also um Gottes willen, was ich dir geraten habe! Bescheide dich auch nicht nur der Sicherheit wegen. In unserem Leben ist nichts gewiss und alles möglich! Wenn dir an Frieder nichts liegt, dann schenke ihm auch keine Beachtung!«

»Dir das zu versprechen fällt mir sehr leicht«, sagte Johanna mit einem kurzen Auflachen, während sie das Salz ihrer Tränen auf den Lippen schmeckte.

»Verhärte dein Herz nicht, so wie ich es getan habe. Und bewahre dir auch deine Träume, denn wer nicht mehr träumt, ist so gut wie tot . . . so wie ich es viele Jahre gewesen bin. Ich habe mich schon gebückt und den Nacken für die nächsten Schläge hingehalten, als ich noch die Kraft hatte, aufrecht zu gehen und den Schlägen auszuweichen. Ich habe mich versündigt. Jetzt bete ich zu Gott und beschwöre dich, meine Tochter: Lass du dich nicht beugen und gib den Kampf nicht schon auf, bevor er begonnen hat, sondern kämpfe für das, was dir wichtig ist, mit allem, was du hast! Du magst dabei immer wieder mal zu Boden gehen, aber das ist nicht weiter schlimm. Entscheidend ist, dass du nicht liegen bleibst, sondern wieder aufstehst. Versprich mir das!«

Johanna versprach es ihr.

»Und jetzt verzeih mir, was ich dir angetan habe«, bat ihre Mutter erschöpft. »Ich möchte in Frieden von dir gehen und wissen, dass du weißt, wie sehr ich euch alle geliebt habe . . . und noch immer liebe.«

Johanna wehrte sich dagegen, weil es nichts zu vergeben gab, wie sie immer wieder unter Tränen versicherte. Aber ihre Mutter bestand darauf. Und da war es um ihren letzten Rest

Selbstbeherrschung geschehen. Aufschluchzend schlang Johanna ihre Arme um sie und sagte, was sie hören wollte, während sich ihre Tränen vermischten.

Das war die wahre Stunde ihres Abschieds. Johanna wich zwar nicht mehr von ihrem Bett, aber zu einem weiteren Gespräch zwischen ihnen kam es nicht mehr. Ihre Mutter versank zu Beginn der Nacht in einen Dämmerzustand, der zwischen Bewusstlosigkeit und Fieberdelirium lag. Sie starb am nächsten Morgen, als die noch schwache Frühlingssonne über die Dächer von Köln stieg.

Johanna weinte bitterlich um ihre Mutter und die Jahre, die sie sich einander so schwer gemacht hatten. Dennoch überwog in ihr ein Gefühl der Befreiung und der Dankbarkeit, dass sie noch auf dem Sterbebett wieder zueinander gefunden und all das aus der Welt geschaffen hatten, was mehr als acht Jahre lang zwischen ihnen gestanden hatte. Wie kostbar war doch die Gewissheit, dass ihre Mutter nie aufgehört hatte sie zu lieben. Das war ein Geschenk, das ihr keiner mehr nehmen konnte!

Der Tod ihrer Mutter hatte jedoch noch andere weit reichende Folgen, so, wie ein kippender Dominostein nacheinander alle anderen umreißt. Dass Hackenbroich bei der Beerdigung auf dem Friedhof der Pfarrkirche im Schneematsch ausrutschte, unglücklich fiel und sich dabei das rechte Bein brach, war eine der Folgen. Und dies wiederum führte dazu, dass Hackenbroich seine ohnmächtige Wut über sein Missgeschick an Johanna ausließ – und ihr die widerwärtigste Arbeit in seinem Haus auftrug.

»Als ob es nicht reichen würde, dass mir deine Mutter einfach so wegstirbt und mich mit all der Arbeit allein lässt, hat sie mir auch noch diesen verdammten Beinbruch eingebrockt! Jetzt kann ich wochenlang auf Krücken herumhumpeln! Aber der Teufel soll mich holen, wenn ich das einfach so mit mir machen lasse!«, fluchte Hackenbroich und funkelte Johanna aufgebracht an, als hätte sie sich mit ihrer Mutter gegen ihn verschworen und dadurch Mitschuld an seinen Unfall. »Soll doch ihre Tochter gefälligst auslöffeln, was sie mir da eingebrockt hat! Also, von jetzt an wirst du zusammen mit Frieder oder Dominik die Idioten da unten im Keller versorgen und ihre Zellen ausmisten. Und zwar so lange, bis ich diese verfluchten Krücken in die Ecke schmeiße und mich wieder richtig bewegen kann. Du wirst von heute an eben eine Stunde später bei deinem Quint anfangen, und wenn dem Herrn das nicht passt, kann er sich gern ein anderes Dienstmädchen suchen!«

Johanna schauderte bei der Vorstellung, wochenlang tagtäglich in das stinkende Kellergewölbe hinuntersteigen und die dort Eingeschlossenen versorgen zu müssen. Schon jetzt schnürten ihr Abscheu und Angst die Kehle zu. Sie wagte jedoch nicht ein Wort des Widerspruchs, denn sie fürchtete, er könnte in seiner unberechenbaren Wut ihre Anstellung bei Kopernikus aufkündigen und sie wieder zurück ins Tollhaus zwingen. Es hatte sich ja nichts daran geändert, dass sie noch immer sein Mündel war und er nach Belieben über ihr Leben bestimmen konnte.

Wortlos ging sie aus seinem Zimmer und versuchte sich selbst Mut zu machen, indem sie sich sagte, dass sie die paar Wochen schon durchstehen würde.

Wie hätte sie auch ahnen können, welch entsetzliche Entdeckung sie dort unten im Keller erwartete!

Neunzehntes Kapitel

Vergiss ja nicht dem Fallsüchtigen die Medizin in seine Kanne Wasser zu gießen!«, brüllte Hackenbroich ihr am nächsten Morgen hinterher, als sie die Küche mit einem gusseisernen Kessel voll lauwarmer Graupensuppe und einem Korb Brot verließ. »Ins Wasser, nicht ins Essen!«

Johanna hätte ihm am liebsten mit einem lästerlichen Fluch geantwortet, beherrschte sich jedoch und begnügte sich mit einem verdrossenen »Ja, ich weiß!«. Als ob sie nicht wüsste, warum Medizin stets in das Wasser und nicht in das Essen gegeben werden musste. Zwar hatte sie schon seit fast zwei Jahren ihren Fuß nicht mehr in das Kellergewölbe gesetzt. Aber deshalb hatte sie doch nicht vergessen, dass die Unglücklichen dort unten am Nachmittag den letzten Schluck zu trinken bekamen. Ihr Durst war daher am folgenden Morgen meist so quälend, dass sie sich gierig auch auf das mit bitterer Medizin durchsetzte Wasser stürzten. Auf diese Weise brachte Hackenbroich auch die störrischsten unter den Insassen dazu, das betäubende Laudanum – und was er sonst noch so zurechtmischte – zu trinken.

Dominik wartete schon mit Schlüsselbund und brennender Lampe an der Kellertür auf sie. Im Gegensatz zu Hackenbroich und Frieder nahm er nie einen dieser lederumwickelten Prügel mit hinunter. So etwas brauchte er nicht. Wenn jemand gewalttätig wurde, tobte und zur Ruhe gebracht werden musste, ging das bei ihm ganz schnell und vor allem ohne brutale Schläge ab. In solch einem Fall trat er furchtlos auf den Tobsüchtigen zu, drängte ihn in die Ecke und umschlang ihn blitzschnell mit seinen Armen. Seinen Bärenkräften hatte nicht einmal der wilde Anton etwas entgegenzusetzen. Auch ihn hielt Dominik mit seiner Umarmung wie in einer eisernen Klammer gefangen, sodass Frieder oder Hackenbroich ihm ohne große Schwierigkeiten Hände und Füße in hölzerne Blöcke legen und ihm ein breites Lederband um den Mund schnüren konnten, das sein Geschrei dämpfte.

»Das ist nicht gerecht, dass du jetzt immer mit in den Keller musst«, sagte Dominik mitfühlend, wusste er doch, wie sehr sie diese Arbeit verabscheute.

Johanna verzog grimmig das Gesicht. »Was ist bei Hackenbroich schon gerecht? Aber ich denke nicht daran, vor ihm auf den Knien zu liegen und ihn anzubetteln mir diese Aufgabe zu erlassen. Ich bin schon froh, dass ich dich und nicht Frieder dabeihabe.«

Sein Gesicht leuchtete auf. »Wir sind gut zusammen, nicht wahr, Hanna?«

Sie lächelte ihn an. »Wir sind die Besten, Dominik«, versicherte sie, um ihm eine Freude zu machen. »So, und jetzt komm, bringen wir es hinter uns!«

Die eisenbeschlagenen Bohlen der Kellertür waren dicker als Johannas Faust. Knarrend schwang die Tür auf und Dominik ging mit dem Kerzenleuchter voran. Der Lichtschein tanzte über das alte Deckengewölbe des Kellergangs und die steinerne Treppe, die nach achtzehn Stufen zu einem Absatz gelangte, dort einen scharfen Knick nach rechts machte und noch einmal neun Stufen hinunterführte.

In das tiefe Gewölbe, das nur über einen Luftschacht zum Hof hin verfügte, drang nicht ein einziger Schimmer Tageslicht. Als nun der Kerzenschein auf der Kellertreppe aufleuchtete und die Schwärze aufriss, meldeten sich der wilde Anton und Rutlinde, die alte Schreivettel, sofort mit Kettengerassel, Flüchen, obszönen Zurufen und grunzenden Lauten.

Johanna atmete nur durch den Mund, um den stechenden Gestank nicht wahrzunehmen, der den Zellen entströmte und ihr mehr als einmal Brechreiz verursacht hatte. Dass es hier unten so infernalisch stank, war nicht verwunderlich. Denn die Eingeschlossenen mussten ihre Notdurft in Holzeimern ohne Abdeckung verrichten. Das war schon schlimm genug. Aber manchmal erleichterten sie sich auch einfach dort, wo sie gerade kauerten oder lagen. Deshalb bedeckte ein Gemisch aus Stroh und Sägemehl die Steinböden der Zellen, die wie Stallungen einmal die Woche ausgemistet wurden. Die ekelhaften Gerüche wurde man damit allerdings nicht los. Die schienen das Gemäuer schon längst durchdrungen und sich dort auf ewig festgesetzt zu haben.

Dominik blieb am unteren Ende der Treppe stehen und entzündete die Öllampe, die dort in einer Mauernische stand. Ihr Licht fiel auf das darunter stehende Wasserfass und das Wandbord, auf dem drei verbeulte Blechkannen und drei Holzteller mit drei Holzlöffeln standen. Ein schmutziger Lappen, mit dem die Teller und Löffel nach den Mahlzeiten nur einmal kurz abgewischt wurden, hing daneben an einem Haken. Eine zweite Lampe befand sich in einer anderen Nische gute zwölf Schritte weiter, fast am anderen Ende der Wand. Dort stand auch eine alte Holzkiste mit verschiedenen Gerätschaften wie Reisigbesen und Schaufeln zum Ausmisten der Zellen. In der Mitte zwischen den Nischen lag die vier Fuß breite und zwei Fuß schmale Öffnung des Luftschachtes, der nicht senkrecht nach oben führte, sondern wie eine Rampe eine starke Schräge aufwies.

Die beiden Öllampen in den Wandnischen spendeten das einzige Licht. Am Nachmittag, nachdem die Eingeschlossenen ihr karges Abendessen und eine letzte Kelle Wasser erhalten hatten, wurden die Lampen gelöscht. Die finstere Nacht hier unten im Kellergewölbe war entsetzlich lang.

Drei Zellen, die drei Schritte in der Breite und fünf in der Tiefe maßen und durch gemauerte Wände voneinander getrennt waren, gingen vom Vorraum ab. Die einstigen Vorratskammern hatten früher einmal schwere Holztüren besessen, wie Johanna von Ida erfahren hatte. Sie waren durch schwere Eisengitter ersetzt worden. In diesen Gittern war auf der rechten Seite unterhalb des ersten Scharniers eine Öffnung freigelassen, die gerade groß genug war, um etwas hindurchschieben zu können, das nicht viel größer als ein Putzeimer war.

Beim Anblick der drei Eingeschlossenen überlief Johanna eine Gänsehaut und es krampfte sich alles in ihr zusammen. Sie wusste nicht, welches Gefühl in ihr überwog – das der Erschütterung oder das des Abscheus. Am liebsten wäre sie diesem entsetzlichen Anblick auf der Stelle entflohen.

Dem wilden Anton reichte der verfilzte Bart mittlerweile bis auf die Hüften, während von seinem fast kahlen Kopf nur noch an den Seiten dünne graue Strähnen wie Spinnweben herabhingen. Sein wilder, ruhelos hin und her irrender Blick ließ Johanna unwillkürlich an den eines tollwütigen Tieres denken. Er trug um das rechte Fußgelenk eine Eisenklammer mit einer schweren Kette, die mit einem Ring an der Rückwand der Zelle verbunden war. Die Kette war gerade so lang, dass er seinen Aborteimer mit ausgestrecktem Arm an die Öffnung im Gitter schieben konnte, wenn er sich in den Dreck seiner Zelle kniete und weit vorbeugte.

Auch die zum Skelett abgemagerte Rutlinde war durch eine Fußkette an die Rückwand ihrer Zelle gefesselt. Sie gab in einem unablässigen Redeschwall vulgäre Ausdrücke und Verwünschungen von sich und stritt sich mit eingebildeten Personen. Dabei sank dieser obszöne Wortstrom mal zu einem unverständlichen Flüstern herab, um dann wieder zu schrillem Gekreische anzuschwellen. Speichel rann ihr aus dem zahnlosen Mund. Und ihre braune Anstaltskleidung war genauso verdreckt und an vielen Stellen eingerissen wie die des wilden Anton.

Der Einzige, den keine Fußkette in seiner Bewegungsfreiheit einschränkte, war Leander. Er kauerte neben seiner Holzpritsche, die aus einem dicken Eichenbrett bestand und in jeder Zelle an die Wand geschraubt war, und starrte mit offenem, seiberndem Mund und starrem Blick ins Nirgendwo. Noch sah er ganz annehmbar aus, was sein Äußeres betraf. In wenigen Monaten würde ihn jedoch kaum noch etwas von den beiden anderen Zellenbewohnern unterscheiden.

Aber sosehr ihr Geist auch verwirrt war, so hatten sie doch gelernt, als Erstes ihren Aborteimer an die Gitteröffnung zu schieben, sowie jemand mit einer Leuchte die Treppe herunterkam und der stockfinsteren Dunkelheit endlich wieder für die Dauer eines kurzen Tages ein Ende bereitete.

»Ich bring die Eimer nach oben«, sagte Dominik großmütig und nahm Johanna damit eine der ekelhaftesten Arbeiten ab, die im Kellergewölbe zu verrichten waren. »Du kannst schon mal das Essen austeilen und ihre Wasserkannen auffüllen.«

Johanna warf ihm einen dankbaren Blick zu, nahm die Holzteller vom Wandbord und füllte sie mit der dicken Graupensuppe aus dem gusseisernen Kessel. Sie legte auf jeden Tellerrand noch eine dicke Scheibe Schwarzbrot und schob die Teller durch die Gitteröffnung. Anschließend füllte sie die Blechkannen randvoll mit Wasser aus dem Holzfass.

Der wilde Anton, Rutlinde und auch der junge Mann Leander, sie alle stürzten sich zuerst auf ihre Wasserkanne. Sie tranken in großen, gierigen Schlucken. Dann machten sie sich über das Essen her.

Wie die Tiere schlingen sie es in sich hinein!, fuhr es Johanna durch den Kopf und angeekelt wandte sie sich ab. Dabei strich ihre Hand unwillkürlich über die Tasche ihrer Schürze – und stieß auf die kleine Flasche mit der Medizin, die sie Leander in sein Wasser hatte geben sollen. Jetzt hatte sie das doch tatsächlich vergessen, so sehr hatten die abstoßenden Geräusche, Gerüche und Bilder hier im Keller sie aus der Fassung gebracht!

Sie überlegte kurz, ob sie Leanders Kanne noch einmal auffüllen und die Flüssigkeit dazugeben sollte, entschied sich dann jedoch dagegen. Kopernikus hatte gesagt, dass es keine Medizin gegen die Fallsucht gab, und er wusste, wovon er redete. Er war ein studierter Mann. Was Hackenbroich sich da zusammengemischt hatte, war zweifellos ein nutzloses Gebräu, das bestenfalls aus viel Laudanum bestand und eher schaden als helfen konnte. Und da Leander nicht den Eindruck machte, als bräuchte er solch ein betäubendes Mittel, konnte sie den Inhalt der kleinen Flasche auch ebenso gut in das schmutzige Gemisch aus Stroh und Sägemehl gießen, das den Boden bedeckte. Und genau das tat sie dann auch, bevor Dominik mit den Aborteimern zurückkehrte.

Hackenbroich log sie später an, indem sie ihm auf sein Nachfragen versicherte, den Inhalt der Flasche in Leanders Trinkwasser geleert zu haben. Und sie sagte das in solch einem verdrossenen Tonfall, als hielte sie sein Misstrauen über ihre Zuverlässigkeit für eine Beleidigung.

Auch am nächsten Morgen verabreichte sie Leander nicht die von Hackenbroich angerührte Medizin, sondern kippte die kleine Flasche im Dreck aus, kaum dass Dominik mit den stinkenden Eimern die Kellertreppe hochlief. Sie fühlte sich auch deshalb in ihrem Tun bestätigt, weil sie glaubte einen bedeutend wacheren Blick in den Augen des jungen Mannes bemerkt zu haben. Und am dritten Morgen beschlich sie sogar das merkwürdige Gefühl, als würde er sie beobachten, als sie heimlich die Medizinflasche in das Stroh und Sägemehl zu ihren Füßen leerte. Doch als sie den Kopf wandte und zu ihm hinüberschaute, war sein Blick scheinbar teilnahmslos auf die Wand gerichtet.

Wie in den Tagen zuvor, so kippte Johanna auch am vierten Morgen die bräunliche Flüssigkeit weg. Dann füllte sie wie gewohnt zuerst die Wasserkannen und dann die Holznäpfe. Leander kauerte neben dem Gitter an der Wand. Er hatte mit sichtlichem Durst mehrere große Schlucke aus seiner Wasserkanne genommen, saß nun aber, als Johanna das Essen brachte, mit auf der Brust gesenktem Kopf da, als hätte ihn plötzlich der Schlaf übermannt. Oder hatte diese Haltung etwas anderes zu bedeuten?

Johanna beschlich ein ungutes Gefühl und in Gedanken gab sie vorsorglich ein Stoßgebet von sich: Herr, erspare es mir, dass ich noch einmal Zeuge eines Anfalls von Fallsucht werde! Es ist hier unten auch so schon schlimm genug!

Sie bückte sich und schob den Holzteller durch die schmale Gitteröffnung.

Im selben Augenblick fuhr Leander herum und seine Hand schoss vor. Er bekam ihr Handgelenk zu fassen und hielt sie fest.

»Hilf mir!«, stieß er leise, aber mit beschwörender Stimme hervor. »Ich flehe dich an, rette mich aus dieser Hölle!«

Zwanzigstes Kapitel

Ein Geist hätte Johanna nicht heftiger erschrecken können. Entsetzt schrie sie auf und riss sich mit einem solch kräftigen Ruck von Leander los, dass sie das Gleichgewicht verlor und recht unsanft auf dem dreckigen Kellerboden zu sitzen kam.

»Bitte, hilf mir!«, stieß Leander gehetzt hervor, umfasste die Gitterstäbe und presste sein Gesicht dagegen, als wollte er seinen Kopf mit Gewalt hindurchzwängen. »Lass nicht zu, dass ich in diesem grauenhaften Loch verrotte! Ich bin nicht geisteskrank! Sie wollen mich loswerden und langsam vergiften. Im Namen Gottes, ich flehe dich an, hol mich hier heraus, bevor ihnen ihr gemeiner Plan gelingt und ich wirklich den Verstand verliere!«

Fassungslos starrte sie ihn an. Hatte Hackenbroich denn nicht gesagt, dass dieser Leander genauso schwachsinnig war wie all die anderen in seinem Tollhaus? Aber so redete kein Schwachsinniger! Hatte er jetzt vielleicht zufällig einen klaren Moment und würde er gleich wieder in seine geistige Umnachtung zurückfallen? Oder war er tatsächlich nicht geisteskrank und auf Grund einer niederträchtigen Verschwörung, an der dann auch Hackenbroich beteiligt sein musste, hier eingekerkert?

Johanna hatte in diesem Haus voller Narren jedoch schon zu viel Groteskes und Verrücktes erlebt, um Leanders Beteuerungen sogleich für bare Münze zu nehmen. Auch oben im Trakt der harmlosen Idioten erlebten einige der Insassen dann und wann recht klare Augenblicke. Für die Betroffenen waren das dann schreckliche Minuten, wenn sie sich ihres Elends bewusst wurden. Aber daran ließ sich nichts ändern.

»Weißt du überhaupt, wie du heißt?«, fragte sie skeptisch, als sie ihre Fassung wieder zurückgewonnen hatte.

»Natürlich! Leander van Dyke!«, antwortete er wie aus der Pistole geschossen. »Und du heißt Hanna, nicht wahr? Und der etwas einfältige Bursche, der dich anhimmelt wie der fromme Josef seine Maria und dir hier die schmutzigsten Arbeiten abnimmt, heißt Dominik.«

Ein flüchtiges Lächeln flog über Johannas Gesicht. »Ja, der gute Dominik ist wirklich eine treue Seele, aber mein richtiger Name ist Johanna«, sagte sie und dachte, dass Leander mehr mitbekommen hatte, als sie je für möglich gehalten hätte. »Aber weißt du auch von deiner Krankheit?«

Er lachte bitter auf. »Wie könnte ich das vergessen? Ja, ich habe gelegentlich Anfälle von Fallsucht, aber deshalb bin ich doch noch lange nicht schwachsinnig!«

»Weißt du denn, wo du bist?«

Leander schüttelte den Kopf. »Das Landgut *Rosenhof* meines Onkels August Siegloff ist es bestimmt nicht, eher irgendeine entsetzliche Anstalt, wo man, ohne viele Fragen zu stellen, Leute einkerkert und dann den Schlüssel wegwirft! Wer immer dieses Haus betreibt, muss mit ihnen unter einer Decke stecken.«

Johanna war noch längst nicht davon überzeugt, es mit einem geistig gesunden Menschen zu tun zu haben. »Wer sind denn diese geheimnisvollen Leute, die dich angeblich vergiften und aus dem Weg schaffen wollen?«

»Es sind weder geheimnisvolle Leute noch angebliche Versuche!«, erwiderte er, während aus den benachbarten Zellen lautes Schmatzen, Grunzen und Rülpsen sowie das gelegentliche Klirren einer Eisenkette zu hören war. Der wilde Anton und die Schreivettel hatten nichts anderes im Sinn, als sich den knurrenden Magen voll zu stopfen. »Meine raffinierte Stiefmutter Charlotte, die mein Vater letztes Jahr geheiratet hat, steckt dahinter! Sie hat immer so zuckersüß getan, wenn mein Vater zugegen war, aber ich habe vom ersten Tag an gespürt, dass sie mich nicht ausstehen kann und ich ihr nur im Weg bin. Und es würde mich auch nicht wundern, wenn mein feiner Onkel, dem dieses Landgut im Westen von Köln gehört, mit ihr gemeinsame Sache gemacht hat.«

Johanna zögerte. »Nun, vielleicht könnte ich ja deinem Vater, wenn er dich das nächste Mal besucht, eine Nachricht zukommen lassen«, sagte sie unsicher, als sie plötzlich hörte, dass sich oben Stimmen der Kellertür näherten.

»Was schreiben wir heute für ein Datum?«, fragte Leander schnell.

»Den 24. März.«

Seine Augen weiteten sich erschrocken. »Oh mein Gott, dann fehlen mir ja . . . mehr als sechs Wochen!«, stieß er hervor. »Und mein Vater ist dann auch schon längst auf der Reise nach . . .«

Wohin Leanders Vater auf Reisen gegangen war, erfuhr Johanna nicht mehr. Denn Leander brach sofort ab, als Frieders polternde Stimme durch den Treppengang schallte, gefolgt von den Schritten zweier Männer. »Das nächste Mal machst du aber nicht so ein endloses Getue um die beschissenen Eimer, verstanden, du Dussel? Es reicht völlig, wenn du sie auf dem Abtritt ausgießt und nur einmal mit einem Eimer Wasser abspülst. Wenn diese Idioten nicht besser aufpassen, wohin sie pissen und scheißen, müssen sie eben in ihrem eigenen Gestank leben!«

»In Gottes Namen, glaube mir und hilf mir dieser Hölle zu entkommen, Johanna!«, flüsterte Leander noch einmal beschwörend und sah sie mit einem qualvoll verzweifelten Blick an, der Johanna wie ein scharfer Nadelstich bis ins Innere drang. Und aus einem unerfindlichen Grund musste sie plötzlich an ihre verstorbene Mutter denken. Das war etwas, was ihr neuerdings häufig passierte: urplötzlich von einer schmerzlichen Erinnerung an ihre selige Mutter überfallen zu werden, ohne dass es dafür einen offensichtlichen Grund gab.

»Lass mich nicht hier verrotten!« Leander stieß sich hastig vom Gitter ab, ergriff den Holzteller und kroch in die hinterste Ecke. Dort kauerte er sich hin und führte den Löffel mit scheinbar zitternder Hand und so langsam zum Mund, als befände er sich in einem schlafrigen Zustand.

Johanna sah ihm einen Moment lang verblüfft zu, wie er den halb Betäubten spielte, und ging dann rasch zum Zellengitter von Rutlinde, die ihre Wasserkanne umgeworfen hatte. Sie angelte sich gerade den Blechbehälter mit einem langen Holzstab, der für diese Zwecke mit einem Haken versehen war, als Frieder und Dominik um die Ecke der Kellertreppe kamen.

»Na, amüsierst du dich auch schön?«, spottete Frieder.

»Ja, bis du gekommen bist«, antwortete Johanna spitz und hoffte, er würde schnell wieder nach oben verschwinden, damit sie noch einmal mit Leander reden konnte.

Aber ihre Hoffnung erfüllte sich nicht. Frieder setzte sich vielmehr auf die Treppe und machte sich ein Vergnügen daraus, ihr bis zum Schluss bei der Arbeit zuzusehen und alles mit gehässigen Worten zu kommentieren. Dann und wann ließ er aber auch Bemerkungen fallen, die sie offenbar amüsieren oder beeindrucken sollten und die ihr verrieten, dass er noch immer ein Auge auf sie geworfen hatte und hoffte sie eines Tages herumkriegen zu können.

Johanna hielt sich an diesem Morgen länger als sonst in dem stinkenden Kellergewölbe auf, verrichtete ihre Arbeit besonders gewissenhaft und strafte Frieder mit eisernem Schweigen, immer in der Hoffnung, dass er der Sache endlich überdrüssig wurde und sie wieder allein ließ, was er jedoch leider nicht tat. Schließlich gab es nichts mehr zu tun und so blieb ihr gar nichts anderes übrig, als das Kellergewölbe mit ihm und Dominik zu verlassen, ohne noch einmal Gelegenheit zu einem weiteren Gespräch mit Leander gehabt zu haben.

Den ganzen Morgen gingen ihr Leanders verzweifeltes Flehen um Hilfe und seine Beteuerungen, nicht geisteskrank zu sein, durch den Kopf. Wenn es stimmte, was er sagte, waren die Schlussfolgerungen erschreckend. Denn dann geschah in diesem Haus ein abscheuliches Verbrechen. Aber konnte sie den Worten eines Fallsüchtigen Glauben schenken?

Johanna konnte es nicht erwarten, mit ihrer Arbeit im Narrenhaus endlich fertig zu werden, um Kopernikus von diesem verstörenden Zwischenfall im Kellergewölbe berichten zu können und zu hören, was er dazu zu sagen hatte.

Der Alchimist zeigte sich an diesem Vormittag jedoch nicht gerade in bester Stimmung. Als sie bei ihm eintraf, saß er gerade über einem Brief an Balthasar Neuwirth und kaute mit verdrossener Miene auf dem Ende seines Federhalters. Dass sie sofort mit ihm sprechen wollte, passte ihm gar nicht.

»Hat das nicht Zeit bis später?«, murrte er.

Kopernikus war in letzter Zeit überhaupt sehr starken Gemütsschwankungen unterworfen. So konnte eine mit rastloser Arbeitswut gepaarte Euphorie schon ein paar Tage später in wortkarge Bedrückung und Schwermut umschlagen. Das lag natürlich daran, dass sie bei ihren Versuchsreihen in den vergangenen Monaten einige bittere Rückschläge erlitten hatten und der magischen Tinktur immer noch nicht näher gekommen waren. Sie waren bisher über die Stufe der hohen Weiße, die Kopernikus auch die »fixe Luna« nannte, nicht hinausgekommen. Sie hatten den Pfauenschwanz überwunden, diese verschiedenfarbigen Zwischenstufen. Doch der Übergang der Stoffe in den zitronengelben und schließlich in den roten Zustand wollte ihnen einfach nicht gelingen. Und so grübelte Kopernikus denn tage- und nächtelang darüber nach, bei welchem Arbeitsgang er bloß welchen Fehler gemacht hatte. Aber das allein war es wohl nicht, was ihn seit geraumer Zeit bedrückte. Doch was ihm sonst noch auf der Seele lastete, behielt er für sich. Und dass er darüber nicht mit ihr sprach, erfüllte sie mit wachsender Sorge.

Johanna ließ sich von seiner mürrischen Miene jedoch nicht abschrecken. Früher hätte er sie damit vielleicht zum Schweigen bringen können. Aber nach anderthalb Jahren in seinen Diensten kannte sie ihn zu gut, um sich von einer grimmigen Miene einschüchtern zu lassen.

»Nein, es muss jetzt sein, Kopernikus!«, beharrte sie. »Ich glaube, was ich Euch zu erzählen habe, ist im Augenblick wichtiger als alles andere. Die alchimistischen Arbeiten können wir auch nachher noch fortführen und Euer Brief wird bestimmt ebenso wenig darunter leiden, wenn Ihr die Feder mal für eine Weile aus der Hand legt. Denn bei dem, was ich Euch zu berichten habe, geht es möglicherweise um Leben und Tod – und zwar im wahrsten Sinne des Wortes!«

Damit hatte sie seine ungeteilte Aufmerksamkeit gewonnen, wusste er doch, dass sie nicht den Hang zu dramatischen Übertreibungen besaß. Seine buschigen Augenbrauen hoben sich und sofort legte er die Feder aus der Hand. »Oh, dann erzähl, was nicht warten kann!«, forderte er sie auf.

Johanna beschrieb ihm, was sich wenige Stunden zuvor im

Kellergewölbe des Narrenhauses zugetragen hatte. Und sie bemühte sich möglichst genau wiederzugeben, was Leander zu ihr gesagt hatte.

Aufmerksam und ohne sie auch nur einmal zu unterbrechen, hörte Kopernikus ihr zu und sein Gesicht nahm sehr bald einen ernsten und sorgenvollen Ausdruck an.

Als sie ihren Bericht beendet hatte und ihn nun fragte, was er denn von Leanders Geschichte hielt, antwortete er ohne großes Zögern: »Alles spricht dafür, dass es sich tatsächlich so verhält, wie er es dir gesagt hat.«

Johanna gab einen Stoßseufzer von sich. »Ja, zu dem Ergebnis bin ich mittlerweile auch gekommen. Aber ist es denn wirklich möglich, jemanden langsam zu vergiften und ihn dabei gleichzeitig um den Verstand zu bringen? Ich meine, mit Laudanum allein geht das doch wohl kaum, oder? Denn Laudanum ist doch kein Gift.«

»Die Dosierung macht das Gift! Dieser Satz stammt schon von Paracelsus«, erwiderte Kopernikus. »Opium kann in seiner verdünnten Form als Laudanum heilende Kräfte haben. Aber in der richtigen Konzentration verabreicht, entfaltet Opium eine verheerende Wirkung. Und wenn man es dann noch mit anderen Giften mischt, die auf das Gehirn einwirken, dann ist es sehr gut möglich, jemanden zu vergiften und gleichzeitig um den Verstand zu bringen. Es gibt so viele Stoffe in der Natur, die bei kundiger Anwendung gewaltige zerstörerische Kräfte entwickeln. Denk doch nur an die Mandragorawurzel, das Bilsenkraut, die Tollkirsche, den Fliegenpilz – und das sind noch längst nicht die gefährlichsten.«

»Und Hackenbroich experimentiert schon seit vielen Jahren mit seinen geheimen Kräutermixturen! Ich bin sicher, dass er sich auch darauf versteht, derartige Gifte anzurühren«, gab Johanna zu bedenken und zweifelte nun selbst nicht länger daran, dass sich Leander in großer Gefahr befand. »Mein Gott, was machen wir jetzt bloß?«

»Bevor wir irgendwelche Schritte unternehmen können, brauchen wir den Beweis, dass unser Verdacht begründet ist. Das bedeutet, dass du mir zuerst einmal eine Probe von dieser angeblichen Medizin beschaffen musst, die du diesem Leander van Dyke morgens immer ins Wasser mischen sollst.« Kopernikus machte eine kurze Pause, bevor er noch hinzufügte: »Und dann brauchen wir ein paar Mäuse oder Ratten.«

Johanna verstand. »Die Probe kann ich leicht beschaffen. Und was Ratten und Mäuse angeht, so gibt es davon genug in Hackenbroichs Narrenhaus. Dominik wird mir gern ein paar im Stall oder auf dem Dachboden fangen. Er braucht ja bloß einige von diesen käfigartigen Fallen aufzustellen, mit denen man sie lebend kriegt.«

»Wir könnten das eigentlich auch ganz gut hier bei uns schaffen«, sagte Kopernikus spöttisch, denn auch die einstige Töpferei und der Gebäudeteil mit dem Torweg wurden von Mäusen und Ratten heimgesucht. Aber er überließ diese Jagd dann doch lieber Dominik.

Dieser stellte keine Fragen, wozu sie plötzlich Mäuse oder Ratten brauchte. Er freute sich viel zu sehr Johanna einen Gefallen tun zu können, und versprach Stillschweigen darüber zu bewahren.

Was jedoch die Probe anging, die sie gleich am nächsten Morgen beschaffen wollte, so stieß sie unverhofft auf Schwierigkeiten. Denn nicht Dominik, sondern Frieder erwartete sie am anderen Morgen mit dem Schlüsselbund an der Kellertür.

»Wo ist Dominik?«, wollte Johanna wissen.

»Der hat anderes zu tun«, antwortete Frieder. »Heute gehe ich dir da unten zur Hand.«

»Ich mache das aber lieber mit Dominik!«

»Willst du dich vielleicht mit Hackenbroich anlegen?«, fragte er herausfordernd.

Johanna blieb nichts anderes übrig, als mit Frieder in das Gewölbe hinunterzusteigen, was schon schlimm genug war. Aber was ihr fast körperliche Schmerzen bereitete, war, dass sie keine andere Wahl hatte, als die Medizin in Leanders Wasserkanne zu gießen. Denn Frieder stand mit ihr am Wasserfass und verfolgte jede ihrer Bewegungen.

Leander ließ sich nichts anmerken, doch Johanna war sicher, dass er gesehen hatte, wie sie den Inhalt der Flasche in seine Blechkanne geleert hatte. Und obwohl auch er nach dem salzigen Stockfisch von gestern Nachmittag durstig sein musste, rührte er seine Kanne nicht an. Sie bemerkte jedoch aus den Augenwinkeln, dass er immer wieder zu seiner Wasserration hinblickte, als könnte er sich nur mit Mühe beherrschen, nicht davon zu trinken. Er saß neben dem Gitter, hielt die Arme um den Leib geschlungen und wippte vor und zurück.

Plötzlich gab er einen gequälten Laut von sich, der wie ein mühsam unterdrücktes Aufschluchzen klang, packte die Kanne und setzte sie an die Lippen.

Als Johanna zu ihm hinblickte, sah sie mit Erschütterung, dass ihm beim Trinken Tränen über das Gesicht rannen. Denn er wusste, dass er mit dem Wasser, nach dem er gierte, auch das Gift in sich aufnahm, das ihn langsam in den Wahnsinn trieb.

Frieder bekam davon nichts mit, denn er stand jetzt vor dem Gitter von Antons Zelle und piesackte ihn mit dem Ende des Hakenstockes.

Johanna vermochte ihre Bestürzung nur zu überspielen, indem sie sich mit Frieder anlegte und sich in eine Wut hineinsteigerte, wie er sie noch nie bei ihr erlebt hatte. Sie stürzte sich auf ihn, doch er lachte nur darüber, denn er war ihr körperlich weit überlegen. Er nutzte die Gelegenheit auf seine Weise, indem er sie fest an sich gepresst hielt, ihr schamlos unter den Rock griff und zwischen die Beine fasste.

Einen Moment lang fürchtete Johanna, er würde sie zu Boden drücken und ihr hier unten in dem Dreck und Gestank des Gewölbes seinen Willen aufzwingen.

Stattdessen ließ er sie los und sagte: »Du kannst einem das Blut ganz schön in Wallung bringen. Aber ich warte lieber, bis du es genauso willst wie ich.« Er zwinkerte ihr zu. »Und du läufst mir ja nicht weg.«

Johanna war sprachlos vor Wut und Ohnmacht.

Frieder begleitete sie für den Rest der Woche jeden Morgen in den Keller hinunter und kein einziges Mal gelang es ihr, die giftige Flüssigkeit heimlich wegzugießen, geschweige denn in die kleine Flasche umzufüllen, die Kopernikus ihr mitgegeben hatte. Und am Ende der Woche befand sich Leander längst wieder in jenem fürchterlichen Zustand aus Betäubung und geistiger Verwirrung, in dem sie ihn am ersten Tag ihres Kellerdienstes angetroffen hatte. Er seiberte und lallte wieder vor sich hin und zögerte jetzt auch keine Sekunde mehr sich auf seine Wasserkanne zu stürzen. Der Gedanke, dass darin Gift enthalten war, vermochte sein getrübtes Bewusstsein ganz offensichtlich nicht mehr zu durchdringen.

In dieser Woche erlebte Johanna auch zum zweiten Mal, wie Leander plötzlich von der Fallsucht gepackt und niedergeworfen wurde.

Frieder spuckte durch das Gitter auf ihn und sagte verächtlich: »Ich habe mal gesehen, wie sich ein Fallsüchtiger bei so einem Anfall die eigene Zunge abgebissen hat.«

Johanna wurde ganz übel vor Zorn und Hilflosigkeit, doch sie beherrschte sich und ließ sich nichts anmerken. Sie litt jedoch mit jedem Tag mehr, der ungenutzt verstrich und an dem Frieders Gegenwart sie dazu zwang, Leanders Trinkwasser zu vergiften. Nachts quälten sie entsetzliche Alpträume und sie verlor jeglichen Appetit und auch jegliches Interesse an der alchimistischen Arbeit. Und wann immer ihr Blick im Laboratorium auf die große Kiste fiel, in der sich die drei Mäuse befanden, die Dominik gefangen hatte, sah sie vor ihrem geistigen Auge Leander in seinem Elend.

»Bewahre jetzt bloß die Nerven, Johanna!«, ermahnte Kopernikus sie mehr als einmal. »Wenn du überstürzt handelst und einen Fehler machst, kann des Leanders Ende bedeuten. Denn ich kenne hier in Köln niemanden, der auf mein Wort etwas geben und daraufhin gegen Hackenbroich vorgehen würde. Und dir wird man noch viel weniger Glauben schenken. Also warte, bis die Luft rein ist und niemand sieht, was du tust! Frieder wird schon bald die Lust verlieren, mit dir da unten die Dreckarbeit zu machen. Du darfst dich nur nicht von ihm provozieren lassen, sondern musst ihm beharrlich die kalte Schulter zeigen und ihn keines Wortes würdigen.«

Am Sonntagmorgen verlor Frieder endlich den Spaß daran, ihr dort unten Gesellschaft zu leisten und sich dem Gestank auszusetzen. Als er zusammen mit Hackenbroich, Ida und Berendike in die Pfarrkirche zur heiligen Messe ging, konnte sie die Flaschen endlich umfüllen. Sie versuchte auch, mit Leander zu sprechen, doch ohne Erfolg. Er stand zu sehr unter dem Rauschgift und stierte sie nur mit benebeltem Blick an.

Der Versuch mit den drei Mäusen, denen sie die angebliche Medizin unverdünnt vorsetzten, bestätigte ihren Verdacht. Die Tiere verloren schon nach kurzer Zeit ihren Gleichgewichtssinn, sie taumelten, liefen gegen die Wände der Kiste, stürzten hin und starben noch am selben Tag.

»Wir können nicht länger tatenlos zusehen, wir müssen etwas unternehmen!«, sagte Johanna entschlossen, während ihr gleichzeitig entsetzlich elend zu Mute war. »Es reicht nicht, wenn ich Leander vor dem Gift bewahre und wenn er verheimlicht, dass er nicht länger unter der Wirkung von Hackenbroichs teuflischer Mixtur steht. Wir müssen ihn da herausholen!«

Kopernikus nickte. »Gewiss, das ist unsere Christenpflicht und auf dieses Ziel müssen wir unser Handeln ausrichten. Aber dieses Handeln muss wohl durchdacht sein, wenn es auch gelingen soll!«, warnte er sie. »Wir müssen mehr über seine Eltern und diesen Onkel August Siegloff erfahren, um zu wissen, wen wir ins Vertrauen ziehen können und vor wem wir uns hüten müssen. Sollten wir von keinem Hilfe erwarten können, brauchen wir einige gute Ideen und müssen schließlich einen Plan zu Leanders Befreiung entwickeln, der Hand und Fuß hat und keinen von uns in Gefahr bringt!«

Johanna hatte sofort eine Idee, die ihren bedrückten Gesichtsausdruck augenblicklich in ein hoffnungsvolles Lächeln verwandelte. »Ich weiß, wem wir vertrauen können und wer uns dabei helfen wird!«

Einundzwanzigstes Kapitel

Es war noch früh an diesem angenehm milden Märzabend, als Johanna sich mit einem irdenen Bierkrug in die Reimersgasse begab. Als sie um die Ecke kam, sah sie schon aus fünfzig Schritt Entfernung den aufsteigenden Lohkuchendampf. Nach gutem altem Brauch brannte vor jeder Schenke, die etwas auf sich hielt, neben dem Eingang in einer aus der Wand gehauenen Öffnung ein Lohkuchen zum Anzünden der Pfeifen. Und im Sommer stellten manche wohlmeinende Wirtsleute sogar einen Eimer mit Wasser daneben, damit die Vorbeikommenden ihren Durst löschen konnten.

Das Wirtshaus *Zur schwarzen Rose* gehörte zu den respektablen unter den zahlreichen Schenken. Der alte August Flake hielt auch an der Sitte kölnischer Stammbierhäuser fest, über den Gattern, den halben Türen, einen halbrunden, aus weißen Weiden geflochtenen Korb aufzuhängen. Diesen Hopfenkorb musste jeder, der die Schenke betrat oder aus ihr herauskam, beiseite schieben, wenn er nicht mit dem Kopf anstoßen wollte.

Johanna bemerkte im kurzen Durchgang zwei Schinder* und einen Packan, einen Gerichtsdiener, denen der Zutritt zu den Schankräumen verwehrt war. Die Dienste dieser Leute wurden zwar gebraucht, aber das änderte nichts daran, dass diese Menschen verachtet, geschnitten und nur am Rand der Gesellschaft geduldet wurden. Die drei Männer, die ganz hinten in der Ecke des Durchgangs standen, mussten ihr Bier zudem aus Kumpen trinken, die keinen Deckel besaßen und aus denen man am Rand ein Stück vom Steingut herausgeschlagen hatte.

Im Innern der Schenke herrschte das rauchige Halbdunkel, das allen Wirtschaften zu Eigen war. Die Einrichtung bestand aus schweren eichenen Tischen und klobigen Bänken. Unter der Balkendecke hingen eiserne Leuchter mit kupfernen Aufsätzen, von denen die Lichtschere an einer Kette herunterhing. Die einfachen Unschlittlichter in den Leuchtern qualmten, ihr schwaches Licht kämpfte einen fast aussichtslosen Kampf gegen die Tabakwolken, die schon jetzt durch die Schenke waberten.

Zu dieser frühen Stunde gab es noch viel freie Plätze und Johanna setzte sich an den Tisch, der gleich neben dem Durchgang von der allgemeinen Gaststube zur Herrenstube stand und an dem sich noch niemand niedergelassen hatte. Sie hielt Ausschau nach Frederikus und entdeckte ihn gleich nebenan in der Herrenstube. Dort saßen schon mehrere Kaufleute, die teure Meerschaumpfeifen rauchten und sich ihr Bier oder ihren Wein nicht in den gewöhnlichen Wirtshauskannen mit zinnernem Deckel auftischen ließen, sondern ihre eigenen kostbaren Schoppengläser in kleinen Körbchen mitgebracht hatten. Und darin führte so mancher von diesen vermögenden Bürgern auch die kleine Reibe mit der Beschot, der Muskatnuss mit, um sich seinen Schoppen damit kräftig zu würzen.

Frederikus fing ihren Blick auf, beantwortete ihn mit einem freudigen Lächeln und sah zu, dass er so schnell wie möglich zu ihr an den Tisch kam. »Schön, dass du dich mal wieder bei uns blicken lässt, Johanna«, begrüßte er sie mit dem fröhlichen Überschwang, der zu seinem unbekümmerten Wesen gehörte. »Jetzt weiß ich endlich auch, was mir die letzte Zeit gefehlt hat: namlich dein reizender Anblick!«

Sie konnte nicht verhindern, dass sie leicht errötete. Frederikus hatte etwas an sich, das in ihr ein prickelndes Gefühl hervorrief, wann immer sie sich in seiner Gegenwart befand. Seit sie ihm damals so geistesgegenwärtig aus der Klemme geholfen hatte, was jetzt auch schon fast anderthalb Jahre zurücklag, schenkte er ihr jedes Mal seine ungeteilte Aufmerksamkeit. Ja, manchmal hatte sie sogar den Eindruck, als machte er ihr schöne Augen. Und das von einem gestandenen jungen Mann wie ihm . . . nun, das blieb nicht ohne Wirkung, wie sie sich insgeheim eingestehen musste.

»Du alter Schmeichler! Ich möchte nicht wissen, wie oft dir das diese Woche schon über die Lippen gekommen ist!«

Er hob die Schwurhand, machte ein feierliches Gesicht und beteuerte: »Seit meiner letzten Beichte nicht ein einziges Mal!«

»Vermutlich kommst du gerade von der Beichte!«, spottete Johanna.

»Von wegen!« Er beugte sich zu ihr vor und flüsterte mit Verschwörerstimme: »Dir kann ich es ja gestehen, Johanna. Ich habe einen Beichtstuhl schon seit einer Ewigkeit nicht mehr von innen gesehen. Nicht dass es mir am wahren Glauben fehlen würde. Aber ich möchte es nicht auf mein Gewissen laden, dass den Geistlichen, der mir die Beichte abnehmen muss, der Schlag trifft – oder schlimmer noch, dass er mich dazu verdonnert, mein im Schmuggel sauer verdientes Geld in den Opferstock zu stecken!«

Johanna lachte. »Dir glaube ich doch kein Wort!«

»Das liegt nur daran«, seufzte er, »dass du mich nicht gut genug kennst. Du müsstest dir nur mal Zeit für mich nehmen und dann . . .«

»Entschuldige, aber darüber können wir vielleicht später einmal reden«, fiel sie ihm ins Wort. »Zur Zeit habe ich andere Dinge zu bedenken und deshalb wollte ich auch mit dir sprechen.«

Frederikus wurde sofort ernst. »Hast du wieder Ärger mit Hackenbroich?«

»Das nicht, aber es kann dazu kommen«, antwortete sie ausweichend. »Ich brauche deine Hilfe.«

»Sag schon, was ich für dich tun kann!«, forderte er sie auf.

»Du weißt, dass du auf mich zählen kannst. Ich warte schon lange darauf, ein wenig von meiner Schuld bei dir abzutragen. Denn wenn du damals nicht den Krawall vom Zaun gebrochen und den Zollinspektor abgelenkt hättest, wäre es um mich geschehen gewesen. Ich hatte mich schon mit dem glühenden Eisen gebrandmarkt und auf dem Markt in den Pranger* eingeschlossen gesehen!«

»Könntest du für mich über einige Personen Erkundigungen einziehen?«

»Sag mir, um welche Personen und welche Art von Erkundigungen es sich handelt, und ich sage dir, ob ich sie dir beschaffen kann.«

Johanna nannte ihm nun die Namen Hendrik, Charlotte und Leander van Dyke sowie den Namen von Leanders Onkel und dessen Landgut.

»Mit dem Namen van Dyke kann ich erst mal nichts anfangen, aber der von August Siegloff ist mir gut bekannt. Der Mann unterhält unten am Hafen ein Frachtkontor und lässt drei Schiffe für sich fahren, wenn ich mich nicht sehr täusche«, sagte Frederikus. »Und was das Landgut *Rosenhof* angeht, so weiß ich auch, wo das liegt.«

»Was ich wissen muss, ist, wie dieser August Siegloff zu seiner Schwester Charlotte und zu deren Stiefsohn Leander steht, wo der Vater Hendrik van Dyke steckt und was du sonst noch über Leander und seine Familie herausfinden kannst.«

»Ich bin sicher, dass ich das deichseln kann. Gib mir nur ein paar Tage Zeit. Es findet sich doch überall irgendein Bediensteter, der nur zu gern über seine Herrschaft herzieht. Das wird auch auf dem *Rosenhof* und unten im Frachtkontor nicht anders sein«, antwortete Frederikus. »Aber verrätst du mir auch, warum du das alles wissen willst? Ist dieser Leander einer von den Schwachsinnigen, die Hackenbroich in seinem Tollhaus verwahrt? Entschuldige, wenn ich neugierig bin, aber hat Hackenbroich vielleicht noch mehr Dreck am Stecken, als ich bisher angenommen habe?«

Johanna wusste, dass sie ihm vertrauen musste. »Es sieht ganz so aus. Dieser Leander leidet zwar an der Fallsucht, ist jedoch nicht halb so schwachsinnig, wie Hackenbroich und Leanders Stiefmutter glauben machen wollen. Aber ich bitte dich darüber strengstes Stillschweigen zu bewahren!«

Frederikus gab ihr sein Wort und versprach sie umgehend aufzusuchen und zu unterrichten, sowie er etwas in Erfahrung gebracht hatte. »Und vergiss nicht, dass du immer auf mich zählen kannst!«, beteuerte er noch einmal.

»Vielleicht werde ich schon sehr bald gezwungen sein dich beim Wort zu nehmen«, warnte Johanna ihn vor.

Erleichtert, dass sie sich seiner Unterstützung sicher sein konnte, machte sich Johanna auf den Rückweg in die Marzellenstraße.

Ihre Zuversicht erhielt jedoch schon in den nächsten Tagen einen herben Dämpfer, als Leander nicht die geringsten Anzeichen von Besserung zeigte. Dabei versorgte sie die drei im Keller Eingekerkerten doch nun wieder allein mit Dominik, sodass sie endlich das Gift heimlich wegkippen konnte. Warum nur kam er dennoch nicht aus seinem betäubten, geistesverwirrten Zustand heraus?

Als Leander am Ende der Woche noch immer nicht ansprechbar war, kam ihr auf einmal ein schrecklicher Verdacht. Erhielt Leander vielleicht neuerdings auch am Nachmittag mit seiner Ration Wasser noch ein zweites Gift?

Dominik bestätigte ihre Befürchtung. »Ja, er kriegt auch noch am Nachmittag Medizin. Meister Hackenbroich und der junge Meister Frieder erhoffen sich davon eine Menge, glaube ich«, sagte er in völliger Ahnungslosigkeit.

Was sie sich erhoffen, ist, dass Leander wohl möglichst schnell und unwiderruflich dem Wahnsinn verfällt. Deshalb haben sie die Dosis erhöht, diese Verbrecher!, hätte Johanna beinahe in ihrem Zorn geantwortet. Doch sie presste die Lippen zusammen, wechselte rasch das Thema und sah zu, dass sie mit ihrer Arbeit fertig wurde, damit sie sich mit Kopernikus besprechen konnte. Doch der wusste auch keinen Rat.

Am selben Nachmittag, als sie darüber grübelten, was sie bloß tun konnten, hämmerte unten jemand mit dem schweren Eisenklopfer gegen das Tor. Johanna lief in den Hof hinunter, um zu sehen, wer da Einlass verlangte. Es war Frederikus.

»Dich hat der Himmel geschickt!«, rief sie freudig. »Wir wissen nämlich nicht mehr aus noch ein. Ich hoffe, du bringst gute Nachrichten!«

»Das kommt darauf an, was du erwartest«, antwortete er zurückhaltend.

Sie verriegelte das Tor hinter ihm und führte ihn unten in die Küche, wo sie schnell einen Topf Wasser für frischen Tee aufsetzte. Dann lief sie nach oben, um Kopernikus zu holen.

Die beiden Männer schienen sich auf Anhieb sympathisch zu finden. Sie setzten sich an den Küchentisch und Johanna füllte drei einfache Steingutbecher mit dem frisch aufgebrühten Kräutertee.

»Hol uns auch die Dose mit dem Kandiszucker, Johanna!«,

sagte Kopernikus und forderte Frederikus auf sich daraus zu bedienen.

Frederikus wusste diese noble Geste sehr zu schätzen, stellte dieser braune Zucker doch eine kleine Kostbarkeit dar, die sich die wenigsten leisten konnten.

Sie süßten ihren Tee, genossen den ersten Schluck des so herrlich veredelten Getränks und dann berichtete Frederikus ihnen, was er in Erfahrung gebracht hatte.

»Es war nicht leicht, mit einem der Bediensteten vom *Rosenhof* unauffällig Verbindung aufzunehmen. Zum Glück kenne ich einen der Fuhrleute, die gelegentlich dort Güter anliefern. Und dieser Fuhrmann hat eine der Mägde dort ausgefragt«, begann er. »Dabei hat er Folgendes von ihr erfahren: Charlotte van Dyke ist eine geborene Siegloff, die den Holländer Hendrik van Dyke erst im September letzten Jahres geheiratet hat. Die beiden haben sich im Jahr zuvor kennen gelernt, als Hendrik van Dyke während der Jagdsaison einige Wochen zu Gast auf dem Landgut weilte. Aus welcher holländischen Stadt Hendrik van Dyke kommt, wusste das Mädchen nicht, nur dass er auch etwas mit Schiffen zu tun hat.«

»Hat sie denn wenigstens gewusst, wohin er gereist ist und wie man ihn erreichen kann?«, wollte Johanna wissen.

Frederikus schüttelte den Kopf. »Sie weiß nur, dass er vor einigen Wochen ins Land des Zaren gereist ist.«

»Nach Russland?«, fragte Johanna ungläubig.

»Ja, er hat dort irgendwelche wichtigen Geschäfte zu erledigen und wird erst im Herbst wieder zurückerwartet. Seine Frau wollte ihn auf keinen Fall begleiten und hat darauf bestanden, die Monate bis zu seiner Rückkehr auf dem Landgut ihres älteren Bruders zu verbringen. Sie wollte auch nicht, dass Leander mit ihm auf die Reise ging. Welcher Art diese

Geschäfte sind, um die sich Hendrik van Dyke in Russland kümmert, konnte das Dienstmädchen nicht sagen. Und wo genau in Russland er sich aufhält, hat sie auch nicht mitbekommen.«

Kopernikus seufzte. »Zu den hellsten Köpfen scheint dieses Mädchen ja nicht zu gehören.«

Auch Frederikus bedauerte das. »Aufgefallen ist ihr jedoch, dass Charlotte van Dyke wenig Mitgefühl, geschweige denn Sympathie oder gar Liebe für den fallsüchtigen Sohn ihres Mannes gezeigt hat. In Gegenwart des Vaters hat sie sich zwar immer beherrscht. Aber einmal ist das Zimmermädchen Zeuge geworden, wie Leander, als er mit seiner Stiefmutter allein war, einen Anfall gehabt hat. Da hat sie auf ihn hintergespuckt und voller Abscheu gesagt, dass einer wie er Gottes Fluch trägt, den Gnadenschuss verdient hat oder doch zumindest irgendwo weggeschlossen gehört, wo er keinen belästigt.«

»Die Grausamkeit des Menschen kennt wahrlich keine Grenzen – wie auch nicht seine Dummheit und Überheblichkeit!«, sagte Kopernikus mit einem Kopfschütteln. »Kein Wunder, dass sie ihn um jeden Preis aus der Welt schaffen will.«

»Ja, vor allem wenn man zudem auch noch weiß, dass Charlotte van Dyke . . .« Frederikus zögerte kurz, blickte schnell zu Johanna hinüber und sagte dann mit leichter Verlegenheit: ». . . guter Hoffnung ist.«

»Du meinst, sie ist schwanger und erwartet ein Kind von ihrem Mann?«, fragte Kopernikus geradeheraus.

Frederikus nickte. »Ihr ist nämlich seit Februar jeden Morgen schlecht und sie bricht sich täglich die Seele aus dem Leib. Zudem isst sie die verrücktesten Dinge durcheinander. Jedenfalls schwört das Zimmermädchen darauf, dass Charlotte van Dyke. . . . bald ein eigenes Kind erwartet. Natürlich hofft sie auf einen Stammhalter.«

»Das erklärt so einiges!«, stieß Johana grimmig hervor. »Jetzt, wo sie vielleicht bald einen eigenen Sohn hat und schon an die Erbfolge denkt, stört der Stiefsohn natürlich ganz gewaltig.«

Kopernikus pflichtete ihr bei. »So etwas gibt immer böses Blut. Aber sprich weiter, Frederikus! Was hast du über ihren Bruder in Erfahrung bringen können?«

»Nicht viel Erfreuliches, wenn man es von Leander van Dykes Warte aus betrachtet«, fuhr Frederikus fort. »August Siegloff und seine Schwester sind ein Herz und eine Seele. Das Zimmermädchen ging zwar nicht so weit, unmissverständlich den Verdacht zu äußern, dass das Kind vielleicht einen anderen Vater als Hendrik van Dyke haben könnte. Aber der Fuhrmann, der mit ihr sprach, hat die versteckte Andeutung schon mitbekommen.«

»Das wäre ja Inzest!«, entfuhr es Johanna schockiert.

»Und damit etwas, was wie all die anderen gottlosen Sünden seit Menschengedenken immer und immer wieder geschieht«, fügte Kopernikus trocken hinzu und bedeutete Frederikus in seinem Bericht fortzufahren.

»August Siegloff ist zwar verheiratet, aber kinderlos. Seine nicht sehr ansehnliche Frau Martha hat er offenbar nur wegen ihrer erheblichen Mitgift geheiratet. Sie soll von kränklicher Gesundheit sein, lebt ganz zurückgezogen und lässt sich kaum einmal außerhalb ihrer Räume blicken. Es heißt, sie trage hinter ihrer verschlossenen Tür bei zugezogenen Gardinen ein weißes Gewand wie eine Klosternovizin und führe stundenlange Zwiegespräche mit allerlei Heiligen und Märtyrern. Aber wie dem auch sei, die satte Mitgift seiner Frau hat ihm einige sorglose Jahre verschafft. Doch seit einiger Zeit sieht es geschäftlich nicht mehr so rosig für ihn aus. Er soll eine Menge Schulden haben, wie mir persönlich in den Kontoren am Hafen zu Ohren gekommen ist. Das ist alles.«

Johanna und Kopernikus sahen sich an und jeder wusste, was dem anderen durch den Kopf ging: Die einzelnen Mosaiksteine passten nur zu gut zusammen. Und das hässliche Bild, das sie ergaben, war das einer skrupellosen Verschwörung, die Leanders Tod und zweifellos den ungehinderten Zugriff auf das Vermögen seines Vaters zum Ziel hatte. Und wer weiß, was für ein Schicksal die beiden ihm zugedacht hatten!

»Leander befindet sich in höchster Gefahr!«, sagte Johanna. »Wir müssen ihn so schnell wie möglich aus dem Kellerverlies herausholen!«

»Ja, gar keine Frage«, stimmte Kopernikus ihr zu. »Aber das ist leider leichter gesagt als in die Tat umgesetzt. Denn dass wir die Obrigkeit dabei aus dem Spiel lassen müssen, weil aus unserer Rettungsmaßnahme sonst ein Rohrkrepierer wird, versteht sich ja von selbst. Keiner von uns genießt das Ansehen, das nötig wäre, um offen gegen Hackenbroich und Leanders Stiefmutter vorgehen zu können.«

»Ich sehe aber dennoch nicht, was daran so schwierig sein soll«, meinte Frederikus. »Johanna wird es ein Leichtes sein, von den Schlüsseln, die wir brauchen, heimlich Wachsabdrücke zu machen. Die entsprechenden Wachsscheiben kann ich im Handumdrehen besorgen. Und dann passen wir eine günstige Gelegenheit ab, etwa wenn Hackenbroich am Sonntagmorgen die Messe besucht, und holen den Burschen da heraus.«

»Eine Flucht ist nur dann erfolgreich, wenn man entkommt *und* danach auch auf freiem Fuß bleibt«, erwiderte Kopernikus mit einem feinen Lächeln auf den Lippen, das nur Johanna richtig zu deuten wusste. »Wenn wir Leander aus Hackenbroichs Keller befreien, wird es Tage dauern, bis die Wirkung des Giftes nachlässt und er fähig ist uns mit Auskünften über den Verbleib seines Vaters zu helfen oder mit Adressen von anderen Verwandten in Holland, denen zu trauen ist. Das bedeutet, dass wir ihn erst einmal für unbestimmte Zeit hier bei uns verstecken müssen, richtig?«

Frederikus nickte und wartete gespannt, worauf Kopernikus Quint hinauswollte.

»Wenn Leander, der unter Gift und Drogen steht, plötzlich aus seiner Kellerzelle verschwindet, wird Hackenbroich sich natürlich sofort fragen, wer das ausgeheckt hat«, fuhr der Alchimist fort. »Und er wird keine fünf Minuten brauchen, um Johanna zu verdächtigen. Sie hat Zugang zum Keller und zu den Schlüsseln und er wird sich denken, dass sie irgendetwas aufgeschnappt hat. Er wird Johanna und mir sofort die Obrigkeit auf den Hals hetzen, die hier das Unterste nach oben kehren und uns arg zusetzen wird, und das darf nicht geschehen.«

Und nicht nur aus Sorge um mich!, dachte Johanna mit einem Anflug von Spott. Denn natürlich sorgte er sich auch um sein Laboratorium und fürchtete, dass dann bekannt würde, was er wirklich in diesem Haus trieb.

»Ihr habt Recht«, gestand Frederikus.

»Aber auch wenn wir Leander woanders verstecken und man uns nichts anlasten kann, würde das viel Ärger für uns mit sich bringen!«, betonte Kopernikus noch einmal. »Deshalb müssen wir uns einen raffinierten Plan ausdenken, der jeglichen Verdacht gegen Johanna und mich von vornherein unterbindet.«

Sie überlegten hin und her, wie sie es wohl anstellen sollten, doch verwarfen sie eine Idee nach der anderen, weil sich jeder Vorschlag schon nach kurzer Prüfung als untauglich herausstellte.

Es dämmerte schon, als Frederikus resignierend sagte: »Wir können es drehen und wenden, wie wir wollen, aber auf irgendeinen im Haus wird immer ein Verdacht fallen. Denn zumindest einen Komplizen aus Hackenbroichs persönlichem Umfeld muss es ja geben, weil alles andere keinen Sinn machen würde.«

Johanna seufzte. »Ich wünschte, wir könnten es Frieder in die Schuhe schieben. Dieser Mistkerl hätte es wirklich verdient, bei Hackenbroich in Ungnade zu fallen.«

Kopernikus klatschte in die Hände. »Das ist die Idee!«, rief er begeistert.

»Wie bitte?«, fragte Johanna verständnislos.

»Wir machen deinen Quälgeist Frieder zum Sündenbock und werfen ihn Hackenbroich zum Fraß vor! Mein Gott, warum sind wir nicht schon viel früher darauf gekommen?«, erklärte Kopernikus fröhlich und schlug sich dabei mit der flachen Hand vor die Stirn. »Frieder ist doch mehr oder weniger in das Komplott eingeweiht. Aber auch wenn er es nicht ist, ist er für uns der perfekte Sündenbock. Denn Hackenbroich wird zwangsläufig glauben, dass Frieder genug aufgeschnappt hat, um sich alles zusammenzureimen, und dass er ihn hintergangen hat.«

»Und warum sollte er so etwas tun?«, fragte Frederikus.

»Liegt das denn nicht auf der Hand?«, erwiderte Kopernikus. »Leander ist der Sohn eines zweifellos vermögenden Mannes. Wenn Frieder diesem Sohn das Leben rettet, kann er dann nicht mit Fug und Recht auf eine reiche Belohnung von dessen Vater hoffen? Eine Belohnung, die Leander ihm natürlich hoch und heilig versprochen hat.«

»Was voraussetzt, dass Frieder ihm das schleichende Gift

tagelang nicht verabreicht hat, sodass Leander wieder zu sich kommen und mit ihm reden konnte«, sagte Johanna.

»Richtig. Und warum sollte Hackenbroich denn nicht glauben, dass Frieder so etwas getan hat? Du kannst ja hinterher scheinbar zufällig die Bemerkung fallen lassen, dass Frieder in letzter Zeit sehr seltsam gewesen sei und es versäumt habe, Leander die Medizin zu verabreichen. Dann wird Hackenbroich nicht mehr den geringsten Zweifel haben, dass Frieder das lange geplant hat und mit Leander auf dem Weg zu dessen Vater ist.«

Johanna fand die Vorstellung, sich auf diese Weise für all die Demütigungen, die Frieder ihr zugefügt hatte, Genugtuung zu verschaffen und gleichzeitig Leander zu retten, ungeheuer verlockend, jedoch wollte sie sich nicht zu früh freuen. »Und Ihr meint, wir könnten das wirklich so hinbiegen, dass alles auf Frieder weist?«

»Ich bin überzeugt, dass wir das schaffen!«, versicherte der Alchimist.

»Ja, ich auch«, schloss Frederikus sich ihm an. »Das bedeutet aber, dass wir auch Frieder verschwinden lassen müssen, damit die ganze Geschichte nach einer gemeinsamen Flucht aussieht.«

Johanna erschrak. »Nein, nicht mit mir!«, wehrte sie entsetzt ab. Sie konnte nicht glauben aus seinem Mund solch einen ungeheuerlichen Vorschlag gehört zu haben.

Frederikus lachte. »Keine Sorge, ich habe nicht daran gedacht, ihn umzubringen und irgendwo zu verscharren.«

»Sondern?«, fragte sie argwöhnisch.

»Ich habe viele Freunde unter den Flussschiffern, auch unter den niederländischen. Einer von ihnen wird Frieder gern mit hinunter nach Rotterdam nehmen, natürlich in der Bilge oder im Kettenkasten und zudem ordentlich benebelt und gefesselt, damit er keinen Radau schlagen kann. Kurz vor Rotterdam können sie ihn dann bei Nacht irgendwo am Ufer oder besser noch im Hafen absetzen«, überlegte Frederikus genüsslich. »Und da er nicht einen Pfennig in der Tasche hat, wird er sich erst mal einige Wochen oder Monate verdingen müssen, wenn er nicht verhungern will. Sollte euch dieser Zeitaufschub nicht reichen, können meine Freunde es bestimmt auch einrichten, dass Frieder sich auf einem auslaufenden Segelschiff wieder findet und unfreiwillig auf große Fahrt geht.«

Johannas Augen leuchteten voller Begeisterung auf. »Das ist genial, Frederikus! Ja, das würde ich ihm gönnen! Und verdient hätte er das auch!«

Frederikus lächelte. »Nächste Woche feiern wir Ostern. Das ist eine gute Gelegenheit, um unseren Plan auszuführen. Denn ich weiß, dass Hackenbroich mit seinem ganzen Dienstpersonal jedes Jahr am Sonntagmorgen die Ostermesse im Domchor besucht. Die dauert gute zweieinhalb Stunden. Das gibt uns ausreichend Zeit.«

»Ja, der Sonntag ist ideal dafür. Ich werde sagen, dass ich mit Kopernikus Quint die Messe in einer anderen Kirche besuche. Hackenbroich kümmert es sowieso nicht, was ich tue, solange ich mich in der Woche für ihn ordentlich abschufte und pünktlich meinen Lohn bei ihm abliefere«, sagte Johanna.

Kopernikus nickte mit nachdenklich versonnener Miene, während er sich mit dem langen Stiel seiner Tonpfeife über die Lippen fuhr. »Ein prächtiger Einfall, Frederikus«, sagte er anerkennend – um sie beide im nächsten Moment mit dem verblüffenden Zusatz zu überraschen: »Aber auf eines sollten wir dennoch nicht verzichten. Wenn unser Plan gelingen soll, brauchen wir eine Leiche!«

Zweiundzwanzigstes Kapitel

Johanna schauderte, als ihr einer der Totengräber, deren Gesichter unter schwarzen Kapuzen verborgen waren, eine Schaufel in die Hand drückte und sie zum frisch aufgeworfenen Grabhügel führte. Im Dunkel der Nacht zeichnete sich der kleine Berg frischer Erde zwischen den mächtigen Grabsteinen nur als Silhouette ab.

»Nur zu, hol dir deine Leiche!«, flüsterte der Totengräber ihr zu, der auf einmal die Stimme von Frederikus besaß, und stieß sie unsanft nach vorn.

Sie begann wie wild zu schaufeln. Der Schweiß rann ihr über das Gesicht und ihr knöchellanges Nachthemd klebte ihr am Leib. Plötzlich brach die Erde unter ihr ein und sie stürzte unter dem höhnischen Gelächter der gesichtslosen Totengräber in die Grube, die sich in einen endlosen pechschwarzen Schlund verwandelte. Schreiend fiel sie dem Grund entgegen, den sie nicht sehen konnte, von dem sie aber wusste, dass dort ein Sarg lag, in dem Leander eingeschlossen war. Und von dort unten drang ihr seine gequälte Stimme entgegen. »Rette mich aus dieser Hölle! . . . Rette mich aus dieser Hölle! . . . Rette mich aus dieser Hölle!« Diesen Satz schrie er immer und immer wieder – und er mischte sich mit ihren eigenen Schreien.

»Johanna! Um Gottes willen, wach auf, Johanna! . . . Es ist nichts weiter als ein böser Traum, hörst du?«

Der pechschwarze Grabschacht löste sich plötzlich in einer Flut hellen Lichtes auf und Leanders verzweifeltes Schreien verstummte.

Jemand rüttelte sie an der Schulter und schluchzend schlug sie die Augen auf.

Kopernikus saß an ihrem Bett und der warme, ruhige Schein einer Öllampe erhellte ihre Schlafkammer. Verstört und atemlos wie nach einer schweren körperlichen Anstrengung sah sie ihn an. Langsam fand sie zu sich.

»Du musst ja einen grässlichen Alptraum gehabt haben«, sagte er voller Mitgefühl. »Du hast geschrien, als hätte man dich auf die Folter gespannt. Hier, trink das! Es wird dir gut tun.« Er reichte ihr einen Becher mit kühlem Wasser.

Johanna richtete sich im Bett auf und trank. »Ich habe von der Leiche geträumt, die wir morgen in der Osternacht holen müssen«, sagte sie mit noch immer belegter Stimme. »Es war entsetzlich.«

»So hat es sich auch angehört.«

Johanna nahm noch einen Schluck Wasser und ihr wilder Herzschlag kam langsam zur Ruhe. »Seid Ihr wirklich überzeugt, dass niemand den Schwindel mit der falschen Leiche bemerken wird?«, fragte sie unsicher.

»Eine unter schweren Trümmern begrabene Leiche, die Leanders gute Kleidung und auch seinen Ring mit dem Familienwappen trägt und deren Kopf leider so übel zugerichtet ist, dass man keine Züge mehr erkennen kann – wie sollte Hackenbroich da auf den Gedanken kommen, es mit einem anderen Leichnam als dem Leanders zu tun zu haben?«, beruhigte er sie. »Und dass Frieder sein Heil in kopfloser Flucht gesucht hat, als der Rest der alten Klosterkapelle über Leander eingestürzt ist, wird Hackenbroich auch sofort einleuchten. Denn was blieb Frieder auch anderes übrig? Den Unschuldigen spielen und sich irgendwie herausreden konnte er ja nicht, war er doch allein mit Leander im Haus gewesen.« Er machte eine kurze Pause. »Das wird die eindeutige Szenerie sein, die Hackenbroich vorfindet, wenn er nach Hause zurückkommt. Du wirst sehen, jeder Hinweis und jedes Mosaiksteinchen wird zusammenpassen und Hackenbroich genau das vorgaukeln, was wir uns ausgedacht haben!«

»Ja, vorausgesetzt, Frieder fällt wirklich auf mein Theaterspiel herein und geht nicht zur Messe!«, gab sie zu bedenken.

»Aber hast du mir denn nicht erzählt, dass er dir schon auf den Leim geht?«

»Ja, ich habe letzte Woche damit angefangen, dann und wann ein freundliches Wort für ihn zu haben und ihm zu schmeicheln, und Frieder, dieser eingebildete Gockel, ist auch sofort darauf angesprungen und schwänzelt um mich herum«, bestätigte Johanna und verzog das Gesicht dabei zu einer Grimasse. »Aber morgen wird es ernst. Morgen muss ich ihn dazu bringen, dass er den Kranken spielt, wenn Hackenbroich mit den anderen zur Messe geht, und dass er an Stelle von Dominik die Wache im Haus übernimmt, weil er glaubt, ich würde dann endlich . . . nun, ihm freiwillig das geben, was er schon so lange von mir will.«

»Du wirst das schon richtig machen, Johanna.«

Sie gab einen schweren Stoßseufzer von sich und wischte sich den kalten Schweiß von der Stirn. »Ich wünschte, wir könnten ohne diese . . . diese Leiche auskommen«, murmelte sie bedrückt.

»Die ist aber für unser aller Sicherheit leider unverzichtbar«, erinnerte er sie.

»Ich weiß, aber ist es denn nicht eine schwere Sünde, die Ruhe der Verstorbenen zu stören? Einmal ganz davon abgesehen, was uns blüht, wenn man uns dabei überrascht!«

»Der Zweck heiligt gewiss nicht immer die Mittel«, antwortete Kopernikus ernst, »aber manchmal muss man ein kleineres Übel in Kauf nehmen, um ein unvergleichlich größeres

Übel zu verhindern. So wie in Leanders Fall. Wir können von Glück reden, dass Frederikus sich so gut mit den Totengräbern versteht...«

»Wundert Euch das, wo sie doch so gut daran verdienen, dass sie nachts Leichen für ihn ausgraben, die Studenten der Medizin und sogar Professoren regelmäßig bei ihm bestellen, damit sie an ihnen ihre anatomischen Studien betreiben können?«, hielt Johanna ihm vor. Für diese Art Geschäfte hatte sie keinerlei Verständnis übrig. Das war in ihren Augen schlichtweg Grabschändung und Leichenraub. Und als Frederikus sich vor ihr mit seinen guten Beziehungen zu Totengräbern und Medizinern gebrüstet hatte, hatte sie große Mühe gehabt vor Ihm zu verbergen, wie sehr er bei ihr von einem Augenblick auf den anderen an Ansehen und Zuneigung verloren hatte. Ja, diese Seite an Frederikus zu entdecken war für sie eine bittere Enttäuschung.

»Ich gestehe, dass ich für derlei Geschäfte auch nichts übrig habe«, räumte Kopernikus ein. »Aber der junge Bettler, der da betrunken und im Zuge einer törichten Wette vom Turm gestürzt und gestern in ein namenloses Armengrab gekommen ist, wird ja nicht auf einem Seziertisch landen. Im Gegenteil, er wird vielmehr ein würdiges Begräbnis erhalten. Und er wird noch im Tod der Welt einen guten Dienst erweisen, indem er dabei hilft, Leanders Leben zu retten. Ich glaube nicht, dass wir uns deshalb Vorwürfe machen müssen.«

»Hoffentlich verläuft auch wirklich alles so reibungslos, wie Ihr und Frederikus es mir seit Tagen versichert!«, sorgte sich Johanna.

»Verlass dich darauf! Wir sind den Plan in den letzten Tagen doch immer und immer wieder bis in die letzte Einzelheit durchgegangen.«

»Ja, schon...«

»Und geh nicht zu hart mit Frederikus ins Gericht. Du magst an ihm Seiten entdeckt haben, die du ihm nicht zugetraut hättest und die du zu Recht abstoßend findest. Aber kein Mensch ist ohne Fehl und Tadel, Johanna. Wir alle tun im Leben Dinge, für die wir uns schämen müssen. Und vergiss nicht, dass Frederikus seinen Kopf riskiert, um Leander zu retten . . .«

»Da ist noch etwas, was ich nicht verstehe, und zwar, wie Frederikus dem Toten Leanders gute Kleidung anziehen will«, sagte Johanna. »Ich meine, wenn jemand stirbt, dann setzt doch schon nach ein paar Stunden die Totenstarre ein.«

»Richtig, aber der junge Bettler ist ja schon seit gestern tot, und nach vierundzwanzig Stunden beginnt der *rigor mortis* sich wieder in derselben Reihenfolge zurückzubilden, wie er eingetreten ist, und spätestens nach zwei Tagen ist davon nichts mehr übrig«, erklärte er. »Aber du solltest dir nicht den Kopf über solche Sachen zerbrechen. Wir haben alles gut durchdacht und es wird schon nach Plan ablaufen. So, und jetzt versuche noch ein paar Stunden zu schlafen. Wir haben einen langen Tag und eine noch längere Nacht vor uns und auf dich wartet morgen noch viel Arbeit bei Hackenbroich.«

In allen Haushaltungen wurde zu Ostern »der Judas ausgefegt«, wie der gründliche Hausputz vor diesem hohen Kirchenfest bei den Kölnern hieß. Tagelang wurde vom Keller bis zum Speicher geputzt und gefegt, gescheuert und gewaschen, das Kupfer und Zinn poliert und zumindest der Hauseingang mit frischem Weiß getüncht.

Hackenbroich hatte Johanna in der Woche vor Ostern so viel Arbeit auferlegt, dass sie oft noch auf den Knien die Böden mit dem Bimsstein scheuerte, wenn die Kirchenglocken zur Mittagsstunde schon den Engel des Herrn läuteten. Und vom Mummenschanz, der nach alter Sitte am Rosenmontag begann, hatte sie in diesem Jahr nichts mitbekommen. Nur am Aschermittwoch hatte er ihr erlaubt, morgens etwas später zur Arbeit zu erscheinen, damit sie die Messe besuchen und sich das Aschenkreuz auf die Stirn zeichnen lassen konnte.

Aber dass Hackenbroich darauf bestand, dass sie in diesen Tagen vor Ostern so viel länger bei ihm im Haus arbeitete, hatte auch seine Vorteile. Denn so boten sich ihr auch mehr Gelegenheiten, mit Frieder zusammenzukommen, ihm Hoffnungen zu machen und ihn langsam dorthin zu locken, wo sie ihn haben wollte.

An diesem Samstagmorgen richtete sie es so ein, dass er ihr begegnete, als sie mit ihrem Korb voll dreckiger Anstaltskleidung die Treppe herunterkam.

»Wie wäre es, wenn du mir ein bisschen tragen helfen würdest?«, fragte sie und schenkte ihm ein Lächeln, das immer noch ein wenig Spott enthielt. Sie gab sich schon seit Tagen so, als wüsste sie nicht, ob sie es mit ihrem Stolz vereinbaren könnte, ihre Zuneigung zu ihm zu zeigen.

Frieder grinste breit. »Na klar doch!«, sagte er sofort. »Komm, ich trage ihn für dich!«

»Nein, lass ihn uns zusammen tragen!«

»Aber so schwer ist der Korb doch gar nicht!«, sagte er verwundert, als er nun einen der Tragegriffe packte.

Scheinbar verlegen wich Johanna seinem Blick aus. »Vielleicht nicht für so einen kräftigen Mann wie dich«, schmeichelte sie ihm.

Frieder warf sich wie ein stolzer Gockel in die Brust. »Weißt du, dass du richtig nett sein kannst?«

»Dass muss wohl daran liegen, dass du endlich erwachsen geworden bist«, antwortete sie mit genau der richtigen Mischung aus Forschheit in der Stimme und verlegener Bewunderung im Blick.

In der Waschküche brauchte sie nur noch zwei ähnlich schmeichlerische Bemerkungen zu machen, damit genau das geschah, was sie erreichen wollte – und was sie zugleich so sehr verabscheute.

Als sie sich am Waschzuber zu schaffen machte und ihn bat ihr doch die schwarze Seife zu reichen, trat er anschließend hinter sie und schmiegte sich vorsichtig an sie.

Johanna schluckte und kämpfte gegen den ersten Impuls, ihn von sich zu stoßen.

Als er merkte, dass sie sich diesmal nicht wehrte, legte er seine Hände auf ihre Hüften, ließ sie dann langsam aufwärts wandern und begann unter der Schürze ihr Mieder zu öffnen.

Johanna zwang sich zu einem Lachen. »So kann ich aber nicht arbeiten, Frieder!«

»Ich weiß auch was Besseres«, sagte er mit belegter Stimme. »Und ich wette, es wird dir mehr Spaß machen, als hier die Wäsche zu schrubben!«

»Frieder, bitte!«

»Zier dich doch nicht«, flüsterte er ihr ins Ohr. »Ich spüre doch, dass du selbst ganz verrückt danach bist.«

Einen Augenblick ließ Johanna ihn noch gewähren. Dann hielt sie seine Hände fest. »Ich kann das nicht, Frieder!«, stieß sie leise hervor. »Nicht hier und nicht jetzt. Wir können jeden Moment überrascht werden. Hackenbroich schleicht doch wieder im Haus herum, seit er seine Krücken endlich los ist. Und Berendike hört man auch nie kommen.«

»Dann sag, wann und wo!«, drängte er.

Johanna drehte sich nun zu ihm um und gab sich den Anschein, angestrengt zu überlegen. »Ich weiß was! Wir könnten uns morgen treffen, wenn alle zur Messe sind und wir das Haus ganz für uns haben. Hackenbroich wird sich auch die Prozession nicht entgehen lassen und dann irgendwo zu einem Osterschoppen einkehren, wie er das doch jedes Jahr macht. Wir haben also jede Menge Zeit und brauchen nicht zu fürchten überrascht zu werden.«

»Aber ich muss doch auch mit zur Messe!«, wandte er verdrossen ein. »Das erwartet er von mir.«

»Sag bloß, du bist um eine gute Ausrede verlegen!«, spottete sie. »Du brauchst dich doch bloß krank zu stellen und so zu tun, als müsstest du jede halbe Stunde auf den Abort, dann bist du schon aus dem Schneider.«

Frieders Gesicht hellte sich schlagartig auf und ein breites Grinsen erschien. »Du hast Recht, das ist eine gute Idee. Das muss er mir abnehmen.«

»Dann machen wir es doch so. Auch ich werde Quint eine grässliche Magenverstimmung oder irgendwas Ähnliches vortäuschen. Und wenn sie alle auf dem Weg zur Messe sind, komme ich hierher zu dir!«

»Abgemacht!« Seine Hände fuhren wieder unter ihre Schürze. »Ah, das fühlt sich gut an. Klein, aber fest! Mein Alter hat immer gesagt, dass Frauen mit kleinen Brüsten am heißblütigsten sind. Ich wette, das trifft auch auf dich zu.«

Sie lächelte ihn verführerisch an. »Ich verspreche dir, dass du die Stunden mit mir so schnell nicht vergessen wirst«, sagte sie und schob ihn sanft und scheinbar widerstrebend von sich. »Aber jetzt gehst du besser. Ich will nicht, dass Hackenbroich durch einen dummen Zufall irgendetwas merkt und uns einen Strich durch die Rechnung macht. Du weißt doch, dass er fuchsteufelswild wird, wenn er merkt, dass du was mit mir hast!«

Hackenbroichs Gunst wollte sich Frieder um keinen Preis verscherzen, das stand fest. Und so ließ er denn auch augenblicklich von ihr ab. »Du hast Recht, er darf nichts merken. Also dann bis morgen. Aber ich glaube, ich werde wirklich noch krank, weil ich so lange auf dich warten muss!«, stöhnte er gequält und verließ die Waschküche.

Kaum hatte Frieder die Tür hinter sich zugezogen, als Johanna auf einen Schemel sank, von einem leichten Schwindelgefühl und einem Anflug von Übelkeit überfallen. Sie glaubte noch immer seine schweißigen Hände auf ihrer Haut spüren zu können. Sie griff nach einem feuchten Tuch und wischte sich damit mehrmals über die Brust, als müsste sie sich von klebrigem Dreck reinigen. Dann knöpfte sie ihr Mieder mit zitternden Händen zu und strich ihre Schürze glatt.

Was drohte ihr, wenn sie morgen hier im Haus mit Frieder ganz allein war und etwas schief ging? Wenn Frederikus oder sie einen Fehler machte und Frieder misstrauisch wurde, würde das für sie katastrophale Folgen haben. Frieder würde sich grausam an ihr rächen.

Aber vor dem Morgen mit Frieder lag erst noch die Nacht auf dem Friedhof, die sie überstehen musste, und sie wusste nicht, vor welcher dieser beiden grässlichen Prüfungen sie sich am meisten fürchtete.

Eine Gänsehaut überlief Johanna. Auf was hatte sie sich da bloß eingelassen!

Dreiundzwanzigstes Kapitel

Die Turmuhr verkündete mit dunklem Glockenschlag die dritte Stunde nach Mitternacht, als sich Johanna und Kopernikus auf den Weg in den Südwesten der Stadt machten.

Johanna trug nicht nur wie Kopernikus Schnallenschuhe und den Umhang eines Mannes, sondern auch darunter hatte sie Männerkleidung an. Die Sachen waren von einer guten, jedoch nicht übertrieben feinen Qualität, wie es sich etwa für den jungen Sohn eines wohlhabenden Kaufmanns schickte. Ein federgeschmückter Dreispitz und die Perücke, an der sich schon die Motten an einigen Stellen gütlich getan hatten, verbargen ihr hoch gestecktes Haar. Und auf der Nase saß eine Brille mit metallenem Gestell und runden Gläsern, die jedoch nicht geschliffen waren, sondern aus einfachem Fensterglas bestanden.

Kopernikus hatte Schnallenschuhe, Strümpfe, Pumphosen, Wams und all die anderen Sachen schon Tage zuvor in einer Pfandleihe in der Nähe vom juristischen Seminar für sie erstanden. Sie passten wie angegossen. Allein das Wams saß ein wenig locker, aber das war beabsichtigt.

»Zwei Männer, die zu solch später Stunde noch auf den Straßen unterwegs sind, wecken nun mal weniger Misstrauen als ein älterer Mann mit einem jungen Mädchen«, hatte er gesagt und dann noch rätselhaft hinzugefügt: »Außerdem wird uns diese Verkleidung, die dir übrigens ausgezeichnet zu Gesicht steht, vielleicht auch noch zu einem anderen Zeitpunkt nützlich sein.«

Johanna schlug ihren Kragen hoch, als sie aus dem Torbogen traten, denn die Nacht war frisch und feucht und fast so nebelig wie jener Abend vor anderthalb Jahren, als Kopernikus angeschossen durch die Gassen geirrt und auf sie gestoßen war. Zum Glück spielte ihnen das Wetter in die Hand, verhüllte doch eine fast geschlossene Wolkendecke den Himmel. Nur hier und da fiel fahles Mondlicht oder das Funkeln eines Sterns durch ein Wolkenloch und verwässerte ein wenig die nächtliche Schwärze, in die Köln getaucht war.

»Ich hoffe nur, du kennst den Weg und führst uns nicht in die Irre«, raunte Kopernikus, als Johanna ihn durch das Labyrinth der Gassen führte und sie stellenweise wegen der dahintreibenden Nebelschwaden kaum ihre eigene Hand vor Augen sehen konnten.

»Ihr könnt unbesorgt sein«, antwortete sie gedämpft. »Ich kenne den Weg zum Armenfriedhof.«

Danach herrschte wieder Schweigen zwischen ihnen. Jeder hing seinen eigenen Gedanken nach.

Johanna mied die breiten Straßen. Und obwohl sie wusste, dass sie Zeit genug hatten, um rechtzeitig zum verabredeten Treffpunkt auf dem Friedhof von St. Aposteln zu kommen, schlug sie ein forsches Tempo an. Ihr war, als müsste sie sich zur Eile antreiben, damit die Angst sie nicht einholen und zum Umkehren zwingen konnte.

Niemand begegnete ihnen auf ihrem Weg, auch wenn gelegentlich gedämpfte Stimmen an ihr Ohr drangen. Mal hörten sie hier ein Fluchen und dort ein trunkenes Lachen. An anderer Stelle drang lautes Schnarchen aus einem offen stehenden Fenster. Und als sie die Krebsgasse hochgingen, an deren Ecke das Klarissenkloster lag, hörten sie den Gesang der frommen Schwestern, die sich offenbar auf der Nonnenempore ihrer Kirche zur feierlichen Ostervigil* versammelt hatten.

Hinter der Klosteranlage gelangten sie auf einen großen verödeten Platz, in dessen Mitte sich eine Pferdeschwemme befand, was sich im Dunkel der Nacht jedoch nicht erkennen ließ. Johanna gab Acht, dass sie diesem flachen Teich, der eigentlich nicht mehr als eine übergroße Lache war, bloß nicht zu nahe kamen. Denn am Rand der Pferdeschwemme konnte man rasch knöcheltief im Schlamm versinken. Von der alten Windmühle, die angeblich aus dem fünfzehnten Jahrhundert stammte und die erste Mühle sein sollte, die in der Stadt errichtet worden war, sah man nur schemenhafte Umrisse. Nebelschleier schienen sich an ihren erstarrten, gen Himmel gereckten Flügeln verfangen zu haben.

»Wo sind wir?«, fragte Kopernikus und spähte angestrengt in die Dunkelheit.

»Wir haben die eng bebaute Altstadt hinter uns gelassen«, antwortete sie leise und blieb kurz stehen, um Atem zu holen. »Hier draußen beginnen schon die Weingärten und die Felder und Gärten der Kappesbauern, die bis an die Stadtmauern reichen. Aber das könnt Ihr jetzt natürlich nicht sehen. Vor uns liegt das Klöckerwäldchen, das an St. Aposteln stößt. Und dort auf dem großen Friedhof von St. Aposteln ist eine Ecke namenlosen Armengräbern vorbehalten.«

»Nun denn«, murmelte Kopernikus, der sich offenbar auch nicht allzu wohl in seiner Haut fühlte. »Sehen wir zu, dass wir an das Ziel unseres nächtlichen Spaziergangs kommen!«

Als sie wenig später den Friedhof erreichten, verstärkte sich das flaue Gefühl in ihrem Magen. Schon bei Tag war dies ein schauriger Ort. Jetzt aber schnürte es ihr förmlich die Kehle zu, als sie Kopernikus durch das alte Gräberfeld zum rückwärtigen Teil führte, wo hinter einer langen Schlehdornhecke die namenlosen Grabstätten der Armen lagen.

Fast hätte sie gellend aufgeschrien, als hinter einem mächtigen steinernen Engel, der wenige Schritte vor der Schlehdornhecke über einer Familiengruft wachte, plötzlich eine Gestalt auftauchte und ihnen in den Weg trat.

»Ich bin es, Frederikus!«, raunte der Schatten.

Johanna fasste sich an die Brust. »Allmächtiger! Fast hätte mich der Schlag getroffen.«

Auch Kopernikus gab einen Stoßseufzer der Erleichterung von sich. »Da fährt einem der Schreck doch schon mächtig in die Glieder!«, gestand er.

Frederikus lachte leise auf, kam näher und fragte dann verdutzt: »Was ist denn das? Wer von euch beiden ist denn jetzt Johanna und wer der Kupferstecher Quint?« Er trug eine Laterne, die man auf allen vier Seiten mit Blechschiebern völlig abdunkeln konnte. Einen der Schieber zog er nun ein klein wenig hoch, sodass Licht aus dem Spalt drang, und hielt die Lampe in Kopfhöhe. »Heiliges Kanonenrohr, du siehst ja wie dein eigener Bruder aus!«

»Ich hielt die Verkleidung für angebracht«, sagte Kopernikus, als müsste er sich dafür entschuldigen.

Johanna blinzelte in das Licht und versuchte zu scherzen. »Du darfst mich Johannes nennen.«

Frederikus schmunzelte. »Wirklich nicht schlecht. Wer dich nicht gut kennt, wird dir in dieser Aufmachung den Johannes tatsächlich abnehmen. Aber mir gefällt die Johanna doch um einiges besser«, schmeichelte er ihr.

Kopernikus räusperte sich. »Sollten wir nicht besser die Sache hinter uns bringen, die uns an diesen nicht gerade einladenden Ort geführt hat?«

»Der Tote läuft uns schon nicht davon«, erwiderte Frederikus und dunkelte die Leuchte wieder ab. »Aber Ihr habt Recht, bringen wir es hinter uns. Justus, der Totengräber, wartet schon.« Er deutete mit dem Kopf vage in die Dunkelheit.

Frederikus ging voraus. Sie passierten den Durchgang in der fast mannshohen Hecke und stießen kurz darauf auf den Totengräber. Er saß auf der Ladefläche eines klobigen Rollwagens mit hohen Seitenborden, wie ihn die Kaufleute im Verkehr zwischen Hafen und Warenlager benutzten. Der Handwagen stand neben einem frisch aufgeworfenen Erdhügel, in dem zwei Schaufeln steckten.

Johanna hielt Frederikus am Arm fest. »Ich glaube, ich kann das nicht!«, flüsterte sie.

»Was kannst du nicht?«

»Euch dabei helfen, den Sarg auszugraben und die Leichen . . .« Sie ließ den Satz offen.

Frederikus lachte. »Das habe ich auch nicht erwartet. Das Ausgraben und alles andere kannst du getrost Justus und mir überlassen. Wir machen das ja nicht zum ersten Mal. Wir brauchen eure Hilfe nicht.«

»Ich müsste lügen, würde ich sagen, dass mich das traurig stimmt. Aber warum hast du uns dann überhaupt kommen lassen?«, fragte Kopernikus verwundert und erleichtert zugleich.

»Weil ich nachher jemanden brauche, der mir hilft den Rollwagen zu ziehen, denn Justus hat gleich noch andernorts etwas zu erledigen«, antwortete Frederikus und es war nicht schwer, zu erraten, um was es dabei ging. »Der Karren ist schwer und die Marzellenstraße liegt nicht gerade um die Ecke. Außerdem könnt ihr Augen und Ohren offen halten, während wir das Grab öffnen.«

Kopernikus und Johanna kehrten zum Durchgang in der Schlehdornhecke zurück, weil sie meinten, von dort aus ihre Aufgabe als Wachposten besser ausfüllen zu können. In Wirklichkeit wollten sie möglichst weit vom Grab entfernt sein, das Frederikus und Justus nun aufschaufelten.

Das scharfe Geräusch der Schaufelblätter, die in das noch lockere Erdreich stachen, und der dumpfe Aufprall der schweren Brocken auf dem feuchten Gras zerrten an Johannas Nerven. Sie griff in die Tasche ihres Umhangs, holte ihren Rosenkranz hervor, tastete sich über die hölzernen Perlen zum Kreuz zurück und drückte es gegen ihre Lippen. Sie begann lautlos zu beten, um nicht länger an das denken zu müssen, was dort in ihrem Rücken geschah.

Auch Kopernikus war an diesem Ort nicht nach einer Unterhaltung zu Mute. Auch er wandte den Blick vom Geschehen am Armengrab ab und ging unruhig hin und her. Zwischendurch blieb er stehen, starrte zu den Klostergebäuden von St. Aposteln hinüber, deren Konturen sich erahnen ließen, und nahm dann seine ruhelose Wanderung wieder auf.

Johanna wollte den Rosenkranz gerade zum zweiten Mal beten, als sie hinter sich ein erschreckend lautes Poltern hörte, dem augenblicklich das gedämpfte Lachen der beiden Männer am Grab folgte. Unwillkürlich drehte sie sich um und sah, dass Frederikus und Justus den Sarg, eine einfache Kiefernkiste, aus der Grube gewuchtet hatten. Im nächsten Moment flog der Deckel auf.

Johanna wandte sich sofort wieder um und bekreuzigte sich hastig. »Herr, vergib uns unsere Sünden!«, murmelte sie beklommen. »Wir tun es, um ein Leben zu retten!«

Wenige Minuten später rief Frederikus sie zu sich. »Jetzt könnt ihr euch nützlich machen. Ich brauche eine kleine Atempause«, sagte er und zeigte auf die Deichsel des Rollwagens, die vorn über eine Querstange zum Ziehen verfügte.

Von der Leiche des jungen Bettlers, der im Suff von der Turmruine des Doms in den Tod gestürzt war und hier eigentlich seine letzte Ruhestäte hatte finden sollen, war nichts zu sehen. Sie lag unter einer alten Pferdedecke und einer dicken Lage Stroh. Die leere Bretterkiste hatten sie wieder in die Grube gesenkt und Justus war schon dabei, das Grab wieder zuzuschaufeln.

Frederikus wechselte noch einige geflüsterte Worte mit dem Totengräber, der mehrmals nickte und kurz kicherte. Dann gab er das Zeichen zum Aufbruch.

Johanna versuchte nicht daran zu denken, was sie und Kopernikus da hinter sich herzogen, als sie die Deichsel des Rollwagens aufnahmen und Frederikus folgten. Aber mehr als einmal ging ein eisiger Schauer durch ihren Körper und ließ alles in ihr zusammenkrampfen, wenn der Wagen durch tiefe Löcher und ausgewaschene Rillen rumpelte und sie das entsetzliche Gefühl beschlich, als würde der Karren mit der Leiche plötzlich zum Leben erwachen und sich unter ihren Händen aufbäumen. Die Stimme ihrer Vernunft sagte ihr, dass solch ein gespenstischer Gedanke völliger Unsinn war. Aber dennoch vermochte sie nicht, sich vor solchen und ähnlich schaurigen Ängsten zu bewahren. Wie dankbar war sie deshalb, als Frederikus sie endlich an der Deichsel ablöste und sie voneweg gehen konnte.

Die Turmuhr schlug halb fünf, als der Karren endlich in der Marzellenstraße durch den Torweg in den Hof der einstigen Töpferei rollte und sie sich sicher fühlen konnten.

Sie ließen den Rollwagen draußen stehen und begaben sich in die Küche, um sich vor dem Herdfeuer zu wärmen. Zu aufgewühlt, um jetzt an Schlaf auch nur zu denken, brühte Johanna eine Kanne Tee auf und Kopernikus stellte eine Flasche Branntwein auf den Tisch.

»Warum vertreiben wir uns die Zeit bis zum Morgen nicht mit einem unterhaltsamen Spiel?«, schlug Frederikus fröhlich vor, nachdem er den ersten Becher Branntwein fast auf einen Zug geleert hatte, und zog einen Beutel mit Würfeln hervor.

Seine Stimmung schien von dem, was sie in dieser Nacht getan hatten, genauso unbelastet zu sein wie sein Gewissen.

Johanna stand der Sinn wirklich nicht danach, jetzt die Würfel rollen zu lassen, und von Kopernikus wusste sie, dass er für derlei Zeitvertreib grundsätzlich nichts übrig hatte. Aber weil sie ihm so viel zu verdanken hatten und ihn nicht vor den Kopf stoßen wollten, ließen sie sich ihm zu Gefallen darauf ein.

Frederikus verlor jedoch selbst schnell die Lust am Würfelspiel, wohl weil seine Mitspieler mit so wenig Begeisterung bei der Sache waren. Und so hörten sie bald auf damit.

»Ich glaube, ich gönne mir noch eine Runde Schlaf. Weckt mich, wenn es hell ist«, sagte Frederikus gähnend, wickelte sich in seinen dicken Wollumhang und setzte sich an die warme Wand der Feuerstelle. Augenblicke später sank ihm der Kopf auf die Brust und sein gleichmäßiger Atem verriet, dass er eingeschlafen war.

Johanna erhob sich vom Tisch und trat an das Fenster, das zum Hof hinausging. »Ich kann noch immer nicht glauben, dass wir das wirklich getan haben«, sagte sie bedrückt und schaute auf den Rollwagen. »Es ist so . . . so schäbig und erniedrigend, einen Toten aus seinem Grab zu holen und sich seiner zu bedienen, wie gut der Zweck auch sein mag.«

»Ich verstehe, dass es dein Gefühl der Pietät verletzt, und das ehrt dich, Johanna«, antwortete Kopernikus. »Mulmig ist mir bei der ganzen Sache zwar auch gewesen, allein schon wegen der äußeren Umstände dieses schaurigen Unternehmens. Aber Gewissensbisse sind wirklich nicht angebracht, und das nicht etwa nur deshalb, weil wir es getan haben, um ein Leben zu retten.«

»Seid Ihr Euch da so sicher?«, fragte sie zweifelnd und schaute über die Schulter zu ihm.

Er nickte. »Ich bin mir dessen so sicher, wie ich mir meines Glaubens an Gott sicher bin. Wir nehmen unseren irdischen Leib, unsere sterbliche Hülle viel zu wichtig. Denn genau das ist der Körper: eine sterbliche Hülle. Nicht sie ist das Wichtigste an uns, wie das Wort Hülle schon ausdrückt, sondern das, was uns Menschen tatsächlich ausmacht, und das ist unsere Seele. Doch statt unsere Seele zu hüten und zu pflegen, machen wir unseren Körper und all das, was zu diesem unserem äußeren Leben zählt, zum Mittelpunkt unseres Erdendaseins und zum Tempel unserer Anbetung.«

»Wie soll ich das verstehen?«, fragte Johanna und kehrte zu ihm an den Tisch zurück. »Inwiefern machen wir unseren Körper zum Tempel unserer Anbetung?«

»Indem wir ihm und seinen Bedürfnissen unsere ungeteilte Aufmerksamkeit und Sorge widmen, wobei ich noch gar nicht mal darauf eingehen will, welche von diesen Bedürfnissen denn tatsächliche und welche nur eingebildete sind«, antwortete Kopernikus. »Nimm doch nur den jungen Mann, dessen Leichnam da draußen auf dem Rollwagen liegt – oder unseren Freund hier.« Er deutete auf den schlafenden Frederikus.

»Was ist mit ihnen?«

»Dieser Bettler war, wie Frederikus uns erzählt hat, ein junger und kräftiger Mann, der keine Schwierigkeiten gehabt hätte, Arbeit zu finden und etwas aus seinem Leben zu machen. Aber er hat es vorgezogen, jegliche Anstrengung zu meiden und sich auf Kosten anderer zu vergnügen«, sagte Kopernikus und fuhr mit gedämpfter Stimme fort: »Und Frederikus macht es, wenn auch auf eine andere Methode, nicht viel anders.«

»Er ist ein durchtriebener Bursche, das stimmt«, entgegnete Johanna. »Und ich bin gewiss nicht mit all seinen dunklen Geschäften einverstanden, in die er verwickelt ist. Aber er hat doch ein gutes Herz und steht zu seinem Wort.«

»Verstehe mich nicht falsch, Johanna. Ich sitze nicht über den toten Bettler oder Frederikus zu Gericht und verurteile sie auch nicht, weil sie solch ein Leben gewählt haben. Ich sage nur, dass ihnen allein das Hier und Jetzt, der schnelle Genuss und der fröhliche Zeitvertreib wichtig sind. Das meine ich damit, wenn ich sage, dass die Menschen sich nur um ihre sterbliche Hülle kümmern und ihren Körper zum Tempel ihrer Anbetung machen. Und das trifft übrigens genauso gut auf jene unzähligen Legionen ehrbarer Menschen zu, die ein rechtschaffenes Leben führen und für die nur die Arbeit und das zählt, was sie schaffen und raffen und an materiellen Dingen vorweisen können. Die einen wie die anderen ignorieren im Leben die Vorbereitung auf das, was nach dem Leben kommt. Sie vernachlässigen nämlich die Bedürfnisse ihrer Seele. Und wer den Garten der Seele nicht genauso weise bebaut wie einen gewöhnlichen Acker, sondern verwildern lässt, der wird bei seinem Tod einen bitteren Preis dafür bezahlen. Oder wie Platon es formuliert hat: *Nur der geht in die Ewigkeit ein, der ein mystisches Leben gelebt hat.* Gewiss müssen wir alle dafür sorgen, dass wir unser Auskommen haben. Und wir können auch danach streben, einigermaßen bequem und begütert zu leben. Aber das allein darf nicht unser Ziel und Lebensinhalt sein.«

Kopernikus erzählte ihr nun, wie schon die alten Ägypter und die Philosophen im antiken Griechenland das mystische Leben zur Befreiung der Seele vom Irdischen gelehrt hatten.

Johanna ließ sich von ihm nur zu gern auf andere Gedanken bringen. Und als er ihr von den Mysterienstätten in jenen fernen Ländern berichtete, wo die Anhänger der Mystiker geheimnisvollen Prozeduren unterworfen wurden, wollte sie mehr über diese Riten wissen.

»Im antiken Griechenland gab es kleine und große Mysterien, bei denen sich das große Drama der Seele in unterirdischen Höhlen abspielte. Die Kandidaten, Neophyten genannt, mussten sich vorher strengen Prüfungen unterziehen«, erzählte Kopernikus. »Die kleinen Mysterien fanden jedes Jahr im Frühling zu Agrai statt und waren die Vorbereitung für die großen Mysterien, die nur alle fünf Jahre in Eleusis veranstaltet wurden. Auf Verrat der geheimnisvollen Prozeduren stand die Todesstrafe. Wer die kleinen Mysterien bestanden hatte, war nun ein Myste geworden, das heißt, er war ein Verschleierter.«

»Und warum nannte man sie die Verschleierten?«

»Weil sie nach der erfolgreichen Teilnahme an den kleinen Mysterien erkannt haben, dass ihr jetziges Leben nur ein Übergang zum wahren Dasein ist. Sie sind Verschleierte, weil sie das ›große Licht‹, die volle Wahrheit, noch nicht geschaut haben, aber diese Wahrheit doch schon ahnen und wie durch einen Schleier von ferne sehen können. Und damit sind sie vorbereitet sich auf die großen Mysterien von Eleusis einzulassen und daraus als wahre Eingeweihte, Wissende und Epopten, als Seher hervorzukommen – sofern sie den Prüfungen gewachsen sind.«

»Das klingt ja sehr geheimnisvoll und so, als hätten die Kandidaten eine Menge durchzustehen gehabt«, sagte Johanna neugierig. »Wisst Ihr mehr darüber?«

Kopernikus nickte. »Die großen Mysterien, die wie gesagt nur alle fünf Jahre stattfanden und zwar im Monat Boedromion, der unserem September entspricht, dauerten neun Tage und stellten hohe Herausforderungen an die seelische Verfassung der Kandidaten. Der erste Tag verlief noch recht harmlos mit einer Versammlung, die der Vorbereitung diente. Auch der zweite Tag, an dem die Geweihten in einer feierlichen Prozession ans Meer zogen und sich symbolischen Reinigungen unterzogen, forderte den Mysten noch nichts ab. Man sah sich nach den Waschungen ein heiliges Drama an, bei dem es um die Wanderung der Seele durch die verschiedenen Daseinsstufen ging. Heilige Gesänge beschlossen die Feier. Der dritte Tag hieß ›Tag der Trauer‹. Die Mysten trauerten um die Person des Dramas vom Vortag, die im Hades, in der Unterwelt, weilte, und dachten dabei über ihre eigene Seele nach. Dieser Tag wurde von Gebeten, Meditationen, Fasten und Übungen in innerer Einkehr beherrscht. Am Ende dieses Tages wurde ihnen ein geheimnisvoller Trank gereicht.«

»Gingen mit diesem Trank die geheimnisvollen Prüfungen los?«, fragte Johanna gespannt.

Kopernikus lächelte über ihre Ungeduld. »Nein, die Eingeweihten dachten zwar sicherlich schon mit einer wachsenden Mischung aus Furcht und freudiger Erregung an die alles entscheidenden Prüfungen. Aber sie mussten noch warten, denn am vierten Tag brachte man den Göttern Demeter, die die Weltseele symbolisierte, und Persephone[*], die für die Menschenseele stand, erst einmal Opfer dar. Und am fünften Tag versammelten sich alle Mysten zu einem Fackelzug und zogen mit brennenden Fackeln zum Tempel der Demeter, als Symbol der Suche nach dem Göttlichen. Doch dann, am sechsten Tag, der den Namen Jakchos trug, kam für die Eingeweihten der Höhepunkt der großen Mysterien und damit die unvergessliche Nacht der Prüfung.«

Johanna sah ihn erwartungsvoll an. »Was geschah?«

»Es war ein langer Tag für die Mysten, der mit einer vier Stunden langen Prozession über die heilige Straße von Athen zum Tempel der Demeter in Eleusis begann. Jeder Myste erhielt vor Beginn der Prozession einen Stab und einen versiegelten Korb, auch die heilige Kiste genannt, die er den ganzen Tag tragen musste und nicht öffnen durfte.«

»Und was enthielt diese heilige Kiste?«, wollte Johanna wissen.

Kopernikus stand auf, um in der Feuerstelle Holz nachzulegen. »Drei geweihte Gegenstände lagen in jeder Kiste, die der Myste erst in der heiligen Nacht der Einweihung öffnen durfte, wobei dann der Hierophant, sozusagen der Hohepriester und Herold der heiligen Dinge, den Mysten erklärte, was diese Gegenstände zu bedeuten hatten. Aber schon das Tragen des Korbes, so lehrte man die Mysten, hatte eine tiefe Bedeutung. Denn auch der Mensch trage in seinem Leben allerlei mit sich herum, ohne sich dessen bewusst zu sein, viel Unnützes, aber auch ungeahnte geheimnisvolle Fähigkeiten, die bei vielen nie, bei den Suchenden jedoch eines Tages zur vollen Offenbarung gelangen.«

Johanna nickte. »Das mit dem Korb und den darin versteckten Gegenständen ist wirklich kein schlechtes Bild für das, was man im Leben ahnungslos mit sich schleppt«, sagte sie bekümmert und musste an ihr trauriges Verhältnis zu ihrer Mutter denken, das ganz anders hätte sein können, wenn sie nur miteinander geredet und besser in sich geforscht hätten, was wirklich in ihrem Herzen war und darauf wartete, freigelassen zu werden. »Aber erzählt weiter!«

»Bei Anbruch der Dunkelheit wurde es ernst für die Mysten«, berichtete Kopernikus. »Sie wurden im Tempel vom heiligen Herold erwartet, der sie mit dem warnenden Ruf begrußte: ›Eskato bebeloi! – Hinweg von hier, alle Ungeweihten und Gottlosen, deren Seelen mit Verbrechen bedeckt sind!‹ Wer nicht zu den geweihten Mysten gehörte, musste den Ort verlassen. Wer sich zu den geheimen Feierlichkeiten unberechtigten Einlass verschaffte und dabei entdeckt wurde, auf den wartete unerbittlich der Tod!«

Kopernikus stocherte mit dem Schüreisen in der Glut und schob die Holzscheite zurecht. »Die Mysten wuschen sich noch einmal mit geweihtem Wasser und legten den Schwur ab, Uneingeweihten nichts von dem zu verraten, was sie nun sehen und erleben würden. Dann sagte man ihnen, dass sie sich nun auf der Schwelle zu Persephones unterirdischer Wohnung befänden. Ihr Ziel sei es, zum ›großen Licht‹ zu gelangen, aber der Weg dorthin führe durch die Welt der Finsternis. Und wenn sie vom wahren Dasein etwas verstehen wollten, müssten sie zuerst einmal durch das Reich des Todes schreiten. Dies sei die Prüfung, durch die sie aus Mysten zu Epopten, also zu Eingeweihten und Sehern würden. Nach dieser Ermahnung mussten sich die Mysten entkleiden und ein Rehfell anlegen, das Symbol der Tierheit, so wie auch Adam einen ›Rock von Fell‹ anlegen musste, als er nach dem Sündenfall mit Eva aus dem Paradies verstoßen wurde. Und dann verlöschten alle Fackeln – so wie auch beim Tod alles irdische Licht erlischt.«

Johanna hatte alles andere um sich vergessen. Sie dachte nicht mehr an den Leichnam draußen auf dem Rollwagen und sah auch Frederikus nicht mehr, sondern hing gebannt an des Alchimisten Lippen.

»Die Mysten erhielten noch einen magischen Trank, der vermutlich mit einer Droge zur Erweiterung ihrer Sinneswahrnehmung vermischt war, und wurden nun von ihren Paten, den Mystagogen, zum Eingang des unterirdischen Labyrinthes geführt«, fuhr Kopernikus mit gedämpfter Stimme fort, als wagte er nicht, die geheimnisvollen Riten der großen Mysterien laut auszusprechen. »Dort herrschte völlige Finsternis. Und diese totale Dunkelheit sollte den Zustand ihrer Seelen darstellen, die zwar einen natürlichen Verstand besaßen, der aber nur vom kümmerlichen Licht ihrer Sinne erhellt wurde und sogleich in tiefster Finsternis versank, sowie dieses äußere Licht erlosch. Eine solche Seele weiß nichts von dem Göttlichen und der wahren Erkenntnis und Einweihung, weil in ihr das ›große Licht‹ eben noch nicht aufgegangen ist. Und dann geschah es!«

»Was?«, stieß Johanna leise hervor.

Kopernikus erhob sich von seinem Stuhl und bewegte sich langsam und tastend wie ein Blinder um den Tisch herum. »Langsam, unsicher tastend und von dem geheimnisvollen Trank in eine besondere, sinnlich empfängliche Stimmung versetzt, schreiten die Mysten vorwärts und wagen sich tiefer in das Labyrinth hinein. Und je weiter sie gehen, dessen lauter und beängstigender werden die schrecklichen Schreie, das Stöhnen und Jammern und all die anderen schaurigen Geräusche, die aus der Finsternis dringen und sie bald umgeben«, flüsterte er, um plötzlich wie unter einem Schlag herumzuwirbeln. Seine Hand schnitt durch die Luft. »Und dann bricht es über sie herein! Krachende Donnerschläge, von deren Gewalt die gewölbten Gänge erbeben, jagen ihnen Todesschrecken ein. Die Welt um sie her scheint unter diesen gewaltigen Schlägen bersten und sie begraben zu wollen. Gleichzeitig zerreißen grelle Blitze die Finsternis und in diesen kurzen Momenten grellen Lichtes tauchen vor ihnen grauenvolle Erscheinungen auf, sodass die Mysten von Schwindel und maßlosem Entsetzen erfasst werden. Doch schon im nächsten Moment umhullt sie wieder die nicht weniger grauenvolle Nacht des unterirdischen Labyrinthes und ein entsetzter Schrei entringt sich ihren Kehlen, denn aus der

Dunkelheit greifen plötzlich Hände nach ihnen, reißen sie zu Boden und schlagen sie!«

Bei Johanna, die alles vor ihrem geistigen Auge sah, stellten sich schaudernd die Nackenhaare auf. »Heilige Gottesmutter!«, murmelte sie und schlug schnell das Kreuz.

»Nun ist es um die furchtsamen Naturen unter den Mysten endgültig geschehen«, fuhr Kopernikus mit hastigem, fast gehetztem Tonfall fort, als wären die unsichtbaren Furien auch hinter ihm her. »Sie ergreifen entsetzt die Flucht, suchen den Ausgang und sind damit für immer des Rechts verlustig geworden, die hohen Weihen zu empfangen. Die anderen ziehen tapfer weiter. Für sie hebt sich durch die Kunst der Priester für diese Stunde der Vorhang, der die unsichtbare Welt von der sichtbaren trennt. Ihnen wird Einblick in die dämonischen Tiefen der Geisterwelt gewährt. Plutarch*, der selber in die Mysterien eingeweiht worden war, vergleicht das Grauen, das die Mysten im unterirdischen Labyrinth verspüren, mit dem Schrecken des Todes. Schließlich gelangen die Mysten in eine Krypta* und erblicken dort ein schwaches Licht, das auf eine entsetzliche Szene fällt. Sie sehen den Tartarus*, dessen eherne Tore sich nun mit einem schauerlichen Krachen öffnen, und erblicken dahinter die Verdammten, die von Furien gepeinigt werden, sie hören ihr Klagegeschrei, ihre fruchtlose Reue, die Schreie der Angst und der Sehnsucht nach dem verlorenen Paradies. Und über all dem ertönt die Stimme des Herolds, der den Mysten erklärt, was sich vor ihren Augen abspielt. Endlich schließen sich die Pforten der Hölle wieder und der Herold teilt ihnen mit, dass sie nun in das Plutonium kommen, in die Wohnung des Herrschers der Unterwelt.

Begleitet von unsichtbaren Geisterchören, betreten die Mysten eine weitere, endlos scheinende unterirdische Halle, die von einem unheimlichen Zwielicht erfüllt ist. Die Decke dieser Halle wird von einer aus Kupfer getriebenen Ulme getragen, dem ›Baum der Träume‹, dessen fahles silbriges Laub den ganzen Raum überdacht. Aus den Zweigen starren grässliche Fratzen und riesige Fledermäuse auf die Mysten herab. Auf einem Thron aus schwarzem Ebenholz sitzt Pluton* mit einer Stachelkrone auf dem Kopf und einem in zwei Spitzen ausgehenden Zepter in der Hand. Er hat Persephone an seiner Seite, die mit einem schwarzen Schleier bedeckt ist, deren schmerzerfüllte Züge jedoch zu erkennen sind.

Die Mysten hören nun, sie hätten im Schicksal der Persephone das Drama ihrer eigenen Seele zu erblicken. So wie diese unter der Macht Plutons leide und sich nach ihrer Mutter und ihrer ewigen Lichtheimat sehne, so leide auch ihre Seele unter der Macht der Finsternis und der Sinnlichkeit und sehne sich ununterbrochen nach dem himmlischen Licht. Die aus dem ›Baum der Träume‹ sie anstarrenden Fratzen seien die Schemen der vergänglichen Freuden und Leiden, die die Menschen während des irdischen Lebens, das ja nur ein Traum sei, vom wahren Leben zurückhalten. Die Mysten bringen der Persephone ein Blumenopfer dar, dann springt plötzlich ein großes Doppeltor auf und strahlendes Licht flutet in die dämmrige Halle des Pluton. Es erschallt der Ruf: ›Herbei ihr Mysten, herbei! Jakchos Dionysos ist da! Demeter erwartet Persephone! Evohe!‹ Und Persephone fährt wie aus tiefem Schlaf in die Höhe. ›Licht!,‹ ruft sie voller Erlösung. ›Meine Mutter! Dionysos!‹ Sie springt auf und will dem Licht entgegeneilen. Doch Pluton denkt gar nicht daran, sie entkommen zu lassen. Er packt sie am Arm, reißt sie herum und zwingt sie wieder auf ihren Sitz zurück. Da fällt sie in sich zusammen und stirbt. Und mit einem Schlag verlischt alles Licht in der Halle und aus der tiefsten Finsternis spricht eine Stimme die

Worte: ›Sterben ist Wiedergeborenwerden!‹ Damit haben die Mysten die Prüfungen der großen Mysterien bestanden und werden wieder nach oben geführt.«

Johanna atmete unwillkürlich laut auf, als hätte sie die Prüfungen selbst mitgemacht, und ihre innere Anspannung begann sich langsam zu lösen.

Auch Kopernikus, der sich wie ein Schauspieler bewegt und seiner Stimme einen geheimnisvollen Klang gegeben hatte, atmete hörbar durch, als hätte ihn die eigene Schilderung mitgenommen. Er setzte sich nun wieder zu ihr an den Tisch und ließ einen Moment des Schweigens verstreichen.

Frederikus hatte nicht ein Wort mitbekommen. Er schlief weiterhin tief und fest gegen die Wand gelehnt. Ein leises Schnarchen drang aus seinem offen stehenden Mund.

Kopernikus genehmigte sich einen kleinen Schluck Branntwein. »Die Mysten legten oben das Rehfell ab und badeten in geweihtem Wasser. Dann wurden sie in weiße Gewänder gekleidet und in einen gewaltigen Tempel geführt, der im Glanz tausender Fackeln erstrahlte«, schloss er schließlich seinen Bericht von den geheimnisvollen Riten im antiken Griechenland. »Die Feier klang mit dem höchsten Segen aus, der da hieß: ›Mögen deine Wünsche in Erfüllung gehen! Kehre zurück, oh Menschenseele, zur Seele der Welt!‹ Damit war die heilige Weihe vollendet. Die Mysten waren nun zu Sehern, Epopten, wahren Eingeweihten geworden. Ein früher nie gekanntes Glück und ein unsagbarer Friede erfüllte ihre Herzen, wie es heißt. Die Schrecken des Todes waren überwunden, die dunklen Rätsel des Lebens gelöst. Ihnen war das ›große Licht‹ von Eleusis aufgegangen.«

»Was für eine Geschichte!«, murmelte Johanna, die noch immer ganz unter dem Eindruck des Geschilderten stand.

»Und eine wahre dazu!«, betonte Kopernikus. »Gute zweitausend Jahre lang, nämlich von etwa 1500 vor Christi Geburt bis gegen Ende des vierten Jahrhunderts christlicher Zeitrechnung, fanden die Mysterien in Eleusis statt. Dann wurde der Tempel auf Betreiben der römischen Kirche geschlossen, was zu den finsteren Kapiteln unserer Kirchengeschichte gehört. Aber wer seitdem zu wahrer Erkenntnis gelangen und das ›große Licht‹ schauen will, der braucht nicht ein neues Eleusis zu suchen. Die Heilige Schrift weist uns den Weg. Der göttliche Funke findet sich in jedem von uns, wir müssen ihn nur zum Leben erwecken – und das ist stets mit viel Mühe und schweren seelischen Prüfungen verbunden. Wir alle sind dazu berufen, aber die meisten ignorieren diesen Ruf. Nun ja, es ist eben sehr viel leichter, in der Welt seiner begrenzten Erkenntnis zu verharren, als diesen Schleier zu zerreißen und den Funken der göttlichen Wahrheit in sich zu einem hell lodernden Feuer zu entfachen.« Er schaute zur Feuerstelle hinüber, wo die verkohlten Holzstücke nur noch schwach glühten. »Apropos Feuer, ich glaube, ich hole uns besser einen neuen Korb voll Brennholz, bevor uns das Feuer ausgeht. Nein, bleib du nur sitzen, ich mache das schon.«

Kopernikus nahm den großen Weidenkorb und begab sich hinaus in den Hof. Als er in die Küche zurückkam, saß Johanna noch immer am Tisch, doch sie war nach vorn gesunken, hatte ihren Kopf in die Beuge ihrer gekreuzten Arme gelegt und war eingeschlafen.

Johanna träumte von unterirdischen Labyrinthen und schaurigen Hallen, die sich in nebelverschleierte Friedhöfe verwandelten, von Bettlern in weißen Gewändern, von Geisterchören und von einem Totengräber, der Hackenbroichs Züge trug und der in einem Kellergewölbe auf einem Thron aus Gitterstäben saß. Dieser Thron stand auf drei Kerkerzellen, die so niedrig waren, dass man in ihnen nicht aufrecht stehen konnte. Johanna sah, dass ihre Mutter und Kopernikus mit schweren Eisenketten an Händen und Füßen in den beiden äußeren Zellen kauerten. Die mittlere war noch leer und die Gittertür stand offen. Frieder stand dort und winkte ihr mit der einen Hand spöttisch zu, während er in der anderen eine kleine Glasflasche mit einer giftigen Flüssigkeit für sie bereithielt. Johanna wollte fliehen, doch da packten sie Hände aus der Finsternis und zerrten sie unter dem höhnischen Gelächter von Hackenbroich und Frieder durch die Halle zum noch freien Käfig unter dem Thron.

Mit einem erstickten Aufschrei fuhr Johanna aus dem Schlaf und richtete sich mit schmerzenden Gliedern auf dem Stuhl auf. Helles Tageslicht flutete durch das Küchenfenster in den weiß getünchten Raum, in dem es nach warmer Grießsuppe und Kräutertee roch.

Johanna spürte eine Hand auf ihrer rechten Schulter und blickte hoch. Frederikus stand an ihrer Seite. Ein entschuldigender Ausdruck lag auf seinem Gesicht. »Tut mir Leid, dass ich dich so jäh aus dem Schlaf holen muss, aber wir haben dich schon so lange wie eben möglich schlafen lassen. Jetzt bleibt uns nicht mehr viel Zeit. Es reicht gerade noch für eine kleine Stärkung und dann müssen wir los. Frieder wartet!«

Johanna fühlte sich zerschlagen, als hätte sie Tag und Nacht Steine geschleppt, und stöhnte unterdrückt auf. »Richtig, Frieder wartet auf sein Schäferstündchen«, wiederholte sie benommen und fuhr sich über die Augen. Die wirre Handlung und die beängstigenden Bilder ihrer Träume waren schon in den ersten Momenten des Erwachens verblasst – mit einer einzigen Ausnahme: Die Szene mit der freien Kerkerzelle unter Hackenbroichs Gitterthron stand noch immer klar vor ihren Augen.

Vierundzwanzigstes Kapitel

Mit klopfendem Herzen wartete Johanna im dunklen Torbogen darauf, dass Frederikus aus der Stolkgasse zurückkam. Sie zog das graue Wolltuch, das sie sich über Kopf und Schulter geworfen hatte, vor ihrem Gesicht enger zusammen. Sie fröstelte, doch es war weniger der frische Wind, der sie an diesem klaren und sonnigen Ostermorgen frieren ließ, sondern die Kälte kam vielmehr von innen.

Eilige Schritte näherten sich dem tiefen Torbogen. Es war Frederikus. »Die Luft ist rein!«, meldete er. »Hackenbroich, die beiden Frauen und der einfältige Dominik sind auf dem Weg zum Dom. Frieder hält bestimmt schon sehnsuchtsvoll Ausschau nach dir.« Er grinste.

»Du hast die Schlüssel?«

»Mein Gott, für wen hältst du mich? Ich bin doch kein Anfänger«, sagte er ein wenig gekränkt.

Johanna holte tief Luft. »Also, dann wünsch mir viel Glück!«, sagte sie mit einem gequälten Lächeln. »Und komm bloß nicht zu spät!«

»Keine Sorge, ich werde schon rechtzeitig zur Stelle sein und dich notfalls aus seinen schmierigen Klauen erretten. Sieh du nur zu, dass du ihn wie besprochen ein paar Minuten in der Küche aufhältst. Der Rest ist dann eine Kleinigkeit.«

Johanna nickte und trat aus dem Schatten des Torbogens. Mit gesenktem Kopf eilte sie die Gasse hinunter, bog um die Ecke und schlüpfte wenige Augenblicke später durch die Seitentür in den Hof von Hackenbroichs Tollhaus.

Frieder wartete schon auf sie. Er stand im Windfang des

Portals, als sie über den Hof kam, und blickte ihr mit einem breiten erwartungsvollen Grinsen entgegen. »Ist das nicht ein Wunder, wie schnell ich wieder gesund geworden bin? Hackenbroich hat mich regelrecht bedauert, so gut habe ich den Kranken gemimt. Ein Schauspieler hätte das auch nicht besser hingekriegt!«, prahlte er.

»Ja, das hast du wirklich gut gemacht!«, lobte Johanna ihn und musste große Überwindung aufbringen, um sein lüsternes Lächeln zu erwidern.

Aber so ganz überzeugend fiel es wohl nicht aus, denn Frieder runzelte die Stirn und fragte argwöhnisch: »Sag, ist irgendetwas?«

»Ich . . . ich bin ein wenig aufgeregt«, gestand Johanna und lächelte verlegen. »Außerdem ist mir kalt. Hier, fühl mal meine Hände!«

Frieder nahm ihre Hände. »Himmel, die sind ja eiskalt!«, entfuhr es ihm überrascht. »Aber keine Sorge, wir werden dein Blut schon noch in Wallung bringen.« Er zog sie an sich.

»Das glaube ich dir, aber lass uns erst mal in die Küche gehen, damit ich mich am Feuer richtig aufwärmen kann«, sagte sie und entwand sich seinen Händen. Sie zwinkerte ihm zu. »Dann haben wir beide mehr davon, meinst du nicht?«

Er lachte und tätschelte ihren Hintern, während sie den Gang hinuntergingen.

In der Küche legte Johanna einen Arm voll Scheite in die Glut der Feuerstelle. Dann rieb sie sich über den aufzüngelnden Flammen die eiskalten Hände, während Frieder seine Arme von hinten um sie schlang und sich an ihrem Mieder zu schaffen machte. Sie lachte scheinbar belustigt auf. »Nicht so eilig, Frieder! Ich habe Lust auf einen guten Schluck aus der Weinkanne. Was hältst du davon?«

»Ich kenne dich ja gar nicht wieder!«, rief er verwundert.

»Aber ich gestehe, dass du mir so viel besser gefällst. Ich glaube, du hast mich all die Jahre ganz schön an der Nase herumgeführt, du Luder!«

»Kann schon sein«, sagte sie, »aber jetzt hol den Wein! Und lass mich mal den probieren, den du immer trinkst.«

Frieder tat nichts lieber als das. Er trank gerne und bevorzugte den billigen, stark gewürzten Wein. Er brachte eine Kanne, füllte zwei Becher und stieß mit ihr an.

Johanna nahm einen Schluck, drehte sich dann rasch zur Feuerstelle herum und spuckte den Wein im hohen Bogen in die Flammen. »Pfui Teufel!«, rief sie mit vor Abscheu verzerrtem Gesicht. »Den Wein kannst du alleine trinken. Der ist mir viel zu stark gewürzt. Da kann ich ja gleich an einer Gewürzstange lutschen!«

Frieder machte ein verdattertes Gesicht. »Ja, aber . . .«

»Hast du denn nicht was anderes für mich? Was ist mit dem Branntwein, den Hackenbroich immer trinkt? Oder kommst du an das gute Zeug nicht ran, weil er es weggeschlossen hat?«, fragte sie herausfordernd.

Frieder ging ihr wie erhofft auf den Leim. »Für wen hältst du mich denn? Na klar komme ich an seinen Branntwein!«, tönte er großspurig. »Ich werd's dir sofort beweisen!«

Kaum hatte Frieder die Küche verlassen, als Johanna ihr Kleid hochraffte und nach der kleinen Glasflasche tastete. Sie hing zwei Handbreit über dem Saum an einem dünnen Leinenband, das sie dort von innen angenäht hatte. Schnell ergriff sie ein Küchenmesser, durchtrennte das Halteband und zerrte den fest sitzenden Korken aus dem Hals des dunkelgrünen Fläschchens. Sie leerte seinen Inhalt in Frieders Zinnbecher, rührte mit dem Finger um und goss noch ein wenig von dem gewürzten Wein nach.

»Herr, lass es auch wirklich so wirken, wie der Alchimist es mir versprochen hat!«, murmelte sie inständig und mit Blick auf das hölzerne Kruzifix über der Tür.

Kopernikus hatte konzentriertes Laudanum mit einem anderen Stoff vermischt, der die Sinne verwirrte, und ihr versichert, dass die Wirkung dieses stark betäubenden Mittels schon nach wenigen Minuten einsetzen, jedoch keine bleibenden Schäden verursachen würde.

Johanna versteckte das leere Fläschchen hinter einer Reihe von Tellern, die auf einem Wandbord standen, und wartete mit wachsender Erregung auf Frieders Rückkehr.

Mit triumphierender Miene und einem mit Branntwein gefüllten Steingutkrug kehrte er schließlich zu ihr in die Küche zurück. Den Krug, der eine schöne blaue Glasur trug und Hackenbroichs bestes Stück war, hielt sein Onkel stets unter Verschluss, wie jeder im Haus wusste. »Na, was sagst du jetzt, Johanna? Ich komme an alles dran, wenn ich es will!«

»Tatsächlich, das ist sein bester Tropfen!«, sagte sie scheinbar beeindruckt. »Du bist ja noch durchtriebener, als ich gedacht habe! Ich glaube, Hackenbroich muss wirklich vor dir auf der Hut sein. Irgendwann steckst du ihn noch mal in die Tasche.«

»Ich weiß schon, was ich will und wie ich es bekomme!«, prahlte er und bedachte sie mit einem bedeutsamen Blick. »Ich habe ja immer gesagt, dass du gut beraten bist, wenn du dich mit mir gut stellst.«

»Na, wie gut du wirklich bist, wird sich ja gleich zeigen«, erwiderte sie mit jener primitiven Anzüglichkeit, wie Frieder sie bevorzugte. »Aber jetzt lass mich erst mal probieren, wie gut das Zeug wirklich ist, das der alte Geizhals Hackenbroich mit keinem anderen teilen will.« Und mit einem Lachen riss sie ihm den Krug fast aus der Hand.

»Vorsichtig!«, rief er erschrocken. »Nimm nicht zu viel davon! Hackenbroich darf nicht merken, dass wir uns an seinem besten Branntwein vergriffen haben.«

»Ich soll mich also mit einem Fingerhut voll begnügen, ja?« Spöttisch zog Johanna die Augenbrauen hoch. Sie füllte ihren Becher nun zu einem Drittel. »Also dann, auf dass uns heiß wird, Frieder! Hoch den Becher und runter damit!«, forderte sie ihn scheinbar aufgekratzt auf, um dann stichelnd hinzuzufügen: »Oder bist du dann zu nichts mehr nütze?«

Er lachte kehlig. »Dir werde ich es zeigen!«, antwortete er und stürzte den Gewürzwein auf einen Zug hinunter.

Auch Johanna leerte ihren Becher mit einem großen Schluck, behielt jedoch ein gut Teil Branntwein im Mund und tat so, als hätte sie sich verschluckt. Sie riss die Augen auf, presste sich die linke Faust vor die Brust, schob den rechten Arm vor den Mund und blies den Branntwein in den Wollstoff ihres Ärmels, während sie sich halb von Frieder abwandte.

»Heiliger Sebastian, der hat wirklich Feuer!«, keuchte sie, denn der Schluck Branntwein, der ihr die Kehle hinuntergeflossen war, schien sich tatsächlich in Feuer verwandelt zu haben und sich durch ihre Innereien brennen zu wollen.

»Du bist eben nichts Gutes gewöhnt, wo dir der alte Bock von Kupferstecher doch bestimmt nur den billigsten Fusel auftischt!«, meinte Frieder schadenfroh und rief im nächsten Moment verblüfft: »He, wo willst du hin?«

Johanna hatte sich den Krug geschnappt und die Küchentür aufgerissen. »Ich glaube, der Branntwein tut seine Wirkung. Los, komm mit in den Stall! Da können wir es uns gemütlich machen«, rief sie ihm keck über die Schulter zu. »Und vergiss deinen Gewürzwein nicht!«

»Aber warum muss es denn ausgerechnet der Stall sein?«, rief er ihr nach.

»Weil ich es so will, deshalb!«, antwortete sie lachend und lief schon den Flur hinunter.

»Pass um Gottes willen auf den verdammten Krug auf!« Sie hörte ihn fluchen und hoffte, dass die Wirkung des Betäubungsmittels jetzt auch wirklich schnell genug einsetzte – und dass Frederikus wie verabredet im Stall auf der Lauer lag. Zeit genug, um sich über den Hof in den Stall zu schleichen, hatte er ja mittlerweile gehabt.

Frieder war dicht hinter ihr, als sie die Tür zum Stall aufstieß und in den Raum lief, wo Hackenbroich die Säcke mit Stroh und Sägemehl lagerte – und wo die Decke zum Dachboden zur Hälfte offen war.

»So, jetzt bist du aber wirklich ...«, begann Frieder, führte den Satz jedoch nicht zu Ende, sondern stöhnte auf und wankte gegen einen Stützbalken.

Es wirkt! Oh Gott, es wirkt tatsächlich!, schoss es Johanna durch den Kopf, als sie sah, wie blass er plötzlich im Gesicht wurde und wie er sich am Balken festhielt, um nicht das Gleichgewicht zu verlieren.

»Sag bloß, du kannst dich nach dem bisschen Wein jetzt schon nicht mehr auf den Beinen halten?«, spottete sie.

Frieder entglitt die Blechkanne. Sie polterte zu Boden und der Gewürzwein ergoss sich über seine Füße. »Mir ist plötzlich so ... so verdammt schwindelig«, keuchte er und hatte sichtlich Mühe, seine Augen auf sie gerichtet zu halten.

Sie sah ihn mit einem kalten Lächeln an. »Tja, dann wird wohl nichts aus dem kleinen Vergnügen, auf das du so versessen bist!«, höhnte sie. »Ach, wenn du wüsstest, wie schrecklich enttäuscht ich nun bin.«

Sein Gesicht verwandelte sich in eine wutverzerrte Grimasse, als er begriff, dass sie ihn getäuscht und in eine Falle gelockt hatte. »Du ... mieses Dreckstück! ... Du hast ... mir etwas ... in den Wein ... getan! Was ... was führst du ... im Schilde?«, brachte er mühsam hervor. Er ließ den Balken los und wollte auf sie zu stürmen. Doch seine Glieder verweigerten ihm schon den Dienst. Er schwankte wie ein dünnes Rohr im Wind und sackte nach zwei schlurfenden Schritten kraftlos in die Knie. Mühsam stützte er sich mit den Händen ab und schielte zu ihr hoch.

»Du wirst noch Zeit genug haben, um darüber nachzudenken, denn so schnell wirst du deinen Fuß nicht wieder auf deutsche Erde setzen. Eine schöne Reise, Frieder! Ich bin sicher, dass du jetzt viel von der Welt sehen wirst! Aber dafür brauchst du mir nicht zu danken, das habe ich gern getan«, sagte sie mit grimmiger Genugtuung, setzte ihm ihren rechten Fuß auf die Schulter und gab ihm einen kleinen Stoß.

Frieder kippte mit verdrehten Augen und einem lang gezogenen Seufzen, das wohl ein wütender Aufschrei hätte sein sollen, auf die Seite und blieb ohnmächtig im Dreck liegen.

Im nächsten Moment segelte von oben aus der breiten Deckenöffnung eine alte Pferdedecke auf Frieder herunter, gefolgt von Frederikus, der mit einem eleganten Satz vom Dachboden auf einen Stapel Säcke mit Sägemehl sprang.

»Donnerwetter, das Zeug hat ihn ja umgehauen wie ein Schlag mit der Ochsenkeule!«, rief er erstaunt. »Möchte bloß wissen, was dieser Quint dir da zusammengemischt hat. Für einen Kupferstecher versteht er sich aber verflucht gut auf betäubende Mixturen. Was meinst du, ob er mir wohl sein Rezept verrät? So ein netter Saft könnte mal ganz nützlich sein.«

»Du kannst ihn ja fragen, aber ich bezweifle, dass er sich in seine Karten gucken lässt.«

»Na, dann wollen wir mal an die Arbeit gehen«, sagte Frederikus, genehmigte sich aber zunächst einen kräftigen Schluck aus dem Branntweinkrug. Dann fesselten sie Frieder gewissenhaft an Händen und Füßen. Mit dem Knebel warteten sie noch, so wie Kopernikus es ihnen geraten hatte. Es war nicht ganz auszuschließen, dass er sich erbrechen musste, und geknebelt würde er dann an seinem eigenen Auswurf ersticken. Ein lockerer Knebel war nur für den Abtransport nötig – und auch nur dann, sollte er bis dahin wieder zu sich gekommen sein, was Quint jedoch für mehr als unwahrscheinlich hielt.

»So, das haben wir, gewickelt wie ein Ferkel für den Grillspieß!«, rief Frederikus und tätschelte fast liebevoll die Wange des betäubten Frieder. »Und jetzt lass uns diesen Leander aus dem Keller holen!«

Johanna ging voraus und führte ihn wenig später in das Kellergewölbe hinunter.

»Allmächtiger, dieser Gestank ist ja kaum auszuhalten!«, stieß Frederikus angewidert hervor. »Hackenbroich gehört hier selbst eingesperrt, und zwar für den Rest seines Lebens! Sehen wir bloß zu, dass wir so schnell wie möglich aus diesem üblen Loch wieder herauskommen.«

Leander kauerte in der Ecke seiner Zelle und schien es überhaupt nicht wahrzunehmen, als Johanna die Gittertür aufschloss. Nicht einmal ein noch so schwaches Zeichen des Wiedererkennens glomm in seinen glasigen Augen auf, als sie sich zu ihm hinunterbeugte. Seibernd und leise vor sich hin lallend, saß er da. Abgemagert, wie er war, fehlte ihm auch die Kraft, sich auf seinen Beinen zu halten. Und so blieb ihnen gar nichts anderes übrig, als ihn nach oben zu tragen.

»Mir wird übel, wenn ich das noch länger riechen muss! Hol zwei Eimer Wasser und irgendwelche sauberen Sachen, die wir ihm anziehen können!«, forderte Frederikus sie auf und riss Leander die stinkenden Lumpen vom Leib, kaum dass sie oben im Gang standen.

Als Johanna mit zwei gefüllten Holzeimern zurückkam, hatte Frederikus ihn schon splitternackt ausgezogen. Verlegen wandte sie den Blick von ihm ab.

»Nun zier dich mal bloß nicht!«, meinte Frederikus lachend. »Hast du denn noch nie einen nackten Mann gesehen?«

»Nein«, gestand sie und wurde rot bis unter die Haarspitzen.

»Jetzt hast du es«, sagte er trocken, nahm ihr den ersten Eimer ab und schüttete Leander das Wasser mit kräftigem Schwung mitten vor die Brust.

Leander bäumte sich unter dem Schwall kalten Wassers auf, das nach allen Seiten wegspritzte, gab einen erschrockenen Aufschrei von sich und rollte sich auf dem Steinboden zusammen, als könnte ihn das vor weiteren Attacken dieser Art schützen.

Völlig unbeeindruckt davon, griff Frederikus sich den zweiten Eimer und leerte auch ihn ohne viel Federlesens über dem Fallsüchtigen aus. »Na komm, steh nicht so untätig herum! Hol die Sachen für ihn und bring gleich die Kleider für unseren Doppelgänger mit!«

Mit hochrotem Kopf hastete Johanna davon. Sie hoffte Frederikus würde es ihr ersparen, ihm beim Anziehen von Leander zu helfen.

Doch dieser dachte gar nicht daran. »Ich muss mich gleich damit abmühen, unserem toten Bettler die Sachen von dem Burschen hier anzuziehen. Da kannst du mir wenigstens hierbei zur Hand gehen!«

Leander ließ alles willig mit sich geschehen. Als sie ihn angezogen hatten, trugen sie ihn zu Frieder in den Stall.

»Ich hol dann jetzt unseren toten Kompagnon«, sagte Frederikus unbekümmert und streifte Leander den kostbaren Siegelring vom Finger. »Quint dürfte mit dem Rollwagen schon draußen auf der Gasse sein. Ich bin also im Handumdrehen zurück. Du kannst in der Zwischenzeit schon mal den alten Gaul vor das Fuhrwerk spannen.«

Johanna holte Hannibal aus dem Stall und legte ihm das Geschirr an. Sie war damit noch nicht ganz fertig, als Frederikus mit dem Rollwagen im Hof erschien. Er schloss das Tor hinter sich und zog den Handkarren vor die Ruine der einstigen Klosterkapelle.

Sie brachte ihm Leanders gute Kleidung, noch bevor er sie dazu auffordern konnte. »Ich bin mit dem Einschirren noch nicht ganz fertig«, sagte sie, jeglichen Blick auf den Karren vermeidend.

Er durchschaute sie und grinste breit. »Geh nur wieder! Ich erledige das hier schon allein. Und vergiss nicht: Wenn du nachher da drüben eine Menge Blut unter den Steinen hervorlaufen siehst, so kommt das nicht von unserem seligen Bettlerburschen, sondern es stammt aus den beiden mit Rinderblut gefüllten Ochsenblasen, die ich mitgebracht habe. Wir wollen doch, dass es schön echt aussieht, nicht wahr?«

Johanna schluckte, nickte hastig und beeilte sich, dass sie wieder auf die andere Seite des Hofes kam. Und sowie sie Hannibal vor das Fuhrwerk gespannt hatte, kehrte sie zu Frieder und Leander in den Stall zurück. Dort hockte sie sich neben Leander auf einen Sack Sägemehl, knetete unruhig ihre Hände und wartete mit heftig klopfendem Herzen und einem schrecklich flauen Gefühl in der Magengegend darauf, dass Frederikus mit seinen Vorbereitungen endlich fertig wurde. Sie wollte so schnell wie möglich mit Frieder und Leander fort von ihr, bevor irgendein dummer Zufall ihren ganzen Plan zunichte machte und sie auf frischer Tat ertappt wurden. Jede Minute, die verstrich, zerrte an ihren angespannten Nerven.

Dagegen pfiff Frederikus im Hof die Melodie eines Spottliedes vor sich hin, als wäre das Ganze nicht viel mehr als ein harmloser Streich, der jeglicher Gefahr entbehrte! Hatte dieser Mensch denn überhaupt keine Nerven und statt Blut Eiswasser in den Adern?

Aber nein, sie durfte nicht ungerecht sein und sie hatte schon gar keinen Grund, die Nase hoch zu tragen. Frederikus tat, was getan werden musste, und sie besaß nicht den Mut und die Überwindung, ihm dabei zur Hand zu gehen. Wer wie er seit Jahren als Schmuggler und bei anderen verbotenen Geschäften seinen Hals riskierte, war nun mal um einiges abgebrühter, als sie wohl je sein würde!

Obwohl Frederikus nicht mehr als vielleicht zehn, zwölf Minuten benötigte, um dem Toten Leanders gute Kleidung anzuziehen, ihm den Siegelring an den Finger zu stecken, ihn im vorderen Teil der Ruine zwischen die Trümmer zu legen und drum herum das Ochsenblut zu vergießen, kam Johanna die Zeitspanne entsetzlich lang vor.

Endlich erlöste er sie aus ihrem qualvollen Warten. »So, das ist geschafft!«, verkündete er, als er durch die offen stehende Stalltür trat und geradewegs auf den Branntweinkrug zusteuerte. Er genehmte sich einen kräftigen Schluck, fuhr sich mit dem Handrücken über den Mund und klatschte dann in die Hände. »Auf zur letzten Etappe!«

Gemeinsam wuchteten sie den Handkarren auf die geräumige Ladefläche von Hackenbroichs Fuhrwerk und kippten ihn auf die Seite. Dann holten sie Frieder, der sich noch immer in einem Zustand tiefer Betäubung befand. Frederikus griff zu seinem Messer und schnitt eine der Pferdedecken, die im Stall bereitlagen, in Streifen. Einen davon wickelte er Frieder um den Mund. Die anderen Stoffstreifen benutzte er, um Leander zu fesseln und zu knebeln.

»Ist das denn wirklich nötig?«, fragte Johanna.

»Wir können nicht riskieren, dass er irgendwie auf sich aufmerksam macht, wenn wir mit dem Fuhrwerk unterwegs zur Marzellenstraße sind. Woher soll er denn wissen, dass wir nichts Böses im Schilde führen und er sich zu seinem eigenen Wohle ruhig verhalten muss?«

»Aber die Straßen sind doch jetzt so gut wie ausgestorben. Die Leute sind alle zur Ostermesse in den Kirchen«, wandte sie ein. »Außerdem bekommt er gar nicht mit, was mit ihm geschieht. Sieh ihn dir doch an, wie teilnahmslos er da am Pfosten lehnt!«

»Sicher ist sicher! Ein misstrauisches Augenpaar reicht, um uns einen Strick zu drehen«, erwiderte Frederikus. »Ich will nicht in einer Gefängniszelle vor die Hunde gehen, weil ich zu faul oder zu unbekümmert gewesen bin. So, und jetzt pack mit an! Zuerst Frieder!«

Sie trugen ihn zum Fuhrwerk hinüber und schoben ihn in die Öffnung des auf der Seite liegenden Rollwagens. Dann holten sie Leander, den sie auf die freie Hälfte der Ladefläche legten.

»Und jetzt bist du an der Reihe. Rauf mit dir!«, forderte Frederikus sie auf.

Johanna stieg auf das Fuhrwerk und warf einen kurzen Blick zur Ruine hinüber. Die Leiche des namenlosen Bettlers lag bäuchlings in einer dunklen Blutlache. Kopf und Oberkörper des Toten waren schon von schweren Steinen bedeckt.

»Was ist mit der Mauer?«, fragte Johanna. »Wolltest du sie nicht zum Einsturz bringen, damit er fast völlig unter Trümmern begraben ist und man von ihm bloß noch die Füße sieht?«

»Das kommt noch. Siehst du nicht das Seil, das da oben von dem Eckstein herunterbaumelt?«

»Ja, jetzt sehe ich es!«

Er grinste. »Ein letzter kräftiger Ruck und die halbe Wand stürzt über ihm zusammen. Das gibt mehr als genug Trümmer. Und jetzt leg dich zu diesem Burschen da, damit ich euch zudecken und das Stroh holen kann.«

Johanna streckte sich neben Leander auf dem Bretterboden des Frachtwagens aus und legte ihm beruhigend eine Hand auf die Schulter. Im nächsten Augenblick warf Frederikus Pferdedecken über sie, Leander und Frieder. Darüber schichtete er Stroh auf, bis von der menschlichen Ladung nichts mehr zu sehen war.

»Bist du in Ordnung? Habt ihr genug Luft zum Atmen?«

Die Stimme von Frederikus erreichte Johanna nur stark gedämpft. »Gemütlich ist es nicht, aber auszuhalten!«, antwortete sie und war froh, dass wenigstens durch die Ritzen der Bodenbretter Luft und ein wenig Tageslicht in ihr dunkles Versteck drangen.

»Na wunderbar! Gleich geht's los. Aber erst muss ich noch mal kurz ins Haus und da noch etwas erledigen. Ich bin gleich zurück!«

»Was ist denn jetzt noch im Haus zu erledigen?«, rief sie verwirrt, erhielt jedoch keine Antwort.

Wollte er vielleicht Hackenbroichs private Räume durchsuchen und wie ein gemeiner Dieb alles Wertvolle einstecken, was ihm dabei in die Finger fiel?

Johanna wollte schon aufspringen und nachsehen, was Frederikus im Haus machte, als Leander sich bewegte und unruhig zu werden begann. Es schien, als versuchte er sich der Fesseln zu erwehren, die ihm jedoch nur wenig Bewegungsspielraum ließen. Sofort ruckte sie näher an ihn heran, suchte im Zwielicht seine Hand und redete mit leiser Stimme auf ihn ein.

»Du darfst jetzt nicht in Panik geraten, Leander! Ich bin bei dir, hörst du? Du weißt doch, wer ich bin, nicht wahr? Ich bin Johanna. Und ich bin mit einem Freund gekommen, um dich zu befreien. Du brauchst keine Angst zu haben. In ein paar Minuten liegt Hackenbroichs Hölle hinter dir und dann wird es dir schon bald besser gehen. Du musst jetzt nur ruhig liegen bleiben, damit unsere Flucht auch gelingt.«

Was immer ihr an beruhigenden Worten in den Sinn kam, flüsterte sie ihm zu, während sie seine Hand hielt und bekräftigend drückte. Und es hatte die erhoffte Wirkung. Leander hörte auf, sich ruckartig zu bewegen, und lag schließlich wieder still.

Kurz darauf kehrte Frederikus zurück. »Alles erledigt. Wir können los!«, rief er ihr vergnügt zu.

»Was hast du im Haus gemacht?«

Sie hörte ihn lachen. »Natürlich auch den anderen Schwachköpfen Ausgang verschafft!«, antwortete er. »So, und jetzt wird es ernst! Erschrick also nicht, wenn es gleich ordentlich rumpelt.«

Im ersten Augenblick fuhr Johanna der Schreck in die Glieder. Frederikus hatte, wenn sie ihn richtig verstand, die Zellen geöffnet, ja den beiden unten im Kellergewölbe vielleicht sogar die Fußketten aufgeschlossen. Doch schon im nächsten Moment fand auch sie die Vorstellung belustigend, dass die Insassen des Narrenturms endlich einmal aus dem Haus kommen und für eine Weile auf freiem Fuß sein würden. Natürlich würde man sie über kurz oder lang wieder einfangen, aber war nicht ein wenig Freiheit für kurze Zeit immer noch besser als gar keine?

Johanna lachte still in sich hinein. Das geschah Hackenbroich recht!

Indessen brachte Frederikus die Wand zum Einsturz. Es gab

ein dumpfes Bersten und Poltern von Mauerwerk und Balkenstücken, jedoch nicht übermäßig laut, weil der Boden schon mit anderen Trümmerhaufen übersät war.

Johanna hörte das Knarren der Torflügel, die Frederikus nun aufschob. Wenige Atemzüge später sprang er mit einem Satz auf den Kutschbock und trieb Hannibal mit einem Peitschenschlag an. Dieser war solch eine grobe Behandlung nicht gewohnt und legte sich mit einem erschrockenen Wiehern kräftig ins Geschirr. Das Fuhrwerk setzte sich mit einem Ruck in Bewegung und rumpelte mit eiligem Radlauf aus dem Hof.

Mit angehaltenem Atem lauschte Johanna auf Geräusche, doch sie hörte nichts weiter als das vertraute Rattern des Fuhrwerks, Hannibals ungewöhnlich forschen Hufschlag sowie das Knarren von Leder und Deichsel. Kein Zuruf eines Nachbarn oder Passanten, der Frederikus auf das offen stehende Tor hinwies. Die Welt um sie herum blieb still und ohne böse Überraschung.

Die Angst wich jedoch erst richtig von ihr, als das Fuhrwerk im Hof der einstigen Töpferei stand und Frederikus ihr zurief, dass sie sich von Decken und Stroh befreien konnte. »Wir sind dem Feindesland glücklich entkommen und nun in sicherem Freundesland!«

»Dem Himmel sei Dank!«, stieß Johanna erlöst hervor. Sie sprang auf, schüttelte alles von sich und befreite Leander dann sofort von Knebeln und Fesseln.

Kopernikus ging ihr dabei zur Hand und half ihr auch, Leander vom Fuhrwerk zu heben. Frederikus blieb derweil auf dem Kutschbock sitzen, denn er wollte gleich weiter. »Das Flussschiff, das Frieder nach Rotterdam bringt, wartet schon auf ihn. Und ich will ihn mir so schnell wie möglich vom Hals schaffen.«

»Wir haben dir sehr zu danken, Frederikus Flake!«, sagte Kopernikus und drückte ihm ein Goldstück in die Hand. »Ohne dich und deine Freunde hätten wir den armen Leander wohl kaum retten können.«

Frederikus kannte keine Hemmung, vor den Augen des Alchimisten auf das Geldstück zu beißen, um sich zu vergewissern, ob es sich auch wirklich um einen echten Golddukaten handelte. Dann grinste er breit. »Es war mir ein Vergnügen, mein Herr! Und ich stehe Euch jederzeit zu Diensten, solltet Ihr wieder einmal Hilfe benötigen.«

Kopernikus nickte ihm freundlich zu.

»Denkst du auch daran, was du mir versprochen hast, Frederikus?«, erinnerte Johanna ihn, nachdem sie das Strohbett auf dem Wagen wieder in Ordnung gebracht hatte.

Frederikus warf ihr einen belustigten Blick zu. »Keine Sorge, ich bringe Hannibal wie versprochen nach Deutz auf den Hof meines Onkels Heribert. Dort kann er sich ein wenig nützlich machen und kriegt sein Gnadenbrot. Und den Wagen lasse ich in Mülheim oder sonst wo verkaufen. Der Erlös reicht für das Handgeld, das ich meinem Freund, dem niederländischen Flussschiffer, versprochen habe. Es ist also für alles gesorgt.« Hannibal und das Fuhrwerk mussten verschwinden, damit es so aussah, als hätte Frieder damit das Weite gesucht, nachdem Leander durch einen schicksalhaften Zufall von der eingestürzten Wand erschlagen worden war und sich damit jede Hoffnung auf reiche Belohnung in nichts aufgelöst hatte.

Johanna öffnete ihm das Tor und ließ ihn hinaus. Dann kehrte sie zu Kopernikus zurück, der mit Leander auf der Bank neben der Küchentür saß. Leander hing halb über der klobigen Armlehne der Steinbank. Sein linker Arm baumelte schlaff herunter und sein Kopf ruhte auf seiner Schulter, als hätte er nicht mehr die Kraft, ihn aufrecht zu halten. Speichel rann ihm aus dem offen stehenden Mund.

Als Johanna sah, dass sein Blick durch sie hindurchging, befiel sie plötzlich eine schreckliche Befürchtung.

»Seid Ihr Euch auch sicher, dass wir ihn gerettet haben?«, fragte sie beklommen. »Was ist, wenn es längst zu spät dafür ist und es bei ihm gar nichts mehr zu retten gibt, weil Hackenbroich und Frieder ihm schon zu viel Gift verabreicht haben? Was machen wir dann mit ihm?«

Kopernikus blieb für einen langen Augenblick stumm, als wüsste auch er darauf keine Antwort. Schließlich zuckte er in einer ratlosen Geste die Achseln und sagte ausweichend: »Bringen wir ihn erst einmal nach oben.«

Fünfundzwanzigstes Kapitel

Als Hackenbroich den Toten unter den Trümmern liegen sah, den Tumult der im Haus frei herumlaufenden Insassen bemerkte und begriff, was an diesem Ostermorgen während seiner Abwesenheit geschehen war, traf ihn fast der Schlag. Nach einem Moment des Schocks und der Fassungslosigkeit explodierte er. Er veranstaltete ein wüstes Geschrei, tobte wie von Tollwut befallen und stieß die unflätigsten Verwünschungen gegen seinen Neffen hervor, wie Johanna von Dominik erfuhr.

»Nicht nur dass der Fallsüchtige da drüben in der Ruine den Tod gefunden hat«, berichtete Dominik ihr am folgenden Morgen, »Frieder hat auch noch alle Zellen aufgeschlossen und Rutlinde und dem wilden Anton sogar die Ketten abgenommen. Die beiden haben sich zusammen mit Erasmus und dem langen Ludwig von oben aus dem Staub gemacht. Und die andern sind johlend durchs Haus gezogen und haben eine ganz schöne Unordnung angerichtet.«

Erasmus und Ludwig waren nicht weit gekommen. Am Nachmittag hatten sie sich schon wieder hinter Gittern befunden. Dagegen fehlte von den beiden aus dem Kellergewölbe noch immer jede Spur.

Hackenbroichs zügellose Wut war jedoch nur von kurzer Dauer gewesen. »Es muss wohl mit Ostern und der heiligen Messe zusammenhängen, dass er wieder so schnell zur Ruhe gekommen ist«, sagte Dominik in seiner Ahnungslosigkeit. Denn dass Hackenbroich sich so schnell beruhigte, entsprach überhaupt nicht seinem Wesen, ganz im Gegenteil. Gewöhnlich benahm er sich nach einem geplatzten Geschäft oder einem anderen Ärgernis tagelang unausstehlich und zeigte sich noch tyrannischer und bösartiger, als er es sonst schon war.

»Ja, das wird es wohl sein, Dominik«, pflichtete Johanna ihm bei. In Wirklichkeit wunderte sie sich nicht eine Sekunde lang, dass Hackenbroich am Morgen nach Frieders Verschwinden ein überraschend umgängliches, ja fast sogar vergnügtes Verhalten an den Tag legte. Sie wusste, warum der Tod von Leander für Hackenbroich keine Katastrophe, sondern vielmehr ein unverhofftes Geschenk darstellte. Denn etwas Besseres als solch ein tragischer Unfalltod hätte ihm und Charlotte van Dyke gar nicht passieren können. Hackenbroich würde bestimmt einen dicken Batzen Geld von Leanders Stiefmutter einstreichen, nun, da der verhasste Stiefsohn und erste Erbe so unauffällig vom Leben in den Tod befördert worden war.

Johanna vermutete, dass Hackenbroich sofort einen Boten mit einer entsprechenden Nachricht zum *Rosenhof* geschickt hatte, und sie fand ihre Annahme schon am Montagvormittag bestätigt. Denn die Turmuhr hatte noch keine zehn geschlagen, als Charlotte van Dyke mit ihrer Kutsche vorfuhr – gefolgt von einem Fuhrwerk, unter dessen Plane sich ein Eichensarg verbarg.

Charlotte van Dyke hatte Trauerkleidung aus schwarzem Taft angelegt und ein schwarzer Spitzenschleier verhüllte ihr Gesicht. Aber in ihrer Stimme schwang weder Trauer noch Schmerz mit, als sie die beiden Männer auf dem Fuhrwerk anwies: »Holt den Toten und schafft ihn in den Sarg!«

»Wollt Ihr ihn noch einmal sehen?«, erkundigte sich einer der Männer.

»Wozu?«, gab Charlotte van Dyke knapp zurück und ließ den Mann einfach stehen.

Später hörte Johanna sie mit Hackenbroich lachen, als sie sich auf dem Boden des Flurs mit Scheuerstein und Putzeimer zu schaffen machte. Es war das Lachen zweier skrupelloser Schurken, die sich gegenseitig zu ihrem gelungenen Verbrechen gratulieren und sich voll Schadenfreude über die Einfalt ihrer Opfer lustig machen.

Johanna hatte diese Bestätigung nicht wirklich gebraucht, um zu wissen, dass sie mit Kopernikus und Frederikus das Richtige getan hatte. Aber es tat ihr dennoch gut, nun mit einem Gefühl der Gewissheit zu Kopernikus und Leander zurückzukehren.

»Wie geht es ihm?«, fragte sie, kaum dass sie den Kopf zur Tür hereingesteckt hatte. »Ist er schon ansprechbar?«

Kopernikus schüttelte den Kopf. »Noch ist kein Zeichen von Besserung zu erkennen«, sagte er mit besorgter Miene. »Dafür ist es bei dem vielen Gift, das sie ihm eingeflößt haben, wohl auch noch zu früh. Morgen, spätestens aber übermorgen müsste er wieder bei klarem Verstand sein, sofern das Gift nicht schon schweren und unwiderruflichen Schaden angerichtet hat. Wir sollten deshalb besser mit allem rechnen, auch mit dem Schlimmsten.«

Bedrückt ging Johanna nach hinten und warf einen Blick in Leanders Kammer, die gleich an ihr kleines Zimmer grenzte. Statt der Anstaltslumpen, die Frederikus und sie ihm angezogen hatten, trug er nun eines von Kopernikus' knöchellangen Nachthemden, lag mit angezogenen Beinen auf dem Bett und starrte gegen die Wand. Als sie ihn ansprach, wandte er kurz den Kopf. Er schaute jedoch nicht zu ihr zur Tür, gab auch keine Antwort und zeigte auch sonst kein Zeichen des Erkennens, sondern drehte sich wieder der Wand zu.

Kopernikus hatte seine alchimistische Arbeit wieder aufgenommen, war jedoch nicht mit der ihm sonst eigenen Aufmerksamkeit und Begeisterung bei der Sache. Er verbrannte sich an einem glühend heißen Tiegel und verschüttete sogar einige Gran kostbares Quecksilber.

Eine Weile arbeiteten sie stumm Seite an Seite. Plötzlich warf Kopernikus den schweren Stößel in den Mörser, in dem er Holzkohle zermahlen wollte.

»Er wird schon durchkommen!«, stieß er heftig hervor, als wollte er damit Einspruch gegen die dunklen Gedanken und Befürchtungen erheben, die ihm insgeheim keine Ruhe ließen. »Und wenn er wieder bei Sinnen ist, braucht er ordentliche Kleidung! Ich sehe mal, was ich für ihn finden kann!«

Als Kopernikus das Haus verlassen hatte, holte Johanna die Bibel, klemmte sich einen Schemel unter den Arm und begab sich damit in Leanders Zimmer. Dort setzte sie sich an sein Bett und begann ihm vorzulesen.

»Ich lese dir meine Lieblingsstellen vor«, sagte sie und störte sich nicht daran, dass Leander nicht die geringste Regung zeigte. Dass sie an seiner Seite saß und ihm aus der Heiligen Schrift vorlas, trug auch zu ihrer eigenen Ablenkung und Beruhigung bei.

Am späten Nachmittag bekam Johanna es mit der Angst zu tun, als Leander sich auf seiner Bettstelle unruhig und in Schweiß gebadet hin und her warf. Das Nachthemd klebte ihm klatschnass am Körper. Sie mussten es ihm ausziehen und ihn trockenreiben, bevor sie ihm ein frisches Nachthemd überstreifen konnten. Und dann begann er zu zittern.

»Was ist bloß mit ihm?«, fragte Johanna besorgt. »Ob er vielleicht gleich einen Anfall bekommt?«

Kopernikus schüttelte den Kopf. »Das sähe anders aus. Ich glaube, sein Körper kämpft mit den Dämonen des Giftes. Bestimmt giert er nach dem Opium so, wie der Körper eines

Säufers, der auf dem Trockenen sitzt, nach Alkohol giert und unter dem Entzug zu leiden beginnt.«

»Können wir denn nicht irgendetwas tun, um es ihm leichter zu machen?«

»Nein, jedenfalls weiß ich nichts«, gestand der Alchimist ein. »Und auf keinen Fall möchte ich ihm Laudanum verabreichen, weil ich nicht weiß, ob ich damit alles nicht noch schlimmer mache.«

Sie sorgten nach besten Kräften für ihn und wechselten sich dabei ab. Wenn Leander der Schweiß ausbrach, rieben sie ihm Gesicht, Brust und Arme mit kaltem Wasser ab und gaben ihm zu trinken, und wenn ihn der Schüttelfrost überfiel, legten sie zusätzliche Decken über ihn. Sie hielten auch nachts abwechselnd Wache an seinem Bett.

In der zweiten Nacht löste Johanna den Alchimisten zwei Stunden nach Mitternacht ab. Kopernikus war auf dem Lehnstuhl eingedöst und schreckte bei ihrem Eintreten hoch. Er murmelte eine Entschuldigung, gähnte herzhaft und machte, dass er in seine Kammer kam. Wenn es um seine alchimistischen Versuche ging, konnte er die ganze Nacht durcharbeiten, wie er Johanna schon oft genug bewiesen hatte. Aber still an einem Krankenbett zu sitzen ließ ihn schnell ein Opfer seiner Müdigkeit werden, wie er schon in der ersten Nacht freimütig eingestanden hatte.

Leander ging es noch immer sehr schlecht. Er zitterte wie Espenlaub und klapperte mit den Zähnen. Ihn fror, und was immer Johanna auch tat, um ihn zu wärmen, es befreite ihn doch nicht vom Schüttelfrost.

»Mein Gott, was soll ich denn bloß tun?«, flüsterte sie ratlos und schier verzweifelt, weil sie ihm nicht helfen konnte. Sein Zittern und Zähneklappern ließ ihr ganz elend zu Mute werden.

Plötzlich jedoch erinnerte sie sich daran, was ihre Mutter einst getan hatte, als sie sich als kleines Kind einmal in einer eisigen Winternacht in Koblenz verirrt hatte, fast erfroren wäre und im Bett einfach nicht hatte warm werden wollen: Ihre Mutter hatte sich zu ihr gelegt, sie in ihre Arme genommen und sie mit ihrem eigenen Körper gewärmt. Und erst dann war sie auch wirklich zur Ruhe gekommen und erschöpft eingeschlafen.

Johanna warf die Decke ab, die sie sich um die Schulter gelegt hatte und schlüpfte zu Leander ins Bett. Sie zuckte im ersten Moment erschrocken zurück, als sie mit seinem Körper in Berührung kam. Er fühlte sich wie ein Eiszapfen an. Dann jedoch legte sie ihre Arme um ihn und schmiegte sich an ihn, um ihn mit ihrem Körper zu wärmen. Gleichzeitig redete sie leise und beruhigend auf ihn ein.

Leander stieß sie nicht von sich, wie sie erst befürchtet hatte, sondern wandte sich ihr zu und klammerte sich zitternd und Unverständliches murmelnd an sie.

Johanna hielt ihn wie ein kleines Kind in ihren Armen und wiegte ihn sanft hin und her, während sie nicht aufhörte mit leiser Stimme zu ihm zu sprechen und ihm zu versichern, dass er bei ihnen in Sicherheit war, nichts mehr zu befürchten und das Schlimmste überstanden hatte und bald wieder er selbst sein würde.

Nach gut anderthalb Stunden wichen das Zittern und der Schüttelfrost endlich von ihm. Sein Atem wurde ruhiger und gleichmäßiger und schließlich schlief er erschöpft ein. Doch auch im Schlaf rückte er nicht von ihr ab, sondern hielt sie an sich gedrückt, als wollte er sie nie mehr freigeben.

Irgendwann schlief auch Johanna ein.

Als sie erwachte, drang schon das Licht des Frühlingsmorgens durch die Ritzen der Fensterläden in die Kammer. Sofort wurde sie sich ihrer verrenkten Glieder bewusst, die sich mit stechenden Schmerzen meldeten. Dann spürte sie eine Hand auf ihrer Schulter und einen warmen Körper an ihrer Seite. Sie öffnete die Augen – und blickte Leander ins Gesicht.

Auch seine Augen standen offen und er blickte sie an. »Jo... Johanna?«, fragte er mit schwacher und unsicherer Stimme, als wüsste er nicht, ob er sich in einem Traum oder in der Wirklichkeit befand. Der Ausdruck seiner Augen drückte Verwirrung aus, war jedoch nicht länger glasig und vom Opium getrübt, sondern eindeutig wach und klar.

Und Leander wusste, wer sie war!

Dritter Teil

Der Stein
der Weisen

Sechsundzwanzigstes Kapitel

Leanders Hand zitterte sichtlich, als er den Löffel mit der kräftigen Hühnerbrühe zum Mund führte. Wenn er auch das Schlimmste überstanden hatte, so würde er, abgemagert, wie er war, doch noch Wochen brauchen, um wieder richtig zu Kräften zu kommen und von den Giften zu genesen, mit denen Hackenbroich ihn um den Verstand und letztlich wohl auch ums Leben hatte bringen wollen.

Johanna und Kopernikus saßen an seinem Bett und gaben ihm Zeit, sich zu stärken und sich an den Gedanken zu gewöhnen, dass er sich bei ihnen in Sicherheit fand und nichts zu befürchten hatte – weder von Hackenbroich noch von seiner Stiefmutter Charlotte.

Der Alchimist überließ es Johanna, ihm zu erzählen, weshalb seine Stiefmutter ihm nach dem Leben trachtete und wie sie es angestellt hatten, ihn aus dem entsetzlichen Kellerverlies zu befreien und seinen Tod vorzutäuschen.

»Ich werde euch nie vergelten können, was ihr für mich, einen völlig Fremden, getan habt. Es war die Hölle, was ich da durchgemacht habe, und ich wäre dort langsam, aber unaufhaltsam zu Grunde gegangen. Doch ihr habt mich daraus befreit«, sagte Leander bewegt und mit Tränen in den Augen. »Ich werde mein Leben lang in eurer Schuld stehen. Ganz besonders in deiner, Johanna.«

Johanna errötete verlegen und zuckte die Achseln. »Von Schuld kann keine Rede sein. Ich habe es ja auch getan, um Hackenbroich eins auszuwischen«, antwortete sie, obwohl sie damit nur die halbe Wahrheit sagte. »Du brauchst also nicht so viele Worte darum zu machen.«

»Das werde ich auch nicht, wenn du es nicht möchtest«, erwiderte er ernst. »Aber das ändert nichts daran, wie ich darüber denke.«

Nun ergriff Kopernikus das Wort. »Hier bei uns bist du jedenfalls sicher, zumal dich ja alle für tot halten. Und du kannst selbstverständlich so lange bei uns bleiben, wie du möchtest. Aber irgendwann sollten wir doch deinen Vater oder irgendeine andere Person deines Vertrauens benachrichtigen und darüber in Kenntnis setzen, was dir widerfahren ist.«

»Ich habe zwar viele Verwandte in Antwerpen, aber ich würde mich dort jetzt nicht sicher fühlen, weil ich nicht mehr weiß, wem ich vertrauen kann und wer es im Geheimen mit meiner Stiefmutter hält«, antwortete Leander. »Denn Charlotte würde bestimmt davon erfahren, dass ich gar nicht tot, sondern noch am Leben bin. Und wer weiß, was sie und ihr Bruder August sich dann einfallen lassen. Sie werden bestimmt vor nichts zurückschrecken, weil sie ja nichts mehr zu verlieren haben und mich unbedingt vor der Rückkehr meines Vaters aus dem Weg schaffen müssen, wenn sie ihre Haut retten wollen. Mir wird dann irgendein tödlicher Unfall zustoßen. Oder ein gedungener Totschläger wird mir hinterrücks ein Messer in die Rippen jagen oder mir mit dem Knüppel eins über den Schädel ziehen und am nächsten Morgen wird man mich tot aus einer der Grachten ziehen.«

Kopernikus nickte. »All das war mit ein Grund, warum wir uns entschieden haben deinen Tod vorzutäuschen.« Er machte eine kurze Pause. »Ich nehme an, dein Vater ist ein recht vermögender Mann, sodass sich das Verbrechen für deine Stiefmutter und deinen Onkel auch lohnt.«

»Ja, das ist er«, bestätigte Leander.

»Und stimmt es, dass er sich zur Zeit irgendwo in Russland aufhält?«, fragte Johanna.

Leander nickte. »Der Zar hat meinen Vater und seinen jüngeren Bruder, meinen Onkel Hermanus, mit der Errichtung einer großen Werft an der Newa beauftragt. Dort in der Wildnis lässt Peter der Große nämlich eine ganz neue Stadt namens St. Petersburg aufbauen, die er 1703 gegründet hat und die schon bald Moskau als Hauptstadt seines Reiches ablösen soll.«

»Das ist bestimmt nicht nur ein gutes Geschäft, sondern auch eine große Ehre, bei solch einem ehrgeizigen Projekt dabei sein zu können«, sagte Kopernikus.

Zum ersten Mal zeigte sich ein Lächeln auf Leanders eingefallenem Gesicht. »Mein Vater und Hermanus kennen den Zaren persönlich. Peter der Große hat sogar einige Zeit auf unserer Schiffswerft in Antwerpen verbracht und dort gearbeitet!«

Johanna sah ihn ungläubig an. »Der russische Zar hat bei euch *gearbeitet?*«

»Ja, im Ernst! Und das ist auch keine Aufschneiderei! Er ist wirklich bei uns gewesen!«, versicherte Leander. »Und zwar vor fast zehn Jahren. 1697 hat er sich nämlich einer großen Gesandtschaft, die von seinen Botschaftern geleitet wurde, inkognito angeschlossen und so das westliche Europa bereist. 1698 ist er zu uns nach Holland gekommen. Dort und in England hat er sich zum Schiffsbauingenieur ausbilden lassen. Dabei haben er, mein Vater und Onkel Hermanus sich kennen gelernt.«

»Ja, von dieser außergewöhnlichen Inkognitoreise habe ich gehört«, sagte Kopernikus. »Peter der Große soll sich schon von Jugend an für unsere Kultur und unsere technischen und wissenschaftlichen Errungenschaften interessiert haben. Denn was diese Dinge betrifft, hinkt Russland ja noch Jahrhunderte hinter uns her. Peter der Große will sein Land mit aller Macht modernisieren.«

Johanna machte ein verblüfftes Gesicht. »Der russische Zar hat sich bei euch ausbilden lassen? Das ist ja ein Ding! Sag, hast auch du mit ihm gesprochen?«

Leander lachte. »Häufig sogar, und er hat auch mit mir gespielt. Damals war ich ja gerade acht Jahre alt. Natürlich habe ich nicht gewusst, dass dieser Mann, der da bei meinem Vater am Zeichentisch stand, der russische Zar war. Ich erinnere mich jedoch sehr gut daran, dass er einen unglaublichen Wissensdurst besaß und immer alles ganz genau erklärt haben wollte.«

»Wann erwartest du deinen Vater aus St. Petersburg zurück?«, fragte Kopernikus.

»Er hat meiner Stiefmutter versprochen lange vor Wintereinbruch die Rückreise anzutreten. Spätestens gegen Ende September wollte er wieder zurück sein und bei ihr auf dem *Rosenhof* eintreffen«, sagte Leander. »Sie hatte darauf bestanden, in der Zeit seiner Abwesenheit nicht in unserem Haus in Antwerpen, sondern auf dem Landgut ihres Bruder zu wohnen.«

»Kannst du deinem Vater eine Nachricht zukommen lassen?«, fragte Johanna.

»Ich glaube schon«, antwortete Leander unsicher. »Ich weiß nur nicht, wie gut die Straßenverbindungen nach St. Petersburg sind und wie lange ein Brief dorthin braucht.«

»Da müssen wir mit vielen Wochen rechnen«, sagte Kopernikus. »Und bis eine Rückantwort von ihm eintreffen kann, wird es bei uns wohl schon Herbst sein. Aber eine andere Möglichkeit haben wir nicht. Wir werden uns also in Geduld üben müssen und darauf hoffen, dass der Brief auf dem langen Weg nicht verloren geht und auch tatsächlich bei deinem Vater eintrifft.«

»Dann sollte ich den Brief also so schnell wie möglich schreiben«, sagte Leander und sah dabei nicht sehr glücklich aus. »Ich hoffe, ich kann die Feder auch ruhig halten, sonst muss ich Euch bitten mir das Schreiben abzunehmen.«

»Ich mache das gerne«, bot Johanna sich sofort an und fügte nicht ohne Stolz hinzu: »Ich kann lesen und schreiben!«

»So eilig ist es damit nicht. Ein paar Tage mehr oder weniger machen den Braten nicht fett«, meinte Kopernikus. »Viel wichtiger ist, dass du erst einmal wieder zu Kräften kommst. Deshalb solltest du dich jetzt wieder hinlegen und ein paar Stunden schlafen. Wir haben noch viel Zeit, über alles zu reden und uns Gedanken darüber zu machen, wie es mit dir weitergehen soll.«

»Ich fühle mich auch wie zerschlagen und als hätte ich tagelang kein Auge zugetan«, gestand Leander. »Aber da ist noch eins, was ich Euch fragen muss.«

Kopernikus sah ihn an. »Ja?«

»Wisst Ihr, dass ich . . .« Er zögerte, biss sich kurz auf die Lippen und senkte den Blick, als schämte er sich fortzufahren. ». . . dass ich unter der Fallsucht leide? Ich habe die Anfälle nicht häufig, manchmal liegen mehrere Monate dazwischen, aber es kann doch jederzeit passieren und . . . und das ist kein schöner Anblick. Vielen ekelt dann vor mir. Hat Johanna Euch davon erzählt?«

»Ja, das hat sie«, sagte Kopernikus mit einem beruhigenden Lächeln und erhob sich. »Und damit ist auch alles gesagt, was gesagt werden muss. So, ich muss zurück an meine Arbeit und du legst dich wieder schlafen!« Er nahm ihm Schüssel und Löffel ab und ging aus der Kammer.

»Was ist das für eine Arbeit, der Kopernikus Quint nachgeht?«, wollte Leander wissen. »Und täusche ich mich oder riecht es hier wirklich nach Schwefel?«

Johanna hatte mit Kopernikus schon darüber geredet, was sie Leander sagen sollten. Sie waren schnell übereingekommen, dass sie vor ihm nicht verbergen konnten, was sie hier oben taten, und dass sie gewiss nicht befürchten mussten, dass er sie hinterging und verriet, wenn sie ihn einweihten.

»Kopernikus Quint ist ein hochgelehrter Mann, der sich der geheimen Kunst der Alchimie und der Suche nach dem Arkanum, der magischen Rezeptur verschrieben hat«, antwortete Johanna deshalb ganz offen. »Hier hinter mir befindet sich sein Laboratorium.« Sie klopfte gegen die Wand in ihrem Rücken.

Leander machte große Augen. »Heilige Tulpenzwiebel, er ist ein Goldmacher?«

Johanna nickte mit einem stolzen Lächeln. »Ja, und ich bin seit anderthalb Jahren seine Gehilfin. Er hat mich in all seine Geheimnisse eingeweiht. Aber niemand außer dir weiß davon. Und so muss es auch bleiben, verstehst du?«

»Von mir wird keiner ein Wort davon erfahren, du hast mein Ehrenwort!«, versprach Leander. »Aber du musst mir nachher mehr darüber erzählen!«

»Und du mir von deinem Vater und dem russischen Zaren.«

Er lächelte. »Abgemacht!«

Johanna erwiderte sein Lächeln und hatte plötzlich das wunderbare Gefühl, dass sie sich noch viel mehr als das zu erzählen hatten.

Siebenundzwanzigstes Kapitel

Leander erholte sich nur sehr langsam von seinem Martyrium bei Hackenbroich, und Johanna verbrachte täglich viele Stunden mit ihm, damit er nicht unter Einsamkeit litt. Er erzählte ihr vom Besuch des russischen Zaren, schilderte ihr das Leben im Land der Deiche und Grachten, führte sie im Geist durch seine Heimatstadt Antwerpen und beschrieb ihr die Werft seines Vaters und wie es dort zuging.

Johanna machte ihn ihrerseits mit Köln vertraut, schilderte ihm das Leben in Hackenbroichs Narrenhaus, unterhielt ihn mit Anekdoten aller Art, las ihm aus Büchern vor, die Kopernikus eigens für ihn erstand, und vertrieb ihm die Zeit mit einer ganzen Reihe von Spielen.

Manchmal saß Leander auch eine Weile bei ihnen im Laboratorium und sah ihnen bei der Arbeit zu. Aber sosehr ihn die Idee der Transmutation von unedlen Metallen in Gold anfangs auch begeisterte, sein Interesse an den sehr langwierigen alchimistischen Prozessen und Experimenten kühlte doch auch schnell wieder ab.

»Und diese endlosen Versuche, die immer wieder scheitern und wiederholt werden müssen, machst du jetzt schon anderthalb Jahre?«, fragte er verwundert und er gestand, dass er dafür keine Nerven hätte.

»Wenn man sich näher mit den Geheimnissen der Alchimie beschäftigt, bekommt die Arbeit mit den Retorten und Substanzen ein völlig neues Gesicht. Es ist ungeheuer kompliziert und man hört nie auf zu lernen. Doch je mehr Kenntnisse man erwirbt, desto stärker wird auch die Faszination«, erklärte Johanna. »Aber natürlich gibt es immer wieder auch Wochen oder gar Monate, wo man einfach nicht von der Stelle kommt und zu zweifeln beginnt.«

»Und an solch einem kritischen Punkt seid ihr gerade angelangt, nicht wahr?«, fragte Leander, der damit ein scharfes Auge und ein gutes Gespür für die Stimmungsschwankungen des Alchimisten bewies.

Johanna nickte. »Die Fixierung des Flüssigen will Kopernikus einfach nicht gelingen und er kann nicht herausfinden, wo der Fehler steckt. Aber ich bin sicher, dass er auch diese Hürde überwinden wird.«

Da Kopernikus täglich viele Stunden damit verbrachte, seine alchimistischen Bücher zu wälzen, seine eigenen Notizen intensiv auf Fehler zu prüfen und eine komplizierte Berechnung nach der anderen anzustellen, konnte Johanna einen Großteil des Tages mit Leander verbringen.

Anfangs betrachtete Johanna es mehr als eine Art Pflicht, ihm Gesellschaft zu leisten, damit ihm die Tage nicht so schrecklich lang wurden. Sie hatten ihn aus Hackenbroichs Verlies befreit und mussten nun für ihn sorgen, bis aus dem fernen St. Petersburg Nachricht von seinem Vater eintraf. Mitleid und Neugier überwogen alles andere. Aber dieses anfängliche Gefühl der Pflicht verwandelte sich bei Johanna überraschend schnell in den aufrichtigen Wunsch, bei ihm zu sein und sich mit ihm über alles Mögliche auszutauschen. Morgens, wenn sie wie gewohnt ihre Arbeit bei Hackenbroich verrichtete, dachte sie schon darüber nach, was sie ihn fragen und was sie ihm erzählen wollte.

Johanna war, als erkannte sie sich in Leander wieder. Sie entdeckten in ihrem Leben so viele Gemeinsamkeiten, dass es ihnen leicht fiel, sich in die Lage des anderen hineinzuversetzen. Wenn er von seiner lebensfrohen deutschen Mutter erzählte, die vom Niederrhein stammte und kurz vor seinem zehnten Geburtstag gestorben war, und sie den Schmerz in seinen Augen sah und aus seiner Stimme heraushörte oder wenn er voll Bitterkeit darüber grübelte, wieso sein Vater, den er doch so sehr bewunderte, sich von einer kalten Schönheit wie Charlotte hatte betören lassen, dann war ihr, als hörte sie das Echo ihrer eigenen Lebensgeschichte.

Sie spürte förmlich, wie das unsichtbare Band zwischen ihnen mit jedem Tag stärker wurde und sie einander näher brachte. Und bald hatte sich ein solches gegenseitiges Vertrauen eingestellt, dass Johanna sich nicht scheute ihm ihr Innerstes zu öffnen und von Ereignissen zu reden, die sie bisher in ihrer Seele verschlossen gehalten hatte. Was sie Leander anvertraute, hatte sie noch keinem anderen erzählt, noch nicht einmal Kopernikus. Mit schonungsloser Offenheit und nach den ersten stockenden Sätzen unter Tränen erzählte sie ihm, wie sie ihre Geschwister und ihren Vater in jener Katastrophennacht auf dem Rhein verloren hatte. Und sie erzählte, wie sehr sie darunter gelitten hatte, dass ihre Mutter in ihrer panischen Angst vor dem Armenhaus schon kurz darauf Heinrich Hackenbroich geheiratet hatte und dann langsam an dieser unseligen Ehe zerbrochen und aus Verzweiflung dem Suff verfallen war.

Als die Tränen ihre Stimme erstickten, ließ Leander sie nicht mit ihrem Schmerz und Kummer allein, sondern nahm sie ohne jede Scham oder Verlegenheit in seine Arme und tröstete sie. Das war etwas, womit sie niemals gerechnet hätte, wonach sie sich aber schon seit einer Unendlichkeit tief in ihrem Innersten gesehnt hatte.

Wie viele Jahre hatte sie sich vergeblich gewünscht eine Freundin oder einen Freund zu besitzen, dem sie ihr Herz bedingungslos öffnen und dem sie alles anvertrauen konnte, was sie beschäftigte und bedrückte. Seit dem Tod ihrer Geschwister hatte sie niemanden mehr gehabt, auf dessen Freundschaft, Anteilnahme und Verschwiegenheit sie hätte bauen und bei dem sie Geborgenheit und Wärme, ja Zärtlichkeit hätte finden können. Nun hatte sie diesen Freund, den sie sich all die Jahre so sehr gewünscht hatte, in Leander gefunden! Ihm offenbarte sie nun die Welt ihrer geheimsten Träume und Ängste.

Er schenkte ihr dasselbe Vertrauen und erzählte ihr von seinen Ängsten und den schrecklichen Erniedrigungen, die seine Krankheit mit sich brachte.

»Manche behandeln mich wie einen Aussätzigen, und wenn man schon als kleiner Junge den Abscheu in den Gesichtern der Menschen sieht und hört, wie sie über einen reden, dann glaubt man bald wirklich, dass man abstoßend ist und kein Recht, zu leben, hat«, gestand er leise und mit stockender Stimme. Darüber so offen zu reden kostete ihn große Überwindung. »Meine Mutter hat versucht mich vor dem hässlichen Gerede der Leute zu schützen und mir immer Mut gemacht, aber ganz fern halten davon konnte sie mich doch nicht. Außerdem entwickelst du für die versteckten ekelerfüllten Blicke und die bösartigen Bemerkungen, die sich die Leute hinter deinem Rücken zuflüstern, so etwas wie einen sechsten Sinn.«

»Und ich habe gedacht, ich hätte mit meinem Leben ein schweres Los gezogen«, sagte Johanna mitfühlend.

»Du hast doch schon gesehen, wie es ist, wenn ich einen Anfall habe, nicht wahr?«

Sie nickte. »Ja, zweimal. Das erste Mal am Tag deiner Einlieferung und dann Wochen später unten im Kellergewölbe.«

»Es war bestimmt kein schöner Anblick«, sagte Leander mit einem fragenden Unterton.

»Nein«, gab Johanna zu. »Aber wenn es jetzt noch mal passiert, werde ich es mit anderen Augen sehen.«

»Weil du *mich* mit anderen Augen siehst?«

»Ja«, sagte Johanna und schämte sich, als sie daran dachte, dass auch sie Abscheu empfunden und sich schnell abgewandt hatte, als Leander sich mit Schaum vor dem Mund am Boden gekrümmt hatte. Sie war ihm mit derselben Ablehnung begegnet, unter der Leander schon sein Leben lang zu leiden hatte.

Ein schwaches Lächeln huschte über sein Gesicht. »Danke, dass du so ehrlich bist. Vermutlich würde ich ähnlich empfinden, wenn ich völlig gesund wäre und es plötzlich mit dem Anfall eines Fallsüchtigen zu tun hätte.«

»Wie oft überkommt dich überhaupt so ein Anfall?«, wollte Johanna wissen.

»Zum Glück nicht sehr häufig, vielleicht alle drei bis vier Monate. Manchmal jedoch auch weniger. In den letzten Jahren hat die Zahl der Anfälle zum Glück abgenommen. Aber natürlich bleibt die Angst, dass sich die Krankheit wieder verschlimmert und die Attacken wieder öfter kommen.«

»Kann man denn nichts dagegen tun?«

Leander schüttelte den Kopf. »Nein, absolut gar nichts – ausgenommen beten und hoffen und sich mit seinem Schicksal abfinden. Manchmal ist das nicht ganz leicht, zumal dann nicht, wenn du von Leuten wie meiner Stiefmutter umgeben bist, die dich ihren Abscheu und ihre Verachtung ständig spüren lassen.«

»An dir ist nichts, was Abscheu oder Verachtung verdient, ganz im Gegenteil!«, versicherte Johanna mit Nachdruck.

»Das ist das Schönste, was jemand seit langem zu mir gesagt hat«, antwortete Leander sichtlich berührt.

Sie errötete unter seinem Blick und fragte, um ihre Verlegenheit schnell zu überwinden: »Spürst du vor einem Anfall irgendwelche Anzeichen, dass es bald wieder geschehen wird?«

Er nickte. »Kurz vor einem Anfall befällt mich meist ein eigenartiges Gefühl. Es ist wie . . . wie eine Aura, die ich dann spüre. Manchmal erfasst mich dabei ein leichter Schwindel und ich habe das Gefühl, als ginge ich auf Luft und als müsste ich meine Beine ganz hoch heben, damit ich überhaupt gehen könnte. Fast immer spüre ich, dass sich mein Magen zusammenzieht, und mir ist, als würde von dort ein Signal zu meinem Kopf gehen. Manchmal kann ich den Anfall abwenden, indem ich ein Auge schließe und mit dem anderen einen Gegenstand fixiere, mich darauf konzentriere und ganz tief atme. Aber das gelingt mir nur selten. Tja, und dann geschieht es.«

»Und was . . . was empfindest du, wenn es dann zum Anfall kommt? Wie erlebst du das?«, fragte Johanna beklommen.

»Ich habe nur einige wenige Anfälle gehabt, bei denen ich mich zumindest bruchstückhaft an das erinnern konnte, was während des Anfalls geschah. Woran ich mich erinnere, sind die Farbstürme.«

»Farbstürme?«, wiederholte Johanna überrascht.

»Ja, in meinem Gehirn toben dann dunkle Farbstürme. Bilder wechseln sich in rasender Geschwindigkeit ab, wirbeln durcheinander und gehen schließlich in ein völliges Schwarz über«, berichtete er mit leiser, gedankenversunkener Stimme. »Dabei nehmen die Bilder die verrücktesten Formen an und vollführen die irrwitzigsten Bewegungen. Manchmal kommen mir diese Farbstürme wie das Fegefeuer vor.«

Johanna bekam eine Gänsehaut.

»Na ja, es ist gewiss nicht die Hölle, aber ganz sicher auch nicht der Himmel«, fuhr er mit einem schiefen Lächeln fort.

»Aber es ist schon ganz schön beängstigend, wenn das Gehirn so rast. Die Erinnerungen jagen sich dann wie Blitze. Es beginnt immer mit Bildern aus der Vergangenheit, die dann in Sprüngen, aber immer chronologisch bis in die Gegenwart führen. Dann höre ich in meinem Kopf ein nicht zu beschreibendes Geräusch, ein *Ping*, das irgendwo zwischen einem Schnappen und einem hellen Ton liegt, und sofort springt meine Erinnerung in noch tiefere Zeiten meiner Vergangenheit zurück, um von dort in wildem Bilderwechsel erneut bis zur Gegenwart zu rasen. Vermutlich dauert das alles nur wenige Sekunden, aber ich erlebe sie wie endlose Minuten oder gar noch länger.« Er machte eine kurze Pause. »Bei jedem *Ping* habe ich das schreckliche Gefühl, das könnte jetzt mein Tod sein. Denn ich fühle mich dann wie aus der Zeit geworfen und als gäbe es für mich kein Zurück in die Gegenwart. Die Gegenwart ist zwar nahe, aber ich kann die Mauer einfach nicht durchdringen, und so rast mein Gehirn immer und immer wieder in meine tiefste Vergangenheit zurück, ohne jedoch den richtigen Durchbruch ins Jetzt zu finden. Das scheint jedes Mal das Ende zu sein – und dann verliere ich wohl das Bewusstsein.«

Johanna kam sich entsetzlich hilflos vor. Was konnte sie dazu sagen? Nichts. Sie konnte nur seine Hand nehmen und halten. Das war das Einzige, was sie tun konnte, um ihm ihr Mitgefühl zu zeigen.

»Und noch etwas passiert, wenn ich einen Anfall habe«, fügte er nach einer Weile des Schweigens mit fast tonloser Stimme noch hinzu: »Ich verliere manchmal die Herrschaft über meine Blase und . . . und nässe mich ein. Wenn ich dann wieder zu mir komme, schäme ich mich dessen am meisten.«

»Das musst du nicht, denn du kannst doch nichts dafür, Leander«, sagte Johanna und drückte seine Hand. »Wer schämt sich denn, wenn er erkältet ist und ihm die Nase läuft? Keiner!«

»Das mag sein. Ich möchte aber dennoch nicht, dass *du* mich so siehst«, sagte er kaum hörbar.

»Sei doch kein Narr, Leander!«, schalt sie ihn, jedoch mit sanfter Stimme. »Glaubst du, das ändert etwas daran, wie ich dich sehe? Hätte ich dir denn all das anvertraut, was ich so noch keinem anderen Menschen erzählt habe? Außerdem habe ich dich schon in allen nur möglichen . . . nun ja, Zuständen gesehen, sogar mehrmals ohne auch nur ein Stück Kleidung am Leib. Als wir dich aus dem Kellerverlies geholt hatten, habe ich dich zusammen mit Frederikus ausgezogen und gründlich gewaschen. Und dasselbe haben Kopernikus und ich hier mit dir gemacht, wann immer du mal wieder Nachthemd und Bettlaken durchgeschwitzt hattest. Du siehst, es gibt also nichts an dir, was ich nicht schon gesehen hätte . . .«

Ein zaghaftes Lächeln huschte über sein Gesicht. »Ich weiß nicht«, murmelte er verlegen. »Es ist wohl die alte Angst in mir, dass bis auf meinen Vater alle Welt nur Abscheu und bestenfalls Mitleid mit mir hat.«

»Ich empfinde weder das eine noch das andere für dich«, erwiderte Johanna.

»Was dann?«, fragte er leise und wagte nicht sie anzublicken.

»Das empfinde ich für dich«, flüsterte sie, beugte sich vor und gab ihm einen Kuss auf die Wange. Ihn auf den Mund zu küssen wagte sie nicht. Noch nicht.

Achtundzwanzigstes Kapitel

Du willst, dass ich ihm Pinsel, Ölfarben und Leinwand zum Malen beschaffe? Und vielleicht auch noch eine Staffelei?«, fragte Kopernikus, als hätte er sich verhört, und verharrte mit dem brennenden Kienspan, mit dem er gerade seine Pfeife hatte anzünden wollen, mitten in der Luft.

Es war ein milder Abend im Mai. Leander, der noch immer viel Schlaf benötigte, lag schon in seinem Bett, während Johanna mit Kopernikus im Hof auf der Steinbank neben der Küchentür saß und das sanfte Abendlicht genoss. Aus dem angrenzenden Kloster kam der Gesang der Mönche, die sich im Chorgestühl der Kirche zur Komplet* versammelt hatten.

Johanna lachte über sein verdutztes Gesicht. »Ja, Ihr habt schon richtig gehört. Leander muss doch irgendetwas zu tun haben, während wir mit der Alchimie beschäftigt sind.«

»Aber muss es denn ausgerechnet Ölmalerei sein?«, wandte Kopernikus mit einer gequälten Miene ein. »Kann er sich denn nicht mit ein paar einfachen Zeichenstiften und ein paar Blättern Papier begnügen?«

»Der Wunsch kommt nicht von ihm, Kopernikus«, stellte Johanna klar. »Er hat mir nur davon erzählt, dass die Malerei seit vielen Jahren seine große Leidenschaft und seine einzige Begabung sei und dass sein Vater ihm dafür alle Mittel zur Verfügung gestellt habe. Er hat mich aber nicht darum gebeten, ihm Malsachen zu beschaffen. Er hat auch keinerlei Anspielung gemacht. Nicht ein Wort ist ihm in dieser Hinsicht über die Lippen gekommen. Aber ich habe dennoch deutlich herausgehört, wie sehr ihm die Malerei fehlt.«

»Weißt du, was Ölfarben kosten? Jeder Apotheker lässt sich die Zutaten, aus denen man die Farben in aufwendiger Arbeit anrühren muss, teuer bezahlen«, brummte Kopernikus.

»Ich bin sicher, dass Leanders Vater Euch für die Rettung seines Sohnes und auch für Eure Auslagen mehr als großzügig entschädigen wird«, erwiderte Johanna. »Aber wenn Eure Geldmittel es nicht zulassen, dann bin ich gern bereit, auch mein Erspartes dafür zu verwenden.«

Sie wusste, dass der Alchimist in letzter Zeit sehr sparsam mit Schwefel, Quecksilber und anderen recht teuren Substanzen umging, die sie regelmäßig bei verschiedenen Apothekern der Stadt in seinem Auftrag kaufte. Und wenn er bisher auch noch nicht offen darüber geredet hatte, so ahnte sie doch, dass seine Geldmittel langsam knapp wurden, was sie nicht verwunderte. In den anderthalb Jahren hatte er doch wahrlich schon eine enorme Summe Geldes für ihre alchimistischen Experimente sowie für Mietzins, Dienstlohn und ihre alltäglichen Bedürfnisse ausgegeben.

Kopernikus lachte trocken auf. »Du hast wohl schon gemerkt, dass mir das Geld längst nicht mehr so locker sitzt wie noch vor einem Jahr, nicht wahr? Ja, du hast richtig vermutet. Wir haben in der Tat einen recht bedenklichen Punkt erreicht. Von meiner einst üppigen Barschaft ist nicht mehr viel übrig«, sagte er mit leichter Selbstironie. »Aber dennoch besteht kein Grund zur Panik. Wir stehen kurz vor unserem Ziel, die magische Rezeptur zu finden. Ich weiß, dass ich auf dem richtigen Weg bin und die Formel zum Greifen nahe ist. Zudem sorgt ein vorausschauender Mann in guten Zeiten für eine gewisse Reserve, die ihn vor Not bewahrt und ihm genug Zeit verschafft, um sich in Ruhe nach einer neuen Geldquelle umzusehen.«

»Und wie sieht man sich als Alchimist nach einer neuen

Geldquelle um?«, wollte Johanna wissen und dabei kam ihr unwillkürlich Benedikt von Rickenbach in den Sinn. Es überraschte sie selber, hatte sie doch Monate nicht mehr an ihn gedacht.

»Bring mir meine Kirschholzschatulle!«, forderte Kopernikus sie auf und stopfte seine Pfeife nach. »Du weißt ja, in welcher Kiste ich sie aufbewahre.«

Ob er ihre Frage nicht gehört hatte oder es vorzog, sie zu ignorieren, wusste Johanna nicht zu sagen. Sie hakte jedoch nicht nach, weil es ihr nicht wichtig erschien. Ihr Trachten war mehr darauf gerichtet, Leander Pinsel, Farben und Leinwand zu beschaffen, damit er sich in seiner vielen freien Zeit, die er allein verbrachte, mit etwas beschäftigen konnte, was ihm Freude bereitete.

Johanna ging nach oben ins Laboratorium, holte die Schatulle aus einer der schweren, eisenbeschlagenen Kisten und begab sich damit wieder zu Kopernikus in den Hof hinunter. Sie war gespannt, was er mit der Schatulle wollte. Denn die sieben Glasbehälter waren mittlerweile leer, auch die kleine Phiole mit dem kirschkerngroßen Klumpen, der wie ein Zuckerkristall ausgesehen hatte. Das war, wie Kopernikus kurz vor seiner Flucht aus Berlin und noch in den ersten Wochen in Köln geglaubt hatte, der Extrakt gewesen, der nur noch veredelt werden musste, um das rote Pulver der Projektion zu gewinnen. Eine hoffnungsvolle Annahme, die sich recht bald als Irrtum herausgestellt hatte. Diese Einsicht hatte ihn gezwungen mit seinen alchimistischen Versuchen ganz von vorn anzufangen und dabei einen etwas anderen Weg als bisher einzuschlagen.

Kopernikus klappte den Deckel auf, betätigte per Daumendruck links und rechts unter dem feuerroten Samt einen verborgenen Mechanismus – und hob den Einsatz heraus, der die Aussparungen für die sieben Glasbehälter enthielt.

»Also doch!«, entfuhr es Johanna, als sie sah, dass die Schatulle einen geheimen doppelten Boden besaß.

Er warf ihr einen amüsierten Blick zu. »Du hast es schon damals geahnt, als du meine Sachen zum ersten Mal durchgegangen bist, um Aufschluss darüber zu erhalten, wer ich wohl sein mochte, nicht wahr?«

Johanna nickte. »Die Schatulle war einfach zu schwer für die sieben Glasbehälter. Hier habt Ihr also noch etwas Geld versteckt«, sagte sie und blickte auf die halbrunden Vertiefungen mit schmalen Schlitzen, die in den echten Boden eingelassen waren und etwas mehr als die Hälfte der Fläche einnahmen. Sie sahen von ihrer Größe her so bemessen aus, als würden Golddukaten ganz genau und ohne gegeneinander zu klirren hineinpassen.

In den Münzfächern herrschte jedoch betrübliche Leere. Nicht ein einziges Goldstück steckte in einem der Schlitze. Allein auf der rechten Seite, wo sich statt der halbrunden Rinnen eine quadratische Vertiefung befand, lag etwas von der Größe eines Handtellers, das in einem kleinen schwarzen Samtbeutel mit einer goldenen Kordel steckte.

»Und das da ist also die Reserve, von der Ihr gesprochen habt?«, fragte sie gespannt.

»In der Tat!«, bestätigte Kopernikus, nahm den Beutel heraus und zog die dünne Kordel auf. Behutsam zog er einen Gegenstand heraus, der mehrmals in ein glasgrünes Seidentuch gewickelt war. Langsam und mit größter Vorsicht schlug er das Tuch zurück und enthüllte, was er als Rücklage für Notzeiten dort in der Schatulle aufbewahrt hatte.

Sprachlos starrte Johanna auf die kleine Schale, die Kopernikus in seiner flachen Hand hielt. Sie bestand aus einem unglaublich dünnen und cremeweißen Material, das fast durchsichtig schien, und war mit feinen, fremdartigen Schriftzeichen in einem kräftigen Grünton verziert.

»Weißt du, was das ist?«, fragte er.

»Chinesisches Porzellan?«, erwiderte sie. Zwar hatte sie noch nie in ihrem Leben chinesisches Porzellan zu Gesicht bekommen, das sich nur Fürsten und reiche Kaufleute leisten konnten, aber sie hatte von diesen wunderbaren Kunstwerken aus dem fernen China gehört. Und so unglaublich fein und zerbrechlich, wie diese kleine Schale aussah, musste es sich einfach um jenes Porzellan handeln! Denn sie hatte noch nie etwas auch nur annähernd Zartes und Schönes gesehen.

»Richtig. Porzellan, das weiße Gold der Chinesen«, bestätigte er. »Das hier ist viel mehr als sein Gewicht in Gold wert. Es gibt im Abendland einfach nichts Vergleichbares, Johanna. Das hier ist die begehrteste Kostbarkeit des Ostens, das Wunder der Töpferkunst!«, schwärmte er mit glänzenden Augen und hielt die Schale gegen den Abendhimmel. Das Licht schien durch die dünne Wandung hindurchzufluten. »Gegen Porzellan aus China, diesem einzigartigen Symbol künstlerischer Vollendung, ist alles, was auch die meisterhaftesten Töpfer hier bei uns im Westen herstellen können, nichts als plumper und billiger Plunder. Kein Wunder, dass Könige, Fürsten und reiche Kaufleute ungeheure Summen dafür ausgeben und nicht genug davon bekommen können. Besondere Stücke werden mit Deckeln und Gestellen ausgestattet, die aus purem Gold gearbeitet und mit Juwelen geschmückt sind. Das Allerbeste und Aufwendigste unserer Goldschmiede- und Juwelierskunst ist gerade gut genug, um Vasen, Tellern und Figuren aus diesem Material als Beiwerk zu dienen. So kostbar ist Porzellan!«

Mit einem Ausdruck andächtigen Staunens hörte Johanna

zu, als Kopernikus ihr erzählte, dass die ersten Ladungen mit chinesischem Porzellan wegen dessen Zerbrechlichkeit nicht wie Seide, Lackarbeiten und Gewürze über die berühmte Seidenstraße nach Europa gelangt waren, sondern dass anfangs nur arabische Händler Porzellan per Schiff durch den Persischen Golf oder das Rote Meer zu westlichen Handelsstationen gebracht hatten. Aber erst nachdem zu Anfang des sechzehnten Jahrhunderts die Europäer, allen voran die Portugiesen, den Seeweg nach China entdeckt hatten und die Ostindienfahrer die Route regelmäßig befuhren, setzte ein schwungvoller Handel mit dieser Kostbarkeit ein. Porzellan aus China zu sammeln kam in Mode und entwickelte sich unter den Reichen sowohl in England als auch auf dem europäischen Festland zu einer regelrechten Manie, für die nicht wenige Fürsten rücksichtslos ihre Staatskassen plünderten – und die so manch einen besessenen Sammler unter den Kaufleuten mit seiner Familie in den Ruin trieb.

»Porzellan ist Gold in Gestalt von Ton«, schloss der Alchimist seine Ausführungen. »Und die Chinesen hüten seit Jahrhunderten das Geheimnis seiner Herstellung. Alle Versuche, diesem Geheimnis auf die Spur zu kommen, einem Geheimnis, das fast mit dem Arkanum des Alchimisten gleichzusetzen ist, alle Versuche sind bis heute gescheitert.«

Kopernikus forderte sie auf die Porzellanschale in die Hand zu nehmen, doch sie wehrte erschrocken ab, fürchtete sie doch, ihr könnte ein Missgeschick unterlaufen. Sie vermochte den Schaden, der eintrat, wenn ihr dieses kostbare Stück entglitt und am Boden zerschellte, nicht einmal zu ermessen.

»Gebt Ihr lieber darauf Acht! Ich kann die Kostbarkeit auch so gebührend bewundern«, versicherte Johanna und wollte dann wissen, wie er in den Besitz dieser so wertvollen Porzellanschale gekommen war.

»Mein guter Freund und Speichellecker Benedikt von Rickenbach hat sie mir geschenkt«, antwortete er nach kurzem Zögern mit ironischem Tonfall. »Und zwar im Auftrag des Kurfürsten August von Sachsen, dem er als besserer Lakai dient.«

»Geschenkt wofür?«, fragte Johanna verwundert. »Was hat den Kurfürsten dazu veranlasst, Euch ein derart kostbares Geschenk zu machen? Und welche Rolle spielt dieser geheimnisvolle Benedikt von Rickenbach in Eurem Leben?« Sie hoffte nun endlich zu erfahren, was Kopernikus mit dem Freiherrn zu schaffen hatte und warum er vor ihm auf der Flucht gewesen war. Bisher hatte er sich darüber ja eisern ausgeschwiegen.

Der Alchimist lachte spöttisch auf. »Bei dem Porzellanstück handelte es sich mehr um einen raffinierten Köder, verbunden mit bösen Hintergedanken, als um ein ehrliches Geschenk. Und wenn du nach der Rolle fragst, die Benedikt von Rickenbach in meinem Leben gespielt hat, dann ist die Antwort einfach zu lang und zu kompliziert, als dass ich Lust hätte, sie jetzt in aller Ausführlichkeit auszubreiten, zumal sie leider auch nicht allzu rühmlich für mich ausfällt.«

»Zwischen einem langen Vortrag und purem Schweigen gibt es noch einige Zwischenstufen, wenn mich nicht alles täuscht«, entgegnete Johanna spitz.

Kopernikus sah sie einen Moment lang mit gefurchter Stirn an. Dann glättete sich sein Gesicht. »Also gut, ich erzähl dir, was zwischen Benedikt und mir gewesen ist«, sagte er. »Aber nur in groben Zügen! Und löchere mich danach nicht mit weiteren Fragen, hörst du?«

Sie nickte. »Einverstanden.«

»Nun, wir waren Jugendfreunde und haben zusammen in Wittenberg studiert, wie ich dir ja schon einmal erzählt habe«, begann er. »Aber unsere Freundschaft hatte von Anfang an auch etwas von einem Wettstreit an sich. Zumindest von seiner Seite. Benedikt wollte mir immer beweisen, dass er besser war und mich in allem übertrumpfen konnte. Er brauchte den Sieg, ob mit Degen und Florett beim sportlichen Wettkampf auf dem Fechtboden, bei alchimistischen Experimenten oder wenn es um weibliche Gunst ging. Und um diesen Sieg zu erringen, koste es, was es wolle, schreckte er auch vor Täuschung und anderen gemeinen Tricks nicht zurück, wenn er merkte, dass er ihn auf ehrenhafte Weise nicht erlangen konnte. Er war immer ein Blender und ein Scharlatan, und seine Schönheit und sein Charme, der so falsch wie Katzengold ist, gehörten stets zu seinen gefährlichsten Waffen. Ihr erlag auch Marianne.«

Er legte eine lange Pause ein und strich mit den Kuppen von Zeige- und Mittelfinger gedankenversunken über den Rand der wunderschönen und so zerbrechlich zarten Porzellanschale. Als er schließlich fortfuhr, lagen beherrschter Zorn und Schmerz in seiner Stimme. »So gelang es ihm schließlich auch, diese junge Frau zu betören und skrupellos zu verführen, von der er wusste, dass ich mit Herz und Seele zu ihr entbrannt und schon so gut wie verlobt mit ihr war. Ich habe nie erfahren, wie er es angestellt hat, ihr Herz gegen mich zu vergiften und seinen Liebesschwüren Glauben zu schenken. Ich weiß nur: Er machte aus ihr ein gefallenes, ehrloses Mädchen, das Schande über sich und ihre Familie brachte, und da er nicht im Traum daran dachte, diese Beziehung zu legitimieren, und sie mit der Schande nicht leben konnte, nahm sie sich das Leben.«

»Verflucht soll er sein, dieser Lump!«, stieß Johanna voller Verachtung hervor. »Wie habt Ihr bloß all die Jahre zu solch einem charakterlosen Gesellen die Freundschaft bewahren können? Ich hätte sie ihm an Eurer Stelle längst aufgekündigt gehabt!«

»Das habe ich dann auch getan und fast wäre es noch zu einem Duell gekommen. Aber du kennst Benedikt nicht. Er hat sich schon als junger Mann ausgezeichnet darauf verstanden, sich raffinierter Täuschungen zu bedienen und sich selber im besten Licht dastehen zu lassen. Außerdem geht einem manches eben erst viel später auf, wenn man Abstand und einen klaren Blick für die Dinge gewonnen hat«, antwortete Kopernikus. »Aber weiter in der Chronologie. Unsere Wege haben sich danach für mehrere Jahrzehnte getrennt. Doch dann, vor gut vier Jahren, im Sommer des Jahres 1703, sind wir uns zufällig in Leipzig wieder begegnet. Zumindest hatte ich damals den Eindruck, als hätten sich unsere Wege nach all den Jahren aus Zufall wieder gekreuzt.«

»Aber heute glaubt Ihr, dass Benedikt dieses scheinbar zufällige Wiedersehen geplant und bewusst herbeigeführt hat?«, folgerte Johanna.

»Nicht erst heute, der Verdacht ist mir schon damals sehr schnell gekommen. Aber das tut auch nicht viel zur Sache. Auf jeden Fall spielte er den Gereiften und Geläuterten, den die Verfehlungen der Jugend längst bitter reuten. Und ich tat so, als würde ich ihm das abnehmen, während ich ihm in Wirklichkeit nicht ein Wort glaubte.«

»Und warum habt Ihr Euch diesen Anschein gegeben?«

Kopernikus seufzte und verzog das Gesicht zu einer gequälten Miene. »Nun kommt der unrühmliche Teil der Geschichte. Ich genoss schon seit vielen Jahren in den eingeweihten Kreisen der wahren Adepten einen hervorragenden Namen, stand zu jener Zeit aber kurz vor dem finanziellen Ruin. Mein väterliches Vermögen war längst aufgebraucht. Ich brauchte dringend einen neuen Geldgeber, der an mich glaubte und meine alchimistische Arbeit weiter finanzierte. Und Benedikt von Rickenbach kam mir da wie gerufen, wollte er mich doch als Goldmacher an den Hof des Kurfürsten holen. August der Starke war als König von Polen damals schon seit drei Jahren in den kostspieligen Großen Nordischen Krieg mit Schweden verwickelt und brauchte dringend Geld, um diesen Krieg und seine geradezu besessene Sammelleidenschaft für chinesisches Porzellan zu finanzieren. Es heißt, er soll allein im ersten Jahr seiner Regentschaft über hunderttausend Taler für das weiße Gold aus China ausgegeben haben. Ein Alchimist, der unedles Metall in Gold verwandeln und damit die Staatskassen im Nu wieder auffüllen kann, war also genau das, was sich August der Starke wünschte. Aber ich war zum Glück gewarnt, denn mir war zu Ohren gekommen, wie es Johannes Friedrich Böttger unter der Knute des sächsischen Kurfürsten ergangen ist und wohl noch immer ergeht.«

»Wer ist dieser Böttger?«

»Ein noch junger Alchimist, der jetzt Mitte zwanzig sein dürfte und dessen alchimistische Begabung allem Gehörten nach zu urteilen genauso groß ist wie sein Hang zu großen Worten und spektakulären Schauveranstaltungen«, antwortete Kopernikus. »Er ist mir persönlich nicht begegnet, aber ich habe in Leipzig und Dresden und später in Berlin eine Menge über ihn erfahren. Er ist in Magdeburg aufgewachsen und zeigte offenbar schon als Kind seine große Begabung, besonders für Geometrie, Mathematik und Chemie. Seine Eltern beschlossen deshalb ihn das Apothekerhandwerk erlernen zu lassen und schickten ihn nach Berlin. Dort ging er dank der Empfehlung eines einflussreichen Bürgers fünf Jahre bei dem bekannten Apotheker Friedrich Zorn am Neumarkt in die Lehre. Aber er war alles andere als ein gewöhnlicher Lehrling. Denn während er am Tag seiner regulären Arbeit nachging, widmete er sich nachts alchimistischen Studien und Versuchen. Er pflegte auch schon bald regen Kontakt mit den führenden Naturforschern Berlins.«

»Schon in dem Alter?«, fragte Johanna ungläubig. »Er kann doch als Lehrling nicht viel älter als vierzehn, fünfzehn gewesen sein.«

Kopernikus nickte. »Böttger war vierzehn, als er nach Berlin kam, doch schon mit neunzehn beherrschte er die alchimistische Kunst in einem solchen Maße, dass er geheime Schauveranstaltungen abzuhalten begann – und dabei gestandene Naturforscher und im Jahre 1701 sogar den skeptischen Apotheker Zorn davon überzeugen konnte, dass er das geheime Arkanum kannte und die Transmutation beherrschte. Und das war eine jugendliche Dummheit und Tollkühnheit, für die er bis heute einen hohen Preis bezahlt.«

»Weshalb?«, wollte Johanna wissen.

»Weil er zu dieser Schauveranstaltung offensichtlich einige Herrschaften zugelassen hatte, die er nicht gut genug kannte und auf deren Ehrenwort, Stillschweigen über alles zu bewahren, er nicht vertrauen konnte. Und so kam es dann, wie es in solchen Fällen kommen muss: Die Nachricht von seinen angeblichen Fähigkeiten drang rasch an den preußischen Hof. Und der Kurfürst von Brandenburg, der gerade erst als Friedrich I. König von Preußen geworden war, unterschied sich in seiner Habgier in nichts von den anderen gekrönten Häuptern, deren Verschwendungssucht sich kaum noch finanzieren ließ. Auch er suchte nach einem Goldmacher, der ihm auf dem bequemen Weg der Transmutation aus seinen Geldnöten heraushelfen wollte. Als er von Böttgers gelungener Transmutation hörte, befahl er ihn zu sich. Und dieser wusste sogleich, was die Stunde geschlagen hatte. Auf der Stelle packte er seine Sachen und flüchtete aus Berlin.«

»Dann muss seine Transmutation nur ein raffinierter Trick und er ein Scharlatan gewesen sein!«, urteilte Johanna.

»Nicht unbedingt«, widersprach Kopernikus. »Ich weiß aus eigener bitterer Erfahrung, dass ein erfolgreiches Experiment nicht zwangsläufig bedeutet, dass man es sogleich wiederholen kann. Du weißt längst selbst, wie viele Arbeitsgänge man fehlerlos bezwingen muss, um endlich den Stein der Weisen, die magische Tinktur zu gewinnen. Dabei wird einem trotz der ausführlichen Arbeitsnotizen vieles, was man richtig oder falsch macht, gar nicht bewusst. Will man den Erfolg dann später wiederholen und verändert man in dieser langen Kette der Arbeitsabläufe nur an einer Stelle die Temperatur um einige Grad oder an einer anderen die Menge eines gewissen Destillats oder hat man den Einfluss des Mondes und die Planetenstellung falsch berechnet oder eine Substanz in ihrer Zusammensetzung nur minimal abgeändert, ohne dass man es selber merkt, hat man also auch nur einen einzigen von diesen unzähligen Schritten anders ausgeführt, ist der Misserfolg gewiss.«

Johanna nickte. »Das stimmt natürlich.«

»Nun, dieser Böttger ist vielleicht ein unverbesserlicher Angeber, aber mit Sicherheit kein Dummkopf«, fuhr Kopernikus fort. »Er wusste einfach, zu welchen Grausamkeiten Friedrich I. fähig ist. Die Unbarmherzigkeit des jungen Königs ist ja allgemein bekannt. Böttger fürchtete offensichtlich seine Transmutation so schnell nicht wiederholen zu können und dann den Folterknechten ausgeliefert zu werden. Und er wäre nicht der erste Alchimist gewesen, der dafür grausam gefoltert und sogar gehängt wurde, weil er nicht halten konnte, was er versprochen oder was irgendein gieriger Fürst von ihm erwartet hat. Böttger flüchtete also aus Berlin und versteckte sich vor den sofort ausgeschickten Suchtrupps des Preußenkönigs, der tausend Dukaten auf seine Ergreifung ausgesetzt hatte, für einige Zeit in Wittenberg. Dort stöberten ihn seine Häscher jedoch auf. Um seine Haut zu retten, ersuchte er um den Schutz des sächsischen Kurfürsten. Besser gesagt, er lieferte sich ihm aus. August der Starke ließ ihn nach Dresden bringen und hält ihn seitdem als seinen Gefangenen, der seine unterirdischen Laboratorien erst verlassen darf, wenn er die magische Formel gefunden und ihm einige Millionen Golddukaten verschafft hat.«

»Dann ist er also aus dem Regen in die Traufe gekommen«, sagte Johanna, jedoch fragte sie sich inzwischen, warum er ihr diese lange Geschichte überhaupt erzählte.

Die Antwort darauf folgte sogleich. »Das ist er in der Tat«, sagte Kopernikus, »und zu jener Zeit, als Benedikt mir wieder begegnete, war Böttger gerade die Flucht aus dem Goldhaus gelungen, wie sein Kerker genannt wird.«

»Und nun suchte der Kurfürst nach einem neuen vielversprechenden Goldmacher«, folgerte Johanna.

Kopernikus nickte. »Böttger ist zwar nicht weit gekommen und schon nach wenigen Tagen wieder gefangen genommen und zurück in seine vergitterten Laboratorien gebracht worden, wo er heute übrigens nicht mehr nur nach dem Arkanum, sondern auch nach der Formel zur Porzellanherstellung sucht. Aber der Kurfürst denkt sich wohl, dass es nicht schaden kann, mehr als nur ein Eisen im Feuer zu haben, wenn es um die Suche nach der magischen Goldtinktur geht. Und Benedikt ist sein bezahlter Spürhund und diese wunderschöne Schale hier in meiner Hand war sein Köder für mich. Denn Benedikt wusste, dass ich schon immer ein großer Bewunderer dieses herrlichen Töpfergutes war. Er versprach mir zudem eine hohe Stellung am Hof und vieles andere, wenn es mir gelang, die Tinktur herzustellen.«

»Benedikt wollte Euch also mit diesem kostbaren Geschenk nach Dresden locken, wo Ihr dann wie dieser Böttger ein Gefangener des Kurfürsten gewesen wärt?«, fragte Johanna, während die Schatten im Hof dunkler wurden. Die Sonne versank im Westen und der Himmel schien in roten Flammenschein getaucht zu sein. Die Nacht würde jetzt schnell hereinbrechen.

»Ja, ich ahnte, was mir drohte, wenn ich sein scheinbar verlockendes Angebot annahm«, bestätigte er. »Aber ich hatte noch eine Rechnung mit ihm zu begleichen und brauchte zudem dringend Geld. Auch hegte ich die Furcht, dass man mich notfalls auch gegen meinen Willen nach Dresden bringen und dort einkerkern würde. Deshalb ging ich zum Schein auf alles ein, verlangte jedoch zusätzlich eine erste Prämie von fünfhundert Golddukaten.«

»Fünfhundert Golddukaten? Heilige Muttergottes!«, stieß Johanna fassungslos hervor.

Kopernikus lachte leicht verlegen. »Ja, um diese Summe habe ich Benedikt und damit den Kurfürsten erleichtert. Benedikt brachte das Geld, forderte aber nun seinerseits eine Probe meines Könnens. Ich war gut darauf vorbereitet, wie auch auf die Tatsache, dass er schon eine Abordnung Soldaten bereitstehen hatte, damit ich ihm und seinem Kurfürsten nicht mehr entkommen konnte. Die Vorstellung, die ich bei Einbruch der Dunkelheit begonnen hatte, endete dann auch wie geplant etwas vorzeitig mit einer gewaltigen Explosion sowie viel Rauch, Geschrei und allgemeiner Konfusion unter den Soldaten, die vor dem Haus Wache hielten.«

Johanna dachte augenblicklich an die Verunstaltung von Benedikts linker Gesichtshälfte. »Hat Benedikt etwa dabei sein linkes Auge und die vollkommene Schönheit seines Gesichts verloren?«

»Ja, obwohl diese Verletzung wirklich nicht in meiner Absicht lag. Es war Zufall oder aber Fügung des Schicksals, wie ich gerne glauben möchte, dass er gerade in dem Moment die Flasche mit der Salzsäure hatte wegstellen wollen, als mein Gebräu explodierte«, versicherte Kopernikus. »Dass es so gekommen ist, hat mein Gewissen jedoch nicht einen Moment lang belastet. Ich sehe den Verlust seiner einst makellosen Schönheit und seines linken Augenlichts eher als gerechte Strafe für das, was er anderen an Leid zugefügt hat. Wie auch immer und um zum Ende zu kommen, in dem Rauch und dem wilden Durcheinander, das der schweren Explosion folgte, gelang mir die Flucht.«

»Zusammen mit fünfhundert Golddukaten und dieser kostbaren Porzellanschale«, warf Johanna ein und konnte sich ein Lächeln nicht verkneifen.

Kopernikus zuckte gleichmütig mit den Achseln. »Mit meinem Gehilfen Friedrich Klettenberg, den ich tags zuvor schon weggeschickt hatte und der mit einer Kutsche ganz in der Nähe auf mich wartete, setzte ich mich aus Sachsen ab. Und nachdem ich meine Spuren gut verwischt zu haben glaubte, begab ich mich schließlich nach Berlin, wo Benedikt mich dann zwei Jahre später gefunden hat – dank des schändlichen Verrates von Friedrich Klettenberg, den der Herr strafen möge.«

»Jetzt verstehe ich, warum Benedikt hinter Euch her ist und Euch mit solch brennendem Hass verfolgt«, sagte Johanna. »Und ich danke Euch, dass Ihr mir all das anvertraut habt. Aber eigentlich . . .« Sie räusperte sich. ». . . eigentlich ging es ja um die Malutensilien für Leander.«

»Keine Sorge, er wird bekommen, was er zum Malen braucht«, beruhigte der Alchimist sie. »Ich habe diese Porzellanschale, die für mich mit vielen unangenehmen Erinnerungen verbunden und wohl auch mit dem Blut und Schweiß der einfachen Leute erkauft worden ist, schon viel zu lange mit mir herumgetragen. Es wird Zeit, dass ich mich davon befreie. Dich soll das nicht bekümmern. Ich hätte sie so oder so zu Geld machen müssen. Morgen gehe ich sie verkaufen und dann kannst du Leander mit Pinseln, Farben und Leinwand überraschen.«

Johanna strahlte ihn an, dankte ihm überschwänglich und versicherte ihm, dass Hendrik van Dyke es ihm sicherlich reich vergelten würde, wenn er bei seiner Rückkehr aus St. Petersburg erfuhr, was Kopernikus alles für seinen Sohn getan hatte.

»Hoffen wir es«, erwiderte der Alchimist trocken. »Aber bauen werde ich nicht darauf. Ich habe schon zu viele unangenehme Überraschungen erlebt. Und alle Erfahrung spricht dafür, dass auch die Zukunft noch genügend Überraschungen bereithält, die gewiss nicht alle erfreulich ausfallen dürften.«

Johanna tat seine Skepsis mit einem unbeschwerten Lachen ab. Sie freute sich viel zu sehr für Leander, als dass sie sich Sorgen um ihre Zukunft gemacht hätte. Warum auch, wo doch scheinbar alles zum Besten stand?

Neunundzwanzigstes Kapitel

Die entscheidende Wende, der sich Johanna jedoch erst im Rückblick bewusst werden sollte, geschah in der Zeit des Hochsommers, als die Schinder ihre jährliche Treibjagd veranstalteten und durch die Straßen zogen, um alle frei herumlaufenden Hunde totzuschlagen. Sie wurden begleitet von Rudeln lärmender Gassenjungen, die ihnen vorauseilten und mit Geschrei und Steinwürfen die Hunde zu verscheuchen suchten. Und wann immer es ihnen gelang, einen Hund vor den Totschlägern der Schinder zu retten, kam Jubel unter den Bürgern in den Straßen auf und prasselte der Hohn der Gassenjungen wie Hagel von allen Seiten auf die Schinder hernieder.

Johanna sollte jenen Tag, an dem Kopernikus seine alchimistischen Experimente einstellte und sie über das Ergebnis seiner geheimen Korrespondenz mit Balthasar Neuwirth unterrichtete, nie vergessen. Denn es war der Tag, an dem sie mit Leander im weichen Licht der Abendsonne zu den ausgedehnten Weinbergen bei der Eigelsteinpforte spazierte und sie zum ersten Mal mit ihm ganz allein war, als er von einem Augenblick auf den anderen von einem Anfall niedergeworfen wurde.

Er spürte ihn kommen, denn er blieb jäh stehen, wankte und fasste nach ihrer Schulter. »Johanna, ich fürchte . . .!«, stieß er hervor, vermochte den Satz jedoch nicht mehr zu beenden.

»Was ist?«, fragte sie und sah, dass er ein Auge geschlossen hatte und mit dem anderen starr über die Weinberge hinwegblickte. Im selben Augenblick wusste sie, dass ein Anfall bevorstand. Vier Monate lang hatte sich seine Krankheit nicht bemerkbar gemacht, jetzt schlug sie wieder zu.

Bevor sie noch etwas sagen oder tun konnte, verlor Leander schon die Herrschaft über seine Gliedmaßen und stürzte aufstöhnend zu Boden. Es geschah so schnell, dass sie ihn noch nicht einmal auffangen und seinen Sturz abmildern konnte.

Leander schlug der Länge nach ins Gras. Mit offenen, nach oben gedrehten Augen und zusammengeballten Fäusten und steif wie ein Brett lag er da.

Johanna kniete sich hastig neben ihn und erinnerte sich daran, worum Leander sie gebeten hatte, falls sie bei einem seiner Anfälle zugegen sein sollte.

»Allzu viel kannst du nicht tun, wenn es mich überkommt. Aber du kannst mich davor beschützen, dass ich mich verletze. Am besten drehst du mich auf die Seite, damit ich nicht meine eigene Zunge verschlucke oder an Speichel und Erbrochenem ersticke«, hatte er gesagt. »Und wenn möglich rücke alles beiseite, woran ich mich verletzen kann, besonders in der Nähe meines Kopfes.«

Johanna drehte ihn nun vorsichtig auf die rechte Seite und bettete seinen Kopf in ihren Schoß. Und kaum hatte sie ihn in diese Lage gebracht, als auch schon die rhythmischen Zuckungen an Armen und Beinen und im Gesicht einsetzten.

Johanna fühlte sich entsetzlich hilflos, weil sie sonst nichts für ihn tun konnte, während er seinen dunklen Farbstürmen, dem rasenden Bilderwechsel und dem Gefühl des nahenden Todes schutzlos ausgeliefert war. Was hätte sie nicht dafür gegeben, wenn sie ihn von dieser Qual hätte befreien können!

»Ich weiß, es kommt dir unendlich lang vor, aber es ist gleich vorbei«, flüsterte sie mit erstickter Stimme, obwohl sie wusste, dass er sie nicht hören konnte, strich über sein Haar und wischte ihm mit dem Zipfel ihrer Schürze den Speichel vom Mund. »Gleich hast du es überstanden und dann kommst du wieder zu mir zurück. Verzweifle nicht, ich bin bei dir und ich werde auch immer bei dir bleiben, wenn du es möchtest!«

Und in dem Moment, als sie das gesagt hatte, wurde ihr mit überwältigender Klarheit bewusst, wie viel ihr Leander bedeutete und dass sie sich ein Leben ohne nicht mehr vorstellen konnte, oder besser gesagt, nicht vorstellen *wollte*. Waren ihre Gefühle anfangs von Mitleid bestimmt gewesen und hatten sie sich dann nach seiner Befreiung rasch in Freundschaft verwandelt, so gab es inzwischen keinen Zweifel mehr, dass es Liebe war, was sie nun für ihn empfand.

Nach einer beklemmend langen Minute ebbten die Krämpfe, die seinen Körper geschüttelt hatten, langsam ab und sein mühsamer, stoßhafter Atem löste sich.

Leander saß hinterher noch eine ganze Weile benommen neben ihr im Gras und musste sich schließlich sogar noch übergeben. Als er merkte, dass er auch diesmal während des Anfalls die Herrschaft über seine Blase verloren hatte, kamen ihm vor Scham fast die Tränen.

Johanna versuchte einmal mehr nach besten Kräften ihn davon zu überzeugen, dass er sich dessen nicht zu schämen brauchte. »Wir waschen die Sachen gleich und damit hat es sich.«

»Womit habe ich dich nur verdient?«, fragte Leander leise und sah sie voller Zärtlichkeit und Dankbarkeit an.

Sie zuckte lächelnd die Achseln. »Keine Ahnung, ich weiß auch nicht, warum . . . warum ich dich liebe, Leander«, antwortete sie und sprach die Worte zum ersten Mal aus. »Ich weiß nur, dass es so ist und dass ich es um keinen Preis der Welt anders haben will.«

»Ich auch nicht«, antwortete Leander und sein Blick verriet noch mehr als seine Worte, wie sehr er ihre Gefühle erwiderte.

»Komm«, sagte sie dann und nahm seine Hand. »Ich weiß, wo hier in der Nähe ein Wassertrog steht. Dort kannst du dich ein wenig frisch machen.«

Als sie kurz vor Einbruch der Dunkelheit zu Kopernikus ins Hofhaus zurückkehrten, fühlte sich Leander so müde, dass er sich sofort zu Bett begab. »Tut mir Leid, aber ich kann die Augen nicht länger aufhalten. Nach einem Anfall bin ich so müde, dass ich das Gefühl habe, eine Ewigkeit schlafen zu können«, entschuldigte er sich.

»Schlaf du nur!«, sagte Johanna, gab ihm einen langen Kuss, nahm seine Sachen an sich, die gewaschen werden mussten, und ging zu Kopernikus hinunter.

Der Alchimist hatte zu ihrer Verwunderung einen mit Wein gefüllten Krug auf dem Tisch stehen und machte einen unruhigen, ja fast aufgeregten Eindruck. »Komm, setz dich und trink mit mir einen Schluck!«, forderte er sie auf und lachte sie an.

Johanna furchte die Stirn. Kopernikus benahm sich schon seit einigen Wochen recht seltsam. »Gibt es denn irgendeinen besonderen Grund zum Feiern?«

»Ja, diesen hier«, sagte er, griff in die Tasche und legte ein unregelmäßig geformtes, daumennagelgroßes Stück Gold vor ihr auf den Tisch.

Johanna wusste sofort, was das zu bedeuten hatte. Einen Moment lang stockte ihr der Atem. »Ihr habt das Arkanum gefunden, die magische Tinktur?«, stieß sie fassungslos hervor. »Allmächtiger, Euch ist die Transmutation gelungen!«

Kopernikus lächelte ein wenig verlegen. »Ich habe lange um die Offenbarung gebetet. Aber ich bin doch noch längst nicht am Ziel.«

»Ihr habt es tatsächlich geschafft!«, murmelte Johanna andächtig, nahm den kleinen Klumpen Gold auf und wog ihn in der Hand. Kopernikus hatte unedles Metall in kostbares Gold verwandelt!

In ihre Freude mischte sich jedoch augenblicklich ein bitterer Beigeschmack, als ihr zu Bewusstsein kam, dass die Transmutation ohne sie stattgefunden hatte. Und plötzlich wusste sie auch, warum Kopernikus in den vergangenen Wochen so unruhig und reizbar gewesen war und warum er sie ermuntert hatte viele Stunden mit Leander zu verbringen und ihn auf langen Spaziergängen vor den Toren der Stadt zu begleiten, wo sie nicht Gefahr liefen, zufällig Hackenbroich oder einer der Hellmann-Schwestern zu begegnen.

Er muss geahnt haben, wie nahe er der Lösung gekommen war!, fuhr es ihr betroffen durch den Kopf. Deshalb hat er mich nicht mehr im Laboratorium haben wollen! Er wollte nicht, dass ich dabei bin, wenn er die Formel für die magische Tinktur findet und die erste Transmutation durchführt.

Die Erkenntnis, dass der Alchimist sie wochenlang vorsätzlich irregeführt und ihr offensichtlich nicht genug vertraut hatte, um die letzten Versuche und schließlich das Geheimnis des Arkanum mit ihr zu teilen, tat weh und machte die Freude über die gelungene Transmutation schal.

»Nun, dann habt Ihr ja wirklich allen Grund, Euch zu freuen«, sagte sie kühl, legte das Gold zurück und wollte vom Tisch aufstehen, weil sie das Gefühl hatte, mit ihrer Bitterkeit besser allein zu sein.

Doch Kopernikus packte sie schnell am Arm und hielt sie zurück. »Bitte bleib, Johanna! Ich weiß, was dir durch den Kopf gegangen ist, aber das stimmt so nicht.«

»Ach nein, Ihr könnt jetzt auch schon Gedanken lesen?«, fragte Johanna sarkastisch. »Dann sagt mir doch, was ist mir durch den Kopf gegangen ist und was stimmt daran nicht!«

»Du fühlst dich von mir hintergangen und glaubst, ich hätte dich bewusst von der Entdeckung der geheimen Formel ausgeschlossen, weil ich dir nicht vertraue«, sagte er ihr auf den Kopf zu. »Und ich verstehe, dass du so denkst, weil ja auch alles darauf hinzudeuten scheint. Aber so ist es nicht gewesen.«

»Wie denn sonst?«, fragte Johanna schroff und riss ihren Arm los, blieb jedoch am Tisch sitzen.

»Ich wollte dich nicht ausschließen, glaube mir. Ich habe in meinen alchimistischen Experimenten einfach nicht weitergewusst und was solltest du daher die ganze Zeit bei mir im Laboratorium verbringen, wenn Leander deine Gesellschaft doch nötiger hatte als ich?«

»Wirklich rücksichtsvoll! Mir kommen fast die Tränen«, höhnte Johanna und sah, dass ihm der Schweiß ausgebrochen war. Seine Stirn glänzte feucht.

»Es ist aber so! Ich schwöre es dir bei allem, was mir heilig ist!«, versicherte Kopernikus. »Und der beste Beweis dafür ist, dass ich das Geheimnis um das Arkanum gar nicht gelöst habe. Ich kenne die geheime Formel für das rote Pulver der Projektion noch immer nicht.«

Johanna machte ein verblüfftes Gesicht. »Ja, aber . . . Ihr habt doch das Gold hier hergestellt!«

Kopernikus lachte trocken auf. »Ja, die Umwandlung ist mir in der Tat gelungen, nur weiß ich nicht, wie ich das angestellt habe. Jedenfalls sind all meine Versuche gescheitert, die Herstellung des magischen Steins der Weisen zu wiederholen. Du siehst also, dass ich nicht versucht habe dich zu hintergehen. Ich habe in meiner Ratlosigkeit wie ein blutiger Anfänger mit den verschiedenen Substanzen herumgespielt, ohne ernstlich ein Ergebnis zu erwarten, weshalb ich mir auch keine genauen Aufzeichnungen gemacht habe, und das ist nun die Strafe für meine unverzeihliche Nachlässigkeit.«

Johanna war sofort milder gestimmt. »Aber Ihr werdet Euch doch grob daran erinnern, was Ihr wie gemischt, destilliert und gekocht habt, nicht wahr?«

»Ich fürchte, ich habe mich heute schrecklich gehen lassen«, antwortete er, zog sein Taschentuch hervor und wischte sich die Schweißperlen von der Stirn. »Bestimmt wäre ich gewissenhafter gewesen, wenn ich mich nicht schon seit gestern Nacht so elend und schwitzig gefühlt hätte.«

Ihre Verstimmung war wie weggewischt und voller Besorgnis fragte sie: »Glaubt Ihr, es ist wieder ein Ausbruch Eures Sumpffiebers?«

Er machte eine Grimasse. »Ich will es nicht hoffen, denn der Zeitpunkt könnte dafür gar nicht ungünstiger sein, muss ich doch schon nächste Woche die drei Herrschaften, die mit dem Schiff aus Frankfurt anreisen, von meiner alchimistischen Kunst überzeugen«, eröffnete er ihr.

»Wovon redet Ihr?«, fragte Johanna verwirrt.

»Ich rede von Geld, das wir dringend brauchen, um unsere Arbeit fortsetzen und erfolgreich abschließen zu können«, antwortete Kopernikus. »Und da ich mich der Willkür skrupelloser Fürsten um keinen Preis auszuliefern gedenke, kann dieses Geld nur von vermögenden Kaufleuten kommen, die Vertrauen haben, dass ihr Geld in den Alchimisten Quint bestens angelegt ist und sie bald ein Vielfaches ihrer Investition in reinem Gold erhalten werden. Mein guter Freund Balthasar Neuwirth hat mir dabei geholfen, mit einer Gruppe von solch risikofreudigen Kaufleuten in Verbindung zu treten.«

Das erklärte den regen Briefverkehr zwischen dem Alchimisten und dessen Freund in Erfurt. »Und diese Männer wollen nächste Woche hier eintreffen und sich mit Euch treffen?«

»So ist es. Und wir werden ihnen eine Vorstellung bieten, die sie so überzeugt, dass sie mir ihr Geld förmlich aufdrängen werden!«, versicherte er.

»Ja, aber was wollt Ihr ihnen denn vorführen, wenn Ihr das Rätsel um die geheime Formel noch immer nicht gelöst habt?«, fragte Johanna verwundert.

Kopernikus lächelte. »Sie werden zu sehen bekommen, wie sich Blei in Gold verwandelt, glaube mir!«, prophezeite er. »Ob es einfach nur Glück oder Vorsehung gewesen ist, weiß ich nicht zu sagen, aber als mir zufällig diese Transmutation gelang, da habe ich nur ein Drittel von der vorhandenen Substanz genommen, die ich in einer der Retorten destilliert hatte. Dass mir mit dieser Substanz die Herstellung des Steins der Weisen gelungen war, ist mir natürlich erst hinterher aufgegangen, als ich das Gold im Tiegel fand.«

»Ihr habt noch etwas von dem roten Pulver der Projektion zurückbehalten?«

Kopernikus nickte. »Ich habe den Rest sofort in eine Phiole getan und fest verschlossen, damit er nicht verunreinigt werden oder sonst wie seine magische Kraft verlieren kann. Auf die Kaufleute aus Frankfurt wartet also eine erfolgreiche Transmutation.«

»Darf ich wissen, wer diese Kaufleute sind?«, fragte Johanna.

»Aber natürlich«, antwortete der Alchimist. »Mein Freund Balthasar hat sich zuerst an den Getreidehändler Justus Dornbach gewandt, den ich noch aus meiner Studienzeit in Wittenberg kenne. Er ist dann später nach Frankfurt übergesiedelt und hat dort in die Familie eines reichen Weinhändlers eingeheiratet. Balthasar wusste, dass dieser vermögende

Mann mir vor vielen Jahren schon einmal aus einem finanziellen Engpass geholfen hat und großes Vertrauen zu meiner Arbeit hegt. Ihn werden der nicht minder wohlhabende Getreidehändler Adelbert Traugott und der Apotheker Theodor Wenzel begleiten, der sich eher mit einer geringeren Summe beteiligen wird.«

»Aber werden diese gestandenen Kaufleute Euch denn nicht fragen, wieso Ihr auf fremde Gelder angewiesen seid, wenn Ihr doch angeblich wisst, wie man unedle Metalle in reines Gold umwandelt?«

»Gewiss, aber die Antwort darauf ist sehr einfach und einsichtig. Ich bin quasi im Zustand höchster Unaufmerksamkeit darauf gestoßen, wie die magische Tinktur herzustellen ist. Das beweise ich ihnen mit der Transmutation. Um jedoch die exakte Formel zu finden und zu fixieren, auf dass ich die Transmutation zukünftig in beliebiger Häufigkeit wiederholen kann, dafür brauche ich noch einige Zeit«, erklärte Kopernikus. »Das können ein paar Wochen, aber auch viele Monate sein.«

»Und was geschieht dann?«, wollte Johanna wissen. »Werdet Ihr Köln verlassen und nach Frankfurt gehen?«

»Es ist anzunehmen, dass meine Geldgeber mich in ihrer Nähe haben wollen«, bestätigte er und schenkte ihr ein beruhigendes Lächeln, als wüsste er ganz genau, welche Sorge hinter ihrer Frage steckte. »Aber natürlich gehe ich nicht ohne meinen Meisterschüler Johannes!«

Sie zog die Augenbrauen hoch. »Meisterschüler Johannes? Meint Ihr vielleicht mich damit?«

»Ja, das tue ich. Keiner meiner Schüler hat so schnell gelernt und sich so unersetzlich gemacht wie du. Deshalb stellt sich die Frage überhaupt nicht, *ob* ich dich mitnehme. Das versteht sich einfach von selbst!«, versicherte er. »Mit Hackenbroich werde ich schon handelseinig. Und Leander kommt natürlich auch mit. Ob er nun hier in Köln oder in Frankfurt auf die Rückkehr seines Vaters wartet, macht ja wohl keinen großen Unterschied. Wir werden seinem Vater eine entsprechende Botschaft zukommen lassen.«

Johanna fühlte sich ungemein geschmeichelt, dass er sie für unersetzlich hielt. Er hatte sie noch nie in solch hohen Tönen gelobt. Und es beruhigte sie auch, zu wissen, dass er nicht vorhatte Leander seinem eigenen Schicksal zu überlassen. Aber dass er sie nicht als seine Musterschülerin Johanna, sondern als seinen Musterschüler Johannes bezeichnet hatte, machte sie stutzig. Sie glaubte nicht an einen gedankenlosen Versprecher, sondern war vielmehr davon überzeugt, dass er diese Worte aus einem ganz bestimmten Grund so gewählt hatte.

Noch bevor Johanna ihn danach fragen konnte, kam der Alchimist auch schon selbst darauf zu sprechen. »Dir ist sicher aufgefallen, dass ich von meinem Meisterschüler Johannes gesprochen habe.«

»Gerade wollte ich Euch fragen, was es damit auf sich hat«, bestätigte Johanna.

»Ich möchte, dass du mir bei der Transmutation zur Hand gehst, so wie es einem Musterschüler und wahren Adepten zusteht«, eröffnete er ihr. »Aber Männer wie Justus Dornbach und seine geschäftstüchtigen Freunde trauen dem weiblichen Geschlecht nicht viel zu, was über die bekannten Fähigkeiten einer guten Ehefrau, Hausfrau und Mutter hinausgeht. Es lohnt sich auch nicht, sie darüber aufklären zu wollen, dass sich in der Geschichte der Alchimie auch einige Frauen mit überragenden Leistungen verewigt haben. Ihr Weltbild hat enge Grenzen, die ich nicht zu verrücken vermag. Und wenn man von ihnen etwas will, muss man sich wohl oder übel in den engen Grenzen ihres Denkens bewegen.«

»Womit Ihr sagen wollt, dass ich mich wieder als Mann verkleiden soll«, sagte Johanna amüsiert.

Kopernikus nickte. »Ja, das wird sich nicht vermeiden lassen, denn ich brauche dich an meiner Seite, so wie ich die finanzielle Unterstützung dieser Kaufleute brauche. Und in der Verkleidung nimmt man dir den jungen Mann fraglos ab. Deine schmächtige Statur, deine zarten Züge und feingliedrigen Hände passen überaus gut zu einem gelehrten jungen Mann, der sich der Alchimie verschrieben hat. Nur wird es diesmal nicht damit getan sein, dass du deine schwarze Haarpracht hoch steckst und eine Perücke aufsetzt. Die Transmutation wird hier in diesem Haus bei gutem Licht stattfinden und die Kaufleute werden uns nahe auf die Pelle rücken. Da lässt sich so etwas vor wachsamen Augen nicht verbergen.«

»Kurz gesagt, Ihr wollt also, dass ich mein langes Haar unter der Schere lasse«, folgerte Johanna trocken.

Er verzog das Gesicht zu einem verlegenen Ausdruck. »Es tut mir Leid, aber es würde auf sie wirklich keinen guten Eindruck machen, wenn sie ein Mädchen an meiner Seite sehen. Wer weiß, auf welch abstruse Gedanken sie das bringen würde. Sie könnten mich dadurch in einem sehr unvorteilhaften Licht sehen. Und da wir doch alle in einem Boot sitzen . . .«

»Schon gut, Kopernikus!«, unterbrach sie ihn mit einem spöttischen Lächeln. »Ihr müsst mir nicht erst wie einem kranken Gaul gut zureden. Ich habe schon begriffen, was auf dem Spiel steht. Also gut, ich lasse mein langes Haar abschneiden. Dominik kann das machen. Er weiß mit Schere und Kamm bestens umzugehen.«

»Wunderbar!«, rief der Alchimist erleichtert und wischte sich erneut Schweiß von der Stirn. »Da fällt mir ja ein Stein vom Herzen! Es beruhigt mich, zu wissen, dass ich mich auf dich verlassen kann. Es wird dein Schaden nicht sein, das verspreche ich dir. Nächste Woche zeigen wir den Frankfurter Kaufleuten hier in unserem Laboratorium, was in uns steckt. Sie werden Gold im Tiegel finden und uns ihr Geld förmlich aufdrängen. Und dann liegt nur noch eine letzte Etappe vor uns, um die magische Tinktur des Arkanum endgültig dem Dunkel zu entreißen! Wir werden die geheime Formel der Schöpfung kennen und damit in den kleinen Kreis der Eingeweihten eintreten, Johanna! Heute sind wir noch Verschleierte, wie in der Antike die griechischen Mysten, die schon die kleinen Weihen empfangen hatten und nun bald auch die großen Mysterien bestehen würden, erinnerst du dich?«

Johanna nickte.

»Wir werden nun bald Epopten sein, Seher und wahre Eingeweihte!«, fuhr er eindringlich und fast beschwörend fort. »Vergiss das Gold, das man mit dem Stein der Weisen herstellen kann, und den Reichtum, der einem dann gewiss ist! Der schnöde Mammon ist so nichtig wie Fliegendreck im Vergleich zu dem viel größeren Wunder, das sich mit der Erkenntnis des Arkanum einstellt! Der Stein der Weisen enthält doch die Kraft des ewigen Lichtes und des ewigen Lebens. Und Gott selbst wird uns sein Geheimnis offenbaren!« Der Schweiß lief ihm in Strömen über das Gesicht und seine Augen glänzten wie im Fieber.

Dreißigstes Kapitel

Leander saß schon vor seiner Staffelei und arbeitete an einem Landschaftsbild, als Johanna am nächsten Morgen bei Sonnenaufgang in seine Kammer trat.

»Wie geht es dir?«

Er legte den Pinsel aus der Hand und lächelte sie an. »So, als hätte ich das gestern Nachmittag bei den Weinbergen alles nur geträumt.«

»Wäre es dir denn lieber, wenn es nur ein Traum gewesen wäre?«, fragte sie ihn neckend.

Er streckte die Hand nach ihr aus. »Nicht, was die Worte angeht, die du zu mir gesagt hast«, antwortete er mit zärtlichem Tonfall und zog sie auf seinen Schoß.

Ihre Lippen fanden sich zu einem Kuss, der weitere Worte unnötig machte.

Als das Sonnenlicht über die Dächer stieg und Johanna plötzlich blendend in die Augen stach, löste sie sich nur sehr widerwillig aus seiner zärtlichen Umarmung, aber die Zeit drängte. Hackenbroich hackte noch immer bei jeder Gelegenheit auf ihr herum und erwartete, dass sie pünktlich zur Arbeit erschien.

»Schön, dass du dein Haar heute so offen und ohne Haube trägst. Ich mag das«, sagte er und strich liebkosend durch ihr schwarzes Haar.

»Ich hoffe, du magst mich auch mit kurzem Jungenhaar«, erwiderte sie.

»Wieso?«

»Weil du mir gleich mit der Kerze ein großes, hässliches Loch in mein Haar brennen wirst!«

»Und warum sollte ich so etwas Dummes tun?«, fragte er verblüfft.

»Damit ich einen triftigen Grund habe, mir von Dominik die Haare abschneiden zu lassen«, antwortete Johanna und berichtete ihm nun, was Kopernikus ihr gestern nach ihrer Rückkehr über seine geheimen Pläne mitgeteilt hatte.

Leander zeigte sich eher zurückhaltend, als er hörte, dass Kopernikus die Transmutation gelungen war und dass er die geheime Formel nun bald enträtselt haben würde. »Gold ist doch nur deshalb so kostbar, weil es so wenig davon gibt«, sagte er. »Wenn man es bald so leicht herstellen kann wie Sirup, wird Gold auch in seinem Wert dramatisch sinken.«

»Ich glaube nicht, dass er das Geheimnis an die große Glocke hängen wird«, erwiderte Johanna.

Er zuckte die Achseln. »Wenn ein Alchimist die Formel finden kann, dann werden es ihm bald auch andere nachtun. Und kein Geheimnis bleibt wirklich für lange Zeit ein Geheimnis – schon gar nicht, wenn mehrere davon wissen. Und mit diesen drei Kaufleuten aus Frankfurt werden es nächste Woche ja immerhin schon sechs sein, die davon Kenntnis haben.«

»Ich glaube nicht, dass das unsere Sorge sein soll, Leander«, sagte Johanna unbekümmert. Seit sie sich ihrer Gefühle für Leander bewusst geworden war, übte die Alchimie und ihre Verheißung auf Reichtum eine deutlich geringere Faszination auf sie aus als bisher. Es gab so vieles im Leben, was sich nicht in Gold bemessen und sich auch nicht für noch so viel Geld kaufen ließ. »Wer weiß, ob Kopernikus der geheimen Formel wirklich auf die Spur kommen kann und wie lange er dafür braucht. In der Alchimie, das habe ich mittlerweile gelernt, lassen sich nur die Vorgänge mit Gewissheit voraussagen, die man kennt und in wiederholten Versuchen bewiesen hat. Alles andere ist unbekannt und bestenfalls eine gelehrte Vermutung. So, und jetzt wird es Zeit, dass du mein Haar verunstaltest!«

Was Leander dann auch tat, wenn auch mit großem Bedauern. Er tröstete sich jedoch genau wie sie damit, dass ihre Haare ja wieder nachwachsen würden. Bevor er ihr jedoch mit der Kerzenflamme ein großes Loch in ihre schwarze Haarpracht brannte, griff er zur Schere und sicherte sich zwei dicke, fingerlange Locken.

Es stank ekelhaft, als ihr Haar über der Flamme Feuer fing und die Flammen sich blitzschnell ihrer Kopfhaut entgegenfraßen. Hastig warf Leander ihr das nasse Tuch über den Kopf, das er vorsorglich bereitliegen hatte.

»Du schaust besser in keinen Spiegel, bis Dominik dich unter die Schere genommen hat!«, riet er ihr mit traurigem Blick. »Und hoffentlich kann der Bursche damit auch so gut umgehen, wie du sagst!«

Johanna lächelte tapfer, setzte ihre Haube auf und machte sich auf den Weg in die Stolkgasse. Als sie mit ihrem übel zugerichteten Haar bei Hackenbroich erschien und scheinbar beschämt erklärte, mit offenem Haar das morgendliche Feuer entzündet zu haben und dabei in die aufzüngelnden Flammen geraten zu sein, machte er sich voller Schadenfreude über sie lustig.

Dominik schlug die Hände über dem Kopf zusammen, als er sie so verunstaltet sah, tröstete sie jedoch sofort damit, dass er das schon hinkriegen würde.

Hackenbroich erlaubte ihr aber nicht, dass Dominik sich ihrer sogleich annahm, sondern bestand darauf, dass sie zuerst ihre Arbeit verrichtete. »Was kümmert mich dein räudiges

Haar?«, blaffte er sie an. »Pass nächstens besser auf, dann passiert dir so etwas Dämliches auch nicht! Aber was kann man von einem einfältigen Ding wie dir schon anderes erwarten! Du taugst so wenig wie deine versoffene Mutter. Und jetzt mach dich gefälligst an die Arbeit!«

Johanna beherrschte ihren wilden Zorn. Ohne Widerworte nahm sie seine gehässigen Bemerkungen hin. Die Kraft dazu gab ihr die Gewissheit, dass Hackenbroich seiner gerechten Strafe nicht entgehen würde. Wenn Hendrik van Dyke erst einmal aus St. Petersburg zurück und über die verbrecherische Verschwörung gegen seinen Sohn umfassend unterrichtet war, gab es für ihren Stiefvater ein böses Erwachen. Sie freute sich jetzt schon auf sein fassungsloses Gesicht, wenn er Leander sah und begriff, dass er einer raffinierten Täuschung erlegen war und sich nun für seine Verbrechen verantworten musste.

Nachdem Johanna an diesem Sommermorgen ihre Pflichten erledigt hatte, begab sie sich vertrauensvoll in Dominiks Hände. Und so grob und kräftig seine Hände auch waren, so gefühlvoll und geschickt vermochten sie doch mit Kamm und Schere umzugehen. Er machte seine Sache ganz ausgezeichnet.

»Wenn du nicht Frauenröcke und Haube tragen würdest, könnte man dich glatt für einen jungen Burschen halten, Hanna«, sagte er lachend. »Hier, sieh selber!« Er hielt ihr die handgroße Spiegelscherbe hin, die er vor Jahren unter dem Gerümpel auf dem Dachboden gefunden hatte und seitdem als seinen Spiegel hütete.

»Du hast mir schon mal nettere Dinge gesagt«, erwiderte Johanna seufzend und war von ihrem Abbild, das sie in der halb erblindeten Spiegelscherbe erblickte, nicht halb so erheitert wie Dominik. Dass sie mit ihren kurzen, sanft gewellten Haaren und ihrem geringen Brustumfang in entsprechender Kleidung ohne weiteres als junger Mann durchgehen konnte, mochte Kopernikus ja sehr willkommen sein. Sie dagegen bedrückte es, dass sie so leicht für einen Mann gehalten werden konnte.

Während Kopernikus bei ihrer Rückkehr nur das sah, was er zu sehen erhofft hatte und was seiner Schauveranstaltung vor den Frankfurter Kaufleuten nützlich sein würde, entging es Leander nicht, welche Niedergeschlagenheit und Unsicherheit sich hinter ihrem tapferen Lächeln verbarg. Und er verstand es sehr überzeugend, sie zu trösten und sie von ihrer Angst zu befreien, nicht weiblich und anziehend genug zu sein. Dabei gebrauchte er weniger Worte als Lippen und Hände, um ihr zu zeigen, wie begehrenswert sie in seinen Augen war.

An diesem Nachmittag bestand auch kein Zweifel mehr daran, dass sich das heimtückische Sumpffieber bei Kopernikus zurückgemeldet hatte. Sein Versuch, die Krankheit einfach zu ignorieren, als würde sie dann nicht mit ganzer Wucht durchbrechen, scheiterte kläglich. Aber Schweißausbrüche und Schüttelfrost, das eine so kräftezehrend wie das andere, ließen sich nicht aufhalten. Ein Schwächefall ließ ihn stürzen und danach bestand Johanna darauf, dass er sich auf der Stelle ins Bett legte.

»Macht euch keine Sorgen, in ein paar Tagen bin ich schon wieder auf den Beinen!«, versicherte der Alchimist unter Zähneklappern. »Sieh nur zu, dass ich genug von meiner Medizin, dem Jesuitenpulver, zu mir nehme. Dann wird es mir auch bald wieder besser gehen. Wenn die Frankfurter kommen, habe ich das Schlimmste längst hinter mir. Du weißt ja, dass dieses verfluchte Fieber kommt und geht, dass ich bisher immer davon genesen bin.«

Johanna wusste in der Tat, wie die Fieberkrankheit verlief und was sie für ihn tun konnte, damit er sich so schnell wie möglich erholte. Sie wusste aber auch, dass Kopernikus jedes Mal länger als eine Woche ans Bett gefesselt gewesen war und danach noch lange gebraucht hatte, um wieder zu seiner alten Kraft zurückzufinden. Doch bis zum Eintreffen der drei Frankfurter Kaufleute war es gerade noch eine Woche hin. Und diese Zeitspanne reichte einfach nicht aus, um bis dahin auch nur halbwegs genesen zu sein, wenn die Krankheit denselben Verlauf wie bisher nahm.

»Und was machen wir, wenn diese Männer in Köln eintreffen und Kopernikus noch immer hilflos im Fieber liegt?«, wollte Leander wissen.

Johanna zuckte die Achseln. »Keine Ahnung. Kopernikus hat mit ihnen ausgemacht, dass sie sich nach ihrer Ankunft in das Gasthaus *Zum Römerturm* begeben, das gleich unten am Hafen liegt, und dort auf weitere Anweisungen warten. Er wird ihnen durch einen Boten Bescheid geben, wann die Transmutation stattfindet, und sie von einem Mietkutscher abholen lassen.«

»Dann können wir sie notfalls ja ein paar Tage warten lassen«, sagte Leander.

Johanna machte eine skeptische Miene. »So, wie ich Kopernikus verstanden habe, gehört dieser Justus Dornbach nicht gerade zu den geduldigsten Menschen. Der Mann wird es kaum einfach so hinnehmen, dass man ihn tagelang warten lässt.«

»Dann wird sich eben zeigen, wie versessen er wirklich darauf ist, einen Alchimisten zu finanzieren, der Blei in Gold umzuwandeln weiß«, sagte Leander gleichmütig. »Wir können jedenfalls nichts anderes tun, als zu warten und uns überraschen zu lassen, was wird.«

Johanna pflichtete ihm bei.

Die Tage vergingen, ohne dass die Fieberkrankheit an Gewalt über Kopernikus verlor. Johanna gab ihm auf sein Verlangen hin sogar mehrmals am Tag die doppelte Menge seiner Medizin zu trinken, die aus dem bitteren Extrakt der Chinarinde bestand und das einzige Mittel war, wie er versicherte, das dem Sumpffieber Einhalt gebieten konnte.

»Es sieht nicht gut aus«, sagte Johanna besorgt zu Leander, als Kopernikus schon eine gute Woche darniederlag und noch immer keine deutliche Besserung eingetreten war. »Die drei Kaufleute werden heute eintreffen.«

»Vielleicht haben sie ja ein anderes Schiff genommen oder kommen aus sonst einem Grund ein paar Tage später«, erwiderte er. »Du weißt, im Leben passieren die verrücktesten Dinge.«

»Dein Wort in Gottes Ohr!«

Ihre Hoffnung auf eine Verspätung erfüllte sich nicht. Die drei Männer trafen am selben Nachmittag pünktlich in Köln ein. Ein aufgeweckter Hafenjunge, dem Kopernikus schon vor Wochen genaue Instruktionen erteilt hatte, überbrachte die Nachricht von ihrem Eintreffen. Er bestätigte, dass sie nach dem Gasthaus *Zum Römerturm* gefragt und sich dort auch einquartiert hatten. Mit einem fröhlichem Grinsen nahm er die versprochene Belohnung entgegen und machte sich wieder davon.

Keine halbe Stunde später begab sich Johanna zum besagten Gasthaus im Osten der Stadt, gab dort ein kurzes Schreiben für den Herrn Justus Dornbach ab und eilte wieder davon, bevor ihr die drei Männer unter die Augen treten und ihr unangenehme Fragen stellen konnten. Außerdem musste sie noch zum Apotheker Dittlach, um neues Jesuitenpulver sowie Schwefel und Quecksilber zu kaufen. Sie hatte im Auftrag des Alchimisten einige Zeilen an die drei Kaufleute geschrieben und sie um Verständnis dafür gebeten, dass sich das vereinbarte Treffen aus Gründen, die nicht menschlicher Gewalt unterlagen, leider um zwei Tage verschob – und dass es sich wahrlich lohnen würde, diese zwei Tage zu warten.

»Zwei Tage, mehr brauche ich nicht!«, hatte Kopernikus tags zuvor versichert.

Johanna glaubte jedoch nicht daran, dass er dann schon wieder auf eigenen Beinen stehen und im Laboratorium die Transmutation vornehmen konnte, auch wenn das Fieber nun endlich sank und die Anfälle von Schüttelfrost langsam nachließen.

Als sie aus Dittlachs Apotheke kam, fragte sie sich beunruhigt, was bloß geschehen sollte, wenn die drei Kaufleute die Geduld verloren und verärgert abreisten – und die Geldmittel des Alchimisten erschöpft waren. Wo sollten dann Kopernikus und Leander bloß hin? Und wann Hendrik van Dyke zurückkehrte, stand noch in den Sternen. Jedenfalls war bisher noch keine Nachricht von ihm auf den Brief eingetroffen, den Leander ihm vor Monaten geschrieben hatte.

Eine Kutsche rumpelte haarscharf an ihr vorbei. Erschrocken riss sie den Kopf hoch und sprang zurück. Ihr Blick fiel auf das Wagenfenster, dessen Scheibe heruntergeschoben war. Der Vorhang wehte im Zugwind und gab für einen kurzen Moment den Blick auf einen Mann im Profil frei, der eine schneeweiß gepuderte Perücke und einen eleganten, federgeschmückten Dreispitz trug. Die Räder krachten durch eine ausgewaschene Rinne in der Straße und schickten einen heftigen Stoß durch das Gefährt. Der Mann auf der Sitzbank ruckte hoch und für einen kurzen Moment hob sich der Schatten, den der Hut auf das Gesicht warf.

Zum zweiten Mal innerhalb weniger Sekunden fuhr Johanna der Schreck in die Glieder. War dieser Mann dort in der einfachen Mietkutsche nicht. . . . Benedikt von Rickenbach?

Bevor sie noch einen zweiten Blick ins Wageninnere riskieren konnte, fiel der Vorhang vor dem offenen Fenster auch schon wieder zurück. Und im nächsten Moment rumpelte die Droschke um die Ecke und war verschwunden.

Aufgewühlt und verstört stand Johanna am Straßenrand. Hatte ihre nervöse Phantasie, die ihr schon seit der Erkrankung des Alchimisten nicht nur nachts grässliche Alpträume bescherte, sondern sie auch tagsüber mit Schreckensbildern verfolgte, hatte ihre Phantasie ihr einen Streich gespielt oder hatte es sich bei dem Mann in der Kutsche tatsächlich um den gefürchteten Freiherrn Benedikt von Rickenbach gehandelt? Konnte er Wind von der bevorstehenden Transmutation bekommen haben?

Aber wie sollte das möglich sein? Kopernikus schwor Stein und Bein auf die absolute Zuverlässigkeit und Verschwiegenheit seines Freundes Balthasar Neuwirth. Und keiner der drei Frankfurter Kaufleute konnte ein Interesse daran haben, den Alchimisten an Benedikt von Rickenbach zu verraten. Einmal ganz davon abgesehen, dass es überhaupt keine Verbindung zwischen den hessischen Geschäftsleuten und dem Agenten des sächsischen Königs gab.

Also welcher Zufall sollte ihn dann ausgerechnet jetzt, mehr als eindreiviertel Jahre nach ihrer ersten Begegnung, wieder nach Köln geführt haben? Und wo waren Valentin und Florentin gewesen? Der bärtige und schwer gewichtige Mann auf dem Kutschbock hatte mit keinem der Zwillinge auch nur die geringste Ähnlichkeit gehabt.

Grübelnd setzte Johanna ihren Weg fort, und je weiter sie sich von Dittlachs Apotheke entfernte, desto mehr Zweifel kamen ihr. Sie hatte das Gesicht des Mannes ja gar nicht richtig sehen können. Der Vorhang war doch bloß für die Dauer eines Wimpernschlages zur Seite geweht. Was hatte sie in diesem flüchtigen Moment denn schon zu erkennen vermocht? In ihrem angespannten Zustand hatte sie sich das mit Benedikt nur eingebildet. Das war es und nichts weiter!

Aber sie wollte Kopernikus ihren Verdacht, so lächerlich er auch sein mochte, dennoch nicht vorenthalten. Deshalb erzählte sie ihm bei ihrer Rückkehr sogleich, wen sie in der Kutsche zu sehen geglaubt hatte.

Kopernikus lachte mit rauer, kratziger Stimme und winkte ab. »Du kannst ganz beruhigt sein, du hast dich mit Sicherheit geirrt. Benedikt hält sich zur Zeit ganz woanders auf, das weiß ich von meinem Freund Balthasar.«

»Seid Ihr Euch dessen auch wirklich sicher?«

Er nickte. »Nachdem die Schweden nun aus Sachsen abgezogen sind, ist er nach Dresden an den Königshof zurückgekehrt. Und er wird sich von dort so schnell nicht wieder wegbewegen. Es heißt nämlich, sein Einfluss unter den mächtigen Hofschranzen soll im letzten Jahr doch sehr gelitten haben und um seine Beziehung zu seinem einstigen Gönner, dem Statthalter von Sachsen Fürst Anton von Fürstenberg, soll es auch nicht zum Besten bestellt stehen. Nein, glaube mir, der gute Benedikt hat genug eigene Probleme, die ihm Kopfschmerzen bereiten und ihn in Dresden halten.«

Mit dieser Auskunft waren Johannas Befürchtungen wie weggewischt und sie atmete erleichtert auf. Es blieb jedoch die andere große Sorge, nämlich dass Kopernikus nicht rechtzeitig zu Kräften kommen würde, um die drei vermögenden Kaufleute durch eine erfolgreiche Transmutation von seiner überragenden alchimistischen Kunst zu überzeugen.

Am Sonntagabend, zwei Tage nach Ankunft der drei möglichen Geldgeber, konnte selbst Kopernikus nicht länger die Augen davor verschließen, dass er physisch nicht in der Lage war, die Schauveranstaltung am nächsten Tag durchzuführen. Und er würde auch am darauf folgenden Tag noch nicht dazu fähig sein. Sein Versuch, das Bett zu verlassen und einige Minuten im Laboratorium herumzugehen, scheiterte kläglich. Atemlos und schweißnass sackte er in sich zusammen, kaum dass er das Dutzend Schritte von seiner Kammer hinüber ins Laboratorium hinter sich gebracht hatte.

»Jetzt seht Ihr endlich selber ein, dass es nicht geht! Ihr müsst das Treffen mit den Kaufleuten noch um einige weitere Tage verschieben, am besten um eine ganze Woche«, redete Johanna ihm zu, nachdem sie ihn wieder zu Bett gebracht hatte.

Kopernikus schüttelte heftig den Kopf. »Nein, unmöglich!«, stieß er hervor. »Das werden Justus Dornbach und seine Freunde nicht mit sich machen lassen. Die Transmutation muss unbedingt morgen stattfinden, wenn ich ihr Wohlwollen nicht verlieren will. Und wir brauchen ihr Geld dringend. Meine Kasse ist so gut wie leer, Johanna!«

»Aber Ihr habt doch gerade selbst gesagt, dass Ihr nicht am Athanor stehen und die Umwandlung vornehmen könnt!«, hielt Johanna ihm vor.

»Das stimmt, mir fehlt die Kraft dazu«, gestand er ein. »Aber du kannst die Transmutation für mich ausführen! Du wirst das Blei in Gold umwandeln!«

»Nein!«, wehrte Johanna entsetzt ab. Allein schon der Gedanke, dass sie unter den misstrauischen Augen von drei reichen Kaufleuten als junger Mann verkleidet am Athanor stehen und diese alles entscheidende Umwandlung vornehmen sollte, trieb ihr den Angstschweiß auf die Stirn. »Das kann ich nicht! Um Gottes willen, ich bitte Euch, verlangt nicht so etwas von mir!«

»Ich verlange es nicht von dir, sondern ich erwarte es von dir. Wenn sie verärgert abreisen, weiß ich nicht, was ich tun soll. Es würde Monate dauern, andere Geldgeber zu finden, und die Zeit haben wir nicht. Du darfst mich jetzt nicht im Stich lassen, Johanna, hörst du?«

Johanna wollte von seinem Bett aufspringen und aus der Kammer flüchten, doch der Alchimist kam ihr zuvor, indem er ihren Arm packte und sie festhielt.

»Ihr verlangt zu viel von mir! Was ist, wenn ich die Nerven verliere und mir ein Fehler unterläuft?«

»Warum sollte das geschehen? Du bist meine Meisterschülerin und in diesen Dingen inzwischen sehr erfahren. Außerdem werde ich im Laboratorium zugegen sein und die Kommentierung übernehmen. Mich für die Zeit der Vorführung im Sessel zu halten wird mir wohl gelingen. Du wirst also nur mein ausführender Arm sein«, versuchte er sie zu beruhigen. »Du siehst also, dass es für dich überhaupt keinen Grund gibt, in panische Angst zu geraten. Haben wir denn nicht schon ganz andere Sachen gemeinsam bestanden?«

Johanna wollte dennoch nichts davon wissen, weil sie die Verantwortung für ein Misslingen nicht auf ihr Gewissen laden wollte. Doch er redete so lange beschwörend auf sie ein, bis sie ihren Widerstand aufgab und einsah, dass ihr unter den gegebenen Umständen gar keine andere Wahl blieb.

»Du wirst es also tun?«, fragte er und sah sie eindringlich an.

»Ja, und möge der Allmächtige uns beistehen!«, flüsterte Johanna mit zitternder Stimme und ein Schauer durchfuhr sie, als sie daran dachte, dass sich morgen unter ihrer Hand Blei in reines Gold verwandeln sollte.

Einunddreißigstes Kapitel

Johanna stand am offenen Fenster und schaute am Glockenturm der Stiftskirche St. Andreas vorbei nach Westen, wo das letzte Abendlicht am Himmel verglühte. Alle Vorbereitungen waren getroffen. Jetzt hieß es für sie nur noch warten, bangen und hoffen, dass sie Kopernikus nicht enttäuschte.

Ein leichter Wind kam auf und wehte die warme Sommerluft, die den schweren Duft blühender Fliederbäume mit sich trug, zum Fenster herein. Die Wärme schien Johanna jedoch nicht zu erreichen, denn ihre Hände waren eiskalt.

Leander trat an ihre Seite und legte seinen Arm um ihre Schulter. »Aufgeregt?«, fragte er leise und drückte sie zärtlich an sich.

Sie nickte. »Es wird gleich dunkel und dann machen sie sich auf den Weg. Der Kutscher wartet bestimmt schon vor dem Gasthof auf sie.«

»Hast du heute Morgen mit ihnen gesprochen?«

Johanna verneinte. »Ich habe nur das Schreiben von Kopernikus abgegeben, in dem er ihnen mitgeteilt hat, dass er sie heute kurz nach Einbruch der Dunkelheit zur Vorführung der Transmutation bittet und dass eine Kutsche kurz nach Sonnenuntergang bei ihnen eintreffen und sie zu uns bringen wird.«

Einen Augenblick hielt er sie schweigend in seinem Arm und schaute mit ihr hinaus nach Westen, wo die leuchtenden Flammenzungen des Abendlichtes in sich zusammenfielen und rasch verblassten. »Was ist, wenn sie schon abgereist sind?«, fragte er dann.

»Das kann nicht sein, denn ich habe ja heute Morgen zufällig den Gastwirt selbst vor dem Haus angetroffen und ihm den Brief ausgehändigt. Und er hat mir sogleich versichert, dass er ihn umgehend zu Justus Dornbach aufs Zimmer bringen werde. Wären Dornbach und seine Freunde schon abgereist, hätte er ja wohl davon wissen müssen.« Sie gab einen schweren Stoßseufzer von sich. »Nein, ich werde wohl leider nicht darum herumkommen, die Rolle zu spielen, die Kopernikus mir zugedacht hat.«

»Mach dich nicht selbst nervös. Dafür besteht wirklich kein Anlass. Du wirst es schon schaffen, Johanna«, sprach er. »Oder glaubst du vielleicht, Kopernikus würde dir den Stein der Weisen anvertrauen, wenn ihn auch nur der leiseste Zweifel plagen würde, du könntest der Sache nicht gewachsen sein? Niemals! Dafür hängt für ihn einfach zu viel von der erfolgreichen Transmutation ab.«

»Eben deshalb!«, sagte Johanna mit gequälter Miene.

Kopernikus rief nach ihr und Leander gab ihr einen Kuss auf die Wange. »Der Meister ruft. Er will dir wohl Zuspruch und letzte Anweisungen erteilen. Lass ihn besser nicht warten! Es wird sowieso Zeit, dass er sich allmählich hier ins Laboratorium begibt. Leander, Euer getreuer Diener, wird indessen schon mal den Wein holen, die Becher bereitstellen und die Öllampen entzünden.« Er verbeugte sich mit einem übertriebenen Kratzfuß und schaffte es damit, ihr zumindest ein belustigtes Lächeln zu entlocken.

Kopernikus hatte Leander gebeten in Gegenwart seiner Frankfurter Gäste den Hausdiener zu spielen. »Das wird Eindruck machen und ihnen vorgaukeln, dass es mir finanziell noch ganz gut gehen muss, wenn ich mir Personal leisten kann. Das stärkt meine Glaubwürdigkeit«, hatte er ihnen erklärt und Leander hatte darauf ohne Zögern erwidert, dass es ihm ein großes Vergnügen sei, nun endlich auch etwas für ihn tun zu können.

Johanna zog die Fensterläden zu und begab sich in die Schlafkammer des Alchimisten. Kopernikus saß auf der Bettkante. Offensichtlich war auch ihm kalt, denn er hatte sich sein schwarzes Mantelcape mit dem weinrotem Lederbesatz um die Schultern gelegt.

»Seid Ihr Euch auch sicher, dass Ihr die Sache durchstehen könnt?«, fragte Johanna in der stillen Hoffnung, Kopernikus würde das Ganze doch noch absagen und auf einen späteren Termin verschieben.

»Bis auf den leichten Schüttelfrost, der sich gerade erst wieder eingestellt hat, geht es mir gar nicht so schlecht«, versicherte er zu ihrer Enttäuschung und musterte sie mit einem anerkennenden Lächeln von oben bis unten. »Die Männerkleider stehen dir ganz prächtig und mit der Brille machst du wahrhaft einen durchgeistigten Eindruck! Du siehst wie dein eigener älterer Bruder aus. Es ist erstaunlich, wie sehr andere Kleider und solche Kleinigkeiten wie eine Brille, eine Perücke und eine andere Haarlänge einen Menschen doch verändern können!«

»Das Ding irritiert mich aber ganz ungemein«, beklagte sich Johanna und rückte am Zwicker. »Ich muss ihn mir fest auf die Nase klemmen, damit ich ihn nicht verliere.«

»Es gibt schlimmere Unannehmlichkeiten«, erwiderte der Alchimist trocken, griff zu seinem spanischen Rohr und stemmte sich vom Bett hoch.

Johanna bot ihm ihre Stütze an, doch er winkte ab. Er war zwar sehr unsicher auf den Beinen und schwankte mehrmals bedenklich, schaffte es aber doch aus eigener Kraft ins Laboratorium. Er sank in seinen bequemen Armstuhl, der zusammen mit den drei anderen Sitzgelegenheiten einen Halbkreis um den Athanor bildete, den Johanna für die Schauvorstellung benützen würde. Er ging mit ihr noch einmal die Reihenfolge der Handgriffe und Abläufe durch, die sie einzuhalten hatte.

»Wozu dieser umständliche Destillationsprozess? Der ist doch gar nicht nötig. Ihr habt das rote Pulver der Projektion doch schon. Also warum lasst Ihr mich nicht einfach die kleinen Bleikugeln schmelzen und dann den Stein der Weisen hinzufügen, auf dass sich das Blei in Gold verwandelt?«, wollte Johanna wissen.

»Weil dann die Transmutation schon nach wenigen Minuten abgeschlossen wäre und es viel zu einfach aussähe. Nein, widersprich mir nicht! Ich weiß, wie die Leute denken. Dornbach und seine Freunde haben eine lange Reise auf sich genommen und wollen etwas dafür geboten bekommen. Sie erwarten ein kleines Wunder, vergiss das nicht! Und auf dieses Wunder wollen sie eingestimmt, nicht jedoch in Minutenschnelle von ihm überfallen werden. Deshalb bieten wir ihnen einige Arbeitsgänge, die in der Tat völlig unnütz sind, sie aber in die richtige Stimmung bringen für das große Ereignis, das sich schließlich vor ihren Augen vollzieht, wenn sie es vor erwartungsvoller Anspannung nicht mehr aushalten können.«

»Wie Ihr meint«, sagte Johanna, fühlte sich jedoch nicht wohl bei dem Gedanken, dass sie die Kaufleute gleich mit alchimistischen Spielchen an der Nase herumführen sollte. Aber vielleicht musste es so sein, dass er die Umwandlung etwas in die Länge zog und für Spannung sorgte. Was verstand sie schon davon, Geldgeber für sich zu gewinnen!

Kopernikus trug ihr nun auf, den eisernen Rührstab aus seiner Tasche zu holen, der für ihn mit ganz besonderen Erinnerungen verbunden war. »Er ist mein Talisman und wird auch dir eine glückliche Hand schenken«, sagte er. Dann erklärte er ihr, wann und wie sie den Rührstab zu gebrauchen hatte.

Als all das erledigt war, vergewisserte sich Johanna noch einmal, dass sich in den Feuerstellen ausreichend Glut befand und dass auch genug Holzkohle bereitstand, um zu Beginn der Schauvorstellung schnell genug die nötigen hohen Temperaturen zu erreichen.

Die Kutsche mit den drei Kaufleuten traf pünktlich eine viertel Stunde nach Einbruch der Dunkelheit vor dem tiefen Torbogen der einstigen Töpferei ein. Leander wartete schon unten am Tor auf sie, ließ sie herein und führte sie über die Außentreppe nach oben in das Laboratorium. Drei Öllampen beleuchteten mit ihrem gelblichen Schein den hinteren Teil des Raumes, wo sich hinter dem kleinen Halbkreis der Stühle die Schmelzöfen und der Tisch mit den Retorten befanden, die bei der Transmutation zum Einsatz kommen würden.

Die drei Kaufleute traten ein wenig zögerlich aus dem Dunkel bei der Tür in den Lichtkreis der Alchimistenküche. Leander bat mit dem servilen Tonfall eines dienstfertigen Hausdieners um die Hüte und Spazierstöcke der Herrschaften.

»Mein bester Dornbach, meine verehrten Frankfurter Herren! Ich danke für die Ehre Eures Interesses und Eures Kommens und versichere Euch, dass Ihr es nicht bereuen werdet, die Mühen und Kosten der Reise auf Euch genommen zu haben! Hier in diesem Raum und vor Euren Augen wird das Große Werk geschehen, das Blei in Gold verwandelt, und damit werdet Ihr Teilhabe an der Enträtselung eines der großen Geheimnisse unserer Schöpfung haben!«, rief Kopernikus den Gästen mit feierlichem Pathos in der Stimme zu. »Verzeiht, dass ich Euch drei Tage habe warten lassen und dass ich Euch jetzt nicht entgegenschreiten, sondern nur im Sitzen willkommen heißen kann! Aber leider hat mich gerade zur Zeit

Eures Eintreffens eine lästige Unpässlichkeit, mit der ich schon seit vielen Jahren auf vertrautem Fuß lebe, ins Bett gezwungen. Es ist nichts, was Euch Sorgen bereiten sollte. Aber weil ich mich noch nicht ganz davon erholt habe, wird mein Meisterschüler Johannes Weyden die Transmutation vornehmen. Und das Wort Meisterschüler nehme ich nicht gedankenlos in den Mund, sondern im klaren Bewusstsein seiner tiefen Bedeutung. Denn trotz seiner offensichtlichen Jugend, die manch einen Ahnungslosen zu falschen Schlüssen verleiten mag, ist Johannes Weyden ein junger Mann von hoher Begabung und ein wahrer Adept der Alchimie. Und dass mein Schüler das Große Werk ausführen wird, ist übrigens ein zusätzlicher Beweis dafür, wie sicher wir uns sind das große Rätsel gelöst zu haben und im Besitz des geheimen Arkanums zu sein.«

Johanna errötete unter seiner Lobeshymne und verbeugte sich vor den Kaufleuten, die sie mit einer Mischung aus Skepsis und Bewunderung beäugten, während sie durch den Raum auf Kopernikus zugingen, vorbei an den langen Tischen mit ihrer Unzahl von Retorten, Tiegeln und anderen alchimistischen Gerätschaften. Der Anblick der übervollen Stellagen und Tische und die Zahl der Schmelzöfen beeindruckte sie ganz offensichtlich.

Justus Dornbach, ein recht korpulenter Mann von untersetzter Gestalt und mit einem fleischigen, erhitzten Gesicht, begrüßte den Alchimisten und stellte ihm dann den nicht weniger wohlgenährten Getreidehändler Adelbert Traugott und den hageren Apotheker Theodor Wenzel vor. Allen dreien sah man schon an den goldenen Uhrenketten, die aus den Schlitzen ihrer Westentaschen baumelten, an den Siegelringen und am feinen Tuch ihrer Kleidung an, dass sie zum vermögenden Bürgerstand der Kaufleute gehörten.

»Leo, worauf wartest du? Biete unseren Gästen Wein an!«, forderte Kopernikus Leander auf und winkte ihn mit einer herrischen Geste heran, wie sie seinem Wesen eigentlich fremd war. Und zu den drei Frankfurter Kaufleuten gewandt, sagte er freundlich: »Aber wenn Euch der Sinn nach etwas anderem als Wein steht, so sagt es, damit ich meinen Diener schicken kann, um es zu holen.«

Johanna bemerkte, wie der Getreidehändler und der Apotheker einen versteckten Blick tauschten, und musste sich ein Schmunzeln verkneifen. Keine Frage, der Alchimist besaß eine gute Menschenkenntnis und wusste, was Eindruck machte und wie man sich ins beste Licht setzte!

»Wein ist in Ordnung!«, rief der Weinhändler Dornbach mit einem nervösen Lachen und nahm einen der Becher, die Leander auf einem Tablett darbot. Er probierte und nickte anerkennend. »Mhm, ein guter Muskateller. Ihr habt Euch nicht lumpen lassen, mein lieber Quint!«

»Den trinke ich lieber hinterher. Mir reicht jetzt ein Becher frisches Wasser«, sagte Adelbert Traugott spröde.

Der hagere Apotheker pflichtete ihm durch Nicken bei. Auch er wollte sich wohl nicht durch Wein benebeln lassen, sondern die Transmutation mit nüchterner Wachsamkeit verfolgen. »Sollten wir nicht besser anfangen?«

»Selbstverständlich, meine Herren! Es ist alles vorbereitet«, versicherte Kopernikus und forderte Johanna auf mit dem alchimistischen Prozess zu beginnen.

Johanna schlug das Herz im Hals und sie fühlte sich im ersten Moment ganz zitterig auf den Beinen, als sie nun in den Mittelpunkt trat und mit der Arbeit begann, so wie sie es mit Kopernikus abgesprochen hatte. Ihr war, als müsste man ihr ansehen, wie unbehaglich ihr zu Mute war. Um ein Haar hätte sie gleich die erste Phiole, die sie aufnahm, fallen gelassen.

Gottlob begann Kopernikus nun über den alchimistischen Prozess, den sie in Gang setzte, zu dozieren und durch geschickte Fragen dem Apotheker auf den Zahn zu fühlen, wie gut es um dessen alchimistische Kenntnis bestellt war. Die Antworten, die Theodor Wenzel gab, ließen darauf schließen, dass sein Wissen in diesen Dingen doch sehr lückenhaft war.

Allmählich fasste Johanna Zutrauen zu sich selbst und verlor ihre anfängliche Zittrigkeit und Aufgeregtheit. Als sie aufschaute, fing sie Leanders Blick auf, der neben einer der hohen Stellagen im Halbdunkel stand und ihr mit einem kaum merklichen Nicken zulächelte. Sie verzog keine Miene und konzentrierte sich sofort wieder auf ihre Arbeit. Sie war nun ganz ruhig und nahm sich für jeden Schritt, der getan werden musste, die nötige Zeit.

Eine gute Stunde hielt sie sich wie abgesprochen mit alchimistischen Prozessen auf, die für die eigentliche Transmutation völlig überflüssig waren, da der Stein der Weisen ja schon vorlag. Aber um die drei Kaufleute in die rechte Stimmung zu versetzen und die Spannung auf den Ausgang der Vorstellung zu steigern, waren diese Prozesse gerade richtig. Sie erzielten die erhoffte und von Kopernikus vorhergesagte Wirkung, wie Johanna an den angespannten Gesichtern der drei Männer unschwer ablesen konnte. Sichtlich fasziniert folgten sie Johannas Darbietung. Das Zischen und Brodeln, die aufsteigenden Dämpfe, der stechende Geruch von Schwefel, das Blubbern in den Destillationskolben, das geheimnisvolle Glitzern des Blasen schlagenden Quecksilbers – all das schlug sie in den Bann. Und dazu kam dann auch noch die Stimme des Alchimisten, die sich mal zu einem kräftigen Ton aufschwang, um Augenblicke später zu einem fast beschwörenden Raunen abzusinken.

Schließlich aber war es so weit. Das Große Werk, die Umwandlung von Blei in Gold, stand bevor.

»Das Blei!«, rief Kopernikus ihr zu. »Zeig den Herren das Blei, damit sie sich selbst davon überzeugen können, dass hier alles mit rechten Dingen zugeht!«

Johanna nahm die Schale, die mit einer Hand voll Bleikügelchen von der Größe kleiner Kirschkerne gefüllt war, und reichte sie Justus Dornbach.

Der Weinhändler warf nur einen kurzen Blick darauf und gab sie an den Apotheker weiter. »Ihr versteht Euch besser darauf. Macht Ihr die Probe, Wenzel!«

Der Apotheker wählte drei Kügelchen aus, trat zum Tisch und bearbeitete sie mit einem dort bereitliegenden Messer. Dann legte er sie auf die Apothekerwaage, die gleich neben dem Probierstein aus Basalt, den geeichten Probiernadeln und dem Gläschen mit Königswasser stand, um ihr Gewicht zu prüfen. Schließlich nickte er zufrieden. »Ordinäres Blei.«

»Nun, dann wollen wir es wagen!«, verkündete Kopernikus feierlich.

Johanna kippte die Schale mit den Bleikugeln über dem Tiegel aus, in dem ihre grau-schwarze alchimistische Suppe brodelte, die sie in der vergangenen Stunde zubereitet hatte. Die Kugeln versanken in dem dickflüssigen Gebräu.

Nun legte sie Holzkohle nach, griff zum Blasebalg und heizte die Glut unter dem Tiegel an. Dann gab Kopernikus ihr das Zeichen, die kleine Phiole zu öffnen, in der sich der Rest der magischen Tinktur befand, ein feines rotes Pulver.

Der Stein der Weisen!

Mit schweißüberströmtem Gesicht, brennenden Augen und nun plötzlich wieder wild schlagendem Herzen hielt sie die Phiole über den Tiegel.

»Jetzt gilt es, meine Herren!«, rief Kopernikus feierlich und wies Johanna mit gedämpfter Stimme an. »Gib das Arkanum hinein. Streu es vorsichtig über die Schmelze, Johannes!«

Johanna ließ das rote Pulver, etwa sechs Messerspitzen voll, aus der Phiole auf das hässliche, blubbernde Gebräu im Tiegel herabrieseln.

»Und jetzt gut und gründlich verrühren!«, wies Kopernikus sie an. »Und nicht vergessen: gleichmäßig und gegen den Lauf des Uhrzeigers!«

Johanna nahm den eisernen Rührstab, tauchte ihn in die stinkende Brühe und begann mit dem Stab gegen den Uhrzeigersinn zu rühren. Auf einmal war ihr, als trete alles um sie herum in einen dunklen Hintergrund zurück. Sie hörte nicht, was Kopernikus zu den Kaufleuten sagte, so konzentriert und angespannt war sie. Die Vorstellung, dass sich das geschmolzene Blei unter ihrer Hand allmählich in reines Gold verwandelte, überwältigte sie und versetzte sie in einen Zustand der Entrückung.

»Johannes! . . . *Johannes!*«

Sie schreckte auf. »Ja, Meister?«

»Das dürfte reichen. Du kannst mit dem Rühren aufhören und den Tiegel jetzt abdecken!«, wies Kopernikus sie an. »Noch fünf Minuten Geduld, meine Herren, und dann werdet Ihr mit eigenen Augen sehen, dass sich das Blei in Gold verwandelt hat.«

Johanna folgte indessen seinen Anweisungen, setzte den Deckel auf und entfachte mit dem Blasebalg noch einmal das Feuer unter dem eisernen Tiegel, auf dass er rot glühend aufleuchtete, als wollte er sich selbst gleich in flüssige Schmelze verwandeln.

»Nun denn, der Augenblick der Wahrheit ist gekommen!«, rief Kopernikus wenige Minuten später. »Gieß den Tiegel aus, Johannes, und zeig uns, welche Kraft in unserem roten Pulver der Projektion steckt!«

Johanna nahm den Deckel ab, griff den dampfenden Tiegelrand mit der langen Zange und kippte den Tiegel vorsichtig über einer kleinen Granitschale aus.

»Allmächtiger!«, hörte sie den Apotheker fassungslos ausstoßen, als ein goldener Strom sich aus der schwarzen Schlacke löste und in die Steinschale floss.

Gold!

Auch Johanna war überwältigt von dem Anblick. Ein andächtiger Schauer durchlief sie und mit zitternder Hand setzte sie den Tiegel mit der Schlacke auf den Tisch zurück. Es war geschehen! Es war tatsächlich geschehen! Die Transmutation war gelungen. Unter ihren Händen hatte sich Blei in Gold verwandelt.

Die drei Männer hielt es nun nicht länger auf ihren Stühlen. Sie sprangen auf, schoben sie lachend zur Seite und beugten sich über das erkaltende goldene Metall.

»Wenn ich es nicht mit eigenen Augen gesehen hätte, würde ich es nicht glauben!«, stieß der Getreidehändler Adelbert Traugott kopfschüttelnd hervor.

»Unglaublich! . . . Unglaublich! . . . Einfach unglaublich!«, wiederholte Justus Dornbach immer wieder, schien jedoch mehr betroffen als freudig erregt zu sein.

»Sie haben tatsächlich die Rezeptur des Goldkochens gefunden!«, sagte der Apotheker blass vor Staunen.

Kopernikus saß derweil schweigend in seinem Armsessel und lächelte nur, während Johanna sich so ausgelaugt von der inneren Anspannung fühlte, dass sie auf den nächsten Schemel sank. Ihre Hände zitterten noch immer.

Als die allgemeine Aufregung sich gelegt hatte und das Gold abgekühlt war, machte der Apotheker auf dem Prüfstein die Probe. Sie fiel wie erwartet positiv aus.

»Ich denke doch, dass Ihr nichts dagegen einzuwenden

habt, wenn wir dieses Stück Gold mitnehmen und morgen noch einmal einem Goldschmied zur Prüfung vorlegen«, sagte der Apotheker.

»Selbstverständlich nicht«, erklärte Kopernikus. »Er wird sowieso nur bestätigen, was wir hier schon alle wissen. Aber ich würde an Eurer Stelle nicht anders handeln. Holt Euch nur die Gewissheit bei einem Experten!«

Der Getreidehändler Traugott strahlte. »Ich denke, danach werden wir dann sehr schnell handelseinig, was die Finanzierung Eurer Arbeit betrifft!«, versicherte er und rieb sich die Hände, als hätte er im Geiste schon mal grob überschlagen, wie viel Gold der Alchimist und sein Musterschüler für sie wohl kochen konnten.

Kopernikus nahm die Bewunderung der Männer mit einem zurückhaltenden Lächeln und beinahe schon huldvollem Nicken zur Kenntnis. »So sei es, meine Herren! Stoßen wir also auf das an, was wir einander heute versprochen haben und morgen besiegeln werden!«

Dem Wein, den Leo daraufhin ausschenkte, sprachen nun alle mit ausgelassener Fröhlichkeit zu. Nur Justus Dornbach hielt sich ein wenig zurück und er war es auch, der schließlich mit dem Hinweis zum Aufbruch drängte, dass Kopernikus seine Ruhe brauchte.

Kopernikus verabredete mit ihnen ein weiteres Treffen am späten Vormittag des nächsten Tages. Dann verabschiedeten sich die Kaufleute und Leander brachte sie hinunter und zur Kutsche, die wie ausgemacht auf der Straße gewartet hatte.

»Wir haben es geschafft! Um Geld brauchen wir uns vorerst keine Sorgen zu machen, dem Himmel sei gedankt!«, stieß Kopernikus mit einem Stoßseufzer der Erleichterung hervor, als Leander zurückgekehrt war. »Und das verdanke ich allein euch beiden. Vor allem dir, Johanna! Ohne dich säße ich jetzt wahrlich in einer bitteren Klemme. Du hast mich einmal mehr vor großem Ungemach gerettet.«

Johanna wehrte das überschwängliche Lob verlegen ab und erwiderte, dass er doch das magische Pulver der Projektion gefunden und sie nur seine Anweisungen ausgeführt hatte. Und um von ihrer Person abzulenken, fragte sie ihn, ob sie wohl schon in den nächsten Tagen mit Dornbach, Traugott und Wenzel nach Frankfurt übersiedeln und dort Quartier beziehen würden.

»Ich fürchte, das wird sich nicht vermeiden lassen«, sagte Kopernikus. »Als Förderer meiner Arbeit werden sie gewiss darauf bestehen, mich in ihrer Nähe zu wissen und zu jeder Zeit Zugang zu meinem Laboratorium zu haben.«

»Und wie bringe ich das Hackenbroich bei?«, wollte Johanna wissen.

Auch Leander hatte in diesem Zusammenhang einige Fragen, über die sie nun ausführlich redeten. Nach einer guten viertel Stunde klopfte es unten gegen das Tor.

»Lauf hinunter und hör, wer das ist!«, sagte Kopernikus zu Leander.

Leander lief hinunter, während Johanna oben an der Tür stehen blieb, und Augenblicke später rief er zu ihr hoch: »Es ist Justus Dornbach!«

»Es ist der Weinhändler, der noch mal zurückgekommen ist«, teilte Johanna Kopernikus mit.

»Dornbach?« Der Alchimist schüttelte verwundert den Kopf und sagte dann spöttisch: »Jetzt bereut er wohl, nicht allein gekommen zu sein und die Goldquelle mit seinen beiden Freunden teilen zu müssen. Das finstere Gesicht, das er vorhin gemacht hat, als er das Gold in der Schale sah, ist mir nicht entgangen. Doch wenn er meint mich überreden zu können, mein Wort zu brechen und nur ihn als Geldgeber zu akzeptieren, hat er sich geirrt. Das hätte er sich eher überlegen sollen. Aber er soll hochkommen!«

Johanna rief zu Leander in den Hof hinunter, dass er Herrn Dornbach einlassen und hochbringen solle, und lehnte die Tür nur an. Wenige Augenblicke später hörte sie hastige Stiefelschritte auf der steinernen Außentreppe. Irgendetwas irritierte sie daran. Und im nächsten Moment wusste sie, was es war: Die Leichtfüßigkeit, mit der die Stiefelschritte die Treppe hocheilten, sie passte so gar nicht zu dem dicken Weinhändler. Diese Behändigkeit ging ihm völlig ab.

Es konnte also nicht Justus Dornbach sein, der da die Stufen hochgerannt kam. Doch wer war es dann? Wer hatte sich für ihn ausgegeben?

Bevor Johanna noch einen weiteren Gedanken fassen oder etwas zu Kopernikus sagen konnte, flog schon die Tür unter einem herben Stiefeltritt auf. Eine Gestalt mit wehendem Umhang stürzte in den Raum, sprang auf sie zu und richtete den Lauf einer Pistole auf ihren Kopf.

Es war Florentin, der Zwilling mit dem zuckenden Muskel im rechten Mundwinkel. Er zog den Zündhahn zurück. »Rühr dich ja nicht von der Stelle, Bürschchen, oder ich jage dir eine Unze Blei durch den Schädel!«

Hinter ihm stürzte Benedikt von Rickenbach in den Raum. Auch er hielt eine Pistole in der Hand. Sein Blick ging kurz über Johanna hinweg und blieb dann auf dem Alchimisten hängen. »Mein bester Kopernikus, wie schön dich anzutreffen! Ich hoffe doch, mein Besuch zu dieser friedlichen Abendstunde kommt dir nicht allzu ungelegen!«, höhnte er und lächelte ihn an.

Es war das kalte Lächeln eines Mannes, der nach Vergeltung dürstete.

Zweiunddreißigstes Kapitel

Kopernikus war wie Johanna vor Schreck wie gelähmt. Das Blut wich ihm schlagartig aus dem Gesicht und ungläubig starrte Rickenbach ihn an. Der Mann in der Kutsche war also doch der verhasste Freiherr gewesen!

»Wo bleibt die Freude, Kopernikus?«, höhnte Rickenbach und machte mit der Pistole in der Hand eine aufmunternde Geste. »Ich hätte meinen Besuch ja gerne vorher avisiert. Aber dann wäre es ja keine Überraschung mehr gewesen. Zudem wollte ich sichergehen, dass ich dich auch antreffe. In der Vergangenheit haben wir uns ja mehrmals verpasst. Nun, ich sehe, die Überraschung ist mir gelungen, Kopernikus, mein Bester. Schön, dass wir uns nach so langer Zeit endlich wieder sehen – und du mal nicht in Eile bist. Ich denke, das sollten wir gebührend genießen.«

Valentin tauchte in der Tür auf, bewaffnet wie Rickenbach und sein Zwillingsbruder. »Der Hausdiener wird uns nicht mehr ins Gehege kommen, dafür ist gesorgt!«

»Was habt ihr mit Leander getan?«, stieß Johanna voller Angst hervor, wagte jedoch nicht sich zu bewegen, denn der Lauf von Florentins Pistole zielte noch immer mitten auf ihre Stirn.

»Ihm einen Knebel verpasst und ihn gefesselt, was sonst?«, antwortete Valentin trocken. »Oder glaubst du vielleicht, wir wären Schlächter und hätten ihn abgestochen?«

»Euch und Eurem Herrn ist alles zuzutrauen!«, entfuhr es Johanna.

Rickenbach drehte sich zu ihr um und sein gesundes Auge

fixierte sie. »So, Er ist also der Meisterschüler Johannes Weyden, der gerade die erfolgreiche Transmutation durchgeführt hat«, sagte er ihr auf den Kopf zu. »Mir scheint, heute gelingt es mir, zwei Fliegen mit einer Klappe zu schlagen.«

»Dornbach!«, stieß Kopernikus nun fassungslos hervor und löste sich aus der Starre, indem er mit einem Ruck aufstand. »Dornbach muss uns verraten haben. Nur von ihm hast du all das erfahren können!«

Rickenbach wandte sich wieder dem Alchimisten zu. »In der Tat, der gute Justus Dornbach war sehr mitteilsam und hilfreich, nachdem ich ihm klargemacht hatte, dass in diesen unsicheren Zeiten seiner Familie dieses oder jenes tragische Unglück widerfahren könne«, bestätigte er voller Schadenfreude. »Zu dumm von dir, dass du vergessen hast, wie gut ich mich an früher erinnern kann und dass ich es mir zur Aufgabe gemacht habe, über jeden unterrichtet zu sein, an den du dich um finanziellen Beistand wenden könntest. Der gute Dornbach stand da natürlich ganz oben auf meiner Liste.«

»Elender Judas!«, murmelte Kopernikus erschüttert.

»Aber dein größter Fehler ist es gewesen, die Porzellanschale zu verkaufen, die ich dir einst im Namen des Kurfürsten geschenkt habe, als ich deinem Wort noch Glauben schenkte«, fuhr Rickenbach fort. »Hast du denn nicht gewusst, dass Kurfürst August ein so besessener Porzellansammler ist, dass er in allen großen Städten Europas seine Agenten sitzen hat, die ihm Nachricht geben, wenn irgendwo ein besonders kostbares Stück auf den Markt kommt? Erst dadurch ist mein Augenmerk wieder auf Köln gelenkt worden.«

Johanna sah zu Kopernikus hinüber und der senkte beschämt den Blick.

»Aber damit erst einmal genug der Worte. Wir werden auf

der langen Fahrt nach Dresden noch viel Zeit zum Plaudern haben. Ich hoffe, du freust dich schon auf die große und ehrenvolle Aufgabe, die dort in den Katakomben des Kurfürsten auf dich und deinen Meisterschüler wartet«, sagte Rickenbach mit beißendem Spott und forderte Florentin auf: »Bring diesen Johannes Weyden schon mal hinunter zur Kutsche! Um den Alchimisten kümmere ich mich mit Valentin.«

»Sehr wohl, Herr.«

»Nein, warte!«, rief Kopernikus bestürzt. »Ich komme freiwillig mit und werde auch keine Schwierigkeiten machen, Benedikt! Aber meinen Schüler lässt du in Ruhe. Sie ... er hat mit der ganzen Sache nichts zu tun.«

»Du irrst«, widersprach Benedikt von Rickenbach kühl. »Er weiß zu viel. Du kennst doch das alte Sprichwort: ›Mitgehangen – mitgefangen!‹ Dein Johannes wird dir deshalb Gesellschaft leisten, bis du die Rezeptur für die Transmutation abgeliefert hast!«

»Ich flehe dich an, lass ihn laufen!«, stieß Kopernikus beschwörend hervor.

»Nein, dein Meisterschüler ist ein viel zu kostbares Pfand, als dass ich ihn laufen lassen könnte. Ihr kommt deshalb beide mit und damit hat es sich!«, fuhr Rickenbach ihn an und machte eine herrische Bewegung mit der Pistole. »Und jetzt beweg dich, Kopernikus! Du hast mich lange genug an der Nase herumgeführt!«

»Ich kenne dich, Benedikt. Auch wenn ich deinem Kurfürsten die Goldformel bringe, wirst du dafür sorgen, dass ich nicht mehr freikomme, sondern bis an mein Lebensende in irgendeinem elenden Kerker verrotte!«, schleuderte Kopernikus ihm mit verzerrtem Gesicht entgegen. Im nächsten Moment verwandelte sich seine Stimme in einen Schrei der Verzweiflung. »Nein, lebend bekommst du mich nicht! Verflucht sollst du sein! Verzeih mir, Johanna!« Und während er diese Worte ausstieß, riss er sich den Umhang von den Schultern und schleuderte ihn Rickenbach entgegen.

Dieser machte einen schnellen Schritt zur Seite, sodass der Umhang an ihm vorbeisegelte und vor Johannas Füßen landete, riss die Pistole hoch und drückte ab. Donnernd entlud sich die Waffe. Die Kugel verfehlte Kopernikus jedoch, der die Stuhlreihe durchbrach und nach hinten zu flüchten versuchte, wo jenseits der Kammern eine schmale Stiege nach unten führte. Das Geschoss zertrümmerte eine ganze Reihe von Retorten, prallte gegen einen Tiegel und jaulte als Querschläger durch den Raum.

»Auf die Beine schießen! Auf die Beine!«, brüllte Rickenbach. »Er darf uns nicht entkommen!«

Der Detonationsknall von zwei schnell aufeinander folgenden Pistolenschüssen schien Johanna die Trommelfelle zerreißen zu wollen. Mit Entsetzen sah sie, wie Kopernikus getroffen aufschrie, einknickte und sich an einer der Stellagen festzuhalten versuchte. Es gelang ihm jedoch nicht und im Fallen riss er das hohe Gestell mit sich um.

Dutzende Gefäße aller Größe, von denen einige mit Schwarzpulver, Schwefelsäure, Vitriol, Kaltem Feuer und anderen gefährlichen Substanzen gefüllt waren, stürzten aus den Regalen und zerbarsten zum Teil auf dem Boden, zum Teil gingen sie auf dem langen Tisch neben dem Athanor zu Bruch. Ihr Inhalt ergoss sich über Tisch und Boden, vermischte sich und spritzte bis hin zum Schmelzofen mit seinem Bauch voll glühender Kohlen.

Augenblicklich schoss eine mächtige Stichflamme hoch, gefolgt von einer dumpfen Explosion, und der hintere Teil des Raumes verschwand hinter einer lodernden Feuerwand. Zugleich entwickelte sich ein starker schwefelgelber Rauch, der die Augen wie Säure angriff. Die gellenden Schreie des Alchimisten kamen aus dem Feuer.

Fassungslos starrte Rickenbach auf das Inferno aus Rauchwolken und Feuer, das rasend schnell auf die anderen Tische übergriff und schon zur Decke hochleckte.

»Nichts wie raus hier!«, schrie Valentin. »Der Alchimist ist nicht mehr zu retten! Gleich steht hier alles in Flammen, und wenn erst der Dachstuhl brennt, laufen die Leute aus dem ganzen Viertel zusammen, um zu löschen, damit das Feuer nicht übergreift! Dann müssen wir verschwunden sein!«

Benedikt von Rickenbach stieß einen lästerlichen Fluch aus, wich vor den Flammen zurück und trat in ohnmächtiger Wut einen der Tische um, die im vorderen Teil des Raumes standen. Er bückte sich nach einer großen Destillierhaube, die wundersamerweise nicht zersplittert war, und schleuderte sie in die Flammen. Dann wandte er sich abrupt um, funkelte Johanna an und befahl Florentin: »Bring Er ihn runter! Und lasse Er ihn nicht eine Sekunde aus den Augen. Er ist so viel wert wie der Alchimist Quint!«

Florentin versetzte ihr einen groben Stoß und Johanna stolperte mit tränenden Augen über den Umhang zu ihren Füßen. Ein Fußtritt in die Rippen brachte sie schnell wieder auf die Beine. Dabei hob sie den Umhang auf und presste ihn an sich. Die Schreie des Alchimisten waren längst verstummt.

Wie betäubt lief sie die Außentreppe hinunter. Als sie den Torbogen erreichte, sah sie Leander. Er lag geknebelt und gefesselt auf der Seite und schien bewusstlos zu sein.

»Ihr könnt ihn nicht einfach so liegen lassen!«, rief sie beschwörend. »Wenn das Feuer nicht schnell genug gelöscht wird, brennt das Haus bis auf die Grundmauern nieder und dann wird er hier sterben!«

Während Valentin schon das schwere Tor aufzog, blieb Rickenbach kurz stehen, warf einen Blick auf den am Boden liegenden jungen Mann und zögerte sichtlich.

»Mein Gott, er hat Euch doch nichts getan! Lasst ihn leben!«, flehte Johanna. »Er ist doch nur ein einfacher Hausdiener, ich flehe Euch an, verschont sein Leben!«

»Also gut, schneide Er ihm die Fesseln durch!«, befahl Rickenbach seinem Handlanger Florentin.

Johanna sah noch, wie Florentin sich zu Leander hinunterbeugte und ihm die Handfessel durchtrennte. Dann zerrte der Freiherr sie auch schon durch den Torweg hinaus auf die Straße, wo eine geräumige vierspännige Überlandkutsche wartete. Ihr Blick ging zum Obergeschoss des Hauses hoch. Das Dach stand noch nicht in Flammen. Aber aus den Ritzen zwischen den Fensterläden drangen die ersten Feuerzungen nach außen. In wenigen Minuten würde das Feuer den Dachstuhl durchbrochen haben und lichterloh in den Nachthimmel aufsteigen.

Valentin saß schon oben auf dem Kutschbock. Florentin kam aus dem Torweg gelaufen und kletterte zu ihm hoch, während Rickenbach Johanna zum Wagen zerrte und den Wagenschlag aufriss. »Steige Er gefälligst ein, und zwar ein bisschen flott!«, fuhr er sie an und rammte ihr von hinten den Lauf seiner Pistole in den Rücken, um seiner Aufforderung Nachdruck zu verleihen.

Johanna fiel mehr in den Wagen, als dass sie einstieg. Sie stieß sich schmerzhaft die Knie, kam hoch und sank auf die Sitzbank. Rickenbach folgte ihr mit einem behänden Satz. Er hatte noch nicht ganz den Schlag hinter sich zugezogen, als die Peitsche schon über den Köpfen der Pferde knallte und die Kutsche mit einem heftigen Ruck anfuhr.

Als Johanna sich umdrehte und durch das kleine Fenster in

der Rückwand blickte, sah sie, wie eine Gestalt aus dem Torweg auf die Straße taumelte. Es war Leander!

»Johanna! . . . Johanna!«, schrie er ihr verzweifelt nach. »Johanna!« Er stürzte, kam torkelnd wie ein Betrunkener wieder auf die Beine und stolperte der Kutsche hinterher. »Johanna!«

Johanna presste ihr Gesicht an die Scheibe und wollte ihm antworten, wurde jedoch sofort von Rickenbach zurückgerissen. Er hielt ein Messer in der Hand. »Er wird weder durch Schreien noch anderweitig Aufmerksamkeit erregen, wenn Er nicht mit seinem eigenen Blut dafür bezahlen will!«, drohte er ihr, während die Kutsche um eine Ecke bog.

»Ihr habt nichts davon, wenn Ihr mich verschleppt!«, stieß Johanna hervor. »Ich heiße nicht Johannes, sondern Johanna! Ich bin ein Mädchen und diese Sachen sind nur Verkleidung.«

Ungläubig starrte er sie an, dann riss er ihr die Beine auseinander und griff ihr brutal in den Schritt, um sich davon zu überzeugen, dass sie die Wahrheit sagte. »Verdammt!«, fluchte er. »Er sagt die Wahrheit. In den Männerkleidern steckt ein verdammtes Weibsstück!«

»Ich bitte Euch Erbarmen mit mir zu haben und mich meiner Wege gehen zu lassen. Ich habe Euch nichts angetan, mein Herr, und ich bin für Euch ohne Nutzen. Lasst mich gehen!«, flehte sie ihn an.

»Nein! Ich denke nicht daran, mit leeren Händen nach Dresden zurückzukehren! Sie wird mit mir kommen und Quints Schuld begleichen!«, antwortete er. »Sie muss viele Jahre mit Quint zusammengearbeitet haben, wenn er sie als Meisterschüler bezeichnet und ihr sogar die so wichtige Transmutation überlassen hat. Ich kenne meinen Quint!«

»Aber ich bin doch in Wirklichkeit ein Niemand, die Stieftochter des Narrenverwalters Hackenbroich aus der Stolkgasse!«, beteuerte Johanna verzweifelt. »Gewiss, Quint hat mich in die Alchimie eingeweiht, aber ich gehe . . . ich ging ihm doch noch nicht einmal zwei Jahre zur Hand. Und die Umwandlung war ein Kinderspiel, weil er das Pulver der Projektion doch schon für mich bereitgelegt hatte. Aber wie er das hergestellt hat, weiß ich nicht, das schwöre ich Euch beim Grab meiner seligen Eltern!«

Rickenbach ließ sich jedoch nicht erweichen. »Er soll sein Licht nicht unter den Scheffel stellen, Meisterschüler! Er ist noch jung und wird Zeit genug haben, herauszufinden, wie Quint die Rezeptur gefunden hat. Und er wird auch in Dresden der Meisterschüler Johannes bleiben, hat Er mich verstanden? Die Blamage, an Stelle des Alchimisten Quint ein junges Weib eingefangen zu haben, werde ich mir ersparen.«

»Das mache ich nicht mit!«, rief Johanna. »Dazu könnt Ihr mich nicht zwingen! Also hört auf, von mir wie von einem Mann zu reden!«

»Er meint, ich könne ihn nicht dazu zwingen? Mir scheint, Er hat noch nicht begriffen, mit wem Er es zu tun hat und was in meiner Macht steht – sowohl hier also auch in Dresden«, sagte er mit kalter Verachtung. »Aber seiner Unwissenheit kann leicht abgeholfen werden.«

Bevor Johanna wusste, wie ihr geschah, riss er ihre linke Hand hoch, presste sie gegen die Seitenwand der Kutsche, setzte das Messer an und trennte ihr das oberste Glied vom kleinen Finger ab.

»Betrachte Er das nur als eine erste kleine Warnung, die leicht zu steigern ist!«, sagte er zynisch und hielt ihr ihre Hand mit dem verstümmelten kleinen Finger vor das Gesicht. »Was meint Er, verstehen wir uns jetzt besser, Meisterschüler Johannes?«

Der Schock über diese ungeheuerliche Tat war so groß, dass Johanna im ersten Moment überhaupt keinen Schmerz verspürte. In fassungslosem Entsetzen starrte sie auf ihren verstümmelten kleinen Finger, aus dem das Blut nur so strömte und an ihrer Hand herabfloss. Dann schwanden ihr die Sinne und gnädige Bewusstlosigkeit umfing sie.

Vierter Teil

Die Katakomben
der Jungfernbastei

Dreiunddreißigstes Kapitel

Sie erreichten Dresden, das Ziel ihrer langen Reise quer durch Deutschland, an einem windigen Abend in der vorletzten Septemberwoche.

Auf der zwölftägigen Fahrt hatte Johanna verfolgen können, wie der Herbst ins Land einzog und sich das Blätterkleid an Bäumen und Sträuchern zu färben und das erste Laub zu fallen begann. Die Nächte wurden kalt und an den letzten Reisetagen fand sich frühmorgens Raureif auf der Kutsche.

Wie oft hatte Johanna in diesen entsetzlich langen anderthalb Wochen an Flucht gedacht! In den ersten Tagen war wohl nicht eine einzige Stunde vergangen, in der sie nicht verzweifelt über einem Plan gebrütet und auf eine Gelegenheit gewartet hatte, um Rickenbach und seinen Handlangern zu entfliehen. Das schmerzhafte Pochen ihres verbundenen kleinen Fingers hatte sie aber gleichzeitig daran erinnert, dass ihre Flucht auch wirklich große Aussicht auf Erfolg haben musste, wenn sie sich nicht noch weitere Verstümmelungen oder noch etwas viel Schlimmeres zuziehen wollte. Denn Rickenbach kannte keine Skrupel. Wenn sie sich seinem Willen in irgendeiner Form widersetzte, würde er seine Drohung wahr machen und ihr den ganzen Finger abschneiden.

»Und für den Fall, dass Er mir danach noch immer Schwierigkeiten bereitet oder gar auf den törichten Gedanken kommt, einen Fluchtversuch zu unternehmen, wird Er nicht nur einen zweiten Finger verlieren, sondern für die Dauer der Reise auch den lüsternen Begierden der Zwillinge ausgesetzt!«, hatte Rickenbach ihr gedroht. Penetrant hielt er daran fest, sie Johannes zu nennen und sie in der dritten Person anzureden. Und er bestand darauf, dass auch Florentin und Valentin, die ihm hündisch ergeben waren, sie so nannten.

Johanna geriet auf der ganzen Reise nicht ein einziges Mal ernsthaft in Versuchung, das große Risiko einer Flucht zu wagen, so scharf behielten Rickenbach und die Zwillinge sie im Auge. Tagsüber während der Fahrt trug sie zudem an den Füßen und Handgelenken Fesseln, die ihr zwar ausreichend Bewegungsfreiheit erlaubten, aber es unmöglich machten, beispielsweise Rickenbach im Schlaf zu überwältigen. Erreichten sie abends einen Gasthof, wo sie die Nacht verbrachten, nahm man ihr zwar die Fesseln ab. Doch den öffentlichen Schankraum bekam sie nie zu sehen, sondern die Zwillinge führten sie, zumeist über die Hinterstiege, stets sogleich auf Rickenbachs Zimmer, wo sie ihr unverzüglich wieder die Fesseln anlegten, bevor sie eine Mahlzeit vorgesetzt bekam. Schlafen musste sie auf dem nackten Boden neben Rickenbachs Bett, und zwar besonders sorgfältig an das Bettgestell gefesselt. Sogar wenn sie ihre Notdurft verrichtete, blieb sie nicht einen Augenblick allein. In den Gasthöfen verging sie vor Scham, weil sie das Nachtgeschirr in Gegenwart ihrer Bewacher benutzen musste, und wenn sie während der Fahrt das Bedürfnis verspürte und sich hinter ein Gebüsch kauerte, erging es ihr nicht viel besser.

Nein, an Flucht konnte Johanna zwar denken, aber eine Gelegenheit dazu bot sich ihr nicht ein einziges Mal. Zudem besaß sie ja nicht einmal einen einzigen Pfennig, denn sie hatte doch zur Zeit des Überfalls Männerkleidung getragen. All ihr gespartes Geld hatte sie in einem kleinen Beutel aufbewahrt, den sie sich innen an ihr Kleid genäht hatte und der wohl ein Opfer des Feuers geworden war.

Und so versank sie in einem Strudel aus ohnmächtiger Verzweiflung, bitteren Selbstvorwürfen und quälenden Gedanken, die unablässig um Leander und Kopernikus kreisten. Um den entsetzlichen Tod, den der Alchimist im Feuer gefunden hatte, und vor allem um ihren geliebten Leander, der jetzt völlig mittellos und allein auf sich gestellt dastand und den sie vielleicht nie wieder sehen würde. Mehr als alles andere war es dieser Gedanke, der sie immer wieder Tränen vergießen ließ. Nicht einmal der Schmerz ihres verstümmelten Fingers, der sie noch viele Tage quälte, bevor die Wunde endlich zu verheilen begann, kam diesem inneren Schmerz auch nur annähernd gleich.

Vermutlich weiß Leander noch nicht einmal, dass Rickenbach mich nach Dresden verschleppt hat!, ging es Johanna durch den Kopf, als sie an diesem windigen Herbstabend die königliche Stadt an der Elbe erreichten.

Zorn auf Kopernikus wallte in ihr auf. Gewiss, sie hatte ihm viel zu verdanken und ohne seine Hilfe hätte sie Leander niemals retten können. Auch sollte man einem Toten nichts Schlechtes nachsagen. Aber warum, um alles in der Welt, hatte ein sonst so aufrichtiger und frommer Mann wie er Rickenbach damals bloß um die fünfhundert Dukaten betrogen? Ein neues Unrecht machte doch ein altes nicht wett!

Gut, das ließ sich leicht sagen, wenn man nicht selbst betroffen war, und sie musste unwillkürlich an Hackenbroich und vor allem an Frieder denken, dem sie ja auch ganz übel mitgespielt hatten und der jetzt unfreiwillig irgendwo auf hoher See sein Leben als einfacher Matrose fristete. Aber irgendwie war das doch etwas anderes gewesen, sagte sie sich, und nicht damit zu vergleichen, dass jetzt *sie* dafür büßen musste, dass Kopernikus sich vor Jahren an Rickenbach für etwas gerächt hatte, was dieser ihm und Marianne in seiner Jugend angetan hatte! Was hatte sie mit der Fehde zwischen diesen beiden Männern zu tun? Wenn Kopernikus doch bloß nicht darauf bestanden hätte, dass sie sich als Mann verkleidete und für ihn die Transmutation vornahm! Dann wäre Rickenbach erst gar nicht auf den Gedanken gekommen, sie könnte mit Kopernikus das geheime Wissen um die magische Tinktur teilen, und dann hätte er sie auch nicht an Stelle des Alchimisten nach Dresden verschleppt.

Johanna wurde in ihren selbstquälerischen Gedanken unterbrochen, als Rickenbach sich zum Fenster vorbeugte und den Vorhang etwas zur Seite schob. Sie erhaschte im grauen Abendlicht einen Blick auf einen breiten Fluss, bei dem es sich um die Elbe handeln musste, und stellte fest, dass die Kutsche über eine mächtige Steinbrücke ratterte. Auf der anderen Flussseite machte sie eine gewaltige Befestigungsanlage aus, die sich dicht am Ufer erhob, als würde sie mitten aus dem Wasser wachsen. Sie erstreckte sich ein gutes Stück weit am Fluss entlang. Für einen flüchtigen Moment kamen auch prunkvolle Paläste in ihr Blickfeld, auch sah sie eine große Kuppel und mehrere eindrucksvolle Kirchtürme, von denen einer auf Grund seiner Höhe und kunstvollen Verzierungen zweifellos zu einer Kathedrale gehören musste. Dann aber fiel der Vorhang auch schon wieder vor das Fenster zurück.

»Wohlan, vor uns die Brühlsche Terrasse mit der Bastei, das königliche Palais und der Zwinger!«, rief Rickenbach zufrieden und wohl auch erleichtert, dass die Reise quer durch Deutschland nun ein Ende hatte. Dann wandte er sich Johanna zu. »Mache Er sich bereit und denke Er daran, was ich ihm mehr als einmal gesagt habe: Macht Er seine Sache gut, wird es ihm an nichts fehlen. Zeigt er jedoch Widerspenstigkeit und versucht Er mich bloßzustellen, wird Er teuer dafür bezahlen und sich wünschen nie geboren zu sein. Er hat mein Wort darauf!«

Johanna senkte schnell den Blick und wagte nicht etwas zu erwidern. Dieser Mann jagte ihr abgrundtiefe Angst ein, weil sie spürte, dass er kein Gewissen kannte und zu jeder nur denkbaren Grausamkeit fähig war.

Auf dem anderen Elbufer angelangt, bog die Kutsche nach links ab. Johanna hörte am Widerhall von Hufschlag und Rädern, dass sie kurz darauf durch einen längeren Torweg oder eine enge Gasse fuhren. Dann hielt die Kutsche und eine militärische Stimme, die einem Wachsoldaten gehörte, wie Johanna richtig vermutete, verlangte zu wissen, wer da passieren wolle.

Rickenbach, der indessen schon das Fenster heruntergelassen hatte, schob mit seinem eleganten spanischen Rohr den samtenen Vorhang zur Seite und fragte mit herrischer Stimme zurück: »Erkennt Er nicht mehr die Kutsche und die Bediensteten des Freiherrn Benedikt von Rickenbach, der im Auftrag seiner Majestät unterwegs ist, Soldat?«

Der Wachposten stand stramm und antwortete hastig: »Gewiss, gnädiger Herr. Habe aber Befehl . . .«

Rickenbach schnitt ihm ungeduldig das Wort ab. »Schon gut, spare Er sich seine unnützen Erklärungen und lasse Er uns gefälligst durch!«

Der Wachposten gab eiligst den Befehl, das Tor zu öffnen, und die Kutsche rollte weiter, um wenig später ein zweites Tor zu passieren, wo sie jedoch nicht anhalten mussten. Augenblicke später kam die Kutsche zum Stehen.

»Er wird hier bei der Kutsche warten, bis ich ihn holen komme!«, sagte Rickenbach zu Johanna, stieß den Schlag auf und stieg aus. Sie hörte, wie er Florentin und Valentin zurief: »Nehmt ihm die Fesseln ab. Sie sind hier nicht mehr nötig. Er kann sich einen Moment die Füße an der frischen Luft vertreten.« Seine Schritte entfernten sich schnell.

Valentin sprang vom Kutschbock, befreite sie von den Fesseln und Johanna stieg aus. Im Dämmerlicht der hereinbrechenden Nacht sah sie sich verängstigt um und stellte fest, dass sie sich in einer weitläufigen Hofanlage befanden, die zum Teil als Garten angelegt und von allen Seiten von Mauern umschlossen war. Nahe vor ihr ragte ein dreigeschossiges Gebäude von verspielter Architektur mit einem grün patinierten Kupferdach auf. Es verfügte über ein Portal mit Marmorstatuen und trug eine gewölbte Kuppel.

»Wo sind wir und was ist das für ein Haus?«, fragte Johanna beklommen.

»Wir sind auf der Jungfernbastei hoch über der Elbe und das da drüben ist das Lusthaus, einst ein Liebesnest für den König und seine feinen Höflinge«, antwortete Florentin spöttisch.

»Und unter diesem Lusthaus liegen die Katakomben und Kasematten, die unser König die Vulkanshöhlen nennt, wohl wegen der Werkstätten und Laboratorien mit ihrer höllischen Hitze«, warf Valentin genüsslich ein. »Es gibt da unten auch die Gewölbe nahe am Wasser, die sich die Bärenzwinger nennen, weil man in diesen düsteren Verliesen die Bestien für die Tierhatz eingesperrt hat.«

»Und nicht zu vergessen das Pulvermagazin! Das befindet sich auch dort unten in dem unterirdischen Labyrinth«, fügte Florentin hinzu. »Ein einziger Funke und die halbe Bastei fliegt in die Luft. Dann bleibt hier kein Stein mehr auf dem anderen, von dem Lusthaus und den Gewölben darunter schon gar nicht. Werde nie verstehen, warum man ausgerechnet hier die Werkstätten und Laboratorien mit ihren Schmelzöfen und Feuerstellen untergebracht hat.«

»Vielleicht, weil es diesen schlauen Alchimisten Böttger und seine Gehilfen auf Trab hält«, spottete Valentin und warf Johanna einen schadenfrohen Blick zu. »Na, du hast ja jetzt das

Vergnügen, dich dort unten häuslich einzurichten und dir alles aus nächster Nähe betrachten zu können.«

Johanna fuhr ein Schauer durch die Glieder.

Rickenbach tauchte auf dem Absatz einer Treppe, die neben dem Lusthaus nach unten führte, wieder auf. Ihm folgte ein breitschultriger, pausbäckiger Mann in mittleren Jahren, der den blauen Mantel eines Wachsoldaten trug.

»Das ist der junge Alchimist Johannes Weyden, Prengel. Er zählt von nun an zur Böttger-Sippe und unterliegt damit auch denselben Bedingungen!«, unterrichtete er den Wachsoldaten auf seine barsche Art, als er mit ihm die Kutsche erreicht hatte. »Bringe Er ihn nach unten in seine Kammer und setze Er anschließend den Kammerrat Nehmitz davon in Kenntnis, dass ich aus Köln zurück bin und ihm Bericht zu erstatten wünsche!«

Der pausbäckige Wachsoldat Prengel versicherte diensteifrig die Anweisungen des Freiherrn umgehend und zu seiner vollsten Zufriedenheit auszuführen.

Rickenbach trat nun zu Johanna, packte ihren Oberarm mit schmerzhaftem Griff und drückte sie gegen das hohe hintere Wagenrad. »Er weiß, was Er zu tun und zu lassen hat, Johannes?«, flüsterte er, während er sein Gesicht mit dem milchig blinden Auge und dem hässlichen Narbengeflecht dem ihren ganz nahe brachte.

»Ja!«, stieß Johanna mit angstverschnürter Kehle hervor.

»Er wird alles bekommen, was Er braucht, um seine Arbeit gut zu machen. Achte Er nur darauf, dass Er unter allen Umständen seine Identität als Johannes Weyden, Meisterschüler des Kopernikus Quint, bewahrt. Mir ist Er nur als dieser bekannt!«, warnte er sie noch einmal mit kaum hörbarer Stimme. »Kommt etwas anderes zu Tage, kann Er wohl mit seinem Leben abschließen. Denn Seine Majestät lässt sich nicht straflos zum Narren halten. Hat Er das begriffen?«

Johanna nickte nur heftig, denn sie brachte vor Angst kein Wort mehr hervor.

Rickenbach lächelte kalt. »Gut! Und bewahre Er sich nur seine Angst. Sie wird ihn am Leben halten!«, sagte er zynisch. Dann ließ er sie los, drehte sich abrupt um und gab Prengel ein Zeichen, sie nun nach unten zu führen.

»Komm!«, forderte der Wachsoldat sie auf.

Am Fuß der Treppe befand sich eine Wachstube, aus der Prengel nun eine Laterne holte. Er schloss die schwere Gittertür auf, die drei Schritte weiter den Durchgang versperrte, und führte Johanna hinunter in die unterirdischen Gewölbe der gefürchteten Jungfernbastei.

Der trübe Lichtschein seiner Laterne fiel auf raue Wände und tanzte über feuchte Gewölbe, die schon seit ein paar Jahrhunderten kein Tageslicht mehr gesehen hatten und einen starken Modergeruch verströmten. Es ging durch ein verwirrendes System langer steinerner Korridore und Treppen. An einigen Abzweigungen brannten Öllampen, die von rostigen Wandhaken hingen und mit ihrem schwachen Licht wenig gegen die gespenstische Atmosphäre dieses verzweigten unterirdischen Labyrinthes aus Gängen, Treppen und Gewölben auszurichten vermochten.

Irgendwo aus den Eingeweiden der Festungsanlage kamen aus verschiedenen Richtungen merkwürdige, teilweise rhythmische Geräusche sowie menschliche Stimmen, die jedoch unverständlich blieben und Johanna erschauern und unwillkürlich an die verzweifelten Rufe Schiffbrüchiger denken ließen, die aus unerreichbarer Ferne um Hilfe schrien.

»Der Böttger ist ein Besessener und kann einfach keine Ruhe finden«, brummte der Wachsoldat kopfschüttelnd vor sich hin und sagte dann zu Johanna: »So, wir sind gleich da.«

Er führte sie eine kurze Treppe mit sechs bröckelnden

Steinstufen hinunter, die in einen schmalen, kurzen Gang überging und zu einer schweren Bohlentür führte. »Hier, das ist deine Kammer. Nicht gerade ein fürstliches Gemach, aber einige von Böttgers Leuten sind schlechter untergebracht.«

Johanna erblickte im Lichtschein der Laterne einen hohen Raum von vielleicht vier, fünf Schritten im Quadrat mit gewölbter Decke und einem winzigen vergitterten Fenster. Wobei das Fenster schmal wie eine Schießscharte war und so hoch lag, dass sie es auch auf Zehenspitzen und mit ausgestrecktem Arm nicht erreichen konnte. Ein plumpes Holzbett mit vier Eckstangen, an denen ein mottenzerfressener Baldachin befestigt war, ein Nachttopf, ein einfacher Tisch mit einer Kanne und einer Schüssel aus verbeultem Blech, ein Stuhl und eine schwere Kleidertruhe machten die ganze Einrichtung aus.

Prengel hatte indessen den dicken Kerzenstumpf entzündet, der in einem Mauerring neben der Tür steckte. »Du wirst Hunger und Durst haben«, sagte er. »Ich lass dir gleich etwas bringen. Du wirst auch ein paar Decken brauchen. In diesen dicken Mauern sind die Nächte sogar im Sommer kalt.«

Johanna war zu verstört und erschüttert, um etwas zu erwidern. Hilflos stand sie im Raum, der fast so erschreckend auf sie wirkte wie Hackenbroichs Kellergewölbe. Hier sollte sie von nun an leben?

»Die erste Nacht ist immer die schlimmste. Aber du wirst dich wie die anderen schon einfinden«, sagte Prengel aufmunternd, als spürte er ihre Angst und Verzweiflung. »Morgen wirst du Böttger und seine Leute kennen lernen und von ihnen wohl alles Weitere erfahren. Aber damit habe ich nichts zu tun. Ich bin nur Anton Prengel, einer der Wachsoldaten.« Er wandte sich schon zum Gehen, als ihm noch etwas einfiel. »Zwei Dinge noch. Geh möglichst sparsam mit dem

Kerzenlicht um. Der Vorrat an Kerzen scheint nie auszureichen. Und verzichte erst einmal darauf, auf eigene Faust loszuziehen und dich hier unten umzusehen. Besser, du wartest damit, bis du dich mit den vielen Gängen und Treppen auskennst. Du verirrst dich sonst nur in diesem Labyrinth.« Er nickte ihr zu und ließ sie allein, ohne sie hinter sich einzuschließen.

Dass man sich noch nicht einmal die Mühe machte, die Tür zu sichern, und dass sie sich außerhalb ihrer Kammer auf den Gängen frei bewegen konnte, war niederschmetternder und entmutigender, als wenn man sie hinter Schloss und Riegel gesperrt hätte. Denn dies sagte ihr klarer als viele Worte, dass es wohl schier unmöglich war, aus diesem unterirdischen Komplex der Jungfernbastei zu entkommen.

Johanna erschauerte bis ins Mark.

Vierunddreißigstes Kapitel

Hinter dem vergitterten Fensterschlitz zeigte sich das Licht des neuen Tages als heller Streifen über der schwarzen steinernen Wand, als Johanna Schritte vernahm. Jemand kam die kleine Treppe herunter und wollte zu ihr!

Im nächsten Moment klopfte es auch schon an ihre Tür und eine kratzig raue, aber nicht unfreundliche Stimme rief: »Johannes Weyden?«

»Ja?«, antwortete Johanna ängstlich und sprang auf.

Die Tür ging auf und ein kräftiger Mann, dessen kantiges Gesicht zur Hälfte von Vollbart bedeckt war, trat in den Raum. Über seiner nackten muskulösen Brust trug er eine von Ruß und Brandflecken gezeichnete Lederschürze, die ihm bis zu den Knien reichte. Seine Hose sah dreckig und zerlumpt aus.

»So, du bist also der junge Alchimist, den Rickenbach, die Pest über ihn und all die Hofschranzen seiner Sorte!, zu uns verschleppt hat! Ich wette, du hast letzte Nacht so gut wie kein Auge zugetan und dich vor lauter Verzweiflung von einer Seite auf die andere gewälzt!«, sagte er ihr auf den Kopf zu.

Johanna nickte stumm, denn genauso qualvoll hatte sie die Nacht verbracht. Ob man ihr wohl ansah, dass sie sich fast die Augen aus dem Kopf geweint hatte? Sie hatte das Gefühl, ein ganz verquollenes Gesicht zu haben.

»Glaube mir, es wird besser! Dafür sorgt schon unser Sklaventreiber Böttger! Bald wirst du vor Arbeit nicht mehr wissen, wo dir der Kopf steht, und meist viel zu müde sein, um noch Kraft zum Grübeln zu haben«, tröstete er sie und streckte ihr die Hand hin. »Ich bin Ludwig Rühten, Schmelzer meines Zeichens, und gehöre zu Böttgers Leuten.«

Schüchtern ergriff Johanna die dargebotene Hand. »Seid Ihr etwa freiwillig hier?«, fragte sie zaghaft.

Er lachte kehlig. »Freiwillig? Willst du mich auf den Arm nehmen? Wir sind alle mehr oder minder Gefangene des Kurfürsten. Das Einzige, was wir uns haben zu Schulden kommen lassen, ist, dass wir von unserem Handwerk mehr als andere verstehen. Das hat dem Kurfürsten und seinen Handlangern gereicht, um uns festzusetzen und in dieser verfluchten Bastei einzuschließen. Wir sollen Hannes Böttger dabei helfen, endlich hinter das Geheimnis des weißen Goldes zu kommen. Der Kurfürst ist ganz versessen darauf. Kein Wunder, wenn man weiß, was für ein Vermögen man damit machen kann. Aber genug der Rede. Ich soll dich zu Hannes Böttger bringen. Er hat gestern Nacht noch von deiner Einlieferung erfahren und ist schon ganz gespannt, dich kennen zu lernen – sozusagen von Alchimist zu Alchimist. Aber vermutlich wird er sich wundern, einen so jungen Mann vor sich zu sehen. Doch er war ja selber nicht viel älter, als er von sich reden gemacht und die Begehrlichkeit der Kurfürsten auf sich gelenkt hat.«

»Ich glaube nicht, dass ich Euch oder Euerm Herrn auch nur irgendwie von Nutzen sein kann«, erklärte Johanna hastig. Nichts fürchtete sie mehr als erneut falsche Erwartungen zu wecken, die sie nur noch tiefer in diesen Alptraum verstricken würden.

»Du brauchst mich nicht wie einen feinen Herrn anzureden, Johannes. Ich bin für alle nur Ludwig der Schmelzer und unser Goldmacher wird nur Hannes oder Böttger gerufen. Hier unten ist nicht der rechte Ort für Förmlichkeiten, aber das wirst du ja selbst bald merken. Und ob einer von uns wirklich von Nutzen sein kann oder nicht, ist leider völlig ohne Belang, solange die gelackten Exzellenzen mit ihren weiß gepuderten Allongeperücken und ihren silberbestickten Brokatröcken nur davon überzeugt sind, dass wir hier hingehören!« Bitterer Sarkasmus sprach aus seiner Stimme. »Und nun komm! Böttger hat die ganze Nacht durchgearbeitet und ist noch immer drüben in einer unserer Werkstätten, wo wir unseren neuen Brennofen stehen haben. Manchmal frage ich mich, wie er bloß mit so wenig Schlaf auskommt.«

Ludwig der Schmelzer, den Johanna auf Anfang dreißig schätzte und ob seiner offenen, mitteilsamen Art auf Anhieb sympathisch fand, führte sie in jenen Teil der Jungfernbastei, in der sich die meisten Laboratorien und Werkstätten befanden. Als sie an mehreren Gewölben vorbeigingen, aus denen das scharfe Kreischen von Maschinen drang, erklärte ihr Ludwig, dass in diesen Räumen der berühmte Krottendorfer Marmor geschnitten und poliert wurde.

»Hier unten herrscht ein reges Leben. Aber das hat ja wohl jede Unterwelt so an sich«, spottete er, während sie eine Treppe hochstiegen und auf eine breite, offen stehende Tür zugingen, aus der heller Lichtschein zu ihnen in den Gang fiel. »Manchmal tröste ich mich mit der Vorstellung, wie sich all die hochwohlgeborenen gekrönten Häupter, all die Fürsten und feinen Exzellenzen, die uns das Leben auf Erden so schwer machen, wie sich dieses edle Volk eines Tages in der Hölle drängt und jammert . . .«

Er stockte kurz im Schritt, als ihnen wütende Stimmen von jenseits der hohen, gewölbten Türöffnung entgegenschlugen. Dann ging er weiter, während er gedämpft und mit bissigem Ton zu Johanna sagte: »Und wenn es eine Gerechtigkeit gibt, dürfte sich mit Sicherheit auch eine stattliche Zahl von wichtigtuerischen Kammerräten unter des Teufels feine Gesellschaft mischen – wie etwa unser unleidlicher Oberaufseher und Quälgeist, der Kammerrat Michael Nehmitz, dessen Stimme du da gerade hörst.«

Johanna trat mit Ludwig in den Eingang und sah vor sich ein großes Gewölbe mit zwei vergitterten Fenstern. Zwischen den Fenstern erhob sich ein klobiger, gemauerter Brennofen, dessen Feuerluke offen stand, sodass der Blick ungehindert auf ein Bett glühender Kohlen fiel. Die Hitze, die dem Ofen entströmte und das Gewölbe erfüllte, empfand Johanna nach der Kälte ihrer Kammer als herrlich wohltuend. Schwere Eichentische, die mit einem Durcheinander von Gerätschaften und allerlei Tonwaren beladen waren, nahmen die freien Wandflächen rechts und links vom Brennofen ein. Es gab noch zwei weitere überlange Tische aus grober Eiche, die im rechten Winkel zu den Tischen an der Außenwand standen. Auf ihnen bemerkte Johanna mehrere Dutzend kleine, etwa fünf Finger hohe und gut armlange Holzbehälter, die mit verschiedenfarbiger Erde gefüllt waren. Aber nicht nur auf den Tischen fand sich Erde, sondern überall im Gewölbe standen sorgfältig beschriftete Körbe und Kisten voll Erde herum. Das wenige Tageslicht, das durch die vergitterten Fenster im dicken Mauerwerk der Festungsanlage fiel, genügte sicherlich zu keiner Zeit des Tages, um das große Gewölbe ausreichend zu erhellen. Deshalb brannten in diesen Räumen stets mehrere Öllampen und sogar Kerzenlichter, die in den dafür vorgesehenen Mauerringen steckten.

Johanna bemerkte zwei Männer, die wie Ludwig Rüthen über ihrem nacktem Oberkörper eine Lederschürze trugen. Sie standen im linken Teil des Gewölbes und rührten sich nicht von der Stelle, als fürchteten sie, jede Bewegung könnte die Aufmerksamkeit des elegant gekleideten Perückenträgers auf sie ziehen.

»Das ist er, der Kammerrat Nehmitz!«, raunte Ludwig ihr zu und hielt sie im Eingang zurück. »Und der, mit dem er sich mal wieder in den Haaren hat, das ist Hannes Böttger!«

Johanna sah einen blassen, hohlwangigen Mann mit ungekämmtem rotblondem Haar, der wie seine Mitarbeiter zerlumpte Hosen und eine von Ruß und Dreck geschwärzte Lederschürze über seinem nackten, schweißglänzenden Oberkörper trug. Er stand mit dem Kammerrat Nehmitz am Tisch rechts neben dem Ofen und redete mit erregter Stimme auf ihn ein. Aber dieser bleichgesichtige Mann konnte unmöglich Mitte zwanzig sein, wie Kopernikus ihr erzählt hatte! Johannes Friedrich Böttger sah um mindestens zehn Jahre älter aus. Wenn er wirklich erst fünfundzwanzig war, und Ludwigs Bemerkung vorhin schien das ja zu bestätigen, dann hatten die Jahre seiner Gefangenschaft ihn schwer gezeichnet.

»Genug der Ausreden!«, fiel der Kammerrat ihm mit erhobener Stimme ins Wort. Mit seinen silbernen Schnallenschuhen, den feinen Beinkleidern, dem blassblauen Brokatrock über einer aufwändig gearbeiteten Weste und mit seiner schneeweiß gepuderten Perücke sah er an diesem Ort so fehl am Platz aus wie ein Köhler auf einem königlichen Ball. »Damit wird Er sich nicht herauswinden können! Er hat dem König Gold versprochen! Mehrere Millionen Dukaten! Ein Versprechen, dass er mehr als einmal schriftlich niedergelegt hat, wie Er sich wohl erinnert, wenn Er sich Mühe gibt. Und diese lächerliche Scherbe wird ihn seiner Verpflichtung nicht entheben!« Damit schleuderte er Böttger eine Tonscheibe, die er in der Hand gehalten hatte, vor die Füße, wo sie in viele kleine Splitter zerbarst.

»Ich kann nicht zur selben Zeit das Arkanum suchen und die Rezeptur des Porzellans finden!«, protestierte Böttger mit wildem Blick und die Hände zu Fäusten geballt. »Und Seine Majestät hat mir gegenüber erklärt, dass die Porzellanherstellung Vorrang haben soll.«

»Vorrang heißt nicht, dass Er aus seiner anderen Verpflichtung entlassen ist!«, erwiderte der Kammerrat barsch. »Und ob nun Arkanum oder Porzellan, die Geduld Seiner Majestät ist bald erschöpft. Er will endlich Ergebnisse sehen. Sonst dauert es nicht lange und Er wird hier wieder auf die Festung Königstein zurückkehren und dort in einem Kerker den Rest seines Lebens verbringen!« Und mit einer affektierten Kopfbewegung wandte er sich zum Gehen.

Böttger machte einen Bückling und rief: »Sagt dem König, dass er bald Ergebnisse zu sehen bekommt!«

»Worte! Nichts als leere Worte!«, sagte der Kammerrat geringschätzig und wedelte dabei mit einem Spitzentaschentuch, als wollte er eine lästige Fliege vertreiben.

Ludwig neigte respektvoll den Kopf und Johanna machte es ihm schnell nach, als der Oberaufseher des Königs, wie sich der Kurfürst noch immer nennen ließ, obwohl er die polnische Krone nach seinen militärischen Niederlagen längst einem anderen hatte überlassen müssen, an ihnen vorbeirauschte. Der Kammerrat würdigte sie keines Blickes.

»Wohlan, das Gewitter hat sich verzogen«, raunte Ludwig trocken, als er Nehmitz außer Hörweite wusste, und führte sie dann zu Böttger, der dunkle Schatten unter den Augen hatte. »Hier ist er, Böttger! Der junge Alchimist, der Rickenbach in die Fänge geraten ist.«

Der Goldmacher des Königs musterte Johanna mit einer Mischung aus unverhohlener Verwunderung und Misstrauen. »So, du Schmächtling bist also Johannes Weyden, der angebliche Meisterschüler des großen Adepten Kopernikus Quint?«, fragte er und seine stark geröteten Augen, deren

Brauen vom Funkenflug fast völlig versengt waren, schienen sich in sie brennen zu wollen.

Johanna hörte den Argwohn und die Vorbehalte deutlich aus seiner Stimme heraus und war augenblicklich gewarnt. Vermutlich fürchtete Böttger, sie könnte ihm trotz ihrer Jugend Konkurrenz machen und damit dem Kammerrat in die Hände spielen. Und dieser Nehmitz wünschte sich offenbar nichts sehnlicher, als dass Böttger bei seinem König in Ungnade fiel und bis zu seinem Tod in irgendeinem Festungskerker verschwand. Deshalb war jedes Wort, das sie jetzt sagte, von größter Wichtigkeit. Was immer sie ihm antwortete, würde darüber entscheiden, ob sie ihn sich zu einem erbitterten Feind oder zu einem Verbündeten machte.

»Nein, da muss ich Euch leider enttäuschen. Auf die wertvolle Hilfe eines Meisterschülers werdet Ihr bei Eurer Arbeit nicht zählen können, was meine Person betrifft«, sagte sie betont respektvoll und bescheiden. »Dafür verstehe ich viel zu wenig von der alchimistischen Kunst, auch wenn der Freiherr von Rickenbach das einfach nicht wahrhaben will.«

Auf Böttgers Gesicht zeigte sich Verblüffung, doch sein Argwohn war noch längst nicht ausgeräumt. »Aber es stimmt, dass du der Schüler von Kopernikus Quint warst, nicht wahr?«

Johanna nickte. »Doch bin ich ihm nicht einmal zwei Jahre lang zur Hand gegangen. Und zum Meisterschüler hat Kopernikus mich nur aus purer Not gemacht, weil er nämlich von der Krankheit noch zu geschwächt war, um die Schauvorstellung vor den Frankfurter Geldgebern selbst vorzunehmen«, antwortete sie und erzählte, wie es dazu gekommen war, wobei sie ihre Verkleidung als Mann wohlweislich unterschlug.

In Böttgers Augen blitzte es auf. »Dir ist die Transmutation gelungen?«, stieß er hervor.

»Nein, mir nicht!«, versicherte Johanna hastig. »Ich bin dabei nur so etwas wie eine bessere Marionette für Kopernikus gewesen. Ich habe vor diesen Kaufleuten einige völlig unnötige alchimistische Experimente durchgeführt, damit die ganz Sache etwas hermachte, und dann auf seine Anweisung hin das rote Pulver unter das Blei gemischt. Wie er die magische Tinktur gefunden hat, davon habe ich nicht einmal den Schimmer einer Ahnung. Das Geheimnis hat er mit in den Tod genommen.«

»Aber das Blei hat sich in Gold verwandelt?«

Johanna zögerte. »Nun ja, einige Gran Gold wurden schon gewonnen. Aber das meiste Blei steckte wohl noch in der Schlacke. Doch wie ich schon sagte, ich bin nur sein besserer Gehilfe gewesen und verstehe viel zu wenig davon.«

Diese Auskunft schien ihn zu beruhigen, denn ein Lächeln glitt nun über sein Gesicht. »Ich verstehe«, sagte er fast belustigt und legte ihr zu ihrer Überraschung plötzlich einen Arm um die Schulter. »Komm, wir reden oben weiter, wo wir es etwas gemütlicher haben als in diesem Gewölbe! Du musst mir mehr von Kopernikus Quint erzählen. Außerdem brennt mir die Kehle und Hunger habe ich auch nach dieser langen Nacht. Und nenne mich Hannes oder Böttger, ganz wie du willst.«

Böttger führte sie nach oben in einen vergleichsweise freundlich lichten Raum, der recht ansprechend eingerichtet war und ihnen als Esszimmer diente, wie er ihr erklärte.

»Kost und Getränke sind das Einzige, worüber wir hier nicht zu klagen haben. Der alte Kröber, ein abgehalfterter königlicher Diener, ist hier sozusagen unser Mundschenk, der für unser leibliches Wohl sorgt. Der König hat uns sogar ein ordentliches Deputat an gutem ungarischem Wein zugesprochen. Aber du kannst auch Bier oder Branntwein haben, wenn dir der Sinn danach steht. Ich bin mehr für den schweren Roten.« Und bevor Johanna noch etwas erwidern konnte, brüllte er recht unbeherrscht: »Kröber! Beweg dich und tisch uns auf!«

Und während Konrad Kröber, ein grauhaariger Diener mit krummem Rücken und gichtknotigen Händen, ihnen schweren Wein sowie kaltes Huhn, Schinken, Käse und frisches Brot auftischte, fühlte Böttger ihr ausführlich auf den Zahn, was Kopernikus Quint und ihre Lehrzeit bei ihm betraf. Er verwickelte sie auch in alchimistische Fachsimpelei und wollte ihre Meinung zu gewissen Theorien über die Transmutation wissen.

Johanna stellte ihr Licht nicht unter den Scheffel und verleugnete nicht, was sie alles in den nicht ganz zwei Jahren bei Kopernikus Quint gelernt hatte. Böttger kannte ihn vom Namen her, so wie Kopernikus ihn vom Hörensagen gekannt hatte, und ganz offenbar hatte er eine hohe Meinung von ihm. Ein Mann wie Kopernikus Quint nahm keinen Dummkopf als Schüler unter seine Fittiche und überließ ihm dann auch noch die Transmutation. Sie hätte sich daher unglaubwürdig gemacht und Böttgers Misstrauen erst richtig entfacht, wenn sie sich dumm gestellt hätte. Und so antwortete sie nach bestem Wissen und Verständnis auf seine Fragen. Dennoch stieß sie schnell an die Grenzen ihres alchimistischen Wissens. Immer öfter musste sie eingestehen ihm nicht mehr folgen zu können. Und je weniger sie von seinen Theorien verstand, desto zufriedener wurde er und desto ungehemmter sprach er dem Wein zu.

»Du hast wirklich verdammtes Pech gehabt, dass Rickenbach wohl bei Nehmitz oder womöglich beim König selbst in der Schuld stand und einfach nicht mit leeren Händen nach Dresden zurückkommen konnte«, sagte er schließlich. Er war jetzt offensichtlich überzeugt, dass er von ihr, dem »Meisterschüler Johannes Weyden«, nichts zu befürchten hatte. »Aber ich sorge schon dafür, dass man dir keinen Strick daraus dreht, wenn du nicht mit dem Arkanum aufwarten kannst. Außerdem ist unsere ganze Arbeit im Augenblick darauf gerichtet, das Monopol der Chinesen zu brechen und die Rezeptur des Porzellans zu finden. Der König ist ganz versessen darauf, dass ich ihm diesen durchscheinenden Scherben fabriziere. Und ich weiß, dass ich kurz vor dem Durchbruch stehe!«

»Dieser Kammerrat Nehmitz scheint aber nicht daran zu glauben, wenn ich das vorhin richtig mitbekommen habe«, sagte Johanna vorsichtig.

»Nehmitz ist ein Ekel, die Krätze über ihn! Er hat mich von Anfang an nicht ausstehen können. Dass der König ihn zu einem meiner Aufpasser bestimmt hat, die über meine Arbeit zu wachen und über Fortschritte zu berichten haben, ist ihm sauer aufgestoßen. Er hält das vermutlich für unter seinem Niveau und würde mich lieber heute als morgen am Flittergoldgalgen hängen sehen. Deshalb will er es auch nicht wahrhaben, dass ich tatsächlich Fortschritte gemacht habe, die zu großen Hoffnungen Anlass geben! Aber gottlob sind da noch der einflussreiche Bergrat Pabst von Ohain, Leiter der Silbermine in Freiburg und ein exzellenter Mineraloge, und der Hofarzt Doktor Bartholmäi, die mir beide sehr gewogen sind und zusammen mit Nehmitz die illustre Riege meiner königlichen Aufpasser ausmachen.«

Böttger erging sich nun in langen Erklärungen über seine Versuche, die richtige Mischung der Erden und beim Brennen die entsprechende Temperatur zu finden. Dabei erfuhr sie, dass ein gewisser Graf von Tschirnhaus sich schon seit vielen Jahren der Porzellanherstellung verschrieben und ihm sein

Wissen zur Verfügung gestellt hatte. Er ließ ihm aus allen Teilen des Landes Erdproben zukommen und half ihm auch anderweitig bei seiner Arbeit. Tschirnhaus war ein bekannter Naturforscher, der in Sachsen drei Glashütten und eine Färberei gegründet hatte und als erster Deutscher in die berühmte *Académie des sciences* aufgenommen worden war. Er hatte August den Starken davon überzeugt, dass es mindest genauso ertragreich sein würde, das Geheimnis des weißen Goldes zu lüften und Porzellan herzustellen wie das alchimistische Arkanum zur Umwandlung unedler Metalle in Gold zu finden.

»Dem alten Tschirnhaus habe ich zu verdanken, dass aus einem Goldmacher des Königs nun ein Töpfer geworden ist«, sagte er mit einem schiefen Grinsen und hatte nach dem vielen ungarischen Wein, den er in sich hineingeschüttet hatte, mittlerweile Schwierigkeiten mit der Artikulation.

»Und was ist, wenn du weder das eine noch das andere findest?«, fragte Johanna.

Böttger lachte freudlos auf und griff zur Weinkanne, um seinen Becher wieder aufzufüllen. Die Kanne war fast leer und seine Hand schwankte bedenklich beim Einschenken. Ein Schwall Rotwein schoss am Becher vorbei und schwemmte einige der abgenagten Hühnerknochen von seinem Teller.

»Ich war nicht viel älter als du jetzt, als ich August in die Hände fiel. Ja, gerade neunzehn war ich damals im Jahr 1701«, sagte er mit schwerer Stimme. »Fast sieben Jahre ist das nun schon her und seitdem hält August mich wie einen Gefangenen, der sich eines Verbrechens schuldig gemacht hat. Oh ja, ich habe ihm in all den Jahren ein Vermögen gekostet. Und er hat mir jetzt sogar noch erlaubt, dass ich mir oben am Lusthaus eine Orangerie bauen lasse. Ich kann eine Menge fordern, solange es nicht die Freiheit ist. Aber ich weiß auch, dass seine Geduld allmählich erschöpft ist. Wenn es mir nicht bald gelingt, die Rezeptur für Gold oder Porzellan zu finden, wartet auf uns der Kerker . . . oder gar die Folter und der Flittergoldgalgen, an dem Scharlatane enden.«

»Auf uns?«, fragte Johanna erschrocken.

»Ja, uns Alchimisten«, lallte er und explodierte von einer Sekunde auf die andere. Mit einer wütenden Handbewegung fegte er alles vom Tisch, was in seiner Reichweite stand. Teller, Kanne und Weinbecher, alles aus bestem Steingut, zerschellte auf dem Boden. Dann schrie er nach dem Diener. »Kröber! Los, bring mehr Wein und neue Becher! Wer weiß, ob wir morgen noch leben, Mann!« Und als die neue Kanne Wein auf dem Tisch stand, betrank er sich bis zur Besinnungslosigkeit.

Fünfunddreißigstes Kapitel

Eingekerkert zu sein und keine Hoffnung auf Flucht zu haben war allein schon eine ungeheure seelische Belastung für Johanna. Doch zu diesen gewöhnlichen Schrecken, die zum Wesen einer jeden Gefangenschaft gehören, kam noch etwas anderes dazu – nämlich die fieberhafte Jagd in den Gewölben und Kasematten der Jungfernbastei nach der Rezeptur des weißen Goldes, und diese Jagd im Zeichen des drohenden Galgens gab ihrer Gefangenschaft etwas zusätzlich Gespenstisches und Beklemmendes.

Böttgers extreme Gemütsschwankungen machten einen gut Teil dieser gespenstischen Atmosphäre aus. Die Besessenheit, mit der er sich Tag und Nacht in die Arbeit vergrub und mit seinem Körper Raubbau trieb, und sein Selbstbewusstsein, das oft an Arroganz grenzte, ließen ihn immer wieder in erschreckende Zustände von Apathie, Schwermut und Selbstaufgabe abstürzen. Dazu kamen seine gefürchteten Wutausbrüche und seine maßlosen Besäufnisse. In manchen Nächten spielte er wie ein Wahnsinniger auf seiner Geige, während er durch Gewölbe und Gänge irrte, sodass Johanna mehr als einmal glaubte, dass er nun endgültig den Verstand verloren hatte. Wundersamerweise erhob er sich jedoch jedes Mal wie der Phönix aus der Asche und befreite sich aus jedem Anfall von Schwermut und jeder alkoholischen Orgie in kürzester Zeit.

Dieses Wechselbad extremer Stimmungen setzte Johanna sehr zu, weil sie nie sicher sein konnte, mit welcher seiner vielen Seiten sie es in der nächsten Stunde zu tun haben würde. Paradoxerweise lenkten Böttgers wilde Gemütsschwankungen sie zusammen mit der aufreibenden Arbeit, in die sie vom ersten Tag an mit einbezogen wurde, von dem tieferen Schrecken ihrer aussichtslosen Lage ab. Sank sie schließlich in ihrer feuchtkalten, dunklen Kammer auf ihr Bett, was ebenso gut um Mitternacht wie nach einer durchgearbeiteten Nacht auch erst bei Sonnenaufgang geschehen konnte, war sie in den ersten Wochen meist viel zu erschöpft, um noch die Kraft für langes Grübeln und Verzweifeln aufzubringen. Ihr fielen dann sofort die Augen zu. Doch ihre Alpträume, die so gut wie jeden Schlaf begleiteten, spiegelten die Angst und Verzweiflung wider, die tief in ihrem Inneren lauerten und nur darauf warteten, mit Gewalt auszubrechen.

Johanna arbeitete am liebsten an der Seite von Ludwig, dessen Humor und ausgeglichene Art sie sehr schätzte. Und sie kam auch gut mit Böttgers anderen langjährigen Gehilfen wie Paul Wildenstein und Samuel Stöltzel, Schubert und Köhler aus. Doch Böttger bestand fast immer darauf, dass sie ihm zur Hand ging. Anfangs glaubte sie, er traue ihr noch nicht völlig über den Weg und wolle sie deshalb allzeit im Auge behalten. Sie begriff jedoch bald, dass ein ganz anderer Grund dahinter steckte – nämlich dass er in ihr einen völlig unverbrauchten und geduldigen Zuhörer für seine endlosen Monologe gefunden hatte. Ludwig Rüthem, Paul Wildenstein, Samuel Stöltzel und die anderen arbeiteten schon seit Jahren mit Böttger zusammen und hatten dessen Geschichten mittlerweile schon so oft gehört, dass sie ihrer überdrüssig waren und ihnen keine Aufmerksamkeit mehr schenkten. Böttger besaß ohne Zweifel viele geniale Talente, wie er auch große Schwächen besaß. Und zu Letzteren gehörte die Eitelkeit. Er hörte sich selbst gern reden und sie war ein dankbares Opfer für seine rhetorischen Selbstdarstellungen.

Böttgers Denken kreiste ununterbrochen um die Frage,

welche Mischung von Tonerden und Mineralien und welche Temperaturen im Schmelzofen nötig waren, um dieses harte und zugleich so zarte, durchscheinende chinesische Porzellan herzustellen.

»Tschirnhaus liegt falsch mit seiner Theorie, dass ein Teil des Rohstoffes aus Glasmasse bestehen müsse!«, erklärte er in jenen Herbstwochen mehr als einmal. »Er hat sich in diese Idee verrannt, weil er sein Leben lang mit Glashütten vertraut ist und sich vom scheinbar Offensichtlichen, nämlich der durchscheinenden Natur des Porzellans täuschen lässt.«

»Und worin, glaubst du, liegt das wahre Geheimnis zur Herstellung weißen Goldes?«, fragte Johanna, als sie an einem angenehm sonnigen Oktobermittag auf der Wallmauer der Jungfernbastei auf und ab gingen.

Böttger und seinen Männern stand täglich eine Freistunde zu, die sie auf dem weitläufigen Hofgelände oder auf der Festungsmauer verbringen konnten – unter strenger Aufsicht von Wachsoldaten, die jeden Fluchtversuch unmöglich machten. Johanna wählte fast immer wie Böttger den Gang auf der Basteimauer, konnte ihr sehnsuchtsvoller Blick von dort doch ungehindert in die Weite gehen: erst über die breite Elbe, dann über die sich noch im Aufbau befindliche Neustadt auf der anderen Flussseite und schließlich zu den Loschwitzer Höhen, die sich am Horizont schemenhaft abzeichneten.

Wenn sie manchmal allein hier oben stand, nach Westen schaute und daran dachte, dass sie vielleicht nie wieder ihre Freiheit zurückgewinnen und Leander niemals wieder sehen würde, dann wurde ihre Verzweiflung so groß und scheinbar unerträglich, dass sie versucht war, dem Schmerz durch einen Sprung von der Mauer ein schnelles Ende zu bereiten. Doch dann hielt sie jedes Mal irgendeine Kleinigkeit von diesem Sprung in den Tod ab: Einmal war es der Anblick eines Vogels, der sich vor ihr auf der Mauer niederließ, sein Gefieder putzte und sie ansah; ein andermal entdeckte sie nach einem schweren Gewitter einen Regenbogen über der Stadt; und einmal stand Anton Prengel, der sie offenbar gut leiden konnte, plötzlich an ihrer Seite und teilte ihr voller Glück mit, dass seine kleine todkranke Tochter, die von den Ärzten schon als unheilbar aufgegeben worden war, sich über Nacht von der mysteriösen Krankheit erholt hatte und nun wieder so munter wie eh und je spielte. Irgendwie kam ihr das wie ein Zeichen vor, wie eine besondere Botschaft, die ihr galt und die sie daran erinnern sollte, dass das Leben voller Wunder war und sie sich nicht dem verhängnisvollen Strudel der Hoffnungslosigkeit überlassen durfte.

Aber wenn sie mit Böttger zusammen war, wie an jenem Mittag, dann fand sie keine ruhige Minute, um über ihr Schicksal zu grübeln, denn mit seinen Überlegungen und Theorien nahm er sie gänzlich in Beschlag.

»Nicht in der Vermischung von Glas und Ton, sondern in der Transmutation! Ja, es verhält sich genau wie bei der Umwandlung von unedlen Metallen in Gold, Johannes!«, versicherte er. »Je mehr Proben wir mit immer neuen Ton- und Glasmischungen brennen, ohne auch nur einen Schritt voranzukommen, desto stärker wird in mir die Überzeugung, dass man ein bestimmtes Gestein schmelzen muss, damit es eine andere Gestalt annimmt – und zwar die von Porzellan. Denn nichtporöses, dicht gebranntes Porzellan kann unmöglich ein Glaserzeugnis sein, wie Tschirnhaus und all die anderen behaupten, sondern es muss sich um ein keramisches Produkt handeln – und zwar im Gegensatz zu allen anderen uns bekannten Keramiken muss es sich um ein *zusammengesetztes keramisches Erzeugnis handeln.*«

Johanna runzelte verständnislos die Stirn. »Zusammengesetzt? Wie soll denn das möglich sein?«

»Es muss eine Mischung aus Gestein und Ton sein, eine Mischung aus einem im Feuer leicht zu schmelzenden ›Fluss‹ und einem ›feuerfesten‹ Stoff!«

»Jetzt verstehe ich überhaupt nichts mehr!«, gestand Johanna. »Was verstehst du denn unter einem schmelzbaren Fluss? Und wie soll sich dieser mit einem anderen Stoff verbinden, der auch noch feuerfest sein soll?«

Die Erregung, die Böttger gepackt hatte, sprach aus seinen hektischen Gesten, aus seiner zitternden Stimme und dem glühenden Blick seiner Augen. »Der ›Fluss‹ kann Feldspat oder Lehm sein. Es ist eben diese besondere Zusammensetzung, die ich finden will. Sie muss im Ofen zu einem viel höheren Schmelzpunkt der Gesamtmasse führen, als wir es bisher praktiziert haben. Wenn es uns gelingt, die Temperaturen extrem hoch zu treiben, sodass die Masse dabei nicht zerschmilzt, sondern nur sintert, also nur eine teilweise Schmelzung erfährt und das dabei schmelzende Quarz im Feldspat schmilzt und die Poren im Ton füllt, dann und nur dann ist es möglich, dass dieses Gemisch vor dem Brand geformt werden kann und später im Brennofen auch die ihm gegebene Form beibehält!«

Johanna konnte dazu nichts sagen, weil sie von diesen Dingen so gar nichts verstand. Aber das erwartete Böttger auch nicht. Ihm genügte es vollauf, dass sie ihm zuhörte und er loswerden konnte, was ihm unablässig durch den Kopf ging.

Rastlos und ohne Rücksicht auf seine Gesundheit oder die der anderen, die mit ihm verdammt waren das Geheimnis des weißen Goldes zu lösen, führte Böttger ein Experiment nach dem anderen aus, während er immer neue Erdproben zu je fünfundsechzig Pfund aus den sächsischen Landen anforderte. Zusammen mit seinen Mitarbeitern untersuchte er diese Proben und setzte sie immer höheren Temperaturen im Brennofen aus. Sein besonderes Augenmerk richtete sich bald auf Lehm aus dem Plauenschen Grunde und ein feinerdiges Tongestein, das aus einer Grube bei Colditz kam.

Johanna wusste nicht, ob bei Böttger die Besessenheit und Hingabe an die Aufgabe überwog oder die Angst um sein Leben. Beides zusammen ergab auf jeden Fall eine verheerende Wirkung bei ihm. Er kannte bei der Arbeit kein Maß und trieb sich und seine Männer immer häufiger buchstäblich bis zum Umfallen an. Manchmal schaffte er es gerade noch, vor der sengenden Hitze der Brennöfen hinüber in eine der vergleichsweisen kühlen Kohlenkammern zu taumeln, und dann fiel er auch schon wie ein gefällter Baum auf einen Stoß leerer Säcke. Doch spätestens nach zwei Stunden stand er schon wieder auf und kehrte in die unterirdische Hölle seiner Brennöfen zurück, die fast Tag und Nacht glühten.

In den Gewölben der Jungfernbastei an den Brennöfen arbeiten zu müssen hielt Johanna in der Tat für einen Vorgeschmack auf die Hölle. Die Abzüge reichten nicht aus, um der enormen Hitze und des Kohlenrauchs auch nur halbwegs Herr zu werden. Beißende Rauchschwaden und Kohlenstaub, die sich mit der feuchten Luft verbanden und einem den Atem nahmen, trieben ständig durch die Räume, ließen Augen und Lungen brennen und verursachten quälende Kopfschmerzen. Der Schweiß strömte nur so von der Stirn, vermischte sich mit Dreck und Ruß und machte blind, wenn man ihn in die Augen bekam. Die Gluthitze der Brennöfen, die mit gewaltigen Mengen von Kohle gefüttert werden mussten, um die hohen Temperaturen zu erreichen, versengten die Haare und der Funkenflug verursachte Verbrennungen auf der Haut. Die glühende Hitze war manchmal so groß, dass nicht einmal mehr die Schuhe ausreichend vor dem sengend heißen Steinboden schützten. Brandblasen waren die Folge.

Das Feuer, das in den Öfen Woche um Woche tobte, setzte

auch den Gewölben gefährlich zu. Mörtel- und Putzbrocken wurden in der Hitze silbrig und fielen von der Decke. Einzelne Mauersteine lockerten sich, andere zersprangen in der Hitze und ihre Trümmer bedeckten den Boden. Die ganze Bastei schien zu schwelen und zu glühen und jeden Moment in Flammen aufgehen zu wollen. Über ihnen lagen das kostbare hölzerne Lusthaus und die halb fertige Orangerie. Wegen der wachsenden Feuergefahr wurden auch die Wachen verstärkt, von denen einige bald täglich damit beschäftigt waren, die glutheißen Außenmauern mit Wasser zu besprühen.

Manchmal hatte Johanna bei der Arbeit das entsetzliche Gefühl, bei lebendigem Leibe zu verglühen. Und dann quälte sie das Verlangen, sich die Kleider und das handbreite Leinenband, mit dem sie ihre kleinen Brüste flach gebunden hatte, vom Leib zu reißen, zu einer der Wassertonnen zu laufen und sich einen Eimer Wasser über den nackten Oberkörper zu gießen, wie es die Männer gelegentlich taten. Aber diesem Drang durfte sie nicht nachgeben, weil dann natürlich sofort offensichtlich geworden wäre, dass sie eine junge Frau war. Sie hatte ihre Ablehnung, so wie alle anderen mit nacktem Oberkörper zu arbeiten, damit erklärt, dass sie bekleidet besser vor Funkenflug geschützt war und dass es bei der enormen Hitze sowieso keinen großen Unterschied machte, ob sie ein Kleidungsstück mehr oder weniger trug.

»Du hast Recht, ob wir nun splitternackt oder im Pelzmantel vor den Öfen stehen, es bleibt so oder so die Hölle«, hatte Ludwig ihr zugestimmt und damit war das Thema erledigt gewesen.

An einem sonnigen Morgen Ende Oktober wankte Johanna wieder einmal niedergeschlagen und völlig erschöpft von einer langen Nacht an den Brennöfen in ihre kalte Kammer. Das Ergebnis auch dieses Probebrandes hatte Böttgers hohe Erwartungen enttäuscht, worauf er einen seiner gefürchteten hysterischen Anfälle bekommen hatte. Vermutlich suchte er jetzt wieder Vergessen im Rausch.

Johanna war viel zu müde, um sich gründlich von Dreck und Ruß zu säubern. Wozu auch? In ein paar Stunden ging es ja wieder weiter und richtig waschen konnte sie ihre Kleidung sowieso nicht. Sie besaß ja nichts zum Wechseln – genauso wenig wie Böttger und die anderen. Sie erhielten reichlich zu essen, wie auch an Alkohol kein Mangel herrschte, und der König erfüllte Böttger sogar den Wunsch nach einer Orangerie oben neben dem Lusthaus, an der auch fleißig gearbeitet wurde. Aber seine wiederholte Bitte, sie doch mit neuer Kleidung und besserem Schuhwerk zu versorgen, damit sie endlich ihre zerlumpten Sachen ablegen konnten, stieß offenbar auf taube Ohren. Böttger vermutete dahinter eine Schikane, die sie dem missgünstigen Kammerrat verdankten. Nehmitz wollte ihm das Leben so schwer machen wie möglich und fürchtete nichts mehr, wie Böttger behauptete, als seinen Erfolg.

Da Johanna sich in ihren völlig durchgeschwitzten Sachen in der kalten Kammer den Tod holen würde, blieb sie nach der Arbeit wie die Männer stets lange genug in der Nähe der Brennöfen oder kauerte oben im so genannten Speisezimmer vor dem Kamin, bis ihre Kleider am Leib einigermaßen getrocknet waren.

Erhitzt, wie sie war, erschien Johanna ihre Kammer jedes Mal wie eine Eishöhle. Und bevor sie unter ihre Decken kroch, wickelte sie sich erst noch in den schweren Wollumhang des Alchimisten. Der dicke Umhang war ihr kostbarstes Stück, hielt er sie doch in den zunehmend kälter werdenden Nächten wunderbar warm.

An diesem Oktobermorgen geschah ihr jedoch ein Missgeschick. Als sie ihr Kerzenlicht auf den Stuhl neben ihrem Bett stellte und sich den Umhang um die Schulter warf, blieb der weinrote Lederbesatz des Saumes an einem Nagel hängen, der aus einem Brett ihres Bettes hervorstach.

Johanna hörte den Stoff reißen – und spürte sogleich, wie etwas auf ihre Füße und zu Boden rieselte und dabei ein leises, merkwürdig metallisches Geräusch von sich gab, das ihr vertraut vorkam.

Sie blickte hinunter und glaubte im ersten Moment ihren Augen nicht trauen zu dürfen. Aus dem gut daumenlangen Spalt, den der Nagel in den Lederbesatz gerissen hatte, fielen kleine Kügelchen, die kaum größer als Sonnenblumenkerne waren und im Kerzenlicht silbrig matt glänzten. Der Strom wollte kein Ende nehmen.

Johanna kniete sich hin, sammelte einige der kleinen Metallperlen ein und wurde von einer ungeheuren Erregung gepackt. Denn diese Kugeln ähnelten den Bleikugeln aufs Haar, die sie auf Anweisung von Kopernikus bei der Transmutation benutzt hatte. Es schien ihr jedoch überhaupt keinen Sinn zu machen, den schweren Lederbesatz des Umhangs so raffiniert zu unterlegen und mit winzigen Bleikugeln zu füllen. Warum hatte Kopernikus das getan? Ein ungeheurer Verdacht kam in ihr auf und ließ ihr Herz rasen. Konnte es sein, dass Kopernikus... Sie wagte nicht einmal den Gedanken weiterzuführen.

Ihre Hand zitterte, als sie das Kerzenlicht auf den Steinboden stellte und dann mit einer dieser Bleikugeln über die Spitze des Nagels fuhr. Immer tiefer ritzte sie die Oberfläche ein. Dann hielt sie die Kugel ganz nahe ans Kerzenlicht.

Eine Gänsehaut überlief sie.

Unter einer dünnen Schicht aus Blei kam ein goldener Glanz zum Vorschein. Und im selben Augenblick wusste sie, dass es sich dabei um reines Gold handelte, das unter der trügerisch grau-silbernen Oberfläche all dieser kleinen Kügelchen verborgen lag.

Sechsunddreißigstes Kapitel

Was für ein abscheulicher Verrat! Wie hatte Kopernikus ihr das nach allem, was sie für ihn riskiert und auf sich genommen hatte, nur antun können? Er hatte ihre Gutgläubigkeit und ihr Vertrauen missbraucht und sie vor den Frankfurter Kaufleuten eine Transmutation vornehmen lassen, die nichts als Lug und Trug gewesen war. Jetzt verstand sie auch, warum Kopernikus in der Nacht ihrer ersten Begegnung so besorgt um seinen Umhang gewesen war! Weil sich darin nämlich das kostbare Trickgold eines gerissenen Scharlatans verbarg!

Mit Tränen maßloser Enttäuschung, aber auch mit Tränen des Zorns in den Augen hockte Johanna unter dem löchrigen Baldachin ihres Bettes, den Umhang zu ihren Füßen und im Schoß ihren angestoßenen Trinkbecher aus Steingut, dessen Boden nun gute zwei Finger hoch mit falschen Bleikugeln bedeckt war. Hunderte von Kugeln, die unter ihrer dünnen Schicht Blei genug Gold in sich bargen, um daraus einen stattlichen Armreif oder mehrere Ringe anzufertigen.

Sie hatte von allen Lederstreifen die unteren Enden aufgetrennt und darunter ein feines Futter entdeckt, das zwischen dem Leder und dem Wollstoff des Umhangs lag und der Länge nach in drei schmale Kammern abgenäht war. Der Durchmesser dieser Röhren war der Größe der Kügelchen genau angepasst, sodass sie darin gut Platz fanden und sich wie die Perlen an einer Schnur hintereinander aufreihen ließen.

Kein Wunder, dass sie in jener ersten Nacht nichts gefühlt hatte, als sie den Umhang auf versteckte Papiere oder Geldstücke untersucht hatte! Die Kugeln boten keinen Widerstand, wenn man die Säume bog, und ließen sich zwischen dem dicken Leder und dem schweren Wollstoff nicht erfühlen – ausgenommen vielleicht, man wusste genau, wonach man suchte.

Es verwunderte sie auch nicht, dass sie unter einem langen Streifen Lederbesatz die schmalen Stoffröhren leer vorgefunden hatte. Die Kügelchen und nicht der angeblich von ihm gefundene Stein der Weisen hatten bei der Schauvorstellung das Gold in den Schmelztiegel gebracht! Die angebliche Transmutation war nichts weiter als ein geschickter Taschenspielertrick gewesen, den sie für Kopernikus ausgeführt hatte. Und sie brauchte gar nicht lange zu überlegen, wie er den Trick fertig gebracht hatte, denn darauf gab es nur eine einzige mögliche Antwort: Die Kugeln mussten sich im Rührstab befunden haben. Dafür sprach auch die Tatsache, dass Kopernikus diesen Eisenstab wie einen kostbaren Talisman gehütet und in den fast zwei Jahren ihres Zusammenseins nicht ein einziges Mal benutzt hatte. Vermutlich war der Stab hohl und verfügte über einen geheimen Mechanismus, der auf Hitze reagierte und die Kugeln freigab, während man in der kochenden Bleisuppe rührte. Eine andere Möglichkeit gab es eigentlich gar nicht. Dass sich die goldhaltigen Kugeln schon in der Schale befunden hatten, aus welcher der Apotheker einige Bleikugeln zur Probe ausgewählt hatte, hielt sie für unwahrscheinlich. Das Risiko einer Entdeckung wäre einfach zu hoch gewesen.

Es interessierte Johanna aber auch gar nicht, wie dieser Trick mit dem Eisenstab genau funktionierte. Dieses Detail war völlig nebensächlich im Vergleich zu der niederschmetternden Erkenntnis, dass Kopernikus sie genauso wie die drei Kaufleute schändlichst hintergangen hatte.

Es erschütterte sie, dass er, den sie doch so bewundert und für einen außergewöhnlichen Mann gehalten hatte, zu den Tricks eines Scharlatans gegriffen hatte, um sich auf betrügerische Weise aus einer finanziellen Notlage herauszuwinden. Und vermutlich hatte er diesen Trick nicht zum ersten Mal angewandt. Der Umhang mit seinen geheimen Stoffröhrchen voll Goldkugeln sprach dafür, dass er stets in der Lage hatte sein wollen, auf diese Möglichkeit zurückzugreifen, wenn die Situation ein kleines »Wunder« erforderte.

All die Geschichten und Belehrungen über die Suche nach Weisheit und göttlicher Offenbarung und das spirituelle Streben nach Vollkommenheit, das den wahren Adepten auszeichnete – was für einen Wert hatten seine Worte, denen sie so andächtig gelauscht und die sie sich zu Herzen genommen hatte, jetzt noch im Licht seines Betrugs und Verrats?

Es schmerzte Johanna sehr, dass sie sich dermaßen in Kopernikus getäuscht hatte. Ihr war zum Heulen zu Mute. Sie fühlte sich von ihm so verraten wie damals von ihrer Mutter, als sie sich in die Ehe mit Hackenbroich geflüchtet hatte, kaum dass nach dem Tod ihres Vaters und ihrer Geschwister ein halbes Jahr vergangen war.

Johanna schallt sich für ihre Dummheit, Kopernikus mehr als einmal das Leben gerettet und dabei auch noch ihren Kopf riskiert zu haben. Was hatte ihr diese barmherzige Tat denn gebracht? Die Gefangenschaft hier in den feuchten Gewölben der verfluchten Jungfernbastei! Sie hätte in jener ersten Nacht im Narrenturm, als Hackenbroich mit dem Kissen ins Zimmer geschlichen war, ruhig wegsehen und sich die fette Geldbörse mit ihrem Stiefvater teilen sollen! Dann hätte sie auch mit Rickenbach nichts mehr zu schaffen gehabt und säße jetzt auch nicht hier in Dresden in Gefangenschaft.

Aber kaum hatte sie in ihrem Zorn diese hässlichen Gedanken zugelassen, als sich auch schon ihr Gewissen rührte und Einspruch erhob. Kopernikus mochte sie bitter enttäuscht haben, aber deshalb hatte er doch nicht den Tod aus der Hand eines Meuchelmörders verdient. Zudem konnte sie nicht abstreiten, dass sie ihm viel verdankte. Sie brauchte bloß an Leander zu denken. Ohne Kopernikus wäre Leanders Rettung kaum möglich gewesen.

Der Gedanke an Leander brachte Johanna in ihre bedrückende Gegenwart und zu der viel dringlicheren Frage zurück, wie sie bloß aus der Bastei flüchten konnte. Das Gold, das sie gerade erst als Trickgold eines Scharlatans verflucht hatte, konnte für sie nun zum Segen werden. Jedenfalls weckte es in ihr zum ersten Mal seit ihrer Entführung eine realistische Hoffnung auf Flucht. Denn das Gold reichte bestimmt, um eine der schlecht bezahlten Wachen zu bestechen!

Aber erst musste sie die vielen Kügelchen einschmelzen und das Gold vom Blei trennen. Gottlob würde das bei den vielen Werkstätten, die in den unterirdischen Gewölben untergebracht waren, nicht allzu schwierig sein. Für ihr Vorhaben wählte sie nach einigen Tagen sorgfältiger, aber unauffälliger Prüfung einen der beiden Räume aus, die unmittelbar unter dem Lusthaus lagen und zur Zeit nicht genutzt werden durften, weil die Gewölbedecke schweren Schaden genommen hatte, an einigen Stellen einzustürzen drohte und erst aufwändig ausgebessert werden musste. Dort fand sich noch ein kleiner alchimistischer Ofen, den Johanna zum Einschmelzen der Metallperlen benutzte, als Böttger nach einem weiteren gescheiterten Brennversuch mit einer neuen Tonmischung wieder einmal oben ein wüstes Trinkgelage abhielt.

Sie schlich sich in das Gewölbe und dichtete die Ritzen der Tür mit Stoffstreifen und Decken aus ihrer Kammer ab, sodass auch nicht der geringste Lichtschimmer nach draußen dringen und sie verraten konnte. Sie wagte nicht bei ihren Vorbereitungen eine Öllampe oder ein Kerzenlicht zu entzünden, sondern entfachte das Feuer im Schmelzofen im Dunkeln und begnügte sich mit dem Feuerschein der Glut. Fast eine geschlagene Stunde verbrachte sie dort. Und die Angst, trotz aller Vorsichtsmaßnahmen doch noch überrascht zu werden und ihr Gold zu verlieren, verließ sie nicht eine Minute lang.

Endlich war es so weit und sie goss das vom Blei getrennte flüssige Gold in vier kleine, rechteckige Tonformen, die sie in den Tagen zuvor angefertigt hatte. Anschließend kippte sie Wasser darüber, damit das Gold schneller abkühlte. Es zischte laut, als sich der erste Wasserguss auf dem glutheißen Metall in Dampfschwaden verwandelte. Sie brach die kleinen Plättchen, die etwa so lang wie ein Daumen und gut doppelt so breit waren, noch heiß aus ihren Tonformen, wickelte sie in einen Lappen, löschte die Glut im Ofen und schlüpfte aus dem Raum, ohne dass jemand sie bemerkte.

Johanna hatte Tag für Tag und so manche Nacht darüber nachgedacht, welcher ihrer Aufpasser wohl für eine Bestechung am ehesten empfänglich sein würde. Sie hatte tausendmal hin und her überlegt, war jedoch letztlich immer wieder auf den Wachsoldaten Anton Prengel gekommen. Mit ihm verstand sie sich so gut wie mit keinem anderen. Er behandelte sie stets freundlich und vertraute ihr gelegentlich sogar sehr persönliche Dinge an, die seine Familie betrafen. Zudem hatte er ihr bei zwei Gelegenheiten zu verstehen gegeben, dass der erschreckend schnell gealterte Böttger und sie ihm Leid taten. Nur wer sich wirklich eines Verbrechens schuldig gemacht habe, gehöre in die Gewölbe eingesperrt und zur Arbeit an den Brennöfen gezwungen, hatte er einmal sogar gesagt.

Ja, wenn ihr jemand zur Flucht verhelfen würde, dann war es einzig und allein der pausbäckige Anton Prengel. Bei seinem kargen Sold mussten die vier Plättchen aus reinem Gold eine Versuchung darstellen, der er hoffentlich nicht widerstehen konnte.

Zwei Tage nachdem sie das Gold gegossen hatte, ergab sich beim mittäglichen Freigang eine Gelegenheit, unauffällig mit ihm zu reden. Ein leichter Nieselregen hatte sich an diesem letzten Oktobertag mit böigen Winden verbunden, die nun den feinen Regen und viel Laub vor sich hertrieben.

Johanna stieg nicht auf die Mauer hoch, sondern machte unten im Schutz des Festungswalls ihre Runden – und stieß dabei scheinbar zufällig auf Anton Prengel.

»Morgen haben wir schon November! Würde mich nicht wundern, wenn in ein paar Wochen schon der erste Schnee fällt«, sagte der Wachsoldat mit einem bekümmerten Gesicht. »Wie ich diese eisigen Winter in diesen dicken Gemäuern hasse! Ich habe das Ziehen schon jetzt in allen Knochen!«

Das war die Gelegenheit, auf die Johanna gewartet hatte, und sie nahm all ihren Mut zusammen. »Vielleicht wärmt Euch das hier ein wenig!«, sagte sie und drückte ihm eines der Goldplättchen in die Hand.

Verblüfft blickte Prengel auf das schwere goldene Rechteck in seiner Hand. »Was soll das, Johannes?«, stieß er hervor, jedoch mit gedämpfter Stimme.

»Das ist reines Gold, was Euch jeder Juwelier und Goldschmied nach kurzer Prüfung bestätigen wird«, antwortete Johanna mit wildem Herzschlag. »Und von diesen Goldplättchen gibt es noch drei weitere, von denen außer Euch und mir niemand etwas weiß.«

Prengel kniff die Augen zusammen und sah sie scharf an. »Und was habe ich mit diesem Gold zu tun?«

Johanna wich seinem stechenden Blick nicht aus, obwohl es ihr große Mühe bereitete. »Ich habe nichts verbrochen. Ich hatte nur das Pech, der Schüler eines Alchimisten zu sein, mit dem Rickenbach noch eine alte Rechnung zu begleichen hatte. Deshalb bin ich hier.«

Schweigend und mit finsterer Miene sah er sie an.

»Wenn ich nicht bald hier rauskomme, gehe ich zu Grunde«, fuhr sie hastig fort. »Böttger ist ein besessener Mann, der kein anderes Ziel hat, als die geheime Rezeptur für das Porzellan oder für die Transmutation zu finden, und die anderen sind nicht viel besser. Aber mir geht die Hingabe an diese Arbeit ab. Ich will nach Hause, zurück nach Köln zu den Menschen, zu denen ich gehöre und die . . . die ich liebe.«

Prengel schwieg noch immer und stand wie erstarrt.

»Ich weiß, dass Ihr ein Herz habt!«, beschwor Johanna ihn leise. »Lasst mich hier nicht zu Grunde gehen! Ich flehe Euch an, helft mir der Gefangenschaft zu entkommen!«

»Und wie hast du dir das vorgestellt?« Seine Stimme war leise, hatte aber einen harten, fast abweisenden Klang. »Ich bin nur ein einfacher Wachsoldat.«

Allein schon, dass er diese Frage stellte, bestärkte Johanna in ihrer Hoffnung, ihn für ihren Fluchtplan gewinnen zu können. »Ihr braucht nur ein langes Seil oben auf der Mauer an der Ecke zur Schleuse in einer der Nischen zu verstecken und einmal nachts, wenn Ihr Wache habt und der Himmel bewölkt ist, die Gittertür für ein paar Minuten unverschlossen zu lassen und wegzuschauen. Das Seil lässt sich bei den vielen Handwerkern, die an der Orangerie, im Lusthaus und in der Hofanlage arbeiten, bestimmt leicht beschaffen. Das ist alles.«

»So, das ist alles«, wiederholte Prengel und kaute einen Augenblick unschlüssig auf seiner Unterlippe, ohne dabei seinen Blick von ihr zu nehmen. Dann schloss sich plötzlich seine Hand um das Goldplättchen. »Du hast gesagt, davon gibt es noch drei weitere?«

Johanna nickte. »Die bekommt Ihr, wenn Ihr mir helft – und überdies meine ewige Dankbarkeit.«

Er bedachte Johanna mit einem mitleidigen Blick. »Also gut, ich werde darüber nachdenken und dir morgen Mittag sagen, wozu ich mich entschieden habe!« Er seufzte tief und entfernte sich rasch von ihr.

Siebenunddreißigstes Kapitel

Johanna verbrachte den Tag in einem qualvollen Wechselbad aus Angst, dass Prengel ihren Bestechungsversuch zurückweisen könnte, und einer fast euphorischen Zuversicht. Sie fand in der Nacht kaum Schlaf. Ruhelos wälzte sie sich von einer Seite auf die andere. Und am nächsten Morgen war sie bei der Arbeit so unaufmerksam, dass Böttger, der mit jedem Tag reizbarer und unberechenbarer wurde, aus der Haut fuhr und sie mit sich überschlagender Stimme anbrüllte.

»Nimm es dir nicht so zu Herzen, Johannes«, tröstete Ludwig sie hinterher. »Er ist mit den Nerven so ziemlich am Ende. Wenn nicht bald der große Durchbruch kommt, sehe ich schwarz für ihn. Dann gibt es bald nichts mehr, was sich noch an den Galgen zu hängen lohnt.«

Johanna konnte die Mittagsstunde nicht erwarten. Doch zu ihrer großen Enttäuschung ließ Prengel sich während ihres Freigangs auf dem Hofgelände nicht blicken. Sofort drängten sich ihr unheilvolle Vermutungen auf, weshalb er ihre Verabredung nicht einhielt.

Am Abend stand er dann plötzlich in der Tür ihrer Kammer. »Es lässt sich einrichten«, sagte er ohne Umschweife und etwas schroff. »Gib mir die drei anderen Goldplättchen und ich werde es dich wissen lassen, wenn ich alles vorbereitet habe und du es wagen kannst!«

Johanna freute sich über seine Bereitschaft, ihr zu helfen, aber sie wusste auch, dass es in seiner Macht stand, das Gold zu nehmen, ohne sein Wort zu halten. Es gab nichts, was sie dann gegen ihn tun konnte. In ihrer Situation war sie ihm nun mal auf Treu und Glauben oder besser gesagt, auf Gedeih und Verderben ausgeliefert.

Sie holte die drei Goldplättchen aus ihrem Versteck und gab sie ihm. »Ich vertraue Euch«, sagte sie beklommen und innerlich voller Bangen.

Die Besorgnis in ihrer Stimme entging ihm jedoch nicht. »Ich bin kein Betrüger und habe auch noch nie einen Gefangenen ausgenommen!«, erwiderte er mit einem scharfen Tonfall, als fühlte er sich in seiner Ehre gekränkt.

»Natürlich nicht!«, versicherte Johanna hastig. »Ich werde es Euch auch nie vergessen.«

Er nickte knapp. »Ich gebe dir Bescheid. Wenn das Wetter so schlecht bleibt, machen wir es schon morgen Nacht«, sagte er und ging.

Das Wetter blieb trüb und regnerisch. Eine geschlossene Wolkendecke, die einem schmutzig grauen Scheuerlappen glich, hing über Dresden. Prengel blieb kurz bei ihr stehen, als Johanna zum Freigang im Hof erschien, und raunte ihr zu: »Heute Nacht um zwei Uhr steht das Gitter offen. Das Seil liegt wie verabredet oben auf der Mauer in der Ecke bei der Schleuse zum Stadtgraben. Stehe der Allmächtige dir bei!«

Johanna wollte ihm danken, kam jedoch nicht mehr dazu. Denn Prengel wandte sich schon bei seinen letzten Worten von ihr ab und stiefelte davon.

Heftige Erregung ergriff nun von ihr Besitz. In dieser Nacht würde sie die Flucht aus der Jungfernbastei wagen und alles auf eine Karte setzen! Und wenn ihr das gelang, würde sie auch Mittel und Wege finden, um sich nach Köln durchzuschlagen und Leander zu finden!

Das Warten auf die Nacht fiel Johanna schwer. Die Stunden zogen sich quälend lang hin. Manchmal hatte sie den Eindruck, als bliebe die Zeit stehen. Zwischen den Glockenschlägen der nahen Turmuhr lagen Ewigkeiten. Beim Abendessen bekam sie vor Aufregung nicht einen Bissen hinunter. Sie gab vor sich den Magen verdorben zu haben, unter Übelkeit zu leiden und ständig auf den Abort zu müssen. Das bewahrte sie davor, mit den anderen an die Arbeit zurückkehren zu müssen. Denn Böttger befand sich mal wieder in einem Experimentierrausch, der ihn und seine Männer wohl bis in den Morgen vor den Brennöfen auf den Beinen halten würde.

Johanna versuchte sich mit Gebeten zu beruhigen und zu stärken, fand jedoch nicht in jene andächtige Stimmung, die das wahre Gebet von leerem Geplapper unterscheidet. Ihre Gedanken schweiften immer wieder ab. Auch überfiel sie dann und wann ein beängstigendes Herzrasen, und die Übelkeit, die sie vor Stunden vorgetäuscht hatte, stellte sich wirklich ein, als der Glockenturm die erste Stunde des neuen Tages verkündete und es nun auf zwei Uhr zuging.

Die letzte halbe Stunde lief sie ruhelos in ihrer Kammer auf und ab, während sie in Gedanken die Sekunden und Minuten zählte, damit sie sich weder zu früh noch zu spät auf den Weg machte.

Als es ihrer Zählung nach nur noch zwei, drei Minuten bis zur vollen Stunde waren, verließ sie ihre Kammer und schlich auf Zehenspitzen dem Ausgang zu. Nach sieben Wochen Gefangenschaft in der Jungfernbastei war sie mit den Treppen, Gängen und Gewölben bestens vertraut.

Johanna hörte die Turmuhr schlagen, als sie um die Ecke bog und vor sich das schwere Gitter im schwachen Lichtschein der dort hängenden Wandleuchten sah. Die beiden Öllampen brannten mit ganz kleiner Flamme. Prengel hatte die Dochte offensichtlich so weit wie eben möglich heruntergedreht.

Das Herz schlug ihr im Hals, als sie ihre Hand auf die kalten

Eisenstäbe legte und vorsichtig am Gitter zog. Und es schwang tatsächlich auf!

Die Tür zur Wachstube, die sonst stets weit geöffnet stand, war geschlossen. Hastig huschte Johanna daran vorbei, lief die Treppe hoch und verharrte oben kurz in geduckter Haltung, während sie ihren Blick über den dunklen Hof schweifen ließ. Noch immer lag eine dichte Wolkendecke über der Stadt, sodass weder Mond noch Sterne zu sehen waren. Der Regen hatte jedoch aufgehört. Eine ideale Nacht zur Flucht.

Als sie nichts Verdächtiges sehen oder hören konnte, richtete sie sich auf und lief am Lusthaus vorbei zu jener Stelle, die sie mit Prengel verabredet hatte. Dort traf die Mauer, die parallel zur Elbe verlief, auf die Mauer, die von der Bastei zum Stadtgraben hin abfiel. Und in der Mauerecke entdeckte sie ein Stück Plane über einer kleinen Erhebung. Darunter musste Prengel das Seil versteckt haben!

Johanna kniete sich hin, schlug das erdbraune, wetterfeste Tuch zurück und fand zu ihrer Bestürzung darunter nichts weiter als einen Holzeimer, der mit Wasser gefüllt war. Wo war das Seil? Hatte Prengel . . .?

Im selben Moment wurden hinter ihr die beiden Flügel einer der Terrassentüren des Lusthauses aufgestoßen, und begleitet vom scharfen Klang einer Klinge, die aus der Scheide fuhr, fragte eine spöttische Stimme: »Enttäuscht, Johannes Weyden?«

Johanna zuckte zu Tode erschrocken zusammen, sprang auf und fuhr herum. Prengel hatte sie verraten! Und wenn es sich bei dieser Gestalt, die da mit blank gezogenem Degen aus dem Dunkel des Hauses auf sie zutrat, um Rickenbach handelte, war ein Sprung in den Tod vielleicht das gnädigere Schicksal.

Aber es war nicht Rickenbach, der ihr im nächsten Moment

die Klinge auf die Brust setzte, sondern der Kammerrat Nehmitz.

»Du hast dich wohl für besonders schlau gehalten und geglaubt dich einfach so davonschleichen zu können, nicht wahr?«, sagte er geringschätzig. »Aber da hast du die Rechnung ohne die Königstreue und den Gehorsam unserer Wachen gemacht! Anton Prengel lässt sich nicht kaufen. Er hat mir vielmehr sofort Meldung erstattet, wie es sich für einen pflichtbewussten Wachsoldaten gehört.«

Johanna war wie gelähmt. Wie hatte sie sich bloß dermaßen in Prengel täuschen können?

»Eigentlich sollte ich dem Freiherrn von Rickenbach Nachricht von deinem Fluchtversuch geben«, fuhr der Kammerrat fort, ohne die Waffe zu senken. »Wenn ich richtig informiert bin, hat er an dir ein besonderes Interesse . . . Und er soll auch ganz eigene Methoden haben, wenn es darum geht, Leuten wie dir klarzumachen, was sie zu tun und was sie zu lassen haben.«

Johanna brach kalter Angstschweiß aus. »Nein, tut mir das nicht an!«, flehte sie. »Ich habe nichts getan, was ihm das Recht gegeben hätte, mich aus Köln zu entführen und als seinen Gefangenen nach Dresden zu bringen! Ich bin nichts weiter als ein ahnungsloser Schüler eines Alchimisten gewesen, der den Freiherrn einst um fünfhundert Dukaten betrogen hat, und ich weiß auch nichts über geheime Rezepturen und . . .«

»Schweig!«, schnitt der Kammerrat ihr das Wort ab, schob seine Waffe jedoch endlich wieder in die Scheide zurück. »Mich interessiert nicht, ob man dich zu Recht oder zu Unrecht eingesperrt hat. Darüber habe ich nicht zu befinden und davon will ich auch nichts wissen. Das Einzige, was mich interessiert, ist, ob Böttger mich und den König an der Nase herumführt! Der Kerl ist durchtrieben und hat den König schon ein gewaltiges Vermögen gekostet. Daher ist jede Information darüber, ob er nun tatsächlich ernsthafte Fortschritte macht oder uns nur wieder raffiniert etwas vormacht, von größter Wichtigkeit. Und allein aus diesem Grund wäre ich auch bereit, Gnade walten zu lassen und deinen Fluchtversuch für mich zu behalten.« Er machte eine kurze, bedeutungsvolle Pause. »Vorausgesetzt natürlich, du weißt, was du fortan zu tun hast!«

Johanna schluckte. »Ihr wollt, dass ich Böttger ausspioniere?«

»Ausspionieren! Was für ein wichtigtuerisches Wort für einen entbehrlichen Burschen deines Standes!«, erwiderte der Kammerrat von oben herab. »Du sollst Augen und Ohren offen halten! Du bist tagtäglich mit ihm zusammen. Du siehst, was er tut, und du hörst, was er von sich gibt. Und man hat mir gesagt, dass du dich gut mit ihm verstehst, weil er dir und deinen bescheidenen alchimistischen Fähigkeiten wohl nicht zutraut seine eigene Scharlatanerie zu entlarven. Und genau das macht dich nützlich für meine Zwecke. Also, wie lautet deine Antwort?«

Dass der Kammerrat Böttger nicht ausstehen konnte und nichts lieber sehen würde, als wenn Böttger endlich beim König in Ungnade fiel und vielleicht sogar am Galgen landete, war Johanna bekannt. Ihm dabei in die Hand zu arbeiten wäre ihr unter normalen Umständen nie in den Sinn gekommen. Doch die Umstände waren nicht normal und sie hatte gar keine andere Wahl. Denn auf keinen Fall wollte sie Rickenbach in die Hände fallen, dessen Grausamkeit sie wie nichts auf der Welt fürchtete.

Und so nickte sie mit gesenktem Kopf.

»Gib mir gefälligst eine Antwort, Mann! Ich will es ausgesprochen hören!«, fuhr Nehmitz sie herrisch an.

»Ich werde tun, was Ihr wünscht«, sagte Johanna mit zitternder Stimme und kämpfte mit den Tränen.

»Gut, dass wir uns verstehen, Johannes Weyden! Und du hältst besser dein Wort, wenn es dir nicht dreckig ergehen soll. Auch rate ich dir, nicht noch so einen Fluchtversuch zu unternehmen! Das nächste Mal wirst du es nicht mit mir, sondern mit dem Freiherrn von Rickenbach zu tun bekommen!«, warnte er sie. »Und jetzt mach, dass du wieder nach unten kommst!«

Wie ein geprügelter Hund, der sich mit eingezogenem Schwanz verkriecht, stieg Johanna die Treppe zu den Katakomben und Kasematten hinunter.

Prengel erwartete sie am Gitter. Er blickte ihr offen und ohne ein Anzeichen von Reue ins Gesicht. »Es tut mir Leid, aber so sehr ich dich persönlich auch mag, so wenig kann ich erlauben, dass jemand unter meiner Wache flüchtet. Und ich habe Wort gehalten: Ich habe dich nicht um dein Gold betrogen. Ich habe es abgeliefert und Meldung gemacht, wie es meine Pflicht ist.«

»Und Euer Gewissen?«, fragte Johanna bitter.

»Ich trage den Rock des Königs und habe zu gehorchen!«, erwiderte Prengel ungerührt.

»Sagte der Landsknecht und zog plündernd und mordend durch das Land!«, höhnte sie.

Prengel zeigte sich nicht beleidigt. »Du wirst schon darüber hinwegkommen«, sagte er, schob sie durch das Tor und schloss hinter ihr ab.

Elend vor Scham und Verzweiflung kehrte Johanna in ihre Kammer zurück. Dass sie Prengel völlig falsch eingeschätzt und er ihren Fluchtversuch verraten hatte, war schon niederschmetternd genug. Aber dass sie sich ohne großen Widerstand bereit erklärt hatte an Böttger zum Verräter zu werden, das erschütterte sie fast noch mehr. Hatte sie nicht Kopernikus dafür verurteilt, dass er sie hintergangen und ihr Vertrauen so schändlich missbraucht hatte? Sie hatte sich für aufrichtiger und rechtschaffener gehalten. Doch nun hielt ihr das Leben einen Spiegel vor, in dem sie ein Abbild von sich erblickte, das sich nicht viel von dem eines Kopernikus Quint oder eines Anton Prengel unterschied. Auch sie hatte ihr Gewissen verkauft, um die eigene Haut zu retten. Und darüber weinte sie in dieser Nachtstunde mehr als über den Verlust ihrer Freiheit.

Achtunddreißigstes Kapitel

In den Wochen nach ihrem gescheiterten Fluchtversuch sah Johanna sich gezwungen das zermürbende Leben einer zwiegespaltenen Person zu führen. Sie musste zwei verfeindeten Meistern dienen – Böttger und Nehmitz. Und jeder verabscheute den anderen und wünschte ihm die Niederlage. Der Misserfolg des einen war der Triumph des anderen. Eine paradoxe Situation, die kaum verfahrener hätte sein können und in der sie nur verlieren konnte, ganz gleich, wie die Sache zwischen den beiden ausging.

Denn einerseits zweifelte Johanna nicht daran, dass sie ihre Freiheit jetzt nur noch wieder gewinnen konnte, wenn Böttgers Versuche, die Rezeptur des Porzellans zu finden, endlich von Erfolg gekrönt wurden. Nur in diesem Fall durfte sie hoffen, dass man sah, wie entbehrlich sie doch war, und sie laufen ließ.

Andererseits jedoch verstimmte jeder Fortschritt, den Böttger machte, den missgünstigen Kammerrat Nehmitz. Und wenn jener auch keine allzu hohe Stellung bekleidete und Böttger nicht gefährlich werden konnte, sollte diesem die Herstellung des weißen Goldes gelingen, so war Nehmitz doch mächtig genug, um seinen Groll und seine Ohnmacht an ihr, Johanna, auszulassen und ihr Schicksal zu besiegeln. Sie wäre nicht die Erste, die dafür büßen musste, dass sie schlechte Nachrichten überbrachte.

Nehmitz ließ sich mindestens einmal in der Woche von ihr berichten. Diese Begegnungen hatten den Charakter von scharfen Verhören. Er stellte die Fragen und sie hatte zu antworten. Alles wollte er wissen: worüber Böttger mit ihr und seinen anderen Mitarbeitern sprach, ob er ihr vielleicht irgendetwas anvertraut hatte, was sonst keinem anderen zu Ohren kam, ob er mehr oder weniger trank als früher, welche Ergebnisse der neue Brennofen brachte und noch vieles andere mehr.

Johanna schwitzte jedes Mal Wasser und Blut. Ein Tanz über glühenden Kohlen hätte ihr kaum mehr zusetzen können als die nervenaufreibende Gratwanderung zwischen Lüge und Wahrheit, zu der sie sich mehr und mehr gezwungen sah. Denn die Brennversuche im neuen Ofen setzten Böttger Anfang Dezember regelrecht in Verzücken. Aber sie hütete sich, dem Kammerrat Böttgers Jubel und wachsende Zuversicht so zu schildern, wie sie diese erlebte. Denn allein schon die vorsichtige Mitteilung der Tatsache, dass die Scherben neuerdings vielfach unversehrt aus dem Ofen kamen und auch schon einen hellen Schimmer besaßen, weckte den Zorn des Kammerrates.

»Eine helle Scherbe ist noch lange kein Porzellan!«, sagte er wütend und drohte ihr wieder einmal: »Wenn du mir etwas verschweigst oder ich herausfinde, dass du mit Böttger unter einer Decke steckst, wird es dir ganz übel ergehen, darauf kannst du dich verlassen, Bürschchen! Und jetzt verschwinde!«

Die Angst verließ Johanna nicht mehr. Sie wuchs vielmehr mit jedem Fortschritt, den Böttger in diesen letzten Wochen des Jahres machte. Sie fühlte sich so hilflos den fremden Mächten ausgeliefert und so allein gelassen wie noch nie zuvor in ihrem Leben. Wem hätte sie sich auch anvertrauen können? Ludwig? Böttger? Nein, sie traute keinem mehr über den Weg. Woher sollte sie wissen, wer welche Interessen verfolgte und wer wem etwas zutrug? Sie hatte sich doch auch an Nehmitz verkauft. Warum sollte irgendein anderer standhafter gewesen sein? In der Gefangenschaft bewahrten nur die wenigsten ihre Redlichkeit, und wenn dann noch Folter oder Tod drohten, blieben nur ganz wenige übrig, die sich ihren Willen nicht brechen ließen und bis zum Letzten widerstanden.

Am Tag nach dem Christfest, dem einsamsten und im wahrsten Sinne des Wortes trostlosesten Weihnachten ihres Lebens, unternahm Böttger am Nachmittag einen weiteren aufwändigen Brennversuch mit einer verbesserten Tonmischung. Er formte aus dem Gemisch auf die Schnelle eine primitive Kanne, ohne dabei eine Töpferscheibe zu verwenden, denn in seiner Unruhe hatte er dafür keine Geduld und Zeit.

Dann entfachten sie das Feuer. Stunde um Stunde schürten sie den Brand. Als sich die erste Schicht Feuerholz in Glut verwandelt hatte, legten sie Kohlen nach. Am Schluss schaufelten sie Koks durch die Feuerluke in den Brennofen. Immer höher trieben sie die Temperaturen.

Und wieder einmal umhüllten sie Wolken von beißendem Kohlenstaub, Ruß, Funkenflug und Rauchschwaden, während die gewaltige Hitze des Brennofens das Gewölbe in einen Vorhof der Hölle verwandelte. Mörtel fiel von der Decke, und wer unbedachterweise die Wände neben dem Ofen berührte, verbrannte sich. Der Steinboden unter ihren Füßen musste ständig mit Wasser gekühlt werden, sonst hätten sie sich durch die Sohlen ihrer Schuhe hindurch Brandblasen zugezogen.

Sie schürten den Brand bis weit in die Nacht. Böttger gab keine Ruhe. Schweißüberströmt, mit rußverschmiertem Gesicht und in seinen verkohlten Lumpen lief er vor dem Ofen auf und ab und gab Anweisungen, während er sich selbst zwischendurch mit einem Schluck aus der Weinkanne anfeuerte. Noch heißer musste das Feuer sein! Mehr Koks! Diesmal musste es gelingen.

Nach fast achtzehn Stunden, als es über Dresden schon wieder hell zu werden begann, ließ er das Feuer erkalten. Schließlich öffnete er den Ofen.

Johanna, die sich vor Erschöpfung kaum noch auf den Beinen zu halten vermochte, konnte vor blendend greller Weißglut, die der Öffnung entströmte, zuerst nichts erkennen. Erst als die Glut bei geöffneter Tür erheblich an Kraft verloren und einen rötlichen Glutschein angenommen hatte, konnte Böttger mit seiner langen Eisenzange nach der Tonkapsel greifen, in die jeweils das zu brennende Stück gelegt wurde, um es vor den Flammen zu schützen.

Böttger setzte die Tonkapsel auf dem Tisch auf einer Steinplatte ab, hob mit der Zange die rot glühende Kanne heraus – und warf sie in einen daneben stehenden Wasserkübel.

Das glühende Gefäß brachte das Wasser im Kübel augenblicklich zum Aufwallen und dann hörte man einen explosionsartigen Knall.

»Jetzt ist die Kanne wohl in Scherben zersprungen!«, sagte Ludwig mit düsterer Miene.

»Wahres Porzellan muss diese Probe aushalten! Und ob die Kanne wirklich zersprungen ist, werden wir ja sehen« erwiderte Böttger, griff in den Kübel und holte die Kanne aus dem Wasser. Triumphierend hielt Böttger sie hoch, denn sie war zu ihrer aller Überraschung unversehrt und zeigte nicht einen einzigen Riss. Nur die Glasur war nicht vollständig verlaufen. Aber das war ein vergleichsweise nebensächlicher Schönheitsfehler.

»Sie ist heil geblieben!«, stieß Ludwig fassungslos hervor und lachte begeistert. »Allmächtiger, das ist der Durchbruch, auf den wir so lange gewartet haben! Du hast die richtige Mischung gefunden, Böttger!«

Jubel kam auf, denn allen war klar, was das bedeutete: Das Geheimnis des chinesischen Porzellans konnte nach diesem erfolgreichen Brennversuch als gelöst gelten. Es gab sicher noch viel zu erproben und zu lernen, um auch noch hinter die letzten Feinheiten der Herstellung von dünnwandigem Porzellan zu kommen, das mit dem aus China mithalten und dieselben Preise erzielen konnte. Aber dieses Wissen würde sich zwangsläufig einstellen, weil der Weg gefunden war und sie nun endlich wussten, worauf sie sich zu konzentrieren hatten.

»Das müssen wir gebührend feiern!«, rief Böttger aufgekratzt und auch bei den anderen war die Müdigkeit wie weggewischt. Sie alle rechneten sich jetzt schon aus, wie groß wohl ihre Belohnung ausfallen würde. »Kommt, machen wir dem alten Kröber Beine! Er soll auftischen, was Keller und Küche zu bieten haben!«

Sein Vorschlag traf bei den Männern auf begeisterte Zustimmung. Dagegen wich bei Johanna die anfängliche Freude über den gelungenen Brennversuch sehr schnell einem Gefühl beklemmender Sorge. Was würde Nehmitz tun, wenn er erfuhr, dass Böttger das Geheimnis der Porzellanherstellung so gut wie gelöst hatte und daher die Gunst des Königs nun mit Sicherheit nicht verlieren würde? Die Nachricht, dass der Mann, den er verabscheut und für einen Scharlatan gehalten hatte, ihn nun ins Unrecht setzte, musste ihn rasend machen. Und würde er seine Wut dann an ihr auslassen?

Johanna hielt es nicht lange in der Runde der fröhlich trinkenden Männer. Kaum waren ihre Kleider getrocknet, als sie sich auch schon bei der erstbesten Gelegenheit aus dem Raum stahl.

Obwohl sie sich völlig ausgelaugt fühlte, wollte sie sich doch nicht in ihrer dunklen und feuchtkalten Kammer aufs Bett werfen, ohne vorher frische Luft geatmet und den offenen Himmel über sich gesehen zu haben. Böttger und die anderen mochten ihre Freistunde ja lieber damit verbringen, sich zu betrinken und sich ihre Zukunft schon in den prächtigsten Farben auszumalen. Für sie dagegen bestand kein Grund zum Feiern und die eine Stunde, die sie draußen im Freien verbringen konnte, war das Kostbarste, das sie besaß.

Sie holte daher ihren Umhang und begab sich nach oben zum Gittertor an der Wachstube. Sie verlangte schon jetzt zum Freigang auf den Hof hinausgelassen zu werden, was man ihr auch gewährte. Längst hatte es sich eingespielt, dass die Gefangenen nach einer langen Nacht an den Brennöfen schon am Vormittag ihre Stunde Freigang nehmen durften.

Es war ein trockener und sonniger Wintertag und Johanna wollte auf die Wallmauer, damit ihr Blick ungehindert über die Elbe und in die Weite des Hinterlands gehen konnte. Den Handwerkern, die an der mittlerweile fast fertig gestellten Orangerie arbeiteten und im Lusthaus mit irgendwelchen Reparaturen oder Vorbereitungen für ein Fest beschäftigt waren, schenkte sie keine Beachtung.

Sie kam an einem Fuhrwerk vorbei, das schwer mit Kieselsteinen beladen war. Am Ende der Ladefläche stand ein Mann mit einem zotteligen Bart neben einer klobigen Schubkarre auf seine Schaufel gestützt. Er hatte den Kragen seines vielfach geflickten Umhangs hochgeschlagen, sich einen breiten, rostbraunen Wollschal doppelt um den Hals geschlungen und trug einen alten Filzhut mit schlaff herabhängender Krempe auf dem Kopf. Von seinem Gesicht war so gut wie nichts zu sehen.

Als sie an ihm vorbeikam, hörte sie ihn plötzlich halblaut sagen, so als spräche er zu sich selbst: »*Alles hat seine Stunde. Für jedes Geschehen unter dem Himmel gibt es eine bestimmte Zeit. Eine Zeit der Geburt und eine Zeit zum Sterben. Eine Zeit zur Klage und eine Zeit für den Tanz.*«

Johanna war, als hätte jemand nach ihr gegriffen, und sie zuckte zusammen. Ein Schauer überlief sie und sie wagte im ersten Moment nicht den Kopf zu wenden, so groß war ihre Angst, sich getäuscht zu haben. Doch dann drehte sie sich um und sah den Mann an, der nun seinen Hut leicht anhob und sein Gesicht mit dem struppigen Vollbart ein wenig von den Lagen des Wollschals befreite.

Es war Kopernikus!

Neununddreißigstes Kapitel

Kopernikus lebte!

Der Alchimist, den sie für tot gehalten hatte, stand ihr hier auf dem Hof der Jungfernbastei gegenüber, verkleidet als Handwerker. Und dann konnte auch Leander nicht weit sein!

Der Schock löste in Johanna ein Schwächegefühl aus. Sie spürte, wie die Kraft aus ihren Beinen wich und ihr schwindelig wurde. Schnell streckte sie die Hand nach dem Hinterrad des Fuhrwerks aus, um sich abzustützen.

Kopernikus zog sich seinen Hut wieder in die Stirn, rammte die Schaufel in den Kies und packte die Griffe der Schubkarre. Dabei murmelte er: »Komm gleich zum Zierbrunnen und setz dich dort auf die Bank! Dann reden wir.« Damit schob er die Schubkarre an und stapfte davon.

Eine der Wachen, ein noch junger Mann mit einem rosigen Gesicht, trat zu ihr. »Ist irgendetwas?«, erkundigte er sich. »Mein Gott, du siehst ja so bleich aus, als wäre dir der Leibhaftige begegnet!«

Johanna riss sich zusammen. »Nur ein kurzer Schwindelanfall. Das kommt wohl von der langen Nacht am Brennofen. Aber es ist schon wieder vorbei«, antwortete sie mit einem gequälten Lächeln.

»Der Böttger mutet euch wirklich zu viel zu. Der ist ja ein fast so rücksichtsloser Sklaventreiber wie unser Ausbilder!«, meinte der junge Festungssoldat.

Johanna zuckte in einer Geste der Machtlosigkeit mit den Achseln. »Was er sagt, wird nun mal getan. Ich glaube, ich setze mich erst einmal eine Weile in die Sonne, bevor ich über den Wall spaziere«, sagte sie und tat so, als fiele ihr Blick nun zufällig auf die Bank beim Zierbrunnen. »Das da drüben scheint ein guter Platz zu sein.«

»Bleib bloß nicht zu lange auf dem kalten Stein sitzen, sonst holst du dir noch den Tod!«, warnte sie der Soldat und setzte sich wieder in Bewegung, um warm zu bleiben.

Johanna zitterte innerlich vor Aufregung und ihre Gedanken jagten sich, als sie sich nun in die kleine Parkanlage begab, deren Wege mit neuem Kies aufgefüllt wurden. Eine Aufgabe, die offenbar Kopernikus oblag. Er hatte die Schubkarre zwei Schritte hinter der Steinbank umgekippt, verteilte nun aber nicht das lose Gestein, sondern kniete am Boden und machte sich an dem Laufrad zu schaffen.

Sie setzte sich mit dem Rücken zu ihm auf die kalte Steinbank. »Wo ist Leander?«, war das Erste, was sie gedämpft hervorstieß. »Wie geht es ihm? Ist er mit Euch nach Dresden gekommen? Und war er es, der Euch aus dem Feuer gerettet hat?«

»Ja, er hat mich auf der Hinterstiege gefunden, bevor mich das Feuer dort erreichen konnte. Die Kugel, die mich am Bein getroffen hatte, war zu meinem Glück ein glatter Durchschuss. Ich habe mir zwar außerdem einige üble Verbrennungen an Armen und Beinen zugezogen, aber alles in allem muss ich einen Schutzengel gehabt haben, sonst wäre ich nicht so glimpflich davongekommen.«

»Und wo ist Leander jetzt?«

Kopernikus lachte leise auf. »Er befindet sich schon seit über einer Woche ganz in deiner Nähe. Leander arbeitet nämlich mit den Zimmerleuten da drüben im Lusthaus!«

»Oh Gott, Leander ist hier!«, entfuhr es Johanna erregt und die Freude durchflutete sie wie eine heiße Woge, die sie von Kopf bis Fuß ausfüllte. Am liebsten wäre sie aufgesprungen und zu ihm gerannt. Wie sehr sie sich danach sehnte, ihn wieder zu sehen, in seinen Armen zu liegen und seinen Mund auf ihren Lippen zu spüren!

»Wir sind schon seit Ende September in der Stadt«, teilte Kopernikus ihr nun mit. »Aber auch wenn es uns dank Leanders Vater nicht an Geldmitteln fehlt . . .«

»Sein Vater ist aus Russland zurück?«, fiel Johanna ihm aufgeregt ins Wort.

»Ja«, bestätigte Kopernikus. »Hendrik van Dyke ist schon Mitte September zurückgekehrt und Leander musste ihn glücklicherweise nicht erst lange überreden, alle Hebel in Bewegung zu setzen, um dich aus der Gefangenschaft zu befreien. Nachdem er erfahren hatte, was Leander dir zu verdanken hat, stattete er uns großzügig mit Geldmitteln aus und schickte uns sofort nach Dresden, um schon mal Nachforschungen anzustellen. Er selbst ist zwei Wochen später nachgekommen. Aber wie schon gesagt, trotz reichhaltiger Geldmittel hat es doch lange gedauert, bis wir erfuhren, wo genau man dich gefangen hält. Erst dann konnten wir damit beginnen, einen Erfolg versprechenden Plan für deine Befreiung auszutüfteln und die richtigen Leute zu finden, die uns Zugang zum Hof verschaffen konnten. Gottlob werden die Hofanlage, die Orangerie und das Lusthaus für ein großes Fest an Sylvester aufwändig hergerichtet. Es war nicht gerade einfach, uns einen Platz in der Arbeiterkolonne zu verschaffen.«

»Menschen zu täuschen und ihr Vertrauen zu missbrauchen, darauf versteht Ihr Euch ja bestens! Darin seid Ihr geübt«, sagte sie und ihr Groll auf ihn brach nun durch. »Ihr seid ein elender Scharlatan und Betrüger!«

»Du tust mir unrecht, Johanna«, sagte Kopernikus leise.

»Redet Euch doch nicht heraus!«, zischte sie. »Ihr habt den Stein der Weisen überhaupt nicht gefunden und auch keine erfolgreiche Transmutation durchgeführt! Das war alles Lüge. Gebt doch zu, dass Ihr mir Gold in den Tiegel geschmuggelt habt, ohne dass ich Dummkopf irgendetwas davon gemerkt habe. Ihr habt mich benutzt und ich bin auf Eure Taschenspielertricks genauso hereingefallen wie die drei Männer aus Frankfurt. Und ich weiß auch, wie Ihr die Umwandlung vorgetäuscht habt: Der Rührstab war präpariert! Ich habe die kleinen, mit Blei überzogenen Goldkugeln in Eurem Umhang gefunden!«

»Ja, ich weiß, es spricht so vieles gegen mich«, räumte er kleinlaut ein und beteuerte dann: »Aber diese Goldkügelchen waren wirklich nur für äußerste Notfälle bestimmt, etwa um meinen Hals aus der Schlinge eines Kurfürsten zu retten und um mir Zeit zu verschaffen! Ich steckte wirklich in einer entsetzlichen Klemme, Johanna! Ich musste die drei Kaufleute doch davon überzeugen, dass sie ein gutes Geschäft machten, wenn sie meine Arbeit finanzierten. Und damit habe ich ihnen keinen Schwindel aufgetischt, denn ich weiß, dass ich mit meiner Arbeit kurz vor dem Ziel stehe. Ich bin kein Scharlatan, Johanna, der Herr ist mein Zeuge. Aber ich bin auch kein Heiliger.«

»Was Ihr nicht sagt!«, höhnte Johanna.

»Mein Gott, wir alle haben unsere Schwächen und dunklen Seiten, die wir möglichst geheim halten, weil wir uns ihrer schämen. Und ich gebe zu, dass ich einige Male in meinem Leben Dinge getan habe, derer ich mich wirklich schämen muss. Aber ich habe es nie getan, um jemand zu betrügen und mich zu bereichern, sondern immer nur, um meine Forschungen ungehindert fortsetzen zu können – oder um mein Leben zu retten!«

»Das ändert nichts daran, dass Ihr mich hintergangen, mein Vertrauen missbraucht – und mich dadurch hier in Gefangenschaft gebracht habt!«, warf sie ihm vor.

»Es wird dir nicht viel helfen, wenn ich sage, wie sehr ich all die Monate darunter gelitten habe, dass du durch meine Schuld von Benedikt entführt und hier in Dresden eingekerkert worden bist«, sagte Kopernikus. »Ich werde mir das auch nie verzeihen. Aber ich hatte mich so sicher gefühlt und nicht geglaubt, dass dieser Schweinehund mich in Köln finden würde.«

»Ich wäre für Euch durchs Feuer gegangen, so habe ich Euch vertraut . . . und bewundert«, sagte Johanna. Doch ihr Zorn war auf einmal verraucht und sie empfand jetzt nur noch Enttäuschung und Ernüchterung. Kopernikus war nicht der überragende und in allen Dingen nachahmenswerte Mann, für den sie ihn fast zwei Jahre gehalten hatte. Er war in der Tat weit davon entfernt, ein Heiliger zu sein. Aber ihn als einen Scharlatan und Betrüger zu verurteilen wurde seiner Person auch nicht gerecht. So wie man auch ihr nicht gerecht wurde, wenn man sie allein danach beurteilte, dass sie unter der Drohung des Kammerrates Nehmitz zu einem willenlosen Werkzeug dieses Mannes geworden war.

»Erzählt mir von Eurem Plan, wie Ihr mich befreien wollt!«, sagte Johanna nun unvermittelt. »Und wann kann ich Leander sehen?«

»Leander kann sich nicht auf dem Hof herumtreiben, ohne Misstrauen zu erregen. Du wirst dich noch ein paar Tage gedulden müssen, bis du ihn wieder siehst«, antwortete Kopernikus. »Was deine Flucht angeht, so werden wir dich in der Sylvesternacht herausholen.«

»Aber wie wollt Ihr das anstellen?«

»Hast du gewusst, dass es am Hof dieses sächsischen Sonnenkönigs eine komplizierte Hierarchie gibt, die aus mehr als neunzig Rangstufen besteht? Die meisten Bewohner von Dresden arbeiten auf die eine oder andere Art für diesen gewaltig aufgeblähten Hofstaat. Und natürlich wird nicht jeder zu dem prächtigen Ball geladen, den August der Starke in der Sylvesternacht in seiner königlichen Residenz veranstaltet«, antwortete Kopernikus. »Die Herren und Damen von nicht ganz so hohem Rang werden an anderen Orten den Jahreswechsel feiern und eines dieser Feste findet im Lusthaus statt.«

»Meine Flucht soll also während des Festes geschehen?«

»Ja, und zwar genau um Mitternacht. Es ist ganz wichtig, dass du dich um Punkt Mitternacht in dem hinteren Gewölbe der beiden alten Werkstätten einfindest, die seit einiger Zeit gesperrt sind. Du weißt, wovon ich rede?«

»Ja, und was passiert dann?«

In diesem Moment kam ein hoch gewachsener, breitschultriger Mann auf sie zu und rief: »He, Tielke! Was trödelst du da Ewigkeiten mit der Schubkarre herum, Mann? Hast du vergessen, dass wir heute mit der Arbeit fertig sein müssen?«

»Das verdammte Rad hat sich verklemmt!«, rief Kopernikus zurück und flüsterte Johanna noch einmal hastig zu: »Also denk daran, dass du um Punkt Mitternacht, wenn das Feuerwerk beginnt und die schweren Böllerschüsse losgehen, im hinteren der gesperrten Gewölbe bist! Wenn möglich bring ein, zwei Decken mit. Alles Weitere erfährst du dann!«

»Hast du mir nichts von Leander auszurichten?«, fragte Johanna. Sie stand von der Steinbank auf und bereute nun ihm diese Frage nicht schon viel eher gestellt zu haben.

»Ja, aber dafür ist jetzt keine Zeit mehr. Tut mir Leid«, raunte Kopernikus, trat heftig gegen das Rad des Schubkarrens und sagte zu seinem Vorarbeiter, der sie nun erreicht hatte: »Ah, jetzt läuft es wieder.«

»Sieh bloß zu, dass du wieder ans Arbeiten kommst, Tielke!«, forderte der Vorarbeiter ihn mürrisch auf.

Johanna entfernte sich rasch und ging mit klopfendem Herzen zum Lusthaus hinüber, in dem sie Leander wusste. Doch ihr brennender Wunsch, wenigstens einen kurzen Blick auf ihn zu erhaschen, erfüllte sich nicht. Die Wachen ließen sie erst gar nicht nahe genug heran.

Aber schon das Wissen, dass Leander sich ganz in ihrer Nähe befand und schon seit Monaten zusammen mit seinem Vater und Kopernikus an einem Fluchtplan für sie arbeitete, kam einer Erlösung gleich und versetzte sie, je mehr sie darüber nachdachte, in einen Zustand fiebriger Erregung.

Würde sie in der ersten Stunde des neuen Jahres endlich wieder in Freiheit und vereint mit Leander sein?

Vierzigstes Kapitel

Johanna rechnete fest damit, in den vier Tagen, die bis zum Jahreswechsel blieben, noch mehrmals mit Kopernikus und vielleicht sogar auch mit Leander auf dem Hof heimlich sprechen zu können. Allein schon, was den Ablauf ihrer Flucht anging, gab es doch so vieles, was sie wissen musste.

Ihre euphorische Stimmung erhielt tags darauf jedoch einen erheblichen Dämpfer, als Böttger ihnen nach einem Besuch des Bergrates Pabst von Ohain mitteilte, dass man ihnen den Freigang für die nächsten Tage gestrichen hatte.

»Wegen der Vorbereitungen für das Fest im Lusthaus geht es im Hof jetzt so hektisch zu, dass unsere Wachen wohl fürchten, wir könnten in dem ständigen Kommen und Gehen der Lieferanten, Musiker und Dekorateure eine Gelegenheit zur Flucht finden«, sagte er spöttisch. »Das neue Jahr wird jedenfalls schon ein paar Tage alt sein, wenn wir wieder an die frische Luft dürfen.«

»Aber das können sie doch nicht machen!«, rief Johanna bestürzt, obwohl sie doch wie alle anderen genau wusste, dass sie der Willkür hilflos ausgesetzt waren.

»Ach, was machen die paar Tage schon aus, wo für uns doch bald ein ganz neues Leben beginnt!«, erklärte Böttger, der in seinen verrußten Lumpen und mit seinen eingefallenen Gesichtszügen wie ein ausgemergelter Bettler aussah, jedoch ausgesprochen auffällig gute Laune hatte. Den Grund für seine aufgekratzte Stimmung gab er Augenblicke später bekannt. »Der König wird uns im neuen Jahr einen Besuch abstatten, um sich mit eigenen Augen davon zu überzeugen, dass ich die geheime Rezeptur der Porzellanherstellung gefunden habe!«, eröffnete er ihnen stolz. »Und dann wird es uns an nichts mehr fehlen, das versichere ich euch. Dann werden wir unseren verdienten Lohn für unsere jahrelange Plackerei erhalten!«

Im Hochgefühl seines einzigartigen Erfolges scheute Böttger sich nicht einmal, laut über die Möglichkeit nachzudenken, für seine Verdienste vom König in den Adelsstand erhoben zu werden. Und auch seine Mitarbeiter würden gewiss großzügige Belohnungen erhalten. Er wusste doch nur zu gut, was für ein gewaltiges Vermögen bald in die Kasse des Königs fließen würde, wenn sie erst Porzellan in Mengen herstellen konnten.

Eine nervöse Unruhe, bei der sich freudige Erregung und Ungeduld mit nagenden Zweifeln und Angst vor bitterer Enttäuschung abwechselten, erfasste sie alle. Doch während Böttger und seine langjährigen Gehilfen den Besuch des Königs bei ihnen im Gewölbe der Jungfernbastei nicht abwarten konnten, fieberte Johanna der Sylvesternacht entgegen.

Das Wechselbad der Gefühle verschonte natürlich auch sie nicht. Allein schon der Umstand, dass sie nun keine Gelegenheit mehr hatte, vor der Flucht noch einmal mit Kopernikus zu reden und von ihm genaue Einzelheiten zu erfahren, schürte in ihr die Angst vor einem Scheitern der Flucht.

Große Sorgen bereitete ihr auch der Wutausbruch des Kammerrates. Als Nehmitz erfuhr, was Böttger bei seinem letzten Brennversuch gelungen war, verlor er die Beherrschung und warf ihr vor ihn all die Zeit nur unzureichend unterrichtet, ja ihn geradezu getäuscht zu haben. »Aber das wird für dich noch ein Nachspiel haben, darauf kannst du dich verlassen!«, drohte er ihr wutentbrannt.

Danach hatte Johanna kaum noch eine ruhige Minute, rechnete sie doch jeden Augenblick damit, dass der Kammerrat sie abholen und in einen Kerker schließen ließ oder dass irgendetwas anderes geschah, was den Fluchtplan zunichte machte. Und je näher der letzte Tag des Jahres rückte, desto beklemmender wurden die Schreckensszenarien, die sie sich ausmalte.

Am Sylvestermorgen erwachte sie schweißbedeckt aus einem Alptraum und von heftigem Brechreiz gequält. Die Angst, noch in den letzten Stunden ihrer Chance zur Flucht beraubt zu werden, verließ sie nicht mehr.

»Du siehst ja richtig blass und krank aus«, sagte Ludwig besorgt, als sie sich am Morgen in der Töpferwerkstatt einfand. Denn Böttger bestand darauf, auch an diesem Tag wenigstens bis zum Abend zu arbeiten. »Du wirst doch wohl nicht gerade jetzt mit einer Krankheit niederkommen, oder?«

»Es ist wohl nur wieder eine meiner Magenverstimmungen«, wiegelte Johanna ab.

Ludwig schüttelte mitleidig den Kopf. »Also, einen unpassenderen Zeitpunkt hättest du dir für deine Magenverstimmung wirklich nicht aussuchen können!«, sagte er in Anspielung auf ihr Fest, das sie nachher oben im Gemeinschaftsraum feiern würden, wo zu den reichhaltigen fetten Speisen der Branntwein und schwere Tokaier in Strömen fließen und es beim Karten- und Würfelspiel hoch hergehen würde.

Johanna machte den ganzen Tag eine bekümmerte Miene und zeigte überzeugend, dass sie sich zu elend fühlte, um nachher mit den anderen feiern zu können. Schon am frühen Abend zog sie sich in ihre kalte Kammer zurück.

Das Warten war eine einzige Qual. Sie versuchte sich abzulenken, indem sie sich selbst Aufgaben stellte, die sie im Kopf zu lösen hatte. Zudem beschwor sie die Erinnerung an besonders schöne Erlebnisse mit ihrem Vater und ihrer Mutter und mit Leander herauf. Auch ging sie in Gedanken möglichst viele Experimente durch, die Kopernikus sie gelehrt hatte. Zwischendurch sagte sie immer wieder die Gebete, Psalmen und Bibelstellen auf, die sie auswendig kannte.

Als die Glocke der nahen Turmuhr mit dunklem Schlag verkündete, dass in einer halben Stunde das alte Jahr abgelaufen war, hielt es Johanna nicht länger in ihrer Kammer. Sie warf sich ihre beiden Decken über den Umhang, löschte die Kerzenlichter und schlich sich hinaus.

Als sie die bröckelnden Steinstufen hinter ihrer Kammertür hochschritt und dann die finsteren, von schwerem Modergeruch erfüllten Gänge hinunterging, dachte sie daran, dass sie schon einmal voller Hoffnung auf eine erfolgreiche Flucht zu nächtlicher Stunde durch diese Gänge und Gewölbe geschlichen – und geradewegs in eine Falle gelaufen war.

Als Johanna an die Abzweigung gelangte, wo es nach oben zum Gemeinschaftsraum von Böttgers Truppe ging, hörte sie lautes Gelächter und Gegröle. Die Feier befand sich offenbar in vollem Schwung.

»Viel Glück euch allen. Hoffentlich bekommt ihr den Lohn, den ihr euch redlich verdient habt!«, flüsterte sie als Abschiedsgruß zu ihnen hoch. Böttger und seine Männer hatten sie gut behandelt. Sie wünschte ihnen nur das Beste. Dann ging sie schnell weiter.

Ohne jemandem begegnet zu sein, gelangte sie wenig später in jene gesperrten Gewölbe, in denen sie vor fast zwei Monaten die Trickkügelchen des Alchimisten geschmolzen und das Gold zu vier kleinen Plättchen gegossen hatte. Sie verriegelte die schwere Tür von innen, kauerte sich in der Dunkelheit auf ihre Decken und wartete in nervöser Anspannung.

Sie hörte Musik und andere Geräusche, die von oben aus

dem Ballsaal des Lusthauses gedämpft zu ihr drangen. Und sie fragte sich einmal mehr, wie Kopernikus und Leander sie bloß aus diesem Gewölbe herausholen wollten? Ob sie wohl ein Boot aufgetrieben hatten und vom Stadtgraben aus versuchen würden ein Loch in die Mauer zu sprengen? Dass sie sich unbedingt um Punkt Mitternacht hier einfinden sollte, wenn das Feuerwerk begann und schwere Böllerschüsse abgefeuert wurden, hatte doch sicher irgendeine Bedeutung. Aber wie wollten sie das bloß bewerkstelligen, während oben im Lusthaus ein Fest gefeiert wurde und es bestimmt von Dienern und Wachsoldaten auf dem Gelände nur so wimmelte?

Johannas Anspannung wuchs, während sie angestrengt in die Dunkelheit lauschte. Plötzlich brach die Musik ab und ein fröhliches Stimmengewirr drang an ihr Ohr. Und noch bevor die Kirchenglocken und das Feuerwerk einsetzten, wusste sie, dass jetzt Mitternacht war.

Sie sprang auf. Im nächsten Augenblick begann das Glockengeläut. Mit nur wenigen Sekunden Verzögerung setzte der Donner- und Lichterzauber der königlichen Feuerwerker ein. Raketen stiegen mit hellem Zischen und Jaulen in die Luft, begleitet von mächtigen Böllerschüssen, die nun in regelmäßigen Abständen über die Stadt hinweghallten.

Gleichzeitig mit dem dritten Böllerschuss krachte es direkt über Johanna. Mörtel und Gesteinsbrocken rieselten auf sie herab und sie sprang schnell zur Seite. Beim dritten, vierten und fünften Böllerschuss wiederholte sich der dumpfe, hämmernde Laut oben an der Gewölbedecke. Und da wusste sie, dass ihre Retter von oben kamen.

Sie warf ihre Decken schnell dorthin, wo schon Mörtel und Gestein herabgefallen waren, um den Aufschlag zu dämpfen, und trat schnell wieder zurück, um nicht von herabfallendem Mauerwerk getroffen zu werden.

Wieder erfolgte gleichzeitig mit einem Böllerschuss ein schwerer Rammstoß – und unter lautem Krachen prasselten einige Dutzend Mauersteine von der Decke herunter. Gleichzeitig fiel Licht von oben in das Gewölbe.

Durch den aufgewirbelten Mörtelstaub hindurch sah Johanna, dass über ihr in der Decke ein Loch klaffte. Es war groß genug, um jemanden mit ihrer schmächtigen Gestalt hindurchzulassen!

Ein Schatten fiel über die Öffnung und Leander rief mit angespannter Stimme: »Johanna? Bist du da unten?«

»Oh mein Gott, ja! Ich bin hier, Leander!« Die Tränen schossen ihr in die Augen.

»Dem Himmel sei Dank! Pass auf, hier kommt das Seil!« Ein Seil flog durch das Loch zu ihr herab. In das Seil waren in kurzen Abständen dicke Knoten gebunden, um ihr das Hochklettern zu erleichtern. »Schaffst du es alleine? Oder soll ich dich hochziehen?«

»Ich schaffe es schon!«, versicherte Johanna, ergriff das Seil und kletterte daran zur Gewölbedecke hoch.

Leander packte ihren Arm, als sie das Loch erreicht hatte, und zog sie hoch. »Endlich! . . . Endlich habe ich dich wieder, mein Liebling!«, stieß er hervor, küsste sie und schloss sie in seine Arme.

Überwältigt von ihren Gefühlen, liefen ihr die Tränen über das Gesicht, während sie sich an ihn klammerte, als wollte sie ihn nie wieder freigeben.

Leander hielt sie einige Sekunden lang fest in seinen Armen. Dann löste er die innige Umarmung, nahm er ihr Gesicht in seine Hände, gab ihr noch einen Kuss und sagte eindringlich: »Ich wünschte, ich könnte dich noch länger so halten. Aber das muss warten bis später, denn wir haben jetzt nicht viel Zeit, Johanna. Wir müssen uns beeilen, wenn die Flucht gelingen soll.«

Johanna riss sich augenblicklich zusammen. Sie sah, dass sie sich in einer kleinen, fensterlosen Kammer von nicht einmal vier Schritten Länge und drei Schritten Breite befanden, die wohl zu den Wirtschaftsräumen gehörte und als Abstellkammer diente. Ihr Blick fiel auf eine Öllampe, einen schweren Vorschlaghammer und einen kleinen Stapel mit dicken Dielenbrettern, die wohl über dem Steinboden gelegen hatten.

»Aber wie sollen wir in unserem Aufzug bloß unbemerkt aus dem Lusthaus herauskommen? Wir werden doch bestimmt auf Schritt und Tritt auf fein herausgeputzte Bedienstete, Musiker und Ballgäste treffen, von den Wachposten am Tor mal ganz zu schweigen«, sagte sie verstört. »Schau doch nur, wie zerlumpt ich aussehe! Und du siehst auch nicht viel besser aus.«

Leander trug eine weite Kutte mit eng anliegender Kapuze. Dieses Gewand aus billigem braunem Stoff war völlig eingestaubt und so lang, dass der Saum über den Boden fegte.

Er lachte. »Kein Sorge, wir haben an alles gedacht. Darum haben unsere Vorbereitungen ja auch so lange gedauert«, sagte er, löste die Kordel unter dem Kinn, schlug die Kapuze zurück und zog das Gewand über den Kopf.

»Allmächtiger!«, stieß Johanna fassungslos hervor, als unter der schäbigen Kutte nun das farbenprächtige Kostüm eines herausgeputzten Landsknechtes aus dem sechzehnten Jahrhundert zum Vorschein kam. Leander trug ein Wams, das mit einem dicken Steppfutter versehen war, dazu pluderige Kniehosen, helle Strümpfe und blank polierte hohe Stiefel aus weichem Leder. Alles war aus den allerfeinsten Materialien gearbeitet, wie es bei höfischen Ballkostümen die Regel war. Die vielfach geschlitzten Stoffe von Wams und Hose bildeten aufwändige Muster, durch die die andersfarbigen Futterstoffe, mit denen sie unterlegt waren, kontrastreich hervorleuchteten. »Das muss ja ein Vermögen gekostet haben!«

»Warte nur, bis du dein Kostüm gesehen hast!«, erwiderte Leander vergnügt. »Und zieh dich schon mal aus, damit es gleich schneller geht!« Er öffnete den Sack, der in der Ecke neben der Tür vor einer langen Landsknechtslanze stand, und zog ein Kleid aus rot-schwarzem Seidenstoff und mit Paspelierungen aus dunklem Goldbrokat hervor, das ihr den Atem verschlug. Zu dem Kostüm gehörten außerdem ein bodenlanger Mantel mit hochgestelltem Kragen, stark gepuffte Ärmel mit Schleifengarnierung, Handschuhe aus feinem Leder, eine Augenmaske und ein Fächer, die beide wie das Kleid aus rot-schwarzer Seide gearbeitet waren, sowie ein Samthut mit Federn und Goldborte und einem Haarteil aus schwarzen, halblange Locken. Auch die passenden Schuhe lagen bereit.

»Das . . . das soll für mich sein?«, stammelte Johanna und vergaß einen Moment, in welcher Gefahr sie noch immer schwebten. Das Kostüm raubte ihr den Atem. Solch eine kostbare Garderobe gehörte zu einer reichen Dame von adligem Stand und nicht an den Körper eines mittellosen Mädchens.

»So in etwa hat sich gegen Ende des sechzehnten Jahrhunderts eine spanische Prinzessin gekleidet«, erklärte Leander amüsiert über ihre Fassungslosigkeit. »Es ist sicherlich kein preiswertes Kostüm, aber es gehört auch nicht zu den teuersten, die hier auf dem Kostümball im Lusthaus zu sehen sind. Und am Hof des Königs wird noch viel mehr Aufwand getrieben. So, und nun sieh zu, dass du in das Kostüm kommst! Wenn das Feuerwerk vorbei ist und die Leute alle wieder ins

Lusthaus zurückströmen, müssen wir aus der Kammer hier heraus sein, sonst könnte es für uns ungemütlich werden.«

»Wo ist Kopernikus?«, fragte Johanna und schlüpfte nun vor ihm ohne Scham aus ihren zerschlissenen Kleidern.

»Er hat sich als livrierter Kutscher verkleidet und fährt die Kutsche, die draußen im Hof auf uns wartet«, antwortete Leander und reichte ihr mehrere nasse Tücher, mit denen sie sich Gesicht und Hände waschen konnte.

»Und dein Vater?«

»Du wirst ihn auf dem Flussschiff treffen. Jeder von uns hat seine Aufgabe«, sagte Leander und half ihr in das Kostüm zu steigen. Plötzlich hielt er ihre rechte Hand fest und starrte auf ihren verstümmelten Finger. »Mein Gott, wobei ist dir das passiert?«

»Das hat Rickenbach getan, zur Warnung.«

»Dieser Schweinehund, auf ewig verflucht soll er sein!«, stieß er hervor, konzentrierte sich dann aber sofort wieder auf die Bänder, die zu binden, und die Knöpfe, die zu schließen waren.

Johanna fuhr in die Schuhe, die ein wenig zu eng waren, streifte die Handschuhe über, legte die kokette Augenmaske an und setzte zum Schluss den Hut mit dem daran befestigten falschen Haarteil auf den Kopf. »Wie sehe ich aus?«

»Wie eine geheimnisvolle Prinzessin«, antwortete er mit einem zärtlichen Lächeln. »Und so gefällst du mir tausendmal besser als in dem Kostüm des alchimistischen Meisterschülers Johannes.«

Zaghaft erwiderte sie sein Lächeln. »Und was jetzt?«, fragte sie und blickte beklommen zur Tür. Was dahinter auf sie wartete, jagte ihr Angst ein.

Leander stülpte sich das Barett des Landsknechtes, einen breitkrempigen und mit Straußenfedern geschmückten Hut, auf den Kopf und ergriff die übermannshohe Lanze, die in der Ecke neben der Tür lehnte. »Jetzt spazieren wir hier ohne Hast hinaus und du bleibst ganz ruhig. Du hast keinen Grund, Angst zu haben. Die heikelsten Momente haben wir überstanden«, versuchte er sie zu beruhigen. »Denk daran, dass du in deinem kostbaren Kostüm nichts zu befürchten hat. Niemand wird auch nur im Entferntesten auf den Gedanken kommen, dass du nicht zur Gesellschaft gehören könntest. Wer sich solch ein Kostüm leisten kann, muss einfach zur feinen Gesellschaft gehören.«

»Muttergottes, stehe uns bei!«, betete Johanna inständig gen Himmel.

Leander öffnete die Tür und trat mit ihr hinaus. Johanna schlug das Herz im Hals, als sie an seinem Arm einen prächtigen Vorraum mit funkelnden Lüstern und goldgerahmten Spiegeln an den Wänden durchquerte, der menschenleer vor ihnen lag.

Doch schon im nächsten Moment tauchten Lakaien vor ihnen auf, die hastig und mit von der Kälte geröteten Gesichtern neben den offenen Flügeltüren wieder Aufstellung nahmen, und sofort hinter ihnen strömten auch schon die kostümierten Ballgäste lachend und in Unterhaltungen verwickelt ins Haus zurück.

»Himmel, wir haben wirklich Glück gehabt. Das Feuerwerk hat aufgehört! Da, die Gäste kommen von draußen zurück! Wir hätten keine Minute länger in der Kammer bleiben dürfen«, flüsterte Leander ihr zu, als er sie am Ballsaal vorbei zum statuengeschmückten Portal führte. Der von hohen Mauern umschlossene Hof mit seiner kleinen Parkanlage erstrahlte im Licht von unzähligen Fackeln und Laternen.

Plötzlich erstarrte Johanna und blieb jäh stehen.

»Was ist?«, fragte Leander leise.

»Da! . . . Der Mann . . . gleich links . . . neben der Tür!« Die Stimme versagte ihr fast vor Angst.

Leander folgte ihrem Blick und sah Rickenbach, der wie ein venezianischer Doge gekleidet war, über seinem blinden Auge eine mit Silbersternen bestickte, nachtblaue Augenklappe trug und sich mit einem dicken Mann in einem römischen Gladiatorenkostüm unterhielt.

»Komm weiter, er wird dich nicht erkennen«, flüsterte Leander ihr zu und drückte sanft ihren Arm. »Er kennt dich nur mit kurzem Haar und in Männerkleidung. Glaube mir, er wird dich nicht wieder erkennen, selbst wenn er dicht vor dir steht und dir ins Gesicht blickt. Du bist nicht mehr der zerlumpte Alchimistenschüler, sondern eine vornehme Dame in einem prächtigen Kostüm, vergiss das nicht!«

»Ich kann nicht!«

»Doch, du kannst es. Du wirst mit mir ganz ruhig an ihm vorbeigehen und nichts wird geschehen!«, sagte Leander leise, aber eindringlich. »Vertrau mir! Es sind nur noch wenige Schritte bis zur Freiheit. Siehst du die rot-braune Kutsche mit den goldenen Zierleisten dort hinten? Der Mann auf dem Kutschbock ist Kopernikus, und wenn du jetzt nicht die Nerven verlierst, bist du in wenigen Augenblicken in der Freiheit! Bist du bereit?«

Johanna schluckte krampfhaft, holte tief Luft und nickte dann. Ihr Magen zog sich zusammen und vor Angst verschwamm alles vor ihren Augen. Nur Rickenbach blieb in ihrem Blickfeld, scharf und klar. Alles andere trat in einen verblassenden Hintergrund zurück. Wie in Trance setzte sie einen Fuß vor den anderen.

Als sie nur noch zwei Schritte von Rickenbach entfernt war, glaubte sie die ungeheure innere Anspannung nicht länger ertragen zu können.

Und dann wandte Rickenbach den Kopf und blickte sie an! Er schaute ihr geradewegs ins Gesicht! Ihr war, als risse sein Blick ihr die Maskierung vom Gesicht.

Er hat mich erkannt!, schoss es ihr entsetzt durch den Kopf. Es ist aus! Ich bin verloren! Es ist alles vergeblich gewesen. Ein Mann wie Rickenbach lässt sich nicht tauschen!

In ihrer Panik wollte sie sich schon von Leander losreißen und weglaufen, als etwas Unglaubliches geschah: Benedikt von Rickenbach schenkte ihr ein charmantes Lächeln und machte eine galante Verbeugung, um sich dann wieder seinem Gesprächspartner zuzuwenden. Und im nächsten Moment waren sie schon an ihm vorbei und gingen auf die Kutsche zu, deren Türschlag ein herbeigeeilter Lakai dienstfertig aufriss.

Danach ging alles so unglaublich schnell und leicht wie in einem Traum. Die Kutsche passierte Augenblicke später anstandslos die Wachen am Hoftor und Kopernikus lenkte das Gefährt zum Flussufer hinunter, wo ein stattliches Elbschiff auf sie wartete, auf das sie wenige Minuten nach ihrer Flucht von der Jungfernbastei umstiegen. Auch Kopernikus ging mit ihnen an Bord, während ein fremder Mann in einer Kutscherlivree, der bei ihrer Ankunft vom Schiff eilte, wortlos das Gefährt übernahm und sofort davonfuhr.

Der Alchimist kam aber nicht zu ihnen ans Heck. Er spürte wohl, dass Johanna in diesen ersten Minuten ihrer wiedergewonnenen Freiheit mit Leander ungestört sein wollte. Er begab sich nach vorn an den Bug, wo ein hoch gewachsener Mann in einem schweren Pelzmantel an der Reling stand. Dass es sich bei diesem Mann um Leanders Vater handeln musste, war nicht schwer zu erraten.

Kaum waren sie an Bord gegangen, als die Mannschaft auch schon die Bootsleinen loswarf und das Flussschiff hinaus auf den dunklen Strom lenkte. Hoch über ihnen zog das hell erleuchtete Lusthaus der Jungfernbastei vorbei und fiel dann schnell hinter ihnen zurück.

Leander befreite sie von ihrer Maske, die er achtlos hinter sich ins Wasser warf, und ergriff ihre Hand. »Du bist frei. Der Alptraum ist vorbei. Jetzt wird sich niemand mehr an dir vergreifen.«

Johanna ließ ihren Tränen freien Lauf, während das Flussschiff einer Biegung der Elbe folgte und Dresden in der nächtlichen Dunkelheit versank.

»Wohin geht es jetzt, Leander? Und was wird mit uns?«, fragte sie eine Weile später, als sie sich wieder gefasst hatte.

»Wir gehen schon bald wieder an Land. Kurz vor der Stadt Pirna warten zwei Reisekutschen und ein Dutzend gut bewaffneter Reiter auf uns, Söldner aus der Heimat meines Vaters«, teilte er ihr mit. »Der Begleitschutz ist vermutlich überflüssig, weil wir schon längst über alle Berge sind, wenn man deine Flucht entdeckt. Aber mein Vater wollte lieber sichergehen und auf alles vorbereitet sein, sodass wir auf dem Weg nach Hause keine bösen Überraschungen erleben.«

»Nach Hause?«, fragte Johanna unsicher. Sie besaß kein Zuhause mehr.

»Du kommst natürlich mit uns nach Antwerpen. Hat Kopernikus dir denn nicht erzählt, dass meine Stiefmutter im Sommer eine Fehlgeburt gehabt und das Kind verloren hat?«

Sie schüttelte den Kopf.

»Das hat es meinem Vater natürlich leichter gemacht, sie zu verstoßen und die Ehe mit ihr aufzuheben. Bei Gelegenheit wird er auch mit seinem einstigen Schwager und mit Hackenbroich abrechnen. Aber das eilt nicht.«

»Und was ist mit Kopernikus?«

Leander lachte auf. »Der Alchimist muss wie eine Katze

neun Leben haben, denn er fällt offenbar immer wieder auf die Beine. Auf jeden Fall hat er meinen Vater beschwatzt ihn eine Zeit lang großzügig zu unterstützen. Na ja, das ist er ihm ja auch schuldig gewesen. Kopernikus wird also in Antwerpen seine alchimistischen Arbeiten fortsetzen.« Er zögerte kurz, bevor er fortfuhr. »Wenn du möchtest, kannst du weiter mit ihm nach dem Stein der Weisen suchen.«

Johanna schüttelte den Kopf. »Nein, ich glaube, von der Alchimie habe ich für den Rest meines Lebens genug.«

Ein Lächeln der Erleichterung zeigte sich auf Leanders Gesicht. »Gut, denn ich möchte dich nicht mehr von meiner Seite lassen«, sagte er zärtlich und drückte sie an sich. »Auch dann nicht, wenn ich meinen Vater im Frühling nach Russland begleite.«

»Russland? Du willst, dass ich mit dir und deinem Vater nach Russland reise?«, fragte sie ungläubig.

»Ja, nach Russland und wohin es uns auch immer treiben mag, natürlich als meine Frau«, sagte er. »Ich hoffe, du hast weder gegen das eine noch gegen das andere etwas einzuwenden.«

»Oh nein, ganz bestimmt nicht«, flüsterte Johanna, überwältigt von Glück und einer tiefen Dankbarkeit für das einzigartige Wunder ihrer Errettung und der Liebe, die sie gefunden hatte und die nicht durch alles Gold der Welt aufzuwiegen war. »Mit dir gehe ich bis ans Ende der Welt, Leander!«

Nachwort

Die Geschichte der Alchimie ist wohl fast so lang wie die Geschichte der Menschheit – und die Geschichte des Goldes. Seit das seltene Edelmetall mit seinem verführerischen Glanz die Phantasie der Menschen entflammt hat, zur Herstellung geweihter Kultgegenstände verwendet wird und zum Symbol für Macht und Reichtum geworden ist, seit dieser Zeit haben Menschen nach dem legendären Arkanum gesucht. Bei dieser viele tausend Jahre alten Jagd nach der Zauberformel zur Umwandlung unedler Metalle in kostbares Gold waren Habgier und Machtgelüste genauso starke Antriebsfedern wie das religiös motivierte Streben nach Erkenntnis und Vollkommenheit.

Dem wahren Adepten ging es zu allen Zeiten um Göttlichkeit und manch sonderliche Wege wurden eingeschlagen, um dieses heilige Ziel zu erreichen. Wissenschaftlich nicht ernst zu nehmen und ohne jeden Nutzen sind die Versuche vieler Alchimisten, den Ursprung ihrer Kunst in eine möglichst ferne und mythische Vergangenheit zu verlegen. Da wurde vor keiner auch noch so haarsträubenden Theorie Halt gemacht. Noah oder Moses zum Stammvater der Alchimisten zu erklären gehörte noch zu den recht harmlosen Behauptungen der Goldmacher. Eine der aberwitzigsten dieser theoretischen Verrenkungen war wohl der Versuch, die Bibel mit ihren Gleichnissen als eine Art alchimistisches Lehrbuch Gottes umzudeuten. Heutzutage haben sowohl atheistische Bibelforscher als auch Christen für diese wunderlichen Betrachtungen mittelalterlicher Alchimisten nur ein amüsiertes Lächeln übrig. Aber in jenen Zeiten, als die naturwissenschaftliche und geistesgeschichtliche Erkenntnis noch in den Kinderschuhen steckte und der Alltag der Menschen stark vom Aberglauben geprägt wurde, fielen solche absurden Lehren bei vielen Alchimisten auf fruchtbaren Boden. Die von mir gestaltete Figur des Kopernikus Quint spiegelt somit nur wider, in welch einer seltsamen Vermengung aus ebenso ernsthafter Frömmigkeit wie ernsthafter wissenschaftlicher Forschung auf dem Gebiet der Chemie einerseits und abstrusen okkulten Theorien und Geheimlehren andererseits sie ihre Arbeit betrieben haben.

Dass die Alchimisten bei ihrer Suche nach dem sagenhaften Stein der Weisen das Wissen über die Natur der Stoffe, ihre chemischen Eigenheiten und Reaktionen miteinander unermüdlich vorangetrieben und in der Entwicklungsgeschichte der Naturwissenschaften einen unschätzbaren Beitrag geleistet haben, steht außer Zweifel. Sie waren zumeist die fortschrittlichsten Geister (zu denen stets auch Frauen zählten), die in ihrer Epoche an den Toren der streng gehüteten wissenschaftlichen Erkenntnis rüttelten, was viele zwangsläufig mit der argwöhnischen und machtbesessenen Obrigkeit von Staat und Kirche in Konflikt brachte. Ein Konflikt, der nicht selten zu Verfolgung, Einkerkerung und Tod führte.

Den traditionellen Alchimisten ist die Umwandlung von unedlen Metallen in Gold nie gelungen. Bei allen scheinbar »historisch belegten Beispielen« von Transmutationen, die sich in zahlreichen Abhandlungen vergangener Jahrhunderte finden, hat es sich ausnahmslos um raffinierte Tricks der geheimen Goldbeimischung gehandelt. Der Stein der Weisen, das Pulver der Projektion, die magische Tinktur – das Arkanum, das die Alchimisten unter unzähligen geheimen und weniger geheimen Namen Jahrtausende gesucht haben, blieb unentdeckt.

Und doch ist die Transmutation vom rein wissenschaftlichen Standpunkt aus gesehen keine Illusion, sondern in der Tat machbar. Schon der Ionier Demokrit, der im fünften bis vierten Jahrhundert vor Christi Geburt lebte, dachte in die richtige Richtung. Er vertrat nämlich die Auffassung, jedes Ding setzte sich aus winzigen unsichtbaren Teilchen zusammen, die sich im leeren Raum bewegten. Diese Teilchen nannte er *Atome,* nach dem griechischen Wort für »unteilbar«. Und genau dort, im Bereich der Atomforschung und Kernspaltung, ist Transmutation möglich

Im Jahre 1941 wurden im Labor der amerikanischen Harvard-Universität 400 Gramm Quecksilber mit beschleunigten Neutronen beschossen. Als die bestrahlte Substanz anschließend im Vakuum destilliert wurde, fanden Wissenschaftler unter den Molekültrümmern drei Goldisotope. Die Möglichkeit der Transmutation von unedlem Metall in Gold war von nun an keine Theorie mehr, sondern eine wissenschaftlich erwiesene Tatsache. Dass der gigantische Aufwand in keinem Verhältnis zu verschwindend geringen Mengen des gewonnenen Goldes steht, ist wissenschaftlich ohne Bedeutung.

Der größte »alchimistische Schmelztiegel« ist und bleibt das Universum, in dem seit dem Urknall unaufhörlich Transmutationen aller Art in einer nicht vorstellbaren Menge und Größenordnung geschehen. Bei einer Supernova beispielsweise wird durch Kernumwandlung so viel Energie freigesetzt, dass bei diesem Prozess Gold und alle anderen Elemente der Schöpfung entstehen. Aber der explodierende Stern verwandelt dabei gleichzeitig auch Gold in Blei!

Der »Goldmacher« Johann Friedrich Böttger hat zu seinem großen Unglück wie unzählige Alchimisten vor ihm und noch viele nach ihm nichts davon geahnt, dass mit Schmelztiegel, Alambik und einigen anderen Laborgeräten kein Gold zu schaffen ist. Und bei den ihm nachgesagten Transmutationen bei geheimen Schauveranstaltungen in Berlin und Dresden hat auch er zweifellos mit Taschenspielertricks gearbeitet, um das Gold unter das Blei im Tiegel zu schmuggeln. So gesehen war auch er ein Scharlatan und »Tinkturenkocher« wie viele andere Schwarzkünstler.

Aber durch eine Laune des Schicksals und seine eigene Angeberei in Berlin geriet er nach Dresden, wurde zum privilegierten Goldmacher von August dem Starken, Kurfürst von Sachsen und König von Polen und dadurch ist ihm die zweifelhafte Ehre zuteil geworden, bei der Entdeckung der Porzellanrezeptur und der europäischen Porzellanherstellung eine zentrale Rolle zu spielen.

Böttger galt lange Zeit als der Mann, dem der ganze Ruhm gebührt und der die Manufaktur des bald weltweit berühmten Porzellans aus Meißen (mit den beiden sich kreuzenden Schwertern als Markenzeichen) möglich gemacht hat. Doch in Wirklichkeit führte er nur die Arbeit weiter und zu Ende, die der Gelehrte Ehrenfried Walter von Tschirnhaus (1651–1708) auf diesem Gebiet schon seit vielen Jahren betrieben hatte. Das soll Böttgers Anteil an der großen Leistung nicht schmälern. Es ist jedoch sehr unwahrscheinlich, dass er ohne die grundlegenden Vorarbeiten des Grafen von Tschirnhaus Erfolg gehabt hätte. Von sich aus wäre er wohl erst gar nicht auf die Idee gekommen, das Geheimnis des chinesischen Porzellans zu ergründen. Tschirnhaus bot ihm vielmehr die Möglichkeit, sich als nütze zu erweisen und seine besonderen Fähigkeiten zu entfalten, als Böttgers Kopf bedrohlich in der Schlinge steckte. Denn er konnte seine wiederholten Versprechungen gegenüber dem Kurfürsten, schon bald Gold in großen Mengen zu liefern, nicht halten. Und nach Jahren ebenso kostspieliger wie vergeblicher alchimistischer Versuche wollte August der Starke endlich einen Gegenwert für die gewaltigen Summen sehen, die er für seinen Goldmacher bislang ausgegeben hatte. Das Porzellan war somit Böttgers Rettung vor einer Einkerkerung auf der düsteren Festung Königstein oder dem Galgen. Dass der in seiner Zeit berühmte Gelehrte Tschirnhaus schon im Oktober 1708 starb, trug wohl mit dazu bei, dass man fortan weniger seinen als den Namen Böttgers mit der Erfindung des europäischen Porzellans in Verbindung brachte.

Meine Romanfigur Johanna erlebt kurz vor ihrer Flucht noch, wie Böttger im siebten Jahr seiner Gefangenschaft der entscheidende Durchbruch bei der richtigen Mischung und beim Brennvorgang gelingt. Böttger benötigte aber noch über ein Jahr, bevor er es im März des Jahres 1709 wagte, dem Kurfürsten schriftlich zu versichern, dass er nun in der Lage ist, »... den guthen weißen Porcellan herzustellen sambt der allerfeinsten Glaßsur und allem dazugehörigen Mahlwerke [Bemalung], welches dem Ost-Indianischen [fernöstlichen] wo nicht vor, doch wenigstens gleich kommen sollte.«

Das Porzellan konnte nun in Produktion gehen – und als Ort der aufzubauenden Manufaktur bestimmte der Kurfürst Meißen, das dadurch Weltberühmtheit erlangen sollte. Die Anfänge waren jedoch überaus bescheiden und mehr als einmal drohten Schwierigkeiten und Misserfolge aller Art das Unternehmen, dessen Aufbau viel Geld verschlang, scheitern zu lassen.

Böttgers Hoffnung, nach fast neun Jahren der Gefangenschaft endlich in die Freiheit entlassen zu erden, erfüllte sich jedoch nicht. Zwar setzte ihm August der Starke ab dem 1. Dezember 1709 ein monatliches Gehalt von 50 Dukaten aus und gewährte ihm auch ein vergleichsweise komfortables Leben, aber seiner Wege gehen ließ er ihn nicht. Böttger blieb auch weiterhin sein Gefangener. Erst, wenn er die versprochenen 60 Millionen Goldtaler geliefert hatte, werde er ihm die Freiheit zurückgeben, ließ er seinen Goldmacher wissen. Er sollte nicht nur beim Aufbau der kurfürstlichen Porzellanmanufaktur Erfolge vorweisen, sondern gefälligst auch weiter nach dem Gold-Arkanum suchen, wenn er jemals wieder ein freier Mann sein wollte.

Böttger war schon mit Ende zwanzig körperlich stark angegriffen. Er hatte sich jahrelang giftigen Substanzen und Dämpfen ausgesetzt und die harten Bedingungen der Einkerkerung in den ersten Jahren hatten ihn zusätzlich angegriffen und schneller als gewöhnlich altern lassen. Als ihm 1709 die Herstellung des ersten durchscheinenden Porzellans gelang, war es um seine Gesundheit schon schlecht bestellt. Er lebte danach nur noch zehn Jahre. Im Winter 1719 erkrankte er schwer und starb am 13. März desselben Jahres im Alter von gerade siebenunddreißig Jahren.

Das Lustschloss auf der Jungfernbastei mit seinen darunter liegenden Gewölben sowie die Kasematten wurden am 22. September 1742 bei einer gewaltigen Explosion zerstört, als ein Blitz in das Pulvermagazin einschlug.

Rainer M. Schröder im März 2000

Worterklärungen

Adept: (von lat. Adeptus, »wer etwas erreicht hat«) Jemand, der in die Geheimnisse einer Wissenschaft oder einer Geheimlehre eingeweiht ist.

Alambik: Glasbehälter, in dem beim Destillieren die aufsteigenden Dämpfe kondensierten.

Apokalypse: Nach christlichen Vorstellungen das Weltende, auf das eine neue Schöpfung folgen wird.

Arkanum: Geheimlehre; in Wendung wie »die Suche nach dem Arkanum« ist damit der Stein der Weisen gemeint.

Athanor: Schmelz- und Destillierofen der Alchimisten.

August der Starke (1670–1733): Ab 1694 war er, als Friedrich August I., Kurfürst von Sachsen. Er trat 1697 zum katholischen Glauben über, um König von Polen zu werden. Jedoch musste er 1706 nach schweren Niederlagen im Nordischen Krieg auf die Krone Polens verzichten. Mit russischer Hilfe erlangte er 1709 die polnische Krone zurück. August der Starke liebte den Prunk und ließ seine Residenz Dresden und Warschau nach dem Vorbild von Versailles ausbauen. Er hielt Hof im Stil Ludwig IV. und ruinierte dadurch die sächsischen Finanzen.

Bader: Seit dem Mittelalter Bezeichnung für jemanden, der eine Badestube führte und außerdem auch zum Ausüben der niederen Chirurgie und zum Rasieren berechtigt war.

Faktotum: Gehilfe im Sinn von »Mädchen für alles«

Fiale: Schlankes, spitzes gotisches Türmchen.

Gnadenbrot: Versorgung trotz Arbeitsunfähigkeit aus Mitleid oder aus Dankbarkeit für früher geleistete Dienste. Meist in der Formulierung »jemandem das Gnadenbrot gewähren«.

Gran: Alte, sehr kleine Gewichtseinheit. Ein Gran entsprach etwa 0,06 Gramm.

Großes Werk: Das »Große Werk« der Alchimisten (lat. *opus magnum*) diente der Herstellung des Steins der Weisen.

Kabbala: Bezeichnung für die jüdische Geheimlehre und Mystik.

Kappes: Mundartliche Bezeichnung für Weißkohl. Kappesbauern waren also Bauern, die überwiegend Weißkohl anbauten.

Komplet: Abendgebet in der katholische Kirche.

Konterbande: Schmuggelware.

Krypta: Meist unter dem Chor einer Kirche liegender, unterirdischer gewölbter Raum, der als Aufbewahrungsort für Reliquien und als Grabstätte geistlicher oder weltlicher Würdenträger diente.

Kumpen: Kleine, runde Schale.

Logis: Unterkunft, Wohnung.

Lunaticum: Private, städtische oder an Klöster angeschlossene Anstalt für die Verwahrung von Geisteskranken.

Mätresse: Früher die Bezeichnung für die Geliebte eines Fürsten (die oft am Hofe anerkannt war und auch politischen Einfluss hatte).

Nonnenkonvent: Als Konvent bezeichnet man die Gesamtheit der Mitglieder eines Klosters.

Ostervigil: Die Vigil ist in der katholischen Kirche die liturgische Feier am Vortag eines kirchlichen Festes; die Ostervigil findet also am Vorabend des Osterfestes statt.

Persephone: Bei den Griechen die Göttin der Unterwelt, Tochter von Zeus und Demeter.

Phiole: Von den Alchimisten verwendetes bauchiges Glasgefäß mit langem Hals.

Plutarch: Griechischer philosophischer Schriftsteller, der von etwa 46 n. Chr. bis 125 n. Chr. lebte.

Pluton: Griechischer Gott des Reichtums, besonders jenes Reichtums, der von Pflanzenanbau und Bodenschätzen herrührt. Deshalb hat man sich ihn als unter der Erde wirkend vorgestellt und ihn schließlich mit Hades, dem Gott der Unterwelt, identifiziert.

Posamente: Textile Besatzartikel (zum Beispiel Borten, Schnüre, Quasten).

Pranger: In Deutschland seit etwa 1400 verbreitete Methode zur Bestrafung von Gesetzesbrechern. Der Verurteilte wurde »an den Pranger gestellt«, das heißt, er wurde in der Öffentlichkeit (zum

Beispiel auf dem Marktplatz) zur Verspottung und Demütigung zur Schau gestellt. Erst im 19. Jahrhundert abgeschafft.

Remise: Schuppen zum Abstellen von Wagen, Kutschen, Geräten und Werkzeugen.

Schinder: Frühes Wort für Abdecker; seine Aufgabe besteht darin, Tierkadaver zu beseitigen.

Schürgen: In der Kölner Mundart Bezeichnung für Lastenträger.

Stein der Weisen: (lat. *lapis philosophorum*) Bezeichnung für die wichtigste Substanz der Alchimie, mit deren Hilfe unedle Stoffe in edle verwandelt werden sollten. Dabei wurde unterschieden in den »roten Stein«, der der Umwandlung zu Gold dienen sollte, und in das »weiße Elixier«, das die Umwandlung zu Silber bewerkstelligen sollte.

Tartarus: Bei den Griechen Name für die Unterwelt, vor allem für den Aufenthaltsort von Dämonen und Büßern.

Transmutation: Umwandlung eines chemischen Elementes in ein anderes.

Wams: Seit dem 15. Jahrhundert Teil der Männerkleidung; kurzes Obergewand (Jacke).

Werg: Fasermaterial, das bei der Bearbeitung von Flachs und Hanf als Nebenprodukt anfällt.

Wichhäuser: Aus Holz gearbeitete Hütten oben auf der Stadtmauer, die als Unterstand dienten.

Quellenverzeichnis

Zum Thema *Köln und seine Geschichte*

Köln in historischen Stadtplänen – Die Entwicklung der Stadt seit dem 16. Jahrhundert, Argon Verlag

In alten Zeitungen geblättert – Köln 1698–1833, Greven Verlag 1974

Dieter Breuers: *Fenster, Pfeiler und Gewölbe – Die Geschichte des Kölner Doms*, Lübbe Verlag 1998

Carl Dietmar: *Chronik Köln*, Chronik Verlag 1991

Carl Dietmar / Werner Jung: *Kleine illustrierte Geschichte der Stadt Köln*, J. P. Bachem Verlag 1996

Leonard Ennen: *Bilder vom alten Köln – Stadtansichten des 15. bis 18. Jahrhunderts und Beschreibung der Zustände vom Mittelalter bis nach der Franzosenzeit*, J. P. Bachem Verlag 1977

Peter Fuchs (Hrsg.): *Chronik zur Geschichte der Stadt Köln, Band 2: Von 1400 bis zur Gegenwart*, Greven Verlag 1991

Johann Jakob Hässlin (Hrsg.): *Köln – Die Stadt und ihre Bürger*, J. P. Bachem Verlag 1996

Willy Leson: *So lebten sie im alten Köln*, J. P. Bachem Verlag 1974

Helmut Lobeck / Hans Welters: *Kleine illustrierte Geschichte der Stadt Köln*, J. P. Bachem Verlag 1986

Helmut Signon: *Alle Straßen führen durch Köln*, Greven Verlag 1975

Ernst Weyden: *Köln am Rhein um 1810*, J. P. Bachem Verlag 1999

Zum Thema *Alchimie*

Redaktion Time-Life-Bücher: *Die Alchimisten*, Time Life Verlag 1994

Helmut Gebelein: *Alchemie – Die Magie des Stofflichen*, Diederichs Verlag 1996

Johannes Helmond: *Die entschleierte Alchemie*, Karl Rohm Verlag 1994

Claus Priesner / Karin Figala: *Alchemie – Lexikon einer hermetischen Wissenschaft*, C.H.Beck Verlag 1998

Alexander Roob: *Alchemie & Mystik*, Taschen Verlag 1996

Zum Thema *Geschichte der Psychiatrie*

Gerald N. Grob: *The Mad Among Us*, Harvard University Press 1994

David L. Lightner: *Asylum, Prison and Poorhouse*, Southern Illinois University Press 1999

Maren Lorenz: *Kriminelle Körper – Gestörte Gemüter, Die Normierung des Individuums in Gerichtsmedizin und Psychiatrie der Aufklärung*, Hamburger Edition Verlag 1999

Ragnhild Münch: *Gesundheitswesen im 18. und 19. Jahrhundert*, Akademie Verlag 1995

Sabine Reh: *Von der »Idioten-Anstalt« zu den Vorwerker Heimen*, Sabine Reh Verlag 1997

Heinz Schott (Hrsg.): *Der sympathetische Arzt – Texte zur Medizin im 18. Jahrhundert*, C.H.Beck Verlag 1998

Edward Shorter: *A History of Psychiatry – From the Era of the Asylum to the Age of Prozac*, John Wiley & Sons, Inc. 1997

Leonard D. Smith: *Cure, Comfort and Safe Custody – Public Lunatic Asylums in Early Nineteenth-Century England*, Leichester University Press 1999

Zum Thema *Porzellan, J. F. Böttger und Dresden*

Janet Gleeson: *Das weiße Gold von Meißen*, Diana Verlag 1998

J. Ch. Langermann: *Schaff Gold, Böttger!*, Wegweiser Verlag 1939

T. Rothmund: *Gold?*, Philipp Reclam ju. Verlag 1940

Mia Munier-Wroblewski: *Die Goldmacher – Die Erfinder des Meißener Porzellans*, Eugen Salzer Verlag 1998

Erich Haenel / Eugen Kalkschmidt: *Das alte Dresden*, Gondrom Verlag 1996

Fritz Löffler: *Bernardo Bellotto, genannt Canaletto: Dresden im 18. Jahrhundert*, Koehler & Amelang Verlag 1991

Fritz Löffler: *Das alte Dresden*, E. A. Seemann Verlag 1981

Eva Papke: *Festung Dresden – Aus der Geschichte der Dresdner Stadtbefestigung*, Michael Sandstein Verlag 1997

Zum Thema *Epilepsie* sowie Diverses

Stefan Heiner u. a. (Hrsg.): *Anfälle – Erfahrungen mit Epilepsie*, Mabuse Verlag 2000

Hansjörg Schneble: *Epilepsie – Erscheinungsformen, Ursachen, Behandlung*, C.H.Beck Verlag 1996

Steven C. Schachter: *Über Epilepsie sprechen – Persönliche Berichte vom Leben mit Anfällen*, Blackwell Wissenschafts-Verlag 1998

Ursula Schuster: *Lauter Stolpersteine – Übers Leben mit Epilepsie*, Attempto Verlag 1996

Rudolf Treichler: *Vom Wesen der Epilepsie*, Verlag Freies Geistesleben 1991

John Peacock: *Kostüm und Mode – das Bilderhandbuch, Von den frühen Hochkulturen bis zur Gegenwart*, Paul Haupt Verlag 1991

Landesmuseum Oldenburg (Hrsg.): *Kleidung und Mode vom Mittelalter bis zum 19. Jahrhundert*, Isensee Verlag 1996

Rudolf Vierhaus: *Deutschland im 18. Jahrhundert: Politische Verfassung, Soziales Gefüge, Geistige Bewegungen*, Vandenhoek & Ruprecht Verlag 1987

Die sieben Stufen des »Großen Werkes«

Arbeitsgang	Arbeitsgang	Planet	Symbol	Erläuterung
Calcinatio	Solutio	Merkur	☿	Glühen im offenen Ofen, Umwandlung der Metalle in Pulver
Sublimatio	Purtrefactio	Jupiter	♃	Trockene Destillation, Verflüchtigung, Veredlung
Solutio	Distillatio	Mond	☽	Lösung, Verflüssigung, Schmelzung
Putrefactio	Sublimatio	Saturn	♄	Fäulnis, Verwesung, Trennung von Geist und Körper, der als Rückstand in der Retorte verbleibt
Distillatio	Coagulatio	Venus	♀	Destillation, Verdampfen und Kondensieren, Trennung fester Körper aus einer Flüssigkeit
Coagulatio	Fixatio	Mars	♂	Gerinnung, Verfestigung, Fixierung des Flüssigen
Tinctur	Lapidificatio	Sonne	☉	Darstellung der Tinktur bzw. des Steines und Erhöhung

Alambik ist das arabische Wort für Destillationskolben. Nach dem Alambik-Verfahren wird zum Beispiel Weinbrand hergestellt.

Bär   *Schildkröte*

Wildgans

Strauß

menschliches Paar

Eine Auswahl alchimistischer Gefäße, deren Namen von Tieren abgeleitet werden

Destilieranlage mit wassergekühltem Helm

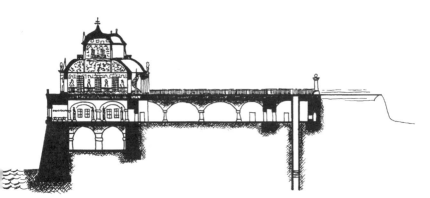

Schnitt durch das Lusthaus auf der Jungfernbastei in Dresden und die Kasematten der neuen Bastei. Im unteren Geschoss, den Vulkanhöhlen, befand sich die Werkstatt J. F. Böttgers.

Die Schlange oder der Drache, der sich in den Schwanz beißt, versinnbildlichte den Glauben der Alchimisten an den ewigen Kreislauf von Schöpfung und Zerstörung der Materie.

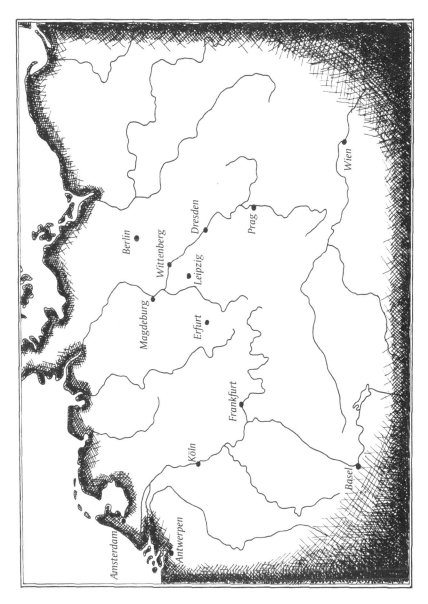

Mitteleuropa in der ersten Hälfte des 18. Jahrhunderts

Alchimistische Symbole

Alaun	○ ɤ Ψ ⌒
Alaun, gebrannter	A ⌽ ⌐
Alkohol	ⱽ V̊ 8 ⌢°
Arsenik, weißer	o—o ⌗ ⁂ ʒ
Asche	E A ∈ ⸮
Blei	♄ ҷ ⌗ ɟ
Eisen	♂ ⚛ ⚜ ♀↔
Erde	▽ □ ⊟ R̄
Feuer	△ ▢ ⫎
Gold	⊙ ⌣ ∝ 8 ⚭ ≸ ☥
Kupfer	♀ ⁂ ∈
Luft	△ Ψ ⌂
Materia prima	⚗ ⊡
Quecksilber	☿ Ψ ⚲ ⚵ ♃
Salpeter	⚵ Ψ ⊙ ⊶
Salpetersäure	⛌ ⚶ ⚶ ♀
Schwefel	⚶ ♀ T Ψ ⚶
Schwefelsäure	⚲ ⚳
Silber	☽ ☾ ⚶ ⊚ ♏
Trinkgold	⊶ ⚯ ♀
Urin	▫ ⱽ ⚶
Wasser	▽ ▽ ↓ ⊞

Allgemeine Symbole

Alembik		
Destillation		
Essenz		
Fäulnis		
Filter		
Geist		
Glas		
Kolben		
Kupelle		
Lösung		
Lutum		
Marienbad		
Monat		

Niederschlag		
Pulver		
Regulus		
Reinigung		
Retorte		
Rezipient		
Schmelztiegel		
Sublimation		
Tag		
Tag und Nacht		
Tiegel		
Tinktur		
Vermischung		

Liebe Leserinnen, liebe Leser,

Es gibt ein arabisches Sprichwort, das lautet: »Ein Buch ist wie ein Garten, den man in der Tasche trägt.« Ich hoffe, dass euch (Ihnen) der Roman, der in den Gärten meiner Phantasie entsprungen ist, gefallen hat.

Seit vielen Jahren schreibe ich nun für mein Publikum, und die Arbeit, die Beruf und Berufung zugleich ist, bereitet mir viel Freude. Doch warum tauschen wir zur Abwechslung nicht mal die Rollen? Ich würde mich nämlich über ein paar Zeilen freuen, denn es interessiert mich sehr, was die Leserinnen und Leser von meinem Buch halten.

Also: Wer Lust hat, möge mir seinen Eindruck von meinem Roman schreiben. Und wer möchte, dass ich ihm eine signierte Autogrammkarte zusende (sie enthält auf der Rückseite meinen Lebenslauf sowie Angaben zu weiteren Romanen von mir), der soll bitte nicht vergessen, das Rückporto für einen Brief in Form einer Briefmarke beizulegen (nur die Briefmarke, keinen Rückumschlag!). Wichtig: Namen und Adresse in DRUCKBUCHSTABEN angeben! Gelegentlich kann ich auf Zuschriften nicht antworten, weil die Adresse fehlt oder die Schrift beim besten Willen nicht zu entziffern ist (was übrigens auch bei Erwachsenen vorkommt!). Und schickt mir bitte keine eigenen schriftstellerischen Arbeiten zu, die ich beurteilen soll. Leider habe ich dafür keine Zeit, denn sonst käme ich gar nicht mehr zum Schreiben.

Da ich viel durch die Welt reise und Informationen für neue Romane sammle, kann es Wochen, manchmal sogar Monate dauern, bis ich die Post erhalte – und dann vergehen meist noch einmal Wochen, bis ich Zeit finde zu antworten. Ich bitte daher um Geduld, doch meine Antwort mit der Autogrammkarte kommt ganz bestimmt.

> Meine Adresse:
> Rainer M. Schröder
> Postfach 1505
> D - 51679 Wipperfürth

Wer jedoch dringend biografische Daten etwa für ein Referat braucht, wende sich bitte direkt an den Verlag (Arena Verlag, Rottendorfer Straße 16, D - 97074 Würzburg) oder aber er lädt sich meine ausführliche Biografie, die Umschlagbilder und Inhaltsangaben von meinen Büchern sowie Presseberichte, Rezensionen und Zitate von meiner Homepage auf seinen Computer herunter.

Meine Homepage ist im Internet unter folgender Adresse zu finden: http://www.rainermschroeder.com

(Ihr) / euer

Rainer M. Schröder

Das Vermächtnis des alten Pilgers

An einem Herbsttag des Jahres 1095 erscheint der alte Pilger Vinzent auf der Burg des Grafen Frodebert im Hunsrück. Hier lebt der 16-jährige Marius »Niemandskind«. Da er völlig allein in der Welt steht, ist die Einladung des alten Mannes verlockend: Marius soll ihn auf seiner nächsten Pilgerreise begleiten. Doch Vinzent erkrankt und auf dem Sterbebett gibt er Marius einen geheimnisvollen Auftrag: »Folge dem Morgenstern...« Damit kann nur eines gemeint sein – er soll sich dem Kreuzfahrerheer anschließen, das das Heilige Land von den »Ungläubigen« befreien will. Marius lässt alles hinter sich und macht sich auf den gefahrvollen Weg nach Mainz. Doch nach einer langen Reihe von Abenteuern begreift Marius, dass der alte Pilger etwas ganz anderes im Sinn hatte...

480 Seiten. Gebunden.
Für Jugendliche und Erwachsene.

Arena

Rainer M. Schröder

Mein Feuer brennt im Land der Fallenden Wasser

Pennsylvania 1758. Mary Jemison überlebt als Einzige den Indianerüberfall auf die Farm ihrer Eltern am Marsh Creek und wird verschleppt. Als sie nach einem langen Marsch im Dorf der Irokesen ankommt, erwartet sie jedoch nicht der Marterpfahl, sondern eine seltsame Zeremonie: Als Zwei-Fallende-Stimmen soll sie gleichberechtigt unter den Indianern leben. Trotzdem hat Mary nur einen Gedanken: Flucht. Aber im Laufe der Monate lernt sie ihre Stammesbrüder kennen. Es fällt ihr immer schwerer, ihre eigenen, in der Welt der Weißen verwurzelte Identität aufrechtzuerhalten. Doch dann bietet sich ihr die Chance zur Flucht...
Ein mitreißender Roman über eine historische Persönlichkeit: Die Weiße Frau von Genesee River.

288 Seiten. Gebunden.
Für Jugendliche und Erwachsene.

Arena

RAINER M. SCHRÖDER

Das Geheimnis der weißen Mönche

Jakob Tillmann hat den todkranken Bruder Anselm
ins Zisterzienserkloster Himmerod gebracht.
Mit fadenscheinigen Begründungen wird er im
Kloster festgehalten. Jakob wird misstrauisch,
als er den Mönchen offenbaren soll, was ihm der
sterbende Bruder Anselm anvertraut hat. Die Folter
droht, und gerade noch rechtzeitig begreift Jakob,
dass er es mit machthungrigen Kirchenmännern zu
tun hat. In letzter Sekunde gelingt Jakob die Flucht
von Himmerod, aber er landet in der Höhle des
Löwen – der Bischofsstadt Trier.
Bruder Basilius und der mysteriöse Protestant
Henrik Wassmo helfen ihm aus der brenzligen
Situation heraus und er erfährt schließlich, was es
mit dem Geheimnis der weißen Mönche auf sich hat.
488 Seiten. Gebunden.
Für Jugendliche und Erwachsene.

Arena

Rainer M. Schröder

Die wahrhaftigen Abenteuer des Felix Faber

November 1838: Mit Kurs auf die chinesische Hafenstadt Kanton segelt der junge Felix Faber dem größten Abenteuer seines Lebens entgegen – und einer fremden Kultur, die ihn für immer prägen wird. Er trifft den geistreichen Zyniker Osborne, der Opiumhandel mit den Chinesen betreibt. Fasziniert schließt Felix sich ihm an. Doch von nun an gerät er in Konflikt mit Geheimbünden, Bergbanditen, kaiserlichen Soldaten – und mit seinem Gewissen. Denn nach und nach öffnen sich Felix die Augen für Osbornes Machenschaften. Als er Zuflucht sucht bei seinen Freunden Pao und Liang Sen, ist es schon fast zu spät ...

Ein atemberaubender Roman über eine exotische Welt voller Widersprüche und weiser Lehren und über den Mut auf sein Gewissen zu hören.

400 Seiten. Gebunden.
Für Jugendliche und Erwachsene

Arena

Rainer M. Schröder

Felix Faber
Übers Meer
und durch die
Wildnis

Nach rastlosen Jahren zur See findet Felix Faber mit Hilfe des skrupellosen Opiumhändlers Osborne seine chinesischen Freunde Pao und Liang Sen wieder. Doch als Gegenleistung erwartet Osborne, dass Felix ihn nach Australien begleitet und sich an seinen dunklen Geschäften beteiligt. Noch während er mit seinen Freunden auf einem Kulischiff dem fünften Kontinent entgegensegelt, sagt sich Felix nach einem heftigen Streit endgültig von Osborne los. In der Gluthitze Ballarats will er sein Glück als Goldgräber versuchen, während Pao und Liang Sen ihren Kontrakt als Kulis erfüllen. Doch um seinen tückischen Einfluss auf Felix zu erhalten, schreckt Osborne nicht davor zurück, ihm einen Mord anzuhängen, den er selbst begangen hat. Felix bleibt nur eine Chance – die Flucht durch die Wildnis des australischen Busches.

488 Seiten. Gebunden.
Für Jugendliche und Erwachsene

Arena

Köln in der ersten Hä

1 Alter Friedhof
2 Reimersgasse
3 Stolkgasse
4 Marzellenstraße
5 Dom
6 Alter Markt